말리의 일곱 개의 달

말리의
일곱 개의
달

The Seven Moons of Maali Almeida

셰한 카루나틸라카
장편소설

유소영 옮김

INFLUENTIAL
인 플 루 엔 셜

숭배할 가치가 있는 신은 둘뿐이다.

우연과 전기(電氣).

차례

친애하는 대한민국의 독자 여러분께

여러분의 나라는 언제나 제게 영감을 주었습니다. 대한민국과 스리랑카는 비슷한 비극의 역사를 겪었습니다. 스리랑카는 서구 열강에 침략당했고 여러분은 일제강점기를 겪었습니다. 두 나라 다 빈곤을 견뎠고, 자유를 억눌렸으며, 목소리를 잃기도 했습니다. 잔혹한 전쟁과 타락한 독재, 구조적인 부패를 지나왔습니다. 20세기, 스리랑카에서는 분리주의 운동이 있었고, 한국은 분단을 맞이했습니다.

그렇지만 중요한 차이가 있습니다. 여러분은 멋지게 대한민국을 일으켜 세웠지만, 우리는 여전히 기다리고 있다는 점입니다. 1950년대에 나의 할아버지 세대는 판자촌과 빈민가를 '코리야와스(Koreyawas)'라고 불렀다고 합니다. 전쟁 직후의 한국은 콧대 높던 실론* 사람들에게 빈곤의 상징이었던 겁니다. 하지만 그들은 여러분의 사례에서 교

---

*   스리랑카는 오랫동안 '실론'이라는 이름으로 알려졌으나, 1972년 정식 국호를 '스리랑카 민주 사회주의 공화국'으로 선포했다.

9

훈을 얻지 못했습니다. 스리랑카가 30년간 계속될 전쟁에 휘말려 있던 1988년, 나의 아버지는 대한민국이 올림픽을 개최하는 모습을 보았지요. '코리야와스'라는 경멸적인 표현이 더는 어울리지 않는 단어가 되는 것도.

아무리 절망적인 환경에 놓였더라도 교육과 기술, 노력에 대한 투자를 통해 한 세대 내에 상처를 치유할 수 있음을 대한민국이 증명했습니다. 반면, 국민들의 무지와 왕조처럼 대를 잇는 독재에 의해 디스토피아가 지속될 수 있음도 북한을 통해 증명되었습니다.

스리랑카인으로서 나는 대한민국이 이룬 경제적, 문화적 기적에 경이를 느낍니다. 전쟁으로 초토화되었던 나라가 어떻게 세계 각지에 자동차와 핸드폰을 수출하고, 케이팝을 전 세계 차트에 올리고, 영화로 오스카상을 받았을까, 하고 생각합니다.

스리랑카가 제2의 대한민국, 제2의 싱가포르가 될 수 있다고 믿는 스리랑카 사람들도 있을 겁니다. 저는 모릅니다. 그저 큰 상을 받은 이 작은 책, 우리가 서로에게 저지른 끔찍한 일들을 말하면서도 대한민국처럼 우리 역시 한 세대 내에 일어설 수 있지 않을까 하는 희망을 그리는 이 책을 여러분에게 건넬 수 있을 뿐입니다.

많은 스리랑카인에게 분단된 한반도는 두 개의 가능한 미래상으로 다가옵니다. 기적도, 공포도 똑같이 가능하다는 것을, 우리가 그중 어느 쪽을 고르게 될지 모르니 신중해야 한다는 것을 이야기합니다.

저는 앞으로도 계속 한국의 영화를 관람하고 한국의 이야기를 읽고 싶습니다. 어두운 과거에 대한 암울한 이야기, 미래에 대한 희망찬 이야기 모두 말입니다. 그 보답으로, 언젠가 책에서나 볼 수 있기를 소망하는, 그리 오래되지 않은 과거의 이야기를 담은 이 작은 책을 여러분 앞에 내놓습니다.

여러분 모두에게 축복이 있기를 바라며.

2023년 스리랑카 콜롬보에서
세한 카루나틸라카

등장인물 소개

이것은 축약된 목록입니다. 포함되지 않은 악마들에게 양해를 구합니다.

말린다 앨버트 카발라나(말리 알메이다): 죽은 사진작가. 사라졌으나 잊히지 않았다. 자신을 죽인 범인을 찾아 떠돈다.

살아 있는 이들
누가 그대 이름 부르면, 더불어 수치를 느끼네

●가까운 사람들

딜런 다르멘드란: 말리의 삶에 허락되지 않았던 사랑.

재클린 와이라와나단(재키): 말리가 소홀히 했던 사랑. 딜런의 사촌.

앨버트 카발라나(버티): 말리의 아버지. 부재한 원망스러움.

락쉬미 알메이다(러키): 말리의 어머니. 존재한 원망스러움.

스탠리 다르멘드란 장관: 딜런의 아버지. 정부 내각의 유일한 타밀족.

●정부 요직과 경찰, 그리고 사기꾼들

시릴 위제라트너 장관: 스리랑카 법무부 장관. 군중의 지도자.

라자 우두감폴라 소령(킹 라자): 스리랑카군 특별수사부 수장.

란차고다: 게으른 경찰. 연루된 경찰.

카심: 일하는 경찰. 좌절한 경찰.

발랄: 시체 청소부. 숙련된 도살자.

끋뚜: 시체 청소부. 도둑.

마스크: 네 아이의 아버지. 고문 기술자.

운전사: 시체 운반자.

●기자들과 중개인들

앤디 맥고완: 뉴스위크 통신원.

조니 길홀리: 영국 대사관 문화 담당관.

밥 서드워스: AP통신 특파원.

I.E. 쿠가라자(쿠가): CNTR 국장. 활동가로 포장된 사기꾼.

엘사 마땅기: CNTR 직원. 사기꾼으로 포장된 활동가.

●콜롬보 사람들

클래런사 드 멜: 라이오넬 웬트 갤러리의 큐레이터. 비밀스러운 동성애자.

위란: 후지코닥 매장의 사진 현상 전문가.

크로우맨: 주술사. 영혼의 속삭임. 저주의 공급자.

참새 소년: 상처 입은 아이.

로한 창: 페가수스 카지노의 지배인.

야엘-메나헴: 이스라엘 영화 프로듀서. 무기상.

골란 요람: 이스라엘 영화 제작자. 무기상.

카라치 키드: 파키스탄 도박꾼. 무기상.

차민다 사마라쿤: 바텐더.

죽은 자들
대부분 무명이며 대부분 무해함

라니 스니다란 박사: 교수이자 타밀족 활동가, 타밀 반군에 의해 살해되었다. 죽은 자들을 빛으로 인도한다.

세나 파띠라나: 국가에 의해 살해당한 마르크스주의자.

마하칼리: 우주의 검은 심장. 항상 이렇게 나빴던 것은 아니었다. '죽은 사제'라는 별명을 갖고 있다.

죽은 경호원: 암살된 수상의 경호원이었으며 이제 장관의 악령이 되었다.

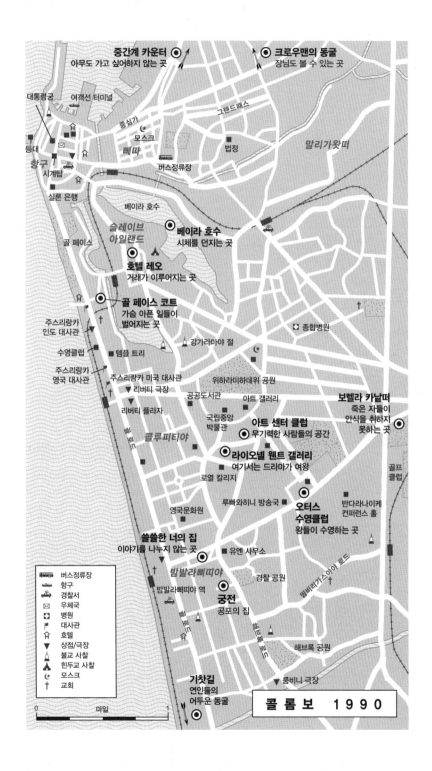

첫 번째 달

아버지, 그들을 용서하시옵소서.
저는 그럴 수 없나이다.

—리처드 드 소이사[*]

*   Richard de Zoysa(1958-1990), 스리랑카의 언론인이자 작가, 인권운동가. 비밀리에
'암살단'을 운용했던 스리랑카 정부에 의해 암살된 것으로 알려졌다.

답

너는 모든 사람이 묻는 질문에 대한 답과 함께 깨어난다. 그 답은 '그렇다', 그리고 '여기와 비슷하지만 더 심하다'이다. 네가 얻을 수 있는 깨달음은 영원히 그것이 전부다. 그러니 다시 잠드는 것이 차라리 낫다.

너는 심장이 뛰지 않는 상태로 태어나 인큐베이터 안에서 생명을 건졌다. 부처가 나무 아래 앉아서 결국 깨달은 것을, 너는 태아 시절부터 알고 있었다. 다시 태어나지 않는 것이 낫다. 애당초 세상에 나오지 않는 것이 낫다. 태어나자마자 들어간 유리 상자 안에서, 직감에 따라 그냥 꼴까닥했어야 했다. 하지만 너는 그러지 않았다.

어른들이 시키는 게임을 모조리 때려치웠다. 체스는 2주 만에, 컵스카우트는 한 달 만에, 럭비는 3분 만에. 너는 팀과, 게임과, 그런 것들에 가치가 있다고 생각하는 멍청이들에 대한 혐오를 안고 학교를 떠났다. 미술 공부와 보험 판매, 석사 과정도 그만뒀다. 하나같이 애쓸 가치가 없는 게임들. 네 벌거벗은 몸을 본 모든 사람을 걷어찼다. 추구한 바 있는 모든 대의를 저버렸다. 아무에게도 털어놓을 수 없는 짓을 수없이 저질렀다.

네게 명함이 있다면, 이렇게 적혀 있을 것이다.

말리 알메이다
사진작가, 도박꾼, 걸레.

묘비가 있다면, 이렇게 적혀 있을 것이다.

말린다 앨버트 카발라나
1955-1990

하지만 네게는 둘 다 없다. 이 도박판에 더 걸 칩도 없다. 그리고 이제 너는 다른 사람들이 모르는 것을 알고 있다. 그것은 다음 질문에 대한 답이다. 죽음 뒤에 삶이 있는가? 그것은 어떠한가?

곧 너는 깨어날 것이다

시작은 오래전, 1천 세기 전이었지만, 그 세월은 모두 건너뛰고 지난 화요일부터 시작해보자. 거의 매일 그렇듯, 숙취에 절어 아무 생각 없는 텅 빈 머리로 잠에서 깬 날이다. 너는 끝없이 넓은 대기실에서 눈을 뜬다. 주위를 둘러보니 꿈이다. 너는 어쩐 일로 그것이 꿈이라는 것을 인지하고 이대로 기분 좋게 기다릴 생각이다. 모든 것은 지나가니까, 특히 꿈에서는.

너는 사파리 재킷과 빛바랜 청바지를 입고 있고, 어떻게 여기로 오게 되었는지 기억나지 않는다. 신발은 한 짝뿐, 목에는 체인 세 겹과 카메라 한 대가 걸려 있다. 믿음직스러운 니콘 3ST, 하지만 렌즈가 깨졌고 몸통에도 금이 갔다. 뷰파인더를 들여다보지만, 시야에는 진흙뿐이다. 이제 일어나야지, 잠꾸러기 말리. 몸을 꼬집어보니 아프다. 쿡 찌르는 느낌이라기보다는 모욕당하는 공허한 아픔에 가깝다.

제정신을 믿지 못한다는 것이 어떤 기분인지 너는 안다. 1973년 스모킹 록 서커스가 열린 위하라마하데위 공원에서 LSD에 취해 세 시간 동안 아랄리아 나무를 껴안고 있었을 때의 기분. 장장 90시간 동안 포커를 치면서 17라크*를 따고 다시 15라크를 잃었을 때의 기분. 1984년 물라티부에서 처음 경험한 폭격, 겁에 질린 부모들, 소리지르는 아이들과 함께 방공호에 틀어박혔을 때의 기분. 열아홉 살 때 암마**의 얼굴도, 그 얼굴을 얼마나 혐오하는지도 기억하지 못한 채 병원에서 깨어났을 때의 기분.

너는 줄을 서서 안내 카운터 유리 뒤에 앉은 흰 사리 차림의 여자를 향해 소리치고 있다. 카운터 앞에 서서 안내원에게 화를 내보지 않은 사람이 누가 있나? 당연히 처음은 아니다. 스리랑카인들은 대체로 말없이 속으로 삭이는 편이지만, 너는 목청 높여 항의하는 것을 좋아한다.

"그쪽 잘못이라는 게 아닙니다. 내 잘못이라는 것도 아니고. 단지 실수가 있을 수 있잖습니까. 특히 관공서에서는. 어떻게 하면 돼요?"

---

*   Lakh, 인도, 파키스탄, 스리랑카 등의 국가에서 10만을 뜻하는 단위. 17라크는 170만 스리랑카 루피이고, 한화로 약 700만 원이다.
**   Amma, 스리랑카어로 엄마.

"여긴 관공서가 아니다."

"상관없어요, 아주머니. 제 말은, 전 마냥 여기 있을 수가 없어요. 전달해야 하는 사진도 있고, 사귀는 사람도 있다고요."

"난 그쪽 아주머니가 아니야."

너는 주위를 둘러본다. 등 뒤에, 기둥을 돌고 벽을 따라 줄이 늘어서 있다. 연기나 이산화탄소를 내뿜는 사람이 없는데도 공기는 뿌옇다. 마치 자동차 없는 주차장, 파는 물건이 없는 시장 바닥 같다. 높은 천장, 광활한 공간에 콘크리트 기둥이 불규칙한 간격으로 서 있다. 커다란 엘리베이터 문처럼 보이는 것이 저 멀리 끝에 있고, 인간의 형체가 무리를 지어 거기 타고 내린다.

가까이 가서 보아도 인간의 형체는 윤곽이 흐릿하고 피부는 가루를 바른 듯 뿌옇다. 눈은 갈색 피부를 지닌 인종에게 흔하지 않은 색깔로 타오른다. 어떤 사람은 환자복을 입고 있다. 어떤 사람은 옷에 피가 말라붙어 있고, 어떤 사람은 팔다리가 없다. 그들 모두 흰옷을 입은 여자를 향해 소리치고 있다. 안내원은 그 한 사람 한 사람과 동시에 대화를 나누고 있는 것 같다. 아마 모두 같은 질문을 던지고 있어서일 것이다. 도박사라면(네가 그렇듯이) 이 모든 상황이 재키의 한심한 약 때문에 일어난 환각일 가능성을 5대 8로 볼 것이다.

여자는 커다란 명부를 펼친다. 관심도 아니고 멸시도 아닌 눈빛으로 너를 위아래로 훑어본다. "일단 신상을 확인하지. 이름은?"

"말린다 앨버트 카발라나."

"한 음절로."

"말리."

"음절이 뭔지 모르나?"

"말."

"좋아. 종교는?"

"없습니다."

"어리석군. 사인은?"

"기억나지 않습니다."

"사망한 지 얼마나 지났지?"

"모릅니다."

"아이요."*

영혼들은 떼로 몰려와서 서로 밀고 밀리며 흰옷 입은 여자에게 성
난 목소리로 항의하고 끊임없이 묻는다. 너는 창백한 얼굴들을, 퀭한
눈과 깨진 머리, 분노와 고통과 혼란으로 일그러진 눈들을 바라본
다. 동공은 온갖 멍과 딱지가 앉은 색깔이다. 갈색과 청색, 녹색이 뒤
엉킨 눈동자, 그 눈들은 모두 너를 무시한다. 너는 난민수용소에서
지내봤고, 대낮에 노상 장터에도 가봤고, 붐비는 카지노에서 잠들기
도 했다. 북적이는 군중은 절대 아름다운 풍경이 아니다. 인파는 이
쪽으로 밀려와 너를 안내 카운터에서 밀어낸다.

스리랑카인은 줄을 설 줄 모른다. 진입점이 다수인 무정형의 곡선
을 줄이라고 할 수는 없지 않나. 여기는 자신의 죽음에 대해 질문할
것이 있는 사람들이 모이는 장소 같다. 카운터는 여러 곳이고, 성난
고객들은 철창 너머에 있는 몇몇 안내원을 향해 떠들썩하게 욕설을
외치고 있다. 사후세계는 모두가 환급을 원하는 세무서다.

어린아이를 허리춤에 받쳐 안은 엄마가 너를 한쪽으로 밀어낸다.

---

*   Aiyo, '저런' 등의 의미를 가진 스리랑카어.

아이는 자기가 아끼는 장난감을 네가 부수기라도 한 것처럼 이쪽을 쳐다본다. 어머니의 머리카락에는 피가 엉겨 있고 드레스와 얼굴도 온통 핏자국이다. "우리 마두라는? 어떻게 됐나요? 우리와 같이 뒷자리에 앉아 있었어요. 운전사보다 그 애가 먼저 버스를 봤어요."

"몇 번이나 말씀드려야 합니까? 아드님은 아직 살아 있어요. 걱정마시고 마음 놓으세요."

희고 헐렁한 셔츠형 작업복을 입고 아프로 머리를 한 카운터 반대편의 남자가 말한다. 그는 성경에 나오는 모세를 닮았다. 목소리는 대양처럼 깊게 울리고 눈은 잘 휘저은 달걀 같은 연노란색이다. 그는 작년 한 해 가장 짜증스러웠던 노래 제목을 반복해서 읊더니 자기 장부를 펼친다.

너는 사진을 한 방 더 찍는다. 달리 무엇을 해야 할지 알 수 없을 때 네가 하는 일이다. 이 혼돈의 주차장 풍경을 카메라에 담고 싶지만, 눈에 보이는 것은 렌즈의 깨진 금뿐이다.

누가 직원이고 누가 아닌지 구별하는 것은 쉽다. 직원은 명부를 지녔고 미소를 띤 채 서 있다. 직원 아닌 사람들은 정신줄을 놓은 것 같다. 서성거리다가, 멈춰 섰다가, 멍하니 허공을 쳐다본다. 어떤 이는 고개를 저으며 울부짖는다. 직원들은 아무것도 똑바로 보지 않는다. 자기가 상담하고 있는 영혼조차도.

이제 잠에서 깨어나 잊어버릴 시간이다. 평소 너는 좀처럼 꿈을 기억하지 못한다. 대체 뭔지는 몰라도, 이 상황이 기억에 남을 확률은 플러시나 풀하우스가 나올 확률보다 적다. 여기 있었던 기억은 아장아장 걸음마를 배웠던 기억만큼도 남지 않을 것이다. 분명 재키의 약을 받아먹고 취해서 꾸는 꿈이다. 그게 아니면 무엇이겠는가?

그때 구석의 안내판에 기대선 이가 눈에 띈다. 그는 검은 쓰레기 봉투처럼 생긴 것을 입었고, 직원으로도 고객으로도 보이지 않는다. 인파를 둘러보는 녹색 눈은 헤드라이트 불빛 속의 고양이 눈처럼 빛난다. 그 눈은 너를 보더니 필요 이상 오래 머무른다. 그는 눈길을 떼지 않은 채 고개를 끄덕인다.

그 위 안내판에는 이렇게 적혀 있다.

공동묘지에 가지 마시오.

그 옆에 화살표와 함께 안내문이 있다.

→ 귀 검사는 42층

너는 안내 카운터 뒤의 여자 쪽으로 돌아서서 다시 시도한다. "이건 실수입니다. 나는 고기를 안 먹어요. 담배는 하루 다섯 개비밖에 안 피웁니다." 안내원은 어디선가 많이 본 얼굴 같다. 아마 네 거짓말도 이 여자의 귀에는 그만큼 뻔하게 들릴 것이다. 그때 문득, 북적대던 인파가 잠잠해진다. 모두 사라지고 너 혼자 남은 것 같다.

"아이요! 변명이란 변명은 다 하는군. 가고 싶은 사람은 아무도 없어. 자살한 이들조차 죽는 건 싫어한다고. 나라고 죽고 싶었겠어? 내가 총에 맞았을 때 내 딸들은 여덟 살, 열 살이었어. 어쩌겠냐고? 불평한다고 달라지지 않아. 참을성 있게 차례를 기다려. 용서할 수 있으면 용서하고. 이쪽은 인력이 달려서 자원봉사자를 찾는 중이야."

그녀는 고개를 들고 줄을 선 사람을 향해 목소리를 높인다.

"여러분 모두에게는 일곱 번의 달이 있습니다."

"달이 뭐예요?" 목이 꺾인 소녀가 묻는다. 소녀는 두개골이 깨진 소년의 손을 잡고 있다.

"일곱 번의 달은 일곱 번의 밤이란다. 해가 일곱 번 지는 것. 일주일. 충분하고도 남는 시간이지."

"한 달은 1개월 아닌가요?"

"달은 우리 눈에 보이지 않아도 항상 저 위에 떠 있어. 네 숨이 멎었다고 달도 지구를 돌지 않을 거라 생각하니?"

아무것도 이해되지 않는다. 너는 다른 접근을 시도해보기로 한다.

"대단한 인파로군요. 북부에서 벌어지는 살육 때문이겠지요. 호랑이 반군과 정부군이 민간인을 죽이고 있으니. 인도 평화유지군도 전쟁을 일으켰고."

주위를 둘러보지만 듣는 사람은 아무도 없다. 청록색으로 번득이는 눈빛들은 변함없이 너를 무시한다. 검은 쓰레기봉투를 뒤집어쓴 자가 어디 있나 둘러보았지만, 그도 사라졌다. "북쪽만 그런 것도 아니잖아요. 여기 남쪽도 마찬가지. 정부가 인민해방전선*과 싸우는 와중에 시체가 산처럼 쌓이고 있지 않습니까. 사정은 저도 잘 압니다. 요즘 바쁘시겠지요. 알아요."

"요즘?" 흰옷 차림의 여자는 얼굴을 찌푸리며 고개를 젓는다. "1초에 한 구씩 시체가 들어와. 가끔은 1초에 두 구. 귀 검사는 받았나?"

"청력은 문제없습니다. 저는 사진 찍는 사람이에요. 아무도 목격하지 못한 범죄의 증거를 포착합니다. 저를 필요로 하는 곳이 많아요."

---

*   JVP, Janatha Vimukthi Peramuna. 스리랑카 공산당으로, 1971년과 1987년에 무장 반란을 일으켰다.

"저 여자는 먹여 살릴 자식들이 있어. 저 남자는 병원을 운영해야 하고. 사진? 하. 대단하시네."

"휴일에 가볍게 찍는 그런 사진이 아닙니다. 정부를 무너뜨릴 수 있는 사진이라고요. 전쟁을 멈출 수 있는 사진."

그녀는 너를 향해 얼굴을 찡그려 보인다. 그녀가 목에 건 체인에 앙크 십자가가 걸려 있다. 네가 사랑했던 것보다 너를 더 많이 사랑했던 남자가 예전에 걸던 것과 같다. 그녀는 십자가를 만지작거리며 코를 찡긋한다.

그제야 너는 여자를 알아본다. 1989년 한 해 내내 치약 광고처럼 미소 지은 그녀의 얼굴이 온갖 신문을 도배했다. 타밀 온건파라는 죄로 타밀 극단주의자에게 살해당한 대학강사.

"당신이 누군지 알겠어요. 라니 스리다란 박사군요. 확성기를 안 써서 목소리를 못 알아들었습니다. 타밀 반군에 대해 쓰신 글은 훌륭했습니다. 하지만 허락 없이 제 사진을 사용하셨더군요."

너의 가장 스리랑카인다운 특징은 아버지의 성도, 어느 성전에서 무릎을 꿇느냐도, 두려움을 감추기 위해 얼굴에 띠는 미소도 아니다. 그것은 바로 스리랑카인을 알아보는 능력, 그리고 그 스리랑카인의 인맥을 알아내는 능력이다. 성과 출신학교만 들으면 그 사람의 가장 가까운 친척이 누구인지 훤히 꿰는 아주머니들도 있다. 너는 겹치는 공동체를 넘나들었고, 문을 열어주지 않는 곳도 상관없었다. 너는 이름이나 얼굴, 주어진 카드의 순서를 절대 잊지 않는 능력이라는 저주를 받았다.

"당신이 당했을 때 슬펐습니다. 정말요. 언제였던가요? 87년? 마한 떠야 파당에 속한 반군 한 사람을 만난 적이 있는데, 자기가 당신의 암살을 기획했다고 하더군요."

라니 박사는 장부에서 고개를 들고 피곤한 미소를 지어 보이더니 어깨를 으쓱했다. 동공은 백내장에 걸린 듯 뿌연 색이었다.

"귀 검사를 받아야 한다. 귀에는 지문처럼 개인의 고유한 무늬가 있어. 접힌 부분은 과거의 트라우마를 보여주고, 귓불은 과거에 지은 죄를 드러내며, 연골은 죄책감을 숨긴다. 이 모든 것이 당신이 '빛'으로 들어가는 것을 방해한다."

"빛은 뭡니까?"

"간단하게 답하자면, '당신이 필요로 하는 것이면 무엇이든지'. 길게 답하자면, 난 길게 답할 시간이 없어."

그녀는 올라 잎 한 장을 건넨다. 3천 년 전 일곱 명의 현자가 이 세상에서 살아갈 모든 인간의 운세를 마른 야자 잎에 적어 남겼다는 전설이 있다. 각진 무늬를 새기면 오톨도톨한 잎이 찢어지므로, 남아시아 문자는 이 잎이 찢어지지 않도록 관능적인 곡선으로 이루어진다.

"당신이 1983년 폭동 사진을 찍었나?"

"제가 찍었습니다. 이건 뭡니까?"

올라 잎에는 똑같은 단어가 세 가지 언어로 적혀 있다. 둥글둥글한 싱할라어, 각진 타밀어, 흘려 쓴 영어. 찢어진 곳은 보이지 않는다.

귀 ＿＿＿＿＿＿＿

죽음 ＿＿＿＿＿＿＿

죄 ＿＿＿＿＿＿＿

달 ＿＿＿＿＿＿＿

도장 ＿＿＿＿＿＿＿

"42층에 가서 귀를 검사하고, 몇 번 죽었는지 세고, 당신이 지은 죄를 해독하고, 달을 등록해라. 그런 다음 도우미에게 도장을 받으면 된다." 그녀는 장부를 덮는다. 대화는 이렇게 끝난다. 붕대를 감고 끊임없이 기침을 하는 남자가 바로 뒤에 서 있다가 너를 줄 바깥으로 밀어낸다.

너는 몸을 돌려 뒤에 서 있는 사람들을 마주 본다. 예언자처럼 두 손을 번쩍 들어 올린다. 무엇을 하든지 늘 돋보이고 싶은 너라는 인간. 입을 다물고 있을 때만 빼고 언제나 목소리가 크다.

"너희 악귀들은 실제가 아니야! 내 두뇌가 코를 골며 만들어낸 환상이지. 나는 재키의 한심한 약을 먹었어. 그 때문에 생긴 환각이야. 사후세계 따위는 없다. 눈만 감으면 방귀처럼 사라질 거야!"

그들은 레이건이 몰디브에 준 관심만큼도 네게 관심을 보이지 않는다. 자동차 사고 피해자도, 유괴된 사람들도, 환자복을 입은 노인들도, 애석하게 유명을 달리한 라니 스리다란 박사도, 네 호통에 눈 하나 깜빡하지 않는다.

조개껍데기 안에서 진주를 발견할 확률은 1만 2천 분의 1, 번개에 맞을 확률은 70만 분의 1이다. 육신이 죽은 뒤 영혼이 살아남을 확률은 0분의 1, 무 중의 하나, 제로 대 1이다. 너는 지금 잠들어 있다, 이것만은 확신할 수 있다. 곧 깨어날 것이다.

그때 끔찍한 생각이 떠오른다. 이 야만의 섬보다, 신이 없는 행성보다, 죽어가는 태양보다, 코를 고는 은하보다 더 끔찍한 생각이. 만약 지금 이 순간까지 네 인생 전체가 잠이었다면 어떻게 되지? 지금 이 순간부터 너, 말린다 알메이다, 사진작가, 도박사, 걸레는 다시 눈을 감지 못하는 거라면?

너는 휘청거리며 인파에 밀려 복도를 따라간다. 부러진 다리로 걷는 남자, 멍든 얼굴을 감추고 있는 숙녀. 많은 사람이 결혼식을 올리려고 차려입은 것 같다. 장의사가 시체를 그렇게 꾸미기 때문이다. 하지만 찢기고 헝클어진 옷차림을 한 사람들도 많다. 너도 내려다보니, 네 것이 아닌 한 쌍의 손밖에 보이지 않는다. 지금 눈 색깔과 얼굴을 확인하고 싶다. 엘리베이터에 거울이 있을까. 하지만 도착해 보니 벽조차 없는 것 같다. 영혼들은 하나씩 하나씩 빈 엘리베이터 통로에 들어가서 물속의 공기 방울처럼 위로 날아 올라간다.

말도 안 된다. 실론 은행에도 42층은 없다.

"다른 층에는 뭐가 있어요?" 너는 검사를 했든 안 했든 귀가 있는 누구라도 답해주기를 바라며 묻는다.

"방, 복도, 창문, 문, 여느 건물과 같습니다." 도우미의 대답은 큰 도움이 되지 않는다.

"회계와 금융 부서겠지." 지팡이에 기댄 망가진 노인이 말한다. "이런 사기극에는 돈이 필요해."

"늘 똑같아요." 죽은 아기를 안은 죽은 여자가 울부짖는다. "모든 우주가. 모든 생이. 똑같아요. 똑같은 장면뿐이라고요."

악몽은 둘째치고 너는 꿈조차 거의 꾸지 않는다. 엘리베이터 통로 가장자리를 따라 둥둥 떠서 움직이는데 무언가에 떠밀린다. 너는 공포영화에 나오는 젊은 여자처럼 비명을 지르며 바람에 실려 하늘로 솟구친다. 뒤따라오는 검은 옷의 형체를 보고 흠칫 놀란다. 쓰레기봉투 망토가 바람에 펄럭이고 있다. 그는 네가 엘리베이터 통로를 따라 까마득히 올라가는 것을 지켜보다가 허리 굽혀 절한다.

너는 다시 '빛'이 무엇인지 여기저기 물어본다. 하지만 돌아오는 반응이라고는 어깨만 으쓱하거나 욕지거리뿐이다. 겁에 질린 아이가 네게 뽄나야*라고 한다. 동성애와 발기부전이라는 두 가지 뜻을 동시에 담은 욕설. 너는 이 두 가지 죄 중 하나만 저질렀다. 직원에게 빛이 무엇이냐고 묻지만, 물을 때마다 다른 답이 돌아온다. 어떤 이는 천국이라고 하고, 어떤 이는 부활, 어떤 이는 망각이라고 한다. 라니 박사처럼 무슨 뜻이든 될 수 있다고 하는 사람도 있다. 맨 마지막 정도만 제외하면 모두 썩 마음에 들지 않는 답변들이다.

42층에 가니 안내판에 이렇게 적혀 있다.

상담 종료

영혼들은 광활한 복도를 떠다니다가 벽을 못 보고 여기저기 부딪힌다. 안내 데스크는 있지만 아무도 근무하지 않는다. 붉은 문이 한 줄로 늘어서 있고, 안내판에 적힌 대로 모두 닫혀 있다.

검은 옷차림의 형체가 주변에서 방황하다 부딪히는 영혼들에게 무관심한 채 복도 한복판에 서 있다. 그는 너를 쳐다보며 이쪽으로 오라고 손짓한다. 네가 둥둥 떠서 멀어지자 그의 시선도 계속 따라온다. 이번에 그 눈은 노란빛으로 번득인다.

네가 라니 박사의 안내 카운터로 돌아가는 틈을 타, 우주가 하품한다. 바깥에서, 바람으로 가득한 밤이 속삭인다. 이곳에는 안내 카운터와 혼란뿐이다.

라니 박사는 너를 보더니 고개를 젓는다. "도우미가 더 필요해. 불

---

*　　Ponnaya, 여자 같은 남자를 비하해서 이르는 말.

평만 늘어놓는 사람 말고. 모두가 최선을 다하고 있어."

그녀는 너를 바라본다. "안 그러는 사람이 있어서 탈이지만."

너는 박사가 생각을 마칠 때까지 기다리지만, 이미 생각은 끝난 것 같다. 박사는 책상 밑에서 메가폰을 꺼낸다. 이것이 네가 기억하는 라니 박사, 텔레비전 카메라가 있을 때 대학 교정에서 외치던 박사의 모습이다.

"길을 잃지 마세요. 귀 검사를 안 한 사람은 여기 오지 마세요. 42층은 내일 열립니다. 그때 다시 오세요. 여러분에게는 일곱 번의 달이 있다는 것을 명심하세요. 마지막 달이 뜨기 전에 빛에 도달해야 합니다."

욕설을 쏟아부으려는데, 검은 쓰레기봉투를 뒤집어쓴 형체가 다시 눈에 띈다. 그는 이쪽으로 오라고 양손으로 손짓한다. 그의 눈빛은 촛불처럼 번득인다. 그는 네가 잃어버린 샌들로 보이는 것을 손에 들고 있다. 라니 박사는 네 시선이 향하는 곳을 확인하더니 미소를 거둔다.

"그건 쫓아내. 말, 어디 가는 거야?"

흰옷 차림의 두 남자가 카운터를 뛰어넘어 검은 옷의 형체를 향해 달려간다. 모세처럼 생긴 아프로 머리의 남자는 두 팔을 올리고 네가 들어본 적이 없는 언어로 소리친다. 흰 가운 차림의 근육질 남자가 그 옆에서 너를 향해 달려온다.

너는 인파 속에 몸을 숨긴 채 부러지고 피를 토하는 사람들 사이를 흘러 네 신발을 들고 있는 이에게 다가간다.

카지노, 전쟁터, 아름다운 남자들. 살면서 다가가지 말아야 할 많은 것들 쪽으로 흘러갔듯, 너는 쓰레기봉투를 뒤집어쓴 사신을 향해 흘러간다. 라니 박사의 날카로운 외침이 들리지만, 대다*가 떠난 뒤 암마에게 그랬듯, 너는 그녀를 무시한다.

후드를 뒤집어쓴 자는 눈동자처럼 누런 이를 드러내고 히죽 웃는다.

"선생님, 여기서 나가시지요. 이건 세뇌를 위한 관료체제입니다. 이 폭압적인 국가에 세워진 건물 둘 중 하나는 그렇잖습니까."

그는 너를 마주 보고 있다. 얼굴이 그늘에 가렸지만, 소년이다. 과거의 너보다 더 젊은 얼굴. 한쪽 눈은 노란색, 다른 한쪽 눈은 녹색이라니, 대체 어떤 한심한 약을 하면 이런 환각이 생기는지 모르겠다. 목소리는 인후염에 걸린 것 같다.

"성함 압니다, 말리 선생님. 여기서 시간 낭비하지 마십시오. 절대 빛으로 가지 마시고."

너는 그를 따라 엘리베이터 통로로 향한다. 이번에는 내려간다. 화난 라니 박사의 가성과, 모세와 근육질 히맨**의 우렁찬 바리톤 고함이 메아리로 멀어진다.

"사후조차 대중의 어리석음을 유지할 수 있도록 설계되었습니다." 소년은 말한다. "생전의 기억을 잊고 무슨 빛을 향해 가라고 떠밀지요. 전부 압제자의 부르주아 통치술입니다. 불평등조차 무슨 큰 그림의 일부라고 합니다. 거기 저항해 들고일어나지 못하도록."

맨 아래층에 도착해서 건물을 나서자, 바람이 사방에서 몰아친다. 바깥에서는 나무가 신음하고 쓰레기 더미가 트림하고 버스가 검은

---

*   Dada. 영어를 쓰는 가족이나 상류층 일부에서 아버지를 '대다'라고 부르기도 한다. 싱할라어로는 '땃따'.

**   코믹스 시리즈인 〈마스터스 오브 유니버스〉의 주인공.

연기를 내뿜는다. 그림자가 거리를 느릿느릿 기어가고, 새벽의 콜롬보는 얼굴을 돌린다.

"내 샌들을 어디서 찾았지?"

"당신 시체를 본 곳에서요. 되찾고 싶으십니까?"

"아니."

"생명 말이에요. 샌들이 아니라."

"알아."

생각해볼 시간이 없었는데도, 대답이 술술 입에서 나온다. 네 시체를 보고 싶나? 생명을 되찾고 싶나? 아니, 진짜 생각해보아야 할 질문은 이런 것이다. 도대체 어쩌다 여기 왔지?

아무것도 기억나지 않는다. 고통도, 놀라움도, 마지막 숨도, 그 숨을 쉰 곳이 어디였는지도. 고통을 다시 경험할 마음도, 한 번 더 숨을 쉬고 싶다는 바람도 없지만, 그래도 너는 검은 망토를 입은 자를 따라가기로 한다.

침대 밑의 상자

너는 엘비스가 첫 히트곡을 발표하기 전에 태어났다. 그리고 프레디의 마지막 히트곡이 나오기 전에 죽었다. 그사이 사진 수천 장을 찍었다. 너는 83년의 야만인들이 타밀족의 집에 불을 지르고 주민들을 학살하는 동안 그 장면을 지켜보며 방관한 정부 각료의 사진을 가지고 있다. 실종된 언론인들과 사라진 운동가들이 재갈이 물려진 채 묶여 있는 사진, 구금 상태에서 사망한 사진을 가지고 있다. 정부군 소령과 타밀 반군 대령, 영국인 무기상이 킹 코코넛을 나누어 마시며 한자리에 앉아 있는, 해상도가 낮지만 충분히 알아볼 수 있는 스냅사진도 있다.

스타 배우 위자야*를 죽인 사람들과 우팔리의 비행기 잔해**도 필름에 담겨 있다. 사진은 모두 엘비스와 프레디, 팝의 왕과 여왕의 오래된 음반과 함께 흰 신발 상자 안에 숨겨져 있다. 그 상자는 암마의 요리사가 운전사와 같이 쓰는 침대 밑에 있다. 가능하다면, 사진을 모두 천 장씩 복사해서 콜롬보 시내 구석구석 붙이고 싶다. 어쩌면 지금도 가능할지 모른다.

죽은 무신론자(1986)와의 대화

너는 보통 사람보다 시체를 많이 보았고 영혼이 어디로 가는지도 늘 알고 있었다. 촛불을 눌러 끌 때 불꽃이 가는 곳, 말이 입에서 나오는 순간 그 말이 가는 곳이다. 어머니와 딸은 킬리노치치***의 벽돌 아래 묻혔고, 말라베****에서는 학생 열 명이 타이어를 뒤집어쓰고 불탔고, 농장주는 자신의 창자로 나무에 묶였다. 그들은 아무 데도 가지 않았다. 있었다가, 그저 없어졌을 뿐이다. 각자의 초에 심지가 다할 때 우리 모두 그럴 것이다.

바람이 너를 태우고, 세상은 인력거의 속도로 흘러간다. 얼굴과 형

*   Vijaya Kumaranatunga(1945-1988), 1988년 암살당한 영화배우이자 가수, 정치인. 스리랑카 최초의 여성 대통령인 찬드리카 쿠마라통가의 남편이기도 하다.
**   1983년 2월 13일 스리랑카 최초의 다국적 기업인 우팔리 그룹 설립자였던 우팔리 위제와르더너의 개인 비행기가 말라카 해협 상공에서 사라졌다. 비행기의 행방은 오늘날까지 수수께끼로 남아 있다.
*** Kilinochchi, 타밀 해방군의 행정 중심지. 스리랑카 내전 주요 격전지 중 하나.
**** Malabe, 콜롬보 동남쪽의 교외 지역. '큰 숲'을 의미하는 싱할라어에서 유래.

첫 번째 달

체들이 흔들리며 지나간다. 두려워 보이는 얼굴들, 덜 두려워 보이는 얼굴들, 대부분 발이 땅에 닿지 않는다. 콜롬보가 인구 과잉 상태라고 생각하는 사람들에게 해줄 말은 하나뿐이다. 일단 귀신을 보게 된 뒤에 다시 이야기하라고.

"그걸 따라가고 있나?"

갈고리 같은 코와 구슬 같은 눈을 지닌 노인도 같은 바람을 타고 여행하는 것 같다. 원래 머리가 있어야 할 위치는 양 어깨 사이이겠지만, 그의 머리는 그렇지 않다. 그는 럭비공처럼 자기 머리를 배 앞에 두 손으로 받쳐 들고 있다.

"나라면 안 따라가겠어, 젊은이. 여기 영영 갇히고 싶다면 모를까."

머리 같은 나무와 뺨 같은 건물이 옆으로 지나간다. 그는 자기가 달이 천 번 넘게 뜨고 지도록 중간계에 있었다고 말한다.

"중간계가 뭐지요?" 너는 묻는다.

그는 캐리 칼리지 교사였는데 매일 코타헤나에서 보렐라까지 자전거로 오갔다고 한다. 옷은 너덜너덜하고 피투성이다.

"자동차 사고를 당하셨습니까?" 너는 묻는다.

"무례한 말은 삼가게."

그는 모든 유령이 생전에 입던 옷차림 그대로라며, 벌거벗은 것보다는 낫지 않으냐고 한다.

"카운터에서 나누어주는 그 전단에, 각자 입고 있는 것은 자기 죄와 트라우마, 죄책감 같은 것이라고 적혀 있지. 달이 천 번 뜨는 동안 내가 배운 것이 있는데, 헛소리 같다 싶으면 삼키지 말라는 거야."

그가 시위 현장에서 너를 본 적이 있다고 해서 시위에 나간 적이 없다고 했더니, 그는 거짓말쟁이라고 한다. 네가 머리 없는 자기 시체를 찍었는데 사진 설명에 자기 이름을 표기하지 않았다는 것이다. 정치적 암살이 아니었는데도 신문에는 정치적 암살이라는 기사가 났다고 한다. "대부분의 정치적 암살은 정치와 아무 상관이 없어." 그는 말한다.

후드를 쓴 이는 어느 집 지붕 위에 서서 너희의 대화를 지켜본다. 바람에 올라타는 모습이 보이지 않는데도, 그는 항상 몇 발짝 앞서 가는 것 같다.

"저 물건을 따라가면, 자네는 바보야."

너는 노인의 셔츠에 묻은 핏자국을 바라본다. 농담으로 대꾸할 만한 말이 떠오르지 않는다.

"솔깃한 약속만 하지, 지키지는 않을 거야."

나와 키스했던 남자들이 다 그랬지, 너는 이렇게 생각하지만 입 밖에 내지 않는다.

"저 물건이 나를 죽인 살인자를 끝까지 추적하겠다고 약속했어. 살인자는 얼마 전에 내 돈으로 집을 샀지. 뭐, 그건 다른 이야기고."

아래 세상 사람들은 마치 개미 떼처럼 어설프고 우왕좌왕한다. 바람에 매달려 흘러가는 네 발치를 묵직한 콜롬보의 공기가 스친다.

팔꿈치 옆에서 노인의 머리가 너를 향해 히죽 웃는다.

"믿는 종교가 있었나?"

"어리석은 것들만 믿었어요."

"천국 같은 거?"

"가끔은."

"그 말은 안 믿어."

너는 어깨를 으쓱한다.

"틀림없이 사후세계가 에어랑카 항공사 광고 같을 거라고 생각했 겠지? 금빛 해변과 치장한 코끼리, 찻잎을 따는 인부들이 카메라 앞에서 미소 짓는 세상."

네가 거짓말쟁이라고 생각했다면 그는 옳다.

a) 너는 믿는 종교가 없었다.

b) 너는 그를 기억한다.

그는 지방의회에 출마했던 학교 교사였는데, 폭력배인 형이 그를 총으로 쏘라고 사주한 뒤 대신 출마해서 당선되었다. 네가 사진을 찍었을 때는 남아 있는 얼굴이 별로 없었지만, 그래도 분명 너는 그를 알아보았다.

"젖과 키툴 꿀이 넘치고 처녀들이 자넬 빨아줄 거라 생각했나? 아니면 불가사의와 수수께끼, 물어서는 안 되는 질문뿐일 거라고 생각했나?"

"허황된 믿음을 지닌 남자들이 왜 그렇게 처녀를 갈망하는지 아십니까?" 너는 딜런의 개똥철학 중 하나를 읊으며 곧장 핵심 문구를 뱉는다. "처녀라면 침대에서 남자가 얼마나 형편없는지 모를 테니까 그러는 겁니다."

소용돌이치는 바람이 너를 싣고 난간과 버스 지붕을 넘는다. 세상은 모든 윤곽이 흐릿하다. 색깔이 없어야 할 곳에 색깔이 있고, 어디를 보나 영혼이 있다. 저 앞에 후드를 쓴 자는 베이라 호수의 수면을 스치더니 사원 입구의 비석에 까마귀처럼 내려앉는다. 시간의 윤회 속에서 소가 앵무새를 쫓고 그 소를 코끼리가 쫓는 장면이 비석에 새겨져 있다. 쓰레기봉투가 콘크리트 조각을 배경으로 날개처럼 펄럭거린다. 그는 팔짱을 끼고 서서 너를 똑바로 주시한다. 무슨 뜻인지 이해할 수 없는 몸짓을 한다.

길동무는 네가 그자를 바라보는 것을 본다. 그는 쇄골 위에 자기 머리를 올려놓는다. 후드를 쓴 이는 이쪽으로 등을 보이고 돌아서더니 베이라 호숫가 쪽으로 떨어진다. 떠오르는 햇빛이 거울 같은 수면에 호박색으로 부서진다. 휘어진 나뭇가지와 사무실 건물이 물결에 비친 제 모습을 확인한다.

노인은 한숨을 쉰다. "혹시 사후세계는 고문실 같을 거라고 상상했나? 정부의 폭탄 공격과 반군이 설치한 지뢰 사이에서 새우등이 터지는 민간인 같은 사후? 집안 대대로 물려받은 이름 때문에 잡혀서 두들겨 맞는 사후? 지금 이 순간에도 우리 주변은 지옥, 한창 성업 중이지."

그는 머리를 어깨 위에 올리고 잠망경처럼 돌렸다. "물론 나는 아무것도 믿지 않았어. 사후세계란 건 존재하지 않는다, 그런 걸 만들었을 리가 없다. 왜 꼭 무언가가 있어야 하나? 없으면 안 돼? 천국이나 부활, 똑같은 서글픈 짓을 하고 또 하면서 살아가는 것보다 망각이 더 말이 되잖아." 그는 고개를 네 쪽으로 기울인다. "이런 난장판일 거라고는 상상도 못 했지."

"저 후드 쓴 이는 누굽니까?"

"인민해방전선 공산주의자 쓰레기. 죽었는데도 아직 혁명 타령이야. 살해당한 살인자. 저 물건과 이야기하면 안 돼. 가서 자네의 빛을 찾고 가능할 때 여기서 나가. 나도 그렇게 했어야 했는데."

죽은 무신론자는 사후세계와 끝내지 못한 일들에 대해 사색하듯 베이라 호수를 바라본다.

"천 번의 달 동안 무엇을 하셨습니까?"

첫 번째 달

"성전마다 찾아가서 사람들이 기도하는 모습을 지켜봤어."

"왜요?"

"얼마나 멍청해 보이는지 감상하는 게 즐거워서."

"듣고 보니 나쁘지 않을 것 같군요."

"일곱 번의 달은 생각보다 짧아. 자네가 저 물건을 안 따라다니면, 저것도 자네를 쫓아오지 않아. 여기 머물면 할 일이 없어져."

너는 머리 없는 남자를 향해 카메라를 들어 올리고 호수와 일출을 배경으로 사진을 찍는다. 그의 목소리는 모든 선의가 늘 그렇듯 증발한다. 주위를 둘러보니 이제 그도, 후드를 쓴 형체도 보이지 않는다. 눈에 들어오는 것은 진흙탕 호숫가에 뒹구는 세 구의 시체뿐이다.

베이라 호수

1989년 12월 4일 화요일, 새벽 4시 정각에서 몇 분 지난 뒤, 사롱을 허리에 두른 남자 두 명이 베이라 호수에 시체 네 구를 던져넣는다. 그들이 이 짓을 한 것은 처음이 아니었다. 취해서 한 것도, 이 시간에 한 것도 처음이 아니었다.

이날 베이라 호수에서는 강력한 신이 쭈그리고 앉아 시원하게 장을 비우고 물을 내리는 것을 잊어버린 듯한 냄새가 풍긴다. 그들이 훔친 아라크 술을 알딸딸하게 마신 것은 시체를 유기하느라 긴장했거나 양심의 가책을 느껴서가 아니라, 악취 속에서 멀쩡한 정신으로 숨 쉬는 것이 마치 공중화장실 변기를 들이마시는 것 같아서였다.

첫 번째 시체는 쓰레기봉투에 싸여 있다. 입고 있는 사파리 재킷에는 커다란 주머니가 다섯 개 붙어 있고 안에 벽돌이 가득 들어 있다. 샌들 한 짝, 목에 건 체인 세 줄과 카메라, 세련된 차림이다. 남자들은 흠씬 얻어맞은 시체의 상체에 코코넛 섬유 밧줄로 벽돌을 묶는다. 제 딴에는 매듭을 잘 맨다고 생각하는 모양이지만, 둘 다 선원도 아니고 보이스카우트도 아니다.

그들이 투포환선수처럼 힘들게 시체를 던지자, 시체는 어린아이 멀리뛰기만큼도 못 가고 물을 첨벙 튀기며 코앞에 떨어진다. 아라크 한 병을 비우면 비위가 강해지고, 두 병을 마시면 운동능력이 사라진다. 시체가 베이라 호수의 미지근한 물에 부딪히자마자 밧줄의 매듭이 풀리고 벽돌은 검은 물속에 가라앉는다.

그들은 다른 시체도 똑같이 처리한다. 하나는 가라앉고, 하나는 뜬다. 수상사원에 줄지어 늘어선 돌부처들이 수면에 뜬 시체를 무심하고 덤덤한 눈길로 굽어보고 있다. 아침 목욕 중인 왕도마뱀들이 시체 주위를 스쳐 간다. 물새들은 안구를 서로 먹으려고 싸운다.

과거 베이라 호수는 이보다 세 배 컸고, 갖가지 악행을 숨기는 데 사용되었다. 포르투갈 상인 로포 드 브리토가 위자야바후 왕의 약탈을 막기 위해 켈라니 강의 물길을 돌린 이래, 수백 년간 수많은 비밀이 여기 잠들었다. 예전에 물길은 콜롬보 외곽으로 파나두라까지 이어져서 볼고다 호수와 연결되었다. 네덜란드인은 호수를 점령해서 운하를 만들었고, 영국인은 운하를 빼앗아 유용하게 사용했다. 상인과 선원, 창녀, 폭력배, 무고한 사람들의 시체가 그 속에서 썩고 있다. 10년마다 호수는 트림을 토해내서 슬레이브 아일랜드를 독한 숨결로 뒤덮는다.

"바보 자식." 발랄 아진이 트림을 한다. "테이프 안 붙였어?"

"묶기만 했어. 서두르라면서. 테이프 붙일 시간이 어디 있어?" 끈뚜

니할이 말한다.

"그 매듭은 네 암마 옷자락보다 더 헐렁했어."

"뭐라고?"

"가깝잖아. 나왐 마와따*에 있는 그 마스킹 테이프 파는 철물점. 5분밖에 안 걸렸을 텐데."

"문 안 열었어."

"네가 가서 열어."

"아이요, 그럴 수 있나. 애비띠야스**들이 일어날 시간이잖아. 이른 아침부터 스님들을 팰 수는 없어."

발랄 아진은 티셔츠를 벗고 사롱 앞섶을 다리 사이와 엉덩이 사이에 끼운다. 그는 다시 트림을 한다. 발랄 아진의 배 속에서 빠져나온 소 내장 커리 냄새가 목구멍으로 올라온다. 그는 묵은 아라크 술에 절여진 내장 요리 맛을 다시 음미한다.

"꼳뚜 아이야,*** 너랑 나랑 물에 들어가야 할 판이야."

시체에서는 셔츠가 벗겨졌고, 갈비뼈는 부서진 코코넛처럼 뭉개져 있다. 너는 부서진 뼈와 턱수염에 묻은 살점, 얼굴에서 떨어져나간 덩어리에 눈길을 주지 않으려고 애쓴다.

하지만 보지 않을 수 없다. 너는 이 짐승들을 안다. 카지노에서 돈을 따는 손님들을 패고 잃은 손님들에게서 돈을 받아내는 일을 하면서 보수를 받는 자들이다. 그들이 쓰레기 처리반으로 일하는 줄은 미처 몰랐다. '쿠누 카라야'는 사망증명서를 받아낼 수 없는 시체를

*   Navam Mawatha, 강가라마야라는 유명한 수상 사원이 있는 호수로 연결되는 도로.
**   Abhithiyas, 사원의 일을 돕는 행자.
***   Kottu Aiya, 꼳뚜 요리 만드는 사람. 꼳뚜는 밀가루를 반죽하여 넓고 얇게 펴서 구운 후 잘게 썰어 고기와 야채 등을 넣고 철판에 볶아 내는 요리다.

처리하는 사람을 완곡하게 가리키는 말이다. 쓰레기 처리반을 쓰는 것이 부패한 판사를 매수하는 것보다 싸다.

랑카*가 1987년 인도와 평화협정을 맺은 뒤로, 쓰레기 처리반은 수요가 많다. 정부군, 동쪽의 분리주의자, 남쪽의 무정부주의자, 북쪽의 평화유지군, 모두 시체를 풍부하게 생산한다.

꼰뚜 니할과 발랄 아진은 웰리카다 교도소에서 별명을 얻었다. 둘 다 요리 솜씨 덕분이었다. 꼰뚜 니할은 주방에서 일했는데, 거기서 꼰뚜에 들어갈 로티**를 잘게 써는 일을 전문적으로 했다. 그는 요리 도구를 몰래 들여와 교도소 내 무기상 노릇을 했다. 꼰뚜는 꼰뚜 접시 두 개의 날카로운 모서리를 교도소 내 깡패의 목에 들이대서 존경을 얻었다. 발랄 아진은 고양이, 즉 발랄라를 끓여 커리를 만들어주고 담배를 받았다는 소문이 있었다.

너는 시체 위에, 흡사 서프보드를 타듯 서 있다. 네가 생전에 서핑을 했던가. 체격을 보면 그럴 법하다. 너는 얼마나 잘생긴 남자였던가. 이 죽음은 얼마나 어처구니없는 낭비인가. 너는 대다가 암마를 떠났을 때조차 나오지 않았던 울음을 울다가, 이내 그친다.

네 믿음도 머리 없는 무신론자와 다르지 않다. 34년 동안 너는 열렬하게 아무것도 믿지 않았다. 그것이 이 혼돈에 대한 최고의 해답은 아니었지만, 유일하게 그럴듯한 답이었다. 네 딴에는 사원과 모스크와 교회에 몰려다니는 양 떼보다 똑똑하다고 생각했지만, 지금 보니 양들이 더 영리한 도박을 한 모양이다.

짧고 쓸모없었던 인생에서 너는 증거를 검토하고 결론을 도출했

---

*　스리랑카(Sri Lanka)는 '찬란한 섬'이라는 뜻으로, '랑카(섬)'로 줄여 부르기도 한다.
**　Roti, 납작하게 구운 빵.

첫 번째 달

다. 인간은 두 개의 긴 잠 사이에 반짝 켜졌다 사라지는 빛. 신이니 지옥이니 전생이니 하는 동화는 잊자. 확률과 공정함을 믿고, 이미 나눠진 카드를 다시 나누고, 받은 카드를 가지고 가능한 한 오래, 가능한 한 잘 놀면 그만이다. 너는 죽음이 달콤한 망각이라고 믿었으나, 둘 다 틀렸다. 죽음은 달콤하지 않았고 망각도 아니었다.

네가 믿은 유일한 신은 낮은 카스트의 약카(야차) 나라다이다. 나라다가 맡은 독특한 임무는 인류가 감당해야 하는 문제를 생각해내는 것. 생각해내지 못하면 머리가 폭발한다. 이들은 불멸 표준 복지혜택을 수령하고 무한한 앎을 수당으로 받는다. 하지만 그들에게 활동의 동기를 부여하는 것은 두개골을 안전하게 보호하는 것이 아닐까.

정말 두려운 것은 악이 아니다. 자신의 이익을 위해 행동하는, 힘을 지닌 존재. 그것이야말로 치가 떨리는 존재다.

세상의 광기를 달리 어떻게 설명할 수 있을까? '하늘에 계신 아버지'가 정말로 존재한다면, 그는 네 아버지와 같을 것이다. 부재하고, 게으르며, 아마도 사악한 존재. 무신론자에게는 윤리적인 선택이 있을 뿐이다. 인간이 혼자라는 것을 받아들이고 이 땅 위에 천국을 건설하기 위해 노력하는 것. 혹은, 아무도 지켜보지 않는다는 것을 받아들이고 마음 내키는 대로 사는 것. 후자가 훨씬 쉽다.

그래서 너는 이렇게 지켜보고 있다. 1983년 타밀족의 집에 불을 질렀던 남자들이 네 시체를 호수에 가라앉히는 모습을. 달콤한 망각, 꿈도 없는 잠 좋아하시네. 너는 깨어 있을 운명이다. 지켜보되 손대지 못할 운명, 목격하되 기록하지 못할 운명이다. 방금 카운터에서 죽은 꼬마가 네게 말했듯, 발기부전의 호모, 뿐나야가 될 운명이다.

후드를 쓴 이가 으슥한 그늘에서 모습을 드러낸다. 그는 바람을 타고 흘러와 돌부처 옆에 책상다리를 하고 앉는다. 그는 말할 때 입술을 움직이지 않고, 그림자 밑에 걸터앉아 머릿속에 단어를 심는다. 목소리는 뱀이 헛기침하는 소리 같다. "유감이에요, 말리 선생님. 정말 충격이 크겠네요. 당신의 유골에 대해 묵상하세요."

"그러면 도움이 되나?"

"별로요."

자기 사진을 보고 생각보다 훨씬 뚱뚱하고 못생겼다는 것을 깨달아보지 않은 사람이 있나? 기억이 거짓말을 하듯 거울도 마찬가지다. 아니, 너는 아름다운 존재였다. 날씬했고, 단정했고, 머리카락도 반질거렸고, 피부도 매끄러웠다. 하지만 이제 너는 숨결과 색깔이 빠져나간 한낱 시체일 뿐이다. 네 위에서 고양이 학살자가 커다란 식칼을 들어 올린다.

"네가 내 도우미인 거야?" 묻지만 대답이 없다. 후드를 쓴 자는 사라졌고, 너는 다시 그가 슬그머니 나타나기를 기다린다.

"아닙니다, 선생님. 도우미는 무슨. 다 헛소리예요. 흰옷을 입은 그 바보들은 관료이고 교도관입니다. 중간계를 무슨 수용소로 만들었다고요. 한심해."

세계은행과 네덜란드 정부가 예전에 이 운하를 재건하기 위해 돈을 기부했다. 그중 상당액이 깔끔하게 재단된 주머니에 들어갔다. 타당성 조사는 반려되었고, 관련 서류는 진행되지 않은 각종 고속도로 및 고층 건물 건설계획과 나란히 보관되어 있다. 스리랑카에서는 최저입찰자가 모든 것을 짓거나, 가장 이윤을 많이 남기기 위해 아예 짓지 않는다.

꼰뚜는 두개골의 구멍에 물이 스며들기를 바라며 네 시체를 내리

누른다. 물이 뇌를 씻어내리지만, 시체는 여전히 떠 있다. 끈뚜는 욕을 하며 침을 뱉는다. 발랄은 웨이터 흉내를 내는 개구리처럼 머리 위에 흔들흔들 식칼을 올린 채 첨벙거리며 다가온다. 식칼은 커다랗고 갈색이며 무디다. 분명 수천 마리 고양이들의 피가 묻었을 것이다.

너는 이자들을 유심히 봐두었고, 거리에서, 정글에서 피해 다녔다. 그들이 어떤 자들인지 알고 있고, 셀 수 없이 많다는 것도 알고 있다. 그들은 네가 자기네 머리에 침을 뱉고 있는 줄도 모르고 아무도 안 보고 있다고 생각한다. 깡패들은 깡패 대장의 수하이고, 깡패 대장은 특별수사부의 지시에 따라 경찰에 고용되었으며, 특별수사부는 법무부에서 자금을 지원받고, 법무부는 내각에 보고하고, 내각은 JR*이 세운 건물에 있다.

1988년에는 인민해방전선 마르크스주의자들이 국가를 쥐고 흔들었고, 이듬해에는 정부가 대대적으로 진압에 나섰다. 깡패들은 정치적인 성향을 띤 인물이라면 모조리 잡아들여 심문관에게 넘겼고, 그들은 심문 결과에 따라 처형인에게 넘겨졌다. 처형인은 보통 군 출신의 새디스트였고, 옷 색깔만 다를 뿐 대부분 쿠 클럭스 클랜(KKK)처럼 구멍 뚫린 검은 후드를 쓰고 다녔다.

어떤 똥이든 거슬러 올라가면 싼 놈은 국회의원이다. 자프나 대학의 라니 스리다란 박사는 반군 테러조직과 정부 암살단의 생태를 밝혀 명성을 얻었다. 손을 더럽히는 자들은 권력자와 직접적인 관련이 없었기 때문에, 권력자들은 누구에게든 죄를 떠넘길 수 있었다. 착한 박사는 네가 찍은 사진을 허락 없이 자기 책에 사용했다. 그녀

---

*   J.R. Jayawardene(1906-1996), 스리랑카의 총리와 초대 대통령을 역임한 정치인. 흔히 JR로 불린다.

는 자전거를 타고 강의하러 가다가 총에 맞았다. 네 스냅사진을 훔쳐 썼기 때문이라기보다 반군에 반대하는 목소리를 선명하게 냈기 때문이었으리라.

게다가 지금 눈앞에서는 한층 더 심각한 일들이 벌어지고 있다. 얼굴을 볼 수 없는 다른 시체들과 함께, 네 시체도 척추가 잘려나갔다. 피와 내장을 보는 데에는 익숙하지만, 이 상황은 도저히 감당할 수가 없다.

너는 다른 시체들의 목이 잘리고 손발이 날아가는 광경을 지켜본다. 발랄이 자르는 동안, 꼳뚜는 사원 옆의 수도꼭지에서 호스를 연결한다. 피는 검은 베이라 호수로 흘러 사라진다. 토막 난 네 시체 쪽으로 깡패가 다가가자, 후드를 쓴 자는 너를 다른 쪽으로 이끈다. 그가 후드를 벗자 얼굴이 보인다. 흉터와 딱지 자국이 있지만, 젊고 보기 흉하지 않은 얼굴이다.

"괜찮으세요, 하무*?"

"안 괜찮아."

그는 얼굴을 찌푸리고 고개를 젓는다.

"저를 기억 못 하시네요, 선생님."

너는 그의 목에 난 멍과 어깨의 화상 자국을 내려다본다.

"그 선생님 소리 좀 그만할 수 없나?"

그는 데히월라와 웰라왓떠를 연결하는 철도선을 연상시킨다. 웬나뿌와 공산당 집회에서 벌어진 싸움을, 네곰보의 캄캄한 해변을 연상시킨다. 초콜릿색 피부, 날씬한 몸, 가느다란 입술은 기억나지 않는다.

---

*　　Hamu, 어르신. 영국 식민지 시대에 주로 사용했던 표현.

이름도 모른다.

그동안 청소부들은 떠오르는 태양과 씻겨 내려가지 않는 핏물, 가라앉지 않는 시체 토막을 놓고 티격태격 싸우고 있다. 한때 네 것이었던 머리가 비닐백에 담긴 채 호수에 던져진다. 한때 네 것이었던 팔다리가 상자에 쌓인다. 왜 네 머리는 죽은 무신론자와 달리 어깨에 계속 붙어 있을까.

"나는 세나 파띠라나라고 합니다. 감파하* 인민해방전선 위원장이었어요. 제 시체도 여러 달 전에 이 더러운 호수에 잠겼죠. 우린 만난 적이 있습니다."

너는 다른 시체 토막이 포장되는 쪽으로 다가간다. 냉동실에 넣을 준비를 하는지 팔다리와 머리가 비닐봉지 안에 들어 있다.

"나는……."

"웨나푸와에서 집회가 열렸을 때 당신이 나한테 키스하려고 했어요. 기억할 것 같지는 않지만."

너는 베이라 호숫가에 둥둥 떠 있는 시체 토막을 바라본다. 쓰레기 처리반의 욕설을 들으며 차츰 가물거리는 희망을 붙잡고 기억이 돌아오기를 기다린다.

약자

스리랑카의 약어를 혼란스러워하던 젊은 미국인 기자 앤드루 맥고완을 위해 네가 커닝페이퍼를 만들어준 적이 있다. 그간 많은 손

---

* Gampaha, 스리랑카 서부의 행정구역.

님들을 위해 여러 번 다시 사용했던 목록이다.

앤디에게

외국인의 눈에 스리랑카의 비극은 혼란스럽고 회복 불가능해 보이겠지. 그럴 필요 없는데 말이야. 주요 등장인물부터 봐.

LTTE — 타밀 엘람 호랑이 해방군*
- 타밀족 독립 국가를 원한다.
- 이를 이룩하기 위해 타밀족 민간인과 온건파를 학살할 태세다.

JVP — 자나따 위묵띠 패라무나, 인민해방전선
- 자본주의 국가를 전복하려 한다.
- 노동계급을 해방시키는 과정에서 기꺼이 노동계급을 희생시키려 한다.

UNP — 통일국민당
- 아저씨와 조카당**이라는 별명이 있다.
- 1970년대 후반부터 권력을 쥐고 있으며 앞서 설명한 두 전쟁에 휘말려 있다.

---

*   원문에서는 계속 영어 약자를 쓰지만 한국어판에서는 약어 대신 타밀 해방군/반군으로 표기한다.

**   돈 스티븐 세나나야커(Don Stephen Senanayake)가 창당하고 그의 아들이 계승했으나 1년 7개월 만에 사임, 돈 세나나야커의 조카인 존 코텔라왈라(John Kotelawala)가 이어받으며 붙은 별명.

첫 번째 달

ST — 특별수사부

정부를 대신하여 타밀 해방군이나 인민해방전선, 혹은 그들을 방조한다고 의심되는 자는 누구라도 납치, 고문한다.

스리랑카는 인종으로 나뉘어 있고, 인종은 당파로 나뉘어 있고, 당파는 서로 반목해. 누가 야당이 되든 하나같이 다문화주의를 설파하면서, 권력 대신 싱할라 불교도 지배체제를 추구하지.

넌 이 땅의 유일한 외부자가 아니야, 앤디. 너처럼 헷갈리는 사람들이 많아.

IPKF — 인도 평화유지군
• 평화를 유지하기 위해 이웃나라에서 보낸 군대.
• 임무를 완수하기 위해 마을을 불태울 준비가 되어 있다.

UN — 유엔
• 콜롬보에 사무소가 있다
• 같이 일하기 재수 없는 새끼들이다.

RAW — 조사분석팀
• 인도 정보기관, 구린 거래를 중개하러 와 있다.
• 최대한 피할 것.

CIA — 미국 중앙정보국
• 아주 강력한 망원경을 들고 디에고 가르시아 군도 해안에 포진 중.
• 이거 맞아, 앤디? 아니라고 해줘.

그렇게 복잡하지 않아, 친구. 착한 편을 찾으려고 하지 마, 그런 건 없으니까. 모두가 자존심을 내세우고 탐욕스러우며, 돈이 오가거나 주먹이 올라가지 않으면 아무도 문제를 해결할 줄 몰라.

상상 이상으로 상황이 빠르게 악화되었고 점점 더 나빠지고 있어. 몸조심해, 앤디. 목숨을 바칠 가치가 없는 전쟁들이야. 하나도.

말린

죽은 혁명가(1989)와의 대화

너는 아주 어렸을 때부터 남자애들이 좋다는 것을 자각했다. 대다가 호모놈들은 모두 묶어서 칼 맛을 보여줘야 한다고 했을 때, 너는 슬리퍼만 내려다보았고 다시는 그의 얼굴을 쳐다보지 않았다.

동성애자가 거리에서 당당하게 키스하고, 함께 주택담보대출을 받아 집을 장만하고, 서로의 품에 안겨 세상을 떠날 수 있는 날이 언젠가 오겠지. 하지만 네 생전에는 그렇지 않았다. 생전에 너는 어둑어둑한 곳에서 낯선 남자를 만났고, 두 번 다시 보지 않았다. 몰래 연애하고 가슴앓이를 해볼 사이도 없이 헤어지기도 했다. 혹은, 아예 대놓고 여자친구를 두고 같이 살면서 따로 빈방에서 집주인 아들과 잤다.

"선생님이 인민해방전선 집회에 오셨습니다. 나한테 현수막을 들고 사진을 찍자고 하셨죠. 그러더니 날 껴안으려고 했어요. 그 일주일 뒤 우리 동지 몇 사람이 처음 실종됐습니다. 다시 한 달 뒤, 내가 실종됐고요."

자세한 기억이 가려움과 아픔 속에 떠오른다. 80년대의 스리랑카에서 '실종된다'는 수동형 동사로서, 사는 지역에 따라, 네가 어떤 종족으로 보이느냐에 따라 정부, 혹은 인민해방전선 무정부주의자, 혹은 호랑이 분리주의자, 혹은 인도 평화유지군이 너에게 행할 수 있는 일이다.

"저 쥐새끼들을 따라가보죠." 세나는 앞장서서 흰 밴 지붕에 올라탄다. 그는 검은 쓰레기봉투에 테이프를 붙여서 후드와 망토 모양으로 뒤집어쓰고 있다. 그의 토막 난 시체 역시 테이프는 안 붙였지만 쓰레기봉투에 감긴 채 일부는 베이라 호수에 잠겨 있고 일부는 이 밴에 실려 있다. 발목의 저 상처는 무엇 때문인지 확실치 않지만, 짐작할 수는 있다. 내려다보니 너는 신발을 한쪽만 신고 있다. 자프나에서 팔던 마드라스*산 샌들이다.

흰 델리카 밴이 움직이기 시작한다. 뒷자리에 호스로 썼고 배니얀**으로 갈아입은 꼰뚜와 발랄이 탔다. 밴 뒤쪽에는 냄새를 풍기기 시작하는 상자가 쌓여 있다. 한때 너와 다른 두 사람의 것이었던 스테이크, 토막고기, 자투리다. 일부는 냉동실에 있었던 것 같다.

운전석에 앉은 젊은 군인은 운전대에 웅크리고 혼자 중얼거린다.

"누가 나한테 말을 하는 것 같은데, 이 두 사람은 아니야. 나도 아니고. 누구지?"

그는 상병 군복을 입고 있지만 시위하는 학생처럼 정신없는 인상이다. 조수석에는 의족이 놓여 있고, 변속기 위에 손이 가 있다. 세나

---

*   Madras, 인도의 네 번째 도시, 타밀라두 주의 주도인 첸나이의 옛 이름.

**   Banyan, 셔츠 안에 입는 러닝셔츠.

는 청년의 귀에 뭐라 속삭이더니 이쪽을 돌아보며 웃는다. "절 도와 주시면, 살아 있는 사람한테 속삭이는 법을 가르쳐드릴게요." 그는 후드를 뒤집어쓰고 뒤로 기대앉는다.

"내가 어떻게 죽었는지 이야기해주고 있었잖아." 과연 알고 싶은지는 아직 모르겠다. 운전사는 네게 안 들리는 무슨 소리가 들리는지 초조하게 주위를 둘러본다. 그가 변속기를 움켜쥐자 밴이 두 번 들썩거린다.

"아트센터 클럽인지 뭔지 돈 많은 뽄나야들이 가는 곳에서 납치됐겠죠. 밴에 태워지고, 파이프로 얻어맞았을 거고. 죽은 사람들의 똥이 잔뜩 묻은 방에 체인으로 묶였을 거예요."

그가 손을 들자, 손톱이 있던 자리에 피딱지가 붙어 있는 것이 눈에 띈다. "정신을 차려보니, 마스크를 쓴 남자가 이런 질문을 했겠죠. '너 인민해방전선이야?', 아니면, '너 호랑이 반군이야?' 어쩌면 '너 외국 비정부기구 소속이야?' 아니면, '너 인도 첩자야?' 왜 사진을 찍고 다니는지, 누구한테 팔았는지 물었을 거예요."

운전사가 승객에게 소리친다.

"방금 실은 시체는 어디서 온 겁니까?"

"운전사 동생, 입 다물고 운전이나 해." 발랄은 손에 묻은 얼룩을 내려다본다.

"발랄 씨, 전 이 역겨운 일이 싫어요."

"의견 고마워. 보고서에 적어놓지. 그러니까 운전이나 해."

그사이 꼳뚜는 발랄의 어깨를 두드리더니 목소리를 낮춘다. 그는 핸들바 스타일 콧수염을 손가락으로 만지작거린다. "발랄, 보스한테 불만 있다고 말해야겠어."

"어느 보스?"

"높은 보스."

"아주 높은 보스?"

"아주 높은 보스한테라도 말할 거야. 겁 안 나. 이런 식으로 일하는 건 전문가답지 못하다고."

세나는 네 앞에 둥둥 떠서 얼굴을 향해 소리치고 있다. 너는 부서진 카메라를 눈에 대고 움직이는 나무를 배경으로 그에게 초점을 맞춘다.

"아마 어르신은 그들의 얼굴에 침을 뱉고, 그들의 자식한테 저주를 퍼붓고 싶었을 겁니다. 하지만 그냥 울고, 벌벌 떨고, 애원하는 것밖에 못 했을 거예요. 어쩌면, 그들은 당신 손톱에 못을 박았을 겁니다. 어쩌면, 당신은 그들이 원하는 정보를 줬겠죠. 어쩌면, 그들은 당신 입에 총을 물렸을 겁니다."

눈에 눈물이 글썽거렸지만, 그는 굳이 닦지 않았다.

"네가 그렇게 당했어?"

"모두가 그렇게 당했어요. 작년 한 해에 2만 명. 주로 죄 없는 바보들이었죠. 인민해방전선 당원을 다 합쳐도 그만큼은 안 돼요."

"난 인민해방전선이 아니야."

"시릴 위제라트너 장관이 말했죠. '우리 쪽 한 명마다 너희 열두 명.' 농담이 아니었어요. 그 새끼가 숫자를 잘못 세었던 것뿐이지."

"2만 명이 실종됐다고? 네가 잘못 안 거겠지."

"시체를 봤어요."

"나도 봤어. 많아야 5천 명이야."

"인민해방전선이 죽인 사람 숫자는 300명도 안 돼요. 우리를 진압하려고 정부가 2만 명 넘는 사람을 죽였습니다. 어쩌면 그 세 배. 이건 사실입니다, 선생님."

"정부가 2만 명 넘게 죽였어요." 귀 너머의 대화를 듣고 운전사가 말한다. "왜 계속 죽이죠? 인민해방전선은 진압됐잖아요. 타밀 해방군도 조용하고."

"입 닥치고 운전이나 해." 발랄이 말한다.

"사후세계란 게 있다면 우리 모두 벌 받을 거예요." 운전사가 말한다.

"멍청한 놈. 사후세계는 없어." 꼰뚜가 말한다. "거지 같은 이 세계뿐이야."

"어디로 가죠?" 운전사가 묻는다.

"저 교차로에서 좌회전해." 발랄이 말한다. "주둥이 그만 놀리고."

"좋은 생각이네요. 입에 총을 물죠." 운전사는 운전대를 돌리며 이렇게 말한다.

———

"그래서 규칙은 뭐지, 파띠라나 동무?" 너는 흰 밴 지붕 위에서 세나에게 묻는다.

"규칙은 없습니다, 선생님. 이승과 같습니다. 각자 규칙을 만드는 겁니다."

"우리가 이렇게 돌아다니는 방식 말이야. 바람이 부는 곳이면 어디든지 갈 수 있나?"

"그렇지는 않아요, 하무. 당신의 몸이 있었던 곳은 어디든지 갈 수 있습니다."

첫 번째 달

"그것뿐이야?"

"당신의 이름이 불리는 장소는 어디든지 갈 수 있습니다. 하지만 파리나 몰디브 같은 곳에 날아갈 수는 없어요. 시체가 거기로 운반되지 않는 한."

"왜 하필 몰디브야?"

"귀신들은 거기를 낙원으로 착각하거든요. 그곳 얕은 바다에는 가오리보다 혼백이 많아요."

"그런데, 바람을 탈 수 있다고?"

"죽은 사람들에게는 대중교통이나 마찬가지죠. 보여드릴게요."

이 말을 남기고, 그는 밴의 지붕을 통과해서 사라진다. 그가 너를 부르는 소리가 들린다. 너는 주위를 둘러본다. 동이 텄고, 버스마다 사무직 노예들과 노예가 되기 위해 훈련받는 학생들이 가득하다. 자동차마다 너 같은 존재들이 매달려 있다. 도로에 늘어선 차량의 행렬을 둘러보니 지붕마다 귀신들이 하나씩 달라붙어 있다.

"말리 선생님, 여기로. 뛰어들어보세요."

너 자신을 꼬집어보지만, 아무것도 느껴지지 않는다. 꿈을 꾸고 있다는 뜻일 수도 있다. 아니면 더 이상 육신이 없다는 뜻일 수도. 아니면, 더 이상 육신이 없는 꿈을 꾸고 있다는 뜻일 수도. 그렇다면 달리는 흰색 차의 금속 지붕에 머리를 박아도 안전하다는 뜻일 수도 있을 것이다. 들어가본다. 녹슨 맛이 나고 축축하지 않은 물에 뛰어드는 기분이다.

"그런데 어떻게 바닥으로 떨어지지 않고 밴을 타고 이동할 수 있지?"

"제 말을 안 들으셨군요. 우리는 각자의 몸에 붙어 있습니다. 자신의 시체가 있던 자리를 불어간 어느 바람이든 탈 수 있어요."

"그런가?"

"칸다나에서 죽은 뒤 카두간나와로 실려 가 묻혔다면, 캔디 로드 어디든 내릴 수 있겠지요."

"그럼 쿠루네갈라의 어느 부엌에서 칼에 찔려 죽어서 정원에 묻혔다면 선택지가 많지 않겠군?"

그는 뒷자리로, 고기가 있고 악취가 풍기는 쪽으로 너를 민다. 그는 발랄과 꼳뚜 사이에 서서 기다린다. 이 말라깽이 청년한테 네가 들이대려고 했다니, 그건 있을 법한 이야기다. 지난 10년 동안 너는 움직이는 것이라면 가리지 않고 놀아났고, 움직이지 않는 것을 좋아하는 많은 것들과 놀아났다. 이건 언젠가 룸메이트 딜런이 마티니를 마시며 던진 말이었다. 농담을 가장해서 비꼰 조롱이었다.

밴은 비숍 칼리지 근처에서 요철에 부딪힌다. 세나는 공기가 아닌 뭔가를 들이쉬더니 발랄과 꼳뚜를 동시에 후려친다. 밴의 움직임 때문에 둘의 머리가 부딪친다. 세나는 웃음을 터뜨리고 너도 웃는다. 죽은 사람도 가끔 '몸개그'를 즐길 수 있다.

"뭐야?" 꼳뚜는 머리를 붙잡으며 소리친다.

"미안해요, 보스." 운전사가 단조로운 억양으로 중얼거린다. "그냥 작은 요철이에요."

"네 머리에 요철을 만들어줄까?"

"도로가 형편없어요. 이번 정부도 빨리 내려와야 해요."

"아무도 네 정치관에 관심이 없어, 운전사 동생." 코트는 머리에 난 혹을 문지르며 말한다.

세나에게 무슨 수로 이렇게 했느냐고 물으니, 그는 육신을 떠난 영혼이 사용할 수 있는 기술이 있다고 한다. 하지만 우선 결정부터 내려야 한다고.

무슨 결정? 네가 묻는다.

"우리 편에 설 건지 말 건지."

"우리?"

"당신과 나 같은 사람들."

"쓰레기봉투를 뒤집어쓰는 사람들?"

"살해당한 사람들을 위해 정의를 구현하려는 사람들입니다. 무덤 없는 넋들이 복수할 수 있도록."

"어떻게?"

"저 새끼들을 파멸시켜야지요. 저 새끼들의 보스들, 그들의 보스들을. 우리를 죽인 쓰레기들을. 그들 모두를 파멸시키는 겁니다, 하무. 제 말 못 믿으세요, 선생님? 이게 당신의 첫 실수예요."

"아이요, 뿌따*. 네 섹스 경험보다 내가 실수한 횟수가 더 많을 거다."

"제 육신은 열일곱 구의 다른 시체와 함께 냉동고에 보관되어 있었어요. 그러다 결국 끌어내져 저 호수에 던져진 겁니다." 세나는 쓰레기봉투로 몸을 감싼다.

밴이 덜컹 흔들리자 깡패들이 투덜거린다. 운전사가 졸다가 브레이크를 밟은 모양이다. 문득 그 얼굴에 진 주름과 귀 쪽에 드리운 그림자가 눈에 띈다. 그의 눈빛에는 인간의 육신을 차에 싣고 콜롬보의 도로를 달리는 인간에게 드물지 않은 절망이 담겨 있다. 밴이 다시 출발하자, 세나는 젊은 운전사의 귀에 속삭인다.

---

*　　Putha. 스리랑카어로 아들. '이 어린 놈아' 정도의 뜻.

"네가 잃어버린 것을 찾도록 도와줄게."

눈썹이 한 번 꿈틀거렸을 뿐, 운전사가 그의 말을 알아들었다는 기색은 없다.

"죄를 지은 자들이 벌을 받고, 억울한 일을 당한 사람들이 위로받을 수 있도록 도울게."

"운전사가 네 말을 들을 수 있나?"

"아, 그럼요."

"살아 있는 사람한테 말을 할 수 있다고?"

"이건 배울 수 있는 기술이에요."

미리하나의 한 교차로에서 정체가 풀리고, 밴은 교외를 지나 공장 지대로 들어선다.

"어디로 가는 거지, 세나?"

"뒷자리에 있는 다른 두 시체에 대해 궁금하지 않으세요?"

너는 밴 뒤쪽 봉투의 고기 위를 선회하는 파리들을 본다. 파리도 우리처럼 다시 태어날까.

"누군데?"

"곧 알게 될 거예요."

"정말 궁금해. 지금 우린 어디로 가고 있는 거야, 세나 동무?"

"저도 모릅니다, 보스. 묻으러 가는 것 같아요."

"물을 것이 많이 남았나?"

"이건 그냥 고기일 뿐이에요, 하무. 당신의 아름다운 부분은 여전히 여기 있어요."

너를 아름답다고 부른 사람은 많지 않았지만, 너는 아름다웠다. 아름답던 네 몸이 식칼로 토막 나던 광경이 생각난다. 고기로 환원

될 때 인간은 얼마나 추한가. 이 아름다운 땅은 얼마나 추한가, 네가 네 엄마와 재키, 딜런에게 얼마나 추했던가.

가지

딜런은 그것을 우주에서 가장 흉한 물건이라고 불렀고, 너는 흉한 것이 세상에 얼마나 많은데 그것은 10위 안에도 못 든다고 대꾸했다. 침대 밑의 상자 안에는 봉투 다섯 개가 있고, 각각 나름의 추함을 간직하고 있다. 봉투에는 흑백사진이 들어 있고, 덮개에 펠트펜으로 각각 카드 이름이 그려져 있다. 너는 가구가 없는 방에서 지냈고, 네 사진과 상자를 제외한 인생의 모든 것을 그냥 쓰고 버렸다.

딜런은 평생 본 가지가 겨우 세 개라고 했다. 네 것, 자기 아버지 것, 자기 것.

"이런 특권층을 봤나." 너는 말했다. "전부 다 가지처럼 생기지도 않았어. 대부분은 닭목처럼 생겼고, 어떤 건 버섯, 어떤 건 아기 주먹 같지."

"넌 많이 봤지?" 딜런이 물었다. 예전에 킬리노치치에서 탔던, 어린 애들이 조종하던 장갑차보다 더 묵직한 의미가 담긴 질문이었다.

"좀 봤지. 다 아름다웠어."

"넌 무엇에든 키스할 인간이지." 딜런이 말했다. "움직이는 거라면 닥치는 대로. 움직이지 않으려고 하는 것도."

"가지의 경우라면, 전혀 움직일 필요가 없을 때도 늘 움직이는 경향이 있어."

너는 그에게 음경에 대한 장대한 철학을 들려준다. 아시아인은 가장 크기가 작으면서 섹스를 많이 하는 편이다. 평균적인 물건은 근육질이면서 살이 많고, 축축하면서도 말랐고, 단단하면서도 부드럽고, 매끄러우면서도 주름이 많다. 인체에서 모양이 변하는 유일한 부위다. 거짓말을 할 때마다 코가 3센티미터씩 자란다고 생각해보라. 새끼발가락이 엄지발가락처럼 커진다거나.

"몇 개나?" 딜런은 네 무릎에 턱을 얹고 말했다. 너는 윗몸일으키기를 하고 있었고, 그가 코치 역할이었다. "스무 개? 쉰 개?"

너도 세본 적이 있지만 숫자가 세 자리를 넘어가면서부터 그만두었다.

"열 개 미만? 말도 안 되지. 그 두 배는 될 거야. 틀림없어. 그보다 많아? 스무 개 이상? 그건 역겨운데."

"우리 둘 다 가지를 좋아하잖아, 뭐가 문제야."

"난 네 것만 좋아."

너는 태어날 때 포경수술을 받은 남자는 무의식에 분노가 쌓여 폭력적인 성향을 띠게 된다고 이야기했다.

"그건 멍청한 데다 편견이야. 난 잘라냈고, 넌 아니잖아. 누가 더 폭력적이지?" 그는 말했다.

"음."

"내가 폭력적이라고 생각해?"

"넌 열정이 있지." 너는 그가 예쁜 목 위에 바벨을 내렸다가 들어올리는 모습을 지켜본다. "네가 흥분하면 무서워. 격분하는 건 상상할 수 없어."

그는 중력에 굴복한 바벨 덕에 가슴께에 피가 쏠리는 것을 느끼고 미소 지었다.

첫 번째 달

"넌 내가 흥분한 걸 못 봤잖아."

"봤어."

"그리고 네 이론은 엉터리야."

"미국인과 유대인, 무슬림은 왜 항상 전쟁을 벌일까? 유아기에 잃어버린 포피 조각으로 인해 무의식에 깃든 격분 때문이야. 아기는 머리를 어디 찧으면 울부짖어. 그 고통을 상상하면……."

"네 입에서 그보다 더 무식한 소리는 못 들어봤다. 안 그래도 헛소리 대마왕이."

"세계보건기구 보고서에서 읽었어. 전쟁광 국가들은 전부 포경수술을 받는대. 이스라엘, 레바논, 이란, 이라크, 미국, 콩고……."

"소련, 독일, 영국, 중국은? 거기도 다 수술받는대?"

"완벽한 이론은 없어."

"하."

그는 바벨을 넘겨주며 피식 웃는다.

"싱할라족과 타밀족은?" 그는 말했다. "둘 다 안 하잖아."

그는 눈썹을 치켜올리며 보조개를 만들었다. 딜런은 이따금 옳은 말을 하는 짜증스러운 습관이 있었다.

그러고 나서 둘은 몸싸움을 하고 바닥에 뒹굴었다. 딜런은 평생 네가 본 가장 큰 물건과 가장 작은 물건은 어땠느냐고 물었고, 너는 완니*에서 만난 소박한 농부와 베를린에서 만난 덩치 큰 록 가수에 대해 들려주었다. 물건이 말처럼 컸던 그 농부가 시체였다는 사실은 빼고. 록 기타리스트는 아주 작고 포경수술을 하지 않았는데도, 어

---

* Vanni, 만나르, 물라티부, 와우니야, 킬리노치치 등 북쪽 지역.

쩌면 그래서였는지도 모르지만, 골목길에서 너를 팼다는 이야기도 뺐다.

너는 음경이야말로 남자에게 자유의지가 없다는 증거라고 말했다. 잠시 침묵을 지키더니, 딜런은 코웃음을 쳤다. "내가 들어본 것 중에 제일 한심한 변명이다."

"자지에 혈액이 흐르는 것은 우리 마음대로 통제할 수 없잖아. 마치 악마가 귀에 대고 속삭이면서 눈에 가리개를 씌우는 것 같은 기분이랄까."

"너한테야 그렇겠지."

그날 밤 너는 상자에서 봉투 하나를 꺼냈다. 이 봉투에는 제목이 적혀 있지 않았지만, '가지'라고 붙였어도 괜찮을 것이다. 그 안에 든 사진들은 주인의 허락을 받고, 혹은 허락 없이 찍은 온갖 남성의 성기 모음이었다. 너는 그중 최고만 골라서 다시 봉투에 넣고 '잭'이라고 적은 뒤 나머지는 버렸다. 딜런이 사진 상자들을 뒤지기 시작했는데, 그의 예쁘고 순진한 눈에 너무 감당이 안 되는 광경일 것 같아서였다.

상자에는 봉투가 다섯 개 들어 있었고, 각각 카드 용어가 하나씩 적혀 있었다. '에이스'에는 영국 대사관에 팔린 사진들이 들어 있었다. '킹'은 싱할라 정부군의 의뢰를 받고 찍은 사진. '퀸'은 타밀 비정부기구에 팔린 사진. 하지만 '잭'은 사적인 사진이었다.

다섯 번째 봉투에는 '10'이라고 적혀 있었다. 그 안에는 딜런의 사진, 그리고 스리랑카의 가장 아름다운 풍경이 들어 있었다.

"넌 10점 만점이야." 너는 그에게 이렇게 말한 적이 있었다. "1부터 13까지 점수를 매겼을 때."

훈련받은 도살자들

밴은 움직이기 시작한다. 끈뚜는 골드리프 담배에 한 대 더 불을 붙이고 배를 긁는다. 차 안에는 습기가 많고 녹 냄새, 재떨이 냄새, 부패하는 고기 냄새가 감돈다.

"정말 머리끝까지 화가 나는 게 뭔지 알아?" 발랄이 말한다.

"제일 높은 보스?"

"하나부터 열까지 전문성이 없다는 거야."

"제일 높은 보스가?"

"뭐든지 '높은 보스' 타령이야. 몸이라도 대주냐?"

"나는 지저분한 일을 하는 한낱 일꾼이야." 끈뚜가 말한다. "제대로 된 일을 얻을 수만 있다면 그쪽으로 가고 싶지. 하지만 도둑을 누가 채용하겠어?"

끈뚜는 서글프게 콧수염을 매만지고, 발랄은 손가락 마디를 잡아당겨 소리를 낸다. 오랜 세월 칼질을 해서 발랄의 팔뚝은 근육이 탄탄하다. 수십 년 빈랑*을 씹은 끈뚜의 뺨은 축 늘어져 있다.

"내가 하는 말이 그거잖아." 발랄이 말한다. "일을 제대로 하자고. 이렇게 미치광이처럼 급히 해치우지 말고. 손가락을 자르고, 이빨을 부수고, 얼굴을 뭉개야지. 그래야 누군지 못 알아보잖아. 그렇게 처리하면 아무 데나 버릴 수 있어."

"그게 무슨 제대로 된 일이야." 운전사가 앞좌석에서 혼잣말한다.

"넌 계획이 있다고?" 끈뚜는 튀어나온 배를 쓰다듬는다. "4층 냉동고는 가득 찼어. 이걸 거기 도로 가져갈 수는 없어."

---

*   빈랑나무의 열매로 각성 효과가 있다. 중독성이 있어 마약으로 지정되기도 한다.

"조각조각 토막 내서 어디 묻어버릴까?"

"구덩이를 몇 개나 파려는 거야? 식칼로 모든 걸 해결할 수는 없어."

"난 전문적으로 훈련받은 도살자야. 하지만 이 일이 닭 농장보다는 돈이 돼."

운전사가 소리친다. "발랄 씨, 끈뚜 씨. 너무 피곤해요. 언제 집에 가죠?"

쓰레기 처리반은 그를 무시한다.

"내 말은, 제대로 하자는 거야." 발랄이 말한다. "창자를 꺼내고, 핏물을 빼고, 토막 내고, 묻고, 이렇게 하는 거야. 매번 다른 곳에."

"정글에 쓰레기를 다 던지고 불을 지르면 어떨까?"

"여기 무슨 정글이 있어? 사뚜투 우야나 어린이 공원?"

"그럼 어쩌자고? 베이라 호수에 던지면 둥둥 떠. 디야완나에 던지면 호숫가에 밀려와. 모닥불을 피우려면 허가가 필요해."

"크로우 섬에 쓰레기 매립지가 있어."

"거긴 인간 까마귀가 너무 많아."

"난 까마귀 먹어봤는데." 운전사의 입은 미소 짓고 있었지만 눈은 웃지 않았다. "염소 맛이 나."

"라부가마 보호림 어때. 특별수사부와 인도 평화유지군은 거기 시체를 갖다 버린다고 들었어." 끈뚜가 말한다.

"거기는 그냥 들어갈 수 없어. 허가가 필요할 거야." 발랄이 말한다.

"높은 보스한테 이야기해야겠어." 끈뚜가 말한다. "사람 죽일 때도 법은 지켜야지."

"좋아, 나한테 좋은 생각이 있어." 밴이 차량의 흐름에 갇히자 발랄이 말한다.

"좋은 생각이어야 할 텐데." 꼰뚜가 말한다.

"우리 고양이한테 먹이는 거야."

"뭐야?"

발랄은 웃는다. 즐거운 기색이라곤 없이 날카로운 웃음. 운전사는 혼자 뭐라 중얼거리고 세나는 조수석에 앉아 그의 귀에 속삭인다. 너는 고기 봉투 옆에서 몸을 부르르 떨며 카메라를 눈에 갖다 댄다.

"농담이야, 농담. 하지만 우리 집에 고양이는 정말 충분하고도 남을 만큼 많아. 하수도에서 발견한 고기잡이살쾡이도 한 마리 있어. 항상 배고픈 것 같아."

"고기잡이살쾡이? 정말?" 꼰뚜는 말한다. "늪 악어나 동물원 표범은 없나?"

꼰뚜의 말투는 지나치게 가벼워졌고, 발랄은 조금씩 신경을 쓰기 시작한다.

"고양이를 왜 키우세요?" 웃음을 멈추고 경적을 울리기 시작하던 운전사가 묻는다.

"좋은 부업이야. 중국인들이 사 가거든."

"중국 대사관에서? 거짓말."

"아뇨, 거기 말고. 그랜드패스의 중국 식당가. 중국인들은 질문하는 법이 없거든."

그들은 마지막 담배를 나눠 피우면서 마녀처럼 웃는다.

"발랄, 너는 더러운 놈이야. 운전사 동생, 호텔로 돌아가세. 거기 냉동실에 공간을 찾아봐야지 별수 없겠어."

"오늘 더 실을 건 없고요?" 운전사는 어느 쪽이든 좋다는 듯 웃지도 찡그리지도 않는다.

"아니, 가서 잠을 좀 자자고. 어?"

"저는 잠을 안 잡니다." 운전사는 시동을 끈다.

마음속 구석에 불을 켜라

걷는 법, 말하는 법, 요강에 똥 싸는 법을 배운 기억은 없을 것이다. 그런 걸 누가 기억하겠나? 자궁에 있었던 기억, 거기서 나오던 기억, 인큐베이터에 있었던 기억도 없다. 그전에 있었던 곳에 대한 기억도.

기억은 육신의 질병으로 찾아온다. 재채기로, 통증으로, 긁히는 상처로, 간지러움으로. 이제 육신이 없으니 묘한 일이지만, 어쩌면 최면술사들이 옳은 건지도 모른다. 어쩌면 고통과 쾌락은 오로지 마음속에만 존재하는지도. 기억은 헉 하는 숨결, 턱 막히는 호흡, 느슨한 움직임으로 찾아온다.

카메라를 눈에 갖다 댈 때마다 그런 일이 일어난다. 유리 구멍을 통해, 사람들의 얼굴에 드리워진 빛과 언덕 위에 퍼진 그림자, 네가 찍었던 사진, 네가 깨뜨린 렌즈가 언뜻언뜻 보인다. 너는 토막들을 기억하고, 조각들을 되찾는다.

앨버트 카발라나와 락쉬미 알메이다가 아들의 열 살 생일 전날 파시쿠다 해변*에서 손을 잡고 있는 모습을 보니 맹장을 쿡 찌르는 감

---

*   Pasikuda Beach, 스리랑카의 중부지방 동쪽 해안에 위치한 타밀과 무슬림 거주 지역으로 해변이 아름답다.

각이 느껴진다. 그들이 아직 혼성 배드민턴을 같이 치던 시절. 버티가 떠나기 몇 년 전, 러키가 오후마다 술을 마시게 되기 몇 년 전. 그는 몸 안에 이미 질병이 자라고 있다는 것을 모르고 있고, 그녀는 달린 아줌마의 존재를 모른다.

소리 없는 니콘을 클릭하니, 이번에는 옷이 벗겨지고 폭행당하는 남자가 보이고 그 옆에서 폭도들이 웃으며 모닥불을 지필 땔감을 모으고 있다. 입술이 두꺼운 검은 여인이 너에게 연락하게 된 사진이다. 스페이드 퀸의 이름은 아무리 이마를 찌푸리고 골똘히 생각해도 떠오르지 않는다.

깨진 버튼을 다시 누르자, 불발한 자살폭탄 조끼 사진이 보인다. 조끼의 주인은 '탈출을 기도'하다가 살해당했고, 너는 촛불을 이용해서 이 사진을 찍었다. 햇빛에 논이 금빛으로 물들던 수리야칸다 집단매장지*에서는 빛이 필요하지 않았다. 너는 눈을 지그시 뜨고 시야 저 멀리 지평선까지 널려 있는 유골을, 죽은 아이들을 바라본다. 어린 소년들은 살해당하기 전에 가족에게 유서를 쓰도록 강요당했다. 특별수사부 소속 대령과 친분이 있는 학교장의 아들을 놀린 죄였다.

딜런 몰래 몇 번이나 바람을 피웠는지 기억나지 않지만, 네가 죄책감을 느낀 적은 단 한 번이다. JR에게 투표한 기억도, 3분 만에 13라크를 잃은 기억도, 아버지에게 그 문제를 털어놓아 마음을 아프게 했던 기억도 나지 않는다. 하지만 세 가지 일을 모두 했다는 것만은

---

*   Sooriyakanda, 앰빌리삐띠야 마하 위디얄라여 고등학교에서 인민해방전선 두 번째 반란을 진압하는 과정에서 살해된 학생 300여 명의 집단매장지. 1994년 발견되었다.

알고 있다.

너는 세나를 기억하지 못한다. 그를 만난 것도, 집회에 참석했던 것도, 그에게 들이댔던 것도. 죽었던 순간도 기억하지 못한다. 어떻게 죽었는지, 누가 있었는지. 왜 차라리 알고 싶지 않은지.

어쩌면 지난 10년간 수많은 기자와 활동가가 그랬듯 네 일을 너무 잘해서 납치당했을 것이다. 어쩌면 누구를 놀렸는데 그 아버지가 힘 있는 누군가와 연줄이 있어서 살해당했는지도. 어쩌면 자살했는지도 모른다. 전에 시도한 적이 없는 것도 아니다. 이 모든 시나리오가 충분히 가능하다.

그러나 도박장이라면 누구나 알겠지만, 신이 없는 이 우주에서 가장 위대한 살인자는 주사위 놀음이다. 다른 아무것도 아닌, 그저 정글 같은 불운. 우리 모두에게 닥치는 그것.

카메라가 진흙으로 가득 찬다. 너는 카메라를 마구 흔들어보고 목에 걸려 있는 것들을 당겨본다. 다시 니콘을 얼굴에 갖다 대니 이제 갈색이 아니다. 깨진 유리와 번진 색깔이 보인다. 킬리노치치 폭격 직후 죽은 사람들이 보인다. 다친 개, 피 흘리는 남자, 어머니와 아이가 보인다. 너는 허물어진 건물 꼭대기에서 이 사진들을 찍었다. 계속 들여다보고 있으니 배에 난 구멍이 차츰 커져 목구멍까지 치밀어 올라오는 것 같다. 네가 상자에 보관한 사진 중 가장 잔혹한 장면이라고는 할 수 없는데, 무슨 이유에서인지 네겐 가장 슬프다.

딸깍, 남아 있는 마지막 기억이 돌아온다. 너는 카지노에 있고, 무언가 검은 것에 네가 가진 전부를 걸고 있다.

공동묘지를 찾지 말라

"이봐! 어디 가?"

밴은 보렐라 공동묘지 앞에서 길이 막혀 멈춘다. 쓰레기 처리반 깡패들은 졸고 있고, 운전사는 혼자 흥얼거린다. 음률이 맞지 않는 람바다 음악이다. 그러므로 정확히 원곡과 같다.

"할 일이 있습니다." 세나가 말한다. "그리고 예감상, 선생님은 제 시간만 낭비할 것 같아요."

"그럼 이제 나는 어떻게 해야 해?"

인간의 고기가 가득 찬 밴에서 일곱 번의 달을 보내기는 싫다. 뒷자리에서 쓰레기봉투가 바람결에 부스럭거린다.

"사람한테 억지로 뭘 시킬 수 있나요. 그게 문제죠."

세나는 인력거 지붕에서 버스 옆으로 뛰어내리더니 보렐라 카날 떠 공동묘지 난간으로 훌쩍 올라선다. 절반 정도의 속도로 움직이고 있는 자동차에서 뛰어내릴 수 있을까. 그랬다가는 딱 죽기 좋을 것 같다. 그는 보도에서 소리친다. "본인도 자기가 왜 죽었는지 관심이 없는데, 내가 상관할 이유가 없잖아요?"

코를 고는 발랄과 침을 흘리는 꼰뚜 뒤쪽에서 우르릉거리는 소리가 들린다. 귀신 둘이 고기 봉투에서 솟아난다. 옷은 찢겼고, 눈은 텅 비었으며, 둘 다 꽁지머리다. 눈에 익은 모습인데, 이유를 알 것 같다. 베이라 호숫가에서 그들의 육신이 여덟 토막으로 잘려나가 너와 세나의 시체 옆에 나란히 놓이는 광경을 보았으니까. 흠씬 얻어맞은 젊은 남자들 같다. 그들이 이쪽으로 휘청하자, 눈구멍 안에서 안구가 구른다.

너는 3단 점프를 하는 발레리나처럼 펄쩍 뛰어 묘지 대문 앞에서 웃고 있는 세나 옆에 내려앉는다. 돌아보니 유령 둘이 이쪽으로 따라오고 있다. 네가 비명을 지르자, 세나는 한바탕 더 웃는다.

그들은 아무 말 없이 네 뒤에 떠 있다. 다른 유령보다 한결 더 시체 같은 모습이다. 손톱은 없다. 이건 공통된 특징이다. 발바닥의 멍, 뇌를 먹어치운 듯한 저 눈빛도 그렇다. 몇 번 본 적 있다. 전신주에 거꾸로 매달린 사람, 길가에서 구워지는 사람, 나무에 못 박힌 사람. 모두 이 두 유령과 같은 표정을 하고 있었다. 단지 그 시체들은 움직이지 않았다.

"불쌍한 녀석들이죠." 세나는 말한다. "둘 다 공학도였어요. 뚱뚱한 놈은 모라투와 출신. 그 옆은 자프나 출신. 둘 다 체포되어 고문당하고 살해당했어요."

"무슨 죄로?"

"아무도 모르죠. 싱할라족이거나 타밀족이라서? 혹은 가난해서?"

"중산층도 총알에 맞아. 언론인이었던 리처드 드 소이사. 활동가였던 라니 스리다란." 너는 말한다. "그리고 네가 말했듯이, 나 같은 사람. 난 총에 맞은 기억이 없지만."

아들을 살려달라고 애원하는 어머니 앞에서 리처드처럼 침대에서 끌려 나간 기억도 나지 않는다. 라니 박사처럼 네가 가르쳤던 학생들에게 살해 협박을 받은 기억도 없다.

"무고한 친구들입니다. 그게 요점이죠. 최소한 나나 당신 같은 사람은 참여하기라도 했잖아요."

"나는 참여하지 않았어."

"아무리 그렇게 말해본들."

"나는 인민해방전선이 아니었어. 내가 무슨 참여를 해? 타밀 반군도 아니었어."

너는 목소리를 높이지만 좀비 공학도 귀에는 들리지 않는 것 같다.

"영국을 위해서 일했다고 했잖아요?"

"내가?"

오해로 살해당한 공학도들이 한숨을 울컥 내뱉자, 어디서 나왔는지 깨닫기도 전에 어둑한 그림자가 보인다. 커다랗고 사냥개처럼 네 발로 돌아다니는 존재다. 윤곽은 자동차 지붕 위로 뛰어다니지만, 네 눈에 보이는 것은 털 뭉치와 이빨, 눈뿐이다.

무시무시한 것은 소리다. 살 속에 갇혀 공포에 굳은, 도울 길 없는 영혼 같은 목소리. 신시사이저 두 대가 형편없는 연주로 대결하는 듯 가냘프게 앵앵거리는 불협화음이다. 신시사이저 소리가 다. 그렇기는 하지만.

곰의 몸통에 황소의 머리가 달린 존재는 너를 향해 점점 빠른 속도로 어슬렁거리며 다가온다. 목에는 해골 목걸이를 걸고 있고, 피부 밑에는 얼굴들이 갇혀 있다. 너는 그 얼굴에서 눈을 뗄 수가 없다.

"천천히 움직이세요. 지금 당장." 세나가 말한다.

"저게 뭐야?"

"나라카. 지옥의 존재. 약카보다 더 나빠요."

세나가 너를 바람 위로 끌어올리는 순간, 으르렁거리는 울음소리가 들린다. 소리는 네 귀 사이 공간으로 뻗어온다. 수천 개의 목소리가 날카롭게 악을 쓰는 소리. 그 존재는 움직이는 트럭 위에 서서 너를 바라본다. 형태라기보다 그림자라고 해야 할까. 낡은 텔레비전이 모든 채널을 한꺼번에 내보내는 듯한, 배 속의 죽은 영혼들이 서로 충돌하는 주파수로 비명을 지르는 듯한 잡음이 들려온다. 너는 공동묘지로 부는 세나의 바람을 따라간다.

———

보렐라 카날떠는 나무와 뱀, 묘비들이 어우러진 그림 같은 풍경이다. 너도 여기 수없이 들어와 평화로운 산책을 누렸다. 하지만 오늘 이곳은 그런 풍경과 거리가 멀다. 묘지에는 불구와 유령, 뿔이 난 형체 들로 가득하고, 어디를 봐야 할지 어디를 보지 말아야 할지 알기 어렵다. 그들은 묘지 위에 걸터앉고, 문상객들 뒤에서 어슬렁거리고, 나무와 난간을 차지하고 있다. 눈은 갖가지 색깔을 띠고 피부가 허옇게 벗겨진 형상들이 좀비처럼 허우적거린다. 실수로 살해당한 공학도들은 공동묘지 정문에서 머뭇거린다. 세나는 돌아보며 코웃음 친다.

"뭐가 무서워? 너희는 이미 죽었는데! 최악의 상황은 이미 벌어졌다고."

이건 특히 전쟁터에서 자주 듣는 싱할라 속담이다. 너는 구호봉사자와 군인, 테러리스트, 마을 사람들에게서 이 말을 들었다. 나쁜 일은 이미 다 벌어졌잖아. 이보다 더 나쁠 수는 없어.

"공동묘지는 피해야 하는 것 아닌가?" 너는 오솔길을 따라 흘러가는 세나에게 묻는다.

"마하칼리*는 여기 들어올 수 없습니다."

"마…… 뭐?"

* Mahakali, 시간과 죽음, 변화와 파괴를 관장하는 힌두교의 여신 칼리를 일컫는 말.

첫 번째 달

73

"그 존재는 이름이 많아요." 세나는 속삭인다. "마루와, 마하 소나, 칼루 발라, 쿠웨니. 저는 마하칼리, 영혼을 삼키는 자로 알고 있습니다. 이 바람결에 방황하는 가장 강력한 존재. 악마와 약카가 무릎을 꿇는 신입니다. 당신과 나 같은 보잘것없는 영혼과 다르죠. 하지만 기억하세요. 악마든 약카든, 그들을 지배하는 존재든, 초대받지 않은 곳에는 갈 수 없어요."

"어떻게 하면 알 수 있을까?"

"약카에 대해서요?"

"내가 어떻게 죽었는지."

"그건 관심 없는 줄 알았는데요."

"네가 알고 있다고 했잖아."

세나는 쓰레기봉투 망토를 만지작거린다.

"저는 당신의 도우미가 아니에요, 선생님. 저는 저를 돕는 사람만을 돕습니다. 당신이 제 도움을 원하지 않으면, 저는 떠날 수도 있어요."

"무슨 유엔처럼 말하는군."

오전의 태양은 거의 중천에 떠올랐다. 도로는 자동차와 점심거리를 찾아 돌아다니는 인파로 북적거린다. 너는 옷에 묻은 피를 내려다본다. 자다가 평화롭게 죽은 것 같지는 않다. 타밀 반군은 라니 스리다란 박사를 죽였고, 정부는 리처드 드 소이사를 죽였고, 인민해방전선은 배우 위자야 쿠마라퉁가를 죽였다. 그렇다면 너를 죽인 건 누구였을까?

나무마다 눈이 박혀 있고, 오솔길은 식시귀*들이 막고 있다. 장례

---

*   Ghoul, 시체를 먹는 악귀.

(

74

식이 세 군데에서 벌어지고 있는데, 각각 영혼들이 떼를 지어 있다. 유령은 인간이 결혼식을 좋아하는 것보다 더 장례식을 좋아한다고 세나가 말한다.

할 수 없이 너는 바람을 뚫고 나아가다 죽은 콜롬보 사람들의 묘지 위로 날려간다. 영웅적인 군인들, 피살된 정치인들, 목소리 컸던 언론인들이 여기 잠들어 있다. 라니 박사나 위자야 왕자 같은 유명 인사들은 없나, 너는 낯익은 얼굴들을 찾아본다. 하지만 생전과 마찬가지로 기억하는 사람 없는 익명의 영혼들밖에 보이지 않는다. 그리고 폭사한 사람들, 불에 탄 사람들, 사라진 사람들 사이에 너, 아직 사인이 규명되지 않은 네가 있다.

"유령들은 왜 여기 머무르지?" 너는 묻는다.

"자신의 육신이 있는 곳이니까요." 세나가 말한다.

"묘지가 없는 사람은?"

"눈 내리까세요. 아무하고도 말하지 말고."

더위도 오솔길을 따라 촐랑거리며 돌아다니는 유령들을 잠재우지 못한다. 장례식이 두 군데 진행되고 있고, 유령 중에서도 가장 배고픈 유령, 식시귀와 아귀가 어떤 인간을 정신없게 만들어 뭐라도 훔쳐볼까 두리번거리고 있다.

세나는 무덤 사이를 가로지르는 오솔길보다 덜 붐비는 화장터 건물로 앞장선다. 공학도 두 사람은 숯 한 통이 놓여 있는 화장터 벽 앞에 선다. 세나는 통에 손을 뻗어 숯을 문지른다. 이어 벽으로 흘러가서 글자를 쓰기 시작한다. 그는 여섯 개의 이름을 숯으로 벽에 가득 채운다. 공학도들은 경이로운 눈으로 바라본다.

운전사 동생

발랄

꼳뚜

마스크

라자 소령

시릴 장관

세나는 후드를 등 뒤로 벗는다. 그는 학생들을, 이어 너를 쳐다본다.

"이자들이 몇 달 전 나를 죽인 암살단입니다. 지난주에 당신 둘을 죽였어요. 간밤에는 말리 선생님을 죽였고요."

"믿을 수 있는 데서 확인한 이야기야?"

"저는 이놈들에게 고통을 안겨줄 겁니다. 한 놈도 빼놓지 않고. 도와주시겠어요?"

공학도들은 고개를 끄덕이고, 세나는 미소 짓는다.

"어떻게 고통을 줄 거지?"

"계획이 있어요."

———

너는 신뢰하지 않는 상대의 말에 설득당해서 하고 싶지 않은 일을 하는 경향이 있었다. 하지만 이번은 아니다.

"미안해, 세나 동무. 벽에 글씨 쓰는 법을 배우고 싶긴 하지만 난 가야 해."

"동무라고 부르지 마십시오, 말리 하무. 당신은 그저 샴페인 사회주의자에 불과해요.”

“왜 나를 하무라고 부르지? 난 네 주인님이 아니야.”

“어렸을 때부터 시시한 인간들을 ‘하무’나 ‘선생님’이라고 부르도록 세뇌당했거든요. 가난한 집에서 자라면 그렇게 됩니다. 저는 하인으로 일했어요. 학위를 딴 뒤에도 거리에서 야채를 팔았습니다. 이 도시의 어떤 곳에 들어가려면 부자들을 ‘선생님’이라고 부르는 길밖에 없습니다.”

너는 바람에 귀를 기울이며 네가 이해하지 못했던 모든 것들을 생각한다. “친구들. 어머니……. 만날 사람이 있어.”

“왜요?”

“딜런한테 미안하다고 말해야 해. 재키에게 상자에 대해 알려야 해. 암마에게 다 대다 탓이라고 전해야 해.”

“감동적이긴 한데요, 선생님, 우리는 일해야 합니다.”

“만나야 해.”

“동문서답이나 하자고 어르신을 구출한 게 아닙니다.”

“구출해달라고 부탁한 적 없어.”

“뭘 해달라고 부탁하는 사람은 아무도 없어요. 가난하게 태어나게 해달라고 부탁한 사람도, 질병을 부탁한 사람도, 퀴어로 태어나게 해달라고 부탁한 사람도 없습니다.”

“난 퀴어가 아니야.” 네가 수없이 했던 말이다.

“그들이 지붕에서 하무를 던졌을 때 정신이 나갔나요? 아니면 콜롬보 7구 마약 파티에 정신줄을 놓고 왔습니까?”

“나는 콜롬보 2구에 살아. 날 지붕에서 던졌다고 누가 그래?”

“망가진 몸을 보세요. 정신도 그때 망가졌나 보죠.”

내려다보지만, 슬리퍼 한 짝이 없는 것만 보인다. 흡사 신데렐라 같다. 미주리에 사는 네 이복누이들은 너처럼 못되지 않지만.

"고다야*들은 콜롬보 7구를 동경해. 나도 그런 파티에 들어가려고 한심한 약을 많이 구했어."

"인민해방전선에 가입했던 기억이 안 나요?"

"죽은 기억은 안 나. 암살단도 기억이 안 나고. 지붕에서 떨어진 것도."

"가난한 사람을 사진으로 찍는 것밖에 관심이 없었군요. 도울 생각도 없으면서."

"좋아, 좋아. 널 돕는다면 설교 그만둘 거야?"

"그럼요."

바람을 타는 요령이 차츰 생기지만, 뭐라 설명할 수는 없다. 마치 버스 발판에 간신히 얹혀서 가듯 중력에 매달려 간다고 해야 할까. 호흡이 너를 붙잡을 때까지 숨을 참는다고 해야 할까. 양탄자 없이 마법의 양탄자를 탄다고 해야 할까. 너는 알딸딸하게 취한 입자처럼 허공에 둥둥 떠 간다. 하지만 어느 바람이 너를 딜런에게 데려다줄까?

"시체가 토막 나면, 대학교 마르크스주의자냐 카페 마르크스주의자냐는 중요하지 않아요. 풀뿌리 사회주의자든 샴페인 사회주의자든, 파리가 똥을 싸고 구더기가 들끓죠."

세나의 쓰레기봉투 망토가 그의 등 뒤에서 펄럭인다. 슈퍼맨이라기보다 망가진 우산 같다.

"어디로 가지?" 네가 묻는다.

---

*   Godaya, 촌뜨기.

(

78

"카날떠 공동묘지 끝의 마라 나무로요."

"왜?"

"난 당신을 돕고 있어요."

"어떻게?"

"나는 많은 것을 믿지 않아요. 하지만 마라 나무는 믿습니다."

———

마라 나무는 덥수룩한 잔디와 넘어진 바위 위로 가지를 뻗고 있다. 가지마다 존재들이 발톱으로 하나씩 달라붙어 있다. 묘비 사이에는 쥐, 뱀, 긴털족제비가 숨어 있다. 몸을 숨길 그림자가 많지만, 지금 여기 있는 존재는 무엇도 그림자를 드리우는 것 같지 않다. 세나는 빈자리가 있는 나뭇가지에 올라가고, 너도 뒤따른다. "왜 여기 앉는 거야?" 네가 묻는다.

"마라 나무는 바람을 붙잡아요. 무전기가 주파수를 수신하듯이. 보리수도, 벵골고무나무도, 바람을 불게 하는 큰 나무라면 모두 그럴 겁니다."

"나는 바람이 나무에 불어오는 거라고 생각했어."

"우리 할아버지 세대는 세상이 평평하다고 생각하셨지요. 유령이 되고 싶어요? 아니면 식시귀가 되고 싶어요?"

"차이가 뭐야?"

"유령은 바람과 같이 불어요. 식시귀는 바람의 방향을 움직이고요."

"우린 여기서 뭘 하는 거야?"

"마음을 고요하게 다스리면, 당신의 이름을 부르는 소리가 들릴 겁니다. 이름이 들리면, 그곳으로 갈 수 있어요. 육신이 아직 신선할 때 하세요. 달이 90번 뜨고 지면, 콜롬보 7구에 드나들던 당신 엉덩이 따위 아무도 신경 쓰지 않을 테니까."

"네가 날 선생님이라고 부르는 게 차라리 나은 것 같아."

너는 코웃음을 치고 명상 중인 혼백들을 둘러본다. 나무 위에 앉은 모두가 몸을 앞뒤로 흔들며 중얼거리고 있다. 누가 명상 중이고 누가 정신분열인지 구별할 수 없다.

"마음을 다스리고 귀를 기울이세요." 그는 말한다.

"70년대 이후로 명상은 안 해봤어."

"명상은 호흡이 있는 자들만을 위한 것입니다."

"무엇에 귀를 기울여야 하지?"

"당신 이름. 이름조차 잊어버렸어요? 누가 그대 이름 부르면, 더불어 수치를 느끼네*."

"시는 어디서 배웠어?"

"스리보디 칼리지에 다녔다고 시를 모를 줄 아세요?"

"억울한 게 많아 좋겠군."

"들으세요!"

해는 기울기 시작하고, 빛이 묘기를 부리기 시작했다. 장례 행렬은 흩어지지만, 다른 운구차가 다른 무덤을 향해 굴러간다. 너는 가만히 앉아 머릿속에서 들려오는 노래에 귀를 기울인다. 엘비스도, 프레디도 들리지 않는다.

---

*　　조지 고든 바이런의 시 〈When We Two Parted〉의 구절.

주위를 둘러볼 때마다 나무의 질감은 변한다. 껍질은 다양한 농도로 탄 커피색, 잎에는 금빛이 어른거리고 녹음은 열대우림과 이끼 사이를 오간다. 빛 때문일 수도, 네 상상일 수도, 둘 다 아닐 수도 있다.

뜨거운 공기가 시끌시끌한 도로와 개들의 하품, 스르르 미끄러지는 혼령들의 움직임 사이를 채운다. 너는 생각을 비우고 얼굴들이 다가오게 한다. 낯익지만 이름을 알 수 없는 얼굴들. 덩치 큰 백인 남자, 왕관을 쓴 남자, 루비색 입술을 한 검은 숙녀, 콧수염을 기른 소년.

얼굴들은 카드로 변한다. 다이아몬드 에이스, 클럽* 킹, 스페이드 퀸, 하트 잭이 눈앞에서 펄럭거리고, 문득 무슨 소리가 들리기 시작한다. 처음에는 속삭임, 그러다 단어 하나, 이어 많은 단어, 수백만 개의 단어가 밀려온다. 속삭임들은 서로 얽혀 어떤 것은 화음을 이루고 어떤 것은 소음이 된다.

그러다 마이크를 달고 시체 위를 기어가는 개미처럼. 그러다 장난꾸러기 아이들이 흔든 플라스틱 상자 안의 조약돌처럼. 그러다 포르투갈어와 네덜란드어, 타밀어를 동시에 말하는 소리처럼. 전파는 영혼들의 욕설로 혼잡하다. 목소리는 제각각 대기 속으로 지직거리고, 우주를 향해 고함치고, 사용하지 않는 주파수에 대고 고래고래 외친다.

그러다 너는 이름을 듣는다. 한 번, 이어 반복, 그리고 그 목소리는 소리친다.

"이름은 말린다 알메이다. 영국 영사관에서 일합니다."

"우리는 로렌조 알메이다라는 사람은 모릅니다."

---

*　　Club, 몽둥이의 형상에서 유래. 농민을 상징한다. 클로버라고도 부른다.

"지금 농담하는 줄 알아요? 스탠리 다르멘드란 장관의 편지도 갖고 왔습니다. '말린다 알메이다.' 바쁘시겠지만 한번 확인해주시겠어요?"

네가 아는 목소리다. 이 목소리가 화내는 것도 여러 번 들었다. 주위를 둘러보니 나무는 마치 인상파 회화처럼 초점을 맞출 수 없는 아련한 녹색과 금빛 붓질로 변했다. 네 옆에는 세나 파띠라나 동무가 미소 짓고 있다. 그는 장난스럽게 경례를 붙이고, 그 죽은 눈앞에서 너는 증발한다.

스무 명의 어머니들

"정식 이름은 말린다 알메이다 카발라나." 뾰족머리를 한 젊은 남자가 말한다. "이건 신분증 사본입니다. 확인해주시겠어요?"

"여기 말린다 앨버트 카발라나라고 되어 있는데." 경사가 말한다. "친구 이름도 모릅니까?"

"네." 구석의 늙은 여자가 말한다. "앨버트는 그 애 아버지 이름이에요. 아버지가 세상을 떠난 뒤 이름을 바꿨습니다."

"신분증에 적힌 이름을 사용하겠습니다." 책상에 앉은 형사가 말한다.

지난 한 해 동안 콜롬보 시 경찰서에는 아들딸이 집에 돌아오지 않는다고 울부짖으며 애타게 수소문하는 부모들이 수없이 드나들었다. 바쁜 날이면, 근심 걱정으로 정신이 나간 사람들이 환기도 안 되는 복도를 한 바퀴 돌아 자전거 거치대까지 줄을 선다.

문밖에는 이제 흐느낌도 잠잠해진 어머니 셋이 땀을 흘리고 있다.

(

안에는 아름다운 청년 하나가 책상에 기대선 채 경찰에게 사진을 보여주고 있다. 뾰족머리 젊은이, 서로 아주 다른 핸드백을 든 두 여자는 끝없이 꼬리를 문 대기자를 건너뛰어 우선 순위로 경찰과 이야기하고 있다.

"나는 딜런 다르멘드란이라고 합니다. 제 아버지는 스탠리 다르멘드란 장관." 아름다운 청년은 말한다. "이쪽은 말린다의 어머니고요. 이쪽은 그의 여자친구입니다. 그가 실종된 건, 어제 아침입니다."

딜런은 마하가마 세카라*가 아프리카어를 구사하듯 어설프게 싱할라어를 한다. 초조할 때는 문법을 완전히 잊어버린다.

"미안하지만 할 수 있는 일이 없어요." 문간에 선 경사가 말한다. "이해하셔야 합니다. 연락이 끊긴 지 72시간이 지나야 실종으로 인정돼요."

"혹시 체포됐을까요?" 빨간 드레스 차림의 여자가 묻는다. "그것도 확인해주시겠어요?"

젊은 숙녀는 은귀걸이를 달고, 검은 립스틱을 발랐으며, 뺨에는 진한 마스카라가 흘러내렸다. 창문이 다 닫혀 있는데도 접견실로 바람이 들이치자 그녀는 재킷으로 몸을 감싼다. 너는 그 바람을 타고 창틀에 내려앉는다.

"경찰분들 성함이 어떻게 되지요?" 늙은 여자가 젊은 여자의 어깨에 손을 얹는다.

"저는 란차고다 경사. 저쪽은 카심 형사. 형사님이 신고를 접수할 겁니다. 하지만 사흘 동안은 정식 수사를 개시할 수 없어요."

---

*   Mahagama Sekara(1929-1976), 싱할라어로 시와 희곡, 소설을 남긴 스리랑카의 문인으로, 그의 작품은 영화로도 만들어졌다.

첫 번째 달

83

딜런 다르멘드란은 여자 둘을 본다. 한 사람은 70대, 한 사람은 20대, 한 사람은 얼굴을 찌푸리고, 한 사람은 운다.

땅딸막한 체구의 카심 형사는 통통한 아이에게 제복을 입혀놓은 것처럼 가만히 있지 못하고 부산하다. 란차고다 경사는 마치 코트 걸이 같은 몸에 제복이 걸려 있는 것 같다. 카심은 서식을 건네주더니 문밖을 바라본다. 어머니들이 사롱 차림의 남자들을 대동하고 로비로 계속 들어서고 있다.

"부인, 이걸 작성하세요. 다르멘드란 씨. 마지막으로 말린다 앨버트 카발라나를 본 것이 언제였습니까?"

"알메이다요. 그는 지난주부터 자프나에 가 있었습니다. 어제 제 사무실에 전화해서 콜롬보에 돌아왔다고 하더군요." 딜런이 말한다. "중요한 할 말이 있다면서 그날 밤에 다시 전화한다고 했습니다."

딜런은 심호흡을 하고 목에 건 체인을 끌어당긴다. "전화는 안 왔어요."

"아직 출타 중인 것 아닐까요."

"짐이 그의 아파트로 돌아와 있어요. 젖은 수건이 욕실에 걸려 있습니다. 우리가 같이 사는 아파트에 돌아와서 제 사무실로 전화를 한 겁니다. 고객을 만나야 한다고 했습니다. 그 뒤에 전화한다고요."

"고객?"

"누군지는 말 안 하더군요."

"요즘 자프나는 아주 위험한데. 거긴 왜 갔습니까?"

"업무상 출장요."

"무슨 업무요?"

"그는 사진작가입니다."

"결혼사진?"

"신문에 싣는 사진."

"누구 의뢰로요?"

"군부의 의뢰를 받아 일하기도 하고, AP통신, 기타 몇몇 언론사와도 일해요." 머리를 크게 부풀린 작은 여자가 말한다. 네가 하루 일을 이야기할 때 들어주는 유일한 상대다.

"스리랑카 정부군?"

"그건 몇 년 전이었어요. 요즘은 그쪽 일을 안 해요."

"그렇다면 신문사 의뢰로 다른 일을 하고 있을 수도 있잖습니까." 란차고다 경사는 복도에서 고개를 돌려 다시 이쪽을 보고 있다. 그의 머리는 어깨와 분리된 것처럼 흔들거린다.

"출장을 가게 되면 우리한테 말합니다. 돌아오면 연락하고요." 딜런이 말한다. "오늘 새벽에 그가 재키를 데려오기로 되어 있었어요. 그런데 아무 말도 없었습니다."

"저는 SLBC에서 야간 뉴스를 맡고 있어요." 재키가 말한다. "말리가 늘 저를 태워줘요."

카심 형사는 해독할 수 없는 필체로 뭔가 적고 있다가 고개를 든다. 그는 늙은 여자를 쳐다본다. 너의 암마다.

"부인, 댁으로 돌아가서 그가 돌아오는지 기다려보시지요."

"우리가 장난으로 여기 와 있는 줄 알아요?" 암마는 사납게 말한다. "그 애가 어제 나한테 전화했어요. 몇 달 동안 한 번도 통화한 적이 없는데. 점심때 만나고 싶다고 했어요. 전에는 그런 일이 한 번도 없었다고요. 뭔가 이상하다, 그때 딱 그 생각이 들었죠."

뭐? 암마와 점심 식사라니. 마지막으로 엄마와 점심을 같이 먹은 것은 엘비스가 아직 활동하던 시절이다. 혹시 이 모든 상황을 설명할 기억이 튀어나오지 않을까 싶어, 너는 카메라를 흔든다. 하지만 렌즈는 그저 진흙투성이다.

카심 형사와 란차고다 경사는 방 안의 모든 사람이 눈치채도록 시선을 교환한다. 형사는 고개를 끄덕이고, 경사는 고개를 젓는다.

"모두 신분증 있습니까?"

딜런은 네가 2년 전 생일 선물로 준 지갑에서 카드를 꺼낸다. 세탁하다가 신분증을 잃어버린 암마는 가죽 가방에서 갈색 스리랑카 여권을 꺼낸다. 재키는 천가방에서 파란 영국 여권을 꺼내고 손수건으로 눈을 문지른다.

카심 형사는 입술을 꼼지락거리며 기록한다. 경사는 다가가서 어깨 너머로 들여다본다.

"재클린 와이라와나단, 25세, 타밀족." 란차고다 경사가 말한다. "락쉬미 알메이다, 73세, 버거*." 그는 늙은 여자에게 말한다. "말린다 카발라나는 싱할라 이름이지요?"

여자는 서식을 작성하다가 고개를 든다. 그 시선처럼 목소리도 차갑다. "그 애 아버지가 싱할라족이었습니다. 나는 버거고. 우리 모두 스리랑카인이에요. 문제 있습니까?"

"문제없습니다, 부인. 없어요."

란차고다는 어색하게 웃었는데 너무 어색해서 코웃음처럼 들렸다.

바깥 대기실에서 통곡 소리가 요란하다. 란차고다는 우는 여자를 달래려는지 밖으로 나간다. 그는 대뜸 곤봉부터 꺼내 들고 순경에게

---

* Burgher, 스리랑카인과 백인 혼혈.

끌어내라고 지시한다.

"병원은 확인해봤습니까?"

"네. 카지노도요." 재키가 말한다.

"말리가 요즘도 도박을 해?" 딜런이 묻는다.

"도박꾼?" 카심 형사가 묻는다.

딜런은 아니라고 하고, 재키는 맞다고 한다. 친애하는 어머니는 그저 고개만 젓고 자기 가방을 내려다본다.

"목요일에 다시 오세요." 형사가 아무도 읽지 않을 서류 위에 펜을 달리는 동안 란차고다가 말한다. "그때까지 우리가 해드릴 수 있는 건 없습니다. 요즘은 실종 사건이 너무 많아요."

그는 바깥 대기실을 가리킨다. 누군가의 어머니가 다른 누군가의 어머니를 향해 소리치고 있다. 재키의 눈이 누와라 엘리야에서 마음에 든 남자가 네게 작업을 걸기 시작했을 때처럼 번득인다. "딜런, 아버지한테 연락해봐."

딜런은 목젖 아래 상아로 조각한, 달걀형 머리가 달린 십자가를 만지작거린다. 네가 후지코닥 매장에서 일하는 청년과 딜런의 침대에서 놀아난 뒤 죄책감 때문에 건넨 선물인데, 딜런은 아무것도 몰랐다. 그 밑에는 네 피가 들어 있는 나무 목걸이가 있다.

"딜런, 오빠네 아버지한테 씨발 전화하라고."

재키는 낮고 격하게 내뱉는다. 형사와 경사는 눈썹을 치켜세운다.

"넌 일단 좀 진정해." 딜런이 말한다. "러키 아주머니, 서식 다 쓰셨어요?"

너의 암마는 구석에 앉아 대부분이 싱할라어로 된 네 페이지짜리 서류를 보고 있다. 싱할라어를 유일한 공용어라고 주장하는 국가에서 평생을 살았으면서도, 싱할라어는 암마의 제1언어가 아니다. 그녀는 고개를 젓는다. "그 애가 대체 어디 있을까."

"공항과 기차역을 확인하겠습니다." 카심 형사가 말했다. "지난주에 자프나에서 소요가 있었어요. 아직 거기 있을 수도 있지 않겠습니까. 다른 친구 집에 있거나. 다른 친구 없습니까?" 그는 재키를 보았다. "여자친구라든가?"

"여자친구는 없어요."

"누구나 비밀이 있게 마련이에요. 저는 이 업무를 하면서 별별 꼴을 다 봤습니다."

"혹시 다른 경찰서에 구금되어 있는지 알아봐주세요. 기다리겠습니다."

딜런은 정중한 태도를 지키면서 문법도 틀리지 않지만, 눈꺼풀 밑에서 용암이 부글거리는 것이 보인다. 그는 폭발하기 전에 항상 장신구를 만지작거리는 습관이 있다. 그는 목에 건 앙크 십자가를 마치 버블랩마냥 꽉 움켜쥐고 있다.

"그렇게 하라고 하겠습니다." 란차고다가 말한다. "경찰서가 바빠요."

"바빠 보이는군요." 딜런은 창밖에 옹기종기 모여 차를 마시는 경찰들을 내다본다. 줄을 선 어머니들은 새치기한 딜런과 그 탄탄한 엉덩이를 향해 욕설을 내뱉는다. 재키는 손수건으로 눈가를 찍어내고 그들을 쏘아본다.

"전에도 잡혀간 적이 있었습니다. 하지만 전부 오해였어요. 좀 알아봐주시겠어요?"

"혹시 그가 정치활동을 합니까?"

암마는 딜런을 쳐다보고, 딜런은 재키를 쳐다본다. 그들은 네가

88

지금까지 무슨 일을 했는지 아무것도 모른다. 이 점이 너는 고맙다. "그 애는 사진작가예요." 러키 카발라나, 결혼 전 성으로는 알메이다 가 서류를 건넨다. "뉴스에 실을 사진을 찍습니다."

"인민해방전선?"

"절대 아닙니다." 그녀는 말한다.

란차고다가 서류에 서명을 끝낼 때까지 10분이나 흐른다. 카심이 공식 인장을 찾는 데 다시 10분이 걸린다. 대기실 전화로 딜런이 자 기 아버지에게 전화를 거는 동안, 줄을 선 어머니들은 계속 그를 노 려보고 있다. 말리 알메이다는 어떤 정치단체나 테러조직과도 관계 가 없다, 재키와 네 암마는 번갈아가며 이 점을 강조하고 있다.

"군을 위해 일했다고요? 연락장교가 누구였습니까?"

재키는 딜런을 보며 고개를 젓는다. 경찰들은 시선을 교환한다. 그 들은 네가 자기들 사이에 앉아서 욕설을 퍼붓고 있다는 걸 모르고 있다. 구역질이 밀려오고, 사진들이 시야를 채운다. 피와 시체와 건 장한 상등병 들의 모습. 말을 할 수만 있다면, 클럽 킹, 라자 우두감 폴라 소령이라고 대답해줄 텐데.

카심은 인장을 들고 와서 미소 짓는다. 그는 딜런의 목에 걸린 것 을 가리킨다.

"그거 까마귀 아저씨가 준 건가?"

"네?"

"까마귀 아저씨. 코타헤나의 카크 마아마. 부적 파는 무당 말이야. 아니, 됐어."

그러자 딜런은 고약한 싱할라어로 경찰들에게 쌍욕을 퍼붓기 시 작한다. "이 좆같은 개자식…… 네 암마하고나 붙어먹어! 내가 너희 둘 다 고소할 거다!"

느닷없는 격분, 너는 여러 번 보았다. 그는 욕설과 모욕을 퍼부으며 드문드문 논리적인 불만을 토해내고 있다. 네가 석 달 동안 완니에 간다고 했을 때도 이랬다. 재키는 그를 대기실로 끌어내서 기다리고 있는 어머니들 옆에 앉히고, 어머니들은 부잣집 청년이 평정을 잃은 모습이 고소한 듯 바라본다.

방 안에서는 잠시 정적이 흐른다. 암마는 란차고다를 보고 다시 카심을 본다.

"내 아들을 찾아주세요."

"부인." 란차고다는 파일을 덮는다. "상황 아시잖아요."

"비용은 내가 대겠습니다. 아들을 찾아주세요."

공감력과 동정심, 품위는 한 톨도 없지만, 암마의 협상 기술은 이 모두를 만회한다. 망한 과일 장수에게서 공짜 망고를 받아낼 수 있는 사람이다.

"군대와 특별수사부가 전국 각지에서 반동분자들을 잡아들이고 있습니다. 경찰은 불려가서 뒤처리만 해요. 특별수사부가 개입했다면, 우리가 할 수 있는 일은 없습니다. 아드님이 정치활동을 했다면 아무것도 보장 못 합니다, 부인."

암마가 몸을 내밀자, 란차고다는 꼼짝도 하지 않는다. "나는 아무 것도 기대하지 않아요."

"아셔야 합니다, 부인. 시체조차 못 찾는 경우도 있어요. 부인 같은 어머니 스무 명, 서른 명이 매일같이 찾아와요."

"그럼 돈이 많으시겠네. 이걸 받으세요. 아들을 찾아주시면 더 드리지."

"법 앞에서는 부자와 가난한 자가 평등합니다."

"농담도 잘하시네."

암마는 노려보는 시선을 거두지 않은 채 미소 짓는다. 나르시시스트와 오랜 세월 결혼생활을 하면서 날카롭게 벼린 단호함이었다.

"내 아들을 찾아줘요. 안 그러면 경찰 배지를 떼고 옷을 벗겨드리지. 정식 절차까지 안 갑니다. 이해했어요?"

란차고다는 한쪽 눈썹을 치켜올리고 고개만 설레설레 젓는다. 카심은 협상 내내 말이 없었다. 그는 벨트를 고쳐 매고, 배를 밀어 넣고, 방금 인장을 찍은 보고서를 바라본다.

"부인, 시나몬 가든 경찰서는 뇌물을 받지 않습니다. 우리는 정치가들의 심부름을 하지 않아요. 스탠리 다르멘드란 같은 거물이라도 마찬가집니다. 우리는 법을 피해 가지 않습니다. 모든 경찰이 깡패 같은 건 아닙니다, 카발라나 부인."

"내 이름은 알메이다 부인이에요. 버거인 나라도 연줄은 있어. 스탠리 다르멘드란은 내각의 장관이라고. 그가 법무부 장관을 통해서 당신 보스한테 한마디 할 거요."

"부인, 법무부 장관이 우리 보스입니다." 란차고다는 클클 웃었다. "다르멘드란은 뭐지? 청소년부 장관이던가?"

"여성부 장관이었던 것 같은데." 카심이 중얼거렸다.

딜런과 재키가 다시 방으로 뛰어 들어오고, 격한 대화가 이어지지만 서툰 싱할라어와 고함 때문에 알아들을 수가 없다. 더 많은 어머니들이 대기실에 들어오자, 순경들은 곤봉을 뽑아 들고 서식과 질문 세례로 막아선다. 어머니들은 딜런과 재키, 암마를 가리키며 사무실에 쳐들어가겠다, 왜 저 사람들은 줄을 안 서느냐고 항의한다. 카심

첫 번째 달

형사가 란차고다 경사에게 고개를 끄덕이자, 경사는 대답 대신 눈을 굴린다.

"우리는 72시간 동안 대기하라는 지시를 받았습니다." 경사는 말한다.

"하지만 스탠리 장관을 봐서라도 수사를 시작하지요." 카심이 말한다. "그가 간밤에 고객을 만났다고요?"

"그는 인권 관련 비정부기구와 함께 일하고 있었어요. 1983년 문제와 관련된 일인 것 같아요." 재키는 이 방에서 말하는 것보다 듣는 것을 더 많이 하는 유일한 사람이다.

"나한테는 그런 말 안 했는데." 딜런이 말한다.

재키는 형사를 돌아본다. "그에게는 고객이 많았어요. 군부와 AP 통신뿐만 아니라, BBC, 프라우다, 로이터. 개인 고객도 있었고요. 하지만 정치활동은 하지 않았어요. 어느 편에 서지 않았다고요."

"누구든지 어느 편에 서게 마련입니다. 특히 이런 시절에는. 알고 계신 이름이나 전화번호 있습니까? 최소한 연락장교 이름이라도?"

너는 재키 뒤에 서서 머리에 노랫가락을 심으려는 듯 '라자 우두감폴라 소령'이라는 이름을 계속해서 속삭인다. 하지만 귀에 감기는 가락이 아니었던 모양이다.

"몰라요."

"그럼 어떻게 수사하라는 겁니까? 프라우다나 로이터, 디나미나* 연락처는? 뭐라도 알려주세요."

재키는 숨을 들이쉬고 천천히 말한다. "그는 호텔 레오에서 고객

*   Dinamina, 스리랑카 정부 소유의 싱할라 일간지.

들을 만났어요."

딜런과 러키는 놀라 그녀를 돌아본다.

"카지노?" 딜런이 묻는다.

"거긴 좋지 않은 곳인데. 왜 거기서?" 카심 형사가 물었다.

"몰라요. 거기를 좋아했어요." 재키는 미간을 찡그리고 딜런을 돌아본다. "말리가 도박에서 손 뗐다고 생각했어?"

"요점에서 빗나가고 있어." 암마는 목소리를 높이지 않고도 좌중을 사로잡는다. "내 아들이 실종됐고, 당신들이 찾아야 합니다. 지금 시간을 낭비하고 있어요."

란차고다는 문간에 그대로 서서 목을 기린처럼 흔들면서 한쪽 눈으로는 대기실의 소란을, 다른 눈으로는 방 안의 협상 장면을 지켜보고 있다. 카심은 판다처럼 책상으로 돌아가더니 두 시간 동안 작성해서 방금 도장을 찍은 실종 신고서를 훑어본다.

"솔직히 말씀드리면, 알메이다 부인. 때가 좋지 않습니다. 우리 선에서 최선을 다해보죠." 그는 자리에서 일어나고, 방 안의 모두가 일제히 일어선다.

"개인적으로 수사해보겠습니다." 란차고다가 말한다. "연락드리지요. 부인, 작성하신 서류를 여기 두고 가세요."

결혼 전 성이 카발라나였던 락쉬미 알메이다, 아버지 없는 말리 알메이다의 어머니는 서류 위에 돈을 얼마간 올려놓고 위아래로 끄떡거리는 란차고다의 머리통을 바라본다. 카심은 통통한 얼굴을 다른 곳으로 돌리고 자리를 옮긴다.

오븐 같은 대기실로 나온 딜런, 재키, 암마는 경비를 보며 억지웃음을 짓고 있는 어머니들과 욕설을 하며 노려보는 상심한 아버지들을 애써 외면하며 지나친다. 그들의 얼굴에 떠 있는 분노와 혼란스러운 눈빛은 네가 불과 얼마 전 빠져나왔던 다른 대기실을 연상시킨다.

딜런과 재키, 엄마를 따라가서 말할 수 없는 것들을 말해야 한다. 사진을 어디 숨겼는지 말해야 한다. 그중 두 사람에게 사랑한다고, 한 사람에게 사랑하지 않는다고 말해야 한다. 그것이 네가 하고 싶은 일, 해야 하는 일이다. 하지만 너는 그러는 대신 경찰들을 따라간다.

확률

기억은 아픔과 함께 찾아온다. 아픔에는 여러 색조가 있다. 때로 그것은 땀과 가려움, 발진과 함께 들이닥친다. 어떤 때는 구역질과 두통을 동반한다. 사지를 절단당한 사람이 존재하지 않는 팔다리를 느끼듯, 네게는 썩어가는 육신의 환상이 아직 남아 있다. 문득 구역질이 치밀다가, 이어 어지럽다가, 다음 순간 기억이 나는 것이다.

너는 5년 전 호텔 레오의 카지노에서 재키를 만났다. 그녀는 학교를 갓 졸업한 스무 살, 바카라에서 한심하게 돈을 잃고 있었다. 너는 완니에서 학살의 광경에 넋이 나간 채 악명 높은 빨간색 반다나를 두르고 수상한 사람들과 어울리며 어디를 보나 나쁜 것만 보고 돌아온 뒤였다. 너는 AP통신의 조니에게 사진을 팔아서 여섯 자리 액수의 두둑한 수표를 받았다. 아무리 스리랑카 루피라도 여섯 자리 숫자는 다섯 자리보다 낫다.

블랙잭에서 돈을 따고, 뷔페에서 게 요리를 듬뿍 먹고, 공짜 진을 삼켰다. 평범한 업무의 일상이었다.

"타이*에 걸지 마, 아가씨." 너는 검게 화장한 낯선 곱슬머리 여자에게 말했다. 그녀는 너를 보며 눈을 굴렸는데, 네게는 그 점이 특이했다. 여자들은 네가 보지보다 자지를 좋아한다는 걸 모르고 보통네 외모를 좋아하기 때문이다. 깔끔하게 다듬은 턱수염, 다림질한셔츠, 약간의 데오도런트 정도면 땀투성이 스리랑카 이성애자 남성100명보다 낫다.

"난 방금 2만 루피 땄어." 여자는 말했다.

그녀는 혼자 있고 아무도 작업을 걸지 않았다. 콜롬보의 카지노에서는 둘 다 흔치 않은 일이다.

"다시 딸 확률은 9퍼센트밖에 안 돼. 그리고 이 카지노는 커미션을 제하고 겨우 7대 1로 지급해. 그건 100번 계속하면 이기더라도사실상 돈을 잃는다는 뜻이야."

"모르는 게 없는 남자네. 놀라워라."

딜러가 너를 쏘아보았다. 너는 어깨를 으쓱하고 그녀의 칩을 뱅커에 놓았다. 그녀는 미소도 아니고 찡그린 것도 아닌 표정을 지었지만네 뜻대로 따랐다.

"만약 잃으면 당신이 물어내."

"숫자 계산을 할 줄 모르면 여기서 탈탈 털려서 빈털터리로 나가게 돼. 우주는 수학과 확률이 전부거든."

"난 여유를 누리러 왔어. 숫자 계산을 하러 온 게 아니라."

돈을 따자, 그녀는 다시 네게 거는 일을 맡긴다. 그리고 한 번 더.

"다른 사람이 대신 걸어주니 재미가 없네."

* 뱅커와 플레이어가 가진 패의 합이 같은 경우. 건 돈의 여덟 배를 가져가는 것이 일반적이다.

첫 번째 달

95

"마음에도 없는 소리." 너는 말했다.

너는 그녀를 뷔페에 데려가서 초콜릿 비스킷 푸딩을 먹고 골드리프를 피웠다. 나이 지긋한 디바가 야마하 키보드에 맞춰 '타잔 보이'를 부르고 있었다. 재키는 런던 억양으로 스리랑카가 싫다, 친척 아주머니와 같이 사는 것이 싫다, 방송국에서 아침에 일하는 것이 싫다고 투덜거렸다. 아주머니의 새 남편이 노크도 없이 자기 방에 불쑥 들어오는 게 소름 끼친다는 이야기도 했다.

열다섯 살 때부터 곁에 없었던 네 아버지는 아들의 실패한 교육비 대부분을 대주었다. 이십 대에 너는 여름 한 철 경영학을, 겨울 한 철 보험을 공부했다. 둘 다 지긋지긋해서 때려치웠지만, 그래도 도박의 기초에 필요한 것은 모두 배울 수 있었다. 투자 대비 수익. 거는 돈 대비 따는 돈. 무슨 일이 일어날 확률 대비 그 비용.

너는 이길 수 없는 패에 절대 걸지 않았다. 이건 지지 않는 것과 다른 이야기다. 너는 모든 규칙과 대부분의 확률을 파악하고 눈을 뜬 채 시작했다. 복권에 당첨될 확률은 800만 분의 1이다. 자동차를 타고 가다 죽을 확률은 4천 분의 1. 그리고 킨제이에 따르면, 동성애자로 태어날 확률은 열 명 중 한 명 꼴이다.

전쟁에 짓밟힌 똥통 같은 나라에서 태어날 확률은 얼마일까? 지구 대부분의 지역이 굶주리고 있고 기록된 역사를 모두 뒤져도 평화로웠던 시대가 없었다는 것을 감안한다면, 상당히 높다고 봐야 할 것이다.

너는 재키에게 빨강 대 검정으로 생각하지 말고 확률을 생각하라고 말했다. 옆에 앉은 남자가 잭을 들고 있을 확률, 딜러가 5를 뽑을 확률, 모든 사람이 네가 자기들보다 더 좋은 패를 쥐고 있다고 믿을 확률은 얼마일까?

재키는 취해서 룰렛 테이블에서 뻗었다. 네가 택시에 태워 보내겠다고 나서자, 경비들이 윙크를 보냈다. 본인이 주소를 말하지 못하는 상태였기 때문에, 너는 그녀를 네 집에 데려갔다. 그녀가 소파에서 깨어나자, 너는 혼자 외출해서 취해 돌아다니면 안 된다고 한바탕 설교했다. 그녀는 네 사진을 구경하느라 듣지도 않았다.

"이런 사진을 찍다가는 목숨이 위험할 거야." 그녀는 말했다.

"카지노에서 취해 곯아떨어지는 것도 마찬가지지." 너는 대꾸했다.

그녀는 이후 여러 번 밤에 네 집에 같이 갔다. 암마가 복도 저쪽에서 코를 고는 동안, 너와 그녀는 늦게까지 와인을 마시고, 단파 라디오로 인기 팝송을 듣고, 이런저런 이야기를 나누었다. 학살이 끝날 확률은 얼마일까? 폭탄에 당할 확률은? 사후에도 네 머릿속의 목소리들이 살아 있을 확률은 얼마일까? 여자가 콜롬보 시내 거리를 걷다가 '낭기',* '자기', '걸레' 소리를 듣지 않을 확률은? 콜롬보에 새벽 2시 넘어서까지 문을 여는 나이트클럽이 생길 확률은?

자유롭고 공정한 선거가 이루어질 확률과 비슷한 빈도이긴 했지만 네가 여자를 집에 데려오는 일이 생기면, 보통 그 여자는 네가 자기를 더듬고 입술 박치기를 할 거라고 예상하고 그렇게 하지 않으면 불쾌해했다. 하지만 이번 여자는 별 신경 쓰지 않는 것 같았다.

"여자친구 있어?" 그녀는 너를 흘끗 곁눈질하며 물었다.

"의미 있는 사람은 없어." 너는 말했다.

"의미 없는 사람은 많고?" 그녀는 묘하게 웃었다.

---

*   Nangi, 여동생.

그녀에게는 어딘가 뻔뻔스러운 데가, 특이한 데가 있었다. 화장과 머리 모양, 몸에 잘 맞지 않는 드레스 이외의 뭔가. 어린아이처럼 찡찡거리는 목소리였지만 폭군 같은 권위가 있었다.

"네가 날 '아가씨', '누이', '자기' 이렇게 계속 부르면 다시 안 올 거야."

"넌 남자친구 있어?"

"첫날밤까지 아낄 거야. 그러니까 엉뚱한 생각 하지 마."

"난 아무 문제 없어, 아가씨."

너는 그녀의 도박 친구로 시작해 고민 상담사가 되었다가, 클럽에 같이 가는 파트너가 되었다. 직장에서 지분거리는 동료와 집에 있는 친척 아주머니들, 노크도 하지 않고 불쑥 방문을 여는 아주머니의 새 남편을 어떻게 상대해야 하는지도 알려주었다.

"항상 명랑하게 굴어. 하지만 허튼짓은 절대 참지 마. 문에 자물쇠 달고."

반대로, 재키 덕분에 너는 전쟁터에서 찍은 장면들을 머릿속에서 밀어낼 수 있었다. 그녀는 대사관에서 열리는 파티와 돈 많은 콜롬보 국제학교 친구들이 호텔에서 여는 파티에 너를 데려갔다. 그중에는 완벽한 피부를 지닌, 성 정체성에 혼란을 느끼는 소년들이 있었다. 재키는 네가 파티에서 사라져도, 남자들과 이야기를 나누어도 신경 쓰지 않았지만, 여자들한테 말을 걸면 싫어했다. 자기 몸을 건드리지 않아도 신경 쓰지 않았다.

이따금 저녁이면 재키는 가냘픈 목소리의 가수가 엇나가는 음정으로 지루한 리듬에 맞춰 노래하는 음악을 틀곤 했다. 네게 샤르도네를 잔뜩 먹이고 아루감 베이 히피 공동체로 이주하자느니, 침대 밑에 숨겨놓은 사진을 전부 꺼내 전시회를 개최하자느니 하는 엉뚱한 제안을 하기도 했다. 아파트를 같이 쓰자는 천재적인 계획을 내놓은 것도 그녀였다.

확률 공부가 좋은 건 어떤 카드에 돈을 걸어야 할지 판단할 수 있기 때문이다. 확률을 알면, 아무도 보지 않는 사이 매일같이 희한한 일이 벌어진다는 것을 안다. 지금 카드 한 벌을 섞어서 인류 역사상 한 번도 나온 적이 없는 순서로 패를 돌릴 수 있다는 것을 안다. 네 계산에 따르면, 깊고 어두운 자프나보다 콜롬보 번화가에서 폭탄 사고로 죽을 확률이 더 높다. 왜냐하면, 최소한 전쟁터에서는 폭탄이 어느 방향으로 날아가는지, 누가 떨어뜨리는지는 알 수 있으니까.

아파트를 같이 쓰는 미혼의 스물두 살 여성과 30대 남성 둘 사이에서는 놀랍게도 불미스러운 일이 거의 일어나지 않았다. 재키의 아주머니들은 짐을 덜게 되어 좋아했고, 네 암마는 늘 그렇듯 아무 신경도 쓰지 않았다. 런던에 있는 재키의 부모님이 볼 때, 딸은 자기 사촌과 그 친구 집에서 지내고 있었고 스탠리 삼촌이 지켜봐줄 것이었다. 그녀의 친구들은 너와 재키가 사귄다고 생각했지만, 둘 다 이 소문을 긍정도 부정도 할 마음이 없었다. 커플 행세를 하면 어느 방에 들어가든 보호자와 방패를 가진 셈이었다.

"넌 내 사촌을 안 좋아할 거야." 그녀는 말했다. "진짜 있는 티 팍팍 내거든."

"재미있는 사람이야?"

"우린 서로 말 안 해. 너도 그럴 필요 없어. 변호사인데, 럭비를 좋아하고 머리 빈 금발 여자를 좋아해. 얄팍하고 따분해. 훌륭한 정치가가 될 거야."

첫 달, 너는 거의 집에 들어가지 않았다. 라자 우두감폴라 소령이 포획한 무기 사진을 찍었고, 뉴스위크의 앤디 맥고완과 함께 아누라다푸라* 폭발 사건을 취재했고, 페가수스 카지노에서 연신 잃다가 마침내 땄다.

둘째 달이 되어서야 너는 그 문제의 사촌을 만났지만, 처음에는 가벼운 잡담 말고 별다른 이야기를 나누지 않았다. 너는 같은 학교에 다니며 그를 본 기억이 났지만, 그는 네가 누구인지 전혀 몰랐다. 그러다 수영하고 돌아온 그의 체취, 걸음걸이의 리듬, 엉덩이에 달라붙는 짧은 바지, 곁눈질로 너를 바라보는 그의 시선이 차츰 눈에 들어오기 시작했다. 너는 창밖으로 골 페이스 그린**이 펼쳐진 라운지에 앉아 까마귀를 바라보며 집주인의 아들에 대해 몽상했다.

아파트의 소유주는 청소년부 장관이자 칼쿠다 선거구 의원, 내각의 유일한 타밀족, 남의 신세를 수없이 진 인물인 스탠리 다르멘드란이었다. 그의 아들은 딜런 다르멘드란, 전직 수영선수, 육상선수이자 럭비선수, 세인트 조셉 칼리지 졸업생, 그리고 네 짧고 서글픈 인생의 사랑이었다.

죽은 변호사(1983)와의 대화

너는 경찰들을 따라가려고 하지만, 바람이 흩어져서 너를 나무 위로 밀어올린다. 슬레이트 지붕마다 고양이나 몽구스, 아니면 혼백이 그 곡선을 따라 스르르 움직이고 있다. 너는 베이라 호수 위를 미끄

---

* Anuradhapura, 고대 싱할라 문명의 불교 유적지. 기원전 5세기에 건설되었으며 콜롬보에서 205킬로미터 떨어져 있다.

** Galle Face Green, 콜롬보 해변을 따라 조성된 공원.

러지고, 철도를 스치듯 지나고, 뻬따* 버스정류장에서 다른 산들바
람과 부딪히며 방향을 잃는다.

버스정류장에 올라앉아 있는 존재는 어디서 본 모습이다. 분홍색
사리를 입고 머리를 말아서 묶어 올린 여자. 너는 이 여자가 산 채로
불타는 것을 목격했다. 사진을 찍었고 뉴스위크가 그 사진을 샀지
만, 잡지에 싣지는 않았다. 그녀가 이쪽을 알아보지 못하기를.

그녀는 벌건 눈으로 너를 노려본다. 불에 그을린 사리는 셀로판지
처럼 몸에 달라붙어 있다. 피부는 딜런이 암마의 요리사 카말라보다
더 잘 만드는 유일한 음식, 오븐 구이 돼지고기 껍질처럼 쭈글쭈글
하다. 카말라의 침대 밑에는 네가 평생 작업한 사진들이 먼지를 뒤집
어쓰고 있다.

"너무 갑작스럽게 일어난 일이었어." 너와 주위에 있던 사람들은
이렇게 변명했다.

"분명 테러리스트였을 거야." 이렇게 말한 사람은 없었다. 그날도,
그 이후에도. 왜냐하면 1983년은 아직 모든 타밀족을 적으로 간주
하지 않았을 때니까. 이후 분위기는 곧 바뀌었다.

너는 코펀 네일이라는 펑크 밴드의 사진을 찍으러 그들이 사는
그린 패스의 집으로 찾아가는 길이었다. 대다가 사랑 대신 보낸 죄
책감에 얼룩진 선물, 괜찮은 카메라가 있었기 때문에 들어온 의뢰
였다.

지금 목에 걸고 있는 것도 똑같은 니콘 3ST이지만, 그때 카메라는
제대로 작동했다. 찍는 것밖에 할 수 있는 일이 없었다. 무력하게 손

---

* Pettah, 콜롬보항 뒤쪽에 위치한 종합시장. 스리랑카에서 가장 중요한 상업지구이
며 가장 번화하다.

첫 번째 달

을 놓고 있는 기분이었다. 여자가 머리채를 잡히고, 끌려가서 석유를 뒤집어쓰는 동안, 너는 계속 셔터만 누르고 있었다. 성냥에 불이 붙은 순간, 필름이 엉켰다.

"너도 거기 있었어." 여자는 말한다. "나는 그 자리에 있던 얼굴들을 죄다 기억해. 장관도 차 안에서 보고 있었어. 너도 거기서 내 사진을 찍고 있었어. 무슨 결혼식이라도 되는 양."

"난 폭도가 아니었습니다, 맹세해요. 그저 카메라가 있었을 뿐이었어요."

"네가 폭도라면 마하칼리한테 먹이로 던져버리겠어."

"난 카메라를 들고 하필 거기 있었던 것뿐입니다."

"그게 네 선전 문구야?"

여자의 눈은 붉고 갈색이었다. 목소리는 검었다.

"그 일은 정말 안타까워요. 우리가 막을 수만 있었다면."

"고마워. 안 하느니만 못한 소리."

그녀는 1987년 뻬따 폭발사고 희생자들이 범인들을 찾아내서 근처 굴에 가두었다는 이야기를 들었다고 한다. 희생자들은 113명의 피해자 전부가 모일 때까지 기다렸다가 정의를 구현할 생각이었다. 그녀도 희생자들이 적당한 처벌이 무엇인지 결정하는 것을 돕기 위해 여기 왔다.

"자살폭탄 테러범이 자기가 죽인 피해자 전부와 같은 대기실에 모이게 될 줄 알았더라면." 여자는 미끌미끌한 목소리로 말한다. "저지르기 전에 한 번 더 생각했겠지."

식시귀는 마라다나에 사무실을 두고 일하던 변호사였는데, 1983년 7월 21일 담배를 사러 가는 길에 버스정류장을 지나치다가 횃불을

(

든 싱할라족 폭도를 만났다고 한다. "담배 때문에 죽을 거라고 생각은 했지만 말이지." 그녀는 표정 변화 없이 농담을 던진다.

그녀는 사리 차림이었고 이마에 뽀뚜*를 찍었다. 담배보다는 그것 때문이었을 테지. 너는 이렇게 생각하지만 입 밖에 내지는 않는다.

그녀는 천 번의 달 동안 방황하다가 평화를 찾았다고 한다. 1983년 폭동의 많은 피해자들이 아직 중간계를 떠돌아다닌다고 한다.

"빛으로 들어간 사람도 있어. 악마가 된 사람도 있어. 빛은 망각하게 해. 우리는 절대 망각해서는 안 돼."

깜빡이는 달빛 아래에서 그녀의 피부는 뱀 껍질 같다. 팔은 코브라처럼 꼬여 있고, 머리카락은 뱀 둥지처럼 꿈틀거리며, 피부의 화상 흉터는 잉걸처럼 빛난다. 다시 한번 너는 깨진 카메라를 들어 허락을 구하지 않고 사진을 찍는다.

"83년에 우리는 미처 조직화할 생각도 못 했지. 너무 놀라서. 요즘 사람들은 더 분노하고 있어. 특히 죽을 때. 내가 사진 찍어도 된다는 말을 했던가?"

"카메라 안에 진흙이 들어갔습니다. 렌즈가 깨졌어요."

"그럼 왜 들고 다니는 거야?"

"가장 좋은 사진은 찍지 않은 사진이니까요." 너는 말한다.

1987년 뻬따 버스정류장 폭탄 테러의 희생자 113명은 귀 검사도, 빛으로 나아가는 것도 거부했다고 한다. 그들은 자살폭탄 테러범이 합당한 처벌을 받아야 한다고 주장하며 책임자와 면담을 요구했다.

죽은 변호사의 말에 따르면, 흰옷의 도우미들은 자원봉사자다. 빛

---

*   Pottu, 타밀족 여자들이 이마에 찍는 검은 점.

첫 번째 달

에 들어갔다가 여기로 돌아오기를 선택한 영혼들. 그들은 자기들이 책임자를 대변한다고 주장하지만, 그것이 누구인가 하는 점에 대해서는 자기들끼리도 말이 다르다.

"무엇을 위해서 그러고 있는 걸까요?"

"누가 알아. 박애주의자들조차 각자 개인적인 동기가 있잖아."

식시귀는 나가 약카, 즉 뱀 악마가 자신을 구하고 피부를 돌려주었다고 한다. "내 존엄도. 내 자존도. 나가 약카는 내가 고통을 벗고 과거의 나를 기억할 수 있도록 도와주었어. 피부가 나의 전부는 아니야."

정원의 뱀을 닮은 피부라고 말하려다가 꿀꺽 삼켰지만, 그녀는 네 마음을 읽었는지 쉭쉭거린다.

"어차피 생전에 대단한 미인도 아니었고."

"빛이 망각하도록 도와준다면, 그게 꼭 나쁜 걸까요?"

"너도 이미 넘어갔군그래."

"말린다…… 알메이다……."

네 이름이 삐따의 거리에서 불어오고, 너는 얼른 그쪽으로 향한다. 그러다 돌아본다. 분홍색 살와르*를 입은 죽은 변호사는 네가 떠나가는 것을 눈치채지 못했다. 너는 나무 꼭대기로 올라가 귀를 기울인다. 소리가 다시 들려온다.

저 아래, 버스정류장에서, 분홍색 옷차림의 식시귀는 위를 쳐다보고 네가 도망치는 것을 알아차렸다. 그녀는 쉭쉭거리며 이를 드러낸다.

"이리 돌아와, 카메라맨."

더 있고 싶지 않다. 너는 마음을 다스리고 바람 소리에 귀를 기울인

*   Salwar, 인도, 파키스탄 등에서 여성들이 즐겨 입는 전통의상으로 긴 상의와 함께 입는 바지. 스리랑카에서는 주로 무슬림 여성과 타밀 여성들이 입는다.

다. 누군가 네 이름을 말한다. 이번에도, 너는 더불어 수치를 느낀다.

호텔 레오

"말린다, 카발라나, 앨버트, 알메이다, 전부 없어."

란차고다 경사와 카심 형사는 경찰차 대신 파란 닷선 차를 탄다. 란차고다가 시동을 걸자, 네가 알지도 못하고 따라 부를 수도 없는 싱할라 노래가 흘러나온다. 카심은 튀어나온 배를 책상처럼 수첩 밑에 받치고 네 이름 세 가지를 모두 적는다.

"경찰서 전부 다 확인해봤나?" 그는 묻는다.

"내가 컴퓨터인 줄 알아?" 란차고다가 답한다. "큰 곳 다섯 군데만 전화했어."

카심은 이름 네 개에 동그라미를 치고 각각 옆에 물음표를 찍는다. "호텔로 가자."

"지금?"

"모친한테서 돈을 받았잖아."

"그래서?"

"말리 알메이다는 거기서 누굴 만나고 있었어."

"내일 가면 안 될까?" 란차고다는 퇴근길의 도로로 접어들면서 묻는다. 저녁이다. 너는 죽은 뒤 첫 번째 일몰을 놓쳤다.

"간밤에 쓰레기봉투 네 개가 호텔 레오의 창고로 들어갔어." 카심은 타이핑된 보고서를 읽으며 말한다. "목록에는 세 개뿐인데."

"그런 목록은 원래 정확하지 않잖아."

"돈을 받았으니 수사를 해야지."

"그래, 호텔 레오에 쓰레기봉투가 하나 더 들어갔다. 처음 있는 일도 아니잖아."

"가서 알아보자고."

"피곤해, 보스. 석 달 내내 하루도 못 쉬었어."

"초과근무 수당 청구하면 되잖아."

"정말?"

"그러니까 입 다물어."

"두 배로 청구할 수도 있을까?"

"아도!* 조심해!"

차는 갸우뚱하는 버스를 피해 옆으로 꺾고, 카심은 손으로 입을 막고 욕설을 한다. 그들은 베이라 호수 뒤쪽으로 해서 슬레이브 아일랜드에 들어섰다. 도로는 좁고 쓰레기로 뒤덮여 있다. 어느 동틀 무렵 이 길에서 개가 오줌을 싸고 고양이가 까마귀를 먹는 풍경을 찍은 사진이 너의 침대 밑 상자 안에 들어 있다. 수많은 대회에 출품했지만, 상은 받지 못했다.

레오는 19세기 이주노동자들이 머물던 싸구려 여관이었다. 건물은 제2차 유럽대전** 이후 쑥대밭이 되었다가 사바라트남이라는 사업가가 사들였고, 1965년 더들리 수상***이 직접 영화관을 열었다. 1967년 〈사운드 오브 뮤직〉을 9개월간 상영한 것으로 유명하고, 1989년 〈하와이 특급〉을 두 달 동안 상영했다.

---

* Ado, 야, 상대방을 함부로 부르는 호칭.
** Second Big Euro War, 제2차 세계대전을 스리랑카에서는 이렇게 부른다.
*** Dudley Senanayake(1911-1973), 실론의 초대 수상인 D.S. 세나나야커의 장남으로 갑작스러운 아버지의 사망 후 두 번째 총리가 되었다.

70년대 집권당과 친분이 있던 사바라트남은 건물 맨 위층을 법무부에 빌려주었다. 8층은 1971년 인민해방전선 숙청과 1977년 타밀족 반란 당시 취조실로 사용되었다. 1983년 폭도들은 건물 1층에 불을 질렀을 때 이런 사실에 대해서는 전혀 몰랐다. 신변을 보호해줄 재산이 있었던 운 좋은 타밀족 건물주는 안전한 갈라다리 호텔에서 이 광경을 절망적인 심경으로 바라보았다. 사바라트남 노인은 낙심해서 세상을 떠났고, 그의 가족은 캐나다로 이주했으며, 건물은 쇠락했고, 유령들이 입주했다.

1988년 페가수스 카지노가 6층에 입주해서 벽에 페인트를 칠하고 불탄 벽돌을 갈고 가구를 들였다. 1년 사이 5층에 나이트클럽과 마사지 업소가 입주했고, 7층은 임대용 아파트로 변했다. 서부 해안에서 해산물 재고를 냉동 포장해 아시아 3개국으로 운송하는 '아시아 국제수산'이라는 회사가 4층을 임대했다. 맨 아래 세 층은 아무도 가지 않는 상가로 단장했다.

이 모든 것을 네가 어떻게 알고 있는지, 여기서 얼마나 많은 돈을 잃었는지, 이런 것은 영원히 기억나지 않을지도 모른다. 이름조차 알 수 없는 여자의 얼굴이 자꾸 보이는 이유도. 검은 피부와 그보다 더 검은 눈동자, 붉은 립스틱과 그보다 더 붉은 뽀뚜. 맞은편에 앉아서 네게 맥주를 사주며 이 한 가지 질문을 던지는 여자. "말해봐요, 꼴라,* 당신은 어느 편이죠?"

너는 바닥의 쪽마루 타일을 쿵쿵 밟으며 녹슨 문으로 들어서는 경찰들을 따라간다. 3층에서는 등유와 좀약 사이의 냄새가 풍긴다.

---

*　　Kolla, 소년부터 청년까지 보통 결혼하지 않은 남자를 지칭한다.

복사점과 인력소개소, 양복점. 너는 으쓱거리며 복도를 걷는 경찰들을 따라가다가 페가수스 금융이라고 적힌 가게 쪽으로 돌아선다.

카심은 동료를 본다. "너, 이 바보들하고 이야기할 수 있지?"

"당신 입은 무슨 문제라도 있나?"

"초과근무 수당 필요 없어?"

"알았어. 하지만 보고서는 당신이 써. 약속하는 거야."

"난 거래하려는 게 아니야." 카심이 말한다.

"확실해?" 란차고다가 말한다.

"내가 다른 데로 전근하면, 넌 이 짓 혼자 해야 돼."

"어디로 전근 신청했는데?"

"시체가 없는 곳."

"그게 어딘데? 몰디브?"

"어디로 가든 여기 같지는 않겠지."

"어디로 가나 시체가 있어, 친구. 전근이 수락될까?"

"몇 년 기다리면 되겠지."

가게에는 두 층 위의 카지노 로고와 똑같은 날개 달린 말 그림이 그려져 있다. 경찰들은 가게에 들어가고, 너도 따라 들어간다. 서류 파일과 팩스 기계로 둘러싸인 책상 뒤에 키 작은 남자 둘이 앉아 있다. 차라리 알아보지 못했으면 싶은 얼굴이다. 그들은 경찰을 보고 이를 드러내며 미소 짓지만 눈매에는 주름이 잡혀 있다.

란차고다는 책상에 두 손을 짚고 암마에게 받은 네 사진을 보여준다. 너는 붉은 반다나를 두르고 목에 체인을 걸고 있다. 얄라*에

* Yala, 스리랑카 남부의 지명, 야생국립공원으로 유명하다.

108

서 저물어가는 하늘을 배경으로 딜런이 찍어준 사진이다.

"꼰뚜, 발랄. 이 친구 본 적 있나?"

———

취미에 어울리지 않게, 발랄은 죽은 생선 냄새를 못 견딘다. 아시아 국제수산은 호텔 레오 4층의 소유주이지만, 현관 열쇠만 가지고 있다. 여기는 슈퍼마켓과 호텔 체인에 냉동 해산물을 도매로 공급하는 곳이다. 사롱 차림의 남자들이 대걸레를 밀고 다닌다. 하지만 이런 악취에서는 돌격하는 코끼리 앞에 자스민 한 송이를 내미는 정도의 효과밖에 없다.

안쪽은 냉동실이다. 회사도 냉동실 열쇠를 가지고 있고, 건물주인 법무부도 열쇠를 가지고 있다. 발랄과 꼰뚜는 아무도 시청하지 않고 관심도 없는 파키스탄전 크리켓 경기에 대해 초조하게 잡담을 나누고 있다. 그들은 앞장서서 미로 같은 길을 누빈다. 벽에서는 씻지 않은 고기 냄새가, 네게 익숙한 냄새가 풍긴다.

경찰들은 카키색 손수건을 코에 대고 오래된 적갈색 핏자국이 묻은 좁은 복도를 지난다. 경찰들의 손수건도 제복과 똑같은 색으로 지정되는 건지. 생전에 너는 언제나 손수건을 지니고 다녔다. 컵스카우트에서 한 달 활동하면서 유일하게 배운 습관이다.

"그 쓰레기봉투는 어디서 찾았지?" 란차고다가 묻는다.

"저 밖에서요." 꼰뚜가 대답한다. "늘 있던 곳이 아니었어요."

"그런데 우리한테 신고를 안 했나?"

"어르신, 쓰레기봉투 하나 더 들어올 때마다 신고하면 전화요금을 어떻게 감당합니까."

"명단에도 없고?" 카심이 묻는다.

"경찰 명단에도 없고, 높은 보스 명단에도 없었습니다."

"당신네들은 보스가 너무 많은 게 문제야."

"여기 경찰서만 명단을 보냅니다. 다른 경찰서에서는 그런 거 오지도 않아요. 그냥 우리가 알아서 치우게 내버려둡니다."

"그래, 아는 얼굴이던가?"

"저는 얼굴 안 봅니다, 어르신." 꼳뚜가 말한다.

복도 끝에 커다란 자물쇠가 달린 큰 문이 있다. 병원처럼 조명이 밝다. 천장에는 너만 볼 수 있는 그림자가 드리워져 있다. 속삭임이 들리지만 올려다볼 마음이 들지 않는다. 발랄은 주섬주섬 열쇠로 자물쇠를 따고, 문이 열리자 냉동장비가 더 들어찬 방이 나타난다. 여기서는 생선 냄새 대신 고급 화학약품 냄새가 난다.

철제 바퀴 수레에 긴 고깃덩어리 세 개가 놓여 있다. "이게 그중 하나야?" 란차고다는 입에서 손수건을 떼며 묻는다.

"아뇨, 이건 오늘 들어온 쓰레기입니다." 발랄이 말한다.

란차고다는 미간을 찌푸린다.

"뭐가 문제지? 일이 너무 많나?"

"아니요, 어르신. 그런 건 아닙니다."

"그럼 징징거리지 마. 알메이다는 어디 있지?"

꼳뚜는 비닐봉지 안에 꾸러미 네 개가 들어 있는 쇠탁자를 가리킨다. 두 개는 팔다리 같고, 나머지는 살덩어리 같다. 발랄이 큭 웃음소리를 내자, 카심이 조용히 하라는 뜻으로 쉿 소리를 낸다.

이 동네는 싱할라어로 '꼼파냐 위디야(Kompanya Veediya)', 타밀어로 '꼬마니 떼루(Komani Theru)'라고 불린다. 둘 다 '컴퍼니 스트리트(Company Street)', 회사 거리라는 뜻이다. 영국인들은 이곳을 '슬레이브 아일랜드(Slave Island)'라고 불렀다. 오늘날까지 살아남은 이 이름은 원주민과 식민지개척자들이 서로를 어떻게 바라보았는지 알려주는 노골적인 단서다.

호텔 레오 뒤쪽은 인근 사람들이 쓰레기를 버리는 공터다. 주위 거리는 온통 쇠락한 건물과 빈민가다. 총안이 있는 건물 지붕에는 걱정 많은 고양이들과 따분한 박쥐들이 서식하고 있다.

"시체가 저기 있었나?" 카심은 공터에 쌓인 쓰레기봉투 가운데 움푹 들어간 흔적을 가리킨다. 붉게 튄 흔적이 있다.

꼳뚜와 발랄은 고개를 끄덕인다.

"내버린 줄 알았다고?"

"어르신, 이 건물은 내버리는 장소입니다." 꼳뚜가 말한다.

"핏자국이 너무 많다고 생각하지 않았나?"

"그런 생각은 안 했습니다."

카심은 호텔 벽을 손전등으로 비춰본다. 마치 외벽에 빨간색과 갈색 페인트가 흘러내린 것 같다.

"이 자국을 못 봤다고?"

"어르신, 쓰레기를 수거할 때는 경치 구경할 틈이 없습니다."

"어디 그런 식으로 입 계속 놀려보지." 란차고다가 날카롭게 말한다. "오늘부터 서류 하나 빠뜨리지 말고 제출해."

발랄과 꼳뚜는 말이 없다. 카심은 손전등으로 나머지 쓰레기를 비춘다. 밤새 유난히 냄새가 고약했던 것 같다. 산들바람이 그를 스치자 오싹 몸이 떨린다.

카심은 꼳뚜를 돌아본다. "저 발코니 중 한 곳에서 떨어졌어. 우리 쪽에서 한 건 아니고. 그렇지?"

발랄은 고개를 끄덕이고, 꼳뚜는 헛기침을 하며 외면한다.

"그럼 시체 나머지는 어디 있지?"

꼳뚜는 발랄을 돌아보고, 발랄은 자기 발만 내려다본다. "없습니다, 어르신."

"모친에게 팔다리하고 어깨 한쪽을 보내란 말인가…… 그걸 뭐라고 부르더라? 그러니까, 이 유골이 알메이다인지 어떻게 증명해?"

란차고다가 목소리를 높였다. "그가 전에 체포된 적이 있다면, 지문이 기록에 남아 있을 거야."

카심은 고개를 저었다. "우리 지문감식반은 너보다 못 미더워. 머리는 어디 있어?"

"호수에 버렸습니다."

"듣기 싫어. 머리 가져와. 냄새 나는 베이라 호수에서 물을 모조리 빼내든, 알아서 해. 오늘 밤까지 머리가 필요해."

꼳뚜는 사무실 전화를 들고 운전사를 깨운다. 카심은 엘리베이터 쪽으로 어슬렁어슬렁 향한다.

"이제 어떻게 하지?" 꼳뚜와 발랄이 들을 수 없는 곳까지 멀어지자, 란차고다가 묻는다.

"초과근무 해야지, 뿌따."

란차고다는 엘리베이터 밖에서 머뭇거리며 타지 않는다. 카심은 안에 들어가서 손가락으로 문을 붙잡는다.

"뭐가 문제야?"

"보스, 아까는 시체 없는 곳으로 전근 갈 거라고 했잖아. 그런데 이젠 초과근무를 하자니."

"우리가 해야 할 일이 있잖아."

"그게 뭔데?"

"무고한 시민을 보호해야지." 카심 형사는 말한다.

"권력자를 보호하는 줄 알았는데."

"지금 이걸 논의해야겠나?" 카심이 버튼에서 손가락을 떼자, 문이 닫히기 시작한다. 그는 욕설을 하고 엘리베이터 문 사이로 팔을 집어넣는다.

"혼란스러운 게 하나 더 있어."

"일단 엘리베이터 타라고!"

"우리 지금 이 사건을 수사하는 거야? 아니면 은폐하고 있는 거야?"

———

호텔 안에 들어간 뒤에야, 그 안에 숨어 있는 그림자와 얼굴들이 눈에 띈다. 눈들은 파란색, 갈색, 노란색, 녹색, 여러 가지다. 벌통을 핥는 것보다 더 얽히기 싫어서, 너는 조용히 경찰만 따라간다.

꼴뚜는 4층 사무실로 돌아가서 수화기를 들고 입고될 시체에 대해 간결하게 통화한다.

"쓰레기봉투 여섯 개 더? 어디서?"

발랄은 운전사가 빨리 도착해서 아주 정확한 지시를 받아 가기를 기다린다.

한 층 위에서 카심과 란차고다는 사진을 들고 망고 마사지 업소로 들어간다. 흔한 말로 행복하던 시절에, 딜런이 찍어준 네 사진이다. 너는 즐겨 입던 사파리 재킷을 입고 있고 평소보다 턱수염은 적다.

여자들은 사리 차림이고 모른 척하는 데 익숙한 것 같다. 사진 속의 남자를 본 적은 없다고 한다. 경찰들은 복도를 지나 '더 텐'이라는 가라오케 라운지로 향한다. 여기에는 청소부와 미니스커트 차림의 남자 하나가 있다. 미니스커트 남자는 제복 차림의 남자들을 보자 도망친다. 바에서 상상 속의 술을 마시며 입씨름을 하는 유령들이 있을 뿐, 공간은 텅 비었다.

경찰들은 보스가 있는 매장 안쪽으로 안내받는다. 로한 창, 덩치 좋은 남자다. 전임자는 칼루 다니엘, 현재 무장강도죄로 복역 중이다. 창도 생계를 위해 돈을 훔치지만, 그의 무기는 카드와 돌림판이다. 그는 자기 책상 뒤에 앉아 경찰들이 마실 주스를 내오라고 지시하고 카지노 지배인과 구역 총괄, 딜러 두 명을 부른다.

창은 아버지를 닮아 중국인의 외모이고, 말투는 어머니를 닮아 싱할라 사람 같다. "여기, 카지노에 경찰복 차림으로 들어오면 곤란해요." 창은 말한다. "난 장관님하고 아는 사이입니다. 이런 식으로 막 들어오면 안 돼요."

"미안합니다, 창 씨. 아주 긴급한 사건입니다."

"무슨 긴급한 사건?"

"말리 씨. 카드꾼요." 예전에 네게서 5라크를 따냈던 딜러가 말한다.

"단골인가? 돈 많이 쓰고? 술은?"

"담배를 피웠습니다. 말은 별로 없었고, 카드를 주로 했어요. 블랙잭, 바카라, 포커 약간." 칩을 흘렸다고 네게 벌금을 매긴 적이 있었던 구역 총괄이 말한다.

"실종 신고가 들어왔습니다." 란차고다가 말한다.

다들 눈썹을 치켜올리고 어깨를 으쓱한다.

"실종됐다고요?" 아무도 주목하지 않는 딜러가 턱수염을 긁는다.

"마지막으로 그를 본 게 언제요?" 카심은 아무것도 적혀 있지 않은 수첩을 꺼낸다.

"간밤이었던 것 같습니다." 구역 총괄이 말한다. "몇 라크 땄어요. 모두에게 술을 한 잔씩 샀고. 술은 공짜다, 이런 농담을 했지요. 몇 번 그러다가 사라졌습니다."

"사라진 게 아닙니다." 딜러가 말한다. "위층으로 올라갔습니다. 외국인과 술을 마시는 걸 제가 봤어요."

얼굴을 알아볼 수 없는 딜러다. 네가 그의 말대로 했던 기억도 나지 않는다. 딜러가 거짓말을 하는 것일 수도 있겠지만, 사실대로 말하고 있다면 더 큰 문제다. 카메라를 들여다보지만, 진흙밖에 보이지 않는다.

"어떤 외국인?"

"숟따.* 독일인 같습니다. 영국인일 수도 있고요."

발코니

발코니는 5층, 빈민촌과 쓰레기장을 내려다보고 있다. 끝에는 바가

---

*   Suddha, 백인.

있고, 스낵 메뉴판을 놓아둔 탁자 다섯 개가 있다. 나선형 철제 계단이 위로 6층 발코니와 연결되어 있고, 아래로 카지노를 지나 4층으로 이어진다.

경찰을 데리고 보란 듯이 카지노를 통과하고 싶지 않았는지, 딜러는 주방 쪽으로 안내한다. 발코니는 난간부터 천장까지 철조망으로 막혀 있다.

"우리 고객 몇 명이 여기서 뛰어내린 적이 있습니다. 그래서 폐쇄했어요."

"왜 여기서 뛰어내리지?"

"포커로 1년 연봉을 잃어보셨어요?"

"내 연봉은 여기 걸 만큼도 못 돼." 란차고다가 말한다.

"알메이다와 백인 친구는 어디 있었지?"

"가장자리 쪽에 앉았습니다."

"그리고?"

"진 석 잔, 보드카 석 잔, 토닉 두 잔, 새우 요리 세 접시를 주문했습니다."

"그걸 다 기억하나?"

"아뇨. 여기 계산서가 있습니다." 구역 총괄이 건장한 젊은 바텐더에게서 분홍색 전표를 받아든다.

"새우를 많이 시켰군. 구역 총괄이 왜 발코니에서 손님 접대를 했지?"

"저도 고객과 같이 있었습니다, 형사님."

"누구?"

"그냥 사업상 고객이었습니다."

"백인은, 얼굴을 아는 사람이었나?"

"그렇지는 않았습니다."

"모르는 사람이었다는 뜻이야?"

"저한테는 백인이 다 똑같아 보입니다."

카심은 카지노 바 끝에 서서 쓰레기장을 내려다본다. 벽을 따라 흐른 핏자국을 관찰한다. 그러다 6층 발코니를 올려다본다.

"하지만 알메이다는 아는 얼굴이었고?"

"알메이다 씨는 여기 사람이니까요."

"그럼 아는 사람이었군?"

"저는 도박 좋아하는 사람들을 다 압니다."

이틀 전 밤에 대해 네가 기억하는 것은 다음과 같다. a) 호텔 레오 카지노에 갔고, b) 바에서 술을 마셨고, c) 뷔페 음식을 먹었고, d) 바텐더와 노닥거렸다. 기억하지 못하는 것은 다음과 같다. a) 숟따와 한자리에 앉아 있었다. b) 건물에서 떨어져서 죽었다.

"그들은 언제 떠났지?"

"제가 고객과 같이 일어섰을 때에도 여기 계속 있었습니다."

"몇 시?"

"오후 11시쯤."

"다른 직원은?"

"바텐더뿐이었습니다."

"저 친구?"

구역 총괄이 부른다.

"차민다!"

청년은 잘생긴 외모가 아니다. 황소 같은 체구, 황소 같은 얼굴. 너는 그의 이름을 물은 적이 없었다. 몇 번 마주치고 나니 새삼 묻는 것이 무례하게 느껴져서 그저 누구에게나 통용되는 '동생'으로 정착했다. 그는 정중하게 접객했고, 넉넉한 팁을 받았고, 휴식시간이면 선뜻 함께 6층 발코니로 가서 네 손이 어디를 더듬든 상관하지 않았다. 그는 거짓말쟁이들이 흔히 그렇듯 경찰의 눈을 똑바로 처다본다.

"네, 알고 있습니다. 그분은 간밤에 왔습니다."

설마 이중적인 의미는 아니겠지.*

"오후 11시경이었습니다. 제가 잠시 담배를 피우러 갔을 때 같이 있었습니다."

하, 하. 설마.

"무슨 이야기를 했지?"

"별 이야기는 없었습니다. 그분은 샌프란시스코로 간다고 했습니다. 아래층에서 돈을 많이 땄다는 말도 했습니다."

"그가 돈을 주던가?"

황소의 몸이 굳더니 시선이 이리저리 흔들린다. 물론 그는 너를 보지 못한다. 그러다 그는 아무도 눈치채지 못했기를 바라며 다시 평정을 찾는다. 하지만 모두 눈치챘다.

"차민다?"

"그분이 저한테 빚진 돈이 몇 천 있었습니다. 그 돈을 돌려받았습니다."

"어쩌다가 빚을?"

"칩이 모자랄 때 저한테 빌렸습니다. 많은 고객들이 그렇게 합니다."

---

*   '왔다'(came)에는 '사정했다'는 뜻도 있다.

"샌프란시스코에 언제 간다고 했지?"

"아도, 카심!" 란차고다는 철조망을 걷어내고 고개를 내민다. "여기 와서 이걸 봐."

고정해놓은 철조망이 뜯겨서 우그러진 것을 보고, 구역 총괄은 정중한 태도를 벗어던진다.

"야꼬,* 그거 뜯지 마!"

란차고다는 철조망 밖을 내다보며 핏자국을 따라 위를 올려다본다. 카지노 직원의 항의에도 아랑곳하지 않고, 그는 족제비처럼 재빨리 비상계단을 오른다. 뚱뚱한 카심은 올라갈까 생각하다가 단념한다. 발코니는 먼지투성이이고 거미줄이 쳐진 잠긴 문이 하나 있다. 위쪽은 하늘로 트여 있고, 탁자 하나와 의자 두 개만 덜렁 놓여 있다.

"저 문은 어디로 통하지?" 카심은 위쪽을 바라보며 자물쇠를 가리킨다.

란차고다는 난간 너머로 몸을 내밀고 핏자국을 관찰한다. 똑같은 구조이지만 더 잘 관리된 아래층 발코니와 달리, 위층 발코니는 철조망으로 폐쇄되어 있지 않다.

"아무도 여긴 안 옵니다." 구역 총괄은 무전기를 만지작거리며 란차고다 경사를 쳐다본다. 너도 알지만, 그 말이 사실이 아니라는 것을 알고 있는 바텐더 차민다는 자기 발만 내려다본다. 사람들은 으레 철조망을 뚫고 저 계단으로 올라가서 어둠 속에서 허튼짓을 하곤 했다.

"최근 먼지를 쓸어낸 흔적이 있군. 그가 뛰어내린 곳은 여기야." 카

*   Yako, 이 자식아, 이 새끼야.

심은 형사다운 말투로 되돌아갔다. "누가 밀어서 떨어졌든가."

"그럼 시체는 어디 있습니까?" 구역 총괄은 묻는다.

"좋은 질문이야." 란차고다가 말한다.

구역 총괄은 그때까지 미소와 인내심을 잃지 않았지만, 경찰들이 7층을 봐야겠다고 하자 둘 다 잃어버렸다.

"거긴 그냥 방입니다."

"누가 머물지?"

"손님들요."

"창녀?"

"카지노 손님들. 그분들이 부르는 손님들."

"말린다 알메이다도 저기서 묵었나?"

"모르겠습니다."

란차고다 경사는 딜러를 쳐다보고 이어 구역 총괄에게 시선을 옮겼다. 그는 카심 형사를 따라 엘리베이터로 향하며 미소 짓는다. 어색한 침묵이 흐른다.

"손님들이 발코니에서 뛰어내리는 일이 흔한가?"

"아무도 그 발코니에 안 갑니다, 형사님."

"방금 봤지만 그렇지 않잖아." 카심이 말한다.

"형사님. 예전에 자살 사건이 가끔 있었습니다. 하지만 요즘은 그렇지 않아요. 철조망을 설치하고 창문을 열지 못하게 한 뒤로는 없습니다."

"호텔 레오를 이용하는 다른 사람들도 있어. 이 건물에서 안 좋은 소문이 나는 걸 원치 않는 사람들."

"알겠습니다, 형사님."

"이 바텐더는 언제부터 여기서 일했지?"

"몇 달 안 됐습니다. 좋은 친구입니다."

"데려가서 좀 더 조사해보겠네. 마지막으로 알메이다를 목격한 사람 같으니."

경찰들은 구역 총괄의 항의에도 계단을 통해 위층으로 올라간다.

"형사님, 우리 숙박객은 프라이버시를 위해 돈을 냅니다. 로한 보스와 먼저 이야기하세요."

경찰들은 그의 말을 무시하고 잠기지 않은 문을 통해 계단 통로를 나선다. 7층 로비에는 경비원이 있다. 그는 탄탄한 검은 가슴에 딱 맞는 검은 티셔츠를 입고 있다. 그는 구역 총괄을 보며 눈을 찌푸리더니 경찰을 보고 고개를 끄덕인다.

"형사님, 무슨 일입니까?"

"저 안에 있는 사람과 이야기하고 싶네."

카심은 턱을 높이 쳐들고 경비 앞에 서서 통통한 얼굴로 상대를 위압하려고 한다. 란차고다는 팔을 뻗어 초인종을 누른다. 50년대 '체리핑크와 애플블라섬 화이트'의 카시오 버전이 흘러나온다. 높고 날카로운 이 음악, 이 층, 이 경비, 너는 모두 알고 있다.

잠금장치 몇 개가 열리는 소리가 나더니 문이 열린다. 한때 배가 있던 곳이 욱신거린다. 흉곽 안에 갇힌 생명체가 발톱을 배 속에 콱 박는 기분이다.

"네?"

그 여자다. 얼굴을 알지만 이름은 혀끝에서 맴도는 여자. 석탄 같은 피부, 진홍색 입술, 검은 여왕.

"실례합니다, 부인. 범죄수사과에서 나왔습니다. 이 남자를 찾고 있는데, 혹시 본 적 있습니까?"

여자는 망설이며 란차고다와 카심을 번갈아 쳐다보더니 두 사람 사이에 눈길을 준다. 정확히 네가 떠 있는 지점이다.

"이 사람은 말린이에요. 무슨 일인가요?"

그녀의 시선은 네가 떠 있는 곳에 머문다. 너도 마주 쳐다보며 기억해내려고 애쓴다. 카심은 어깨를 세우고, 란차고다는 헛기침을 한다.

"안에 들어가서 이야기할 수 있을까요, 부인?"

여자 등 뒤 복도에는 장작더미 위에서 시체들이 불타고 막대를 든 남자들이 불꽃 주변에서 춤추는 광경을 찍은 흑백 사진이 액자에 걸려 있다. 아마추어 사진작가 말린다 알메이다 카발라나가 1983년 니콘 3ST로 찍은 작품이다.

캐나다 노르웨이 제삼 세계 구호단체

벽에는 네가 알아보는 사진들과 알아볼 수 없는 그림들이 걸려 있다. 사진들은 대부분 1983년 작품, 아무런 준비나 기술, 괜찮은 렌즈조차 없이 찍은 것들이다. 모두 폭력을 담고 있다. 그림들은 근사한 식사 한 끼 값을 주고 노점상에서 산, 논과 시골 오두막을 그린 표현주의 풍경화다. 물감이 흘러내리는 붓질과 번짐 효과, 대담한 색채, 착취당한 아마추어의 알아볼 수 없는 서명이 휘갈겨진 작품들이다.

상자와 파일, 찻잔이 잔뜩 놓인 창가의 탁자를 제외하고, 방은 깔끔하다. 여자는 경찰들에게 등나무 의자를 권한다. 너는 이 방에 온 적이 있다. 그 점에는 의심의 여지가 없다. 그런데 여자의 이름이 무엇이더라? 아버지가 떠나기 전 사보이 극장에서 같이 관람한 영화에 등장했던 애완 사자가 떠오른다.

"손님이 있습니까?" 카심 형사는 느긋하게 탁자로 향한다.

"사촌이 토론토에서 와 있어요. 차 한 잔 드릴까요?"

"물 주십시오." 카심은 방 안을 둘러보며 말한다.

"저는 생강 넣은 차 한잔하겠습니다." 란차고다는 창가에 앉는다. 카심이 그에게 못마땅한 눈길을 보낸다.

"그러시죠." 여자가 말한다.

가정부라기보다 사무원 같은 인상의 턱수염을 기른 남자가 주문을 받았다.

"성함이 어떻게 되십니까?"

"무슨 일인가요?"

"성함이?"

"말린은 괜찮은가요?"

"질문에 대답하십시오."

"제 이름은 엘사 마땅기. 제 사촌과 저는 CNTR에서 일합니다. 여기가 사무실이에요. 우리는 전쟁피해자를 위한 기금을 모금합니다. 아래층 상가에도 자선단체 사무실이 있습니다."

"CNTR은 무엇의 약자죠?"

"캐나다 노르웨이 제삼 세계 구호단체. '센터'라고 발음합니다."

"센터. 흠. 늦게까지 일합니까?"

카심은 반투명 유리를 통해 슬레이브 아일랜드의 판잣집을 내려다본다. 이어 탁자 위의 상자를 들여다본다.

"죄송합니다, 이건 기밀이에요." 여자가 말한다.

카심은 그녀를 무시하고 동료에게 고갯짓을 한다. 청년이 차와 물을 가지고 돌아오자, 별안간 너는 갈증을 느낀다. 다른 것들과 함께 잊고 있던 감각.

"마지막으로 말린다 알메이다를 만난 게 언제였습니까?"

"어제. 그는 프리랜서로 우리 일을 하고 있어요. 작업비를 받으러 왔습니다."

"어떤 일입니까?"

"우리 뉴스레터에 그의 사진을 사용해요."

"이게 그 사진입니까?" 카심은 탁자 위의 상자를 가리킨다.

"일부는."

"부인은 무슨 일을 하시죠?"

"우린 작은 기업을 돕고, 교육을 지원하고, 빈민들에게 상담을 제공합니다. 북부와 동부의 고아들을 돕고요. 후원금을 모집하고, 실상을 알리고, 민간인을 보호합니다."

"타밀족이 후원금을 냅니까?" 란차고다가 묻는다.

"고통받는 사람들을 돕고자 하는 사람들이 후원해요."

"무슨 일이지?"

부엌 반대편 문간에서 목소리가 들려온다. 남자는 피부가 검고 체격이 다부지다. 콧수염은 타이거 수프레모* 못지않게 숱이 많다.

"이쪽은 제 사촌이에요. 경찰들이 말린에 대해서 질문할 게 있대."

"그 친구 우리하고 같이 일 안 한다고 해."

그와 사촌누이는 북극곰과 앵무새만큼이나 서로 다르다. 누이는

---

* Supremo Prabhakaran(1954-2009), 타밀 반군을 조직하고 25년 넘게 지휘했다. 2009년 5월 18일 물라티브에서 벌어진 스리랑카군과의 총격전에서 사망했다. 타밀 민족주의자였으며 스리랑카 내전 동안 많은 자살폭탄 테러를 자행하여 무고한 시민의 희생을 낳았다.

각진 모습이고, 그는 다부지다. 누이는 이목구비가 또렷하고, 그는 들창코다. 누이의 말투에는 북미쪽 억양이 있고, 그의 말투는 마드라스쪽 타밀 사람처럼 꺽꺽거린다.

카심은 그를 돌아본다.

"누구십니까?"

"쿠가라자. CNTR 국장입니다. 캐나다와 노르웨이 정부와 일합니다. 경찰국장하고도 아는 사이예요. 당신 이름은 뭐라고요?"

"카심 형사라고 합니다. 이쪽은 란차고다 경사."

"말린다는 어제 그만뒀습니다. 돈을 받고 떠났어요. 아래층에서 도박으로 탕진하고 있을 겁니다."

"왜 그만뒀나요?"

"그건 그 친구한테 물어보세요."

"우린 당신한테 묻고 있습니다."

"일에 싫증이 났다고 합디다."

"지금 그는 실종 상태입니다."

엘사는 입에 손을 갖다 대고 바닥만 내려다본다. 쿠가라자라는 이름의 남자는 빈 의자 가장자리에 걸터앉는다.

"체포됐습니까?"

"우리가 아는 한 그렇지는 않습니다. 여기로 누굴 만나러 오는 길에 마지막으로 목격됐습니다."

"여기 없어요."

"어제 그를 봤다고 했지요?"

쿠가라자는 엘사를 돌아보고, 엘사는 허공만 바라보며 고개를 젓는다. 눈빛이 멍해진다.

"그는 우리에게 사진을 팔아요. 사람들이 전쟁터에서 죽어가는 모습들. 우린 그런 사진을 일에 사용합니다."

카심은 어머니가 실종된 아들들의 사진을 들고 있는 팸플릿을 집어 든다. 사진마다 한쪽에 '©MA'라고 적혀 있었다. "이건 일이오, 선동이오?"

"내용이 사실이라면 선동이 아닙니다." 쿠가라자가 말한다.

너는 물에 빠지면서 동시에 재채기가 나올 것 같은 불편한 감각에 사로잡힌다. 코에 들어찬 물은 콧물처럼 끈적하지 않고, 피처럼 쇠 맛이 난다. '쿠가라자'는 그의 본명이 아니다. 그는 네가 왜 일을 그만두었는지 정확히 알고 있다.

"말린 알메이다에게 적이 있었습니까?" 란차고다가 묻는다.

"그의 사생활은 모릅니다." 엘사가 말한다.

"그가 여기 일로 또 무슨 사진을 찍었습니까?"

"전쟁터. 불타버린 집. 죽은 아이들. 뭐, 늘 보는 그런 겁니다."

"그걸로 당신들은 뭘 하고요?"

"전쟁을 막으려고 노력하는 데 사용해요."

"잘됩니까?"

"언젠가는 되겠죠."

"알메이다가 누군가를 협박한 적이 있습니까?"

"사촌누이가 말했지만, 우린 개인적으로는 그를 모릅니다." 쿠가라자는 엘사 마땅기의 물잔을 들어 자기가 마셨다. "시체가 발견됐나요?"

"죽었다는 말은 안 했는데요."

"누구 돈을 받습니까? 정부군? 아니면 특별수사부?"

"당신은 누구 돈을 받소, 쿠가라자 씨? 인도? 아니면 인민해방전선?"

"말조심해요, 형사." 엘사가 말한다.

"우린 우리 일을 하고 있어요. 그뿐입니다." 카심 형사는 말한다.

"사진을 봐도 될까요?"

엘사는 다양한 유럽 언어로 인쇄된 팸플릿 폴더를 펼친다. 와우니야,* 바티,** 트린코***에서 찍은 사진들이 있다. 매트 위에 널려 있는 죽은 아이들. 불타고 남은 마을 오두막의 잔해. 전봇대에 천 조각으로 묶인 여자들. 공습에서 살아남은 수용소 사람들이 카메라를 마주 응시하는 모습. 속이 매슥거린다. 건물의 영혼이 지붕으로 올라가는 듯, 바람이 천장으로 솟구친다.

"인민해방전선과도 거래하십니까?"

"불쾌한 질문이지만, 우린 그런 말을 매일같이 듣습니다, 란차고다 형사님." 엘사가 말한다. "우리는 미국 평화기금과 캐나다 정부, 노르웨이 정부의 후원을 받고 있어요. 우리는 온건중도파입니다. 대부분의 타밀족들은 총을 들고 정글을 누빌 마음이 없습니다."

"알메이다에게 외국인 친구가 있었습니까? 백인 중년 남성이라든가."

"그는 친구가 많습니다. 나이 든 사람, 젊은 사람, 외국인, 내국인." 쿠가가 말한다. "마치 그가 죽었다는 듯이 말하는군요."

"요즘 같은 시국에는 누가 실종되면 그렇게 되는 일이 워낙 많아서요." 란차고다가 말한다.

"다 아는 일이죠." 쿠가라자가 말한다.

---

*   Vavuniya, 스리랑카 북부의 도시.
**   Batti, 스리랑카 동부의 도시 바티칼로아를 줄여서 부르는 명칭.
***   Trinco, 타밀 문화의 중심지인 북동부의 트린코말리를 줄여서 부르는 명칭.

"그를 보게 되면 연락드리겠습니다." 엘사는 일어선다.

"그래주시겠습니까?"

"그럼요." 그녀는 문을 연다.

"팸플릿을 가져가도 될까요?" 카심은 대답을 기다리지 않고 집어 든다.

"가지고 가세요." 쿠가라자가 말한다.

창밖에서 너만 들을 수 있는 똑똑 두드리는 소리가 난다. 벽의 에어컨이 트림이라도 했는지, 얼음장 같은 공기가 방을 스친다. 경찰들은 집을 나서고, 사촌지간인 남녀는 그 등 뒤에서 눈빛을 교환한다. 속삭임이 들리고, 그림자가 네 위로 드리우는 것이 느껴진다. 이제 차츰 익숙해진다. 죽은 사람만이 감지할 수 있는 나직한 웅웅거림이다.

밖에서 후드를 쓴 형체와 흰옷의 여자가 창문을 두드리며 너를 향해 얼굴을 찡그린다. 그들은 7층까지 떠올라와서 입씨름을 하고 있다. 차라리 누군지 못 알아보고 싶다는 심정이지만, 그들을 무시하기는 힘들다. 쓰레기봉투를 뒤집어쓴 사신과 사리 차림의 요정 대모님. 모든 영혼이 다 그렇듯 그들 역시 투명하다. 너를 가리키고, 다시 자기들을 가리킨다. 뭐라고 싸우고 있는데, 싸움의 주제는 너인 것 같다.

싱할라족이 싱할라족을 죽인다

경찰들은 엘리베이터를 타고 상가로 내려간다. 그들은 CNTR 자선단체 사무실로 가보지만, 사무실은 큼직한 자물쇠로 잠겨 있다. 유리문에는 옷가지와 식료품, 기부금을 요청하는 포스터가 붙어 있다. 그중에는 텔레비전 드라마 여자 배우가 북부에서 도망친 피란민 아이를 안고 있는 사진도 있다.

"란차고다, 네가 보고서를 써라. 내가 제출할 테니까."

"내가 할 일이 없어 놀고 있는 사람도 아니고."

"보고서는 두 개 써."

"뭐라고 써?"

"하나는 알메이다, 카발라나가 체포되거나 조사 목적으로 수배된 기록은 없다. 도박 빚을 피해 숨어 있을 가능성이 가장 높아 보인다는 내용으로. 다른 하나는 용의자 두 명이 있다는 내용으로 작성해. 마지막으로 그를 목격한 바텐더 차민다 사마라쿤. 그리고 알메이다를 고용한 그 타밀족 두 명. 엘사 마싼지와 쿠가라자." 카심은 일부러 첫번째 이름을 미국식으로, 두 번째 이름을 인도식으로 발음했다.

그는 책자를 들어 올렸다.

"시체가 발견되면, 두 번째 보고서를 제출하자고. 그렇지 않으면 첫 번째로."

"하나도 쓸 시간이 없는데. 두 개나?"

"말했잖아. 싫어? 초과근무로 기록해."

"모친에게서 돈을 더 받아야 돼. 여기 개인 시간을 쓸 가치가 없어."

"모친이 시체를 요구하면?"

"여느 때처럼 하면 되잖아." 란차고다는 말한다.

"그 짓은 지긋지긋해. 뭐라고 말하지?"

"사실대로. 시체를 못 찾았다고."

"그럼 돈을 돌려달라고 할 거야."

"더 줄지도 모르지."

"그러면 어떻게 하자고?"

"그러면 발랄과 꼰뚜에게 뭐라도 찾아오라고 하지, 뭐."

"그 둘은 자기 물건이 어디 붙어 있는지도 모를 종자들인데."

"그 타밀족들은 어떻게 생각해?" 란차고다가 묻는다.

"말이 안 돼. 그들이 그를 살해했다면, 왜 자기 사무실 코앞에서? 타밀족들은 여러 가지 면이 있지만 바보는 아니야."

주차장에 나오자, 보라색 스카프를 두르고 어울리는 우산을 든 낯익은 여자가 기다린다.

"경찰차는 어디 있지요?" 엘사 마땅기가 말한다.

"어떻게 이렇게 빨리 내려왔어요?" 란차고다가 묻는다.

"말이 빠른 사람도 있고, 천천히 걷는 사람도 있죠. 서비스 엘리베이터를 타는 사람도 있고."

"무슨 용건입니까?"

"제가 도와드리죠."

"그래요?"

"말린은 허풍이 심했어요. 대체로 있지도 않았던 일들을 늘어놓곤 했죠. 자기 침대 밑에 사진을 넣은 상자가 있다는 이야기도 했어요. 그 사진만 있으면 정부를 무너뜨릴 수 있다고. 제가 그 사진을 찾도록 도와주시면, 내용물을 나눠드리죠."

"마음이 넓으시군. 하지만 이미 늦었고, 근무 시간이 끝나갑니다."

"잘됐네요. 그럼 자유시간일 테니."

"왜 위층에서 말하지 않고?"

"쿠가는 경찰을 좋아하지 않아요. 하지만 당신들은 프로 같네요."

"쿠가 씨는 당신 남편이오, 사촌이오?"

"사촌이에요……. 남편은 토론토에 있어요."

(

"그러시겠지. 그 사진은 무슨 내용이오?"

"당신들 보스가 흥미를 가질 만한 내용. 당신들에게 돈을 주고 사들이려고 할 만한 내용. 수고비도 우리가 지불할게요."

그녀는 파란 닷선 앞유리창에 봉투를 올려놓는다.

란차고다는 운전석 문을 연다. 카심은 짜증스러운 기색이다.

"늦었소, 부인. 뭘 하든지 아침에 합시다."

란차고다는 봉투를 들고 안을 들여다본다.

"이건 초과근무 비용도 안 되겠군."

"수사를 마무리할 수도 있어요."

"북부와 동부에나 신경 쓰시지. 콜롬보의 범죄는 우리가 알아서 할 테니."

"영장을 구해오시면, 상자가 있는 곳으로 안내하겠습니다. 그 가치는 당신이 판단하세요."

그녀는 뒷문을 열고 차에 올라탄다. 란차고다는 봉투를 대시보드에 놓는다. 카심은 덩치답게 느림보곰처럼 어깨를 웅크린다. 란차고다는 조수석에 앉아서 돌아본다.

"마지막으로 묻겠는데, 상자 안에 뭐가 있소?"

"말린은 '퀸'이라고 적힌 봉투가 있다고 했어요. 내가 원하는 건 그것뿐이에요."

"우리하고는 상관없는 것 같은데."

"바티칼로아에서 찍은 사진들도 있어요."

란차고다는 뒤통수를 긁으며 기어를 내려다본다.

"동부는 우리하고 상관없수다."

"바티칼로아 경찰서. 석 달 전." 그녀는 말한다.

"그 학살?"

"당신들의 형제 600명이 처형……."

"당신네 형제겠지." 란차고다는 한쪽 눈썹을 치켜올린다.

"모든 싱할라인들이 타밀족은 무조건 반군이라고 생각한다면, 이 전쟁은 영영 끝나지 않을 겁니다. 호랑이 반군은 싱할라 경찰을 존중하지 않아요. 난 사진을 봤어요. 마스크조차 쓰지 않았더군요. 그 범죄로 몇 명이나 체포됐죠?"

카심은 시동을 건다.

"그럼 말린다 알메이다가 바티칼로아 경찰서 학살사건 사진을 찍었다는 말이군. 그가 거기 있었소?"

"그는 하필 안 좋은 곳에 가 있는 재주가 있죠." 엘사는 창밖을 내다본다. "이만 출발하지요?"

"오늘 밤은 안 돼요." 카심은 대시보드를 둘러본다. "내일 아침 8시에 시너몬 가든 경찰서로 오시오. 필요한 준비를 해둘 테니까."

엘사의 말은 틀렸다. 카메라를 가지고 있다면, 하필 안 좋은 곳이란 없다. 엘사는 룸미러를 보며 립스틱을 확인하고 란차고다와 눈을 마주친다. "호텔 레오 4층에서 무슨 일이 벌어지고 있는지 아무도 모른다고 생각하시죠?"

"거긴 아시아 국제수산인데. 거기서 무슨 일이 벌어지고 있다는 거요? 한번 말해보시든가."

"내가 상관할 바 아니에요. 각자 자기 물고기를 잡는 거죠."

그녀는 셔터를 내리지 않고 담배에 불을 붙인다. 빨간 곽 골드리프, 바티칼로아에서 네가 훔쳤던 담배 한 보루에서 꺼낸 담배다. 도로 뒤쪽 언덕에서 망원렌즈로 경찰서를 찍었던 그 주에. 두뇌가 무엇을 기억에 남길지 선택하는 방식은 우습기도 하고 우습지 않기도 하다.

"인민해방전선 당원들 시체는 우리 문제가 아닙니다, 형사님." 엘사는 말한다. "싱할라족이 싱할라족을 죽이는데, 우리가 신경 쓸 이유가 있나요?"

"무고한 사람들이 죽는 게 안타깝다면서요." 란차고다가 말한다.

"우린 우리 민족부터 돌봐야 합니다."

"인종차별주의 같은 이야기로군."

"그게 정부 방침이라면 그렇게 부를 수 있겠지요."

"타밀 반군 개들이 타밀해방전선* 쥐새끼들을 죽이는 건? 타밀족이 타밀족을 죽이는 건데, 그건 괜찮고?"

"최소한 이슬람교도는 같은 이슬람교도를 안 죽여." 카심이 말한다.

두 사람은 그를 쳐다본다.

"스리랑카 안에 사는 이슬람교도 말이야." 그는 정정한다.

"기다려보세요." 엘사가 말한다. "언젠가 말레이족**이 무어인***을 죽이는 날이 올 테니까. 버거인이 체티인****을 학살하는 날도. 이 나라에서 무슨 일이 일어난다 해도 난 놀라지 않을 겁니다."

"말린다 알메이다는 마르크스주의자였나? 인민해방전선?" 란차고다가 묻는다.

"상자 안의 사진을 보면 필요한 건 다 알 수 있을 거예요."

---

*   TULF, Tamil United Liberation Front, 1972년 타밀족 정치세력이 모여 창설한 정당. 1980년대 타밀 해방군에 비해 제도정치권에서 활동하는 온건중도파였다.

**   Malay, 말레이시아, 인도네시아 등지에서 스리랑카로 이주한 소수민족으로, 따로 말레이어를 쓰며 이슬람교를 믿는다.

***   Moor, 타밀어를 쓰는 이슬람계 소수민족.

**** Chetties, 포르투갈령 당시 남인도에서 이주해 온 스리랑카의 소수민족.

첫 번째 달

"그가 인민해방전선 종자라면 영장을 얻어내는 게 더 쉬울 거요."

"그렇군요. 집회에 몇 번 참석했던 걸로 알아요."

"잘됐군."

"그럼 오전 8시로 하죠. 어떻게 할까요?"

"위치가 어디요?"

"골 페이스 코트일 거예요. 영장이 나오는 데 얼마나 걸릴까요?"

너는 자동차 지붕에 달라붙어 있다. 병균에 오염된 바늘처럼 생각들이 너를 쿡쿡 찌른다. 주위를 불어가는 바람은 신뢰할 수 없는 기억으로 오염되어 있다. 발에서 생겨난 통증이 파도처럼 눈알까지 밀려온다. 너는 카메라를 들여다보는 것을 피한다. 자동차는 너를 뒤에 떨어뜨린 채 속도를 낸다. 파란 닷선을 뒤쫓아 달리지만, 발이 아스팔트에 닿지 않는다. 허공에 뜨려고 애써 보지만 움직일 수 없다.

흰 사리 차림의 여자와 쓰레기봉투를 뒤집어쓴 형체가 옆에 서서 고개를 젓고 있다. 입씨름을 끝낸 모양이고, 누가 이겼는지는 확실치 않다. 후드가 벗겨지고 세나가 쑥스럽게 얼굴을 드러낸다. 피부는 눈알처럼 충혈되어 있다. "말. 이 여자와 말할 필요 없습니다. 당신을 돕지 않을 거예요."

"라니 스리다란 박사, 다시 만나 반갑군요." 너는 말한다.

흰 사리의 여자는 장부에 엄지손가락을 짚고 안경을 고쳐 쓰더니 너를 보고 미소 짓는다. "라니라고 불러. 당신을 돕는 것이 내게 맡겨진 일이다." 그녀는 말한다. "당신에게는 일곱 번의 달이 있다. 그리고 이미 그중 하나를 낭비했어."

(

두 번째 달

충분한 시간만 주어진다면,
모든 사람에게 모든 일이 언젠가 일어난다.

— 조지 버나드 쇼

죽은 박사(1989)와의 대화

그들은 너를 호텔 레오 옥상으로 데려간다. 악행이 벌 받지 않고 보이지 않는 유령들이 걸어 다니는, 악취 풍기는 도시가 발아래 펼쳐진다. 석면 위로 그림자가 움직이고, 그중에는 고양이나 박쥐, 바퀴벌레, 쥐의 그림자가 아닌 것들도 있다. 동물에게도 사후가 있을까? 그들이 받는 벌은 인간으로 환생하는 것일까?

동쪽에서 불어오는 바람에 나무에 떨어지는 비 냄새, 사원의 꽃에 맺힌 이슬 냄새가 흘러온다. 산들바람은 아주 잠시 악취를 잠재우다가 콜롬보의 향기를 싣고 바다 쪽으로 흘러간다.

"세나 동무가 당신이 기억상실증을 겪고 있다고 했어. 아주 흔한 일이지. 모두가 자신의 죽음을 지워버리거든. 탄생 때와 마찬가지로. 양쪽 다 언젠가 기억은 돌아온다. 귀 검사를 잘 받으면 해결될 거야." 라니 박사는 크림색 사리와 가디건을 입고 있다. 틀어 올린 머리카락이 가볍게 떨린다. 그녀는 장부를 들여다보고 말하다가 안경 너머로 너를 바라보며 아까보다 더 많은 관심을 보인다. "정말 미안해. 지난달은 아주 바빴어. 새로운 시스템이 도입되고, 회의도 많고, 뭐 그런 상황이라. 어쨌든. 이렇게 마주 보고 이야기하니 훨씬 좋군. 어때?"

네가 본 이 여자의 모든 사진이 생각난다. 두 아이의 엄마이자 성실한 선생이 한창나이에 총탄에 스러졌다는 감상적인 부고와 함께 신문마다 나붙었던 얼굴. 그녀는 목숨을 잃은 대부분의 타밀족 온건파보다 사진발을 잘 받았다.

"라니 박사님, 제 사진 훔쳐 쓴 일 기억하시죠? 제 사진을 허락 없이 당신 글에 사용하셨습니다. 그때 소송했어야 했는데."

"아이요, 어린애도 아니고. 그만 좀 하지. 그 이야기는 이제 접자, 응? 난 74번의 전생을 겪었어. 그 모든 생에 하나같이 비극과 희극과 실수가 있었어. 누구나 그래. 당신도 그렇고."

인권운동가들은 정치인들과 마찬가지로 비난을 피해 가는 기술이 탁월하다.

"당신의 책 《암살단의 해부학》에 내 사진 석 장이 사용됐습니다. 위자야의 살인범, 로하나가 얻어맞는 사진, 83년 살와르 차림의 여자가 불타는 사진. 허락도 안 받았고, 출처 표기도 없었어요. 당연히 사용료도 지불하지 않았습니다."

"나는 내 전생이 아니야. 당신도 마찬가지다."

"자프나에 가서 한바탕 쏘아붙이고 싶었습니다. 킬리노치치에 마침 출장 갈 일이 있었어요. 그런데 그때 마침 당신이…… 음……."

"당했지. 자, 말 씨. 우리는 새로운 패스트트랙 시스템을 구축했어. 딱 세 단계면 돼. 첫째, 자신의 유골에 대해 묵상한다, 이건 마친 것 같군. 그런 뒤 귀 검사를 받는다. 이어 탄생의 물에 몸을 담근다. 달이 일곱 번 지나기 전에 모두 마쳐야 해."

☾

"당신 책은 스리랑카에서 금서로 지정되었습니다. 그렇다면 당신은 무의미하게 살해당한 걸까요?"

"무의미한 것은 아무것도 없어, 뿌따. 공짜로 알려주는 거다."

"당신을 죽인 범인의 얼굴을 보셨나요? 그가 죄책감을 느꼈을까요?"

"여기는 중간계. 쓸데없는 질문을 한가롭게 묻고 늘어질 여유가 있는 곳이 아니야."

"자신이 당신의 살해를 주도했다고 한 그 반군은 마한떠야 당파였습니다. 킬리노치치에서 제가 그의 사진을 찍었어요. 그냥 큰소리만 쳤을 수도 있어요. 양쪽 다 허풍쟁이들이 워낙 많거든요."

선한 박사는 미끼를 무시하고 클립보드를 확인한다. "귀 검사는 당신이 빛으로 나아갈 준비가 됐는지 확인하는 과정이다. 탄생의 강은 당신의 과거를 보여준다. 이제 갈까?"

"책을 더 썼더라면 좋았을 거라고 생각하세요? 혹은 덜 썼더라면?"

"이승에서 충분한 것이라고는 없지."

"제가 빛으로 나아가게 하는 데 왜 그렇게 신경을 쓰십니까?"

"우리는 바로 이전 인생에 집착하는 영혼을 돕는다. 중간계는 인구 과잉이야."

"그래서요?"

"이 공간이 위험해졌어. 당신이 바꿀 수 있는 것은 없어. 당신의 생은 끝났어. 그렇지 않다고 말하는 사람은 당신을 속이고 있는 거다."

세나는 옥상 끝에 서서 엿듣지 않는 척하고 있다. 후드는 코브라를 닮았고, 망토는 까마귀 날개처럼 펄럭인다. 이 달빛 아래 멀리서

두 번째 달

보니, 그가 입은 것이 쓰레기봉투인지, 인피로 만든 것인지 확실하지 않다.

"그럼 저는 언제 신을 만나게 됩니까?"

"마하칼리를 봤다면서."

"신도 악을 멈출 수 없습니까? 아니면 그럴 의지가 없나요?"

"아이요, 제발 철 좀 들어라."

"아버지는 저를 베를린의 대학에 보냈습니다. 신을 믿지 않으셨어요. 페라데니야 대학*도."

"마하칼리는 방황하는 영혼을 먹고 자란다. 요즘 살이 많이 쪘더군."

"입고 있는 그 흰 사리는 누가 지급합니까?"

"중간계에 머무르면, 약카나 쁘레따**, 식시귀가 되거나, 그 셋 중 하나의 노예가 된다."

"페라데니야에서도 트롤리 문제를 가르칩니까?"

"내가 관리해야 하는 영혼은 당신 말고도 많아."

"한 사람을 죽여서 100명을 살릴 수 있다면, 도끼날을 세워야 할까요?"

"뿌따. 너의 시체에서 번식했다 죽어가는 1조 개의 박테리아 하나하나가 너를 만나서 자기 존재의 목적에 대해 질문을 던지게 될까?"

"혼란스러워요."

"여기는 중간계. 그런 질문을 던질 곳이 아니다."

"내가 본 것을 온 세상 사람들이 다 봐야 해요."

---

*   Peradeniya, 중부지방 캔디 소재의 대학.
**   Preta, 산스크리트어로 배고픈 귀신, 아귀.

☾

"그것은 자아. 모두 환상이다."

옥상 한쪽 끝에서 자살자들 한 무리가 세발자전거에서 떨어지는 아이처럼 난간을 따라 비틀비틀 걷고 있다. 타이를 맨 혼란스러운 표정의 소녀는 가장자리로 걸어가서 뛰어내린다. 이어 머리를 땋은 여자가 배면뛰기 같은 동작으로 뛰어내린다. 사리를 입은 상태에서 저런 동작이 가능할 줄 몰랐다. 부웨네카바후 3세* 시절부터 바닷물에서 뭉근히 끓인 듯한 구부정한 형체도 비틀비틀 가장자리를 따라 걷다가 고꾸라진다.

느릿하게, 소리 없이, 엄숙하게 이 모든 과정이 진행된다. 바다로 떨어지는 처벌을 받은 갤리선의 노예처럼, 더 많은 윤곽이 지붕 끝으로 걸어 나와 7층 아래를 내려다본다.

"자살자들은 높은 건물을 좋아하지. 다른 유령들이 무섭지는 않아?" 라니 박사는 묻는다. "나는 처음에 여기 왔을 때 겁에 질렸어."

"날 못 보는 것 같은데요."

"못 보니까. 이제 과정을 진행할까?"

"저기, 저는 돌아가고 싶지 않습니다. 다시 태어나고 싶지 않아요. 아무것도 되고 싶지 않습니다. 그냥 아무것도 안 되면 안 될까요?"

"여기 머물 수는 없어."

세나는 건물 턱 위에서 맴돌면서 심연을 들여다보는 자살자들에게 뭐라 속삭이고 있다. 망토와 후드가 위풍당당하다. 연설을 하는 것 같지만, 자살자들이 듣는지는 알 수 없다. 천국이 어떤 곳일까 상상했을 때, 너는 엘비스나 오스카 와일드가 맞아줄 거라고 생각했

---

*   Buvenekabahu, 14세기 스리랑카를 다스린 담바데니야 왕조의 왕.

다. 장부를 든 대학교수가 아니라. 망토를 두른 살해당한 마르크스주의자가 아니라.

"세상의 모든 좋은 것과 모든 나쁜 것을 합하면, 그 장부가 균형을 이룰까요?"

박사는 팔짱을 끼고 고개를 끄덕인다.

"결국 모든 것은 균형을 이룬다."

"그렇다는 증거는 어디 있죠?"

"난 이러고 있을 시간이 없어, 아가. 너도 마찬가지다."

그녀는 장부를 덮고 건물 가장자리에 늘어서서 다시 자살하려는 죽은 자살자들을 바라본다. 투어 가이드 같던 사무적인 태도가 사라진다. 너는 카메라를 들고 자살자들을 배경으로 책을 들고 있는 박사의 윤곽을 찍는다.

"나는 정의에, 힘없는 자들을 보호하는 일에, 내 학생들에게, 타밀족의 역경에 집착했었다. 그러느라 내 딸이 자라는 것을 지켜보지 않았어. 결혼생활을 망쳤어. 무엇을 위해서 그랬을까?"

"왜 빛으로 들어가라고 자꾸 떠미세요?"

"중간계는 혼잡하다. 이승의 정신세계를 오염시키고 있어. 너무 많은 식시귀들이 돌아다니면서 잘못된 사람들의 귀에 나쁜 생각들을 불어넣고 있다."

"그렇다면, 모두가 빛으로 들어가면, 호랑이 반군이 싸움을 멈추고 정부도 납치를 멈추겠군요. 그런 시나리오인가요?"

"중간계는 절망을 먹고 사는 존재로 가득 차 있다."

"그렇다면, 중간계가 텅 비면, 부자들이 도둑질을 멈추고 빈자들이 굶주리지 않겠군요?"

"여기 있으면, 당신도 그들과 같은 존재가 돼. 이미 시작됐는지도 모르고."

"친구들에게 경고해야 합니다. 누군지는 몰라도 나를 죽인 사람이 내 사진을 훔칠 거예요. 누가 훔치는지 지켜봐야 합니다."

"아무도 관심 없어, 뿌따. 아무도. 이제 여섯 번의 달이 남았다. 이제 우리 갈까?"

"우리라뇨?"

"귀를 검사해야 한다, 그 말이다."

"우린 아무것도 안 해도 됩니다. 더 이상. 영원히."

"박사님, 그 정도면 충분한 것 같은데요. 예?" 세나는 후드를 다시 뒤집어쓰고 목에 빨간색과 흰색 스카프를 두르고 있다. 그는 네 어깨가 있어야 할 자리에 자기 머리를 기댄다.

너는 부르르 떤다. 라니 박사가 쏘아붙인다. "끼어들지 않기로 약속했잖아."

"항상 우리 입을 막으려 드시죠. 네? 전형적인 중산층 인텔리겐치아."

"일곱 번의 달이 지날 때까지 그를 건드리지 마. 네 보스도 마찬가지야."

"누가 내 보스라는 겁니까. 나는 감파하 구 인민해방전선 위원장 세나 파띠라나. 이쪽은 말리 알메이다. 탁월하고 뛰어난 사진작가입니다. 자프나 이남의 생명체라면 뭐든지 데리고 놀았던 분, 암살단에 의해 지붕에서 떨어져 죽은 분. 말리 하무. 제발 귀를 검사하지 마십시오. 저 강물에 당신의 의식을 지워버리지 마십시오."

라니 박사는 자를 든 학교 선생님처럼 다가온다. 그녀의 등 뒤 그림자에서 흰 작업복 차림의 남자 둘이 튀어나온다. 둘 다 허공에서 달리고 있다. 한쪽은 카운터에서 봤던, 모세를 닮은 아프로 머리 아저씨. 북실북실한 턱수염, 가시덤불 같은 머리, 욕설 한 마디에 바다를 가를 것 같은 눈빛. 다른 한쪽은 키 큰 근육질, 만화에 나오는 히맨이 아윗사웰라에서 태어났다면 딱 이랬을 것 같은 인상이다.

그들은 세나를 잡아 바닥에 누른다. 라니 박사는 고개를 저으며 그의 위에서 맴돈다. 세나는 눈을 번득이며 박사를 쳐다본다.

"할 말 다 했잖아요. 이제 내 차례야."

나쁜 사마리아인

상자가 침대 밑에서 잠자고 나쁜 놈들이 훔쳐낼 물건들을 꿈꾸는 동안, 세나는 공정한 게임과 민주주의의 이름으로—이 둘이 항상 같은 것은 아니다—발언권을 얻는다. 그는 얼른 인민해방전선 집회에서 연설하던 자세를 취하고 건물 난간에 서서 천천히 몇 걸음 옮긴다. 자살자들은 그늘 속에 웅크린 채 신도처럼 귀를 기울인다.

"선생님들, 부인들, 동무들, 동료 여행자 여러분. 나는 마지막 탄생을 기억합니다. 마지막 죽음도 기억합니다. 카운터에 가서 대기 번호를 받고 무슨 도우미라는 자들이 빛에 대해 늘어놓는 헛소리를 꾸역꾸역 들을 필요가 없었습니다. 그 모든 것이 내게 왔습니다."

자살자들이 웅성거린다. 라니 박사는 너를 보며 여러 번 고개를 젓는다. 그녀는 장부에 뭐라고 적는다.

"나는 250번의 달 동안 중간계에 있었습니다. 이보다 더 좋은 곳은 없어요. 나는 탄생의 복권에 당첨되지 않았습니다. 나는 웰라와야*의 한 채석장에서 태어나서, 감파하에서 심부름꾼으로 일했습니다. 저 아래 세상에서 나는 빈곤이 카르마(Karma)라고, 내가 짊어져야 할 십자가이고 고통이라고 들었습니다. 나의 잘못이라고. 내가 인민해방전선에 가입한 것은 그게 멋있어서가 아니라 필요했기 때문입니다. 나는 빈곤을 알았고, 가난한 사람들을 알았어요. 나는 투쟁을 알았고, 고통을 알았습니다."

그는 청중 주위로 걸음을 옮기다가 네가 있는 곳에 멈추더니 쭈그리고 앉아 속삭이듯 목소리를 낮춘다.

"여기 박사님 말씀대로 빛이 천국이라면, 중간계가 길 잃은 망자들로 가득 찬 연옥이라면, 그렇다면 저 아래 세상은 무엇이겠습니까?"

"지옥!" 청중 중에 누군가가 말한다.

세나는 클클 웃는다. "모든 영혼은 일곱 번의 밤 동안 중간계를 방황하는 것이 허락됩니다. 생전의 삶을 떠올리기 위하여. 그런 뒤 잊기 위하여. 그들은 여러분이 잊기를 바랍니다. 왜냐하면, 잊어버리면, 아무것도 변하지 않으니까요."

세나는 말을 잇는다. "세상은 저절로 변하지 않습니다. 복수는 여러분의 권리. 나쁜 사마리아인의 말을 듣지 마세요. 정의를 요구하십시오. 시스템은 당신을 저버렸습니다. 카르마는 당신을 저버렸습니다. 신도 당신을 저버렸습니다. 지상에서도, 여기 위에서도."

자살자들의 수런거리는 소리가 몇 데시벨 더 커진다. 이제 아무도 난간에서 몸을 던지지 않는다. 라니 박사는 모세와 히맨과 함께 맴

---

* Wellawaya, 콜롬보 남동쪽 내륙에 위치한 우바주의 도시. 인민해방전선에 의해 최초의 무장 공격이 발생한 곳.

두 번째 달

돌면서 코웃음을 친다.

"그건 잘못된 말이야." 그녀는 외친다. "복수는 정의가 아닙니다. 복수는 당신들을 왜소하게 만듭니다. 오직 카르마를 통해 당신의 것을 가질 수 있습니다. 하지만 인내해야 합니다. 당신들이 할 일은 그것뿐입니다."

세나는 얼굴을 일그러뜨리고 말을 내뱉는다. "전형적인 관공서 말투. 번호표를 한 장 뽑은 다음 왜 왔는지도 잊어버릴 때까지 그저 기다리라지."

모세는 작은 몸을 한껏 반듯이 편다. "예의를 갖춰, 이 돼지야."

"여러분 중 많은 이가 살해당했습니다. 많은 이가 떠밀려서 자살했어요." 세나는 말한다. "어쩌면 잊는 것이 쉬울 겁니다. 하지만 망각은 아무것도 치유하지 못해요. 잘못은 기억되어야 합니다. 그러지 않으면 여러분을 죽인 자들이 자유롭게 거리를 활보하겠죠. 당신에게 평화는 없을 거고요."

이번에는 고통이 네 목구멍을 훑고 지나가고, 잊으려고 노력했던 것들이 기억나면서 숨이 턱 막힌다. 처음 군부의 의뢰를 받고 떠난 취재에서 얼마나 두려웠는지, 아버지가 떠났을 때 얼마나 마음이 아팠는지, 약물 과용 후 병원에서 깨어났을 때 얼마나 실망스러웠는지. 29세의 너와 열한 살의 너, 열일곱 살의 네가 만났다면 서로 얼마나 미워했을 것인지. 지금 이렇게 죽은 네가 그들 모두를 얼마나 혐오하는지.

세나는 석유 부국의 왕자들과 테러 조직, 히피 사이에서 인기 있는 빨간색과 흰색 체크무늬 스카프로 목의 땀을 닦는다. 그는 네 쪽으로 흘러와서 귀를 잡는다. "나를 죽인 암살단이 당신을 죽였어요,

☾

말리. 우리를 살해하는 데 가담한 사람은 여섯 명입니다. 당신이 날 도와주면, 내가 그들에게 고통을 주겠습니다."

"칙!"* 라니 박사가 말한다. "당신 지도자들과 똑같군. 입에 발린 말로 가짜 희망이나 심어주는 싸구려 깡패들. 당신은 죽었어! 누구한테 고통을 준다는 거야?"

"무고한 사람들은 자신의 죽음에 대해 복수할 권리가 있어요."

"복수는 권리가 아니야. 이 섬에 시체는 지금으로도 충분해. 당신은 어린애처럼 굴고 있어."

"힘 있는 사람들은 살인을 저지르고도 벌을 받지 않습니다. 하늘의 모든 신들은 외면하고 있습니다. 이런 현실을 바꾸어야 합니다."

"어떻게? 칼을 쥘 손조차 없으면서. 살아 있는 자들은 당신을 볼 수도, 들을 수도 없어. 무슨 복수를 할 수 있다는 거야?"

"나는 속삭일 수 있습니다."

수런거리는 소리가 청중 사이에 퍼진다.

"그리고 여러분에게도 속삭이는 방법을 가르칠 수 있습니다."

"이건 흑마술입니다. 여러분 모두를 노예로 만들 겁니다." 라니 박사는 외친다. "크로우맨처럼 되는 겁니다. 마하칼리의 노예가!"

"마법이 무슨 색이든 무슨 상관이람? 효력이 있으면 그만이지." 세나는 너를 똑바로 쳐다보며 말한다.

"저 말 들었나, 말?" 착한 박사는 동요한 모습이다. "무슨 상관이냐고?"

"마법은 선도 악도 아닙니다. 검지도 희지도 않아요. 마법은 우주

---

*   Chik, 일종의 감탄사로 '참, 나' 정도의 의미이다.

같은 것, 부재하는 모든 신 같은 겁니다. 강력하고, 지고하며, 무심합니다."

자살자들은 지붕을 두드리고, 가련한 자들은 박수를 친다. 세나는 청중을 찾아냈고, 라니 박사의 눈빛이 따갑지만 너 역시 그쪽으로 흘러간다. 그때 마하칼리가 그곳을 덮친다.

보루[*]

그림자는 맹수의 형태다. 곰의 머리, 덩치 큰 여자의 몸. 머리카락은 뱀이며, 뱀의 눈은 끝에서 끝까지 검다. 맹수가 이를 드러내고 청중 사이로 들어서자, 흰옷의 도우미들은 뒷걸음질 친다. 맹수는 으르렁거리고, 안개가 지붕을 뒤덮는다. 소름이 끼치면서 구역질이 난다. 도우미들은 자살자들에게서 손을 놓고 곤봉을 집어 든다.

맹수는 해골 목걸이를 걸고 자른 손가락을 엮어 만든 허리띠를 두르고 있지만, 시선을 끄는 것은 그런 것들이 아니다. 그것은 맨살이 드러나 허리띠 위로 축 늘어진 배다. 배에는 인간의 얼굴이, 안에 갇혀 나가게 해달라고 외치는 영혼들의 얼굴이 새겨져 있다.

맹수의 형체는 손을 들고 한바탕 울부짖는다. 수천 개의 울부짖음, 짐승이 새끼에게 먹이를 주는 소리, 사타구니를 발로 차인 우주의 소리다.

그때 안개가 걷히고 맹수와 자살자 무리도 같이 사라진다. 자살자를 한꺼번에 일컬을 수 있는 집합명사가 있을까? 자살자 과다복용?

---

[*]   Boru, 거짓말.

☾

자살자 할복?

라니 박사는 흰옷 입은 부하들에게 소리친다. "그자였지?"

모세는 히맨을 보고, 히맨은 세나를 보고, 세나는 너를 본다. "그 여자였지?"

도우미들은 사라져버린 자살자들을 찾아 옥상을 두리번거린다.

"그게 마하칼리였습니다." 세나는 말한다. "당신들 모두 걱정해야 할 거요."

세나는 도시를 굽어보는 벽에 커다란 사각형을 그린다. 아까 이름을 썼던 그 석탄이다. 그는 사각형 안에 숫자와 알파벳을 가득 채운다. 알파벳은 인쇄체이고 뒤죽박죽이다. 마치 저절로 맞춰지는 크로스워드 퍼즐 같다.

"당신 그 여자 밑에서 일하나?" 라니 박사가 묻는다.

"나는 빛의 반대파입니다. 망각의 반대파. 우리는 절대 잊어서는 안 됩니다. 잊힌 자들을 도와야 합니다. 거짓과 보루를 파괴해야 합니다."

벽의 글자가 단어를 형성하기 시작하더니, 이내 문장이 만들어진다.

보루 사실 #1: 이 땅은 시민의 것이다.
보루 사실 #2: 모든 시민은 법 앞에 평등하다.

세나의 글에는 싱할라어와 타밀어, 유치원 영어가 섞여 있다. 성난 운동가들이 먹으로 지우기 전 자프나 거리에 걸렸던 안내판을 연상시킨다.

보루 사실 #3: 정부는 민간인을 표적으로 삼지 않는다.

보루 사실 #4: 대통령은 테러리스트와 협상하지 않는다.

"그 정도면 됐어, 세나 씨." 장부를 든 천사, 레나 박사는 너의 위에 맴돌고 있다. 그녀는 세나의 손에서 석탄을 빼앗기 위해 휙 아래로 덮치지만, 세나는 얼른 피한다. 검은 벽에 단락 하나가 모습을 나타 난다.

> **보루 사실 #5: 이 나라는 여기 처음 살았던 베다*의 것도, 여기 수세 기 동안 살았던 타밀의 것도, 무슬림의 것도, 버거의 것도 아니다. 오 로지 이 나라를 사람으로 채운 싱할라족, 이 나라에 대해 거창한 책 을 쓴 사제들의 것이다.**

세 가지 언어로 적힌 글을 어떻게 읽고 이해해야 할지 모르겠지만, 어쨌든 이해가 된다. 세나는 고개를 젖히고 웃는다.

"말리 선생님, 디너 파티의 혁명가 어르신. 모든 편을 위한다는 사 진작가. 이 글을 잘 읽으세요. 저 아래 세상에서는 아무도 이 거짓을 폭로하거나 잘못을 바로잡으려 하지 않습니다. 하지만 우리는 할 수 있어요."

"자, 그 정도면 충분해."

라니 박사는 책을 덮고 세나 쪽으로 흘러간다. 모세와 히맨은 세 나를 붙잡고 마하칼리가 서 있던 난간 쪽으로 끌고 간다. 그는 웃음

---

*   Veddah, 실론 섬에 가장 먼저 정착한 원주민. 이들만의 언어가 있으나 현재는 싱할 라족과 거의 동화되어 소멸 단계에 있다.

을 멈추지 않는다. 억지웃음이지만, 반항심이 깃들어 있다.

"말린다 씨가 결정하게 내버려둬." 라니 박사는 말한다. "하지만 우린 귀 검사부터 해야 해."

그녀는 주위를 둘러보지만, 이미 너는 그 자리에 없다.

골 페이스 코트

너는 곰의 머리가 달린 존재를 따라갈 마음이 없다. 교차로의 마라 나무로 가는 데만 관심이 있다. 모두가 세나의 한심한 목록을 쳐다보고 있는 사이, 너는 그 존재가 일으킨 바람의 자락에 올라타 신호등을 향해 뛰어내린다.

아침이 되어서야 머릿속에서 생각을 몰아내고 기억이 침입하지 못하도록 비운다. 세상은 시끄럽고 목소리들은 나뭇가지를 따라 스르륵 미끄러져 든다. 나는 마라 나무를 믿는다, 너는 혼잣말을 한다. 차츰 시간이 흐르자, 속삭임은 곱절로 불어난다. 너는 나무 위 허공에 맴돌며 감은 눈으로 자신을 바라본다.

너는 빨간 반다나와 사파리 재킷, 샌들 한 짝 차림으로 목에 체인 세 줄과 카메라를 걸고 있다. 이어 너는 다시 그 위로 부유하며 자신의 모습을 지켜보는 너를 내려다본다. 이번에 너는 사룽과 티셔츠를 입고 있고 손은 물집투성이이다. 자프나의 흙먼지 속에 시체 네 구가 뒹군다. 개 한 마리, 남자 하나, 어머니와 아이다. 모두 눈을 뜨고 있고, 모두 숨을 쉬고 있다. 그들은 너를 응시하며 똑같은 질문을 던지고, 너는 못 알아듣는 척한다. 카메라를 얼굴에 갖다 대고 시체가 모래로 부서지는 모습을 바라본다.

멀리서 말다툼 소리가 들린다. 라니 박사의 외침과 세나의 웃음소리가 섞여 흘러온다. 너는 최대한 무시하고 바람에 실려 오는 소리에 귀를 기울인다. 누가 그대의 이름을 부르고, 더불어 수치를 느낀다.

"대표 입주자: 딜런 다르멘드란. 임차인: 스탠리 다르멘드란. 기타 입주자: 말린다 알메이다와 재클린 와이라와난단."

너는 산들바람을 따라 파란 닷선이 듀플리케이션 로드를 느릿느릿 달리고 있는 쪽으로 흘러간다. 차는 골 페이스 그린을 향하고 있다.

너는 엘사 마땅기와 나란히 뒷자리에 있다. 앞에는 란차고다가 라디오에서 흘러나오는 노래를 따라 흥얼거리고 있고, 카심은 수색영장을 작성한다.

"정확히 어디 있는지 알고 있는 거요?"

"침대 밑에 있다고 했어요. 농담이었을 수도 있겠지만. 자기가 재미있다고 생각하는 사람이었거든요."

"농담에 시간 낭비할 여유는 없는데." 카심은 축 처진 눈을 도로에 못 박고 있다. 오전 9시, 너처럼 그들 역시 푹 쉰 것 같다. 오늘 오후 통행금지가 발령되었고, 콜롬보 시민들은 혹시 설탕이 동날까 봐 가게로 달려가고 있다.

그건 농담이 아니었다. 물론 별 생각 없이 잡담했던 내용이 수색영장에 적힐 거라고 예상하지는 못했다. 유령이 자동차를 고장 낼 수 있을까. 어쩌면 모든 자동차 사고가 그렇게 일어나는 건지도 모른다. 심심한 영혼들이 운전사를 잠재우고, 타이어를 미끄러지게 하고, 브레이크를 망가뜨리는 건지도.

"신에게 기도하는 것은 자동차에게 왜 사고가 나야 했느냐고 묻는

거나 마찬가지야." 언젠가 대다가 암마와 다툴 때 이렇게 말한 적이 있었다. "많은 사람이 언젠가 자동차 사고로 죽어. 바보들은 그런 일이 다른 사람에게나 일어날 거라고 생각한다고." 말다툼은 독백으로 끝났고 항상 일요일에, 암마가 너를 교회에 끌고 가기 직전에 터졌다.

"그래, 이제 어떻게 할까요?" 란차고다가 묻는다.

"말린다의 실종과 관련된 단서가 집 안에 있을지도 모른다고 하세요. 괜찮다면, 내가 이야기할게요. 아니, 그렇게 하는 걸로 하죠." 엘사는 버스가 들어찬 도로를 바라보며 말한다. 그녀의 시선은 건물에서 코코넛 나무로, 골 로드를 따라 띄엄띄엄 설치된 검문소로 옮겨 간다.

"내가 이 일을 하는 건 수사의 일환이기 때문이오." 카심이 말한다. "어차피 난 전근을 앞두고 있고."

"그렇게 해서 밤에 다리 뻗고 잘 수 있다면 무슨 소리든지 하세요, 형사님." 엘사는 말한다. 자동차는 경비가 삼엄한 수상관저 템플 트리를 지나고 있다.

"당신은 누구라고 소개할 건지?"

"그를 고용한 사람." 엘사는 말한다. "가능하다면 항상 진실을 말해야죠."

"나는 차 안에 그냥 있는 게 좋을 것 같군." 카심은 말한다.

자동차는 언젠가 너와 딜런이 새벽 3시 33분에 서로를 더듬던 골페이스 교차로에서 꺾인다. 차는 언젠가 네가 그를 자기 아파트에서 쫓아냈던 주차장으로 들어간다. 그들은 네가 언젠가 담배를 피운다고 2층에 사는 말레이 아줌마한테 야단맞았던 계단 통로로 들어간다. 그들은 듀플리케이션 로드만큼 넓은 복도로 들어선다. 아무도 집에 없을 때 네가 불미스러운 물건들을 여러 출입구를 통해 여러 번 몰래 들여오던 곳이다.

란차고다가 문을 쿵쿵 두드리고 초인종을 울리는 사이, 엘사는 자연스러운 미소를 연습한다. 기모노 차림의 키 작은 재키가 문을 연다. 재키는 퍼뜩 놀라 방문객을 다시 보더니, 마치 경찰 정도는 매일 아침 찾아온다는 듯 태연한 척한다.

"무슨 일이죠?"

"좋은 아침입니다, 아가씨. 들어가도 되겠습니까?"

재키는 물러서지 않는다.

"그를 찾았나요?"

"아직은." 엘사는 미소를 띤다. "도움이 필요해요."

"누구시죠?"

"마땅기 형사라고 합니다." 엘사가 말한다. "잠시 이야기 좀 할 수 있을까요?"

재키는 란차고다가 눈동자를 굴리는 모습을 못 보았다. 그들은 너와 딜런이 서로 생일을 잘못 기억하고 엉뚱한 날 선물한 책들이 꽂힌 복도로 들어선다. 둘 다 선물받은 책을 읽지 않았지만, 자신이 선물한 책은 읽었다.

"아, 죄송합니다. 스리랑카에 여자 형사, 게다가 타밀족 형사가 있는 줄은 몰랐네요." 재키가 긴장할 때는 '난 런던 남부에서 자랐어'라고 말하는 듯한 어눌한 모음이 튀어나온다.

집에 돌아오니 좋다. 지난 3년 동안 이 아파트는 네 집이었다. 외아들이 런던 변호사 시험에 합격한 뒤 딜런의 아버지 스탠리가 포상으

☾

로, 그리고 무트왈*의 자기 법률회사에 들어오라는 뇌물 차원에서
수리해준 곳이다. 적어도 초반만 해도, 스탠리는 너와 재키가 아들과
같이 사는 것을 신경 쓰지 않는 것 같았다. 세 사람은 각자 침실을
하나씩 썼고, 누가 누구와 무엇을 같이 쓰는지 남들이 추측하든 말
든 내버려두었다.

딜런이 벽을 보라색으로 칠하고 아트센터에 드나드는 사람들과
파티를 벌이기 시작했을 때도 스탠리는 잔소리를 하지 않았다. 그가
귀를 뚫고 집에 왔을 때도 쫓아내지 않았다. 아버지의 법률회사를
떠나 스리랑카 지구환경단체에서 무료 변호를 하기 시작하자 비로
소 스탠리는 집세를 청구하기 시작했다.

재키는 일행을 거실로 안내했지만, 아무도 앉지 않았다.

"사실입니다, 콜롬보에 여자 형사는 많지 않아요. 성함이⋯⋯."

"재클린 와이라와나단." 란차고다는 카심의 수첩 빈 페이지를 펼
치며 짐짓 읽는 척한다. "알메이다와는 언제부터 사귀기 시작했습니
까?"

"우린 사귀는 사이가 아니에요." 재키가 말한다.

"하지만 당신 사촌 말로는⋯⋯."

"제 사촌은 아무것도 몰라요."

"말리의 사진 상자가 어디 있는지 아세요?" 엘사가 묻는다.

"무슨 사진요?" 재키가 묻는다.

"상자가 자기 침대 밑에 있다고 했어요."

"그럼 침대 밑에 있겠지요. 그는 사진을 찍어요. 보관하는 상자도

---

*   Mutwal, 수도 콜롬보의 행정구역, 싱할라어로 '모다라'의 영국식 이름으로 콜롬보
    15구역에 속한다.

두 번째 달

있고, 침대에서 자기도 하고요, 이따금. 요점이 뭔가요?"

"좀 볼 수 있을까요?"

"이해가 안 되는군요."

란차고다는 창가로 걸어가서 골 페이스 그린의 갈색 잔디와 철썩거리며 해안을 삼키는 일렁이는 바다를 응시한다.

"미스 재키, 우리는 이 집에 대한 수색영장을 갖고 왔습니다."

"그가 체포됐는지 확인은 해봤나요? 경찰이 아니라면 군대일 수도 있잖아요."

"말리의 침실이 어느 곳이죠?"

재키가 대답하지 않자, 엘사가 재키를 막아서며 미소 짓는 사이 란차고다가 막무가내로 들어간다. 재키는 유도 수업에서 배운 몸짓으로 엘사를 밀어낸다. 언젠가 호신용 스프레이와 함께 네게 써먹었던 동작이다. 그녀는 란차고다가 들어간 엉뚱한 방으로 따라 들어간다. 엘사는 팔을 문지르며 욕설을 한다.

부엌으로 스르르 흘러가니, 익숙한 향이 너를 관통한다. 마늘과 카다몸 향이 떠도는 것을 보니, 카말라가 이번 주 먹을 음식을 하러 와서 딜런이 부탁한 부리야니*와 터키식 밥을 해놓은 모양이다. 카말라는 목요일마다 오니까, 네가 죽은 지 이틀 되었다는 뜻이다.

딜런의 방은 온통 땀 흡수 밴드와 라켓, 운동화, '스리랑카 지구환경'이라고 적힌 상자투성이이다. 이 라커룸 같은 냄새 때문에 너는 이 방에서 자는 일이 별로 없었다. 경찰들이 상자를 열어보니, 쓰레기 투기, 오염된 강, 밀림을 베어낸 숲에 대한 사건 기록뿐이다.

---

*　Buriyani, 버터에 각종 향신료와 고기를 볶아 익힌 후 요거트와 쌀을 넣고 지은 서남아시아식 밥.

☾

156

"이게 그 사진입니까?" 란차고다가 묻는다.

엘사도 수색에 참여한다. 그녀는 얄라의 표범에 관한 파일, 켈라니야*의 도심 매립지에 대한 파일을 집어 확인한다.

"여긴 그의 방이 아니군요." 엘사는 말한다. 일행은 복도를 지나 10대의 분노로 가득 찬 재키의 소굴로 들어선다. 불청객들은 바우하우스와 더 큐어의 포스터에 관심이 없다. 경찰들이 커튼을 걷는 사이, 엘사는 무릎을 꿇고 침대 밑을 들여다본다. 이 방에 감도는 향기는 샤넬 No.5, 그리고 슬픔이다.

"영장을 볼 수 있을까요? 내 물건은 건드리지 마세요." 재키는 말한다.

그들은 재키를 무시하고 공용욕실을 통해 네가 자던 오각형 방으로 들어간다. 다른 방에 비해 이곳은 삭막하고 장식이 없다. 퀸사이즈 침대, 전등이 놓인 책상, 카메라가 가득 놓인 선반, 벽에는 액자세 개가 걸려 있다. 제임스 낙트웨이가 찍은 소말리아 기근 한 점, 앙리 카르티에 브레송이 찍은 베이징의 마지막 날 한 점, 네가 찍은 바티칼로아 경찰서 학살사건 한 점이다.

란차고다는 숨을 헉 들이쉬고, 엘사는 고개를 끄덕인다. 십여 명의 경찰들이 금요일 모스크 예배 시간처럼 무릎을 꿇고 있는 장면이다. 띰비리가스야야**의 후지코닥 매장에서 프레임을 잘랐기 때문에, 네가 줌 렌즈로 확대해 들여다본 창문의 가장자리는 보이지 않는다. 오른쪽 위 구석에 AK-47 총구도 나왔지만, 네가 사진을 찍은

---

*   Kelaniya, 콜롬보와 인접한 북쪽 지역으로 켈라니야 불교 사원으로 유명하며 켈라니야 대학이 있다.

**   Thimbirigasyaya, 콜롬보 시내의 행정구역.

언덕 위의 위치에서는 총을 들고 있던 사람까지 찍을 만한 각도가 나오지 않았다.

장롱 밖에는 엑스레이 사진들이 걸려 있다. 폐렴을 앓았을 때 찍은 가슴 사진, 빙산처럼 턱 안에 숨어 있던 사랑니 사진이다. 엑스레이 원판을 카메라로 찍은 뒤 불투명도를 높이고 액자에 넣어서 아트 프로젝트로 구성할 생각이었지만, 물론 너는 작품을 완성하지 않았다.

장롱 안에는 곰 인형 하나, 사파리 재킷과 하와이안 셔츠 여러 벌, 체인들이 걸려 있다. 곰 인형 밑에는 아무도 찾지 않는 주소록 한 권이 있다. 모든 것이 이대로였으면.

너는 넥타이 말고 다른 것을 목에 거는 것이 좋았다. 면접 때는 타이를 매는 거다, 대다는 말하곤 했다. 아버지처럼 매일같이 목에 밧줄을 걸고 살라고요? 꿈 깨시죠, 너는 말했다.

문에는 체인이 걸려 있다. 그냥 한 가닥으로 된 줄, 꼬인 형태의 줄, 이건 예비용으로 갖고 있던 것이었다. 피스 사인, 십자가, 음양, 옴. 하지만 금 판차유다*, 죽은 호랑이 반군한테 훔친 사이안화나트륨 캡슐, 매일이 휴가처럼 느껴지던 시절, 얄라에서 그 유치한 맹세를 하면서 딜런의 피를 넣었던 목각 앙크 십자가는 여기 없었다. 목이 부러졌을 때, 너는 분명 둘 다 걸고 있었다. 아니, 네 목이 부러졌다고? 누가 부러뜨렸지? 누가 그런 말을 했지?

세나나 그 신도들이 귓가에 속삭이고 있나 싶어 주위를 둘러본다. 하지만 바람과 텅 빈 네 방뿐이다.

방 안에는 화학약품과 세제 향이 감돈다. 대학생 히피처럼 여기

---

* Panchayudha, 힌두 신화에 나오는 다섯 가지 전쟁에 필요한 무기. 보통 아기가 태어나면 톱니바퀴, 소라 나팔, 칼, 활, 곤봉 모양의 지팡이가 새겨진 목걸이를 선물한다.

☾

들어앉아서 LSD와 하시시, 무정부주의를 빚어냈던가? 그렇지는 않았다. 너는 이 방에서 현상액과 정지액, 정착액을 만들어서 스탠리 아저씨한테 말도 없이 암실로 개조한 식품 저장실에 보관했다. 혹시 식품 저장실을 들여다본다면, 지난 6년 동안 네가 타파웨어 상자에 꼼꼼하게 분류해놓은 네거티브 필름과 음화가 나올 것이다. 하지만 지금 일행은 퀸사이즈 침대 밑을 들여다보느라 여념이 없다.

네가 지닌 기술을 공정하게 평가하자면 다음과 같다. 도박 D^-, 현장 조율 C^+, 섹스 B^-, 사진 A^+. 너는 서툰 연기자, 푼돈에 일하는 작가였지만, 프레임을 설정하는 법을 알고 있었다. 쟁반에서 종이를 잘 적시고 암실에서 빛을 추출하는 법을 알고 있었다. 흑백을 전율하게 하고 세피아를 반짝이게 할 수 있었다. 얕은 것에 깊이를, 밋밋한 것에 질감을, 진부한 것에 의미를 불어넣을 수 있었다.

필요한 색은 흑과 백, 회색뿐이었다. 컬러사진은 찍은 적이 없었다. 석양과 코끼리 사진부터 찍기 시작했지만, 마지막에는 클로짓 호모들, 난도질당한 군인들을 찍었다.

"말리는 침대 밑 신발 상자에 가장 위험한 사진을 보관했다고 했어요. 무슨 일이 생기면 우리더러 그 사진을 발표해달라고 했죠." 엘사는 거짓말이란 걸 알아채는 사람이 있는지 주위를 둘러본다.

"그럼 말리와 아는 사이였어요?" 재키는 묻는다.

"그는 나를 위해서 일했어요."

"경찰 일을 했다고요?"

"그런 셈이죠."

"비정부기구 일을 한다고 알고 있었는데요."

"그는 여러 사람 밑에서 일했습니다." 엘사가 어깨에 손을 얹자, 재키는 그 손을 떨쳐낸다. 재키는 심지어 자기가 좋아하는 남자라도 누가 몸에 함부로 손대는 것을 몹시 싫어했다. 10대 시절 양아버지에게 당했던 포옹 때문이었다.

딜런과 재키는 필요 없는 것들을 쌓아두는 재능이 있었다. 방과 인생, 생각까지 온통 잡동사니였다. 그들은 너의 미니멀리즘, 필요 없는 것들을 그때그때 버리는 습관 같은 것을 신뢰하지 않았다. 네가 자기들한테 털어놓지 않은 것들을 모두 숨겨놓은 비밀의 방이 어딘가 있을 거라고 생각했다. 그리 틀린 말은 아니었다. 단지 그 비밀의 방이 신발 상자만 했을 뿐.

"분명히 자기 침대라고 했습니까?" 란차고다가 묻는다.

"도대체. 지금 무슨 짓들을. 하는 건가?"

이 집에서 몇 달 동안 못 들어본 목소리다. 스탠리 다르멘드란은 의회에서 연설할 때나 아들 앞에서 설교할 때 중간중간 극적인 효과를 위해 말을 끊는 습관으로 유명하다.

"당장 내 방에서 꺼져주시죠."

반대로 화났을 때 높고 날카로워지는 딜런의 음성은 이 벽 안에서 여러 번 울려 퍼진 적이 있다. 그는 말을 끊는 습관보다 욕설을 과도하게 사용하는 버릇이 있었다.

"수색영장을 갖고 왔대요." 재키는 문 쪽으로 물러나며 말한다. 극적인 상황에서 물러나다니 그녀답지 않다.

"어디 봅시다." 스탠리가 호통친다. 딜런은 트랙슈트 차림이고 머리카락이 젖어 있다. 아버지가 그를 오터스 수영클럽에 데려가서 새벽 설교를 했다는 뜻이다. 둘 다 스스로 스포츠맨이라고 생각하는 키 큰 남자들이다.

☽

"이제 그만 말리의 방에서 나가주시죠."

엘사와 경찰들은 거실로 나가는 와중에도 여기저기 눈빛을 보내며 불법 수색을 계속한다. 란차고다는 영장을 건네고, 딜런과 재키는 구석에서 소곤거린다.

"여긴. 판사의. 서명이 없잖나." 스탠리는 1950년대 초 케임브리지에서 습득한 억양으로 말한다.

"장관님, 우리는 알메이다의 실종 건을 수사하고 있습니다. 그의 행방에 단서가 될 사진이 있습니다."

딜런과 재키는 속삭임을 멈추고 엘사를 노려본다.

"이 여자분은 누구시지?"

"자기가 스리랑카의 유일한 타밀족 여성 형사래요." 재키가 말한다.

"저는 CNTR에서 일하고 있습니다. 캐나다 노르웨이 제삼 세계 구호단체이지요. 우리는 말린다가 우리에게 넘겨야 할 사진을 소지한 채 국외로 도피했다고 생각합니다."

"여권은 방금 당신이 확인한 서랍 안에 있어요. 형사 흉내 잘도 내시네요." 재키가 말한다.

"그는 사진을 이용해서 누군가를 협박하고 있을 겁니다." 란차고다는 얄라에서 찍은 천산갑 사진을 들여다보며 말한다. 엘사는 그를 보며 고개를 젓는다.

영장은 어떠어떠한 조건을 충족해야 하는데 지금 내 손에 들린 것은 그렇지 않다, 스탠리가 침착하게 설명한다. 란차고다는 선의의 실수인 양 고개를 끄덕인다. 엘사가 끼어들려고 하지만, 스탠리 아저씨의 툭툭 끊는 말투는 침투 불가다.

"이 집에서. 나가시오. 당장." 스탠리는 자기 머리와 넥타이를 두드린다. "제대로 서명된. 영장을 가지고. 다시 오시오. 오지 말든가. 딜런, 배웅해드려라. 딜런? 재키?"

밖에서 엔진 소리, 골 로드를 미끄러지는 타이어 소리가 들린다. 재키의 미츠비시 랜서 소리다. 너는 두 사람이 어디로 가고 있는지 정확히 안다. 빨리 도착해야 할 텐데.

엘사의 향수 냄새를 실은 바람이 공기에 침입한다. 탤컴 파우더와 라벤더가 섞인 향, 남아 있는 네 존재 전부가 경련을 일으키며 찌릿한 통증이 달린다. 기분 좋은 냄새지만, 그 향을 맡으니 토악질이 날 것 같다. 나치 사냥으로 생계를 꾸리던 한 남자가 떠오른다.

비젠탈

"시몬 비젠탈이라고 들어봤어요?" 엘사가 네게 던진 첫 질문이었다. 아트센터 클럽에서 코핀 네일이 연주하는 토킹 헤즈를 듣는 척하고 있을 때 느닷없이 그녀가 다가왔다. 프랑스 억양을 지닌 청년에게 어떻게 작업을 걸까 궁리 중이었는데, 그녀가 방해한 것이다.

"아우슈비츠 생존자로서 오직 사진에 의지해 30년간 나치를 사냥한 인물이에요."

그때 엘사는 짧은 머리였지만 여전히 루비색 립스틱을 바르고 있었다.

"시몬 비젠탈은 누군지 알지만, 당신은 누군지 모르겠고, 난 여기 밴드 구경하러 왔습니다."

그녀는 술값을 내고 한 잔 더 주문해주었다. 너는 모른 척했다. "카지노 세 곳에서 출입 금지당해서 여기 온 거잖아요. 저 돈 많은 청년한테 관심이 있군요. 그런데 그는 호모가 아니에요. 당신도 알면서."

너는 '변태', '호모', '퀴어' 같은 말을 모욕으로 생각하지 않았는데, 네가 그런 사람이 아니기 때문이었다. 그저 아름다운 청년을 좋아하는 잘생긴 남성일 뿐. 그 이상, 그 이하도 아니고, 다른 사람이 상관할 바도 아니다. 엘사가 입은 정장과 나긋나긋한 미소를 바라보며, 너는 그녀가 방금 산 술만 홀짝거리면서 침묵을 지켰다.

"사진을 우리한테 팔면, 우리 거래처가 발리와 페가수스, 스타더스트에 당신이 진 빚을 갚아줄 거예요."

너는 그녀를 발코니로 데리고 나갔다. 여러 남녀가 포옹하고 있었지만, 남녀로 이루어진 한 쌍은 없었다. 너는 어둑한 그늘에 앉아 그녀의 말을 계속 들었다.

"83년 포그롬*을 찍은 필름을 여러 개 갖고 있다면서요?"

"그걸 그렇게 부릅니까?"

"저는 폭동보다 그 단어를 선호해요. '집단학살'이라고 말하면 사람들이 예민하게 받아들이지요. 특히 싱할라족들이."

"난 1983년부터 나 자신을 싱할라족으로 칭하지 않습니다." 너는 이렇게 말했지만, 그전에도 자신을 그렇게 부른 적은 없었다. 너는 70년대 콜롬보 히피들에게서 저질 마약 말고도 다른 것들을 물려받았다. 우리 모두 하나의 스리랑카인, 쿠웨니**의 아이들, 위자야***의 사생아라고 믿었다. 쿰바야 쿰바야. 우리 모두 손을 잡고 잘 살아

---

*   Pogrom, 19-20세기 발생한 유대인에 대한 조직적인 박해를 지칭하는 러시아어로, 이후 소수민족에 대한 학살을 뜻하는 말로 사용되고 있다.

**   Kuveni, 스리랑카 최초의 왕 위자야의 부인. 고대 스리랑카 약까 부족의 여자로 인도에서 온 왕자와 결혼하여 아들 딸을 낳았으나 인도에서 온 공주 때문에 남편에게 버림받았다.

***   Vijaya, 《마하왐사》에 기록된 스리랑카 최초의 왕. 인도에서 건너온 왕자.

두 번째 달

보세.

"이건 당신 거죠?"

살와르 차림의 여자가 석유를 뒤집어쓰는 사진은 뉴스위크에 실린 적이 없었다. 네거티브 원판을 27×7 사이즈 무광으로 인화한 이 사진도. 지금까지 뽑은 건 단 두 장, 한 장은 상자 안에, 한 장은 뉴델리에 있다.

"누구를 위해서 일하죠?"

"CNTR. 센터라고 발음해요."

"누구를 위해서 일하느냐고요."

"우리는 자금 지원을 받고 있고 법률 부서도 있어요. 1983년의 살인범들을 쫓고 있습니다." 네가 웃음을 터뜨리자, 어둠 속에서 서로 더듬고 있던 게이와 레즈비언 들이 깜짝 놀랐다.

"발표하지 않은 사진을 더 갖고 있다고 들었어요."

"비젠탈 말이 나와서 말인데." 너는 말했다. "지난달 카지노에서 이스라엘 사람 두 명을 만났습니다."

"1983년 사진이 더 있나요?"

"영화 프로듀서라고 하더군요. 그런데 그중 하나가 술에 취해 군수업에 종사한다고 으스대기 시작했어요. 아주 거물급 거래처에 중화기를 판다고."

그녀는 당황한 기색도 없었고, 미소를 잃지도 않았다. 오렌지 주스를 홀짝거리며 말을 이었다.

"야엘-메나헴은 나도 잘 알아요. 삼류 액션영화를 만들고 삼류 무기를 정부에 팔지요."

"무기 거래상은 그게 문제예요. 삼류 영화를 만든다니까."

☾

"알메이다 씨, 83년 타밀족 학살 사건의 사진을 갖고 있어요?"

"하느님께 선택받은 민족에게서 삼류 무기를 사들이는 사람들을 위해 일하신다고요?"

"우린 타밀 반군이 아니에요. 단지 목표가 비슷할 뿐입니다."

"정치인 같은 말투군요."

"1983년은 야만의 시절이었어요. 가옥 8천 채와 상점 5천 개가 망가졌고, 15만 명이 삶의 터전을 잃었고, 공식 사망자조차 집계되지 않았습니다. 스리랑카 정부는 학살을 인정하지도, 사과하지도 않았어요. 당신의 사진이 이 상황을 바로잡는 데 도움이 될 겁니다. 말해봐요, 꼴라, 당신은 어느 편이죠?"

너는 당장이라도 주먹을 날릴 것처럼 심호흡을 한 뒤 상자에 대해 말했다. 처음으로 그녀는 미소를 지우고 눈썹을 치켜올리며 입을 다물었다.

———

시작은 재미있었다. 너와 엘사 둘뿐이었을 때는. 너는 후지코닥 가게에서 일하는 너드 청년 위란한테 원화를 갖고 가서 그의 도움으로 1983년 사진을 다시 확대하거나 해상도를 높여 인쇄했다. 위란은 사진 현상 기술이 좋았고 수줍은 연인이었다. 켈라니야에 있는 그의 집에는 후지코닥 가게보다 더 좋은 장비가 있었다. 그는 너의 개인 작품을 집으로 가져갔고 때로 너도 데려갔다. 하지만 엘사는 간 적이 없었다.

"대체 그 얼굴들을 어떻게 알아본다는 겁니까?"

"신분증 사진 데이터베이스가 있어요. 이미지를 인식하는 컴퓨터 소프트웨어도 있고. 확대한 사진을 컴퓨터에 넣어 서로 대조하면 돼요."

엘사가 계피를 더 넣으니 커피색은 그녀의 피부만큼 진해졌다.

"그런 기술이 있다고요?"

"당연히 없죠, 멍청이 같으니. 50년쯤 지나면 나올까." 엘사는 피식 웃었다. "하지만 웰라왓떠*와 밤발라삐띠야**에 이 얼굴을 알아볼 만한 연줄이 있어요."

그녀는 CNTR이라고 적힌 수표를 주면서 타밀족의 고통을 포착한 사진이라면 뭐든지 관심이 있다고 말했다. 너는 군대를 따라 북부를 순회했고, 이어 로이터 통신 기자들과 동부로 출장을 떠났다. 엘사가 말한 기준에 맞는 사진도 잔뜩 가지고 돌아왔다.

다시 연락이 온 것은 88년 초였다. 엘사는 호텔 레오로 너를 불렀지만, 이번에는 혼자가 아니었다. 쿠가라자가 소파에 앉아 있었다. 네취향에 딱 맞는 잘생긴 얼굴에 다부진 체구였지만, 물론 너의 취향은 다양했으니.

호텔 레오 스위트룸 벽은 네가 1983년에 찍은 사진들로 온통 도배되어 있었고, 얼굴마다 포스트잇이 붙어 있었다.

불타는 상점 밖에서 춤추는 사롱 차림의 싱할라족 남자들(4명).

발에 차여 죽어가는 벌거벗은 타밀족 소년(3명).

---

* Wellawatte, 콜롬보 6구, 밤발라삐띠야의 아래쪽에 있는 지역으로 남부 서해안에 접해 있으며 타밀족이 많이 거주하고 있다.
** Bambalapitiya, 콜롬보 4구, 웰라왓떠와 접해 있다.

버스에서 끌려 나가는 타밀족 여자들을 바라보는 정복 경찰들(6명).

쿠가는 자기가 엘사의 사촌이라고 했지만, 그녀 옆을 지나 자리에 앉는 모양새를 보니 애인 사이인 것 같았다.

그는 주소록 한 장을 주면서 비밀리에 해당 인물들의 사진을 찍어 달라고 했다.

"1983년 포그롬 가담자 일곱 명을 추적했습니다. 신원을 확인해야 합니다."

"그래서?"

"기소해야지요."

너는 웃었다. 쿠가는 기분 좋게 미소 지었다.

"내 말이 농담처럼 들려요?"

"그 사건에는 아무도 손대지 않으려 할 겁니다. CNTR에서 기소할 겁니까?"

"정의를 실현하는 방법에는 여러 가지가 있어요."

"당신들은 타밀 반군이 아니라고 알고 있었는데요."

엘사가 사촌의 무릎에 손을 얹자 그는 입을 다물었다.

"말리, 이건 완니에서 찍은 사진 작업비예요. 그리고 이건 다음 일거리에 대한 계약금입니다."

수표를 보니, 사진작가는 결혼식 사진 말고는 돈을 못 번다, 사회학 학위를 따면 선생님으로—잘해야—일할 수 있다던 대다의 말이 떠올랐다. "한 가지만 해, 그걸 잘하란 말이다." 이렇게 말하던 대다의 '한 가지'에 아버지 노릇은 없었다.

"일거리가 또 있습니까?"

"이 주소로 가서 정부에서 인구조사 나왔다고 하세요. 그리고 사진을 찍어요. 공짜 신분증 사진을 찍어주는 거라고 하세요. 싱할라인들은 공짜라면 타밀어 신문도 볼 사람들이니까."

"그건 사기 아닙니까?"

"당신은 어느 편이죠, 꼴라?"

"난 스리랑카인들이 이런 식으로 죽어가는 것을 막고 싶은 이들의 편입니다."

"그건 좋아요. 우리는 이 괴물들이 고통받기를 원해요. 그렇게 될겁니다."

"어떻게?"

쿠가라자는 완니 여행 중에 네가 찍은 사진을 집어 들었다. 현장 조율을 맡을 해결사로 따라갔기 때문에, 너는 가장 높은 가격을 제시하는 사람에게 거기서 찍은 사진을 팔 수 있었다. '센터'는 군과 AP통신이 마다한 사진을 가져갔다.

"이 남자 아세요?"

반군 기지에서 카메라를 닦는 척하면서 찍은 사진이었다. 타밀 해방군 훈련소를 찍으러 온 불쾌한 로이터 통신 기자를 안내하던 길이었다.

"고빨라스와르미* 대령이군요."

"마한떠야라고도 불려요. 이 사람에 대해 얼마나 아세요?"

"카메라를 갖고 들어갈 수 있는 유일한 반군 기지의 지휘관입니다. 수프레모와 가까운 사이예요."

"그가 타이거 수프레모에 반란을 꾸미고 있다는 소문이 있어요."

---

* Gopallaswarmy Mahendraraja(1956-1994), 인도에 기밀을 유출한 혐의로 살해된 타밀 해방군의 2인자였다.

☾

"나는 소문 같은 건 안 듣습니다. 뿌리기만 할 뿐."

"재담꾼이군, 이 친구." 쿠가라자가 몸을 앞으로 내밀어서, 너는 의자에 앉은 채 상체를 젖히고 팔짱을 꼈다. 그도 농담을 던지려는 듯한 눈빛이었다. 혹은 누구 머리통을 부술 것 같은 눈빛. 너는 허락을 구하지 않고 담배에 불을 붙였다. 이 야수 같은 남자는 무서웠고 그만큼 사람을 흥분시켰다.

"당신은 어느 편이죠, 꼴라?"

엘사 마땅기도 파블로프의 개처럼 본능적으로 너를 따라 벤슨 담배에 불을 붙였다.

"돈을 주는 자의 편입니다."

그들은 센터가 와우니야에 고아원을, 메다와치치야*에 병원을 운영하는데 정부군이 안전을 보장해주지 않는다고 했다. 반군의 고빨라스와르미 대령이 북중부 지방을 지휘하는데, 그가 보호해줄 수 있다는 것이었다.

"대령과 만남을 주선해주세요."

"나는 그를 모릅니다."

"기자를 그의 부대에 데려갈 수 있을 정도로 아는 것 아닙니까?"

"거긴 전시용 기지예요. 할리우드 세트 같은 곳. 대령은 외부인 안 만납니다."

"우린 외부인이 아니잖아요."

"센터가 타밀 반군과 거래하는 건 위험하지 않아요?"

"우리 프로젝트 대부분은 북쪽이나 동쪽에서 진행돼요. 그쪽에서

---

*　　Medawachchiya, 스리랑카 중북부 아누라다푸라에 속한 도시로, 콜롬보에서 229킬로미터 떨어져 있다.

는 타밀 반군이 정부군이죠. 당신도 잘 알면서."

수표 액수 때문이었는지, 쿠가가 따라준 술잔 크기 때문이었는지, 그 술을 건넨 팔뚝의 굵기 때문이었는지, 등을 스친 거칠거칠한 손바닥 때문이었는지 모르겠지만, 너는 이 사람들에게, 나누는 이야기에 차츰 마음을 열고 있었다.

그들은 83년 프로젝트에 상당히 의욕적이었지만, 너는 두려웠다.

"정말 수천 명에 달하는 폭도에게 응분의 대가를 치르게 할 수 있다고 생각해요?"

쿠가는 형제애의 표현인지 자기도 너처럼 음탕한 생각을 하고 있다는 암시인지 알 수 없는 윙크를 보냈다.

"어떤 폭도든지 간에, 규모에 상관없이, 우두머리를 먼저 치는 거요. 그게 기본이지."

"그런 식으로 이야기하다니, 진심이거나 바보로군요."

"모든 사람이 농담꾼은 아니에요." 엘사가 말했다.

그들은 소위 마할떠야 파당에 대해, 반군 내부의 분열이 타밀족에게 미칠 영향에 대해 논의했다. 엘사는 타밀 반군이 어느새 파시즘으로 변해서 타밀족 내부의 다른 목소리를 억압한다고 한탄했다. 쿠가가 즉시 반론했다.

"단합된 타밀의 목소리는 사치야. 타밀족을 구하지 못해. 강력한 목소리가 있어야 해."

"라니 스리다란 박사는 강력한 목소리였어." 엘사가 말했다. "그런데 침묵당했지."

"당신은 어느 편이죠, 쿠가?"

네가 그의 어깨에 손을 얹자, 쿠가라자는 힐끗 눈길을 보냈다. 그

☾

눈빛 때문에 너는 손을 거두었다. 이제 윙크는 없어, 말리 씨. 이렇게 말하는 것 같았다.

"당신 어머니가 절반은 버거, 절반은 타밀이라고 했나?" 그는 말했다. "당신도 나처럼 잡종이군. 하지만 신분증에 적힌 이름은 '카발라나'지. 아버지한테 감사하시오. 그가 당신에게 물려준 최고의 유산은 싱할라족 성이야."

너는 분통을 터뜨리며 너나 네 아버지를 모르면서 함부로 말하지 말라고 대꾸하고 싶었다. 하지만, 아니, 그의 말이 맞았다. 아버지는 싱할라 성을, 그리고 돈에 대한, 돈을 과시하는 인간에 대한 혐오를 유산으로 물려주었다.

"대부분의 콜롬보 사회주의자들은 가난한 사람들을 사랑하지 않아. 그저 부자를 미워하지." 대다는 그 문구가 마치 자기의 탁월한 두뇌에서 태어난 것처럼 말하곤 했다.

"이 83년 프로젝트, 하겠습니다." 너는 말했다. "돈을 준다고 하니까. 내가 거기 있었으니까. 정부가 대답해야 할 질문들이 많으니까."

"조심해요, 꼴라." 엘사가 말했다. "그런 식으로 말하다가는 타이어 화형*을 당할 거예요."

"그렇기 때문에 내가 반군 대령에 대한 정보를 얻어줄 수 없다는 겁니다."

"정보를 얻어달라고 한 게 아니에요. 만남을 주선해달라는 거죠."

"타이어 화형이 타밀 반군 감옥보다 못할 게 있나요?"

모두가 그렇지만 죽음이 곧 닥칠 사건이라고 생각하지 않던 시절,

---

*   타이어를 목에 씌우고 불을 붙이는 린치 방식. 내전 중 싱할라인들이 반 타밀 폭동에서 행했다.

너는 죽음에 대해 자주 농담을 했다.

너는 수표를 챙기고 아래층에서 칩으로 교환했고, 포커 탁자에서 잃었다가 바카라에서 다시 땄다. 철도변으로 갔지만 주무르고 싶은 상대가 눈에 띄지 않았다. 자연이 해안을 삼키지 못하도록 한 줄 방벽처럼 놓여 있는 선로 밑의 돌을 바라보면서, 너는 헤어질 때 쿠가가 네게 한 말을 다시 떠올렸다.

"센터에 대해서는 아무에게도 말하지 않았을 거라고 믿어."

"난 입이 싼 사람이 아닙니다."

"좋아. 이 나라에는 목소리만 큰 사람들이 너무 많아. 하는 일도 없이."

"아무한테도 이야기하지 않았습니다."

"좋아. 올바른 일을 하는 데는 홍보가 필요하지 않은 법이지."

쿠가는 손을 뻗었다. 악수를 하다가, 그는 네 손을 끌어당기더니 주먹 관절을 힘주어 쥔다. 네가 얼굴을 찡그리는데도, 그는 그대로 붙잡은 채 잠시 아파하는 모습을 쳐다보았다.

"타이어를 뒤집어쓰고 싶은 사람은 없잖아."

그는 윙크를 하고 손을 놓아주었다.

쓸쓸한 너의 집

원래 네 친할머니의 소유였던 밤발라삐띠야의 집은 고모에게 상속되었다가 이혼 후 아버지의 첫 아내에게 넘어갔다. 첫 아내의 아들인 너는 그 집에서 아랄리아 나무와 잠든 개들, 늘 다투는 부모님 사이에서 자랐다. 말다툼은 부엌에서, 베란다에서, 발코니에서 벌어졌다. 친절한 바람에 실려 암마의 집에 다다르니, 말다툼은 이미 길거리까지 흘러나오고 있다.

재키의 랜서가 세 집 건너 커브에 주차한 채 멀리서 소동을 지켜보고 있다. 암마는 스탠리 다르멘드란과 함께 대문에 서서 경찰들과 엘사를 향해 으르렁거리고 있다. 차 안에서는 다른 종류의 말다툼이 벌어지고 있다.

"혹시 상자 안에 아무것도 없다면, 이것 역시 말리의 허풍일 수도 있겠지?"

"지름길이라더니, 속은 내가 바보지." 재키가 말한다.

딜런은 주먹을 쥐고 우드득 소리를 내며 관절을 꺾는다. 담배 생각이 난다는 뜻이다. 아홉 달 전, 너는 금연이 1년을 채 못 가리라는 것을 두고 그와 내기했다. 딜런은 담배나 너를 좋아하는 것 못지않게 지는 것을 싫어한다. 이번에는 아픔 없이 기억이 찾아온다.

딜런 다르멘드란은 학창 시절 활동하지 않은 스포츠팀이 없었다. 너는 크리켓 못지않게 럭비도 싫어했지만, 그가 뛰는 모습을 관전하는 것은 좋았다. 그는 세인트 조셉 수구팀 주장이었고, 너는 번들거리는 그의 몸을 오후마다 넋을 잃고 바라보며 흰 교복 매무새를 가다듬는 반장이었다.

학교를 졸업한 뒤 10년이 지나 다시 만나보니, 그는 그때 그 몸은 아니었지만 미소와 검은 피부는 여전했고, 그때처럼 분위기 파악이 느렸다. 여전히 1부터 13까지 점수를 매긴다면 10점 만점이었다. 오래전 네가 자신에게 반했다는 것은 전혀 몰랐다. 네가 재키와 같이 그의 아버지 아파트에 들어갔을 때, 그는 너를 알아보지 못했고 말수도 별로 없었다.

상황은 여섯 달 동안 아주 조금씩 나아졌다. 한밤중에 그의 방에 드나들게 되었고, 그는 늘 이번이 마지막이라고 했고, 그러다 같이 여행하자는 이야기를 나누게 되었다. 밖에서 데이트할 때는 학창 시절 옛 친구라고 소개했고, 내막은 아무도 몰랐다. 아니, 어쩌면 모두 알고 있었는지도 모른다. 그는 네가 어딘가 동굴 속에 틀어박혀 있다고 생각했고, 스리랑카 지구환경단체의 인맥을 동원해서 정식으로 불만을 신고하면 널 해방시킬 수 있을 거라고 생각했다. 귀여운 멍청이.

"말리가 떠난다고 했어?"

"나한테는 아무 말 안 했어."

"나한테 아트센터나 호텔 레오에서 보자고 했어. 할 말이 있다고. 정확한 약속은 다시 전화로 잡자고. 늘 그렇지만, 전화는 안 왔어."

"그는 매일같이 도박을 했어." 재키는 사촌을 돌아보며 동정심과 경멸이 반씩 섞인 눈빛을 보낸다.

"죽었을까?" 딜런의 목소리가 갈라진다. 그는 네가 출장길에서 돌아올 때마다 어깨와 발바닥을 정성껏 마사지해주었고, 너는 여행 중에 목격한 끔찍한 광경들에 대해 이야기했다.

그럴 때면 그는 네 말이 끊기는 틈을 타서 얼른 화제를 바꿔 미국 대학에서 제삼 세계 환경오염 같은 문제에 대해 연구하라고 장학금 제안이 들어왔다는 이야기를 했다. 그러면 너는 세상에서 지구를 가장 많이 오염시키는 나라에서 이 지상낙원 같은 자연환경에 대해 뭘 가르칠 게 있겠냐고 대꾸했다. 그러다가 너는 미국의 범죄와 죄악도 논했지만, 거기서 같이 살자는 문제가 입에 오르는 것은 피했다.

"말리는 정부군과 외국 언론사, 반군을 위해 일하는 사진작가는 자기뿐이라고 했어." 재키가 말한다. "늘 그렇듯이 허풍인 줄 알았지."

(

174

딜런과 말다툼을 하고 나면, 너는 마사지로 가벼워진 발로 재키와 같이 나가서 누구네 남편이 누구네 마누라랑 잔다는 등 하는 가십, 재키가 자기 연극회에서 타락시키고 있다는 여학생 이야기, 라디오 선곡표에 자기가 슬쩍 끼워 넣는다는 펑크 밴드에 대한 수다를 듣곤 했다.

에일을 몇 잔 마시고 나면, 너는 딜런 험담을 늘어놓았고 재키는 한심한 약을 건넸다. 약을 먹으면 너는 얼간이처럼 헤실거렸고 그러고 있노라면 전선에서 보고 온 것들에 대해 말할 필요가 없었다. 왜 방금 돈을 받았으면서도 빈털터리인지. 너와 그녀는 어떤 관계인지, 혹시 네게 다른 사람이 있는지, 그것이 중요하기나 한지, 이런 이야기들도.

"차에서 기다릴 이유가 있나?" 딜런은 완벽한 손으로 땀이 밴 이마를 문지른다.

"그럼 내릴 이유가 있어, 천재님? 저쪽에서 우릴 볼 거 아니야."

"넌 그 상자가 어디 있는지 알아?"

"같이 들었잖아. 그날 그 뒤풀이 자리에서, 그날도 연극하듯이 거창한 분위기로 우리한테 말했어. 기억 안 나?"

"말리는 항상 실컷 허풍을 쳐놓고 뒤통수를 때리잖아. '아, 잘 속네!' 전부 다 농담인 것처럼."

"그래, 나도 알아. 그래놓고 안 웃으면 토라지지."

"자기가 암살단으로 고용됐다고 떠벌리고도 안 믿으면 뚱하는 인간이지."

"벙커에 갇힌 아이들을 한가득 자기가 구출했다고 하고. 정글에서 흑표범을 봤다고 하고."

"침대 밑 상자 안에 세상을 뒤흔들 사진이 들어 있다고 하고."

딜런은 말을 끊었다. "정말 여기라는 뜻이었을까?"

"자기가 사진을 다른 곳으로 옮겼다고 나한테 그랬어. 리처드 드 소이사가 납치된 직후에. 카말라의 침대 밑에 있을 거야."

재키는 시동을 끈다. 그들은 웅크린 자세로 차에서 내려 살금살금 로리스 레인을 걸어온다. 이렇게 보니 둘 다 살이 쪘다. 딜런은 배만 암소처럼 나온 종마 같고, 재키는 허벅지가 천산갑 같은 공작새다. 지금 이 선택적 기억상실증 덕에 샌프란시스코에 대해 티격태격했던 입씨름과 그 공방을 벌이느라 허비한 시간까지 잊을 수 있다면 얼마나 좋을까.

"스리랑카 지구환경단체를 그만둘 생각이야. 대학으로 돌아갈까 해. 몇 군데 학교에 지원했어."

한 달에 한 번씩 그가 부르던 노래였다. 대체로 네가 충분히 관심을 주지 않을 때였다. 대체로 네가 어디로 떠날 준비를 하느라 극적인 장면을 연출할 틈이 없을 때였다.

"혹시 네가 인민해방전선 집회 취재 때문에 체포당한다 해도, 우리 아빠*한테 해결해달라고 하지 않을 거야."

가서 네 아빠 왼쪽 불알이나 핥으라고 대꾸하고 싶었지만, 그랬다간 큰 싸움이 터지고 버스를 놓쳤을 것이다. 인민해방전선 집회는 지난주에 이미 지나갔다, 이번에는 어느 마을의 학살을 취재하기 위해 트린코말리로 간다고 털어놓을 수도 있었다. 체포될 위험이 적은 대신 타밀 반군에게 납치당할 위험이 높다고.

＊　　　Appa, 타밀어로 아버지.

☾

하지만 너는 그냥 그를 세상 무엇보다 더 사랑한다고, 돌아와서 다시 이야기하자고 했다. 그러면 보통 그는 입을 다물었다.

너는 망고 나무 뒤로 사라지는 종마와 공작새를 바라본다. 산들바람이 너를 통과해서 지나가고, 너는 먼지처럼 둥실 떠서 목소리가 한층 높아진 대문 쪽으로 향한다.

"그건 우리 소유입니다. 이미 돈을 지불했어요." 엘사 마땅기가 허리춤에 손을 짚고 입에 담배를 문 채 말한다. 미소 짓고 있는 사람은 그녀뿐이다.

"세상에는. 법이란 게 있소." 스탠리는 손가락을 흔든다. "내가 이미 법무부 장관에게 연락했어. 그에게 영장을 보여주시오."

"무슨 상관이에요, 스탠리? 수색하라고 해요. 우린 숨길 게 없잖아요." 암마가 말한다. 손이 떨리는 것을 보니 석 잔쯤 마셨다는 것을 알 수 있다. 아버지가 떠난 뒤, 암마는 찻주전자에 이것저것 섞기 시작했다. 처음에는 브랜디, 그러다 위스키, 마침내 진. 카말라는 고든스 병을 항상 '마님의 약'이라고 불렀다.

"핵심은 그게 아니야, 러키. 저자들한테는 법적인 권리가 없어."

암마는 대문 옆에 서 있는 란차고다 경사를 응시한다. 란차고다는 차 안에 앉아서 무릎만 내려다보고 있는 카심만큼 당황한 기색은 아니다. "당신들이 내 아들을 찾아준다고 했지? 찾았나? 이건 뭐요?"

"아드님을 찾으려면 부인의 도움이 필요합니다. 그 상자 안에 정보가 있어요." 란차고다가 말한다. "지금 저희 수사를 막고 계십니다."

"내 아들이 여기 숨어 있다는 거예요?"

안에서 요란한 소리가 들려온다. 일제히 입을 다문다. 암마는 서

둘러 베란다로 올라가서 외친다.

"카말라? 오마뜨?"

요리사는 아직 시장에서 돌아오지 않았고, 그녀의 애인은 대문에서 소동이 벌어진 것도 모른 채 마당을 쓸고 있다. 카말라와 오마뜨는 일자리를 찾기 위해 이름을 바꾸고 콜롬보에 왔다가 83년 폭동 이후 죽 그 이름을 쓰고 있는 타밀족이다.

밤발라삐띠야의 집은 형제자매 일곱이 자라고 하인 셋이 같이 늙어가기 충분할 정도로 넓었지만, 암마와 대다, 너, 세 식구에게는 너무 좁았다. 요즘에는 짓지 않는, 실내에 벽이 없이 트인 공간이었고, 비가 내리면 젖는 안뜰에는 화분이, 베란다 두 곳에는 대나무 의자들이 가득 놓여 있었다. 암마의 개들이 똥을 싸는 뒷마당도 있었다.

암마는 스탠리를 대동하고 발을 끌며 현관으로 들어가고, 엘사와 란차고다가 뒤따른다. 옆문을 통해 정원사 오마뜨가 손님이 없으면 아무도 앉지 않는 라운지로 황급히 들어온다. 부엌 뒤쪽에서 도둑들이 다투는 소리가 들리는데도, 어머니의 애완견들은 평화롭게 잠들어 있다. 너는 한때 고함을 지르기도 하고 열 받아서 틀어박혀 있기도 했던 방들을 지나 뒤쪽의 안뜰에 도착한다.

차고와 뒷문 옆에는 암마의 운전사가 요리사와 같이 쓰는 방이 있다. 그 방 출입구 옆에 판지로 된 상자, 아니, 한때 판지 상자였던 물건 하나가 놓여 있다. 상자는 열두 달 넘게 거기 놓여 있었지만, 아무도 급히 다른 데로 옮길 생각을 하지 않았다.

상자 안에는 재키의 테이프와 딜런의 CD 때문에 여기로 유배당한 낡은 LP 레코드판이 들어 있다. 그리고 봉투 다섯 개가 든 신발 상자도. 출장을 다녀올 때마다, 너는 사진을 이 신발 상자 안의 봉투

☾

에 넣었다. 그런 다음 신발 상자를 LP 밑에 숨겼다.

침대 밑의 바구미가 판지에 맛을 들였는지, 지난 몬순 때 습기가 스며들었는지, 상자 밑바닥이 87년 평화협정처럼 주저앉았다. 그 밑에 종이와 레코드판이 마구 뒤엉켜 있고, 흰 신발 상자가 덩그러니 놓여 있다.

네 이름과 이 주소가 적힌 편지와 봉함엽서들. 마음만 먹으면 누군가를 협박할 수도 있는 연애편지들이 흩어져 있다. 거의 다 납부된 옛 수도 요금 청구서. 아버지가 보낸 편지 한 통. 레코드판은 자주 듣지 않는 것들이다. 〈지저스 크라이스트 슈퍼스타〉, ABBA, 짐 리브스, 엘비스의 〈해럼 스캐럼〉, 퀸의 〈플래시 고든〉 사운드트랙. 모두 다 붉은 테라초 바닥에 흩어져 있다.

바닥에 떨어진 구슬을 줍는 아이들처럼, 딜런과 재키가 무릎을 꿇고 잡동사니를 뒤지고 있다. 재키는 편지와 레코드를 제쳐놓고 신발 상자부터 집어 든다.

"딜런! 뭐 하는 거냐?" 그의 아버지가 호통친다. 네 암마는 절뚝절뚝 그쪽으로 다가가서 '젠틀맨' 짐의 〈성탄 노래 12곡〉, 코니 프랜시스의 〈후즈 소리 나우〉를 집어 든다. 둘 다 암마의 레코드다. 그 뒤에서 엘사가 경사에게 뭐라 중얼거린다. 란차고다가 재키에게 다가가자, 재키는 상자를 끌어안은 채 물러선다.

"이건 말리의 물건이에요. 나한테 잘 보관하라고 했어요." 재키는 있는 힘을 다해 쏘아본다.

"그런데 왜 가져가는 거죠?" 엘사는 잡동사니 쪽으로 다가간다.

"말리의 물건이니까요. 당신 것이 아니라."

"모두 진정하지. 일단 들어가서 이야기하자." 스탠리는 딜런에게 가서 어깨에 팔을 두른다. "오마뜨, 이걸 치우게."

스탠리의 살집 많은 대머리를 후려치고 싶다. 그가 가식적인 케임브리지 억양으로 국회에서 연설하는 모습을 본 뒤로 생겨난 충동이었다. 상대의 면전에서는 더없이 정중하지만, 그는 영국인들 못지않게 정중함을 무기로 사용하는 사람이었다. 스탠리는 란차고다를 밖에서 기다리게 했고, 엘사는 이 집 식구들을 따라 아무도 앉지 않는 라운지로 들어온다.

평소라면 암마는 실론티와 엘리펀트 하우스 음료를 모두에게 대접했을 것이다. 하지만 지금은 접대할 기분이 아닌 것 같다. 손에는 대다가 보낸 편지, 네가 뜯어본 유일한 편지를 들고 있다. 너는 암마가 그 편지를 읽지 않기를 바라지만, 막을 방법이 없다.

딜런과 재키는 신발 상자를 커피 탁자에 놓는다. 박물관 유리 상자 안에 진열된 물건을 관람하듯, 모두 상자를 둘러싼다. 상자는 흰색이고, 빨간색과 검은색 펠트펜으로 카드 명이 적혀 있다. 제목을 합치면 로열 스트레이트다. 다이아몬드 에이스, 클럽 킹, 스페이드 퀸, 하트 잭, 하트 10.

"이 상자 안에 있는 것은 센터의 소유입니다!" 엘사가 마드라스제 갈색 샌들 한 켤레가 들어 있던 상자를 가리키며 외친다.

재키는 탁자에서 상자를 끌어당겨 뚜껑을 만지작거린다. 너는 그 위를 맴돌며 안에 차곡차곡 놓인 봉투를 응시한다. 봉투에는 각각 해당하는 카드 명이 적혀 있다. 이제 존재하지 않는 눈 뒤의 공간을 이미지들이 가득 채운다. 찍은 기억이 사라진 사진의 기억들, 보기 전으로 되돌릴 수 없는 것들의 기억들. 무엇을 보여줄지 두려워서, 너는 목에 걸린 카메라를 눈에 대기 싫다.

☾

"아무 것도. 열지. 마시오." 스탠리가 말한다. "이건 당신 소유가 아니야."

"그렇지 않습니다." 엘사가 말한다. "말리가 침대 밑 상자에 우리 사진이 들어 있다고 했어요. 이게 그 상자고, 이게 그 침대입니다. 내 사촌 오빠가 말리에게 사진을 의뢰했어요. 네거티브 원판을 넘겨주는 대가로 수수료를 지불했습니다. 이건 우리 사진입니다."

"이 허수아비는 어디로 들어왔지?" 스탠리는 방금 다시 들어온 란차고다를 가리킨다.

"시릴 위제라트너 법무부 장관이 제 상사입니다." 란차고다는 길고 앙상한 다리를 한껏 뻗고 몸을 죽 폈다.

"아, 그런가." 딜런의 아버지는 말한다. "그럼 전화를 걸어봐야겠군. 그에게 직접 처리하라고 해야겠어."

스탠리가 허풍에 넘어가지 않는데도, 란차고다는 움츠러들지 않는다. 엘사는 미소를 거두고 고개를 젓는다.

"일단 상자는 이리 내라." 스탠리는 말한다.

재키는 그를 향해 눈썹을 올리면서 언젠가 친척 아줌마를 두고 멍청한 걸레라고 하면서 지었던 표정을 짓는다. 상사에게 사과하고 복직하게 해달라고 비는 게 좋겠다고 하니까 너한테 지었던 표정. 네가 딜런과 무슨 짓을 하는지 알고 있다고, 에이즈만 걸리지 않으면 자기는 상관없다고 하면서 지었던 표정.

재키는 스탠리에게서 엘사 쪽으로 고개를 돌리면서 상자를 열었다. 그녀는 탁자 위에 봉투 다섯 개를 쏟아붓고 로열 스트레이트를 늘어놓는다.

두 번째 달

뒤풀이

침대 밑 상자에 대해 이야기한 것은 아트센터 뒤풀이 자리에서였다. 딜런과 재키, 클래런사 드 멜이라는 이름의 아저씨가 같이 있었다. 셋 다 취해 있었기 때문에, 너는 기억하지 못할 거라고 생각했다.

딜런은 재떨이가 가득 차고 술이 쏟아지고 네가 찍은 사진이 상자 안에 들어가는 뒤풀이를 싫어했다. 그는 뚱해서 자기 방에 틀어박혀 있다가 소음이 일정 데시벨 이상 올라가면 벽을 두드리곤 했다.

"그 얼간이들, 우리 집에 다시 초대하지 않을 거지?"

"재키가 좋아하잖아."

뒤풀이는 골 페이스 그린을 굽어보는 테라스와 타지마할 호텔 주차장을 내려다보는 발코니에서 벌어졌다. 거실은 어마어마하게 넓었고, 얼큰하게 취한 콜롬보 파티족 한량들이 모두 앉을 수 있을 정도로 푹신한 자리가 많았다. 세나의 말이 맞았다. 말리 알메이다는 콜롬보 7구 파티에 드나들기만 한 것이 아니라 주최도 했다.

아파트는 콜롬보 나이트클럽 세 곳—2000, 챕터, 더 블루—의 한복판에 위치했기 때문에, 재키와 같이 춤을 춘 사람들은 모두 마지막으로 여기 오는 것이 수순이었다. 손님들은 쿠션에 널브러진 채 딜런의 커피메이커로 추출한 커피에 취하고, 딜런의 붐박스에서 흘러나오는 카세트 음악에 취하고, 딜런의 아버지한테서 훔친 술에 취했다. 그동안 딜런은 자기 침대에 누워 혼자 생각에 잠겨 있었다.

최근 국제학교를 졸업한 친구는 거실에 앉아 보드카 잔을 단숨에 비우며 부모님의 회사를 경영해야 한다고 투덜거렸다. 드라마광들은 마리화나를 피우면서 드라마광들을 욕하다가 다른 드라마광과 눈이 맞았다. 외국인들은 대양을 배경으로 윤곽만 어슴푸레 보이는

☾

코코넛 숲을 발코니에서 지그시 응시하면서 시적인 어조로 랑카의 아름다움에 대해 열변을 토했다.

사실이었다. 발코니로 바람이 불어 들어오고 연기와 웃음이 산들바람을 채울 때면, 여기서 버스 한 번 타면 갈 수 있는 거리에서 끔찍한 전쟁이 벌어지고 있다는 사실을 쉽게 잊을 수 있었다. 여기서는 별빛과 콜롬보의 불빛이 노란색과 녹색으로 노래를 부르고 있었다. 도로는 고요했고, 대양은 나직하게 호흡했다. 콜롬보는 우리가 누릴 자격이 없는 담요를 안전하게 두르고 있었다.

네가 기억하는 그 밤은 1989년 '미스 워킹 걸' 뒤풀이였다. 라이오넬 웬트* 갤러리의 큐레이터로서 심사위원으로 참가한 친구 클래런사가 자기가 좋아하는 한량들에게 공짜 표를 나누어주었다. 하지만 모두가 감사하는 마음으로 관람한 것은 아니었다.

"나라가 불타는데 미인대회와 크리켓 대회가 벌어지는 곳은 스리랑카뿐일 거야." 재키는 라운지에 있는 손님들에게 스탠리의 보드카를 돌리며 말했다.

발코니에서는 둘 다 이제 갓 20대가 된, 카페를 상속받은 젊은 여자와 은행 경영 수업을 받는 젊은 남자가 눈이 맞아 서로 더듬고 있었다. 부엌에서는 차 거래인이 라디오 디제이와 정치를 논하고 있었다. 쿠션에서는 낯선 사람들끼리 마리화나를 돌려 피웠고, 한쪽에서는 칠리를 다질 때 쓰는 막자로 약을 으깨고 있었다.

카프탄 차림의 살집 좋은 여자와 깃털 목도리를 두른 통통한 청년이 너와 재키 옆에 털썩 앉았다. 그들은 활기를 한껏 발산하며 마치

---

*   Lionel Wendt(1900-1944), 스리랑카의 버거족 사진작가이자 피아니스트, 예술평론가. 43그룹의 리더로서 스리랑카 현대미술을 개척하는 데 앞장섰다.

왕을 알현하듯이 클래런사에게 말을 걸었다.

"클라라 아저씨, 늘 그렇지만 오늘도 멋지십니다." 청년은 집사처럼 허리 굽혀 절했다. "훌륭한 연설이었어요."

"음." 여자는 말려 올라간 재키의 치맛자락을 흘끗거렸다.

"아주, 아주 눈에 익은 얼굴인데." 클래런사 아저씨는 피곤할 때도 사교적이었다. 비키니와 비즈니스 정장 차림으로 행진하는 인형들을 지켜본다는 것은 관객들에게 따분한 만큼 심사하는 입장에서도 마찬가지였을 텐데. 특히 클래런사는 너보다 갑절 호모였고 열 배 더 클로짓 호모였다.

"라디카 페르난도입니다." 여자가 말했다. "루빠와히니 방송국* 뉴스 아나운서예요. 이쪽은 제 약혼자, 부웨네카."

"자네 그 시릴 위제라트너의 아들 아닌가?"

깃털 목도리 청년은 얼굴을 붉혔다. "그분은 제 삼촌입니다. 저는 정치를 몰라요."

그는 미소 지어도 될지 허락을 구하는 듯한 눈빛으로 너를 보았다. 그가 몰고 온 활기가 목구멍에 걸려 트림이 나왔고, 독약을 마시면 이럴 것 같다 싶은 냄새가 올라왔다. 너는 고개를 끄덕였다.

"이 거품을 보세요. 우리 군인들은 죽어가고 있는데 미인대회 끝나고 파티라니." 라디카 페르난도는 연설을 하기 위해 들른 모양이었다. 뉴스 읽는 목소리였다.

"거품이 나쁠 건 없잖아, 자기." 부웨네카는 샴페인 잔을 들었다. "통금 중인 콜롬보 시내에 갇혀서 달리 할 일이 뭐가 있어?"

---

*   Rupavahini, 스리랑카 국영 텔레비전 방송국. 싱할라어, 타밀어, 영어 등 세 가지 언어로 제작 및 방송한다.

☾

라디카는 독백을 시작했다. 계속 듣고 있기가 힘들었다. 시작은 클래런사의 연설에 대한 비판이었는데, 그의 연설은 스리랑카의 일하는 여성들에게 밝은 미래가 있을 거라는 내용이었다.

"매년 4천 명 이상의 여성들이 강간당하는 나라에서 밝은 미래를 상상하기란 어렵잖아요. 자기 가족에게 당하는 사람들도 많고요."

클래런사는 갈등 상황에서 늘 그렇듯 물러났다. 재키가 끼어들었다.

"그럼 당신은 그 문제에 대해서 텔레비전에서 뉴스 읽는 것 말고 뭘 하고 있어요?"

라디카는 공격을 예상했다는 듯 얼굴을 붉혔다. "나도 위선자야, 당신과 마찬가지로. 우리 머릿속은 할리우드 영화의 식민지고. 우리 모두 로큰롤에 세뇌당했다고. 죽어가는 사람들은 사실 우리 민족도 아니잖아, 안 그래요? 당신 이름이 뭐지, 아가씨?"

이때 너는 그 라디카라는 여자가 약에 취했다는 것을 깨달았고, 부웨네카의 눈이 네 개, 여덟 개로 불어나기 시작하자 너 또한 마찬가지라는 것도 깨달았다. 거실에서 오가는 목소리와 사람들의 움직임이 차츰 모호하고 멀게 느껴졌다. 레코드 플레이어에서 빠져나온 음표 하나가 허공에 걸려 있었고, 그것이 프레디인지, 엘비스인지, 셰이킹 스티븐스인지, 누구의 목구멍에서 나온 소리인지 알 수 없었다. 너는 물러앉아 아나운서에게 자기 이름을 알려주는 재키의 머리카락을 쓰다듬었다.

라디카와 부웨네카는 마치 보드빌 연극 콤비 같았다. 라디카가 열정적으로 연설을 하면, 부웨네카가 한마디씩 혁명적인 추임새를 넣는 식이었다.

그녀는 광인이 스스로 미쳤다는 것을 모르듯이 악은 스스로 악하다는 것을 모른다고 열변을 토했다. 미국은 자기들이 너무 많은 민주주의 국가를 침략했고 무고한 사람들을 너무 많이 죽였다고 생각하지 않는다. 최악의 폭군처럼 사람들을 죽이고 어린이들에게 폭탄을 떨어뜨리는 무도한 행태를 그냥 두어서는 안 된다. 집단학살과 노예제도를 근간으로 건설된 국가에 특별한 점이란 없다.

"고등학교 때는 나도 그렇게 생각했어." 재키가 말했다. "그 대신 누가 지배하면 좋겠어? 소련? 일본?"

"러시아 메탈을 듣고 구로사와 아키라 영화를 보면서 자랐다면, 그것도 아주 말이 안 되는 건 아니지."

"러시아 메탈이라, 그럴듯하네." 재키는 미소 지었다.

"네이팜탄은 하버드에서 시작됐어. 원자폭탄은 프린스턴에서. 수소폭탄은 맨해튼 프로젝트에서."

"타밀 반군도 자기들이 악이라는 것을 알까?" 너는 물었다. 아무도 대답하지 않았다.

"우리 정부는?" 법무부 장관의 조카 부웨네카 위제라트너가 중얼거렸다.

그때 음악 소리가 커졌고, 라디카는 재키에게 키스했고, 부웨네카는 너를 핥고 있었다. 갑자기 너는 재키의 방에 있었고, 온통 불이 켜져 있었다. 우울하고 귀에 거슬리는 음악, 재키는 제발 그만하라고 말하고 있었다.

"우리는 그런 사람들이 아니야. 약을 너무 많이 한 것 같아."

라디카가 재키의 목을 주무르고 있었고, 부웨네카는 네 손을 잡고 있었다. 너는 방금 네가 사탄의 조카에게 키스했다는 사실을 믿

☾

을 수 없었다.

"자기, 우리 다 너무 취했어." 라디카는 말했다.

"당신들 약혼한 거 맞아?" 너는 물었다.

"나는 이 사람 방패, 이 사람은 내 방패." 라디카는 마사지를 멈추고 재키의 침대에 누웠다. "척 보면 알잖아."

"매달 만나는 모임이 있어. 당신 둘도 같이 와." 부웨네카가 말했다.

"우린 그런 사람들이 아니야." 재키가 말했다.

"그럼 어떤 사람들인데?" 라디카는 발가락으로 재키의 등뼈에 무늬를 그렸다.

재키는 너를 보았고, 너는 재키의 카세트 옆에 놓인 위저 보드를 쳐다보았다.

"강령술 해보지 않을래?" 너는 물었다.

클래런사 드 멜은 미스 워킹 걸 참가자 한 사람을 데리고 방에 들어왔다. 가장 좋아하는 작가가 누구냐고 물었을 때 '에니드 블라이턴*'이라고 답한 여자였다.

"강령술을 한다고?"

———

애당초 기대 따위 없는 놀이였다. 촛불을 켜고 클래런사가 올리비에의 햄릿이 빙의한 연기를 선보였고, 다들 웃음을 그치지 못했다.

*   Enid Blyton(1897-1968), 다수의 베스트셀러를 써낸 영국의 아동문학 작가.

두 번째 달

라디카 페르난도도 아나운서 목소리로 시도했다. 그녀는 아눌라 여왕*과 마담 블라바츠키,** 1940년대에 골 페이스 코트 천장에서 목을 매단 커플의 유령을 불렀다. 하지만 촛불을 끄는 영혼은 없었다.

재키가 불을 켜려는데, 부웨네카 위제라트너가 외쳤다.

"내가 죽은 혁명가들을 불러보지. 라니 스리다란. 위자야 쿠마라퉁가, 리처드 드 소이사, 세나 파띠라나······."

골 페이스에서 바람이 훅 불어 들어오더니 촛불을 모조리 껐다. 다들 비명을 질렀고, 재키가 불을 켜자 모두 웃었지만 이내 조용해졌다. 그러다 하나씩 떠나기 시작했다. 재키는 작별 인사를 하는 아나운서와 깃털 목도리를 두른 장관의 조카를 가리켰다. "그거, 다시는 하지 말자."

그들이 떠나기 전, 너는 부웨네카에게 물었다. "불이 꺼지기 전에 마지막으로 부른 이름이 뭐였지?"

"세나 파띠라나, 우리 운전사의 아들이야. 대학에서 공산당 활동을 하다가 인민해방전선에 합류했어. 삼촌의 암살단에 의해 최초로 살해당한 사람 중 하나지. 일을 그만두면서 운전사가 나한테 했던 말을 아직도 잊지 못해."

부웨네카는 머리카락와 셔츠를 가지런히 다듬고 여자친구의 핸드백에 깃털 목도리를 쑤셔 넣었다.

"이 개 같은 집구석에서 내가 너만은 저주할 수가 없구나. 크로우맨조차 네 삼촌을 영원히 지켜주지는 못할 거다."

---

*   Queen Anula, 스리랑카 최초의 여왕. 기원전 47년부터 기원전 42년까지 스리랑카의 아누라다푸라 왕국을 다스렸다. 다섯 명의 남편을 독살한 것으로 알려졌다.

**   Helena Blavatsky, 신지학을 연구한 19세기 러시아의 신비주의자이자 작가.

뒤풀이는 끝나고, 너와 네 동거인들, 클래런사 드 멜만 남았다.

"크로우맨이 누구지?" 재키가 물었다.

"어딜 가나 있는 돌팔이 마법사 같은 거야. 코타헤나의 크로우맨은 시릴 위제라트너 같은 돈 많은 장관에게 부적을 팔아. 그 덕분에 법무부 장관이 수많은 암살 기도에도 살아남았다고들 하지. 사람들은 진실 말고는 다 믿잖아."

그날 밤 마지막 술잔을 앞에 놓고, 너는 사진을 담은 상자에 대해, 암마의 집으로 사진을 옮기겠다는 결정에 대해 털어놓았다. 재키는 반쯤 잠들어 있었고 딜런도 졸고 있었지만, 클래런사는 다 듣고 약속했다. "혹시라도 자네가 망명하게 되면, 내가 그 사진을 전시하지."

클래런사는 아트센터에서 바를 운영했고, 라이오넬 웬트 아트 갤러리 큐레이터였으며, 손자 넷을 둔 동성애자 할아버지로서 자신의 정체성을 그럴듯하게 부정하며 살고 있었다. 그는 재키와 딜런이 사진을 갖다주면 자기가 폐쇄 명령이 떨어질 때까지 전시하겠다고 했다. 우리 넷은 슈퍼히어로처럼 손을 맞잡고 훔친 보드카로 건배한 뒤 곧 잊어버렸다.

첫 번째 봉투

판지가 되겠다는 꿈을 꾸며 자라난 종이로 만들어졌는지, 상자는 약하다. 그 안에 봉투 다섯 개가 들어 있다. 한때 그 안에는 대다가 회계학 시험에 통과했다고 선물로 사준 샌들이 들어 있었다. 너는 그 마드라시 슬리퍼를 한 번도 신지 않다가 날 저문 뒤 리버티 플라자의 어느 화장실에서 너를 애무해준 청년한테 줘버렸다.

재키는 현란한 손놀림으로 속임수를 쓰다가 해고당한 페가수스의 카드 딜러처럼 봉투를 죽 펼친다. 내 뜻대로 할 테니 잘 보고 있으라는 눈빛이다. 재키는 마음만 먹으면 얼마든지 매서운 태도를 취할 수 있었지만, 그럴 때가 거의 없었다.

"재키, 내가 먼저 보자." 스탠리의 말투가 느슨해지고 툭툭 끊어지는 스타카토로 머뭇거린다.

"이건 우리의 극비 프로젝트예요." 엘사는 의자에서 일어선다.

재키는 그녀를 무시하고 '퀸'이라고 적힌 봉투를 열더니 마치 손바닥에 놓인 거머리 보듯 사진을 한 장 한 장 들여다본다. 그녀가 사진을 스탠리에게 전달하자, 그도 하나씩 들여다보며 고개를 젓지만 차마 눈길을 뗄 수가 없다. 이어 옮겨 말하기 게임을 하듯 암마가 딜런에게, 딜런이 엘사에게 사진을 전하고, 마지막으로 엘사는 사진을 다시 봉투에 넣는다. 너는 사진을 모두 다 알아본다. 아주 잠깐 운영되었던 클래런사의 스튜디오에서 현상한 이미지다.

처음에는 그저 움직이는 삼륜차에서 핏발 선 눈빛과 흔들리는 손가락으로 군중을 찍은 흑백사진이다. 그러다 타오르기 시작한다. 가게, 자동차, 자음으로 끝나는 간판. 그러다 사람들.

분홍색 살와르 차림의 여자가 휘발유를 뒤집어쓴다. 춤추는 악마들이 벌거벗은 소년을 둘러싼다. 웰라왓떠의 어느 집이 타오르고 유리창 안에 얼굴들이 달라붙어 있다. 이미 발표되어서 많은 사람에게 익숙한 사진들이다.

이어 너무 참혹해서 해외 언론도 마다했던 사진들이 나온다. 몽둥이로 두들겨 맞는 소년과 어머니, 팔이 부러진 유아, 노인의 옆구리를 커다란 식칼로 베는 사람.

암마는 역겨움을 못 견디고 마지막 사진을 떨어뜨린다. 그녀는 일어나서 주전자에서 차를 더 따라 길게 한 모금 마신다.

이어 골 페이스 코트의 식료품 창고 암실에서 확대한 얼굴 사진들이 나온다. 클로즈업 사진들. 곤봉 뒤의 남자들. 휘발유와 선거인 명부로 무장한 신원을 확인할 수 없는 짐승들. 낯선 사람을 사냥해서 불을 붙인, 신원을 확인할 수 없는 차별주의자들. 지금까지도 신원을 확인할 수 없는 자들. 춤추는 악마, 몽둥이를 든 남자, 휘발유 캔을 든 소년, 갈색 식칼을 든 짐승.

카심과 란차고다가 같이 있었다면, 마지막 사진을 알아보았을 것이다. 닭의 피로 무더진 식칼을 휘두르며 소수민족과 수천 마리의 고양이를 사냥한, 배니얀 차림의 훈련된 도살자. 하지만 지금 그들은 차 안에서 입씨름을 하고 있다. 카심은 떠나야 한다고, 란차고다는 상자를 훔쳐야 한다고 주장한다. 카심은 암살단과 같이 일하겠다고 한 적은 없다며 일을 그만두고 싶다고 한다.

그들이 미처 의식하지 못하는 사이, 파제로 한 대가 다가오더니 군인도 경찰도 아닌 남자들이 우르르 내린다. 의식했더라도, 그 차 후드에 올라탄 악마는 보지 못했을 것이다.

"우리는 1983년의 범인들을 법정에 세울 근거를 찾고 있습니다." 엘사는 말한다. "폭도들의 얼굴을 확인하고 이름을 알아내려고 해요. 살인자들을 추적할 수 있도록."

"나는 이 센터라는 단체에 대해 들은 바가 없는데. 이 프로젝트도 그렇고." 스탠리는 사진을 찬찬히 뜯어보려고 안경을 벗는다. 그는 쌓아 올린 시체를 근접 촬영한 사진을 들여다본다.

"홍보하지 않기 때문에 못 들으신 겁니다. 우리는 정치인이 아니에 요." 엘사는 재키가 들고 있는 '퀸'이라고 적힌 봉투를 보며 마치 버려진 도시락을 노리는 굶주린 까마귀처럼 얼굴을 찌푸린다.

암마는 사진이 들어 있지 않은 단 하나의 봉투를 들고 서 있다. 집을 떠난 대다가 보낸 편지, 암마가 이전의 다른 많은 편지들처럼 미처 없애지 못했던 편지다.

"말리는 우리한테 상자에 대해 이야기했어요." 재키가 말한다. "누구한테 주라는 말은 없었고요."

"상자는 얼마든지 가지라니까. 우리 봉투만 주면 돼요." 엘사는 담배를 창밖으로 휙 던졌다.

딜런은 병원 밖에 있는 인도 평화유지군 군인의 사진을 지그시 바라본다. "이건 작년이군요. 말리가 자프나에 갔을 때. 나한테 같이 가자고 했었습니다." 그는 아버지를 보며 말한다.

너는 그 말다툼을 기억한다. 콘돔을 왜 꼭 쓰려고 하느냐가 문제였다. 출장 갈 때 다른 남자랑 자는 거야? 그는 물었다. 그래서 자프나에 같이 가자고 했던 것이다. 앤드루 맥고완이라는 미국 언론인을 위해 현장 안내원으로 간다고 했다. 빨간 입술의 여자와 잘생긴 사촌 오빠의 의뢰를 수락했다는 이야기는 하지 않았다.

"앤드루 맥고완하고도 해?" 딜런은 마치 별 상관없다는 양 물었다.

"너랑 같이 하는 건 다른 사람하고 안 해." 다른 사람과 섹스한 후 미래까지 계획하지는 않으니, 엄밀히 말해 거짓말은 아니었다.

"인도 평화유지군은 올해 민간인 학살 두 건을 저질렀습니다. 그중 하나가 병원이었어요. 말린다는 사건이 발생했을 때 우리의 의뢰로 자프나에 가 있었습니다. 사진을 찍어오라고 우리가 돈을 줬어요. 사진을 돌려주시겠어요?"

딜런은 코를 비틀고 마른기침을 했다. 그는 사진을 재키에게 넘겼고, 재키는 움찔했다. 부상을 입은 타밀 반군을 치료했다는 죄로 인도 평화유지군에게 보복당한 의사와 간호사의 시체가 병원 침대에 쌓여 있었다. 스탠리는 어깨 너머로 들여다보고 뭐라 중얼거렸다.

"외국의 악마들이야." 그는 엘사를 바라보았다. "이 나라의 바보들이 불러들인 악마들."

"우리는 협정을 맺었습니다."

"타밀 반군이 저지르는. 잔학 행위도. 찍어달라고 의뢰하시나?"

"타밀족 조직으로서 우리가 할 수 있는 일에는 제약이 있습니다." 엘사는 말한다. "아실 텐데요."

"이번에는 타밀족 조직인가요?" 재키가 묻는다. "여성 형사가 아니고?"

너는 탁자에 놓인 다른 봉투 네 개를 본다. 그 내용물에 대해서는 두 가지만 기억한다. 딜런이 '하트 잭'을 보면 안 된다는 것. 그리고 이 봉투 중 하나에 너를 살해한 인물의 사진이 들어 있을 가능성이 반쯤 있다는 것.

딜런은 '퀸'이라고 적힌 봉투를 재키에게서 낚아채더니 탁자 위에 놓인 사진을 도로 넣으려고 한다.

"무슨 짓이야!" 엘사는 목소리를 높이며 빈 봉투를 낚아챈다. 딜런은 아버지가 보는 앞에서 여자와 몸싸움을 벌일 수가 없어 난감한 기색이다. 그가 사진을 다시 탁자 위에 내려놓자, 엘사가 손을 뻗는다.

두 번째 달

193

예의범절에 덜 얽매이는 재키가 성큼성큼 다가간다. 손바닥으로 자기 엉덩이를 스쳤다고 마이 카인드 오브 플레이스의 경비 뺨을 세 차례나 때린 적도 있을 정도다. 그날 밤 그랬듯 그녀는 입술을 깨물고 있고, 엘사는 뒤로 물러선다. 너는 재키가 유도를 할 줄 알고 엘사는 핸드백 안에 칼을 가지고 있다는 것을 안다. 둘은 마치 서부영화의 카우보이들처럼 서로 노려보며 사진을 사이에 두고 서 있다.

마침 그때 밖에서 커다란 소리가 들린다. 엘사는 재빨리 문간으로 향한다. 복도를 따라 소란이 흘러들어온다. 대다에게서 온 편지, 너한테 보여주지도 않고 버린 편지에 대해 네가 암마한테 따지던 바로 그 복도다.

흑백의 옷을 입은 건장한 청년 일곱 명이 열린 문을 통해 뛰어든다. 러그 위에 놓여 있던 암마의 찻잔이 덜그럭거리지만 깨지지는 않는다. 스탠리는 일어선다.

"이게. 대체. 무슨."

경찰도, 군인도 아닌 남자들이 모든 문과 창문을 막아선다. 이어 스리랑카 전통의상을 입은 늙은 남자가 들어온다. 그에게 침을 뱉을 수 있다면, 토악질을 할 수 있다면, 그 주둥이에 똥을 처넣을 수 있다면, 아무리 큰돈이라도, 남아 있는 영혼 전부라도 바칠 수 있을 것 같다. 그는 바로 법무부 장관, 경멸해 마땅한 시릴 위제라트너다. 정부의 충실한 일꾼, 사법제도를 타락시키고 암살단을 조직하고 1983년 포그롬에 불을 당긴 장본인. 세나의 명단에서 여섯 번째에 있던 이름.

스탠리 다르멘드란은 타밀족 앞잡이답게 고개를 숙여 그를 맞이한다. 검은 옷을 입은 두 남자가 재키와 딜런에게 장관님이 펑퍼짐

한 엉덩이를 편안히 내려놓으시도록 소파에서 일어나라고 지시한다. 둘 다 기분이 안 좋은 얼굴이다. 딜런이 대통령궁에 공식 편지를 쓰면서 '각하'라는 칭호를 피했던 기억이 난다. '83년 7월 내내 입을 다물고 있었으면서 뭐 그리 대단할 게 있다고?' 그는 '대통령님' 앞으로 편지를 썼고, 말라베 재활용 프로젝트에 자금 지원을 받지 못했다.

자프나에 같이 가자, 너는 딜런에게 말했다. 이 나라에 야생 천산갑의 서식지가 사라지는 문제보다 더 중대한 문제가 있다는 것을 알게 될 거야. 나는 시체 사진을 찍는 일이 즐겁지 않아, 그는 말했다. 너희 민족에게 무슨 일이 생기고 있는지 알게 된다면, 냄새 나는 호수 걱정은 안 날걸. 네 아버지 같은 변절자가 되지 마. 너는 공격 수위를 높였고 기어이 이겼다. 너를 사랑하는 청년이 눈물을 흘리며 자리를 뜨는 것을 승리라고 부를 수 있다면.

"이건 뭐지? 사진 전시회라도 하나?"

시릴은 엘사에게서 봉투를 받아들고 탁자를 내려다본다. 그는 크리켓 심판처럼 허리를 굽히고 사진 더미를 찬찬히 들여다본다. 너는 천사보다는 모기 같은 움직임으로 그의 위에 맴돈다. 지상에 살았던 인간의 절반은 모기 때문에 죽었다고 알려져 있다. 천사가 구한 숫자보다 훨씬 많다.

공기 중에서 아주 낮은 주파수로 웅웅거리는 소리가 들린다. 마음을 고요하게 다스리고 귀에서 속삭임을 비운 사람에게만 들리는 소리다. 지구의 신음일 수도, 수천 명의 비명일 수도 있다. 전에는 미처 감지하지 못했던 소리, 이제는 듣지 않으려 해도 그럴 수 없는 소리다. 문득 너는 장관 뒤에 쭈그리고 앉아 있는 존재를 알아차린다.

두 번째 달

탁자 위의 사진에 담긴 학살과 혼돈은 대부분 시릴 위제라트너 정부가 직접 사주한 것이고, 스탠리 아저씨는 그 정부의 일개 노리개 같은 존재다.

"다르멘드란. 이 난장판은 뭐지?"

"제 아들의 친구 일입니다." 스탠리가 말한다. "재능 있는 사진작가입니다. 아주 좋은 가문 출신의 명석한 청년이에요. 세인트 조셉 출신이고요. 그 친구가 실종되어서 모두 걱정하고 있습니다."

아, 헛소리 마, 스탠리. 당신이 무슨 걱정을 했다고.

"세인트 조셉 출신이 이런 짓을 하나?" 시릴은 불타는 집의 사진을 들어 보인다.

"83년 폭동입니다, 장관님." 딜런은 목에 건 나무 십자가를 꽉 움켜쥔다.

"아." 장관은 말한다. "잠자던 사자가 눈을 뜬 사건이로군."

"장관님. 제 아들의 아파트에 이 여자와 바깥에 서 있는 경찰이 무단으로 침입했습니다. 영장도, 집주인의 허락도 없이. 제 아들은 이런 협박을 받을 이유가 없습니다."

장관은 듣고 있는 것 같지 않았다. 그는 유령을 보듯 엘사에게 시선을 준다. 진짜 유령이 자기 뒤에 웅크리고 있는데도. 커다란 원숭이가 팔로 장관의 어깨를 감싸고 있는 형상이다. 석탄 같던 두 눈이 장관의 귀 뒤에서 잉걸불처럼 타오른다. 그 눈은 너를 보고 있다.

장관은 엘사가 들고 있는 사진, 벤츠 안의 남자가 폭도들을 지켜보는 사진을 보고 있다. 세월의 흔적이 덜한 시릴 장관의 얼굴을 가진 남자다. 엘사가 흑백 사진을 한데 모으자 시릴은 손을 뻗더니 자기한테 넘기라는 뜻으로 고개를 끄덕인다. 그녀는 고개를 젓는다.

☾

"죄송합니다만, 이건 극비 자료입니다."

시릴은 엘사를 쳐다보더니 차 한 잔을 따를 만큼 한참 동안 빤히 응시한다. 그녀가 시릴을 마주 쳐다보는 눈빛을 보자, 머리가 있던 위치에서 욱신거리는 아픔이 느껴진다. 이번에는 아픔이 기억을 불러오지 않는다. 시릴의 시선을 다시 따라가니, 그는 이전 사진을 확대해서 출력한 이미지를 보고 있다. 벤츠 안의 남자는 선글라스와 바틱* 셔츠 차림이고, 확대한 탓에 초점이 흐릿하지만 누구인지 알아볼 수 있다. 시릴 장관이 거울 앞에 설 때마다 보는 그 얼굴이다.

장관이 경호원에게 고개를 끄덕이자, 경호원은 엘사의 어깨를 움켜잡고 사진을 빼앗는다. 그는 사진을 장관에게 건네고, 엘사는 쇄골을 어루만진다. 오늘 두 번째 멍이다. 장관은 사진들을 묵묵히 보고 있고, 너도 훔쳐보고 싶지만, 시릴 위제라트너 뒤에 웅크린 그림자 때문에 선뜻 나설 수가 없다. 시릴 장관은 고개를 젓더니 사진을 외투 주머니에 넣는다.

"이게 당신이 하는 일인가?"

"장관님, 이건 극비 자료입니다." 엘사는 되풀이한다. 암살단을 부리는 인간이 사생활을 존중할 거라고 생각하는지.

"분명 그렇군, 누가 찍었지?"

"그 친구 이름은 말린다 알메이다. 아무것도 모르는 청년입니다." 스탠리가 말을 더듬는다.

"아무것도 모르는 것 같지 않은데." 장관은 말한다.

"아닙니다." 엘사가 말한다. "그렇지 않아요."

---

*   Batik, 인도네시아의 전통 염색 기법.

두 번째 달

"내가 꽁지머리 중국인으로 보이나?* 이 사진작가를 불러들여 조사해야겠어. 어디 있지?"

"어제부터 보이지 않습니다." 스탠리가 말한다. "저희는 그가 혹시 납치됐을까 봐 걱정스럽습니다."

"그래서, 다르멘드란? 어디로 연락해야 할지 알 거 아닌가. 내가 자네 비서야?"

"특별수사대는 장관님 직속입니다."

"당신이 그 친구 어머니요?" 장관은 차를 넉 잔이나 마셔서 이제 말이 없는 락쉬미 알메이다에게 묻는다.

"제발 제 아들을 찾아주세요. 저는 장관님 동생과 같은 학교를 다녔습니다. 합창단에 있던 러키 알메이다를 아느냐고 물어보세요. 알 겁니다." 암마는 말한다.

"브리짓 출신이시군. 나는 수녀님들과 아주 돈독한 사이요." 장관은 다음 할 말을 생각하는지 잠시 사이를 두었다.

"브리짓 학교 수녀님들은 아주 자유분방하시지. 한 번쯤 키스해도 된다든가." 그는 다시 말을 끊고 손가락을 흔들었다. "물론 습관이 되면 안 되고."

그는 클클 웃었고, 경호원들도 따라 웃었다. 스탠리조차 미소를 띠었다. 하지만 암마는 표정 변화가 없었다.

"제 아들은 정치에 관심이 없어요."

늘 그렇듯, 암마는 아무것도 모른다.

"아무 해가 없는 청년이다? 그러면 왜 이렇게 역겨운 사진을 찍고

* 　　스리랑카에서 "내가 그렇게 잘 속을 것 같아?"라는 뜻.

☾

돌아다니지?" 시릴은 인턴 수천 명을 희롱하던 미소를 띤 채 말한다. "연락 줘서 고맙네, 다르멘드란. 이건 아주 중대한 문제야."

스탠리는 엘사를 가리킨다. "장관님, 이 여자는 영장도 없이 경찰을 제 아파트에 데려왔습니다. 저는 내각의 일원이고 이건 협박입니다."

말을 딱딱 끊던 스탠리의 버릇이 권력 앞에서 무릎 꿇을 때는 사라지는 것이 신기하다. 현실을 모르는 딜런조차 자기 아버지의 계획이 생각대로 안 굴러간다는 것을 눈치챘다. 그는 아무도 눈치채지 않기를 바라면서 봉투를 다시 신발 상자 안에 넣지만, 모두 지켜보고 있다.

"다르멘드란, 나는 안 그래도 신경 쓸 일이 많아. 이 나라는 두 개의 전선에서 전쟁을 벌이고 있어. 인민해방전선을 억눌러야 하고, 인도군을 몰아내야 해. 경찰과 군, 특별수사부가 전부 나한테 와서 혹시 법을 우회할 수 없을까 묻고 있어. 어떻게 그럴 수가 있겠나? 나는 누구에게도 특별 대우를 할 수가 없어."

특별수사부 경호원들이 자기 쪽으로 움직이는 것을 미처 모르고, 재키는 상자를 집어 들고 느릿느릿 뒷문 쪽으로 향한다.

그때 암마는 눈물을 글썽거린다. 네가 태어난 이후 네 앞에서는 절대로, 한 번도 보인 적이 없던 모습이다.

"장관님? 제 아들을 데리고 계세요? 장관님의 여동생 수랑가니가 그 애 노래 선생님이었어요. 물어보십시오. 기억할 겁니다."

만약 수랑가니 아줌마가 1966년 수업을 고작 네 번 듣고 그만둔 음치 소년을 기억한다면, 지금 당장 '빛'으로 들어가겠다. 승산 없는 도박을 좋아하니까. 미국 대통령 선거에서 듀카키스가 부시를 이긴다면 샌프란시스코로 가겠다고 딜런에게 말한 적도 있었다.

"부인, 사라진 지 이틀도 안 됐지요. 실종이 아닐 수도 있어요. 틀림없이 돌아올 겁니다. 그리고 아드님이 돌아오면, 저하고 이야기를 좀 해야겠어요." 시릴 장관은 재키를 돌아본다. "실례지만, 아가씨. 어디 가는 거지?"

검은 옷차림의 우락부락한 청년이 재키의 출구를 막아서고 상자를 빼앗는다. 청년을 밀치려 했지만, 그는 재키의 팔을 잡는다. 그녀가 얼굴을 찌푸리자, 그는 다시 손을 놓는다.

"퀸이라고 적힌 봉투를 저희에게 주시겠어요?" 엘사가 말한다.

"다음에는 북부와 동부도 달라고 하겠군!" 시릴 장관은 웃는다. 그의 시선은 스탠리에게서 엘사에게 향한다. "이 증거는 내가 검토해야겠소. 내가 이걸 충분히 숙고해도 되겠지, 다르멘드란? 어떻게 처리하라 권고하기 전에 내 재량으로?"

"씨발." 딜런이 중얼거린다.

"딜런, 입 다물어라. 장관님, 그래야겠습니까?"

"영장을 발부하기 전에 일단 사실관계부터 파악해야겠어. 사실을 파악해야 청년을 찾을 수 있을 것 아닌가. 바깥의 경찰들에게 내가 이야기 좀 해야겠다고 전하게."

"수색영장이 필요한지 확인하기 위해서, 수색영장도 없이 말리의 물건을 마음대로 갖고 가겠다니." 재키가 코웃음을 친다.

무뢰배 일곱 명이 달라붙어서 상자 하나를 다시 쌌다.

엘사는 경찰들이 골 로드의 건널목처럼 쓸모없이 기다리고 있는 바깥으로 나간다. 그녀가 란차고다에게 뭐라고 짧고 날카롭게 속삭이자, 카심은 조수석에 몸을 파묻고 얼굴을 가린다. 엘사가 돈을 돌려달라고 요구하고 란차고다가 차에 올라타는 순간, 장관이 한때 쓸쓸한 너의 집이었던 곳을 나선다. 그는 엘사의 말을 못 들은

☾

척한다.

무뢰배 우두머리가 네 일생의 작품들이 들어 있는 흰 신발 상자를 들고 나온다. 그림자에 숨은 짐승이 끔찍한 차별주의자 장관 각하 옆에 서서 문을 나서는 모습도 보인다. 스모선수 같은 몸에서 자라난 긴 팔이 흔들거리고 있다. 얼굴은 뾰족하고 핏발 섞인 눈이 너를 쳐다본다.

딜런은 자기 아버지를 노려본다. 암마는 찻잔을 치우고, 재키는 멍하니 허공을 쳐다본다. 그녀가 준비됐다고 처음 고백했을 때, 네가 아직 준비가 안 됐다고 대답했을 때 보였던 눈빛이다. 너는 천장으로 떠오른다. 차라리 아픔이 느껴진다면 얼마나 좋을까. 상자는 이제 없어진 거나 마찬가지니까.

더 열심히 기억해내려고 노력해야 한다는 뜻이다. 기억은 차라리 겪지 않았으면 하는 아픔을 몰고 올지도 모르지만, 그래도 간절히 바라는 기억 하나가 있다. 네가 어떻게 죽었는지, 누가 죽였는지 이런 것이어야 하겠지만, 아니, 둘 다 아니다. 네거티브 원판을 어디 숨겼는지 기억해내고 싶다. 뻔한 곳, 아주 가까운 곳이라는 것. 네가 아는 것은 이것뿐이다.

죽은 경호원(1959)과의 대화

무뢰한들이 파제로 두 대에 나눠 타는 동안, 그림자는 너를 향해 미소 짓고 고개를 끄덕인다. 그는 장관의 벤츠 보닛에 쭈그리고 앉아 너를 부른다. 몸무게 때문에 보닛이 우그러져야 할 것 같지만, 차는 아무것도 못 느끼는 것 같다.

"이리 와. 같이 타고 가자."

"날 태워줄 사람은 많아." 너는 대꾸한다.

너는 엄마가 신문을 읽으며 아버지 욕을 하곤 했던 베란다에서 맴돈다. 집 안에서 익숙한 목소리들이 너와 네가 한 일에 대해 쓸데없는 입씨름을 하고 있다. 다시 살아나고 싶지도 않고 엿듣고 싶은 마음도 없다.

장관의 차를 탄 존재는 갈색 눈, 뾰족한 이빨, 길게 자란 손톱을 갖고 있고, 흰 셔츠와 검은 바지, 일반적인 웨이터나 경호원, 깡패, 폭력배가 입을 만한 복장이다. "사진, 네가 찍은 거지? 나도 옆에서 슬쩍 봤어. 대단한 작품이던데. 훌륭해, 훌륭해."

"넌 무슨 약카지?"

"나는 장관의 그림자. 그림자 장관이야. 하하. 같이 타고 가지? 달리 갈 곳이 있는 것도 아니잖아."

이번에는 반박할 말이 없었다. 내키지 않는 길동무와 같이 이동한 게 처음도 아니다. 위장 잠입한 호랑이 반군과 같이 킬리노치치행 버스를 탔다가 정부군의 총에 맞아 죽을 뻔했던 적도 있었다.

너는 차가 출발하는 순간 지붕에 올라탄다. 그림자의 옷은 서로 잘 어울리지 않는다. 프릴 달린 셔츠와 장님이 재단한 듯한 바지다. 맨발이고, 발가락은 털이 북실거리며, 발톱은 맹금처럼 뾰족하게 튀어나왔다.

"사진 정말 잔인하던데."

네 얼굴도 그래, 너는 생각한다. 장관의 차량 행렬은 차들이 검사받기 위해 늘어서 있는 검문소를 통과한다. 파제로와 벤츠는 잠시도 지체하지 않았다.

☾

"그렇다면 사람들이 잔인한 짓을 하지 말아야겠지."

"이 땅에는 저주가 내렸어. 그건 확실해." 약카의 눈 색깔은 진홍색에서 흑단으로, 마호가니에서 다홍색으로 계속 바뀌고 있다.

"너는 어쩌다 악마가 되었지?"

악마가 갑자기 덤비기라도 하면 당장 자동차 뒷바람 위로 뛰어내릴 참이다. 하지만 이 덩치는 보닛에 벌렁 드러누워 그늘이 드리운 눈으로 하늘을 올려다볼 뿐이다. 별로 움직일 생각이 없는 것 같다.

"뭐가 되다니? 어쩌면, 난 원래 그랬을 거야."

"그전에 넌 뭐였어?"

"이런 대장이었을지도 모르지." 그는 자동차 뒷자리에 앉아 네 것이었던 신발 상자를 안고 있는 남자를 가리킨다. "일꾼이 많은 공장을 거느린 거물이었을 수도 있고."

"아니었잖아."

"난 경호원이었어. 누구 대신 총알을 맞은 적은 없지만. 불행히도."

"총알을 맞고 싶었어?"

"내가 마지막으로 맡았던 일은 솔로몬 디아스를 경호하는 업무였어."

"누구?"

"SWRD."*

이 난장판이 벌어진 이후 처음으로 기분 좋게 웃음이 터진다. "좋은 친구였지."

---

*   S.W.R.D. Bandaranaike(1899-1959), 솔로몬 디아스 반다라나이케, 스리랑카의 전 수상. 사회주의를 내세우며 싱할라 민족주의 자유당을 창당했다. 1956년부터 수상으로 재임하며, 싱할라어를 유일한 공용어로 채택하는 정책을 펴던 중 암살당했다.

"마음대로 말해. 안 들어본 소리가 없으니까. 싱할라족만을 위한 총통. 이 모든 개판의 원흉."

"나는 그보다 더한 이야기도 들었는데."

"그가 더 오래 살았다면 그 법령은 폐지하고 다문화주의를 주창했을 거야. 속으로는 연방주의자였으니까."

"그는 싱할라족 불교 승려의 총에 맞았어. 자기가 길들이려던 짐승의 총에, 그 정도 차별주의로는 충분하지 않다는 이유로." 너는 말한다. SWRD에 대해서만큼은 너와 돌아가신 네 아버지가 유일하게 의견이 일치했다.

"넌 죽은 지 얼마나 됐지?" 악마가 묻는다.

"달이 한 번 지났어. 솔로몬은 어떤 인물이었지?"

"그의 잘못은 아니었어. 좋은 의도로 한 일이었지. 이 땅은 저주받았어."

"그 말도 들어봤어. 왜?"

"그 사진을 다 찍고서도 나한테 물어야 알아?"

"그건 그렇지."

"야만인들이 들어차기 전에 실론은 아름다운 섬이었어."

"맞아. 야만인을 수입하는 나라도 있지. 우리는 자체적으로 키우지만."

"싱할라인이 들어오기 오래전에도 이 땅에 사람이 살았다는 거 알아?"

"쿠웨니족?"

"그들은 인간으로 간주되지 않았어. 악마와 뱀이라고 불러야지."

"약카와 나가는 라와나* 이전인가, 이후인가?"

"누가 알아."

"그럼 그 토착 랑카인은 누구지?"

"위자야 왕과 그의 해적단은 아니야. 그건 확실해."

《마하왐사》**에 신빙성이 있다면, 싱할라족은 납치와 강간, 존속 살인, 근친상간으로 탄생했다. 이것은 동화가 아니다. 이 섬에서 가장 오래된 연대기, 싱할라족과 불교도, 남성, 부자가 아닌 모든 자를 억압하는 법률을 제정할 때 사용된 연대기가 전하는 우리의 탄생 이야기이다.

옛날 옛적 인도 북부에서 한 공주가 사자를 만났다. 사자는 공주를 납치해서 강간한다. 공주는 딸과 아들을 낳았다. 아들은 자라서 사자 즉 아버지를 죽이고 왕이 되어 여동생과 결혼한다. 여동생은 아들을 낳고, 그 아들은 말썽쟁이가 되어 700명의 부하를 거느리고 나라를 떠나 실론 섬의 해안에 도착한다.

순서는 확실치 않지만, 위자야 왕자와 그 폭력배 부하들이 원주민이던 나가족을 살육하고 그들의 여왕을 유혹하면서 우리의 역사가 시작되었다. 건국 설화가 사실이라면, 지금 우리가 처한 이 혼란도 놀랄 일은 아니다. 냉정한 왕자에게 배신당한 나가족의 쿠웨니 여왕은 이 땅에 저주를 내리고 자식들을 숲속에 내버린 채 자결한다. 저주는 수천 년 동안 면면히 이어졌고, 1990년에도 풀릴 기미가 보이지 않는다.

"우리 조상들은 문자 그대로 악마로 묘사되고 있어." 야카는 말한

---

*   Ravana, 머리가 여러 개인 스리랑카의 악마 왕. 힌두교 서사시 라마야나에서 비슈누 신의 환생인 라마 왕자에게 도전하는 악으로 등장한다.

**   Mahavamsa, 불교를 중심으로 한 스리랑카 역사서. 고대 정치 및 전반적인 역사 중심의 서적인 《디빠왐사(Dipavamsa)》와 쌍벽을 이룬다.

다. "마하칼리가 쿠웨니의 자손이라는 이야기도 들었어. 쿠웨니 자신이라는 설도 있고."

차량은 골 로드에서 병목구간을 만난다. 비가 내리기 시작하지만, 둘 다 몸이 젖지 않는다. 주위를 둘러보니, 우산을 쓴 사람들이 뛰어가고 가게 처마 아래 옹송그린다. 여전히 걷고 있는 사람들은 더 이상 숨결이 없는 이들뿐이다.

"보면 볼수록 확신하게 돼." 악마는 말한다. "역사는 배와 무기를 지닌 자들이 깜빡 잊고 그런 것들을 발명하지 않은 사람들을 몰아내는 이야기라고. 모든 문명은 집단학살로 시작해. 그건 우주의 법칙이야. 정글 불변의 법칙, 비록 이 정글은 콘크리트로 만들어졌지만. 별들의 움직임에서도, 모든 원자의 춤에서도 그 법칙이 관찰돼. 부자들은 무일푼인 자들을 노예로 만들어. 강한 자는 약한 자를 짓밟아."

이제 악마는 앞유리창을 스르르 기어올라 이쪽을 덮칠 수 있을 정도로 가까이 다가와 있다. 벤츠는 지붕에 스리랑카 깃발을 내건 수공예 기념품 가게 앞을 지난다.

"나는 항상 저 깃발이 마음에 안 들었어." 너는 그의 기다란 발톱에서 눈을 떼지 않고 말한다.

악마는 차창 너머로 네 상자를 무릎에 얹은 채 잠들어 있는 장관을 바라보고 있다. 차량은 다시 움직이기 시작하고, 장관의 악마는 너를 향해 웃는다.

"위대한 사자의 깃발?"

"대체 언제부터 여기 사자가 있었다는 거야? 호랑이도 없잖아."

"코끼리 쪽이 더 말이 되지."

"천산갑이나."

☾

대부분의 깃발은 여러 가지 색깔의 다양한 형태로 이루어진다. 수평선, 수직선, 때로는 대각선, 우리를 지배했던 영국의 국기처럼 세 가지가 다 들어간 깃발도 있다. 단풍나무 잎이나 초승달, 굴러가는 바퀴, 아프로 머리를 기른 태양처럼 친근한 상징이 들어간 깃발도 있다. 요즘보다 더 야만적인 시절에는 가문들이 늑대나 사자, 코끼리, 용, 유니콘을 인장으로 새겨서 자기네를 건드리면 얼마나 포악해질 수 있는지 과시했다. 요즘에는 동물 왕국을 깃발에 쓰는 곳이 별로 없다. 대부분 당당하고 비폭력적인 새 정도다. 뱀을 쪼는 독수리 문양을 국기에 새긴 멕시코 정도가 예외랄까.

"우리 국기를 봐. 아치차루*가 따로없잖아. 모든 게 들어 있어. 수평선, 수직선, 원색, 2차색, 동물 상징, 자연 상징, 무기. 노란색, 갈색, 녹색, 오렌지색. 보리수 잎, 칼, 맹수. 과일 샐러드 같아."

"타밀 엘람 깃발 봤어? 더 낫지도 않아."

사자는 드라비다인**과 이슬람교도를 각각 상징하는 녹색과 오렌지색 수직선을 향해 칼을 들고 있다. 소수민족들을 향해 칼을 겨누는 것이다. 이에 반격이라도 하듯, 타밀 엘람의 분리주의 깃발은 호랑이가 라이플 사이에서 고개를 빼꼼히 내밀고 있는 모습이다. 너희 사자는 칼을 휘두른다 이거지, 어디 총검 두 자루를 든 호랑이한테 덤벼봐라, 이런 뜻이다.

둘 다 맹수가 등장하고 도안이 조잡하며 핏빛이다. 엘람은 찢어진 살점 같은 토마토색, 랑카는 아물지 않은 상처 같은 자두색이다.

이 맹수들이 이 땅에 살았다는 증거는 없지만, 여기서는 무기를

---

*   Achcharu, 파란 고추와 샬럿에 겨자를 갈아 넣고 소금과 식초에 절인 음식.

**   Dravidian, 타밀인은 드라비다인에 속한다.

두 번째 달

휘두르고 핏물에 몸을 담근 채 국기 안에 들어앉아 있다. 마치 랑카가 야수성과 유혈 위에서 건설되었다고 웅변하는 것 같다.

벤츠가 항구를 지나치자, 너희 둘은 눈을 가늘게 뜨고 정박한 배 너머 저 멀리 수평선을 바라본다. 너는 머나먼 신들과 늙어가는 태양에 대해, 부재하는 아버지와 퀴어 아이들에 대해 몽상한다.

"랑카가 왜 저주받았다고 생각하는지 알아?"

"방금 말했잖아. 쿠웨니 때문이라고."

"여왕 때문만은 아니야. 우리는 1948년에 태어났어. 내깟(Nakath)을 믿어?"

뭘 좀 아는 음악가나 스포츠맨이라면 타이밍이 전부라는 말에 동의할 것이다. 약카와 저주를 믿는 것과 별개로, 랑카인들은 내깟―시간의 흐름에 풍수를 적용한 상서로운 시간―을 믿는다. 싱할라족과 타밀족의 설날 오전 6시 48분에 서쪽을 바라보며 전등을 켜면 기쁜 일이 일어날 것이다. 오전 7시 3분에 북쪽을 바라보며 불을 켜면 하늘이 무너질 것이다.

"나는 안 믿어."

"1948년은 어땠을 것 같아? 상서로운 해였을까, 불길한 해였을까?"

"너도 장관한테 속삭일 줄 알아?"

"필요하면."

"그거, 배우기 어렵나?"

"제대로 된 스승한테 배우면 어렵지 않아."

"나는 카낱떠로 가야 해. 그러니 여기서 내려야겠어."

"왜 공동묘지로 가는 거야? 네게 무슨 장례식이 있어? 달이 겨우 한 번밖에 안 지났다면서."

☾

"내 스승 세나가 거기 있을지도 몰라. 그가 속삭이는 방법을 알아."

"카낱떠에서 빈들거리는 스승이란 작자들은 네게서 학비 이상을 원할 거야."

"그건 무슨 뜻이지?"

차는 불러스 레인에서 법무부 건물로 들어간다.

"필리핀도 48년에 독립했어. 우리처럼 낙천적이고 늘 웃지만 작정하면 사나워지는 사람들이지."

"너 정말 SWRD의 경호원이었어?"

"그는 권력을 지닌 사람이었어. 하지만 시릴은 그보다 더 강해질걸. 내가 꼭 그렇게 만들 거야."

"모든 장관이 악마를 데리고 다니나?"

"최고의 장관들만."

악마가 벤츠를 타고 가는 장면에 카메라 초점을 맞춰보려 했지만, 뷰파인더로 보이는 것은 진흙뿐이다.

"최고? SWRD는 쓰레기였어. 시릴은 더해. 넌 쓰레기들을 지키고 있어."

맹수가 덤비지만, 너는 이미 길가의 전봇대를 붙잡고 있다.

휘두른 그의 팔이 목에 건 체인 하나에 스친다. 너는 전깃줄을 타고 망고 나무에 올라탄다.

"말조심해. 1948년에 어떤 국가가 태어났는지 알아?"

벤츠는 길이 막혀 잠시 멈추지만, 사방으로 바람이 분다. "이 땅이 저주받았다면, 그건 위제라트너와 솔로몬 디아스 같은 인간들 때문이야. 그리고 그들을 보호한 사람들 때문이야." 맹수에게서 거리를 벌리자 용기가 생겨서, 너는 외친다.

두 번째 달

악마는 다섯 국가의 이름을 외친다. 벤츠는 후드에 앉은 괴물과 함께 사라진다. "내가 널 지켜보겠어." 으르렁거리는 소리와 함께, 더 이상 악마는 보이지 않는다. 하지만 그가 외친 다섯 나라의 이름이 귓가에 메아리치고 있다. "버마(미얀마). 이스라엘. 북한. 아파르트헤이트 남아프리카공화국. 스리랑카. 모두 48년에 탄생했어."

말리 알메이다가 내깟을 믿든 안 믿든 상관없다. 우주는 분명 믿고 있는 것 같으니.

귀

벤츠는 차량의 흐름 속에 사라지고, 갑자기 몸이 움직이지 않는다. 눈에 보이지 않는 벽이 사방을 둘러싼다. 바람이 완전히 잦아들었다. 보이지 않는 팔이 너를 붙잡아 두꺼운 유리벽 속에 가둔 느낌이다.

벙커와 좁은 막사 신세를 자주 졌고 평생 벽장 속에 정체성을 숨겼지만, 폐소공포를 느낀 적은 없었다. 하지만 도망칠 수 있다는 선택의 여지는 언제나 남기고 싶은 법이다. 도망치고 싶은 곳이 많다면 더욱 그럴 것이다. 산 사람이든 죽은 사람이든, 이성적인 사람이라면 누구나.

하지만 지금은 흰 작업복을 입은 형체들에게 강제로 억류당해서 움직일 수도 없고, 선택의 여지도 없다. 왼쪽에는 모세, 오른쪽에는 히맨. 그들은 앞만 바라보고 있고 얼굴에 웃음기도 없다. 네 앞에 라니 박사가 있다. 흰 사리, 장부, 학교 선생 같은 찡그린 얼굴.

"도우미들이 동행할 거다. 말을 잘 들으면 아프게 하지 않을 거야."

"천사한테 왜 건달이 필요하죠?" 너는 최대한 유순하게 묻는다.

☾

"우리가 천사라고 누가 그랬지?"라니 박사는 말한다. "너는 자신의 죄가 두려워서 빛을 피하고 있어."

"왜 영혼을 억지로 빛에 집어넣으려는 겁니까? 원하는 곳에 자유롭게 갈 수 있어야 하지 않아요?"

"누가 그런 헛소리를 했지?"

"세나 동무가요."

"네 머릿속의 목소리가 말하는 대로 가라." 그녀는 말한다. "하지만 머릿속에서 들리는 목소리가 항상 자기 자신은 아니야."

도우미들은 너를 붙잡고 무질서한 경로를 따라 슬레이브 아일랜드에서 마타쿨리야로, 이어 폐쇄된 기차역처럼 보이는 건물을 지나 어딘가로 들어선다. 둘러보니 아까 도망쳤던 공간이다. "아이요, 또 여기네요. 싫습니다."

"오래 걸리지 않는다."

붉은 문을 들어서니 끝없는 복도가 나온다. 처음 여기서 눈을 떴을 때처럼 북적거리고 무질서하다. 흰옷 차림의 도우미들이 비틀거리는 사람들, 불구가 된 사람들, 병에 걸린 사람들을 빙빙 꼬인 줄이 늘어선 카운터 쪽으로 몰아가고 있다. 라니 박사는 히맨과 모세를 복잡한 인파 쪽으로 보내고 너와 함께 혼돈의 가장자리로 날아간다.

"우선, 귀 검사부터 할까?"

갓 죽은 영혼들이 여러 단계의 비탄에 젖은 상태로 마치 유동하는 입자처럼 서로 부딪히고 있다. 어떤 이는 떨고 있고, 어떤 이는 몸부림치고, 어떤 이는 아무것도 아닌 무를 붙들고 늘어진다.

"책임자는 누구죠? 당신 상관은 누군가요?"

라니 박사는 고개를 젓는다.

"다시 묻죠. 책임자는 아무도 없나요?"

"나는 일개 도우미일 뿐이야, 말. 우린 할 수 있는 일을 할 뿐이다. 창조주가 있었을지도 모르겠어. 그가 아프리카의 신 음봄보처럼 세상을 토해냈을 수도 있겠지. 일주일 만에 손으로 주물주물 만들고 일요일에는 성경에 나오는 그 친구처럼 잠들었는지도."

"그럼 저는 누구를 만나게 됩니까? 야훼? 제우스?"

"창조주의 영혼을 알아야 한다. 그 이름이 무엇인가를 놓고 다투지 말고."

"신의 이름으로는 이게 끝내주겠네요. '아무나' 신."

"일곱 번째 달에 나한테 와서 제발 자유롭게 해달라고 빌지나 마라. 마지막 순간에 급행 태우는 건 이제 나도 질렸으니까."

"모든 인간은 아무나 신에게 경배드려려 합니다. 그럼 기분 나쁜 사람이 없지 않겠습니까. 경배하는 우리 신 아무나 님, 제 가족을 돌보아주십시오. 저희에게 돈을 주시고 고통을 거두소서. 사랑합니다, 나 올림."

"네 농담도 이제 질리는구나."

"이건 제가 평생 말한 것 중에 가장 진담입니다."

그녀는 귀에 대해 설교한다. 귀의 무늬에는 한 인간의 모든 존재에 대한 진실이 들어 있다는 것이다. 연골과 피부, 살이 형성하는 모양과 그림자는 지문보다 더 고유한 개인의 특징이다. 그 안에 지난 삶과 잊어버린 죄의 화석이 들어 있다. 단서라는 것이 대체로 그렇듯, 아슬아슬하게 눈에 띄지 않도록 숨겨져 있는 단서다.

"스스로 자기 귀를 보지 못한다는 사실이야말로 창조주가 가진 천재성의 증거야." 라니 박사가 말한다.

"그보다 신이 우리를 증오한다는 증거 아닐까요." 너는 말한다.

라니 박사는 고개를 젓는다. 귀는 카르마의 지문이고, '육신의 겉모습'에는 전생을 보여주는 단서가 여기저기 널려 있다는 것이다. 머리의 술리야,* 발가락의 비율, 살갗에 새겨진 무늬, 치아의 각도, 걸음걸이의 탄력. 아무리 평범한 주술사라도 후니얌** 저주를 걸 때 머리카락이나 손톱, 치아, 피를 사용하는 데는 이유가 있다. 너는 엘리베이터 통로로 끌려간다. 모세는 바람을 향해 지팡이를 내민다. 히맨은 어디 달아나보라는 듯 너를 향해 눈을 부라린다. 바람은 돌풍으로 휘몰아치며 구석에 몰린 짐승처럼 울부짖는다. "해답을 원한다면." 라니 박사가 바람 소리 위로 소리친다. "이 모든 것의 배후에 있는 아무나 신을 찾으려면. 우선 네 귀 사이에 있는 '아무나'를 찾아봐."

너는 수많은 영혼이 사방에서 흘러드는 엘리베이터 통로를 따라 솟구친다. 층들이 끊임없이 아래로 흘러간다. 몇 층인지 숫자를 세었다면, 42에서 멈췄을 것이다.

"신의 얼굴을 알기는 어렵다. 자기 자신의 얼굴조차 모른다면." 박사는 말한다.

오늘 42층은 열려 있다. 무슨 업무인지는 몰라도 여하튼 한 줄로 늘어선 빨간 문 뒤에서 업무를 보고 있다.

눈빛과 걸음걸이를 보니, 영혼들은 모두 갓 죽은 것 같다. 각자 흰 옷 입은 보호자의 안내를 받고 있다. 너의 세 수호천사는 동료들에게 고개를 끄덕이고 어느 붉은 문으로 너를 인도한다. 너는 기록해

---

*   Suliya, 흔히 '가마'라고 부르는, 머리에 있는 소용돌이.

**   Huniyam, 악한 주문, 흑마술.

두 번째 달

213

야 하는 항목이 적혀 있는 올라 잎 한 장을 들고 있다. 이미 본 잎이지만, 어쩌다 손에 쥐게 되었는지 모르겠다.

문 안의 공간은 연기만 나지 않을 뿐 아편굴 같다. 사람들이 게으르게 늘어져 있다. 출렁거리는 뱃살과 보라색 눈을 가진 남녀가 웃통을 벗은 채 걸터앉아 한 사람씩 귀를 들여다보고 있다.

누우라는 지시가 떨어지고, 시골 처녀와 시골 주정뱅이 같은 영혼이 네 귀를 들여다본다. 피부는 망고스틴 같은 보라색, 입에서는 과일 향이 난다.

"전생을 서른아홉 번 살았어." 님프가 말한다.

"맞아." 주정뱅이가 말한다.

주정뱅이는 네 왼쪽 귀를 들여다보고, 님프는 오른쪽 귀를 본다. 그들은 서로 중얼거리며 올라 잎 장부에 끼적인다.

"살해당했다. 변사. 갑작스러웠다."

"미완성을 좋아했다."

"훔쳤다. 그리고 도둑맞았다."

님프와 주정뱅이는 서로 마주 보더니 너를 돌아본다.

"사람을 죽였어?"

"아이요." 라니 박사는 손바닥을 뺨에 갖다댄다.

"말도 안 돼." 너는 이렇게 말하지만, 곧 다른 시체들과 함께 어느 통로로 떠밀린다. 네가 보는 앞에서 대부분 눈 색깔이 계속 변한다. 멈춰 설 때마다 손 한 쌍이 네 올라 잎을 받아들고 뭔가 적는다. 각기 다른 유령들이 계속 너를 더듬는다. 디너 재킷을 입은 유령, 사롱 차림의 유령, 금 장신구 말고는 거의 헐벗은 유령. 모두 보라색 눈과 출렁이는 뱃살을 하고 있다.

☾

"쁘레따는 아귀다." 라니 박사가 말한다. "귀 읽기 전문가이기도 하고."

"내가 누구를 죽였다고 했어요. 사소한 문제지만. 나는 그런 적 없습니다."

"확실해?"

그때 너는 어느 방에 들어간다. 방에는 너와 거울뿐이지만, 거울 속에는 아무것도 보이지 않는다. 그러다 네 눈이 다른 얼굴들에, 얼굴이 다른 머리에, 머리가 다른 몸에 붙어 있는 모습이 비친다. 거울 상에 네 눈의 초점이 맞을 때마다 형상은 변한다. 코가 길어지다가 다시 줄어든다. 얼굴이 야수처럼 변하다가 아름다워진다. 머리카락은 길어졌다가 사라진다. 눈은 녹색에서 파란색, 갈색으로 변한다.

하지만 귀만은 변하지 않는다.

마침내 너는 거울 속의 존재를 알아본다. 붉은 반다나, 사파리 재킷, 샌들 한 짝 차림, 목에는 줄이 서로 꼬인 목걸이가 걸려 있다. 딜런의 피가 들어 있는 나무 앙크 십자가, 판차유다, 캡슐을 숨긴 로켓이다. 서로 엉킨 줄을 찬찬히 들여다보니, 문득 올가미를 닮았다는 생각이 든다. 카메라는 맷돌처럼 묵직하게 목에 매달려 있다. 너는 카메라를 끌어당겨 깨진 렌즈를 들여다본다.

개 한 마리와 늙은 남자, 아기를 안은 여자가 보인다. 모두 평화롭게 잠든 모습, 그 이미지가 네 배를 후려친다. 세 번째로, 눈에 눈물이 고인다. 고개를 들어보니, 너는 올라 잎 책을 들고 있지만 이번에는 거기 글씨가 적혀 있다. 필체는 예쁘고 정확하지만 묘하게 관료주의적이다.

두 번째 달

죽음 — 39

귀 — 막힘

죄 — 많음

달 — 5

올라 잎 맨 아래쪽에 도장이 찍혀 있다. 흰 원 다섯 개가 겹친 형태. 남아 있는 달의 개수다.

———

너는 42층 접수처에 있다. 히맨과 모세는 사라졌다. 분명 또 자격 없는 어느 죄인에게 빛으로 나아가라고 들볶으러 갔을 것이다. 이제 남은 것은 너와 박사, 이 시끄러운 접수처, 그리고 생각의 가장자리에, 시야 주변부에, 혀끝에 맴도는 기억뿐. 기억은 의식의 유리창 위로 흘러내리고 있지만, 여전히 폭풍 속에 숨어 있다.

라니 박사는 또 설교를 한다. 이번에는 좀 더 친절하다.

"네 영혼은 어리지 않다. 39번의 전생을 살았어. 죄책감이 있고, 슬픔이 있고, 갚지 못한 빚이 있구나. 그들은 당신이 사고나 자살이 아니라 살해당했다고 생각한다."

"어떻게 알죠?"

"네가 누군가를 죽게 했을 수도 있다고 한다. 내 눈에는 살인자처럼 보이지는 않는데. 하지만 나를 쏘았던 청년들도 그렇게 보이지는 않았어."

그녀는 고개를 한쪽으로 기울인 채 내 반응을 기다린다.

☾

너는 조용하다. 답이 있다고 해도, 너는 기억하지 못한다. 너의 두뇌는 기억을 분비하지만, 그것은 네가 원하는 기억이 아니다. 사진이 기억나고, 네거티브 필름을 어디에 보관했는지 기억난다. 라니 박사가 환영할 정보는 아니지만, 누군가는 반가워할 것이다.

"빚은 갚았습니다."

"그래?"

"단지 내 사진에 대한 빚이 남았을 뿐. 그건 공개되어야 합니다. 아직 다섯 번의 달이 남아 있어요. 시간은 충분합니다."

"네 기억은 막혀 있다고 했어."

너는 올라 잎을 내려다본다. 이 긁은 자국과 구불구불한 낙서가 정말 그 모든 걸 말해준단 말인가?

언젠가 재키가 이 세상 모든 인간의 별점을 갖고 있다는 코타헤나의 어느 장소에 대해 말한 적이 있다. 도박 주기가 지나고 일주일째, 드라마 주기가 돌아오기 한 달 전, 재키가 한창 점성술에 몰입하던 시기였다.

여기에는 이런 신화가 있었다. 3천 년 전 일곱 명의 인도인 점성가가 아직 태어나지 않은 모든 인류의 일대기를 야자 잎에 적어 남겼다. 나뭇잎 한 장은 뻬따 시장에서 파는 옷감 한 단 값이었다.

생년월일과 생시를 알려주면, 풀 먹인 셔츠 차림의 점성가가 고객의 올라 잎을 인도의 한 동굴에서 불러와서 해독해준다. 팔리어와 산스크리트어, 타밀어로 적힌 그 내용에 따라, 처녀들에게 언제 결혼하게 될지, 가정부에게 언제 이 해안을 떠나게 될지 알려준다는 것이다. 노인들에게는 아직 살날이 많이 남았다고 하고, 절름발이에게는 언젠가 걷게 될 거라고 한다. 묘하게도 이 점성술사는 아무에게도 언제 죽을 거라는 말은 하지 않았다.

너는 재키에게 현자 일곱 명이 53억 영혼의 일대기를 쓰려면 백만 년이 걸린다고 했다. 거기 필요한 종이만 해도 싱할라 숲을 다 베어 내야 할 거라고. 게다가 그 모든 것이 쓸데없는 노동 아니냐고.

모든 이야기는 재활용되고, 모든 이야기는 불공평하다. 많은 사람은 행운을 얻고, 많은 사람은 불행해진다. 많은 사람은 책이 많은 집에서 태어나고, 많은 사람은 전쟁의 늪에서 자라난다. 결국 모두 흙으로 돌아간다. 모든 이야기는 암전으로 끝난다.

———

라니 박사의 음성이 검은 상념을 뚫고 들어온다. "네 영혼은 손상당했다고 하는구나. 중간계에 머물러서는 안 된다고 한다."

"이봐요, 아줌마. 정말 감사합니다만."

"난 네 아줌마가 아니야. 여기 계속 있으면, 넌 먹힐 거다."

"누구한테?"

"세나 동무는 마하칼리를 위해 일하고 있어. 그는 자신이 이용당한 그대로 널 이용하고 있다. 중간계에는 절망에서 힘을 빨아들이는 식시귀와 악마가 가득해. 빼앗기면 안 된다. 아무에게도 도움이 안 돼."

"세나는 산 사람에게 속삭일 수 있도록 도와준다고 했어요. 당신이 그렇게 해줄 수 있습니까?"

너는 라니 박사와 근육질의 천사들을 바라본다. 카운터를 둘러보지만, 후드를 쓴 세나의 형체는 보이지 않는다. 이 점이 고맙다. 공기 냄새를 맡아보니 마하칼리는 여기서 멀지 않은 곳에 있다.

"세나를 만나야겠습니다."

"미쳤어?" 라니 박사는 말한다.

"모든 곳에서 모든 사람이 저마다 마하칼리를 위해 일하고 있어요. 무슨 문제예요?"

"바보군. 시간 낭비야."

라니 박사는 평정을 잃을 정도로 화가 날 때면 재키처럼 말이 없어진다. 네 아버지는 반대였다. 그리고 대다와 달리 라니 박사는 논쟁이 끝났다는 판단을 할 줄 알았다.

"악마는 네가 먼저 끌어들이기 전에는 널 삼키지 못해. 최소한 일곱 번의 달이 지나기 전에는. 너에게는 이제 다섯 번의 달이 남았다."

그녀는 엄한 눈으로 너를 바라보고 있지만, 이런 상황임에도 아직 너를 도우려 한다는 것을 알 수 있다. 대체로 네가 가장 못되게 굴었던 사람들이 그랬다.

"그 전에 다시 돌아오겠습니다. 반드시."

"남편과 딸들에게 내가 했던 말이군. 지키지도 못할 약속을 한 뒤에 항상."

박사는 뒤돌아보지 않고 빈 카운터를 향해 날아간다. 가는 길에 늙은 여자를 엘리베이터로 안내하고 소년을 빨간 문으로 안내하고, 역시 뒤돌아보지 않는다. 그녀는 네가 본 것들을 본 적이 없고, 네가 했던 일들을 하지 않았다. 빛으로 들어설 때 두려운 것은 망각이 아니라는 것도 이해하지 못한다. 끝까지 남아서 같이 빛으로 들어가게 될 것은 과연 무엇일까, 너는 그것이 두렵다.

두 번째 달

219

신화적인 존재

속삭이는 능력을 전수하는 대가로 무슨 값이든 세나에게 치를 생각으로, 너는 공동묘지까지 타고 갈 만한 적당한 산들바람이 불어올 때까지 기다린다. 바람을 기다리는 동안 마라다나 버스정류장 쪽으로 흘러오는 영혼들을 지켜본다. 이제 보라색 피부와 출렁이는 뱃살을 지닌 쁘레따, 붉은 눈과 발톱을 한 악마, 혼란스러운 기색을 띤 평범한 유령이 각각 구별된다.

"검은 눈을 지닌 자들을 조심해. 너한테 안 좋은 짓을 할 거야, 친구."

내려다보니 표범 한 마리가 있다. 무장한 인간을 완곡하게 이르는, 고양잇과 맹수의 이름 뒤에 폭력성을 숨기는 비유적 표현이 아니다. 진짜 짐승이다. 털에는 무늬가 있고, 눈은 새하얗다.

"미안해, 무슨 말인지 모르겠어."

"당연히 모르겠지."

"나는 동물 유령이 있는 줄 몰랐어."

"네 무지를 존중하는 뜻에서 그냥 사라질까?"

"불쾌하게 하려던 건 아니었는데."

"하지만 그렇게 됐어." 표범은 난간을 기어오르며 이렇게 말한 뒤 골목을 따라 판치까왓떠* 운하 쪽으로 사라진다.

동물 유령이 없을 이유가 있나? 왜 인간만 영혼이 있어야 하나? 그렇다면 평생 내 발에 밟혔던 모든 곤충도 달이 일곱 번 지는 동안 방황하면서 카운터에서 환불을 요구한다는 뜻인가? 도우미들이 과로

---

*　　Panchikawatte, 자동차와 각종 기계 부품의 집합지로 타밀족과 이슬람교도가 밀집한 지역.

☾

하는 것도 놀랍지 않다.

너는 바람 하나를 잡아 타고 지붕에서 멍하니 달을 쳐다보는 영혼들을 내려다본다. 지금껏 저 아래 세상에서, 그리고 중간계에서 본 모든 존재들을 생각한다. 죽은 정치인의 대형 광고판이 지나간다. 어떤 인간은 광고판에 오르는데 어떤 인간은 무덤조차 얻지 못하는 이유는 무엇일까. 이 온갖 광기의 와중에 그 존재 자체가 의심스러운 맹수는 단 하나뿐이다. 신, 달리 말해 '아무나'를 뜻하는 것은 아니다. 네가 생각하는 것은 신화 속의 그 모든 피조물 중에서도 가장 불가능한 존재, 바로 정직한 정치인이다.

그런 존재가 있었다는 이야기는 딱 한 번 들어보았다. 탐욕이나 이익이 아닌 다른 동기로 정치에 뛰어든 신사. 돈 위제라트너 조셉 마이클 반다라, 1902년 케골 출생, 구두 수선공의 아들, 1919년 장학금을 받고 실론 법대 입학. 그는 오랫동안 집단농장 노동자를 위해 변론을 펼치다가, 공산당 소속으로 의원직에 선출되었고 일찌감치 세상을 떠났다. 그는 탄압받는 사람들, 무시당하는 사람들을 위해 일했고, 타밀족 노동자와 무슬림 상인, 버거족 운전사, 체티족 요리사를 위해 변론했다. 케골 지역에 도서관 두 곳을 세웠고, 한 세대의 아이들에게 영어 읽기를 가르쳤고, 시청에서 모리배들을 모조리 몰아냈다. 절대 뇌물을 받지 않았고, 여자를 건드리지 않았고, 술 한잔 걸쳐도 욕을 입에 담지 않았다. 그렇지, 물론, 술은 마셨다. 신화적인 존재조차 이따금 목은 마를 테니까.

돈 위제라트너 조셉 마이클 반다라는 즐겨 피우던 처칠 시가 담배와 밤늦게까지 뜬눈으로 지새워야 했던 재판 때문에 뇌졸중을 얻어 1967년 세상을 떠났다. 그가 하루 열여덟 시간 몸 바쳐 일했던 지역

노동조합으로부터 배은망덕하게도 소송을 당한 것이다. 1977년 국회에 입성한 그의 막내아들 돈 위제라트너 부웨네카 시릴 반다러는 성공하지 못하는 방법의 본보기가 되었던 아버지의 교훈을 기억하고 있었다.

3년 동안 매주 아버지를 노동법정에 차로 모셨던 경험은 시릴 반다러의 세계관에 큰 얼룩을 남겼다. 과거에 아버지가 노동 관행을 문제 삼았던 목재 회사가 그를 입찰 사기 혐의로 고소했다. 아들 반다러는 자신이 물려받아야 할 유산을 법원이 가로채고 아버지의 명성에 먹칠하는 것을 지켜보아야 했다. 아마 이것이 시릴 위제라트너라는 이름으로 칼루타라 지역구 의원직에 처음 출마한 이유였을 것이다.

건설 입찰에 개입해도 시릴은 절대 발각되지 않았다. 그는 모든 유부남이 흔히 사용하는 핑계를 댔다. 어차피 범죄 혐의를 받을 거라면 그냥 저지르는 편이 낫지 않나.

이 이야기에도 수많은 다른 이야기처럼 무서운 존재들이 등장한다. 소문을 퍼뜨리고 암세포를 증식시키는 숯검댕이 약카, 자궁에서 아기를 끄집어내는 리리 약카, 모히니,* 악마 새,** 머리 열 개 달린 라바나, 마하칼리.

술 취한 버스 운전사, 이집트 숲모기, 광적인 승려, 미쳐 날뛰는 군인, 마스크를 쓴 고문 기술자, 장관의 아들 같은 존재도 있다. 군인도 경찰도 아닌 남자들. 일할 때 전통의상을 입는 남자들.

---

*　　Mohini, 비슈누 신이 여성으로 환생한 화신.

**　　정글에서 밤이면 사람처럼 울부짖는다는 스리랑카 민담의 새. 울러마라고도 한다.

시릴 위제라트너는 라자팍사* 같은 평화주의자를 달래고, JR 같은 이론가를 한발 앞지르고, 프레마다사** 같은 포퓰리스트를 고립시키고, 가식적인 액센트로 외국 명사들에게 깊은 인상을 남기고, 신화적인 아버지의 아들 연기를 통해 자신에게 표를 던진 바보들을 속이는 능력을 갖고 있었다. 다섯 번의 암살 기도에서(세 번은 인민해방전선, 두 번은 타밀 반군의 소행이었다) 어떻게 살아남을 수 있었는지 누가 물으면, 그는 'SWRD의 죽은 경호원이 든든히 지켜주고 있으니 운이 좋은 거지'라고 생각하지 않았을 것이다.

그는 이렇게 생각했을 것이다. '내가 오늘 이렇게 살아 있는 것은 크로우맨 덕분이다.'

크로우맨의 굴

세나는 공동묘지 주차장에 있다. 그는 화장탑을 바라보며 갓 화장을 마친 유령들에게 나뭇잎을 나누어주고 있다. 너를 보더니 그는 씩 웃으며 부른다.

"안녕하세요, 선생님. 반갑습니다. 도우미들한테 뺏긴 줄 알았어요."

"네 아버지가 위제라트너 가문의 운전사였다는 말은 안 했잖아."

"안 물어보셨잖아요."

"부웨네카 위제라트너도 알았어?"

---

*　　Mahinda Rajapaksa(1945-), 변호사로 정치에 입문했고 스리랑카 13대 총리와 6-7대 대통령을 역임했다.

**　Ranasinghe Premadasa(1924- 1993), JR 정부에서 스리랑카 8대 총리와 3대 대통령을 역임. 1993년 타밀 반군의 폭탄 테러로 사망했다. 현 야당 대표 사짓 프레마다사의 아버지.

"따띠*는 일터에 저를 데려간 적이 없어요. 뭐 하려요? 남의 집 하인으로 일한다고 생각할 게 뻔한데."

"네 아버지는 자기가 위제라트너 가문에 저주를 내렸다고 했어."

"일개 운전사의 주문이 무슨 힘이 있다고. 저한테 원하는 게 있으세요?"

"산 사람한테 속삭이고 싶은데, 그게 가능할까?" 너는 묻는다.

"불가능한 건 없어요, 어르신." 그는 쓰레기봉투 가방에서 동그란 녹색 물건을 꺼낸다. "하지만 진심이어야 합니다. 아직 선생님한테서는 진심이 보이지 않아요. 그냥 그렇다고요."

이제 보니 세나는 눈이 녹색이거나 노란색인 유령, 혼란스럽거나 고통에 시달리는 유령에게만 나뭇잎을 나누어주고 있다. 모든 종교의 전도사들이 그렇듯, 그도 영리하게 약자를 표적으로 골랐다.

공동묘지의 공기에는 바람 한 점 없다. 쥐, 뱀, 긴털족제비는 묘비 사이에 숨어 있다. 벵골고무나무는 덥수룩한 잔디와 무너진 바위 위에 웅장하게 그늘을 드리우고 있다. 숨을 그림자는 수없이 많지만, 여기 있는 누구도 그림자를 드리우지 않는 것 같다.

"도우미와 만난 일은 잘된 것 같군요." 세나는 킬킬 웃는다. 그는 농담을 할 때 잇새로 혀를 비죽 내미는 짜증스러운 습관이 있다. 그는 어딘가 달라진 것 같다. 치아는 뾰족해진 것 같고, 입술은 더 두꺼워지고, 눈은 더 휘둥그렇고, 머리카락은 더 뾰족 섰고, 웃는 모습이 불쾌할 정도로 아첨을 떠는 것 같다. 그는 모든 영혼을 향해 똑같은 말을 던진다. "알고 있어요. 당신을 죽인 사람들이 죗값을 치르게

*   Thathi, 아버지.

☾

하겠습니다." 그는 말라비틀어진 손에 나뭇잎을 한 장씩 쥐여주며 속삭인다. "정의가 평화를 가져다줄 겁니다. 살인범들이 당신에게 자비를 구걸하며 빌게 될 겁니다."

"몇 명이나 모집했어?" 나는 묻는다.

"그 공대 학생 두 명이 들어왔고요. 합류할 만한 사람은 일곱 명 더 있어요. 이 중간계에서는 혼자 있으면 안 돼요. 모여야 더 강해집니다."

"그럼에도, 우리 모두 혼자지. 난 친구에게 연락해야 해."

"왜요?"

"친구가 내 네거티브 필름을 찾도록 도우려고."

"왜요?"

"그러지 못하면, 내가 보았던 것들이 영영 사라지고 말아. 빗속의 눈물처럼." 딜런과 처음 본 영화의 대사다. 그가 줄곧 코를 고는 동안, 너는 그의 손을 잡은 채 룻거 하우어처럼 울었다.

"어르신은 시인인가 보죠?"

"내가 재키 앞에 나타나서 말을 걸 수 있을까?"

"아이요, 서두르지 마세요. 그게 그렇게 쉬우면 모든 사람이 귀신을 보게요."

"그럼 귀신은 사람하고 이야기할 수 없나?"

"공포영화에서나 그러죠. 하지만 분위기를 만들고 생각을 속삭일 수는 있어요."

세나는 잘린 팔다리로 만들어진 괴물에게 마지막 잎을 건넨다. 괴물은 폭탄 테러 피해자인데 네 쪽으로 침을 뱉는다. 잠시 머무르는 동안 수없이 본 광경이다.

"그럼, 내가 어떻게 하면 되지?"

"말린다 알메이다 선생님. 이제 크로우맨을 만나볼 때가 된 것 같네요."

———

다리 밑 철계단 아래, 눈에 띄지 않는 도시의 동굴이 있다. 입구는 폐쇄되어 있지만, "위험! 고압 전류!"라고 적힌 보도 위 배전함에 옆문이 숨겨져 있다. 들어가려면 허리를 굽혀야 한다.

너는 세나에게 떠밀려 갈색으로 녹슨 철문을 통과하고, 콘크리트 사이를 지나고, 나무 위로 끌려간다. 걸어서 벽을 통과하는 것은 어떤 기분이라고 해야 할까? 흡사 먼지 냄새가 나고 몸이 젖지 않는 수영장 안에서 걷는 것 같다.

굴 안에는 묘한 각도로 웃풍이 든다. 환기구가 벽을 따라 천장으로 이어져서 햇빛과 배기가스가 들어온다.

내부는 언뜻 상상하듯 바퀴벌레 집회소나 박쥐 화장실 같지는 않고, 모든 성스러운 책에 나오는 모든 신을 숭배하는, 촛불을 켠 제단 같다. 마라다나의 거리에서 가져온 포스터가 접착테이프와 못으로 박혀 있다. 예수 그리스도, 부처와 오쇼 라즈니쉬. 시바, 가네샤와 사티야 사이바바. 말리와 칼리, 브루스 리. 십자가와 초승달, 달라이 라마의 얼굴 위에 적힌 티베트 금언, 보리수 잎에 싱할라어로 끼적인 불교 선문답.

동굴 한복판에는 배가 나오고 티셔츠 차림의 남자가 있다. 머리카락은 빗어 넘겼고, 턱수염은 헤나처럼 오렌지색이다. 두꺼운 안경 때

☾

문에 눈동자가 구슬처럼 작아 보인다. 그는 빈랑과 꽃, 향을 태우고 남은 재, 루피 지폐 같은 것들이 널린 책상에 앉아서 눈을 감은 채 말이 안 되는 언어로 중얼거리고 있다.

머리 위에는 나무와 철사로 엮은 문 없는 새장들이 걸려 있다. 어떤 새장에는 둥지가 있고, 어떤 새장에는 앵무새, 어떤 새장에는 참새, 대부분은 까마귀가 들어 있다. 새들은 창살 사이를 날아다니며 그릇에 담긴 녹두를 쪼아 먹지만 똥 자국은 없다.

뚱뚱한 남자 앞에는 진한 화장을 하고 데오도런트를 충분히 뿌리지 않은 사리 차림의 여자가 앉아 있다. 그녀는 갈색 핸드백을 쥐고 남자를 응시하고 있다. 세나는 탁자 위를 맴돌고 있다. 방 안을 둘러보니 다른 사람들도 있다. 서로 겹친 여러 그림자가 구석에 웅크린 채 방 한가운데에서 오가는 대화를 지켜보며 너희 둘을 쏘아보고 있다.

처음에는 수상한 카지노라도 운영하는 것 같았다(수상하지 않은 도박장이 어디 있겠냐만). 남자가 무슨 말을 한마디 할 때마다, 마치 취한 사업가가 스트리퍼에게 팁을 주듯 여자가 100루피 지폐를 빈랑 앞에 내려놓았기 때문이다. 너는 좀 더 가까이 흘러가서 대화를 띄엄띄엄 엿듣는다. 여자는 아버지에 대해 묻고 있다. 남자가 적당히 뻔한 대꾸를 하면, 그녀는 돈을 더 내놓고, 그러면 남자는 다시 입에 발린 소리를 한다.

"아버지는 당신을 사랑한다고, 자랑스럽다고, 늘 지켜보고 있다고 합니다."

여자는 눈물을 찍어낸다. "보석에 대해 말씀하셨나요?"

그때 허리가 구부정한 노인네가 뚱뚱한 남자의 귀에 속삭이는 것이 눈에 띈다. 유령은 휙 돌아서더니 탁자 위에 침을 뱉는다.

두 번째 달

"이 욕심 많은 돼지가 내 딸일 리가 없어."

"삐야틸라카 씨. 따님은 유품을 찾고 있습니다." 까마귀 아저씨는 최면이라도 걸린 듯 안경 뒤에서 눈꺼풀을 파르르 떤다.

"73년에 내가 데리고 놀던 여자한테 줘버렸다고 해. 배은망덕한 네 어미가 나랑 더 안 놀겠다고 해서."

까마귀 아저씨는 눈을 감은 채 딸에게 말한다. "아버님은 당신을 아주 많이 사랑하십니다. 유품은 도둑맞았다고 합니다."

"누가 훔쳐갔어요?"

"삐야틸라카 씨, 어디 있는지 말해주십시오."

뚱뚱한 남자는 안경을 벗고 소울 가수처럼 머리를 흔들거린다. 그때 너는 그의 눈을 본다. 흰색이지만, 도우미처럼 희지는 않다. 눈동자는 회색이고 한가운데에 검은 점이 있다. 응시하지만 보지 않는 눈빛, 존재하지 않는 것을 보는 눈빛이다.

노인은 고개를 들고 눈썹을 치켜뜬다. 딸은 빈랑 잎 위에 돈을 더 올린다.

"도둑년 같으니. 내가 말해줄 줄 알고?" 이 말을 남기고, 노인은 휭하니 그림자 속으로 들어가버린다.

"아버님은 이제 쉬셔야 합니다. 당신을 보니 감정이 너무 북받친다고 합니다."

딸은 고개를 끄덕이고 핸드백을 닫는다. "다음에는 보석에 대해 꼭 알아내주시겠어요?"

"노력하지요." 까마귀 아저씨는 말한다.

여자가 일어서지만, 그는 미소만 짓고 일어나지 않는다. 하이힐 소리가 위에서 또박또박 계단을 오르는 소리가 들릴 때까지 기다리다

☾

가, 그는 이쪽을 돌아본다.

"거기 대체 누구야!" 그는 나직하게 외친다. "누가 보냈어?"

세나를 말하는 건지 너를 말하는 건지 알 수 없다. 회색 눈동자가 정해진 방향 없이 안구 안으로 빙그르르 들어간다.

"그 인민해방전선 친구로구먼, 그렇지? 자넨가, 세나 파띠라나?"

"네, 스와미니*."

"그렇게 부르지 마, 이 자식아. 같이 데려온 건 뭐야?"

그림자 속에서 키득거리는 소리가 들린다. 대꾸해야 할지, 도망쳐야 할지 알 수 없다.

"속삭이는 능력을 갖고 싶답니다."

"일할 때 불쑥불쑥 들어오지 말라고 했지, 어!"

"미안합니다, 스와미니."

"여기 온 지 얼마나 됐지, 세나 파띠라나?"

"달이 서른다섯 번 떴습니다."

"나를 스와미니라고 부를 수 있는 건 누구지?"

"당신의 제자들이지요, 스와……."

"내 제자들은 어떻게 하지?"

"달이 세 번 뜰 때마다 찾아오지요."

"맞아. 넌 군대를 데려온다고 약속했어. 어디 있어?"

"소문을 퍼뜨려놨습니다. 곧 말씀드린 대로 하겠습니다."

"그래놓고 데려온 게 고작 이거야? 뭐야? 또 인민해방전선인가?"

"그는 전쟁 사진을 찍었다는 이유로 살해당했습니다. 여자친구한

---

*   Swamini, 주인님.

테 할 말이 있답니다."

그림자 속에서 다시 히죽거리는 소리가 들린다. 인간이라기에는 비율이 너무 어그러진 형체를 알아볼 수 있다.

"당신의 이름은?"

"말린다 알메이다."

"알메이다, 문제가 많은 모양이군. 당신이 누구든, 뭘 믿든, 무슨 일을 했든. 난 신경 안 써. 나는 오로지 거래에만 관심이 있어. 당신이 날 도와주면, 나도 도와주지. 그뿐이야. 알겠나?"

고개를 끄덕이는데, 형체 하나가 그림자 속에서 나온다. 한쪽 손이 없는 어린 소년이다. 그는 종이 한 장을 들고 책상에 앉아 참새에게 병아리콩을 먹인다. 영혼인지 육신이 있는 인간인지 알 수 없지만, 겉보기에는 둘 다 아닌 것 같다.

"까마귀 아저씨는 안경 없이는 아무것도 못 봐요." 세나는 아까 굴로 오는 길에 이렇게 말했다. "88년 폭탄 테러 때문이라는 사람도 있고, 지뢰를 밟았다는 이야기도 있고, 뱀에 물렸다는 말도 있어요. 동굴 안에서 농담을 할 수 있는 건 까마귀 아저씨뿐입니다. 그러니까 잘난 척하지 마세요."

"안경을 벗으면 세상이 흐릿해서 먹이를 먹는 새도, 자기가 제단을 만들어준 슬럼가 빈민도, 자기가 거짓말로 속이는 고객도 못 봐요. 대신 그는 영혼과 귀신을 봅니다. 그들도 그의 말을 들을 수 있어요."

참새 소년의 사연도 확실하지 않다. 그는 기차 선로에서, 혹은 88년 폭탄 테러로, 혹은 폭력적인 삼촌 때문에 손을 잃었다고 한다. 그는 탁자에 앉아 남은 손으로 펜을 들고 있다. 벽에 튀어나온 턱 위에

☾

코코넛 잎으로 조악하게 만든 인형과 석탄을 담은 그릇, 무늬를 새긴 상자가 놓여 있다.

"우선 당신 여자친구를 여기 소환해야 해." 까마귀 아저씨는 말한다.

"흑마술로요?" 너는 묻는다. "후니얌으로?"

"아니, 멍청아. 엽서를 써서 보낼 거다."

세나는 그림자 속으로 사라져서 보이지 않는 영혼들과 대화를 나눈다. 여기 오기 전에 그는 아이가 말을 못 한다, 까마귀 아저씨 앞에서 아이에게 말을 거는 것은 대단한 실례라고 일러주었다.

"친구의 이름은?"

"재클린 와이라와나단."

"주소?"

"골 페이스 코트, 4/11."

"내일 만나자고 써 보내지. 확실히 오겠지?"

"와줬으면 좋겠습니다."

"그걸로는 충분하지 않아." 그는 반짝이는 놋쇠 그릇에서 연고 같은 것을 두 손가락으로 찍어내더니 카드에 바른다. "꼴라, 이거 좀 배달해주겠니? 아, 그래. 여자친구가 자네의 개인 소지품을 가지고 와야 해. 자네가 애착을 가지는 물건. 무슨 물건을 가지고 와야 하는지, 어디 있는지 이야기해줘."

잠시 생각하니 포커 카드가 눈앞에서 펄럭거린다. 에이스, 킹, 퀸, 죽은 개. 너는 무슨 물건인지 알려준다. 소년은 천천히 옆문으로 나간다. 아이는 고객들처럼 허리를 숙일 필요가 없다.

"말린다, 이 일은 이런 거야. 나는 재능과 저주를 동시에 받았어. 이렇게 흐릿한 세상 속에서 살고 있지만, 모든 것을 본다네. 돈 많은 사람들, 힘 있는 사람들이 모두 내게 도움을 청하지. 내가 겸손하니까. 탁월하니까."

그의 옆에 쭈그리고 앉은 그림자들이 귀에 대고 뭐라 속삭인다. 그는 고개를 끄덕이기도 하고, 고개를 젓기도 한다.

"질문은 일절 금지. 자네가 필요한 것이 무엇인지 말하면, 내 능력이 닿는 한 구해주겠네. 산 자에게 말을 하고 싶으면, 그것도 도와주지. 누군가에게 축복을 내리고 싶다, 그것도 가능해. 저주하고 싶다, 그건 더 비싸지. 하지만 자네는 나한테 신세를 지는 거야. 그리고 약속을 지켜야 해. 알아듣겠나?"

그림자는 그의 귓불 주위에 모여들고, 세나는 구석에서 그에게 절하라는 뜻으로 몸짓을 해 보인다. 너는 절하지 않는다.

"나는 귀에 대고 속삭이는 능력을 줄 수 있어. 산 자에게 빙의하는 능력도. 하지만 자네는 나를 도와야 해. 그렇게 하겠나?"

너는 어깨만 으쓱하고, 세나가 나선다.

"네, 스와미니. 그렇게 하겠습니다."

"너는 약속한 군대를 데려와. 그러기 전까진 입 다물어. 나는 이 멍청이가 하는 대답을 들어야겠어."

"절하기 싫은데요." 너는 말한다.

"그런데 왜 무릎을 꿇고 있지?" 그는 묻는다.

역사나 신화에 이런 사례는 처음도 아니고 마지막도 아니겠지만, 너는 눈이 나쁜 사람이 진실을 말하는 것을 보고 놀란다.

☾

로마-네덜란드 법전

재키가 퇴근해서 집에 돌아와보니, 참새 소년이 엘리베이터 밖에서 기다리고 있다. 그녀는 숙취에 끙끙거리며 SLBC 방송국 새벽 근무를 마쳤다. 너는 재키가 비틀거리는 모습을 보기만 해도 술을 마셨는지 도박을 했는지 뻔히 안다. 소년은 로비를 가로질러 다가오더니 그녀에게 우편 엽서를 건넨다. 엽서는 끈적거리고, 라벤더와 고투꼴라*향이 풍긴다.

"이게 뭐지?"

소년은 자기 입을 가리키고 소리 없이 입을 벌렸다가 닫는다. 아이가 맨 아래 적힌 주소를 가리키자, 재키는 내용을 읽는다. 너는 그녀의 어깨에 기대 귀에 속삭인다. 그녀의 귀는 통통하고 여러 개의 곡선이 겹친 형태다. 저 겹쳐진 연골 안에는 어떤 전생들이 숨겨져 있을까.

미스 재키 와이라와나단
알메이다가 당신과 이야기하고 싶어 합니다.
주소록을 가져오라고 합니다. 장롱 안, 곰 인형 밑에.
내일 아침 코라헤나 정선으로 오세요.
꼴라가 당신을 안내할 겁니다.

이런 조잡한 소환장에 응할 사람이 재키 말고 누가 있을까. 한번은 자기 엄마의 신용카드를 가지고 페가수스 카지노에 입장해놓고

---

*　　Gotu kola, 병풀. 반찬으로 생으로 먹거나 쌀과 함께 죽을 만들어 먹는다.

장거리 전화로 무슨 설교를 들었는지 입을 꾹 다문 적도 있었다. 악까라이빳투*에서 불타고 남은 유아의 유골을 보았다고 했더니, 마지막으로 남은 우울증 약을 선뜻 준 적도 있었다.

"왜 그런 일을 계속하는 거야?" 그녀는 물었다. "돈을 그렇게 많이 줘?"

"아니. 내가 일을 잘하니까."

"그렇겠지."

"난 평생 잘하는 게 아무것도 없었어. 하지만 가까이 다가가서 사진을 찍을 줄은 알아. 내 카메라 기술이 최고는 아니야. 하지만 나는 항상 현장에 있어. 그게 누구 편인지는 상관없어."

너는 술 취한 재키를 집에 데려와서 택시에서 끌어냈다. 너는 질 나쁜 남자들에게서 그녀를 여러 번 보호했다. 그녀는 네가 출장 간 사이 집세를 대신 내주었다. 네가 카드 도박에 빠져 있을 때 딜런에게 거짓말도 해주었다.

그녀는 콜롬보 3구의 클럽과 콜롬보 4구의 살롱, 콜롬보 5구의 카지노, 콜롬보 7구의 파티에 너를 데려갔다. 세나가 돈을 내고라도 구경해보고 싶다는 곳이다. 너는 그녀가 처방전으로 구한 약을 기분 좋게 즐겼고 맥주에 진을 섞어 마셨다. 비록 사무실에서 일한 적도 없고 이름을 아는 아저씨도 없었지만, 그녀의 직장에서 벌어지는 드라마와 친척 문제를 해결해주는 것도 즐거웠다.

재키가 정신과 의사를 만나서 악몽에 대해 이야기하는 게 어떠냐고 했을 때도 기분이 상하지 않았다. 의사는 사실상 그녀에게 기분

---

*   Akkaraipattu, 스리랑카 동남부 해안에 위치한 암파라 주의 대도시. 거주자의 99퍼센트가 이슬람교도이며 주로 벼농사를 짓는다.

☽

234

좋아지는 약을 파는 딜러였으니까.

"무슨 악몽?"

"매일 밤 꾼다면서."

"난 꿈 안 꿔." 너는 말했다.

"그래. 꿈 이야기 같지 않았어."

"네가 어떻게 알아? 내 방에 와봤어?"

문제가 된 것은 신체 접촉이었다. 처음에는 손만 잡고 어깨를 문지르는 정도였는데, 어느 날 밤 재키는 네 허벅지에 손을 얹고 손가락으로 네 머리카락을 쓰다듬었다. 몸에 그녀의 손이 닿을 때마다 어릿광대가 간질이는 기분이었다. 그녀가 네 입술에 자기 입술을 갖다 댔을 때, 너는 몸을 떨고 킬킬 웃었다. 그 뒤에는 분위기가 묘해졌다.

"네가 안내한다는 꼬라구나." 재키는 소년에게 말한다.

소년은 고개를 끄덕이고 셈을 배우는 아이처럼 손가락을 폈다.

"뭐 먹었니? 말루 빤*?"

소년은 고개를 저었다.

재키는 갈색 핸드백에서 늘 먹지 않고 집에 가져오는 생선빵 두 개를 꺼냈다.

"가져가서 먹어. 걱정 마, 난 네 친구니까."

참새 소년은 빵을 베어 물며 그녀를 바라본다.

"내일 갈까?"

아이는 빵 부스러기를 얼굴에 묻힌 채 고개를 끄덕인다.

---

*   Malu paan, 생선 빵.

"아침에?"

아이는 진수성찬을 음미하며 보일락말락 미소 띤 얼굴로 고개를 끄덕인다.

"여기 다시 올 거니?"

아이는 몇 시간 전 자기가 직접 엽서에 적은 '코타헤나 정선'이라는 단어를 잘린 손으로 가리킨다. 재키는 고개를 끄덕이고 오래된 엘리베이터에 올라탄다.

그녀는 너와 싸우지 않았고, 극적인 장면을 연출하지도, 딜런처럼 난리를 피우지도 않았다. 그저 '알았어' 한마디 한 뒤 한동안 아무 말도 없었다. 하지만 그 눈빛과 입가에 반쯤 걸리는 미소를 보면, 머리끝까지 화가 났다는 것을 알 수 있었다.

그녀의 부모님을 만날 수 없다고 했을 때도, 혼자 블루 엘리펀트에 간다고 했을 때도, 빈방으로 옮기겠다고 했을 때도 재키는 '알았어' 한마디뿐이었다. 지금 그녀는 그 빈방에 들어서서 장롱을 뒤지고 있다. 액자에 걸린 엑스레이 사진, 종류별로 줄줄이 걸린 재킷과 셔츠, 사이안화물이 들어 있는 목걸이를 둘러보고 있다.

재킷과 셔츠는 가을에 어울리는 색, 정글에서는 눈에 띄지 않고 도시에서는 맵시 있게 돋보이도록 고른 색이다. 구강과 흉부 엑스레이는 운전 중 경솔하게 나이 지긋한 신사한테 구강성교를 하다가 사고를 당해 찍은 사진이다. 너는 이걸 아트 프로젝트로 만들어볼까 하다가 그대로 던져두었다. 그리고 저 작은 캡슐은 정부군의 의뢰로 킬리노치치에서 사진을 찍던 중 반군의 시체에서 훔친 거였다.

재키는 네 아버지가 암마에게 작별 선물로 성병을 감염시켰을 때 같이 가져온 곰 인형도 둘러본다. 그 병의 이름은 절망이었다. 네가 임종을 지키러 가다가 라구아디아 공항에 발이 묶인 사이, 대다는 미주리의 한 병원에서 세상을 떠났다. 마지막 유언은 전화를 통해 들었다.

"암마를 원망하지 마라. 좋은 여자야. 우리는 그저 안 맞았을 뿐이다. 네 농담에 웃어주지 않는 여자와 절대 같이 살면 안 돼. 너는 왜 여기까지 왔니? 내가 보낸 편지에 한 통도 답장을 안 했으면서."

아버지는 생일마다 이런저런 일들에 대해 사과하고 조언하는 편지를 네게 보냈다고 했다. 한 통도 못 받았다는 네 말을 믿으려 하지 않았다.

"아버지 농담이 진짜 안 웃길 수도 있잖아요?" 너는 물었다.

"넌 아직 사진 하나?" 그는 물었다.

"전쟁 사진을 찍어요."

"MBA 과정을 밟는 줄 알았는데."

"그건 10년 전이고요."

"무의미한 전쟁. 이제 타밀족이 섬의 절반을 내놓으라고 한다지. 왜 그런 일에 네 시간을 낭비하고 있는지 모르겠구나."

"기분이 좋아지셨어요?"

"나는 죽어가고 있다. 이건 내 조언이야. 원하는 건 뭐든지 해라, 모두 언젠가 죽을 테니까."

"아버지는 뭘 하셨어요?"

너는 외국의 공항에서, 푹푹 찌는 더위 속에서, 모든 문제의 원인이라고 생각했던 남자의 마지막 말을 듣고 있었다. 아니, 대다. 듣고만 있기 싫었던 너는 수화기를 움켜쥔 채 공중전화에 동전 세 개를 더 넣으며 이것이 페가수스 카지노의 슬롯머신이라고 상상했다.

두 번째 달

"뭐라고?"

너는 레버를 당기고 속에 있는 말을 터뜨렸다.

"아버지 세대가 이 나라를 망친 겁니다. 그래놓고 아버지는 도망쳤잖아요."

"네가 지금 포기에 대해서 나한테 가르치려는 거냐?"

수화기 너머에서 가쁜 숨소리가 들려왔다. 너는 잠시 사이를 둔 뒤 10대 시절 침실에서 줄곧 상상했던 대사를 쏟아부었다.

"아버지는 아무것도 안 했어요. 앞으로도 못 하겠지요. 나는 우리 모두보다 더 오래 살아남을 사진을 찍었습니다. 아버지가 평생 한 일 중에서 가장 잘한 건 씨를 뿌려 나를 만든 거예요."

마침내 미주리에 도착했을 때, 아버지는 너와 통화하다가 심장마비로 세상을 뜬 뒤였고 달린 아줌마는 네게 장례식에 참석하지 말라고 했다. 이복여동생 둘은 문간에 나와보지도 않았다. 제니와 트레이시 카발라나 둘 다 네 전화를 거절했다.

———

재키가 곰 인형을 집어 들자, 그 밑에 주소록이 있다. "알았어." KVG 서점에서 산 이 수첩은 책장에 꽂혀 있던 그 어떤 책보다 더 오래 살아남았다. 재키는 미간을 찌푸린 채 모르는 사람들의 이름을 훑어보다가 마침내 눈에 익은 기호를 발견한다. 스페이드 퀸, 그리고 호텔 레오 전화번호다.

"알았어." 그녀는 주소록을 자기 방으로 가져간다. 나가는 길에, 문짝에 붙은 고리에 걸린 붉은 반다나가 눈에 띈다. 얼룩이 많이 묻었

☾

다. 그녀가 들을 수만 있다면, 어떤 얼룩은 진흙, 어떤 얼룩은 휘발유, 어떤 얼룩은 핏자국이라고 가르쳐줄 텐데.

재키의 방에는 커튼이 쳐져 있고 조명은 침침하다. 어느 우울한 영국 밴드 음악이 배경에서 웅웅 흘러나오고 있다. 거울 옆 벽에 붙은 사진 중에는 네가 찍은 '멋진 삼인조'가 많다. 서로 다투지 않을 때면 우리는 우리 셋을 그렇게 부르곤 했다. 딜런과 재키, 말리가 얄라에서, 캔디에서, 비엔나에서 휴가를 보내는 모습, 아트센터 클럽에서 술을 마시는 모습.

네 인생의 많았던 시기에 따라 주소록의 이름들은 서로 다른 색깔의 펜으로 적혀 있다. 친척 아주머니, 사촌, 연인, 배관공, 도박사, 도둑, 그리고 몇몇 아주 중요한 인물들. 어떤 이름은 기억이 나지만, 어떤 이름은 아무것도 떠오르지 않는다. 그런 이름이야말로 두렵다. 그 이름 중 재키가 알아보는 것은 극히 일부뿐이겠지만, 그녀는 놀라지도, 동요하지도 않을 것이다. 딜런과 달리 재키는 자신이 네 삶이나 시간, 네 애정에 대해 아무 권리가 없다는 것을 차츰 받아들였다.

알스턴 코흐부터 자룩 자와히르까지 페이지를 넘기다 보니, 숫자 옆에 이름 대신 볼펜으로 카드 기호를 그린 번호들이 나온다. 봉투와 같은 기호, 똑같은 로열 스트레이트다. 재키는 무릎에 주소록을 놓고 허공을 바라본다. 네가 살아서 도피했다고 생각하는 걸까? 레코드 플레이어가 망가지기 전에 음악을 틀어놓고 약을 먹고 블랙잭을 하던 오후들을 기억하고 있는 걸까. 셰이킹 스티븐스, 엘비스 프레슬리, 프레디 머큐리를 듣던 저녁들, 몸에 손을 대지 않던 저녁들.

재키는 다시 주소록을 펼치고 빨간 볼펜으로 전화번호 하나와 다

두 번째 달

이아몬드 에이스가 그려져 있는 페이지를 찾는다. 그녀는 그 페이지를 펼쳐 들고 전화기로 향한다.

———

유령이 된다는 것은 전쟁 사진작가로 활동하는 것과 그리 다르지 않다. 길고 지루한 시간 사이사이 이따금 무시무시한 사건의 격발. 죽어서 넘어온 이 공간에는 지금까지 흥미진진한 액션이 넘쳤지만, 대부분은 뭔가를 응시하는 사람들을 바라보는 시간이었다. 사람들은 많이 응시하고, 항상 방귀를 뀌고, 정말 너무 자주 자기 성기를 더듬는다.

대다수의 사람이 자기가 혼자라고 생각하지만, 늘 그렇듯 그건 착각이다. 최소한 수백 마리의 곤충들이 침을 뱉으면 닿는 반경 안에 있고, 손이 닿는 모든 표면에 1조 개의 박테리아가 서식한다. 아, 그리고 그들 중 일부는 너를 바라보고 있다.

네 위를 맴돌거나 너를 통과하는 존재는 언제나 있지만, 네가 벌레에게 관심이 없듯 그런 존재는 너한테 관심이 없다. 지금 네가 있는 공간을 방황하는 영혼은 최소한 다섯이다. 하나는 네 어깨 너머로 훔쳐보고 있을지도 모른다.

너는 전화 옆에 앉아 있는 재키를 바라본다. 그녀는 자기 머리카락을 씹고 있다. 도박장에서 배운 꼴사나운 습관이다. 돈을 걸어야 할지 접어야 할지 마음을 정할 수 없을 때, 그녀는 귀 뒤쪽의 머리카락을 끌어당겨 이빨 사이에 놓고 질겅질겅 씹는다.

주소록을 한가롭게 펼쳐 보거나 전화를 걸고 있을 때가 아니다. 네거티브 필름을 찾는 데 집중하지 않으면, 재키도 너와 같은 꼴이

☾

될 것이다.

너는 재키의 귀에 대고 속삭여도 보고, 앞에 서서 소리치기도 한다. 셰이킹 스티븐스 노래도 불러본다. 그때 4층 창문에 불그스레 달아오른 머리 하나가 나타난다.

말벌에 쏘였는지, 세나의 얼굴은 마치 라스베이거스의 엘비스처럼 잔뜩 부어 있다. 납작한 코는 하와이 사람 같고, 머리카락은 아프리카인처럼 곱슬거리지만, 입은 감파하 출신 그대로다.

"아도 훗또.* 이리 와요. 할 일이 있습니다."

———

세나는 뻬따를 통과해서 북쪽으로 너를 데려간다. 바람은 부드럽게 불다가 경고 없이 잠든다.

"거친 밤이네요." 세나가 말한다. "공기 중에 식시귀가 너무 많습니다."

맞는 말이다. 데마타고다**에서 어금니가 튀어나온 식시귀가 삼륜차를 망가뜨릴 기회를 노리며 신호등을 바라보고 있다. 쁘레따는 거지들이 뒤지는 쓰레기통 주변을 배회하며 맛을 훔치고 음식물을 썩힌다.

세나는 어디로 가는지 말해주는 대신 한바탕 경제학 강의를 한다.

"여기서 통하는 화폐는 루피도, 루블도, 채권도, 코코넛도 아닙니다. 와람***이에요. 와람을 많이 얻을수록 더 유용한 존재가 됩니

*　　Ado hutto, 남자들 사이에서 쓰는 상스러운 욕.
**　　Dematagoda, 콜롬보 9구. 중북부 지방에서 콜롬보 시내로 들어가는 중요 지점이며 보렐라에 가깝다.
***　　Varam, 은혜.

두 번째 달

다. 스스로에게. 타인에게."

그는 와람을 얻는 최고의 방법은 사람들이 너를 향해 기도하고, 오로지 너를 위해 촛불을 켜고, 꽃을 바치고, 향초와 독한 가루를 태우는 것이라고 한다. 바히라와, 마하 소나, 카더와라, 검은 왕자 같은 악마들은 모두 이렇게 무릎 꿇은 인간이 제 발치에 바친 썩어가는 과일 바구니에서 힘을 얻는다고 한다.

"그렇군. 하지만 우리는 신이 아니잖아. 제단도 없고. 우리 같은 평범한 영혼이 무슨 수로 와람을 얻지?"

그는 대답하지 않고 운하 기슭을 따라 슬럼가 앞쪽 부서진 벽돌길을 향해 흘러간다. 강물에 밀려온 쓰레기 사이로 구불구불 이어지는 길을 따라가니, 망고 나무 아래 돌로 된 탁자가 나온다.

세나의 말에 따르면 가난한 사람, 불쌍한 사람, 장애인이 까마귀 아저씨를 신도로 따른다고 한다. 노숙자, 빈민, 거지가 이 허술한 제단을 찾는다. 무너진 판잣집의 허물어져가는 아치에 돌 제단이 놓여 있고, 거기 온갖 신과 악마의 가면을 쓴 조각이 가득 놓여 있다. 부처, 가네샤, 마하 소나 모두 말라 죽은 꽃에 둘러싸여 있지만, 주인공은 그들이 아니다.

제단 한가운데에 악마의 그림이 있다. 우리 불교에서는 흔치 않은 티베트 스타일의 조잡한 만화풍 그림이다. 검은 눈과 뾰족한 송곳니, 뱀 머리카락이 눈에 띈다. 너는 두개골 목걸이부터 손가락 허리띠, 육신 안에 갇혀 있는 얼굴들까지 살펴본다.

"이 사람들 마하칼리한테 기도하고 있잖아." 네가 낮게 외치자, 세나가 나무라듯 눈길을 보낸다.

까마귀 아저씨는 참새 소년을 시켜 크로우맨에게 계시를 청한 영혼을 상징하는 물건들을 제단에 갖다 놓게 한다. 까마귀 아저씨를 돕는 이들은 이런 식으로 여기서 수많은 사람들의 기도를 받고 기술을 습득할 수 있을 만큼의 와람을 얻는다.

"같은 편이 힘을 갖고 있으면 좋다고요."

"진정한 동무 같은 말이군."

"선생님이 여자친구한테 말하고 싶다면, 이제 제일 쉬운 방법이에요."

꼴라는 너를 보지 못한다. 소년은 까마귀 아저씨 같은 재능도, 저주도 받지 못했다. 하지만 네가 타고 온 바람을 느끼는 모양이다. 네가 가까이 갈 때마다 몸을 부르르 떨고, 피부에 소름이 돋는다. 너는 소년이 이런저런 물건들을 제단에 올려놓는 것을 지켜본다. 천 조각들, 이름이 적힌 책들, 머리카락으로 감싼 이빨들.

"개인적인 물건이 필요해요. 제 따띠는 감파나까지 가서 교복을 가져왔어요."

"참새 소년은 문제가 뭐야?"

"직접 물어보세요."

소년은 불안한 것 같다. 그는 향을 한 주먹 쥐고 불을 붙이더니 지팡이 사용법을 배우는 마법사처럼 연기와 재를 공중에 날린다.

"삐야틸라카 씨를 찾아가라." 소년은 향으로 공기를 후려친다. "그가 금을 어디에 숨겼는지 알아내라."

소년은 너를 보지 못하지만, 네가 있는 쪽을 똑바로 쳐다보고 있다. 그가 향으로 공기를 계속 후려치자, 한 가닥 동쪽 바람이 너를 찾아낸다. 너는 바람에 밀려 쓰러진다.

"꽉 잡아요." 세나가 말한다. "당신의 첫 임무는 여기서 시작됩니다."

삐야틸라카 씨라는 유령은 인상이지 않다. 대머리인데 자기 머리 숱이 많은 줄 알고, 등이 굽고 치열은 들쑥날쑥한데도 콧수염만 잘 다듬으면 다른 약점이 가려질 거라고 생각한다. 그렇기 때문에 그가 출몰하는 대궐 같은 저택이 오히려 인상적으로 다가온다.

보렐라 공동묘지 인근의 저택에는 콜롬보 8구를 제외하고 스리랑카 전역에서 가져온 동물들이 있다. 본채는 선대의 왈러우와* 양식이며, 넓은 정원에는 별채와 빈티지 자동차가 들어찬 차고까지 있다. 크로우맨의 동굴에서 본 통통한 여자는 여전히 화장이 진하고 데오도런트를 너무 적게 뿌렸지만, 팔뚝이 굵은 젊은 남자에게 60년식 재규어로 보이는 자동차 트렁크를 비우고 좌석 밑을 살펴보라고 지시하고 있다.

삐야틸라카 씨는 분노와 재미가 뒤섞인 눈빛으로 이를 지켜보고 있다. 하지만 너와 세나가 파란색 모리스 마이너 옆으로 흘러오는 것을 보더니, 눈빛의 재미는 싹 가셨다.

"이제 까마귀 아저씨가 계집애들까지 보내는구먼? 잘들 한다. 내 집에서 썩 꺼져."

젊은 남자는 이제 70년대식 포드 밑으로 들어가서 차체를 두드리기 시작한다.

"다 때려 부숴라, 멍청아. 내가 무슨 상관? 매춘부 같은 내 딸년도 너한테는 질렸어. 어설프게 만져서 고물 다 된 뒤에 어디 한번 팔아

---

*   Walauwa, 귀족의 집. 식민통치 시절의 건축 양식으로 현관 앞에 넓고 긴 베란다가 있으며 집 내부로 들어가면 중정이 있다.

보라지."

삐야틸라카 씨는 차고에서 열대우림이 우거진 정원으로 흘러나온
다. "설마 차에 보물을 숨겼을까 봐!" 그는 코웃음을 친다. "내 할아
버지의 할아버지 대부터 물려받은 유물인데. 언젠가 내 손자들은 그
걸 받을 자격이 될지도 모르지."

정원 끝에 방 한 칸짜리 건물이 있다. 별채라기에는 너무 작고 헛
간치고는 넓다. 노인은 그 집 발코니에 앉아 미소 짓는다. "바보들, 시
간 낭비야. 어디 보자. 크로우맨이 내 비밀을 알아오면 와람을 얻을
수 있다고 했겠지. 너희를 그냥 갖고 노는 거야!"

"어르신, 그 보석은 이제 어르신께는 아무 소용이 없지 않습니까.
왜 집착하세요?"

너는 법정처럼 꾸며진 어느 방 안으로 흘러 들어간다. 벽 두 면에
법률 서적이 가득 꽂혀 있다. 나머지 벽에는 각종 학위증과 자격증
서, 삐야틸라카 씨가 딸과 같이 찍은 사진 액자가 걸려 있다.

"나는 가족 중에서 유일하게 공부를 했어. 형제들은 모두 뽈론나
루와*에서 무지렁이로 살고 있지."

"이건 어르신의 책입니까?"

"내 아버지는 변호사였고, 나는 장사를 했어. 하지만 법도 잘 알
아. 와람을 어떻게 얻는지도 알고."

세나는 찬장과 장롱 속으로 사라진다. 마룻바닥에 고개를 들이밀
었다가, 천장에 기어 올라가기도 한다. 이전 집주인은 재미있다는 듯
이 꼴을 바라본다.

***

*　　Polonarruwa, 스리랑카 중북부의 도시. 스리랑카에서 두 번째로 오래된 도시이며
　　세계문화유산으로 지정되었다.

두 번째 달

"아무것도 못 찾을 거야. 딸년이 이미 애인을 그 위에 올려보냈어. 자식들은 노력으로 유산을 물려받아야 해. 누군가 그런 법을 만들어야 한다고."

세나는 네게 일을 시작하라고 쏘아붙이지만, 집주인의 태도로 미루어볼 때 이 집에는 금이 없을 것 같다. 차고에서 딸이 남자친구를 윽박지르는 소리가 들린다. 남자친구가 스패너를 갖고 가서 차량 가액을 절반으로 떨어뜨리는 소리도 들린다.

"크로우맨한테 돌아가. 여기는 볼 게 없어." 삐야틸라카는 법률 서적을 애정 어린 눈빛으로 지그시 바라본다. "변호사는 개자식들이야. 내가 변호사를 안 한 것도 그 때문이지. 하지만 법은 필요해. 인간이 만들어낸 종교로는 충분하지 않으니까."

"무신론자가 하나 더 있군요." 너는 법률 서적에 고개를 들이민다.

사후세계는 참호의 정반대인 것 같다. 책에서는 곰팡이 냄새만 풍긴다. 속을 깎아 내서 보석을 감춘 책은 보이지 않는다. 너는 기침을 하며 빠져나온다. 책은 똑같은 제목의 전집이다.《로마-네덜란드 법 해설》사이먼 반 리우웬, 1652. 스리랑카는 로마와 네덜란드가 이미 오래전에 로마-네덜란드 법을 버린 뒤에 그 법을 채택했다.

"나는 종교를 따르지 않았지만, 신앙은 있었어." 그는 말한다. "그런데 암에 걸렸지. 그래서 성경을 읽고, 성자를 찾아가고, 성지에서 기도했어. 아무도 들어주지 않더군."

"전쟁터에서도 사람들은 매일같이 기도합니다." 네가 말한다. "군인들, 민간인들, 심지어 기자들도요. 하지만 아무도 안 듣죠."

"우리에게는 이런 법률서가 필요해. 종교는 강간조차 금지하지 않는다고. 알고 있었나? 십계명에는 일요일에 주님의 이름을 헛되이 부르면 벌을 받는다는 말이 있는데, '강간하지 말라' 이런 말은 없어."

"그럴 리가요." 너는 말한다.

"힌두교 율법에는 금욕과 정절이 쓰여 있지만, 강간은 없어. 불교의 '오계'에도 강간은 명시되어 있지 않아. 다른 종교도 베이컨과 포경, 도박을 금지하지. 강간 이야기는 없어."

"법전은 남자가 쓰지 않습니까. 우리가 아닌 사람들에게 나쁜 일이 일어나는 건 아무도 신경 안 쓰잖아요." 런던 상경대에서 배운 딜런의 이기적인 행태가 떠오른다. 자주 다투던 주제였다.

"인류는 언제나 고통을 겪었어." 그는 말했다. "법으로 금지해서 거시적으로 그 총량을 줄일 수는 있겠지. 하지만 절대 근절할 수는 없어. 아는 사람들에게 나쁜 일이 일어나지 않기만을 바라는 것이 최선이야."

"탄생이라는 우연을 자축해서는 안 되죠."

"안 되지." 그는 대답했다. "그래도 그 우연을 즐길 수는 있어."

"나쁜 일이야 다른 사람들에게 생기든 말든." 나는 중얼거렸다. "토리 공화당원 같은 소리군."

세나는 방과 차고, 별채를 둘러보고도 아직 성이 차지 않는 모양이다. "와봐요, 말리. 정원에 묻었을 수도 있어요."

"매춘부 같은 내 딸년이 들인 남자가 이미 금속탐지기로 한 번 훑었어." 삐야틸라카 씨는 웃는다. "진짜 웃겼지. 하지만 계집애 같은 유령 두 마리가 내 집 진흙땅에 다이빙하는 꼴은 더 웃기군."

너는 로마-네덜란드 법률 전서와, 딸에게 유산을 주는 것을 아까워 하면서도 의기양양한 노인을 바라본다. 아버지도 미주리의 중간계에 처박혀서 네 생각을 하고 있을까.

두 번째 달

"신경 쓰지 말라니까, 세나. 여기에 보석은 없어."

"내 말이 그 말이야. 돌아가서 크로우맨에게 내 딸년 돈은 그만 받으라고 해."

"보석은 없군요."

"내가 말했잖아! 1973년에 정부에게 줬다니까."

"내가 보물이 어디 있는지 가르쳐주면, 크로우맨이 나한테 속삭이는 능력을 줄까?"

"그럼요, 말리 어르신. 당연하죠."

세나는 어리둥절한 눈빛으로 너를 바라본다. 삐야틸라카의 눈빛이 광채를 잃는다.

"이제 둘 다 이 집에서 나가."

"법률 서적. 저건 300년 전에 찍은 초판이고 전부 49권이야. 차고에 있는 자동차를 다 합한 것보다 더한 값어치가 있어."

삐야틸라카는 비명을 지르며 네게 덤벼든다. 세나는 얼른 너를 잡아당기고, 화난 변호사의 아들이 책장에 부딪히는 서슬에 바람이 일어 문이 쿵 닫힌다. 이미 흰개미가 갉아먹은 선반 위에 아슬아슬하게 놓여 있던 49권이 그 바람결에 바로 아래에 있던 32권 위로 무너진다. 32권은 33~38권 쪽으로 쓰러지고, 33~38권은 책장 맨 아랫단으로 와르르 쏟아지고, 그 충격에 맨 아랫단이 우지끈 부서지고, 1~23권은 공습에 박살 난 건물 덩어리처럼 바닥에 우당탕탕 떨어진다.

삐야틸라카의 딸과 영계 남자친구가 황급히 달려오니, 방 안에는 묘한 냄새와 세찬 바람이 감돌고 바닥에는 법률 서적만 널브러져 있다.

세 번째 달

우리는 기억하고 싶은 것을 잊고,
잊고 싶은 것은 기억한다.

─ 코맥 매카시, 《더 로드》

목소리

"이제 어떻게 하지? 저 사이코 같은 삐야틸라카를 피해서 이 나무에 숨어?"

"좀 기다려보세요, 어르신. 이 나무에 앉아서 까마귀 아저씨가 부를 때까지 기다리면 됩니다. 호출이 올 거예요."

너는 바람에 흔들리는 마라 나무의 높은 가지로 올라간다. 손가락처럼 얼굴을 긁는 나뭇잎이 바람결에 살아 숨 쉬는 것 같다. 꽃은 갓 찢어진 상처의 색, 파편에 찢긴 피부의 색이다.

세나는 까마귀 아저씨가 가르쳐줄 수 있다는 기술에 대해 떠들고 있다. "선생님, 곤충에게 명령할 수 있고, 꿈에 나타날 수 있고, 심지어 산 사람에게 빙의할 수도 있어요."

너는 공원을 걷는 사람들을 바라본다. 너를 보지 못하는 평범한 사람들. 그중 질반 이상은 혼백이 등에 달라붙어 있거나, 나란히 달리고 있거나, 귀에 속삭이고 있다.

머릿속에서 들리는 목소리가 혹시 다른 사람의 것이 아닐까, 너는 늘 생각했다. 네 삶을 마치 과거에 있었던 이야기처럼 낭송하는 목소리. 일상에 해설을 곁들이는 전지적 작가 시점의 서술자. 아쉬움을 떨치고 네가 잘하는 일을 하라고 지시하던 코치. 네가 잘하는 일은 블랙잭에서 돈 따기, 농사꾼 청년 유혹하기, 무서운 곳에서 사진 찍기, 이런 것들이었다.

다섯 번, 각각 다른 의뢰인을 위해 전쟁터 순회를 나서도록 이끌었던 것은 이 목소리였다. 카지노와 으슥한 골목, 어두운 정글의 낯선 청년들에게 너를 이끈 것도 이 목소리였다. 하지만 아직 그 정체를 알 수 없다. 만약 영혼이 등에 업혀 네 귓가에 속삭였던 거라면, 그걸 무슨 수로 알지? 설령 그랬다 해도, 그 목소리와 다른 속삭임을 어떻게 구별하지?

누가 네 이름을 부르고, 이어 세나의 이름을 부른다. 까마귀 아저씨의 부름이다. 그도 지금 너처럼 짜증이 난 것 같다. 다시 한번 너는 증발한다. 차츰 익숙해지는 느낌, 아주 불쾌하지는 않다. 어느새 너는 새와 과일이 가득하고 줄줄이 늘어선 촛불이 노래하는 동굴 속에 돌아와 있다.

철봉으로 가로지른 원형 유리창 바깥에는 많은 신을 모시는 제단이 차려져 있다. 그중 해골 목걸이를 두른 가장 큰 신은 엄밀히 말해 신격이라고 할 수 없지만, 따지고 보면 부처도 마찬가지다. 제단 주위에는 노숙자 가족들, 이 근방에서는 대체로 거지라고 불리는 사람들이 고개를 숙인 채 서성거리고 있다. 운하 남쪽에서 로티 빵을 굽는 여자, 휠체어를 탄 복권장수, 콜롬보 7구에 태어났더라면 블루칩 회사를 경영했을 법한 영리한 인상의, 아니, 멍청한 인상의 구두장이.

"마침내 왔군!" 까마귀 아저씨는 앞을 볼 수 없는 시선을 방 안 여기저기 보내다가 너와 세나가 웅크리고 있는 구석을 응시한다. "삐야틸라카 건은 잘했어. 계속 그렇게 해주게." 그는 빨간 손수건에 재채기를 하고 코를 푼다.

"속삭이는 법은 언제 배웁니까?" 너는 외친다. "꼭 말해야 할 사람이 있어요."

"걷기 전에 우선 기는 법부터 배워야지, 말리 씨."

세나는 후드를 벗고 미소 짓는다. "죄송합니다, 스와미니. 저희는 오로지 봉사할 뿐입니다."

"그런가, 세나 씨? 나 역시 봉사하지만, 그럴 가치가 있는 상대에게만 해. 자, 말리 씨, 손님을 만나보시오."

문간의 의자에 소년이 앉은 채 멀쩡한 손의 손가락 세 개로 귀를 긁고 있다. 비어 있던 손님용 의자는 이제 비어 있지 않다. 그 자리에는 너의 가장 절친한 친구, 절대 연인이 아니었던 재키 와이라와나단이 앉아 있다.

주소록

재키는 한 손으로 턱을 괴고 다른 한 손을 천가방 안에 넣고 있다. 호신용 스프레이를 쥐고 있을 것이다. 결혼하지 않은 20대 여성이 험한 콜롬보 거리를 혼자 돌아다닌다고 걱정한 디트로이트의 사촌이 스프레이 12개들이 꾸러미를 보내줬었다.

뭔가 움직이는 것이 있는지 굴을 둘러보며, 재키는 무슨 생각을 하고 있을까. 물론 이 굴 안에 움직이는 것은 많지만, 재키가 볼 수 있는 움직임은 없다.

네가 불러온 바람에 촛불이 꺼지고, 재키는 퍼뜩 놀란다.

세 번째 달

"그는 여기 있습니다, 아가씨. 그의 물건을 가지고 오셨소?"

"내 주소는 어떻게 아셨나요?"

크로우맨은 옴 상징이 그려진 손수건에 다시 재채기를 한다. 영원을 상징하는 기호에 온통 코가 묻었다. 그는 기침을 한다. "유감이오, 아가씨. 하지만 당신 친구는 죽었어. 지금 나와 대화하고 있지."

"경찰에 신고할 겁니다." 재키가 말한다. "내 말 들었어요?"

"확률 계산을 해보라고 하세요." 네가 말한다.

"뭐?"

"확률. 그녀에게 물어보세요. '확률이 얼마냐?'"

"무슨 확률? 미안합니다만, 아가씨. 오늘 내가 감기에 걸려서. 잘 안 들리는군."

재키는 손바닥에서 머리를 홱 들고 잘 다듬은 눈썹을 치켜올렸다. "방금 뭐라고 했어요?"

"곰 인형 밑에 있는 주소록에 대해 누군가 알고 있을 확률이 얼마냐고 물어보세요."

"주소에 대한 확률이 뭐?"

"그 확률은 23,955분의 1이라고 말하세요. 스트레이트 플러시가 나올 확률보다 낮다고. 우주는 오로지 수학과 확률이라고. 우리는 탄생이라는 우연에 지나지 않는다고."

까마귀 아저씨는 네 말을 단어 하나 틀리지 않고 되풀이한다. 마지막 말이 끝나자, 재키의 황망한 눈에 눈물이 괸다.

"그가 어디 있는지 알아요?"

"그는 여기 있어요, 아가씨. 침대 밑 상자에 대한 건 잊으랍니다."

"침대 밑에는 이제 상자가 없어요. 빼앗겼어요."

"그도 알고 있어요. 걱정하지 말랍니다. 네거티브 필름을 찾으래요."

눈도 없고, 눈물도 없고, 달리 흐느낄 방법이 없는데도, 그녀를 바라보면서 너는 울기 시작한다. 좀처럼 여자들과 섹스하는 일이 없었듯, 너는 잘 울지 않는 사람이었다. 퇴각하는 반군의 사진을 찍기 위해 시체 위로 걸음을 옮길 때도 울지 않았고, 여덟 살배기 아이가 죽은 누이를 안고 있는 모습을 보고도 울지 않았고, 입국심사를 기다리는 사이 아버지가 돌아가셨다는 소식을 들었을 때도 울지 않았다.

"개인적인 물건이 필요합니다. 주소록을 주시지요."

"안 돼요."

재키가 가방에서 손을 빼자 스프레이 캔이 아니라 여기저기 얼룩진 빨간 반다나가 나왔다. 그녀는 반다나로 눈물을 닦고, 네 체취를 맡고, 탁자 위에 놓는다. 뭐라 묘사할 수 없을 정도로 기괴하고 많은 이미지가 뇌를 가득 채운다. 누군가 다른 사람의 일생, 시체와 피로 가득 찬 삶을 살아간 사람의 일생이 눈 앞에 펼쳐진 느낌이다.

너는 고함을 지르고, 까마귀 아저씨는 귀를 막으며 다시 한바탕 기침을 한다.

"진정해. 안 그러면 아무런 일도 안 돼. 아가씨, 그가 주소록을 달라고 하고 있어요."

"왜요?"

"왕에 대해서 뭐라고 말하는데. 요정의 왕? 아니, 여왕인가. 그 비슷한 이야긴데."

까마귀 아저씨는 연신 재채기를 하고 코를 풀고, 너는 그를 향해 계속 고함을 지른다.

"네거티브 원판은 요정의 왕, 아니면 여왕한테 있답니다. 세나, 거

세 번째 달

기 있나? 그렇게 고래고래 소리를 지르면 내가 못 듣는다고 전해."

너는 침착하게 말하지만, 그는 여전히 해석하지 못한다.

"미안해요, 아가씨. 내가 몸이 좋지 않아. 그는 네거티브 레코드인가 뭔가가 있다고 하는데. 왕, 여왕, 딜런, 어쩌고. 주소록을 달라는군. 그래야 그가 와람을 얻을 수 있어."

"더는 남에게 그 사람 물건을 넘겨주지 않겠어요." 재키는 말한다. "그가 죽었다면 시체는 어디 있나요?"

까마귀 아저씨는 반다나를 만져보고 소년에게 내민다.

"이걸 제단에 갖다두어라, 꼴라. 아가씨, 내가 몸이 좋지 않아. 다음 주에 와서 제대로 합시다. 친구분 일은 안됐어. 기부금 잊지 마시오. 가난한 사람들을 위한 겁니다."

소년은 반다나를 받아들고 재키 쪽으로 향한다. 그는 뭐라 말하려는 듯 얼굴을 찡그린다. 입을 천천히 벌렸다가 다시 닫는다. 아이의 소리 없는 말은 확실히 알 수 없지만, 아마 '친구' 같다. 재키는 일어서서 머리카락 한 가닥을 입에 물고 한번 씹더니 허리를 굽히고 옆문으로 나간다. 주소록을 두고 가라고 네가 고래고래 고함쳤지만, 그녀는 듣지 못하고 그대로 가지고 나갔다.

———

"뭐 하는 사람이라고?"

오터스 수영클럽의 배드민턴장에서 막 돌아온 딜런은 수달 같은 냄새를 풍긴다.

"모르겠어. 점성술사 같은 거야."

딜런은 네가 발을 올리고 앉을 때마다 늘 잔소리를 들었던 탁자에 앉는다. 그의 아버지는 발을 위로 걸치는 것이 상대에 대한 결례로 간주되는 어느 아랍 국가에 대사로 파견된 적이 있었다. 딜런에게는 사회화된 일종의 강박행동이 있었다. 사과할 줄 모른다든가, 열렬히 의견 차이를 내세운다든가 하는 것들.

"주술사는 아니고? 마법사? 제다이?"

"말 다 했어?"

"나는 말리의 사진을 돌려받으려고 법정에 계속 드나들었어. 그런데 너는 점쟁이를 찾아갔다고?"

"법정은 왜? 시릴 장관은 아저씨 불알친구라면서?"

"경찰은 그 상자가 증거물이래. 시릴 위제라트너의 변호사는 그 주장을 검토하는 데 6주가 걸린다고 하고. 6주라니!"

재키는 정신없는 가방 안에서 주소록을 꺼낸다. 그녀는 딜런을 빤히 쳐다보며 눈이 마주치기를 기다리지만, 딜런은 절대 그러지 않는다. 어린 시절 딜런은 눈을 잘 맞추지 못했는데, 자폐 증상 중 하나다. 그렇다고 딜런이 '레인 맨' 같은 사람은 아니지만.

"그가 죽었다고 생각해?"

"그런 말 하지 마." 딜런은 말한다. "죽었다면 내가 알 거야."

"어떻게?"

"내가 알 거라고."

"그가 고문당했다면 그것도 알겠네?"

"그런 건 생각할 수가 없어."

"왜?"

"생각한다고 문제가 해결되지 않으니까. 점성술사 찾아가는 것도 마찬가지야."

"그 사람이 말리 아니면 알 수 없는 이야기를 하더라고."

"무슨 이야기?"

딜런은 뭔가 숨기고 있을 때 항상 코를 문지른다. 평생 포커 못 치는 사람들을 여럿 봤지만, 그만큼 솜씨 나쁜 사람은 없었다. 그는 코에서 손을 떼고 예쁜 손가락으로 땀이 밴 머리카락을 훑는다.

재키는 네가 KVG 서점에서 산 주소록을 딜런의 무릎에 내려놓는다. 그는 주소록을 펼친다. 아는 이름은 거의 없다. '하트 잭'이라고 적힌 페이지에는 숫자와 별명이 가득 적혀 있다. 바이런, 허드슨, 조지, 링컨, 브란도. 그는 목록을 보고 미간을 찡그리며 최악을 상상한다.

"크로우맨은 이게 장롱 안에 숨겨져 있을 거라고 했어. 곰 인형 아래. 어떻게 알았을까."

"말리는 누구한테나 떠벌이잖아. 그 이야기도 아무 데서나 했겠지."

"동굴에 사는 장님 점성술사한테?"

"말리는 온갖 사람들과 어울렸어. 그 사람이 누군데?"

"정치인들과 크리켓 선수들, 광고회사를 돕는대."

"무슨 수로?"

"부적과 별점. 저주. 악의 눈 같은 것. 자기가 영혼과 대화할 수 있다고 했어. 그 말이 얼마나 멍청하게 들리는지 나도 알아."

"한심하게 들린다."

"친척 아줌마는 나보고 짧은 치마를 입지 말라고 했어. 후니얌인지 뭔지 하는 저주에 걸린다고. 악령에게 홀린다고."

"홀린 거냐?"

"그는 오빠가 목에 걸고 있는 그런 걸 팔아."

너와 달리 딜런이 목에 걸고 있는 건 단 하나다. 산스크리트어가 새겨진 작은 나무 원통이다. 두 개가 한 쌍으로 원래 딜런의 부모님이 하나씩 걸고 있었지만, 5년 전 그의 엄마가 암으로 돌아가셨다. 스탠리 아저씨는 두 개 다 딜런에게 주면서 결혼할 여자가 생기면 하나 주라고 당부했다. 남녀의 피를 섞어서 문지르면 가장 효과가 좋다는 것이었다. 딜런은 역겹다고 생각하고 알라 여행길에 하나를 네게 넘겼다. 그리고 자기 방을 보라색으로 칠했다. 스탠리 아저씨가 아파트에 발길을 끊고 네게 집세를 받기 시작한 것이 그때였다. 딜런이 법률회사를 그만두기 전까지는 아들한테까지 집세를 청구하지 않았다.

"그 크로우맨이라는 사람은 어떻게 생겼어?"

"〈쿵후〉에 나오는 그 승려처럼 생겼어. 메뚜기 이야기 하는 사람."

너는 킥킥 웃지만 아무도 네 웃음소리를 못 듣는다. 딜런은 평범한 텔레비전 프로그램, 특히 불교 웨스턴 같은 것은 보지 않는다. 오로지 다큐멘터리와 뮤지컬만 비디오로 빌려 본다. 그와 처음 같이 봤던 영화는 〈블레이드 러너〉, 리버티 극장이었고 그는 내내 코를 골며 잤다. 같이 본 유일한 쇼는 오크셔 텔레비전의 〈크라운 코트〉였다.

"〈쿵후〉는 안 봤어."

"재채기를 많이 해. 새장으로 가득 찬 창고에서 살고. 그 사람 말이, 말리가 죽었대."

"그게 어딘데?"

"코타헤나."

"누구랑 같이 갔어?"

"그의 시동이랑."

딜런은 말없이 넥타이를 조였다.

"내가 할 일이 없는 사람인 줄 알아? 사흘 동안 잠 한숨 못 잤어. 너를 찾으러 코타헤나의 동굴까지 뒤질 여유는 없단 말이야. 이 나라에 납치 사건이 얼마나 많은 줄 알아?"

재키는 딜런에게서 주소록을 빼앗아 들었다. "이 주소록에는 카드 기호가 그려진 번호가 다섯 개 있어."

"그래?"

"그중 하나는 네 번호야."

"뭐?"

"네 번호, 우리 번호, 이 아파트 번호. 그냥 우리 집 번호 앞에 하트 10이 적혀 있어."

"그럼 다른 네 개는?"

재키는 귀퉁이를 접어 표시해두었다. 너라면 절대 하지 않을 행동이다. 그녀는 페이지를 펼쳐서 네가 빨간색과 검은색으로 그린 부분을 가리켰다.

"스페이드 퀸은 호텔 레오의 센터 사무실이야. 그 여자, 엘사 마땅기가 일하는 곳."

"전화해봤어?"

"카드 기호가 표시된 번호는 다 걸어봤어. 그 여자는 우리한테 네 거티브 필름이 있느냐고 묻더라고."

"있나?"

"음. 없지."

딜런은 소파 위가 어질러져 있는 것을 알아차린다. 아까 아무도 발을 못 올리는 커피 탁자에 경황없이 앉은 것도 그 때문이었다. 침대 밑에서 나온 상자의 잔해다. 부서진 판지와 아무도 듣지 않는 레코드판. 카세트가 LP를 대체하고 아하, 브론스키 비트와 펫샵 보이스가 로큰롤을 대체하면서, 딜런 때문에 집에서 쫓겨난 엘비스, 셰이킹 스티븐스, 프레디 머큐리.

"이건 왜 가져왔어?"

"말리 물건이니까." 재키는 말한다. "그리고 난 셰이킹 스티븐스 좋아해."

딜런은 자기 손톱을 유심히 보다가 깨문다.

"말리가 AP통신에서 일을 의뢰받았다고 했어. 어느 영국 사람한테서. 조이던가, 제리던가."

"조니. 조니 길홀리. 그가 에이스일 거야."

잘한다, 재키. 내 말을 들은 건 너뿐이었어.

재키는 전화로 다가가서 AP통신 전화번호를 돌렸다. 첫 번째 신호가 울리고 바로 누가 받았다.

"여보세요."

"조니 길홀리 씨와 통화하고 싶습니다."

"접니다."

그녀는 딜런을 향해 눈썹을 치켜올렸다.

"말리 알메이다 일로 전화드렸습니다."

"그가 왜요?"

"실종됐어요."

너는 재키 뒤로 슬그머니 다가가서 너무나 잘 아는 목소리에 귀를 기울인다.

"그 친구가 당신한테 얼마나 빚졌나요?"

재키는 딜런을 쳐다보고, 딜런은 소파 위에 널린 무더기에서 레코드 두 장을 집어 들었다. 엄마의 레코드인 짐 리브스의 〈성탄절 12곡〉, 그리고 네가 산 셰이킹 스티븐스의 〈기브 미 유어 하트 투나잇〉.

"많이요."

딜런은 이 말을 듣고 그녀에게 얼굴을 찌푸린다.

"2만 이하면, 내가 대신 내드리지요."

"난 그의 여자친구예요." 재키가 말한다. "만날 수 있을까요?"

수화기 너머에서 웃음소리가 들린다.

"말리한테 여자친구가? 어련하시겠어요."

"조니 씨, 그의 사진이 든 상자가 있습니다."

침묵이 흐른다.

"그 상자를 갖고 계십니까?"

"네."

재키는 프로처럼 거짓말을 한다. 최고에게서 배운 덕택이다.

"영국 대사관으로 오시겠습니까?"

다이아몬드 에이스

딜런과 재키는 가는 길에 싸웠다. 무한정 지루한 싸움, 질투심 많은 사촌들 사이에서 수없이 반복 재생된 싸움이었다. 국가는 누구에게 속하는가, 어느 신이 두려워할 가치가 있는가, 가난한 사람을 도와야 하는가 경멸해야 하는가, 이런 식의 아무짝에도 쓸모없는 싸움. 바로 너에 대한 싸움이었다.

"AP통신에 대해서 말리가 뭐라고 했어?" 재키는 묻는다.

"제때 작업비를 준다고. 하지만 정작 사진이 사용되지는 않는다고." 딜런이 말한다. "그가 인민해방전선과 같이 일한다고 했어?"

"난 안 믿어. 공산주의가 어쩌고, 그거 다 허세였어. 말리는 농민을 깔봤어. 오빠나 스탠리 아저씨와 다를 바 없었어."

발칙한 것 같으니.

"그러는 넌 서민의 어머니냐?" 딜런은 말한다.

한번 안아주지 못하는 게 안타깝다.

"AP통신이 왜 영국 대사관에 있는 거지?"

재키는 한 손가락을 핸들에 대고 주차장으로 후진하면서 다른 손가락으로 딜런의 얼굴을 가리킨다. 해치백을 주차장 구석에 넣으면서, 그녀는 딜런을 몰아붙인다. 너에게는 한 번도 그런 적이 없다.

"오빠가 그와 이야기를 했어야 해." 그녀는 말한다. "오빠 말은 들었잖아."

"말리는 누구 말도 안 들었어."

"오빠 말은 들었어." 재키는 말한다.

"네가 말리 여자친구라면서."

"아니, 딜런. 그건 오빠였지."

딜런은 손을 들지만, 재키는 꼼짝도 하지 않는다. 그는 여러 번 너를 때렸다. 뺨을 후려치면 몇 분 뒤에 자국이 생길 정도로. 맞아도 쌌던 적도 여러 번이었다. 하지만 스탠리의 아들은 절대 여자를 때리지 않는다.

"괜찮아. 아무도 몰라. 나만 알아."

딜런은 손을 내리고 룸미러를 응시한다.

세 번째 달

첫 달에는 거의 말을 하지 않았지만, 너는 지켜보았다. 그가 사롱과 티셔츠 차림으로 블랙커피를 들고 부엌을 돌아다니며 네 시선을 피하는 모습을. 그는 아침 일찍 일어났고, 늦게까지 일했다. 너는 오후에 일어났고, 해 진 뒤에 하루를 시작했다. 그와 너의 일정이 유일하게 겹친 것은 저녁 식사 후 해 질 무렵뿐이었다.

둘째 달이 되자, 너는 그의 하루에 대해 묻기 시작했고 너도 그에게 하루 일을 이야기했다. 너는 변호사들이 업무 이야기를 잘 하지 않는 것은 워낙 일이 복잡하고 기밀 사항이 많아서라고 생각했다. 그런데 알고 보니 대체로 그냥 따분한 일이기 때문이었고, 일주일에 사흘씩 ITN에서 방송하는 〈크라운 코트〉 드라마와는 거리가 멀었다. 딜런 다르멘드란이 공장을 짓기 위해 숲을 벌채하는 것을 금하는 명령에 대해 이야기하면, 너는 그냥 흥미진진하게 듣는 척했다.

셋째 달에, 너는 저녁 식탁에서 홍차를 마시면서 전쟁은 격해질 것이다, 반군은 물러나지 않을 것이다, 인도가 침략할지도 모른다, 전쟁터에서 미국 인산염 채굴회사와 영국 무기상들이 눈에 띄었다, 이런 이야기를 하기 시작했고, 그는 사각팬티 차림으로 저녁을 먹은 뒤 차를 두 잔씩 마시게 되었다.

넷째 달에는 재키가 SLBC 야간뉴스를 그만두었다. 너희 셋은 모두 탁자에 모여 앉아 이따금 차나 커피 이상을 마시게 되었다. 그녀는 딜런에게 오빠는 참 따분한 사람이라고 생각했지만 다시 생각하니 오해였다고 했다. 딜런은 재키에게 넌 참 이상한 애라고 생각했는데 자기 생각이 옳았다고 했다. 이어 그는 혹시 너와 재키가 사귀는

264

사이냐고 물었다. 재키는 너를 보았고, 너는 얼굴을 붉히며 단짝 친구라고 했다.

다섯째 달에는 같이 여행을 떠났다. 처음에는 골, 이어 캔디, 그리고 얄라 여행. 나스타스에 같이 가서 비디오도 빌리기 시작했다. 재키는 오스카상을 받은 〈플래툰〉, 〈마지막 황제〉, 〈레인 맨〉 같은 영화를 보았고, 딜런은 〈팔콘 크레스트〉, 〈크라운 코트〉 같은 VHP 테이프를 닥치는 대로 봤다. 그달, 재키는 밤에 네 방에 와서 같이 있을까 물었고, 너는 거절했다.

그리고 여섯째 달, 너는 딜런의 방에 가서 자는 척하는 그의 옆에 걸터앉아 머리를 만졌다. 다음 날 밤에도 똑같이 옆에 앉아 이번에는 그의 살결을 쓰다듬었다. 그리고 그다음 날 밤, 네가 그를 마사지하자, 그는 눈을 뜨더니 이건 잘못된 짓이고 가족들이 발칵 뒤집어질 거라고, 안 된다고 했다. 그리고 한동안은, 그대로였다.

————

지시받은 대로, 그들은 대사관 벽을 따라 늘어선 줄 끝에 서지 않고 통과한다. 비자를 발급받으러 온 사람들은 처마 그늘 밑에 서서 참말 반 거짓말 반인 대사를 연습하고 있다. 재키와 딜런은 '영상실'이라는 안내판을 따라 에어컨 바람이 나오는 유리문 안으로 들어선다.

방에는 커다란 텔레비전 화면이 있고, 유명한 영국인들의 사진이 붙어 있다. 네가 찍은 사진은 없다. 너는 이 방에 온 적이 없고, 소파와 쾌적한 공기도 알아볼 수 없다. 하지만 책상 뒤에 앉아 있는 덩치

세 번째 달

큰 사람은 분명 알아볼 수 있다.

"그래, 당신이 그의 아내라고요?" 그는 클클 웃으며 커다랗게 말한다.

"그건 아니고요." 조니는 딜런을 바라보고 있는데도, 재키가 말한다.

"좋습니다." 조니는 잘생긴 청년을 빨아들일 듯 응시하고 있다. "말리는 이 예쁜 청년 이야기를 많이 했어요." 그는 시무룩한 아가씨에게 언뜻 시선을 보냈다. "당신 이야기는 별로 안 했습니다."

조니는 생강과 로열젤리를 탄 차를 내놓았다. 저렇게 차 마시는 법을 내게 가르쳐준 사람이다.

"말리는 당신 이야기를 한 적이 없어요." 딜런은 말한다. 그는 블랙커피를 좋아하지만 실론 섬의 주요 수출품은 시시하다고 생각한다. "얼마나 오래 알고 지내셨습니까?"

"알 만큼 알았어요." 조니는 차를 맥주처럼 따른다.

"당신 밑에서 일했나요?"

"정확히 그런 건 아닌데. 그래도 걱정할 거 없어요. 전에도 느닷없이 무단이탈한 적이 있으니까. 곧 나타날 겁니다. 항상 그랬어요."

"어디 가면 어디 간다고 우리한테 항상 말했습니다." 딜런의 눈이 빛난다. "그런데 이번에는 아무 말도 없어요. 사과도 없고요."

"말리 알메이다한테서 사과를 바라신다면, 아주 긴 줄 끝에 서서 한참 기다려야 할 겁니다. 상자는 안 갖고 오셨군요."

"차 안에 있어요." 재키가 말한다.

"내가 들은 소문과는 다른데."

"무슨 소문요?"

"법무부 장관이 그 상자를 자기 집에 가져갔다는 소문. 나는 그렇

266

게 들었습니다."

"누가 그러던가요?"

"그 상자는 다시 구경할 생각 않는 게 좋을 겁니다. 네거티브 필름이 어디 있는지 알아요?"

딜런은 팔꿈치 바로 위까지 걷어 올린 조니의 소맷자락을 응시한다. 차를 따르자, 소매가 위로 밀려 올라가면서 분홍색 피부 위에 붉은 잉크로 새긴 다이아몬드 에이스 문신이 드러난다.

"상자 안에는 봉투 다섯 개가 있었습니다. 그중 하나에 다이아몬드 에이스가 그려져 있었어요."

"난 우간다에서 이 문신을 새겼습니다. 요점이 뭐죠?"

"봉투 중 하나에 그가 당신에게 의뢰받고 찍은 사진이 들어 있었어요."

"말리는 우리를 위해서 사진을 찍지 않았습니다. 그냥 현장 조율업무로 따라갔어요."

"왜 다이아몬드 에이스를 새기셨나요?" 재키가 묻는다.

"에이스가 곁을 지키고 있으면 든든하거든요. 이때만 해도 젊고 허튼짓을 많이 했어요. 당신처럼."

"그런데 말리가 왜 그 그림으로 봉투 제목을 적었을까요?"

"그 멍청한 반다나는 왜 두르고 다녔답니까? 말리가 이런저런 짓을 왜 했는지 누가 알겠어요?"

"말리는 현장 조율 업무가 영이 할 줄 아는 막노동 일이라고 했습니다." 딜런은 변호사 업무를 수행하는 태도로 돌변한다. 억양을 강조하고 아버지의 쉼표를 따라 한다는 뜻이다.

"말리는 뭐든지 과장하는 것을 좋아했습니다. 그건 아셔야 합니다. 그는 의뢰받은 일을 하고, 수수료를 챙겼습니다. 다른 사람들한테는 연락해보셨습니까?"

침묵이 흐른다. 재키는 이마를 문지르고, 딜런은 목에 건 앙크 십자가를 만지작거린다.

"그 상자에 내 카드만 있었을 리가 없어요."

"말리와는 어떻게 알게 되셨습니까?" 딜런은 묻는다.

"파티에서 만났지요. 당신은?"

"어떤 파티?"

"당신도 무슨 파티인지 알 텐데."

"모릅니다." 딜런은 알지만, 이렇게 말한다.

"그럼 당신은 다이아몬드 에이스라고 적힌 봉투에 뭐가 들어 있는지도 모르는 거군요?" 재키는 차를 한 모금 마신다. 달콤한 차는 아마도 아편전쟁 당시 조니의 동포 영국인이 훔쳤을 본차이나 잔에 담겨 있다.

"그는 어딜 가나 카메라를 가지고 다녔으니, 누가 알아요? 파티 사진일지도. 우리는 대사관에서도 몇 번 만났습니다. 당신 아버지, 스탠리도 한 번 참석했어요."

"그런 사진을 왜 침대 밑에 숨기겠습니까?"

"누구나 온갖 걸 침대 밑에 숨기잖아요. 말리는 누구보다 그랬고. 나라면 걱정 안 할 겁니다. 수소문은 해보죠. 분명 그는 잘 있을 거예요. 당신 아버지는 연방주의 쪽입니까, 두 국가로 분리하자는 쪽입니까?"

"당신이 말리와 어떤 사이인지 모르겠습니다. 그의 친구였나요?"

"우리 같은 남자들은 동맹이죠. 아실 텐데요."

◖

"난 그런 파티에 안 갑니다."

"가보세요."

재키는 일어나서 벽을 둘러본다. 그녀는 마운트배턴 경, 올리버 구너띨러커 경*, 엘리자베스 여왕, 리처드 애튼버러 경, 영국 대사의 초상화 앞을 천천히 걷는다. 커다란 텔레비전 옆에 잘 차려진 바가 있고, 그녀는 그 위를 손가락으로 쓸어본다. 옆에 종이와 청구서가 가득 놓인 탁자가 있다.

"좀 더 센 음료를 드릴까요?"

그녀는 고개를 젓고 청구서를 바라보며 맨 위에 놓인 내용을 읽는다.

조니는 서둘러 다가오더니 서류를 움켜쥐고 서랍 안에 넣는다. 숨길 것이 없다는 듯 미소 짓는다.

"지저분하군요."

재키는 자기 자리로 돌아가서 머리카락을 씹기 시작한다. 딜런은 차를 한 모금 마시고 얼굴을 찡그린다. 그는 차를 경멸하는 것만큼 꿀도 싫어한다.

"대사관에서 일하세요, AP통신에서 일하세요?"

"대사관. AP통신에서 일하는 건 로버트 서드워스입니다. 현장 조율을 할 사람이 필요하다기에, 내가 말리를 소개했습니다. 그뿐입니다. AP, 로이터, BBC, 심지어 프라우다도 모두 여기 파티에 다녀갔습니다. 그들이 정부군이나 반군 인터뷰를 따낼 사람을 알려달라고 하면, 내가 말리를 소개했습니다."

---

   *   Oliver Goonetilleke(1892-1978), 스리랑카가 영국으로부터 독립하는 데 중요한 역할을 한 실론의 세 번째 총독.

"얼마나 오랫동안 그런 일거리를 소개하신 겁니까?"

"한 2년. 난 그냥 만남만 주선합니다."

"도박도 같이 하세요?"

"난 카지노는 안 합니다. 엔테베 시절 이후로는 간 적이 없어요. 도박은 뭐랄까, 한심한 인간이 되는 길 같아서."

"카드 문신은 어떤 행동인데요?" 재키가 묻는다.

조니가 대답하기 전에 딜런이 끼어든다. "말리는 페가수스에서 한 유럽계 중년 남자와 만나는 모습이 마지막으로 목격되었습니다."

"내가 이 도시의 유일한 외국인입니까? 넘겨짚지 마세요. 뉴스위크의 앤디 맥고완도 그와 자주 거래했습니다. 양쪽에서 믿음을 얻는 유일한 현장 조율원이라고 하더군요."

"세 언어를 다 할 줄 알아서?"

"아마 그 때문이겠지요. 어쩌면 붉은 반다나 때문인지도."

딜런은 눈을 가늘게 뜨고, 재키는 눈을 크게 뜬다. 적십자가 기자와 현장의 비전투요원에게 나누어준 반다나 이야기를 알고 있는 사람은 많지 않다. 그런데 달러 팜 포위* 당시 인질들이 바로 그 반다나에 묶인 채 발견되자마자, 붉은 반다나와 구급요원, 기자들은 전쟁터에서 거의 사라졌다. 그들은 UN 평화유지군 못지않게 보기 드문 존재가 되었다. 하지만 너는 반다나를 계속 두르고 다녔고, 총알과 죽음은 계속 너를 비켜갔다.

"자, 뭔가 소식이 있으면 연락드리겠습니다. 말리는 틀림없이 나타날 겁니다."

---

*   Dollar Farm Siege, 1984년 스리랑카 내전 초기 물라티부의 작은 마을에서 반군이 자행한 대학살. 정부는 이를 민간인에 대한 공격으로 규정했다.

대다가 미주리주에서 보내준 니콘 3ST의 가장 좋은 점은 셔터를 누를 때 소리가 나지 않는다는 점이다. 의뢰를 받아서 찍은 사진보다 저 개 같은 현장 조율 출장길에서 찍은 사진이 더 많았다.

"마지막으로 그를 본 게 언젭니까?"

"몇 주 됐어요. 어느 기자회견장에서. 전쟁터에 들어가는 일은 그만두겠다고 하더군요. 좋은 생각이라고 했습니다."

조니는 타고난 포커 플레이어다. 눈빛으로, 코로, 치아로 거짓말을 할 줄 안다.

"CNTR에 대해서는 좀 아시는 게 있는지?"

"이름은 들어봤어요. 구호단체로 알고 있습니다. 뭐, 여러 가지 뜻이 있을 수 있겠습니다만."

"그럼 그들을 알고 계십니까?"

"그렇지는 않아요. 센터는 정치집단을 위해 자금을 모집하고 있을 수도 있습니다. 전투집단을 위해 무기를 사들이고 있을지도 모르죠. 아니면 진짜 순수하게 민간인을 돕고 있는지도. 요즘은 누가 뭘 하고 있는지 알기 힘들어요. 당신 아버지, 스탠리 장관도 당신이 형사콜롬보 흉내를 내면서 돌아다니는 걸 알고 있습니까?"

"왜 말리의 빚을 대신 갚아주겠다고 하셨죠?"

"처음이 아니니까요. AP통신이 나를 통해 대신 내는 겁니다. 아직 거기서 받을 돈이 남아 있어요."

"왜 당신을 통해서?"

"우리는 해외 언론사의 사무를 대행합니다. 기자들 입장에서는 서류 기록을 남기는 동시에 취재원도 보호할 수 있지요."

"그 다섯 개 봉투에 뭐가 들었는지 알고 계세요?"

"알 필요가 없어요. 짐작은 갑니다. 지금 두 개의 전쟁이 벌어지고 있지요. 사진으로 찍을 만한 추악한 일이 많이 벌어지고 있을 겁니다. 말리는 지금 아마 잠시 잠적해 있을 겁니다. 두 분도 그렇게 하는 게 좋을 거예요."

나이 지긋한 신사 두 사람이 노크도 없이 들어온다. 한 명은 취했고, 한 명은 화가 난 것 같다. 조니 길홀리는 벌떡 일어난다. "아데,* 조니, 게임이 곧 시작해." 취한 사람이 말한다. "방해해서 죄송합니다." 화난 쪽이 동행을 문간에서 끌어내며 말한다.

"이쯤 해두죠." 조니는 말한다. "내 말 믿으세요. 그는 아마 어떤 업무 중일 겁니다. 뭐라도 들으면 연락드리겠습니다."

집으로 돌아오는 길에, 재키는 차창 밖 까마귀와 검문소만 응시한다.

"탁자에 술값 계산서가 있었어. 종이 하나를 그가 얼른 치웠고."

"그건 뭐였지?"

"칩과 같이 받는 거. 한 시간 동안 공짜 술을 마실 수 있는 쿠폰. 날짜와 시간이 적혀 있지."

"그 사람 마음에 안 들어. 영국인은 정중할수록 더 고약한 거짓말쟁이야."

"게다가 팔뚝에 카드 문신을 새기는 사람이 어디 있어?"

"그런데 그 쿠폰은 뭐였어?"

"페가수스 카지노 쿠폰이었어. 월요일 11시 22분으로 찍힌. 도박을 하면 한심한 인간이 되는 것 같다는 사람이 이상하잖아."

---

*   Ade, 야, 친한 사람들끼리 쓰는 호칭.

붉은 반다나

조니는 붉은 반다나를 처음 생각해낸 것이 자기라고 으스대곤 했다. 대사관 파티에서 자기가 적십자의 게르타 뮐러에게 말했는데, 그녀가 독일인 특유의 효율성을 발휘하며 그달 안에 반다나 수십 상자를 대령했다는 것이다. 반다나는 비전투요원이 지참하는 백기, 전쟁터의 사격 금지 구역, 신화 속의 '헤나라자 따일라야'처럼 투석기와 화살을 비껴가게 하는 부적이라는 뜻을 지니고 있었다. 정작 이것이 빨간 깃발이라는 사실을, 전쟁터에서 총을 휘두르는 인간들 대부분은 황소라는 사실을 다들 간과하는 것 같았다.

너는 반다나가 사파리 재킷과 체인에 잘 어울려서 마음에 들었지만, 이건 인민해방전선이 크메르루주*의 패션을 따르기 전의 일이었다.

"좋은 아이디어였어." 조니는 반다나 아이디어가 실패로 돌아가고 난 뒤 한참 지나서 말했다. "당신네가 존중하지 않은 게 안타깝지."

"이 나라 원주민을 그렇게 싫어하면서 왜 20년이나 여기 산 거야?" 너는 그에게 물어본 적이 있었다.

"장님의 나라에서는 누가 왕이다?"

"제국주의자 할아버지 같은 소리군."

"나는 25년 동안 뉴캐슬에서 살았어." 조니는 말했다. "나는 거기 원주민도 혐오해. 개인적인 감정은 아니야, 친구. 모든 인간은 쓰레기라고."

"백인들이 왔고, 자기 것도 아닌 물건을 팔아서 돈을 벌고, 꺼졌다."

---

* Khmers rouges, '킬링필드'로 불리는 자국민을 상대로 한 대학살을 자행한 캄보디아의 좌익 무장단체.

세 번째 달

"대체 언제까지. 언제까지 이 노래를 부를까?"

조니와 너는 직업적인 관계 이상은 아니었다. 물론 이 대화는 그의 집 욕조에 속옷 바람으로 앉아 나눈 이야기이긴 하다. 건장한 갈색 피부의 청년들이 우리 둘을 주물럭거리고 있었다. 라트너와 두민다는 20대였고 조니의 볼고다 빌라에서 석공으로 일하는 척하고 있었다. 무슨 이유에서인지 그의 대형 텔레비전에서는 크리켓 경기가 흘러나오고 있었다.

"이 따분한 거 계속 봐야 하나?"

조니는 영국 대사관의 문화 담당관이었지만 상당히 많은 파이에 손가락을 집어넣고 있었다. 그중 세 개가 지금 두민다의 열린 입에 들어가 있었다. 그가 랑카에 온 지는 10년도 넘었고, 멋진 집을 많이 지었다. 그는 지금 미소년을 쓰다듬느라 바빴지만 네 질문에 대답할 시간도 있었다. "미안해, 친구. 크리켓 안 좋아하면, 내 욕조에서 방귀 못 뀌어."

너는 딜런의 보스를 주무른 적도 있었고, 그의 사촌과 관계를 가졌고, 그의 축구팀 선수들에게 펠라티오를 받은 적도 있었고, 데이트 도중 화장실에서 웨이터와 한판 한 적도 있었다. 하지만 조니 길홀리와 뭔가 한다는 생각은 해본 적이 없었다.

"당신이 보내준 그 일거리 말이야. 현장 조율 업무. 그거 AP통신 일 아니지?"

"너한테 수표를 쓰는 사람이 누군지 뭐 하러 신경 써?"

"마거릿 대처가 이 나라의 한심한 전쟁에 신경 쓰는 것과 같은 이유지."

조니는 두민다가 입에 넣어준 수제 시가를 한 모금 빨았다. 두민다는 다시 시가를 받아 한 모금 빨더니 조니의 귀에 연기를 불어넣었다.

"그 멍청한 생각은 어디서 나는지. 돈 다 떨어졌을 때는 말이 별로 없더니, 안 그래, 친구? 하지만 진지한 분위기니 사실대로 말해주지. 우리는 민주주의와 자유, 인권을 보호하기 위해 여기 와 있어."

둘 다 드랙퀸처럼 웃었고, 농담을 알아듣지 못하는 청년들도 따라 웃었다. 너는 라트너에게 맥주 하나 더 갖다주고 보글거리는 물 밑에서 다른 손이 하고 있는 짓도 계속해달라고 했다. 그리고 조니에게 고개를 저었다.

"미국도 파나마와 니카라과, 칠레에서 같은 짓을 하고 있어."

"그 땅도 원래 우리 거였지. 여왕의 공식 입장은 이런 거야. 영국은 세상을 지배하는 일에 질렸어. 그냥 구경만 하는 게 훨씬 나아."

"전도사 지미 스와가트 같군."

"우리는 옳은 편을 선택해. 옳은 편을 지지해. 대체로 우리는 옳아. 항상 옳은 놈은 없어."

"그런 슬로건 괜찮겠군. '새로운 대영제국. 포클랜드 제도부터 몰디브까지. 대체로 옳다.'"

청년들의 손길에 둘 다 잠시 말이 없었다. 그들이 점심을 준비하러 나가자, 두 사람은 뜨거운 물에 몸을 담갔다. 조니는 크리켓을 시청했고, 너는 그를 바라보았다. "무슨 걱정거리 있나, 친구?"

"난 위험한 곳에 가는 게 싫어. 돈을 더 받아야 해."

"그건 맞아." 조니는 말한다. "내가 그렇게 요청했어. 그런데 네 그 나불거리는 입 때문에 거절당했다고."

"뭐?"

세 번째 달

"넌 AP통신의 현장 조율 업무로 따라가는 거야. 기자들이 가자는 대로 안내하는 거라고. 인터뷰를 따주고. 살해당하지 않도록 안전을 보장하고. 너한테 사진 찍으라는 말은 아무도 안 했어. 그런데 여왕을 위해서 첩보활동을 한다느니 하면서 뻐기고 다니다니."

"뻐겨?"

"네 남자친구한테 그렇게 말했다면서. 그 친구가 자기 아빠한테 말했어. 그 아빠가 자기 보스한테 일러바쳤고, 그 보스가 우리 보스하고 면담을 요청했다고."

"밥 서드워스가 진짜 기자 맞아?"

"내가 왈가왈부할 입장은 아니야. 너도 마찬가지고."

"얼마 전에 영국은 대형 무기 계약을 중국에 빼앗겼어. 스리랑카 정부에 다른 선택지가 있는 것 같아. 당신들한테는 슬픈 일이겠지만."

"나는 첩보 쪽에서 일해. 무기 일하고는 상관없어."

"그럼 안 팔린 그 많은 무기는 어떻게 되는 거야?"

"난 원래 히피였다고. 평화주의자야, 젠장."

청년들이 가운을 들고 돌아와서 점심 식사가 준비되었다고 알렸다. 튀어나온 팬티가 어린 소년이나 덩치 큰 소녀만 한 라트너보다, 두민다의 물건이 좋았다. 조니는 가운을 입고 손으로 한번 만져보았다. 두민다는 잘 연습한 미소를 지었다.

"정치 관전평을 떠들고 다니지만 않으면, 보수 인상은 생각해보지." 조니는 말했다.

스리랑카 정부가 파견된 기자들에게 요구한 규칙은 테러리스트와 동거하거나 같이 식사하지 않는다는 것이었다. 이것이 AP통신의 공식적인 입장은 아니었다. 전쟁의 혼돈 속에서 기자와 현장 조율 요원의 재량에 좌우되는 면이 컸다.

조니는 너를 많은 기자에게 소개했지만, 요구사항은 한결같았다. 시체를 볼 수 있나? '대장'과 인터뷰를 할 수 있나? 전자는 가능했지만, 후자는 절대 불가능했다. 너는 차 한 잔 같이 안 마시면 어떤 전투부대와도 신뢰를 쌓을 수 없다고 설명했다. 수프레모와 이야기하는 것은 엘비스 단독 특종을 따는 것과 같았다.

그것은 1987년 초, 네가 최초로 맡았던 업무 중 하나였다. 기자는 뉴스위크 비상근 통신원 앤디 맥고완, 실연의 아픔을 안은 쾌활한 친구였다. 조니는 계약금을 두둑이 지급했고, 너는 그 돈을 페가수스에서 두 배로 불렸지만 다른 전쟁 특파원과 벌인 포커 게임에서 다시 4분의 3을 잃었다.

소년병을 취재하기 위해 와우니야에 두 번째로 온 길이었다. 10대들이 자살특공대로 훈련받고 고아들이 중국제 56식 자동소총 사용법을 익힌다는 보고가 있었다. 앤디를 끌고 북부 전역을 돌아다녔지만, 양쪽 다 증거는 찾지 못했다.

와우니야의 막사에서 너는 AP통신 특파원 로버트 서드워스를 만났다. 그는 완니의 정글을 탐사하자고 했더니 자기가 데려온 현장 조율사가 혼자 떠나버렸다며 씩씩거리고 있었다. 이후 특별수사부 수장이 된 지휘관 라자 우두감폴라 소령은 적군의 점령지에서는 군이 보호해줄 수 없다고 거절했다. 예전에 너는 소령 밑에서 일한 적이 있었지만, 그 일이 끝났던 상황을 감안할 때 특별 대우를 기대할 수는 없었다.

추레한 괴짜 앤디와 달리, 서드워스는 항상 깔끔했다. 현장에서도 명품 위장복과 재단된 양장 바지를 입었다. 특유의 매력적인 공격으로 맥고완의 입도 다물게 했다. "이런 말 해서 미안한데, 소년병 쪽으로 접근하면 소득이 없을 거야. 악까라이빗투에서 나도 취재 기회를 잡았나 했지만, 반군이 절대 사진이나 인터뷰를 허락하지 않았어. 아이가 있는 가족들도 절대 입을 안 열지."

서드워스는 빌린 지프차로 앤디와 너를 데려가며 목소리를 낮췄다. "이건 다른 이야긴데, 친구들. 우리가 가진 자원을 합쳐서 같이 취재하고 특종을 같이 가져가면 어떨까." 밥 서드워스의 자원이란 시드라는 이름의 경호원 한 명이었다. 스코틀랜드인이니 분명 영어였겠지만, 그의 입에서 나오는 말은 한마디도 알아들을 수 없었다. 탱크 같은 몸집이었고 위장복과 부츠 차림에 우지 기관단총을 들고 있었으며, 용병을 취급하는 민간 경비업체 KM서비스 소속이었다.

서드워스에 따르면, 타밀 반군에게 강제로 전투 훈련을 받는 민간인 마을이 있다는 것이었다. 정부군은 그 위치를 알고 있지만 군대를 출동시킬 준비는 안 되어 있었다. 너는 거기 들어갈 방법은 없다고 했지만, 서드워스는 경호원을 고용할 정도의 여유가 있으니 네게도 예산에서 넉넉하게 챙겨주겠다고 했다.

이런저런 안전 보장을 해줄 수 없다고 단단히 못 박은 뒤, 너는 거기까지 그들을 차로 데려다주기로 했다. 그런데 신기하게도 남반쿨람* 검문소부터 오만따이** 검문소에 이르기까지 몇 마디 둘러대자 쉽게 통과할 수 있었다. 마을에 도착해보니 이유를 알 수 있었다.

늙은 남자들과 젊은 여자들이 있었다. 아저씨, 할머니, 농부들, 소치는 사람, 학교 선생, 모두 라이플에 실탄을 장전해서 과녁에 총을 쏘고 있었고, 모두 반군을 창설한 핵심 간부이자 명령체계 안에서 점점 영향력을 키우고 있는 고빨러스와르미, 일명 마한떠야의 감독을 받고 있었다. 콧수염을 기르고 키가 큰 마한떠야 대령은 더 날씬하고 더 굶주린 수프레모 같았다. 그는 서드워스와 맥고완의 인터뷰에 응했고, 마을 사람들의 사진도 찍게 해주었다.

억지로 훈련받고 있다고 인정하는 사람은 아무도 없었고, 협박을 받고 있는 것 같지도 않았다. "우리는 저 사람들보다 정부군이 더 무서워요. 정부군이 우리 마을을 불태웠어요." 이제 학교를 갓 졸업한 것 같지만 소년병으로 분류되기에는 커버린 소년이 말했다. "우리는 이런 위협에서 스스로를 보호하기 위해 훈련하고 있습니다."

라자 소령 측에서는 이 마을을 타밀 반군 치하에서 민간인이 억압받고 있다는 증거로 보고 있었다. 하지만 반군은 이를 민중의 승리로 치켜세웠다. 이 전쟁은 끝나지 않을 거다, 너는 마을 사람들이 총 쏘는 광경을 지켜보면서 생각했다. 너는 니콘 카메라를 자유롭게 사용해도 좋다는 허락을 받았다. 단 '대령을 찍지 말라'는 지시가 있었지만, 결국 정확히 그런 사진을 찍게 되었다.

맥고완과 서드워스, 이제 앤니와 밥으로 부르게 된 두 사람은 너

---

*　　Nambankulam, 스리랑카 북부 와우니야에 속한 마을.

**　　Omanthai, 와우니야의 위쪽에 있는 작은 마을로 자프나를 가려면 이 마을을 지나야 한다. 스리랑카 정부군 마지막 검문소가 위치했던 곳이다.

세 번째 달

를 '멕시코 동쪽에서 최고의 현장 조율 인력'이라고 치켜세우며 수수료 외에 두둑한 보너스를 약속했다. 그때 수류탄이 날아오며 정부군의 도착을 알렸다. 총알이 공기를 관통하고, 나무를 꿰뚫고, 땅에 구멍을 냈다. 너와 밥, 앤디는 차나무로 보이는 덤불 뒤로 기어갔지만, 생각해보면 차나무일 리가 없었다. 너희는 덤불 밑 바위 뒤에 웅크렸다. 경호원 시드는 우지를 겨누다가 방아쇠를 당기는 쪽 팔에 총알을 맞았고, 총은 먼지 속에 뒹굴었다. 그는 스코틀랜드인답게 욕설을 하다가 정신을 잃었다.

흔히 총소리가 폭죽 같다고들 하지만, 그건 일부만 맞는 이야기다. 차라리 고막 바로 옆에 설치한 스피커에서 흘러나오는 폭죽 소리같다고 해야 할까. 맥고완은 흐느끼기 시작했고, 서드워스는 똑같은 욕설만 계속 되풀이했다. 마치 눈에 띄지 않는 빗방울이 땅을 두드리듯, 주위에서 흙이 튀기 시작했다. 공기는 온통 연기와 소음, 비명소리였다. 우리 셋은 앙상한 덤불 뒤 납작한 돌 밑에 몸을 숨긴 채믿지도 않는 신들에게 기도했다.

너는 해야 하는 일을 했다. 붉은 반다나를 막대에 묶어서 덤불 옆에 세웠더니, 헝겊은 마치 피에 젖은 휴전의 깃발처럼 펄럭였다. 뚜렷한 승패를 가르지 못한 45분간의 시끄러운 총격전 내내, 단 한 발의 총알도 이쪽으로 날아오지 않았다.

———

총격전이 끝나고 스리랑카군이 진군했을 때, 마을 사람들은 이미도망쳤거나 죽은 뒤였다. 밥과 앤디는 의식을 잃고 무겁게 축 늘어진

스코틀랜드인 시드를 옮겼고, 너는 반다나를 매단 막대를 머리 위로 쳐든 채 사회주의자 군악대 대장처럼 행진했다. 너는 두 팔을 번쩍 들고 싱할라어로 소리쳤다. "우리는 해외 언론이다! 여기 부상당한 외국인이 있다!"

세 사람은 다시 총알이 날아오기 시작하면 당장 엎드릴 준비를 한 채 안개 속으로 천천히 걸어갔다. 응급요원이 부상자를 데려갔고, 다친 데 없이 넋이 나간 나머지는 그 자리에 남았다. 붉은 반다나 하나, 언론 취재증 두 장으로 너와 앤디는 신원이 확인됐지만, 로버트는 추가 조사를 위해 코코넛 숲 옆 오두막으로 끌려갔다. 그는 순순히 따라갔다. 전쟁터의 경험 때문에 두려움 없는 전사가 된 것이 아니라면, 혼이 나가 말문이 막혔을 것이다. 그때는 어느 쪽인지 알 수 없었다. 영국인 특유의 뻣뻣한 윗입술은 모든 비밀을 감출 수 있었다.

앤디와 함께 코코넛 숲을 걷는데, 오두막의 두 번째 손님이 언뜻 눈에 띄었다. 머리에 검은 포대를 뒤집어쓴 죄수였다. 오두막 문이 닫히는 순간, 너는 열린 유리창을 보았고 빛과 각도를 순간적으로 계산했다. 앤디가 너를 받쳐 나무 절반 높이까지 올려주었다. 이 정도 높이면 충분했다. 카메라를 눈에 대고 있는데, 세 번째 인물이 오두막에 들어섰다. 이번에는 눈에 익은 인물이었다. 혹시 저쪽에서 볼까 봐, 너는 나무둥치에 찰싹 달라붙었다.

탁자 위에는 서류가 놓여 있었고, 둘러앉아 있는 세 사람의 얼굴이 줌 렌즈를 통해 프레임에 들어왔다. 맨 끝은 밥 서드워스였다. 그 옆에 마스크를 벗은 땀투성이 얼굴은 녹초가 된 '마한떠야' 고빨러 스와르미 대령, 최대 규모 타밀족 당파의 수장이었다. 상석에는 방금 마을에 진입한 군대의 지휘관이 앉아 있었다. 바로 너의 이전 보스,

라자 우두감폴라 소령이었다.

———

　그 여행에서 돌아온 뒤, 조니는 아트센터 클럽에서 네게 술을 사면서 봉투를 건넸다. 안에는 기대했던 것보다 더 큰 액수의 수표와, 오만타이에서 최악의 총격전이 벌어지기 전에 찍은 사진 한 장이 들어 있었다. 조니는 무대에서 어쿠스틱 기타를 치는 깡마른 소년을 바라보며 탁자 밑으로 맥주를 더 따랐다. 아트센터는 주류면허 관계로 법적인 문제에 휘말려 있었기 때문에 손님들에게 각자 술을 갖고 오게 하고 눈에 띄지 않게 마시는 조건으로 변호사 수임료를 기부받는 편법을 쓰고 있었다.

　"밥이 아주 감탄하던데, 친구. 앤디도 그랬고. 내 붉은 반다나가 나쁜 아이디어는 아니었지."

　"나도 당신 친구 밥한테 감탄했어."

　"이봐. 자넨 잠시 쉬어. 휴가라도 가. 또 카지노 들락거리지 말고. 피로 풀고 준비가 되면, 다시 일 이야기를 하자고."

　"타밀족 민간인 70명이 오만타이 학살에서 죽었어. 내 앞에서 아이들이 피를 흘리고 있었다고. 그런데도 나는 이 사진만 찍었어."

　"큰 건이었어. 돈도 크고. 피 흘리는 아이 생각은 그만해."

　특별한 사진은 아니었다. 총격전 초반에 사리를 입은 여자 한 사람이 대령에게 끌려가는 장면이었다. 그녀는 나무 뒤에 숨어 있는 너를 눈치챈 듯 카메라를 바라보고 있었다. 셔터를 누른 순간, 그녀는 머리까지 사리를 덮었지만 얼굴을 가리지는 못했다. 소용돌이치는 먼지 속에서도, 그 얼굴은 얼마나 아름다웠는지.

"이 사람이 고빨라 뭐시기 대령이던가? 마핟떠야."

"그리고 이 여자는 아마 연인이겠지."

"그럼 '타밀 호랑이에게 섹스는 없다'는 수프레모의 명령을 거역하고 있군? 나쁜 자식 같으니."

"그건 군이 퍼뜨린 소문이야. 수프레모조차 금욕하지는 않을걸. 자살폭탄 테러범이 여자친구를 사귀지 못하게 하려는 술책일 뿐."

"그래도 이건 가치 있는 사진이야."

"밥은 뭐라고 했어?"

"마핟떠야와 수프레모 프라바카란은 사이가 별로 안 좋은 것 같다고."

"그건 밥이 잘 알 거야. 그는 대령과 한참 이야기를 나눴어."

"잘했어. 팔 만한 다른 사진은 없나?"

"당신한테는 안 팔아."

너는 오래된 〈아일랜드〉 신문지로 술을 감추고, 뉴스 면을 흔들어서 매운 돼지고기 요리에 달라붙는 파리를 쫓아냈다. 신문에는 평화 조약에 대한 기사, 인도군이 스리랑카 파견 병력을 두 배로 늘릴지도 모른다는 내용이 실려 있었다.

"우리 첩보팀 사람들은 그 현장 조율 일이 자네한테 아깝다고 생각해." 조니가 말했다. "자네에게는 창창한 미래가 있어. 인생을 망치지 마."

그는 여전히 바의 청년들을 바라보고 있었다. 이런 곳에서도 접근해서는 안 되는 사람들이었다.

"그럼 밥은 대령과 나눈 대화에 대해서 아무 말 안 했나?"

세 번째 달

"난 밥하고 이야기 안 했어."

"직업적인 거짓말쟁이치고 당신은 거짓말을 너무 못해, 조니."

"그건 그렇고, 인민해방전선하고 어울리지 마. 중산층 공산주의자 만큼 한심한 건 없으니까."

조니가 화제를 바꾼다는 것은 대화 끝이라는 뜻이었다.

"동조하지 않는 게 아니야. 한 번쯤 안 겪어본 사람이 어디 있나. 베트콩이 양키들을 물리쳤을 때 환호했지. 심지어 인도네시아에서 학살당한 동무들을 위해 울어도 봤어. 틀림없이 언젠가 자본주의의 손가락은 우리 목도 쥘 거야. 하지만 현실을 직시해야 해, 친구. 공산주의자를 가장 많이 죽인 건 공산주의자야. 스탈린이나 마오, 폴 포트보다 더 유능한 살인자는 오로지 신뿐이야."

"명연설이군." 너는 몸에 달라붙는 티셔츠를 입은 웨이터를 눈여겨보았다.

"고빨라 마한떠야 뭐시기 대령이 경쟁 관계의 당파를 만들었다는 말이 있던데. 수프레모에게 반란을 일으키려고. 당치도 않아!"

"대령은 프라바카란과 싸울 정도로 멍청하지 않아."

"타밀 반군 마을 기사는 정부에게 검열당한 것 같아." 조니는 너를 찬찬히 보며 말했다.

"밥한테는 딱 좋은 핑계군. 기사도 쓰지 않고 기자인 척할 수 있으니."

너는 그와 눈을 마주쳤다. 밴드가 다시 잠잠해진 사이, 너와 그는 말없이 서로 마주 보고만 있었다.

"무슨 할 말 있나, 말리?"

"밥과 반란군 대령, 라자 우두감폴라 소령이 비밀리에 대화하는 장면을 찍은 사진이 내게 있다면. 얼마를 쳐줄 거야?"

조니는 미간을 찌푸리더니 고개를 저었다. "하지만 사진이 있을 리가 없잖아, 친구."

"어떻게 알아?"

"그런 사진을 찍으면 살해당할 테니까. 자네는 사진 찍는 것보다 인생을 더 사랑하잖아."

"나를 죽이라고 스코틀랜드인 시드를 보낼까? 당신들, 용병한테 예산을 어지간히 낭비했더군."

"굳이 사람을 보낼 필요가 없겠지. 반군과 정부군이 합세해서 수류탄으로 너를 노릴 테니까. 그런 사진 이야기는 농담으로라도 꺼내지 마, 말리. 농담이길 바라."

"당연하지." 너는 주머니에 수표를 넣었다. "내가 사지에서 들고나온 건 오로지 붉은 반다나뿐이야. 그리고 이 피 흘리는 가슴."

내 이름을 불러봐

모든 사람이 우주에게 묻고 싶어 하는 질문을 너도 하고 싶다. 우리는 왜 태어났을까, 왜 죽을까, 왜 이런 모든 것들이 존재해야 할까. 우주의 대답은 이게 전부다. 나도 몰라, 멍청아, 그만 물어봐. 사후세계는 생전만큼 혼란스럽고, 중간계는 저 아래 못지않게 제멋대로다. 그래서 우리는 이야기를 꾸며낸다. 어둠이 두려워서.

바람은 네 이름을 실어 오고, 너는 그 뒤를 따라 공기와 콘크리트, 쇠를 통과한다. 산들바람을 타고 슬레이브 아일랜드의 골목을 지나자, 문간마다 속삭임이 들려온다. "알메이다⋯⋯알메이다⋯⋯." 이어 바람이 데히웰라의 분주한 거리를 불어가자 더 많은 목소리가 들려온다. "인민해방전선…… 활동가…… 알메이다…… 말리……
실종……."

슬레이브 아일랜드에서 데히웰라까지 단숨에, 헬리콥터보다 더 빨
리 훌쩍 날아간다. 그래도 죽은 덕에 골 로드의 교통 정체와 팔러먼
트 로드의 운전사들, 모든 거리의 검문소에서 해방되기는 했다. 콜롬
보의 추레한 길을 어슬렁거리는 멍한 얼굴들을 스치고, 세상을 하직
하고 쉽게 잊힌 이들이 이승에 남긴 형제자매들을 스친다. 너는 통제
할 수도, 거부할 수도 없는 힘에 날려가는, 돌풍 속의 나뭇잎 한 장
이다.

스리랑카의 선지자 아서 C. 클라크* 는 살아 있는 모든 사람의 등
뒤에 서른 명의 영혼이 서 있다고 말했다. 죽은 사람이 산 사람보다
이 정도 비율로 더 많기 때문이다. 주위를 둘러보니 위대한 작가의
계산도 한참 보수적이었던 것 같다.

눈에 보이는 모든 이의 등 뒤에 영혼이 하나씩 웅크리고 있다. 어
떤 이는 수호천사가 머리 위에서 맴돌며 식시귀와 쁘레따, 라후**와
악마들을 쫓아내고 있다. 어떤 이에게는 악마 쪽의 유명한 존재가
앞에 서서 얼굴에 대고 나태한 생각을 불어넣는다. 어떤 이는 어깨
에 걸터앉은 악마가 귓속에 증오를 가득 채운다.

아서 클라크는 이 귀신 들린 땅에서 30년을 산, 분명 스리랑카인
이다. 오스트리아는 히틀러가 독일인이고 모차르트가 자기들 거라
고 온 세계 사람들이 믿게 했다. 런던과 암스테르담, 리스본 출신 무
장 해적들에게 수세기 동안 수탈당했으니, 이제 스리랑카도 SF 작가

---

   *   Arthur C. Clarke(1917-2008), 영국 출신 SF 작가. 1956년 스리랑카로 이사했다.
 **   Rahu, 힌두 신화에서 일식과 월식을 일으키는 아수라.

하나쯤은 우리 것으로 해도 되지 않을까?

빗물이 번개를 뱉어내고, 천둥이 방귀를 뀐다. 때 이른 너의 죽음 이후 몇 번이나 비가 내렸던가. 몬순이 일찌감치 시작된 게 아니면, 우주가 네 시시한 생명을 위해 눈물을 뿌리는 것이리라. 오늘은 화난 구름 위에서 잉크처럼 걸쭉한 눈물이 유순한 사람들의 머리를 향해 뛰어내린다.

———

"실종자 명단을 봤어." 비옷을 입은 유럽인이 동료에게 말한다.

"아는 이름 있던가?" 동료는 투명 플라스틱 보호판을 덮은 타자 친 종이를 손가락으로 훑어 내려간다.

"말리 알메이다. 인민해방전선 활동가로 분류되어 있었어. 둘 다 아닌데."

비옷 차림의 남자는 앤드루 맥고완, 전쟁 특파원이자 언젠가 친구였던 사람. 젖은 그의 얼굴은 붉게 달아올랐지만, 비 때문인지 눈물 때문인지 알 수 없다.

너는 다시 처음으로 돌아와서 베이라 호숫가에 와 있다. 비는 그쳤고 사원 옆에 사람들이 모여 있다. 뽀야* 도 아니고 보시하는 날도 아니므로 심상치 않은 일이다. 연파랑 비옷을 입은 덩치 큰 유럽인들이 바리케이드처럼 인파를 둘러싸고 있다. 트럭이 도착하고 경찰

---

*   Poya, 매달 음력 보름. 공휴일이며 불교 신도들은 흰옷을 입고 절에 가서 설법을 듣고 기도를 한다. 이날 호텔에서는 술을 팔 수 없으며 슈퍼와 시장에서는 고기와 술을 팔지 못한다.

일곱 명이 내린다. 그중에는 친애하는 란차고다 경사와 카심 형사도 있다. 카심은 혼란을 통제하기보다 그냥 구경하러 온 듯 맨 끝에서 따라온다.

경찰들과 비옷 차림의 유럽인들은 긴털족제비와 뱀처럼 마주 보고 서 있다. 인파는 머리 위 하늘처럼 웅성거린다. 너는 여기가 어딘지 깨닫고 주위를 둘러본다. 악취가 있지도 않은 콧구멍을 괴롭힌다. 끝없이 내리는 비로 강물이 범람하고 베이라 호수의 둑도 터졌다. 호수를 둘러싼 길에 플라스틱 쓰레기와 쭈글거리는 생선, 썩은 음식, 물에 젖은 종이가 널려 있다. 모두가 놀란 표정이다. 이렇게 더러운 호수에 물고기가 살고 있을 줄 누가 알았나?

군중은 사람들을 헤치고 들어가는 경찰과, 그들에게 다시 나가라고 하는 유럽인들을 지켜보고 있다. 너는 인파 안쪽에 무엇이 있는지 더 궁금하다. 강변에는 비옷을 입은 유럽인들이 더 많이 있다. 어떤 이는 사진을 찍고, 어떤 이는 카메라를 가진 사람에게 우산을 받쳐주고 있다. 베이라 호수의 둑에서 그들이 찍고 있는 것은 유골이다. 질척거리는 뼈가 비닐 위에 진열되어 있고, 뼈마다 카드가 놓여 있다. 에이스와 잭이 섞인 풀하우스, 9가 제일 큰 숫자인 다이아몬드 스트레이트, 그리고 아무 쓸모 없는 카드 다섯 장.

카드는 네 눈앞에서 펄럭거린다. 67년에 촬영한 제임스 본드 영화 오프닝 타이틀처럼 킹과 퀸, 잭이 미친 듯이 회오리친다. 이번에는 마치 토악질이 지구의 핵에서 밀려 올라와서 발 밑창을 통해 배와 목을 진흙으로 가득 채우는 기분이다. 카드는 뼈와 척추, 갈비뼈, 이런저런 팔다리 위에 놓여 있다. 두개골은 열다섯 개, 그중에 한때 네 것이었던 두개골도 눈에 띈다. 냉동실로 돌아가기 전에 물에 가라앉은 유일한 부위다.

———

"말린다에게서 연락 왔니?"

"아뇨."

"유엔 법의학팀이 그 유골을 요청했다." 스탠리 다르멘드란이 말한다.

"유엔이 여기 왜 있어요?" 딜런이 묻는다.

"학회 참석 차 콜롬보에 왔다지."

"무슨 학회요?"

"다 헛소리야. 야당 놈들이 하는 짓이지. 분란을 조장하려고."

"갑오징어 더 시킬까요?"

아버지와 아들이 드나드는 오터스 수영클럽에는 초대받은 적이 거의 없다. 아마 네가 자주 화제에 오르기 때문일 것이다. 아버지는 이런 대화를 격려라고 생각했지만, 아들은 식사 한 끼 해결하는 차원에서 갔다. 겨자 양념 돼지고기 접시를 앞에 놓고, 스탠리는 스리랑카 자유당의 PM 라자팍사라는 인권운동가가 '실종자의 어머니들'이라는 제목의 CNTR 전단을 국회에 높이 내걸었다는 이야기를 들려주었다. "시체안치소는 무고한 시체로 넘친다." 벨리앗따* 지역구의 젊은 의원은 말했다. "최소한 신원이라도 파악해서 가족들이 마음의 평화를 조금이나마 찾게 해달라."

"맞는 말이잖아요." 딜런은 예쁜 얼굴이 미어터지도록 콜레스테롤

---

*   Beliatta, 스리랑카 남부 함반도타 지방에 속한 도시로 탕갈러와 가까우며 약간 높은 지역에 위치하고 있다. 인구의 대부분이 싱할라족으로 불교 신자이다.

가득한 돼지고기를 입에 쑤셔 넣는다. 딜런은 네가 사귄 최고의 연인은 아니었지만, 단연 제일 예쁜 청년, 10점 만점이었다. 사랑에 빠질 때, 너는 얼굴이나 몸보다 신체에서 가장 크고 가장 중요한 기관에 홀딱 반했다. 바로 피부다. 딜런의 피부는 매끄럽고, 까맣고, 잡티하나 없고, 윤기가 흐른다. 코를 문지르고 손가락으로 찍어서 맛을보고 싶다는 충동이 든다. 그래서 시도해보지만, 염소와 땀 냄새만스친다. 별것 아니지만 지금으로서는 그것만으로 고맙다. 딜런은 수건을 어깨에 두른다.

"야당 노릇할 때는 고래고래 고함치기 쉬운 법이지." 아버지가 말한다. "젊은 라자팍사도 어디 전쟁 한번 치러보라지. 실제로 인민해방전선과 맞서야 하는 입장이면 그 친구는 어떻게 할까?"

"아버지, 시체 신원확인 문제에 대해 이야기하고 있잖아요."

"우리는. 외국 악마들이. 우리 일에 끼어드는 문제에 대해 이야기하고 있다."

"인도 평화유지군을 끌어들인 건 우리 대통령 아닙니까? 인도군은 천사예요?"

"난 반대표를 던졌다, 딜런. 너도 알잖니. 손톱 깨물지 마. 몇 살이냐?"

유엔 법의학팀은 실종자 기록과 시체를 대조하여 신원을 확인하는 기법을 관련 기관에 훈련시키기 위해 라자팍사의 초대를 받아 온것이다. 한편 CIA는 이 땅의 고문 기술자들을 훈련시키고 있다는 소문이 돌았다. 유엔팀은 콜롬보 오베로이 호텔에 머물면서 공무원들과 회의를 갖고 있었다. 대체 무슨 수로 그들이 경찰보다 더 빨리 유골을 발견했는지는 이 비밀의 섬에 또 하나 미결의 수수께끼로 남을 것이다.

"유엔은 치과 기록과 혈액형을 요구하고 있어. 빈랑이나 씹는 멍청이들이 치과에 다닐 거라고 생각하는 건지."

딜런은 양념 오징어를 계속 씹으면서 주위를 둘러본다.

"품위 없는 말씀을, 아버지. 풀장 옆의 기자한테 안 들린 게 다행입니다."

스탠리는 고개를 빼서 수건을 몸에 두른 한 남자가 아락을 마시며 노트에 뭐라 끼적이는 모습을 확인했다.

"시간과 돈 낭비지."

"모든 일이 그렇지 않습니까?" 딜런은 한숨을 쉰다.

스탠리는 접시에서 눈을 들고 아들의 얼굴을 본다.

"그런 식으로 말하지 마라, 딜런. 말리 같은 말투구나."

"그가 어떤 말투로 말하는지 어떻게 아세요? 이야기 한번 나눠보셨습니까?"

"재능 있는 친구야. 어딘가에서 안전하게 있기를 바란다. 하지만 현실은 직시해야지."

"현실은 이런 겁니다. 베이라 호수는 1989년 그린피스가 선정한 세계에서 가장 오염된 호수 46위에 올랐어요."

"말리는 영리한 젊은이야. 하지만 때로 지나치게 영리한 것은 좋지 않을 때가 있어."

"독립 이후 스리랑카의 산림 20퍼센트가 감소했습니다. 스리랑카는 지난 10년 동안 세계에서 자살률이 가장 높았습니다. 이런 뉴스는 헤드라인에도, 스포츠 면에도 실리지 않습니다."

"체포되었다면, 그거야말로 걱정스럽지. 특별수사부는 죄수를 잡아두지 않으니까."

"그럼 시체는 어디 있을까요?"

스탠리는 한참 동안 아들을 응시한다.

"아시잖아요, 아버지. 말도 안 된다는 걸."

"시릴 위제라트너 장관은 유엔 법의학팀에게 협조하라고 내게 당부했다."

"무슨 일에 협조해요?"

"수사를 지원하라고. 규정대로 하는지 확인하고."

"스리랑카에 규정이란 게 있습니까?"

"죽지 않았다면, 어쩌면 숨어 있을지도 모르지."

"아버지가 안 도와주시겠다면, 전 재키한테 부탁하겠습니다."

딜런의 어머니가 돌아가신 뒤로 이 탁자에 세 사람이 앉은 적은 거의 없었다. 아까부터 재키는 그저 조용히 앉은 채 수영하는 사람들과 웨이터만 응시하고 있었다. 그녀는 스탠리 아저씨를 쳐다보며 갈색 핸드백에서 세 가지 물건을 꺼낸다. 두 개는 불운의 아트 프로젝트인 엑스레이 사진 액자, 나머지 하나는 나무 캡슐이 달린 체인이다. "알았어." 그녀는 식탁에 물건을 내려놓으며 말한다.

스탠리는 아들을 바라보며 숨을 들이마신다. "딜런. 엄마의 체인을 그 친구에게 줬다니, 믿을 수가 없구나. 네 엄마가 20년 동안 걸었던 것을."

딜런은 눈길을 들고 고개를 저었다. "그건 그의 것이 아닙니다."

"피가 묻어 있구나. 이건 네 피냐, 그의 피냐?"

얄라에서 피의 맹세를 하자고 한 것은 딜런의 생각이었다. 무슨 뉴에이지풍 의형제 결의 같은 것이었다. 그의 어머니와 아버지도 힌두 예식의 일환으로 피를 바른 모양이었다. 딜런이 재키와 아버지에게 그 말을 했을 때, 둘 다 그리 유쾌해 하지 않았다. 그래서 그는 그 화제를 다시 꺼내지 않았다.

"저 유골 중에 그의 것이 없다면, 알고 있는 게 속 편하잖아요." 재키가 말한다.

"그렇지." 스탠리는 말한다. 딜런은 자기가 걸고 있던, 네 피가 묻은 목걸이를 재떨이에 놓더니 황급히 탈의실로 향한다.

———

시체안치소의 유령들은 작업대 주위에 모여서 투덜거리고 있다. 유골은 긴 비닐 위에 놓여 있고, 실내 온도를 낮추기 위해 에어컨 두 대도 들여놓았다. 흰 가운 차림의 남자 다섯 명이 유골 옆에 쭈그린 채 은색 도구로 뼈를 골라내고 있다. 정부에서 나온 병리학자 세 명도 전문가에게 한 수 배우고 감시도 할 겸 옆에 들어와 있다.

너는 높은 천장에서 이 광경을 내려다보면서 벽을 따라 파리처럼 흩어진 다른 유령들을 바라본다. 검둥이 노예가 구석에 모여 있고, 죽은 창녀들도 자기 유골 위를 맴돌고 있으며, 옆구리에 이빨 자국이 있는 어린 소년은 은색 도구를 유심히 들여다보고 있고, 쭈그러진 흰 모자를 쓴 영국인은 구석에서 하품을 하고 있다. 너는 학생 둘을 알아본다. 눈은 보라색, 혀를 길게 빼물고 있다.

"다들 뭘 찾는 거야?" 귀에 익은 목소리가 조롱한다. 세나는 검은 재료로 된 튜닉과 망토 차림이지만, 이제 쓰레기봉투는 아니다. "정식 장례라도 치러줄 줄 알고? 사후 기사 작위라도 내려줄까 봐?" 그는 영국인을 보며 말한다. "너희 모두 화장터에 들어갈 거야. 그게 끝이야."

"하지만 요즘은 탄소연대측정법도 있고……." 자프나 출신의 공대생이 말한다.

"그래서 뭘 찾으려고? 이 소년이 50년 전에 악어한테 물려 죽었다는 걸 알아내려고? 네 이름이 뭐지, 꼬마야?"

"빈센트 살가도." 반바지 차림의 수줍음 많은 소년이 말한다.

"누가 빈센트 살가도 추모비라도 건립해줄 것 같아?" 세나는 조롱한다. 그는 흰 가운 차림의 남자들 뒤로 으쓱거리며 다가가더니 그들의 엉덩이에 자기 몸을 문지른다. 법의학자들이 차례로 가운 안에 손을 넣어 몸을 긁는다.

"말리 하무! 당신도 여기 오셨군요? 이게 무슨. 내 말 하나도 안 들었어요?"

여기 왜 왔는지, 뭘 보고 싶은지 설명할 수가 없다. 그저 이끌려 왔고 떠날 수가 없다는 것뿐.

"베이라 호수에서 얼었다 녹은 네 두개골이 나올 수도 있잖아."

"다시 던져 넣으라죠." 세나는 말한다. "그들이 실종자 기록과 신원이 일치하는 유골을 찾을 확률은……."

"몸이 붙은 채 태어난 쌍둥이를 낳을 확률, 20만 분의 1보다 작지."

《리더스 다이제스트》에서 읽은 상식은 마지막까지 뇌에서 떠나지 않을 것 같다.

"어쩌면 우리가 뉴스에 나왔을지도 몰라." 죽은 선원이 말한다.

"뉴스를 어디서 봐요?" 죽은 창녀가 말한다.

"나는 나왐 마와따의 어느 아파트 창문을 통해 봤어." 선원은 모자를 고쳐 쓴다. "거기는 전파 수신 상태가 좋아. 같이 가도 돼. 루빠와히니 채널에서 〈마이 페어 레이디〉를 하고 있더군."

죽은 창녀는 미소 짓고 고개를 젓는다.

"유엔은 스리랑카 정부에 법의학 기술을 지원하고 있다." 세나는 말한다. "신문 맨 끝단에 단신 하나로 처리되겠지. 베이라 호수에서 시체가 나왔다는 걸 그들이 인정할 것 같아? 꿈 깨져, 바보들아."

네 시선은 옆에 놓인 조명 장치와 거기 붙은 엑스레이로 향한다. 점액이 가득 들어찬 폐 두 개, 나란히 배열된 어금니 사이에 깊이 파묻힌 사랑니. 그것은 엑스레이보다 더 비싼 액자 안에 들어 있던 사진이다. 짧았던 네 예술 인생을, 사랑했으나 끝까지 해내지 못한 또 하나의 일을 잊지 않기 위해 보관했던 사진.

————

"SLBC 뉴스특보입니다. 베이라 호숫가에서 신원 미상의 유골 열다섯 구가 발견되었습니다. 유엔 법의학팀이 스리랑카 정부 병리학자들과 협력해서 유골의 신원을 조사하는 중입니다. 정부는 이 유골은 모두 1948년 이전에 사망한 사람들이며, 현재의 정치적 상황과는 무관하다고 밝혔습니다."

재키는 데스크가 승인하지 않은 뉴스를 전달했다는 이유로 처음 경고를 받았다. 그녀의 상관 솜 와르더나는 장관급 정부 관료로부터 이러한 방송은 용납할 수 없다는 방송국 차원의 '엄중한 문책'을 받았다고 했다.

유엔이 보고서를 제출했고, 정부 수사팀 쪽에서 장관에게 내용을 흘렸고, 장관은 청소년부 장관 스탠리 다르멘드란에게 알렸고, 스탠리는 자기 아들과 상의했고, 아들은 같이 사는 사촌에게 이를 보여주었다. 두 사람은 오후 내내 울다가 눈물을 그쳤다. 이어 재키는 신문을 이 잡듯이 훑어보다가 방송국에서 해고당할 행동을 하기로 결심했다.

"시체 열다섯 구 중에서 두 구의 신원이 확인됐습니다. 하나는 인민해방전선 감파하 지구 위원장 세나 파띠라나, 다른 하나는 콜롬보에 거주하는 전쟁 사진작가 말린다 알메이다입니다. 둘 다 정부 암살단에 의해 살해되었다는 의혹이 일고 있습니다. 유엔은 올 한 해 동안 신원 미상의 시체 874구가 매장되었고 스리랑카 시민 1,584명이 실종된 것으로 추정합니다. 지금까지 SLBC 특보로 전해드렸습니다."

그녀는 무표정하게 이 뉴스를 읽는다. 네 이름을 말하는 목소리는 조금도 흔들리지 않는다. 그녀는 그 자리에서 해고당했고, 쥐꼬리만 한 급여를 받는 경비들에게 밀려 방송국에서 쫓겨났다. 삼륜차를 타고 골 페이스 코트의 집으로 돌아온 그녀는 침대에 누워 뱅뱅 돌아가는 선풍기를 바라보며 네 주소록을 펼쳐본다. 그리고 다시 운다.

"고마워, 사랑하는 재키." 너는 속삭인다. "이제 일어나서 킹과 퀸을 찾아."

그녀는 네 말을 듣지 못한다. 우울한 음악을 틀고, 정신과 약 두 알을 입에 털어 넣는다.

"네거티브 필름은 킹과 퀸에 있어, 아가씨. 지금 아니면 못 찾을 거야. 가서 레코드를 찾아. 너도 어디 있는지 알아."

속삭이고, 소리치고, 고함지르고, 외친다. 그래도 재키는 듣지 못한다.

———

"들었어? 말리 알메이다가 살해당했대."

"누구한테? 정부?"

"타밀 반군일 수도 있지. 누가 알아?"

"왜 사진작가를 죽이지?"

"반군은 비판하는 사람이라면 닥치는 대로 죽이잖아. 특히 타밀 혼혈이라면."

"나는 그가 인민해방전선이라고 생각했어."

"누가 그래?"

"시절이 수상하니 누가 알겠어?"

프레스 클럽의 기자 두 명은 너와 일한 적이 있지만 너를 전혀 모른다. 둘 다 콜롬보 시내 사무실에 앉아서 정부 보도자료만 받아쓰는 전쟁 특파원이다. 너는 그들에게 침을 뱉고 그 침이 그들의 번들거리는 머리에 닿기 전에 증발하는 것을 지켜본다. 바람이 다시 네 이름을 실어 오고, 너는 그 바람을 잡아탄다. 싸구려 글쟁이들은 사실 확인도 되지 않은 기사나 쓰라지.

"맙소사, 알메이다는 헬기에서 베이라 호수로 던져진 거래."

"누가 그래?"

"내 처남이 정부군에 있어."

"네 처남 말은 헛소리야. 무슨 대통령이 일개 인민해방전선 활동가 때문에 헬기를 낭비해."

"그는 인민해방전선이 아니었어. 비샤나야* 사진을 찍었지. 나는 대통령이라고는 안 했어. 이 나라에서 지저분한 일을 누가 하는지는 우리 다 알잖아."

"대학에서 말린다가 햄릿 역할을 하는 걸 봤는데."

"약간 왼손잡이 크리켓 선수 같더군."

"안 좋은 장면이었나?"

술집에서 네가 모르는 남자들이 빙 둘러서 있다. 그들은 너에 대해 아무것도 모르고 자기가 무슨 말을 하는지는 더더욱 모른다. 하지만 네가 햄릿에서 형편없었던 것은 사실이다. 너는 다른 바람을 탄다.

그들은 남의 입에 오르는 것보다 더 나쁜 건 아예 안 오르는 것뿐이라고 말하고 있다. 감옥에 갇힌 아일랜드 극작가들한테는 그것도 맞는 말일지 모르겠지만, 동방의 죽은 현장 조율 요원한테는 그렇지도 않다. 어둠이 내리고, 들리는 것이라고는 그저 네 이름이 혓바닥 위에서 구르다가 침처럼 튀어나오는 소리뿐이다.

인도 대사관에서 혹시 누가 너를 고용한 적이 있는지 확인하기 위해 대사 주재로 조사분석팀 긴급회의, 속된 말로 인도 첩자 모임이 열린다. I.E. 쿠가라자를 제외한 모두가 고개를 젓고, 회의는 중단된다.

카지노에서는 도박사들이 실없는 이야기를 주고받는다. 페가수스는 철조망으로 6층 발코니를 막았고, 계단 통로에서 너를 주무르던 바텐더는 예고 없이 잘렸다. 호텔 레오의 유령들은 세상이 그들에게

---

*   Bheeshanaya, 두려움, 공포. 1987년부터 1989년까지 인민해방전선 폭동의 암흑기를 뜻한다.

무심하듯 네게 관심이 없다.

너는 유명해지고 싶지 않았다. 아버지는 부재했고 어머니는 무심했으나, 사춘기의 환상을 품은 적은 없었다. 인기를 원했던 적은 없지만, 전쟁터에서 붉은 반다나를 두를 때마다 네가 얻었던 것은 바로 그것이었다. 누구와도 친구가 되지 않으려 했지만, 결국 모든 사람의 친구가 되었다. 북부와 동부에도 뉴스가 전해졌을까. 혹시 거기까지 바람을 타고 간다면 누군가 네 이름을 말하고 있을까. 사후에는 매사에 변위와 제약이 따르는 것 같다.

"라디오에서 발표했다고? 그의 어머니에게 알리기도 전에!" 격분한 딜런은 아버지의 툭툭 끊기는 말투로 소리쳤다. "머리가 어떻게 된 거야?"

"주소록 하트 잭 페이지에는 이름 아홉 개가 있었어. 전화를 걸었더니, 모두 잘못 걸었다고 했어. 어떤 사람은 내가 말린다의 이름을 꺼내자 욕을 했어."

"지금 당장 어머니한테 말씀드려야 해."

"말리와 어머니는 서로 싫어하는 사이였잖아."

"당국에서 시체를 넘겨주지 않을 거야."

"그냥 토막이라고 들었어."

재키는 입술을 깨물고 흐느낀다.

"추도식을 올리자. 진상조사도 요구하고. 제대로 해야 해." 딜런이 절대 하지 않을 일들을 속사포처럼 읊는 모습은 너무나 섹시하다.

"클럽 킹 번호에도 다시 걸어봤어. 아무도 안 받다가 걸걸한 목소리가 받더라고. 나더러 혹시 특별수사부냐고 물었어."

"특별수사부? CIA가 아니고? KGB는? 지금 네가 무슨 짓을 하는지 알기나 해?"

"난 말리의 두개골이 어떻게 베이라 호수에 들어가게 됐는지 알아내려는 거야. 아무도 관심이 없는 것 같아서."

———

재키는 불덩어리를 솜사탕으로 착각하고 가지고 놀고 있다. 암마의 집에 도착해 보니, 어머니는 소파에 늘어져 있다. 방금 장시간 근무를 마치고 차를 석 잔 마신 참이다. 소식을 전하니, 그녀의 손은 떨리기 시작한다.

"그게 인생이지." 그녀는 말한다. "언젠가 이렇게 될 줄 알았어. 어리석은 아이 같으니. 절대 내 말을 듣는 법이 없었지."

"네." 재키가 말한다.

"그런 말씀 마세요, 아주머니." 딜런은 목에 건 다른 뼛조각을 만지작거리고 있다. "말리는 살해당했어요. 제 아버지가 수사 중입니다."

"뭐 하러?" 암마는 빈 잔을 응시하며 말한다. "아무도 못 잡을걸. 그 애를 살려낼 수도 없어."

"그 유골이 정말 말리인지 확인해야 해요."

"그거 아니. 그 애는 정말 어렸을 때부터 거짓말을 시작했다. 하인들에 대해 자잘한 뻥을 쳤지. 돈을 갖고 싶으면 와서 이렇게 말했어. '아빠가 엄마는 짠순이래.' 그게 여덟 살 때였어."

암마는 차를 내놓지 않는다. 보기 드문 일이다. 언제나, 특히 싫어하는 손님을 접대할 때는 더욱, 주전자에 물을 끓이겠다고 고집하는 분이었다. 그녀는 한 모금 마시고 두 사람을 향해 미소 짓는다.

"둘 중 누가 그 애와 가까웠니?"

재키와 딜런은 서로 마주 본다.

"재키요." 딜런이 말한다.

"저 아니에요." 재키가 말한다.

"그 애가 자살 기도를 했다고 둘 중 누구한테 말한 적 있었니?" 락쉬미 알메이다는 눈썹을 치켜올린다. 달린 아줌마에 대해 네게 털어놓던 표정이다.

네 애인과 네 친구는 서로 마주 보다 외면한다.

"아버지가 떠난 뒤, 그 애는 나를 원망했어. 버티가 보내준 모든 수업을 때려치웠다. 펜싱, 배드민턴, 컵스카우트, 럭비. 잘못된 건 전부 내 탓이 되었어. 그러다 아침을 먹으면서 이런 말을 하더구나. '암미, 비틀스가 해산하면 난 자살할 거예요.'"

"비틀스요?" 딜런이 묻는다.

"롤링스톤스를 더 좋아한 줄 알았는데요." 재키가 말한다.

"그게 그 애한테는 농담이었다. 71년 봉기가 실패로 돌아가면 난 자살할 거다, 리버티 극장에서 제리 루이스 영화를 한 번만 더 틀면 자살할 거다. 항상 주목받으려고 하고, 항상 내 마음을 아프게 하려고 했다."

"그렇지 않아요, 아주머니. 말리는 아주머니를 사랑했어요." 딜런은 연기가 형편없다. 거짓말은 더 못한다.

"말리는 내 수면제를 가져갔어. 죽을 만큼의 양은 아니었지. 그래도 나를 나쁜 엄마로 보이게 할 정도는 됐어. 정말 피곤한 아이였다."

"우리 모두 충격받았어요, 러키 아주머니. 지금 와서 이런 말씀을 하시면 무슨 소용이에요."

세 번째 달

"그 애한테 왜 그랬느냐고 물어본 적 없니?"

재키는 찻주전자와 그 옆의 사용하지 않은 잔만 바라보았다.

"왜 그랬는지 나는 알아. 아버지가 자기 곁을 떠나고 우리를 잊어버렸기 때문에, 옆에 있는 건 나뿐이었기 때문에, 그 애가 주먹질할 사람이 나뿐이었던 거야."

너는 찻주전자를 움켜쥐고 암마의 머리에 휘둘러 박살을 낸 뒤 날카로운 조각을 목에 들이대면서 거짓말 취소하라고 소리친다. 그러다 문득 망상에서 깨어난다. 그대로인 주전자와 멀쩡한 암마의 목을 응시하면서, 이제부터는 남들이 네 이야기를 마음대로 할 것이고 그래도 너는 어쩔 수가 없다는 것을 깨닫는다. 너는 방방 뛰며 고함을 지른다.

"그 애가 내 이야기를 하더냐? 내가 나쁜 엄마였다고?"

"그리 자주 하지 않았어요." 재키는 잔을 들며 거짓말을 한다.

"새로 끓여주마." 암마는 자리에서 일어난다.

"차에 진을 넣어 드신다고 하더라고요." 재키는 한 모금 마시고 눈살을 찌푸린다. "전 말리가 지어낸 이야기라고 생각했는데. 아니군요."

딜런은 손에 얼굴을 묻는다. 흐느끼는 건지, 조는 건지 알 수 없다. 그러다 그는 일어나서 바닥을 응시한다. "아주머니, 저희는 그냥 알려드리러 온 겁니다. 괜찮으시겠지요? 장례식 준비는 제가 하겠습니다."

"물을 것도 별로 없다면서." 암마는 눈썹을 다시 치켜세운다.

"말리는 자기 몸을 과학계에 기증하고 싶어 했어요." 재키는 잔을 비운다. 그녀는 모처럼 미소 짓는다. "그게 말리의 소원이었어요."

고맙다, 재키. 기억해주는 유일한 사람.

"화장이 모두를 위해 최선일 것 같다. 종교가 있었던 것도 아니고." 러키가 말한다.

내가 언제 거창한 묘비를 원했나, 하고 생각하며 너는 암마에게 악담을 퍼붓는다. 네가 남자를 좋아한다는 사실을, 세상 어떤 여자도 남자도 누구도 그 사실을 어찌할 방법이 없다는 것을 처음 깨달았던 날 그 약을 삼켰다는 것을 암마는 모른다. 세상 모든 일이 당신과 당신의 거지 같은 결혼생활에 관계된 건 아니라고요, 어머니.

그들은 문간에서 의례적인 인사를 나눈다.

"그 애가 석 달 동안 완니에 갔던 때 말이다. 기억하니, 딜런?"

딜런은 고개를 끄덕인다.

"자기가 날 사랑한 적이 없고, 모든 게 내 잘못이라고 하더구나."

딜런은 네 어머니를 포옹한다. 재키는 고개만 끄덕인다.

"말리는 마음에도 없는 심한 말을 많이 했어요."

"아니, 그 앤 진심이었어." 암마는 말한다.

현관문을 닫은 뒤, 암마는 소파로 가서 카말라와 오마쯔가 근처에 없는 것을 확인한다. 창밖을 멍하니 내다보는 눈에서 눈물이 흐른다. 처음에는 한 방울, 이내 눈물이 글썽거리더니 분수처럼 흘러내린다. 너나 다른 사람들 앞에서는 절대 우는 모습을 보이지 않던 분이었다.

처음에는 민망하게 해주기 위해서라도 암마 앞에 나타날 수 있다면 얼마나 좋을까 하는 생각이 들었다. 비행기 사고에서 살아남을 확률과 특별수사부 납치에서 살아남을 확률은 38퍼센트로 정확히 똑같다고 말하고 싶었다. 하지만 아니, 너는 그 반대가 낫겠다고 마음을 정리했다. 늦었지만 지금이라도, 네가 갑자기 죽은 지 며칠 지난 지금이라도, 혼자 조용히 두는 것이 좋을 것 같다고.

세 번째 달

이 중간계라는 공간에 대해 아는 것은 거의 없지만, 너는 바람을 다루는 법을 터득했다. 모든 영혼이 바람을 잘 다루는 것은 아니다. 꾀죄죄한 방에 갇혀 상상 속의 벽에 머리를 박고 있는 영혼이 그렇게 많은 것도 그 때문이다.

제대로 바람을 잡아타면, 온갖 장소에 다 갈 수 있다. 물론 정말 가야 하는 곳에 정확히 데려다주지는 않는다.

"말리 소식 들었어?"

바람이 북적거리는 버스와 같다면, 네 이름이 들려오는 것은 문에서 문까지 털털거리며 데려다주는 삼륜차 같다. 순간이동장치와 비슷하지만 〈스타트렉〉이나 〈블레이크스 7〉에 나오는 그런 건 아니다. 나무 위에서 바람을 기다리고 있다가도, 어느 순간 너는 조니 길훌리가 커다란 화면으로 크리켓을 시청하고 있는 대사관 휴게실에 가 있다.

"나타났나?"

"그랬다고 해야겠지. 베이라 호수에서 머리와 뼈가 나왔어."

"맙소사."

조니는 벽돌 같은 장치에 대고 말하는 중이다. 방사선을 뿜는 돌덩이를 누가 자진해서 주머니에 넣고 다닐까 싶긴 하지만, 전화기의 최종 진화판인 것 같다. 전에 본 적이 있는 나이 많은 남자 두 명도 같은 방에 있다. 그들은 말다툼을 하는 것 같지만 무슨 내용인지는 알 수 없다.

"그래, 정말 끔찍해. 모두 충격받았어."

조니는 자기 꼬리를 먹고 있는 허벅지의 뱀 문신을 긁는다. 너는 그가 귀에 댄 전화기 쪽으로 다가간다. 오랜 세월 전쟁터에서 현장 조율사들에게 고함을 지르며 다져진, 네가 절대 착각할 수 없는 절도 있는 목소리가 반대편에서 흘러나온다.

"조니, 이거 우리 문제는 아니겠지?"

"무슨 소리야, 밥. 그냥 조심하라는 거야. 잠시 휴가나 가 있어."

"내가 표적일까?"

"자네가 대령과 소령과 한자리에 있던 걸 본 사람이 있었나?"

"당연히 없지."

"다른 기자들도?"

"앤디 맥고완? 못 봤어."

AP통신 특파원 로버트 서드워스, 총알이 빗발치던 오만타이의 전쟁터 한복판에서 45분 동안 너와 같이 풀숲 뒤에 납작하게 숨어 있던 기자다. 마을 처녀들을 남달리 좋아했던 기자, 1년 전 이 섬에 도착했지만 기사 한 꼭지 쓰지 않은 기자.

"내가 누구 말하는지 알잖아, 밥."

"말리가 표적이었다고 생각해? 누가?"

바로 그때 삼륜차가 도착한다. 운전사는 엔터프라이즈 호의 스코티도 아니고 리버레이터 호의 빌라도 아니다.* 여기는 호텔 방, 젊은 아가씨가 이불 밑에서 코를 골고 있고, 밥 서드워스는 숙취로 부스스한 행색으로 타월을 두르고 있다.

"그냥 조심하라는 거야, 밥. 그뿐이야."

"협박인가, 조니?"

---

*　각각 앞에서 언급한 두 SF 드라마의 우주선과 승무원.

세 번째 달

"당신 일로 내 일이 걸리적거리게 하지 마."

"내 일은 취재야, 당신 일은 뭔데?"

이 방이 어디인지는 알 수 없지만, 창밖 전경 중간쯤에 호텔 레오의 빨간 탑이 보인다. 서드워스는 브리스톨 담배를 피우며 라이온 라거 맥주를 마시고 있다. 아시아 억양이 묻은 조니의 뉴캐슬 사투리가 수화기 반대편에서 흘러나오고, 배경에서 늙은 남자 둘이 싸우는 목소리가 새소리처럼 들린다.

"밥, 나는 어린애가 아니야. 자네는 이스라엘 사람들과 계속 어울렸어. 반군과 만나고. 무기 밀수에 대해 기사를 쓴 건 아니지?"

"무슨 할 말 있나, 조니? 말리는 동료였어."

"아니었다고 말하려는 게 아니야."

"나는 여기 일하러 왔어. 그뿐이야."

"난 자네가 기자인 줄 알았지."

전화가 끊기고, 로버트 서드워스는 탁자 위의 맥주와 자기 이불을 덮고 있는 여자를 본다. 둘 다 손을 댈 마음이 나지 않는다.

———

여기는 목재로 마감된 벽면에 통일국민당 당원의 사진들이 걸린 사무실이다. DS,* 더들리 수상, 존 경,** JR, 이 낙원을 영광으로 이끌 상상력도 연민도 없었던, 주옥같은 특권층 개자식들이 모여 있

---

*   Don Stephen Senanayake(1884~1952), 통일국민당을 창설한 정치가. 스리랑카 독립을 이끌어 초대 수상을 역임했고 '국부'로 불린다.

**   John Lionel Kotelawala(1897~1980), 더들리 세나나야커의 사촌으로 1953년부터 1956년까지 스리랑카 제3대 수상으로 재임한 통일국민당 정치인.

다. 너는 악취처럼 방 안을 한 바퀴 돈 뒤 마호가니 탁자 위에 내려앉는다. 두 사람 다 한 대씩 패주고 싶지만, 상대가 들을 수도 없는 욕설을 한판 퍼붓는 것으로 참는다. 탁자에는 파일과 봉투, 숨 쉬는 그 누구의 것도 아닌 신발 상자가 놓여 있다.

"말린다 알메이다에 관한 일이겠군."

"이건 CNTR 소유의 사진에 관한 일입니다." 엘사 마땅기가 말한다.

"나도 그 사진을 보았어. 당신은 감옥에 끌려가지 않은 것이 다행이야."

"우리는 우리의 물건을 원할 뿐입니다. 나머지는 가지세요."

"마음이 넓으시군. 그 사진은 어디에 실을 건가?"

"우리는 기자가 아닙니다."

"83년 현장이라는 게 확실한가?"

"그게 아니면 어디겠어요?"

83년 폭동은 당시 사상 최악의 반군 공격으로 북부에서 살해당한 병사 13인의 장례식이 열린 보렐라 카날뗘에서 시작되었다는 것이 일반적으로 알려진 설이다. 지금 돌아보자면 13이라는 불운의 숫자는 그 이후 흐른 시체의 강에 비하면 소규모 충돌처럼 보인다. 사실 그 폭동의 발단은 넥타이를 맨 성난 남자들이 사롱 차림의 주정뱅이들에게 나눠줄 선거인 명부를 타자로 치던, 여기와 비슷한 어느 사무실이었다.

"아주 큰 사진 스튜디오를 갖고 계신 것 같더군. 얼굴은 어떻게 확대했소?"

"그건 말린다가 알아서 했습니다. 작업을 맡기는 애가 있다고 했어요."

"나는 꽁지머리 중국인이 아니야. 내가 이런 걸 왜 당신한테 내놓 겠나?"

그는 상자를 열고 봉투를 들어 보였다. 에이스, 킹, 퀸, 잭, 10. 각기 다른 문양. 로열 스트레이트.

엘사는 전에 네가 본 적이 있는 눈빛을 보인다. 외교적인 방법을 쓸까 하다가 포기하는 눈빛이다.

"정부는 83년 7월을 인정한 적이 없습니다. 잊어버린다고 해서 역 사가 지워지지는 않아요. 살인자 하나를 법정에 세운다면, 각하는 타밀족 모두의 신뢰를 다시 얻을 수 있습니다. 그 신뢰 없이 각하가 이 전쟁을 이길 수는 없습니다."

장관은 '스페이드 퀸'이 그려진 봉투를 집어 거꾸로 든다. 사진이 엘사 앞에 떨어진다. 모두 후지코닥 매장의 위란이 넉넉한 작업비와 한번 빨아주는 서비스까지 받고 확대해준 사진이다. 춤추는 악마, 몽둥이를 든 남자, 휘발유 통을 든 소년, 갈색 식칼을 든 짐승. 얼굴 을 알아볼 수 있을 정도로 확대되어 있다.

"이 사진이 공개된다면, 이 나라는 다시 한번 불탈 거요. 당신들은 진정 그걸 원하나?"

엘사는 내심 다시 돌려달라고 하지 않기를 바라는 마음으로 사진 을 한데 모은다. 다른 사람의 몸에 불을 붙이는 사람들의 흑백 사진 이 탁자를 가득 채운다. 엘사가 사진을 모으는 동안, 장관은 그중 두 장을 집어 든다. 그는 값비싼 의자에 뒤로 물러앉아 사진을 들어 보 인다.

"이걸로는 뭘 할 계획인가?"

하나는 원본, 다른 하나는 원본을 확대한 사진이다. 원본은 벌거벗은 타밀족 남자가 몽둥이를 든 청년들에게 위협당하는 장면이다. 배경에는 벤츠가 세워져 있고, 번호판은 보이지 않지만 뒷자리에 탄 남자는 보인다. 그는 열린 창문을 통해 폭력을 지켜보고 있다. 표정은 읽을 수 없고, 입은 굳게 다물고 있다. 다른 사진은 같은 남자를 흐릿하게 확대한 얼굴이다. 시릴 위제라트너 장관은 그 사진을 들어 보이며 날카롭게 묻는다.

"이 사진으로 뭘 할 계획이지?"

"각하라는 것을 인정하십니까?" 현명하게도 엘사는 미소 짓지 않는다.

"조심하시게, 아가씨. 폭도를 조직했다고 나를 비난한 건 당신이 처음이 아니야. 그런데 내게 그런 힘이 어디 있나. 폭도가 날뛰었고, 안타깝게도 타밀족이 고통받았지. 그뿐이오."

"죄 없는 타밀족들이 고통을 겪었지요."

"아주 슬픈 일이었지."

"그런데 왜 막지 않았지요?"

"1983년은 당신들의 잘못이지, 내 잘못이 아니었어." 장관은 말한다. "잠자는 사자를 깨우면 덤비게 마련이야. 늘 명심하시오."

"어느 집이 타밀족의 집인지 폭도가 어떻게 알았을까요?"

"그리 현명하지 않은 수를 쓰고 계시는군, 마땅기 부인."

"마땅기 씨라고 불러주세요."

"사진은 당신에게 드릴 생각이오. 물론 이 두 장은 빼고."

"그러시지요."

"하지만 네거티브 필름이 필요해. 어디 있지?"

"말리의 여자친구와 남자친구가 알지도 모릅니다."

"그들은 스탠리의 아이들이야. 내가 건드릴 수 없어."

"그중 하나는 그렇지요."

"네거티브 필름을 구해주면, 나머지는 당신이 가져가도 좋소."

"필름이 있으면, 이 사진이 저한테 무슨 필요가 있겠습니까."

"한 가지 더 부탁할 일이 있소."

엘사는 장관의 미소를 읽으려고 애쓰며 무슨 말이 나올지 기다린다.

———

너는 천장에 떠서 시릴 장관이 엘사 마땅기에게 말하는 광경을 지켜본다. 정부는 이스라엘 무기를 거래하는 영국 무기 밀매상과 대화하고 싶은데 중국과 맺은 새로운 계약 조건 때문에 그럴 수가 없다. 반군 지휘권을 수프레모에게서 빼앗는 데 사용한다는 조건으로 이 무기를 마한떠야 대령에게 넘겨도 좋다. 하지만 마한떠야는 정부군도, 영국인도 믿지 않는다. 그래서 정부에게는 중재자가 필요하다는 내용이다.

"당신 동료 쿠가라자에게는 이 이야기를 하지 마시오. 우리 정보통에 따르면 그는 반군과 인도 비밀 정보기관 양쪽과 내통하고 있어."

"제가 모를 거라 생각하십니까?"

"사진을 전부 당신에게 넘기는 조건으로, 물론 이 두 장만 빼고. 그리고 감옥에 안 들어가도 돼. 당신 입장에서 보면 꿈에나 나올 조건이야. 이게 최선일 거요."

"저는 죽겠군요. 당신한테 죽거나, 저쪽에 죽거나."

"우리는 나쁜 사람들만 죽여. 국가를 협박하는 자들은 나쁜 사람들이오, 최악의 인물들."

"83년에 죽은 사람들은?"

"오래전 일 아닌가. 지금 거론해서 무슨 소용 있나. 다시 그런 일이 일어나기를 바라는 게 아니라면."

"제가 만약 네거티브 필름을 캐나다로 가져가서 스리랑카 정부가 테러리스트를 무장시키려 한다고 폭로한다면?"

"당신은 그보다 현명할 거요. 이 사무실을 나서기 전에 결정하시오." 장관은 얼마든지 '만약 네가 폭로한다면 어떻게 하겠다'는 내용을 덧붙일 수 있었지만, 그럴 필요가 없었다. 권력자들은 협박을 입밖에 내지 않고도 얼마든지 상대를 협박할 수 있다.

"CNTR이 이 제안을 받아들인다면, 인도군을 내보내주세요. 그리고 타밀 민간인도 보호해주십시오."

"센터는 됐고. 당신만. 알메이다를 잊어버린 것 같군. 그를 죽인 건 우리가 아니야. 하지만 당신이나 쿠가라자가 어디까지 일을 벌이는지 우린 모르지."

"우리는 그런 일에 관계가 없습니다, 각하."

"동료를 잃었는데도 그다지 슬퍼 보이지 않는군."

"저는 많은 동료를 잃었습니다. 이런 일은 익숙합니다."

"나도 마찬가지야." 위대한 인간의 아들이자 깃털 목도리를 두르고 다니는 청년의 삼촌이 이렇게 말한다. "잊지 마시오."

"최선을 다해보죠." 엘사는 포커를 치지 않지만, 도박을 했다면 아주 잘했을 것이다.

"주말까지 시간을 주지. 거기까지야. 네거티브 필름이 필요해. 일요일에 열릴 회의, 거기서 봅시다."

"이 사진을 지금 가져가도 될까요?"

너는 장관이 전화를 들어 퉁명스럽게 지시를 내리는 것을 지켜본
다. 경찰도 아니고 군인도 아닌 검은 옷차림의 무장한 남자들이 들
어와서 엘사 마땅기를 밖으로 인도한다. 한 사람은 뒤에 남아 봉투
를 정리한다. 엘사는 미소를 지우고 고개를 저으며 방에서 밀려 나
간다.

장관은 전화를 내려놓고 고개를 끄덕인다. "앞으로 48시간. 지금
이 순간부터. 네거티브 필름과 당신의 약속이 필요해. 당장. 사진은
그때까지 내가 갖고 있겠소."

———

"말리 알메이다에 대해 전화 한 통만 더 걸려 오면, 너를, 그래, 바
로 너 말이야, 인도군 심부름이나 하게 자프나로 보내버리겠어."

그는 부엌칼로 편지를 찢다가 손가락 끝을 베일 뻔한다.

"젠장, 그 호모놈의 귀신이 내 하루를 망치려고 여기 온 게 분명
해."

저놈한테 어떻게 알려줄까, 너는 생각한다.

"멘디스, 내 말 들었나?"

"예, 알았습니다." 육중한 몸집의 상병이 구석에서 파일을 정리하
다가 소심하게 찍 소리를 낸다.

"누가 찾아왔다고?"

"예. 경찰 둘이 왔습니다."

"들여보내. 전화는 모두 대기시켜. 그분 전화만 연결하고."

"예, 알았습니다."

상병은 파일 캐비닛 옆의 문으로 나간다. 한쪽으로 긴 방에는 파일과 지도가 어지럽게 널려 있고 탁자에는 무기가 놓여 있다. 우지한 정, 칼라시니코프 한 정, 38구경 브라우닝 한 정, 수류탄 몇 개, 자물쇠에 열쇠가 꽂힌 유리 금고 안에는 덤덤탄이 들어 있다. 구석의 책상 위에는 전화가 여러 대 있고, '라자 우두감폴라 소령'이라는 명판이 놓여 있다. 너는 전에 이 책상에 앉아서 부탁을 하고 지시를 받은 적이 있다.

상병은 경찰 둘과 같이 돌아온다. 하나는 건장하고 조용하고, 다른 하나는 마르고 말이 많다. 소령은 계속 칼로 편지를 뜯으며 그들을 향해 미간을 찌푸린다.

"란차고다 경사. 카심 형사. 추천이 들어와서 당신들을 골랐소이다. 할 일이 많아."

"예, 소령님!"

그들은 차려 자세로 서서 눈이 마주치는 것을 피한다.

"호텔 레오에는 쓰레기가 얼마나 남았소?"

카심의 손이 그 숫자를 적어놓은 수첩을 향해 꿈틀한다. 하지만 라자 소령이 꿈지락거리는 이등병의 코를 부러뜨렸다는 소문이라도 들었는지, 그는 다시 잠잠해진다.

"77개입니다." 그는 외친다.

"거짓말하지 마시오. 40 몇 개로 알고 있었는데."

"지난주에 더 들어왔습니다." 란차고다가 말한다.

"내가 통금을 요구했어. 장관이 곧 발표할 거요. 당신이 수송을 감독하시오. 카낟떠에서 특별수사부가 인계받을 거요. 차량은 충분한가?"

"트럭 세 대가 있습니다."

"하! 부족해. 운전사는 내가 붙여주지. 몇 번 왔다 갔다 하면 되겠군. 그나저나 내가 아주 안 좋은 이야기를 들었어."

"예?"

"우리가 범죄자를 고용한다는 소문. 시체를 고양이한테 먹인다면서? 이건 헛소문이겠지?"

"능력 있는 쓰레기 처리반을 구하는 게 힘듭니다, 소령님. 믿을 사람이 없어요. 우리가 쓰는 자들은 물론 성자는 아니지만, 살인범이나 마약상은 아닙니다." 란차고다가 말하는 동안, 카심은 바닥만 내려다본다.

"좋아."

"고양이 이야기는 저도 모르겠습니다."

"알았네. 어디 보자. 그렇게 해. 나가보게."

경찰들이 방을 나가는데, 전화 하나가 울린다. 너는 바깥 대기실에서 봉투를 교환하는 상상에 빠져 있다가 깜짝 놀란다. 네가 이 방에 불려온 것은 단 두 번이었다. 한 번은 잘했다고 칭찬을 들었고, 한 번은 이제 필요 없다는 통보를 받았다.

전화 옆의 불이 깜빡이고, 소령이 수화기를 든다.

"네?"

"라자 우두감폴라 소령과 통화할 수 있을까요?"

"누구요?"

"제 친구의 주소록에 이 번호가 있는데요."

"친구가 누굽니까?"

"말린다 알메이다."

딸깍.

"멘디스!"

그는 수화기를 쾅 내려놓고 상병이 긴 복도를 지나 방에 들어올 때까지 기다린다.

"이 멍청한 새끼야! 내가 아무도 연결하지 말라고 했잖아!"

"그건 소령님 개인 번호였습니다."

"하지만 이 번호는 아무도 안 가지고 있는데."

전화 옆의 불이 다시 깜빡였다.

"좋아, 나가봐!"

그는 상병이 문을 닫고 나갈 때까지 기다렸다.

"네."

"말린다를 어떻게 아세요?"

"아가씨, 여기는 스리랑카군 본부요. 이 전화번호는 기밀이야. 당신을 추적해서 구금할 수도 있소."

"그런데 말리가 왜 이 번호를 갖고 있었을까요?"

"나는 스리랑카군의 라자 우두감폴라 소령이라고 하오. 내가 보도자료를 이미 발표했어. 알메이다는 1984년부터 1987년까지 군 사진가로 고용되어 일했소. 나는 그 작자를 개인적으로 만난 적이 없어. 지난 3년간 그는 군과 아무 관련이 없었소. 다시 전화하면 죽여버리겠어."

그는 수화기를 쾅 내려놓고 책상을 정리한다. 편지를 쟁반 위에 놓고 봉투를 쓰레기통에 쑤셔 넣는다. 전화기가 다시 깜빡인다. 수화기

세 번째 달

를 집어 들고 욕설을 하려던 소령은 그렇게 하지 않았다는 사실에 가슴을 쓸어내린다.

수화기 너머에서 복도까지 들릴 정도로 커다란 목소리가 흘러나온다.

"아, 라자. 내가 지원 못 해줬다는 소리 하지 말게."

"각하, 대단히 감사합니다."

"통금을 발령했어. 자정부터 다음 날 자정까지. 그 정도면 충분하겠지."

"충분합니다, 각하. 충분하고도 남습니다. 감사합니다, 각하."

"대통령이 이유를 묻더군."

"뭐라고 말씀하셨습니까?"

"이야기해줬어."

"그랬더니요?"

"이렇게 말하더군. '24시간으로 충분할까?'"

웃음은 음악 소리와 같다지만, 그건 우리가 받아먹는 수천 개의 거짓말 중 하나일 뿐이다. 어떤 웃음은 짜릿하고, 어떤 웃음은 끔찍하며, 어떤 웃음은 피를 얼어붙게 한다. 라자 우두감폴라 소령과 시릴 위제라트너 수상이 동시에 클클 웃는 소리는 얼마 전에 검사한 네 고막을 평생 두드린 수많은 소리 중에서도 가장 추악한 소리다.

"그리고 한 가지 더."

"예, 각하."

"하나 더 데려갈 것이 있어."

"이름을 말씀하시지요, 각하."

"엘사 마땅기. 있는 곳은······."

316

"알고 있습니다, 각하. 호텔 레오입니다."

"그 여자를 감시해. 내 명령이 떨어지면 체포할 수 있도록 준비하도록."

"어떤 손님입니까, 각하?"

"아주 제대로 대접해줘."

"정보를 얻어낼까요, 본때를 보여줄까요?"

"둘 다."

"그럼 '마스크'를 부르겠습니다."

"그래, 약카를 써서라도 해내. 실수하지 마."

세 번째 달

네 번째 달

"나는 천사다. 나는 어머니들의 눈앞에서 그 첫 아이를 죽인다.
도시를 소금으로 만든다. 심지어 마음 내킬 때는 어린 소녀의
영혼을 빼앗기도 하지만, 지금부터 영원히, 네가 존재하는 한
변치 않을 유일한 사실은, 네가 그 이유를 절대 이해할 수 없
을 거라는 거다."

— 그레고리 와이드, 영화 《신의 전사(The Prophecy)》

통금

통금이 발령되는 날이면, 바람과 영혼, 검문소 경비들의 눈알 말고는 아무것도 움직이지 않는다. 너는 나무 위에서 반달과 그 달을 가리는 구름을 바라보며 밤을 지새웠다. 그리고 세상 모든 보살과 아서 클라크가 말한 서른 개 유령들 모두가 궁금했을 그 의문을 되뇌었다. 이 모든 것을 멈추는 일이 가능할까?

네가 기억하는 최초의 통금은 1983년 학살 직후였다. 그 후 통금은 뽀야 휴일만큼 흔해졌다. 비가 내리면 홍수가 나듯, 폭력 사태가 터질 때마다 통금이 뒤따랐다. 남부에서도, 북부에서도, 여기 거친 서부에서도, 정부는 사람들을 길에서 몰아내고, 차를 도로에서 몰아내고, 자유를 몰아냈다. 조니는 정부가 질서를 회복하고, 나쁜 놈들을 잡고, '대낮에 떳떳이 할 수 없는 짓을 하기 위해' 통금을 발령한다고 말했다.

중얼거리는 자살자들이 네가 있는 나무에 북적거린다. 자살자들은 쁘레따 다음으로 눈에 잘 띈다. 눈은 누런 기를 띤 녹색이고, 목이 부러진 경우가 많으며, 혼잣말이지만 늘 말이 많다. 너는 바람에 실려 검문소에서 검문소로 흘러가고, 텅 빈 도로와 외로운 버스정류장을 스친다. 고양이들은 골목을 순찰하고, 까마귀는 지붕을 지키고, 숨결 없는 존재들은 유독 느릿느릿 걸어 다닌다.

아속 레이랜드 트럭이 대로를 덜컹거리며 달린다. 평소 골 로드에서 가장 붐비는 구간이지만, 이 새벽에 처음 나타난 차량이다. 트럭은 밤발라삐띠야 검문소에서도 속도를 늦추지 않지만, 보안요원은 손도 들지 않고, 눈썹 한 번 올리지 않는다. 잠시 후 녹색 도요타가 검문소에 서고, 운전사가 차에서 내려 수색을 받는다. 남자는 앞유리창의 의료 차량 스티커를 가리켜 보이고 무사히 통과한다.

두 번째 트럭, 동체에 나무를 댄 빨간색 차량이 검문소에 다가가면서 속도를 내지만, 보안요원은 손만 흔든다. 너는 불러스 로드로 꺾는 트럭 꽁무니에 올라탄다. 바닥은 덜컹거리고, 독한 악취가 풍긴다. 코가 없지만 냉동된 시체가 썩어가는 악취를 피할 수는 없다.

이 트럭 지붕에 탄 것은 너 혼자가 아니다. 숨결이 없는 다른 존재도 너와 같이 들썩거리고 있다. 바람이 그들을 세차게 통과하자 얼굴은 줄무늬로 너덜거린다. 잊힌 미소와 혼란스러운 눈빛을 허공에 펄럭이며, 트럭은 카날떠 공동묘지로 접어든다.

차량이 두 대 더 있다. 둘 다 트럭, 둘 다 뒤 칸이 열려 있고, 둘 다 남자들이 짐을 내리고 있다. 짐은 경직이 풀어진 시체, 냉동된 것도 있고 썩어가는 것도 있다. 웅웅거리는 파리 떼가 진수성찬을 환영하며 까맣게 모여든다. 작업자들은 두꺼운 마스크를 썼으며 대부분 낡은 사롱을 입과 코까지 두르고 있다. 마치 노상강도나 암살자 같은 분위기, 아마 상당수가 실제로 그럴 것이다.

지금 카메라가 있었으면 좋겠다. 네거티브 필름을 인화할 장소와

●

그 사진을 보여줄 상대가 있었으면 좋겠다. 시간이 더 많고 신경 쓸 일이 있다면 좋겠다. 누가 너를 죽였는지 안다면 좋겠다. 군복을 입은 사람은 없지만, 몇몇은 군인처럼 꼿꼿하고 동작이 민첩하며 대화도 거의 없고 쉬지도 않는다.

정문에서 경찰 둘, 그리고 군인도 아니고 경찰도 아닌 남자 둘이 신분증을 확인하고 내용을 기록한다. 들것과 손수레의 혼란 속에서 질서와 조직을 유지하려는 유일한 노력이다. 어떤 사람은 장갑을 끼고 있고, 어떤 사람은 쓰레기봉투를 뒤집어쓰고 있다. 시체를 들것에 올리고 화장탑 쪽으로 밀고 가는 동안 그저 괴롭게 신음할 뿐, 아무도 말을 하지 않는다. 신음은 시체를 들어 올리는 남자들, 그리고 지켜보는 유령들에게서 흘러나온다.

검은 옷차림의 남자들은 소리 질러 뭐라 지시를 내리고 시체를 반듯이 쌓았는지 확인한다. 손수레 하나가 넘어지면 뒤에 줄줄이 따라가는 수레가 모두 기다려야 하기 때문이다.

방금 도착한 트럭은 주차장에 짐을 내리고, 두 번째 트럭은 절반 정도의 짐을 수레에 옮기고, 세 번째 트럭은 화장장에서 돌아온 빈 들것을 다시 싣고 있다. 세 번째 트럭으로 걸어가고 있는 세 남자는 얼굴을 반쯤 가렸지만, 인간이라기보다 소에 가깝게 느릿느릿 활보하는 모습이 눈에 익은 걸음걸이다. 발랄과 끈뚜는 마치 버팔로 같다. 가짜 부츠를 신은 운전사는 빠르게 걷는다.

혼돈의 가장자리에서 란차고다 경사와 카심 형사는 신호등처럼 우뚝 서서 질서를 잡아보려고 하지만 오히려 혼돈을 부채질하고 있다. 대부분의 시체 위에 영혼들이 쭈그리고 앉아 있다. 비탄에 무너진 얼굴로 아이처럼 내려다보며 어떻게 하면 껍데기에 다시 숨결을

네 번째 달
323

불어넣을 수 있을까 고심하고 있다.

너는 하늘을 향해 검은 스모그를 내뿜는 거대한 굴뚝을 올려다본다. 별도 외면하고 신들은 귀를 닫는다. 콜롬보의 공기가 이런 연기로 가득했던 때가 여러 번 기억난다. 이 시체 무더기에 너는 없다. 이제 네게 없는 뼛속부터 느낄 수 있다. 손수레와 들것은 계속 탑 쪽으로 밀려오고, 시체는 벽의 거대한 구멍으로 실려 가서 소각로에 버려진다. 화염은 그때마다 화르륵 타오르며 시체를 삼키고, 유령들은 차례로 울부짖지만 들어줄 이는 이제 듣지 않는 존재들뿐이다.

바깥에서 타이어 마찰음이 들리고, 누가 목소리를 높인다. 화장장에서 빠져나가 보니, 라자 우두감폴라 소령이 일꾼들을 향해 팔을 흔들고 있다. 속삭임으로 후덥지근한 공기를 억양이 강한 그의 외침이 가른다.

"이 멍청이들이 지금 뭣들 하는 거야?"

눈을 감으면, 소령의 새된 목소리가 마치 〈벅스 버니〉를 싱할라어로 더빙하는 것 같아서 우습게 들릴 것이다. 그 구부정한 오랑우탄 같은 덩치를 두 눈으로 보고 있어야, 그 목소리의 주인이 두 주먹으로 네 가슴을 쳐서 갈비뼈를 부러뜨릴 수도 있다는 것을 깨닫게 된다.

"두 시간이나 늦었잖아, 이 게으름뱅이 자식들! 내 부하들이 짐을 내릴 거다. 나머지 쓰레기를 가져와. 당장! 네놈들을 전부 저 불 속에 던져버리기 전에!"

군도 경찰도 아닌 검은 옷의 남자들이 사복경찰들을 향해 투덜거리는 통에 소란스럽다. 란차고다와 카심은 발랄과 끋뚜에게 고함을 지르고, 발랄과 끋뚜는 운전사를 밀고, 운전사는 정부를 욕하면서 지시에 따른다. 경찰들과 운전사는 트럭 앞자리에 올라타고, 쓰레기 처리반은 트럭 안을 물로 씻어내린다. 시체의 몸에서 나온 붉은색, 갈색, 노란색, 파란색 내용물이 변화무쌍한 무늬를 이루며 흘러간다.

"이제 어디로 갑니까?" 운전사는 시동을 건다.

란차고다는 들쑥날쑥한 치열을 드러내며 미소 짓는다.

"어디로 갈 것 같나?"

카심 형사는 말이 없고, 란차고다 경사는 더는 참을 수 없다.

"얼굴이 삐뚜*처럼 허옇군. 너무 많이 생각하지 마. 이것들은 전부 테러리스트 건달들이야."

"하지만 그렇지 않잖아."

"네가 어떻게 알아?"

"다들 젊은 사람들이야. 이런 일에는 동의할 수 없어. 나는 원래 그랬어. 작년에 전근 신청했어. 기다리는 중이야."

"인민해방전선은 군과 경찰, 그 가족을 위협했어. 우리는 우리 가족을 지키는 거야. 사람을 죽일 정도로 컸다면, 못 죽을 만큼 어리다고도 할 수 없겠지."

"그럼 이들의 가족들은? 그들은 누가 보호하지?"

"자식 건사를 더 잘했어야지. 운전사, 왜 안 가고 있나?"

"랑카는 파괴될 겁니다. 처음에는 불로. 다음에는 홍수로." 운전사는 멀쩡한 쪽 발을 조심스럽게 디디며 중얼거린다.

"뭐라고 했지?"

---

*   Pittu, 쌀가루나 밀가루에 코코넛을 넣어 익반죽하여 찐 음식. 커리 같은 요리와 함께 먹는다.

네 번째 달

"아닙니다."

너는 덜컹거리며 출발하는 트럭 후드에 앉는다. 바람결에 네 이름이 퍼진다. 평소의 극적인 말투가 생략되니 누구인지 얼른 짐작할 수 없는 목소리다.

———

"말리의 유골은 가족에게 돌려주도록 조치하마." 스탠리는 아들에게 말한다.

"유골은 없어요, 아빠." 딜런은 눈을 번득이며 낮은 목소리로 말한다.

"누가 그러더냐?"

"유엔 법의학팀한테 들었습니다."

"그들을 만났어?"

"그들이 저를 만났죠."

"어디서?"

"아트센터 클럽에서요."

"거기 가면 안 된다."

"왜요?"

"마약중독자와 동성애자 소굴이라지. 곧 거기도 단속 들어갈 거다."

네 대다와 스탠리가 만났다면 잘 어울렸을 것이다. 불타는 호모들의 시체로 가득 찬, 불난 집구석이랄까, 너는 그들이 아줌마 같은 옷차림을 하고 서로 별점을 비교하며 아들 결혼식을 위해 웨딩드레스를 고르는 모습을 상상해본다.

"스리랑카 지구환경 단체를 그만두기로 했어요." 딜런이 말한다.

●

"현명한 선택이라고. 생각한다." 아버지는 말한다. "너희 둘은 아주 가까웠지. 머릿속을 정돈하려면 시간이 좀 필요할 거야. 준비가 되면, 언제든지 법률회사로 오너라."

"유엔에 일자리를 구했습니다."

"그랬구나. 환경 프로그램?"

"시체의 신원을 확인하는 스리랑카 자체 법의학팀을 꾸리기로 했습니다."

"라자팍사 그 친구랑 같이 하는 거냐?"

"이 팀은 정치와 관계없습니다."

"이 나라에서 정치와 관계없는 일은 없어. 네가 세상물정을 좀 더 알아야 할 텐데 말이다. 딜런."

스탠리는 몸을 앞으로 내밀고 아들의 어깨에 손을 짚는다. 그의 속이 부글부글 끓는 기색이 역력하지만, 딜런은 눈치채지 못한다. 딜런이 못 보는 것, 모르는 것, 이해하지 못하는 것을 한데 모으면 대성당도 지을 수 있을 것이다. 아버지는 깊이 한숨을 내쉰다. 두 사람의 옆모습은 쌍둥이처럼 똑같다.

"우리가 이 나라를 보다 좋은 곳으로 만들지 못한다면, 누가 하겠습니까?" 아들이 말한다.

"해야 하는 일을 해라." 아버지는 중얼거린다. "네가 해야 하는 일을 해."

그때 재키가 비틀거리며 부엌에서 나온다. 그제야 너는 골 페이스 코트의 아파트로 돌아왔다는 것을 깨닫는다. 방이 어딘가 달라졌다 싶어 둘러보니, 사진이 걸려 있던 벽이 비어 있다.

그녀는 마이크를 든 인민해방전선 전사처럼, 선거인 명부를 든 폭력배처럼 아버지와 아들의 대화에 끼어든다. 그녀는 주소록과 카드 명 다섯 개가 적힌 종이를 들어 보인다.

"내가 알아냈어. 이름을 전부 알아냈다고."

딜런은 피곤하고 벅찬 것 같다.

"무슨 이름? 무슨 소리야?"

"카드명이 그려져 있던 그 봉투 다섯 개에……."

"그래, 알아. 주소록에도 전화번호 옆에 같은 카드명이 그려져 있었지."

"그 전화번호가 누구 번호인지 다 알아냈다고."

이 소식에 기뻐해야 할지, 재키의 신상을 염려해야 할지 모르겠다. 표정으로 미루어볼 때 아버지와 아들 역시 마찬가지인 것 같다.

재키는 네 주소록을 넘기며 표시해둔 페이지를 찾는다. "다이아몬드 에이스, 이건 조니 길홀리야. 대사관에서 만난 그 왕재수." 재키는 종이에 동그라미를 친다. "말리는 AP통신의 로버트 서드워스라는 사람도 입에 올린 적이 있어."

"나도 AP통신과 일하지만, 서드워스라는 사람은 들어본 적 없어." 딜런이 말한다. "괴짜 앤디 맥고완 말이겠지."

"서드워스?" 스탠리는 고개를 젓는다. "록히드 시스템스 판매상 중에 그런 이름이 있는데."

"록히드 뭐요?" 딜런은 묻는다.

"남아시아지역협력연합 소속 대부분의 정부에 무기를 파는 회사다."

"여차하면 말리가 무기 판매상이었다고 하시겠군요."

"그럴 것 같지는 않구나." 스탠리는 말한다. "무기 판매상이었다면 자기가 사는 집세 정도는 냈겠지."

그가 아들을 쳐다보자, 딜런은 시선을 피한다.

"스페이드 퀸은 CNTR의 엘사 마땅기." 재키가 말한다.

"아빠, 그거 확인해보셨어요?" 딜런이 묻는다.

"이미 말했잖니. 에마누엘 쿠가라자는 EROS 같은 타밀 반군의 대리인과 손을 잡고 있어. 인도 정보기관도 엮여 있고. 그는 영국에서 폭행 혐의로 체포되었다가 불기소처분으로 풀려난 전력이 있다. 엘사 마땅기는 토론토 대학에서 반군의 자금을 모집했어. CNTR은 캐나다와 노르웨이 정부의 자금 지원을 받고 있다. 하지만 미국 평화자금도 유입되고 있어."

스탠리도 청소년부에서 열심히 뒷조사를 한 모양이다. 그게 아니라면, 잘 속는 아들 앞에서 이야기를 지어내고 있는 것이리라.

"미국 평화자금이라는 것도 있어요?" 딜런이 묻는다.

"그 예산이 미국 전쟁자금 정도 되나요?" 재키가 농담을 던지지만 아무도 웃지 않는다.

"CNTR이 타밀 반군이나 인도 정보기관이 내세운 위장 단체라면, 그다음은 짐작이 가지."

"어떻게요?"

"양쪽 다 자기 고용인들의 입을 막는 것도 주저하지 않는 자들이다."

잠시 침묵이 흐르고 재키가 헛기침을 한다. "하트 잭 밑에는 이런 이름들이 있어요. 바이런, 조지, 허드슨, 기네스, 링컨, 브란도, 와일드. 대부분 잘못된 번호라고 하더군요. 몇몇은 말리의 이름을 꺼내자마자 전화를 끊어버렸고."

네가 맛을 본 남자들 중에서 전화번호를 알려주는 사람이 있으면,

네 번째 달

329

너는 받아적기만 하고 다시 연락하지 않았다. 그쪽에서 네 전화번호를 달라고 하면 엉터리 번호를 알려주었지만, 그전에 반드시 상대의 사진을 찍어 남겼다.

"다른 인민해방전선 사람일지도 모르지. 시체가 발견됐다는 소식은 들었을 테니까." 스탠리가 말한다.

딜런은 고개를 젓고 머리카락을 만지작거린다. "말리는 누구하고나 잘 어울렸어. 다 알잖아, 재키. 그럼 킹과 10은 누구야?"

"클럽 킹은 라자 우두감폴라 소령의 집무실로 바로 연결됐어."

"다들 미쳤니?" 스탠리의 넥타이가 바람결에 펄럭 흔들린다. "우두감폴라는 특별수사부 작전 지휘관이다. 그자의 직통전화로 연결됐다고?"

"전 그냥 주소록의 번호에 걸어본 건데요."

"확실히 말해봐라. 그와 통화한 건 아니겠지." 스탠리의 손이 떨리고 있다.

"아뇨." 재키는 지나치게 과장된 말투로 거짓말을 한다.

스탠리는 눈을 지그시 뜨고 그녀를 쳐다보다가 일단 넘어간다.

"이건 장난이 아니다, 재키. 우두감폴라는 폭력배 같은 사람이다. CIA에서 훈련받은 고문 기술자들을 휘하에 거느리고 있어. 마스크에 대해 들어봤지? 말린다가 그와 엮였다면, 우리 모두 조용히 있는 게 좋아."

"말리의 상자는 돌려받을 수 있을까요?"

"시릴 위제라트너 장관이 약속했어."

"알았어요." 재키가 말한다.

"그 상자 안에는 뭐가 있지?"

"우리 모두 알고 싶어요. 전화 안 해보셨어요?"

"몇 번이나 말해야 해? 못 믿겠니? 지금 전화하마."

"네." 재키가 말한다.

스탠리 다르멘드란은 안으로 들어가서 수화기를 들더니 번호를 확인하지도 않고 다이얼을 돌린다. 전화번호에는 숫자 0이 많아서 회전식 다이얼이 끝까지 돌 때까지 인내심을 확인해야 한다.

"그럼 조니가 에이스, 특별수사부가 킹, 엘사는 퀸, 잭은 인민해방전선이군. 10은 뭐지?"

"말했잖아. 하트 10은 우리 아파트 전화번호 옆에 그려져 있었다고."

"그게 무슨 뜻일까?"

"그냥 우리 사진이겠지." 재키가 말한다. "아니면 그냥 네 사진만 들어 있거나."

딜런은 주소록을 재키에게 받아서 페이지를 넘기기 시작한다.

"네 이름은 여기 따로 있어. 재키라고. 그리고 괄호 안에 사촌 딜런이라는 이름도 적혀 있군. 이 주소록은 얼마나 된 거지?"

한때 가슴이 있던 자리에서 찌르는 듯한 아픔이 밀려오고, 눈에 보이지 않는 팔이 쑤신다. '10점 만점'이라는 제목의 봉투 안에 든 모든 사진이 떠오른다. 남이 훔칠 가치는 가장 적으나 그 어떤 사진보다 더 보호해야 할 사진, 네게 그 사진들은 그런 것이다.

너의 약점

다시 오터스 수영클럽. 아버지와 아들이 매주 만나는 자리에 처음이자 마지막으로 초대받았을 때였다. 너는 재키의 남자친구 자격으로 같이 갔고, 두 번 다시 초대받지 못했다. 같이 살기 시작한 지 6개월이 채 안 되었던 때, 너와 재키가 커플인 척 클럽과 카지노를 전전하면서 침대만 같이 쓰지 않던 시기였다.

스탠리는 화기애애했고 손님을 초대한 주인장 역할을 기분 좋게 즐기며 맥주와 오징어 요리를 주문했다. 네가 혼합 복식 배드민턴을 친 것도 이때가 처음이자 마지막이었다. 딜런과 재키 대 스탠리와 너였다. 전반전이 지나자 누가 봐도 재키의 실력이 너무 달렸고, 게임이 끝나자 네가 그보다 더 못 친다는 것이 너무 뻔했다. 하지만 너는 셔틀콕 기술에서 달리는 점수를 말솜씨로 만회하려 했다.

"딜런, 네 약점을 찾은 것 같아."

"뭐야?"

"배드민턴."

네가 자꾸 헛소리를 하면서 점수를 잃는 동안, 스탠리는 아무 말도 하지 않았다. 단지 게임이 끝날 무렵 마지막 한 점을 놓고 네가 기적적으로 버티다가 셔틀콕을 네트에 처박았을 때, 그가 이렇게 내뱉는 소리가 들렸다. "아, 이런 젠장!" 게임 내내 휘둘렀던 분노의 스매싱보다 더 억눌린 격정을 내뿜은 한마디였다.

너는 세 사람 모두 중독 상태로 시청하던 패트릭 스웨이지 주연의 미국 미니시리즈 〈남과 북〉 이야기를 꺼냈다. 스탠리의 시선에 억지 미소가 떠돌았다. 전투 장면이 얼마나 비현실적인지 늘어놓고 있는데, 그가 화제를 바꿨다.

"한번은 내 차에 수류탄이 날아든 적이 있었지. 바로 이 근처였다. 저기 불러스 레인에서."

딜런은 1987년 평화조약 직전까지 아빠가 타밀 반군의 암살 대상

명단에 올라가 있었다는 이야기를 자주 했다. 요즘도 아버지와 아들은 수영클럽에 갈 때조차 각자 다른 차를 타고 다닌다.

"말린다, 네 어머니는 타밀이지?"

"반은 버거, 반은 타밀족입니다."

"아버지는?"

"3년 전에 돌아가셨어요. 싱할라족이었습니다."

"그랬구나. 그럼 너는 뭐냐?"

"저는 스리랑카인이지요."

"젊은 사람들이니 그렇겠지. 너희 세대가 그렇게 생각할 수 있기를 바란다. 우리 세대는 너무 늦었어."

"부족사회도 아니고, 뭐예요. 국가 이전에 종족이라니." 재키가 말했다.

"거기에도 진실은 있어. 그 부족 의식 말이다." 스탠리는 말했다. "싱할라족은 타밀족보다 인구가 많지. 하지만 타밀족은 싱할라족보다 똑똑하다. 우리는 더 열심히 일해. 향상심도 강하다. 그런데 그런 점을 숨겨야 하지. 싱할라인들이 배 아파하니까."

"아직 안전 문제가 걱정되세요, 아저씨?" 너는 그의 눈을 똑바로 보려고 노력했지만, 시선은 자꾸 수영하려고 옷을 벗고 있는 그의 아들에게로 향했다. 땀에 젖은 티셔츠와 반바지가 날아가자 파란 스피도 수영복이 나타났다.

"나는 거리를 두고 주목을 피하려고 노력한다. 골치 아픈 법안에는 개입하지 않아. 싱할라인들과 대립하는 것을 피한다. 나는 그들과 협력하고 있어. 우리 모두 평화롭게 살기를 원하지. 안 그러냐, 말린다?"

네 번째 달

333

이어 스탠리는 전통적으로 타밀족의 땅이었던 북부에 대해, 중세부터 식민 통치 시기에 이르기까지 북부에 있었던 타밀족의 왕국에 대해 이야기하기 시작했다. 재키가 싱할라족은 왜 그렇게 위협을 느끼는지 묻자, 스탠리는 미국 백인이 한때 노예로 삼았던 흑인을 두려워하는 것과 같은 이유라고 했다. 딜런은 평영으로 수영장을 돌다가 돌핀 킥으로 다시 두 번 돌았다.

"하지만 종족은 사실이 아니에요. 그것도 허구잖아요." 재키는 말했다. "인간이 만들어낸 헛소리라고요. 싱할라족과 타밀족을 어떻게 구분해요?"

"그건 그렇지 않아." 스탠리가 말했다. "흑인이 더 빨리 달리고, 중국인이 더 열심히 일하고, 유럽인이 이런저런 것들을 발명한다는 것은 엄연한 사실이다." 스탠리는 타고난 천성과 양육의 차이에 대한 독백을 길게 늘어놓다가, 자신이 50년대에 로열 칼리지에서 수영과 달리기를 했다는 이야기로 흘러갔다. 그는 인생의 주사위가 어느 방향으로 굴러갈지 결정하는 것은 종족과 출신학교, 가족이라는 결론으로 이야기를 마무리했다.

타월을 두르고 돌아온 딜런은 네게 미소를 보내더니 오징어를 입에 넣었다. 그는 언제나 그렇듯 아버지의 설교에는 연신 고개를 끄덕였다. 너와 재키는 그러지 않았다.

갑오징어 접시가 비자, 스탠리는 계산서에 서명한 뒤 배드민턴 경기 이후 처음으로 네 눈을 똑바로 보았다.

"우리는 교육받은 콜롬보의 타밀족이다. 매사에 조심하고 남의 이목을 끌어서는 안 돼. 알겠니?"

출생이라는 복권, 다른 모든 것은 거기 덧붙인 신화다. 행운을 정

●

당화하고 불평등을 당연시하기 위해 만들어내는 이야기. 과연 입을 다물고 있어야 할까?

"아저씨, 이 나라를 물려받은 건 자식들을 영국 학교에 보낸 정계, 재계의 상류층입니다. 대부분 싱할라족이죠. 전부 콜롬보 사람들. 우리들처럼 영어를 하는 콜롬보 사람들은 이 나라가 겪는 모든 고통을 면제받습니다."

"이 나라에 마르크스주의자가 아직 남아 있는 줄 몰랐군." 스탠리는 지극히 가식적인 미소를 지으며 일어섰다. "하나 물어보자, 말리. 사진을 찍어서 얼마나 벌지?"

"아빠!" 딜런은 기겁하며 민망한 표정을 지었다.

"괜찮아, 딜런." 너는 말했다. "대답하는 게 내겐 아무렇지도 않으니 물어보셔도 상관없어. 아저씨는 그 골치 아픈 법안에 투표 안 하는 걸로 얼마나 버시죠?"

"재미있는 화제다만. 나는 이만 가봐야겠다. 다음에 다시 이야기하자."

스탠리는 아들 앞에서 한 방 먹은 것이 영 불쾌한 표정이었다.

"그러세요, 아저씨. 한데 그런 말씀을 하시는 게 불편하다면, 남에게 질문도 하지 마셔야죠. 저는 기꺼이 말씀드릴 수 있지만요."

"관심 없다." 스탠리는 계산서에 서명했다.

"저는 어떤 백만장자도 못 버는 걸 법니다."

스탠리는 눈썹을 치켜올렸다. "그게 뭐지?"

"충분할 만큼 번다는 뜻이죠. 부자는 못하는 일이거든요."

너는 미소 지었고, 스탠리는 말없이 떠났다. 전에 너 말고 다른 사람에게서 이 농담을 들어본 재키는 눈동자만 굴렸다.

네 번째 달

335

딜런은 네 어깨에 팔을 두른다. 형제 같은 몸짓처럼 보였지만, 네게는 그렇게 느껴지지 않았다. "나는 아빠한테 이렇게 대드는 사람이 좋아. 재키, 어디서 이런 남자를 찾았니?"

재키는 담배를 눌러 끄고 어깨를 으쓱했다. "그가 나를 찾은 거야."

그녀의 입술은 웃고 있었지만, 눈빛은 그렇지 않았다.

———

몇 달 뒤, 우리는 저녁 식탁에서 그의 아버지가 자프나의 민간인들에게 폭격을 가한 정부를 규탄하지 않았다고 해서 말다툼을 벌였다.

"아버지는 모든 폭력을 규탄해. 항상 그랬어."

"막으려고 해보셨나? 최소한 문제 삼은 적은 있고?"

"아버지에게 당연히 뭔가를 해야 할 의무는 없어. 우리가 세상을 바꿀 수 없어, 말리. 여기 조금, 저기 조금, 아주 조금씩 고쳐나갈 수 있을 뿐이야."

"특권층 왕재수다운 소리군."

"또 시작이냐. 출생 복권 타령. 네 대다가 미주리에서 죄책감 때문에 보내는 돈을 받으면서 고결한 척하기는 쉽겠지."

"특권이 있으면, 그걸 이용해서 다른 사람을 도울 수도 있고 그들을 배제할 수도 있어."

"그럼 넌 내가 어떻게 하기를 바라는데?"

"바라는 거 없어. 그냥 숲이나 보호해라."

"시체 사진 찍는 것보다는 낫잖아."

●

"그래, 듣고 보니 그러네. 샌프란시스코에 가서 돈도 벌고 사랑도 하자고. 이 똥통 같은 땅이야 잿더미가 되든 말든."

"네가 사진을 찍든 말든, 이 나라는 그렇게 될 거야."

"아니, 난 진지해. 그렇게 하자고. 난 준비됐어."

"넌 겁쟁이야." 딜런은 말했다. "전부 말뿐이지. 하지도 않을 거면서."

딜런은 기름을 덜 두르고 너무 센 불에 요리해서 망쳐버린 프라이팬과 자기 접시를 싱크대에 넣었다. 토라졌으니 오늘 밤에는 설거지를 안 할 거라는 뜻이었다. 목요일에 카말라가 올 때까지 접시는 산더미처럼 쌓여 있을 것이다.

"뭘 한다고?" 재키는 문간에 서서 말했다.

———

딜런은 아빠에게 성정체성을 털어놓겠다고 했고, 너는 한심한 생각이라고 했다. 그는 네가 자기혐오에 찌든 변태자식이라면서 자기는 직장을 그만두고 도쿄로 가서 석사과정을 밟겠다고 했다.

그때 너는 돈을 좀 빌릴 수 있느냐고 물었고, 그는 얼마나 필요하냐고 물었고, 네가 얼마라고 하자 그는 어디 쓸 돈이냐고 물었고, 너는 북부 완니의 난민수용소에서 한 달 지낼 예정이라고 했고, 그는 이유를 물었고, 너는 다시 거짓말을 했다.

"제발 그만둘 수 없어, 말리?"

"현금을 구하기 곤란하면 그렇다고 해. 설교 듣기 싫어."

"AP통신 일이야? 아니면 군부?"

"말 못 해."

"그러면 줄 수 없어."

"알았어. 나를 사랑한다는 말 따위 하지 않는 다른 사람한테 빌리면 돼."

"재키한테 말해."

"재키는 나보다 더 돈 없어."

"우리 일 말이야."

"우리 일 뭐?"

"재키한테는 네가 말해야 해. 쓰다듬어달라는 강아지처럼 널 따라다니잖아. 보기 흉해."

너는 재키한테 말하겠다고 약속했지만, 그러지 않았다. 그는 돈을 빌려줄 수는 없다면서 가버렸지만, 나중에 결국 빌려줬다. 너는 그중 일부를 룰렛 테이블에서 날렸고, 아누라다푸라에서 구강성교를 받느라 일부를 썼고, 나머지는 와우니야에서 폭격을 피해 피란길에 오르는 일가에게 줘버렸다.

———

차를 몰고 가는 길에 우리는 이야기를 나눴다. 뉴스 아나운서 라디카 페르난도가 나오는 유명한 러시아 극작가 연극에 재키가 출연해서 구경하러 가는 길이었다. 딜런은 이제까지 자기는 여자들만 만났다, 너는 내 사촌 누이와 사귀는 사이다, 이 상황 자체가 말이 안 된다, 아버지가 아시면 몸서리를 칠 거다, 이런 소설 같은 일을 안 좋아하는 분이다, 하는 말을 늘어놓았다. 너는 알았다고 대꾸하고 슬그머니 그의 무릎으로 손을 들이밀어 그가 말하는 내내 그 짓을 했다.

●

나중에 라디카와 호흡이 잘 맞더라고 칭찬하니, 재키는 자기가 그녀에게 반한 것 같다고 했다. 네가 웃자, 그녀는 이렇게 말했다. "맞아, 네가 상관 안 할 줄 알고 있었어."

———

완니에서 돌아온 뒤 일주일 동안 그와 네 방 사이의 문은 굳게 잠겨 있었다. 너는 위란이 필름을 현상하는 동안 낮에 카지노에서 시간을 보냈다. 위란은 후지코닥 매장을 통해 주문한 새 장비를 네 사진과 함께 자기 집에 가지고 갔다.

아무리 자욱하게 연기가 끼어도, 아무리 도박장에서 많이 이겨도 귀에서 웅웅거리는 이명은 사라지지 않았다. 눈을 감으면, 벙커 안에서 서로 부둥켜안고 있던 아이들의 모습만 떠올랐다. 작은 팔꿈치에 묻은 작은 머리들, 커다랗게 뜬 공허한 눈들.

하루는 사무실 파티에서 취한 채 돌아온 그가 〈크라운 코트〉를 비디오로 시청하던 너를 소파에서 일으켜 세우더니 재키가 방에 있을지 모르는데도 자기 침대로 끌고 갔다. 너는 재키가 집에 있을 때, 깨어 있을 때는 절대로 그 짓을 하지 않았다.

유난히 땀을 뻘뻘 흘리며 격렬하게 정사를 벌이던 도중, 네가 지갑에서 콘돔을 꺼내자 그는 벌컥 화를 내며 혹시 에이즈 걸렸느냐고 물었다. 그렇지는 않지만 검사받을 생각이라고 하자, 그는 완니에서 혹시 섹스했느냐고 물었고, 너는 아니라고 했다. 구강성교는 섹스가 아니고, 상대의 얼굴을 보지 않고 하는 건 섹스가 아니며, 하는 동안 딜런을 생각했다면 바람이라고 칠 수는 없다.

네 번째 달

그가 가장 좋아하는 것을 해주고 나서 어질러진 침대에 녹초가 되어 누워 있는데, 그는 네 턱수염을 붙잡아 얼굴을 마주 보았다. 그에게서는 아직도 값비싼 술 냄새가 풍겼다. "이런 걸 다른 놈하고 하면, 내가 널 죽여버릴 거야. 농담 아니야."

현관문이 열리고 재키가 들어오는 소리에 너는 퍼뜩 놀랐다. 동행이 있는 것 같았지만, 혼잣말일 수도 있었다. 재키는 이따금 그랬다.

딜런은 너를 보며 눈을 가늘게 떴고, 너는 상으로 받은 조랑말 털을 어루만지듯 흑단 같은 그의 피부를 쓰다듬었다.

"재키가 이걸 알면, 우리 둘 다 죽일걸." 너는 그의 입술에 키스했다. 발효시킨 포도 냄새가 났지만, 그래도 도톰했다.

재키가 자기 방으로 들어가는 소리, 상상인지 실제인지 몰라도 손님한테 뭐라 말하는 소리가 들리더니, 방문이 닫히고 잠겼다. 같이 침대에 들어 있는 한 쌍의 하우스메이트를 암살하는 것보다 더 즐거운 일이 있는 모양이었다.

검은 달

더러운 주차장에서 장관을 보호하려는 듯 그의 안경이 햇빛을 반사했고, 분주한 화장장과 공동묘지에는 성난 영혼들이 가득하다. 장관의 목구멍에서 나온 명령으로 인해 여기로 유배된 자들이 많다.

"스탠리, 이 사진을 말린다 알메이다가 찍었다는 증거가 없어. 그런데 어째서 이게 그의 소유인가?"

이제 네 여행은 〈스타트렉〉이나 〈블레이크 7〉보다 신속해졌다. 누가 이름만 부르면 전화선을 타고 이동하는 것 같다. 지금 너는 푹신

340

한 벤츠 안, 법무부 장관 옆자리에 앉아 있다.

죽은 그의 경호원은 후드에 앉아서 암살자처럼 현장을 둘러보고 있다. 앞자리에는 운전사와 깡패 하나. 둘 다 검은 옷을 입고 모자를 쓰고 있다.

인구의 반 이상이 자기 집에 전화기 한 대 놓을 형편이 안 되는 나라이지만, 장관은 차에 전화를 갖추고 있다. 그는 이쪽 수화기에 대고 말하고, 너는 건너편에서 뭐라고 하는지 굳이 들을 필요가 없다.

"……알아, 알아. 하지만 나는 이 상황을 객관적으로 보고 있어. 오로지 법률적인 관점에서. 자네는 이 사람과 너무 가까운 사이잖나, 다르멘드란. 한쪽으로 치우쳐서는 안 돼. 국익을 먼저 생각해야지."

"……그래, 스탠리. 유해는 아직 유엔이 갖고 있지. 이 얼마나 한심한 상황인지. 우리는 반환하라고 요청했어. 우리가 손에 넣어서 제대로 신원을 확인할 거요."

"……상자 안에는 과연 충격적인 사진이 있더군. 내 법률팀이 분석하는 중이야. 혹시라도 가짜일 수 있으니까. 어떤 사진은 군 기밀에 해당해. 이런 사진을 공개한다는 것이 국익에 도움이 될지 모르겠어."

"……83년? 그래, 그해에 일이 있었지. 그런 과거를 다시 끄집어낸다는 것이 이 시점에 과연 도움이 될까? 자네도 동의할 걸세."

"……이봐, 스탠리. 난 할 일이 있어. 사진이 내게 돌아오면, 만나서 한 장 한 장 같이 살펴보면서 어떻게 처리할지 자네 생각을 듣지."

"……우리는 자네 도움이 필요해, 스탠리. 이 나라가 싱할라족의 땅일지 몰라도, 우리는 모든 국민을 보살펴야 해. 그게 최우선이야.

모든 위대한 국가는 철권 통치를 겪었어. 영국, 프랑스, 일본, 독일, 지금의 싱가포르를 봐."

"……바쁘다고 했잖아. 의견이 나오면 내가 바로 연락하지. 약속하겠네."

"……스탠리, 지금은 스리랑카에게는 최악의 시기야. 내 점성술사는 검은 달의 시기라는군. 라후, 아니면 아빨러 시간*이라고 해. 유엔이 들어와서 설교할 수는 있지만, 정작 그들은 남아프리카나 팔레스타인, 칠레에서 무슨 짓을 하고 있지? 누구도 우리의 문제를 해결해줄 수는 없어, 안 그런가?"

벤츠는 공동묘지 주차장을 지나 거대한 굴뚝에서 멀지 않은 으슥한 곳에 멈춘다. 검은 옷의 남자들이 내려서 양쪽 문을 연다. 이상하다. 장관이 양쪽에서 동시에 내리는 것도 아닐 텐데? 운전사가 손을 뻗어 좌석에서 상자 하나를 꺼내고, 장관은 왼쪽으로 내린다. 너는 상자 바로 옆에 맴돌고 있었는데도 미처 보지 못했다.

"……난 용무가 있어, 스탠리. 연락이 오는 대로 자네에게 전화하지."

군인도 아니고 경찰도 아닌 경비 한 사람이 차 트렁크를 열고 마대를 꺼낸다. 누가 네 무덤 위로 걸어 올라와 그 위에 똥을 싸는 듯한 묘한 기분이 엄습한다. 네 뒤에는 세나, 모라투와와 자프나 출신의 공대 학생들, 죽은 반군들, 누군지 알 수 없는 다른 사람들이 서 있다. 여기 네가 이렇게 빨리 호출된 것은 단순히 이름이 불려서만은 아니었다. 마대 안의 네 유골 때문이었다.

---

*   Apale time, 불운의 시간. 이것을 막기 위해서는 선행을 많이 해야 한다고 한다.

"본인 장례식인데 옷차림이 그게 뭐예요?" 세나가 놀란다. 그의 망토는 이제 좀 길고, 머리는 뾰족하게 세웠다. 이도 끝이 톱니처럼 뾰족뾰족하다. "조문객으로 찾아왔습니다."

검은 옷차림의 경호원 둘과 그림자 안의 악마가 장관을 따른다. 경호원 하나는 마대를 들었고, 다른 하나는 금방이라도 부서질 것 같은 상자를 조심스럽게 들었다. 스트레이트가 그려진 상자, 보통은 이기는 패인데 이번에는 그렇지 않은 모양이다.

순간 너는 제정신을 잃고, 장관의 얼굴과 목과, 뒷덜미를 할퀴기 시작한다. 장관의 악마가 너와 자기 주인 사이에 끼어들어 너를 밀어낸다. 너는 벤츠 쪽으로 밀려나서 세나의 품에 쓰러진다. 그의 품은 차갑고 묘하게 편안하다. 장관은 사롱 차림의 남자들이 트럭 세 대를 세우고 물로 씻고 있는 장소 옆을 지난다.

"제가 어르신을 죽인 사람들을 죽이도록 도울게요." 세나가 귓가에 속삭인다.

화장장 입구에 란차고다와 카심이 서 있다. 그들은 장관에게 경례를 붙인다.

"다 처리했나?" 시릴이 묻는다.

"예, 각하." 카심이 말한다.

"예, 각하. 거의 다." 란차고다가 말한다.

"곧 통금이 끝나." 시릴 장관은 말한다. "끝내세."

공기 중에 떠돌던 연기는 조금 엷어지고, 인간의 살점이 타는 냄새보다 그 냄새를 가리기 위해 뿌린 화학약품 냄새가 더 독하게 풍긴다. 이제 77구의 유골 모두 연기를 내뿜는 불씨로, 잦아드는 악취로, 살아 있는 인간은 볼 수 없는 그림자로 변했다. 소각장 입구에 바퀴 달린 들것 하나가 놓여 있다. 검은 옷의 남자가 마대를 그 위에 놓는다. 다른 남자가 상자를 놓는다. 그는 상자와 마대를 차례로 쌓아 올리고, 들것을 안쪽으로 기울인다.

네 유골과 사진이 소각장 안으로 무너지는 것을 보며, 장관은 한숨을 쉰다. 그는 돌아서서 자기 차로 향한다. 장관의 악마는 후드에 올라타더니 너를 보고 어깨를 으쓱하고 경례를 붙인다.

세 마리의 쥐

얼마나 오랫동안 연기를 바라보고 있었는지 모른다. 너뿐만이 아니다. 절대로. 77명의 영혼들이 한때 각자의 집이었던, 타다 남은 불씨와 재를 내려다보고 있다. 딱딱한 나무 의자에 앉은 채 자기 집이 불타는 광경을 지켜보는 허망한 기분이랄까. 울부짖는 소리는 잦아들었고, 이제 박쥐와 까마귀마저 고요하다.

대부분의 속삭임이 그렇듯, 귀 사이에서 속삭임이 들린다. 세나가 네 어깨에 자기 머리를 기대고 귓불에 목소리를 불어넣고 있다. "유감이에요."

"꺼져."

"그들 짓이라는 건 결코 밝혀지지 않을 거예요. 카르마니 뭐니 다 헛소리예요."

떨림이 전신을 내달린다. 새된 소리로 겹쳐져 들리는 그의 목소리는 서로 간섭하는 주파수를 통해 동시에 전달되는 듯 갈라진다.

"또 설교할 거야?"

"카르마라는 게 뭐가 문제인지 아세요?"

"세나, 난 정말 들을 기분이 아니야."

"카르마는 모든 것이 올바른 제자리에 있다고 가정합니다. 그렇기 때문에 그냥 가만히 인과응보를 기다리면 된다는 거죠. '인샬라(신의 뜻대로)'라고 하는 거나 다름없는 무의미한 소립니다."

"네 시체도 불에 탔나?"

"이런 무심함은 결국 특권층에게만 이득이 돼요. 저기 저 불구를 보라, 그는 전생에 다른 사람의 다리를 부러뜨려서 뿌린 대로 거둔 거다. 저기 저 농부들은 전생에 낭비가 심했기 때문에 지금 굶주리고 있다. 저 공장주는 전생에 너그러움의 화신이었다. 그러니 저 많은 집을 가질 자격이 있다. 내가 그의 포르쉐를 닦아주면, 그의 와람이 내게 건너올지도 모른다."

"그만두라고. 나는 산 자들에게 속삭일 수도 없고, 네거티브 필름이 어디 있는지 누구한테 알려줄 수도 없고, 나를 죽인 자를 찾아낼 수도 없어. 넌 그저 말뿐인 허풍쟁이야."

세나의 몸에 알록달록한 흉터와 멍이 마치 문신사가 새긴 것처럼 보기 좋게 변해가기 시작했다.

"불교는 가난한 자들에게 지금 있는 곳이 원래 자기 자리라고 믿게끔 강요합니다. 기존의 질서를 자연스러운 것처럼 보이게 합니다. 이런 결과론적인 논리 때문에 가난한 자들은 계속해서 병드는 겁니다."

"그들은 내 사진을 태웠어, 세나. 이제 남은 게 없잖아."

세나가 떠다니는 모습에 전에 찾아볼 수 없던 우아한 분위기가 감돈다. 그에게는 어딘가 묘한 데가 있다. 잠시 생각하다 너는 깨닫는다. 그는 이제 너를 '어르신'이라고 부르지 않는다.

"모든 종교는 가난한 자들을 순하게 길들이고, 부자들을 궁전에 모십니다. 미국 노예조차 사적 처형을 눈감은 하느님 앞에 무릎을 꿇습니다."

"요점이 뭐야?"

"요점은요, 말리 씨, 카르마는 결코 균형을 이루지 않는다는 겁니다. 지금 베풀면 나중에 보답을 받는다. 뿌린 대로 거두리라. 자기가 대접받고 싶은 만큼 남을 대접하라. 다 헛소리예요."

"무신론자 공산주의자로군. 이렇게 흥미로울 수가."

"또 뭐가 있습니까?"

"소련, 중국, 크메르도 신을 믿지 않아. 신을 믿지 않는다면 악마가 되는 것도 허락된다, 이런 논리인가?"

"신이나 카르마를 믿는다고 착해지나요?"

"동의해, 파띠라나 동무. 어떤 신 앞에 무릎을 꿇든 우리 모두 야만인이야."

"그게 내 요점입니다. 우주에는 자기 수정적인 메커니즘이 있어요. 하지만 그건 신이나 시바, 카르마 같은 것이 아닙니다."

그는 덜컹거리는 트럭 위로 휙 내려왔다.

"그건 바로 우리 자신입니다."

세나는 따라오라고 하고, 물론 너는 따라간다. 트럭은 물로 다 씻어낸 후에도 여전히 냄새가 난다. 운전석에 웅크리고 앉아 있는 운전사의 어깨 위에 식시귀 두 마리가 앉아 귓속말을 한다. 그가 시동을 걸고, 발랄과 꼰뚜는 앞자리에 올라타서 낡은 의자 커버 위에 몸을

털썩 내려놓는다. 그들은 한숨을 쉬며 눈을 감고 주머니에 두둑한 현금과 뱃살을 손으로 토닥인다.

"이제 우리를 죽인 자들을 벌할 준비가 됐습니까?"

"전부 다 불탔어. 내가 한 모든 일이. 내가 본 모든 것이. 다 사라졌어."

"이 탈선한 기차를 멈추려면 사진 몇 장으로는 부족해요, 뿌따. 그 정도 했으면 자기 연민은 접어둡시다, 형제. 당신이 왜 저 아래 세상에 태어났는지 생각해보세요. 당신의 존재 이유는 무엇이었을까요? 그저 도박하고, 사진 찍고, 자지나 주무르는 것이었을까요?"

"나는 증언하기 위해 존재했어. 그뿐이야. 그 모든 일출과 학살은 내가 필름 속에 담았기 때문에 존재했어. 하지만 이제 그것도 모두 나처럼 죽은 거나 마찬가지야."

"징징 짜고 싶으면 그래도 됩니다. 무슨 일이든 할 수도 있고요."

트럭 위에는 일곱 명의 유령이 탔다. 너와 세나, 자프나 출신 학생과 모라투와 출신 학생, 차마 눈길을 줄 수 없을 정도로 흉측하지만 그래도 쳐다보게 되는 유령 셋. 셋 중 하나는 얼굴에 칼로 찔린 상처가 있고 벌레가 기어 나오고 있고, 하나는 팔다리가 다 부러졌으며, 하나는 피부가 익사자 특유의 회색을 띠고 있다.

모두 인민해방전선 격퇴를 위해 지난 12개월 동안 전개된 비샤나야의 희생자다. 모두 세나를 따르고 있는 것 같다.

"뭘 보는 거야, 뿐나야?" 얼굴에서 벌레가 기어다니는 존재가 말한다.

남자들과 20년 동안 뒹굴 때보다 사후세계로 넘어온 뒤에 동성애 비하적인 욕설을 더 많이 들은 것 같다.

세나는 일어서서 연설한다.

"동지들. 냉정합시다. 그들은 우리를 죽이려 했으나, 우리는 여기 이렇게 존재합니다. 우리는 거대한 무엇인가의 일부입니다. 우리가 겪은 부당함의 힘이 이 땅을 휩쓸 겁니다. 중간계는 저 아래 세상과 같아요. '빛'도 다르지 않습니다. 나비나 부처, 무엇이 공정한지 지배하는 법칙은 없어요. 우주는 무정부 상태입니다. 무한히 많은 원자가 서로 밀어내며 공간을 확보하려는 발버둥일 뿐입니다."

바람과 유령, 이 트럭 한 대 말고는 아무것도 움직이지 않는 통금의 밤, 비가 내린다. 빽빽한 빌딩 숲과 복잡하게 얽힌 도로는 텅 비어 고요하다. 세나는 창공을 올려다보며 웃는다.

"우주도 우리와 함께하는 것 같습니다. 준비됐습니까, 전사들이여!"

학생들은 고개를 끄덕이고, 흉측한 유령들도 고개를 끄덕이고, 너는 어깨만 으쓱한다.

"당신이 잠자는 사이 우리는 바빴습니다, 말리 형제. 까마귀 아저씨가 당신은 어떻게 된 거냐고 물었어요. 이제 눈을 뜰 때 아닙니까?"

"그래서 뭘 하자고?" 너는 묻는다. "또 연설해?"

"어떻게 죽었느냐가 문제가 아닙니다. 우리는 어떻게 살아야 하는 존재인가, 중요한 것은 그것입니다. 오늘 우리는 기울어진 저울의 무게를 바로잡을 겁니다."

"저울은 평형했던 적이 없어. 아무리 장기적으로 봐도."

한때 공학도였던 전사들은 네가 입을 벌릴 때마다 얼굴을 찌푸린다.

"까마귀 아저씨가 비결을 가르쳐줬습니다. 하지만 더 좋은 스승을 찾아냈어요."

"마하칼리 밑에 들어갔나?"

"우리를 돕겠다는 자라면 누구와도 동맹을 맺을 수 있어요."

총성이나 심장마비처럼, 이후 상황은 아주 빠르게 전개되었다. 한참 뒤 마라 나무를 찾아가 앉은 뒤에야 그 과정 전체를 다시 복기할 수 있었다. 학생들은 트럭 후드로 살그머니 내려가고, 흉측한 유령들은 트럭 옆에서 달리면서 운전사와 눈을 마주친다.

네 얼굴 앞에 세나의 얼굴이 바짝 다가온다. 입술에 키스하려는 건지, 코를 삼키려는 건지 알 수 없다. "평화를 사랑하지 않는 사람이 어디 있어요. 누구나 비폭력을 주장합니다. 상대가 모기나 쥐, 바퀴벌레가 아닌 한. 테러리스트가 아닌 한. 그때는 죽느냐 죽이느냐의 싸움이 되는 겁니다. 어떤 생명이 다른 생명보다 더 소중한 싸움. 아, 물론 그렇지요. 모기는 인류의 절반을 죽였습니다. 저는 살충제를 사용하는 데 아무 불만이 없어요. 그걸 문제 삼는다면 어떤 신 앞에서든 당당히 말할 겁니다."

세나는 지붕을 뚫고 운전석으로 내려가서 운전사의 귀에 뭐라고 거칠게 쏟아낸다. 욕설이 잔뜩 섞인 험한 말이 귓속으로 들어가자, 운전사는 미간을 찌푸린다. 시체가 있고 비밀이 묻힌 호텔 레오로 이어지는 텅 빈 도로에서 트럭은 한층 속도를 올린다. 하지만 이 차는 거기 도착하지 못할 것이다.

흉측한 유령들은 길 한복판에 서서 각자 복뼈를 움켜쥐더니 뭐라 주문을 왼다. 알아들을 수는 없지만, 팔리어와 산스크리트어, 타밀어, 악마어가 섞인 것 같다.

운전사는 눈을 가늘게 뜨고 빤히 쳐다보다가 고개를 젓는다. 그의

네 번째 달

귀로 들어온 말이 입을 통해 나온다. "그걸 문제 삼는다면 어떤 신 앞에서든 당당히 말할 겁니다."

그는 눈을 문지르고 도로 한복판의 흉측한 존재를 어안이 벙벙한 얼굴로 바라본다. 방향을 꺾지만, 공학도가 패드를 감싸고 있기 때문에 브레이크가 말을 듣지 않는다. 트럭은 변압기 옆 버스정류장을 향해 돌진한다. 언뜻 거기 앉아 있는 사람들이 눈에 들어오는 순간, 트럭은 변압기를 들이받는다. 전지전능한 신이 정강이를 발로 차인 것 같은 굉음이 울려 퍼진다.

이어 부서진 변압기가 정류장 위로, 그 옆에 줄을 선 사람들의 머리 위로 떨어진다.

운전사는 운전대에 머리를 들이받고, 졸고 있던 깡패들은 천장에 부딪혔다가 기침을 하며 깨어난다. 그때 뭔가에 불이 붙어 폭발하고, 트럭 안에 비명 소리가 울려 퍼진다. 세나와 성난 유령의 무리가 화염 속에서 춤추며 저주와 모욕의 주문을 읊는 동안, 트럭 안에서 쥐세 마리가 불탄다.

주위를 둘러보니, 트럭 안의 쥐가 아닌 신체 토막이 널려 있다. 통금 중 버스정류장에 몇 사람이나 있었을까? 세 명? 다섯 명? 그때 전쟁터에서 본 어머니와 아이, 파편을 맞은 노인, 죽은 개가 보인다. 그들은 네게 뭐라고 말하고 있지만, 들리지 않는다. 그들은 네가 줄수 없는 것을 부탁하고 있다. 그때 개가 말을 한다. 네 의식은 세나가 이끄는 파괴의 무리가 한층 더 당황스러운 짓을 하고 있는 현재로 돌아온다.

방금 사고의 원인을 제공하고 그 화염 속에서 춤추던 자들이라기에는 알 수 없는 행동이다. 그들은 경첩이 우그러진 운전석 문을 연다. 운전사는 신음하며 기어 나오고, 화염이 그의 의족을 핥는다. 영혼들은 불을 눌러 끄고 타오르는 트럭을 향해 주문을 왼다. 운전사가 정신을 잃자, 그를 핥던 불꽃도 사라진다.

코를 푼 뒤에는 반드시 손수건을 들여다보게 되듯, 어디서든 사고가 나면 금세 인파가 모인다. 통금도 무시하고 도로변 가게에서 쏟아져 나온 사람들이 멀찍이 떨어진 채 불타는 트럭을 보고 비명을 지른다. 몇몇은 물동이를 가져와서 운전사의 몸에 붙은 불을 끄고 사고 현장에서 데려간다. 피 흘리는 사람들, 비명을 지르는 사람들. 몇몇은 움직이지 않는다.

움직이지 않는 사람들 뒤에는 흰 작업복 차림의 형체가 서 있다. 이 동네에서는 도우미가 구급차보다 더 일찍 도착하는 것 같다. 죽은 자들은 네가 너무나 잘 아는 혼란스러운 표정으로 끌려간다.

불타는 트럭에서 사람의 형체 두 개가 기어 나오고, 세나와 식시귀들은 그들에게 덤벼든다. 공학도가 발칼과 끝뚜를 붙잡고 도로 옆 공터로 끌고 간다. 그들은 저항하지 않는다. 불타는 트럭과 타오르는 자기들의 몸만 멍하니 응시하고 있다.

세나의 무리는 쓰레기 처리반 두 놈을 끌고 울퉁불퉁한 풀밭을 가로지른다. 거기, 치렁치렁한 머리카락에 두개골 목걸이를 건 존재가 서 있다. 멀어서 그 피부에 새겨진 얼굴들은 보이지 않지만, 다가가고 싶지도 않다. 세나는 너를 돌아보더니 따라오라고 손짓한다. 그의 눈은 거무죽죽한 붉은색이다. 우주의 변경에서 나직하게 웅웅거리는 소리가 이미 검사를 마친 네 귓전을 가득 채운다. 너는 따라가지 않는다.

네 번째 달

마스크

지금 앉아 있는 나무의 이름은 모르지만, 잎이 두꺼워서 바람과 속삭임이 잘 드나드는 것 같다. 너는 멀리 지붕에서 피어오르는 연기를 바라본다. 저기서 불타는 것은 사람일까, 사진일까.

네 이름이 동쪽에서 흘러온다. 너는 최선을 다해 무시하려고 노력한다. 존재했던 모든 너, 네가 했던 모든 일이 이제 먼지로 돌아갔다. 아무도 네거티브 필름을 찾지 못할 것이고, 벌레들이 갉아 먹어 흑이 백으로 변할 것이다. 곧 네 이름도 들려오지 않게 되면 그것이 마지막이다.

"잠깐이면 돼. 그뿐이야. 지금 넌 말린다 문제 때문에 너무 겁을 먹고 있어."

"아니, 내가 두려운 건 장관 문제야. 쿠가, 난 당신이 센터 일을 하는 게 아니라는 걸 알고 있어. 그래서 두렵다고."

너는 이름 없는 나무를 떠나 호텔 레오 7층 스위트룸에 와 있다. 센터 본부였던 공간은 온통 짐 상자와 쓰레기봉투로 어지럽다. 사진 액자를 걸어놓았던 자리는 사각형으로 휑하게 비어 있다.

쿠가라자는 창가에서 담배를 피우고, 엘사 마땅기는 슈트케이스에 파일을 차곡차곡 넣는다.

"세관 검색대에서 걸리면 어떻게 해?"

"내가 일하는 캐나다 대사관의 자료라고 설명할 거야."

"의논 좀 하자."

"밖에 밴 있나?"

쿠가라자는 커튼을 걷고 슬레이브 아일랜드를 굽어본다. 그는 담배 연기를 들이마시며 고개를 젓는다.

●

"아직 통금이야. 밑에는 밴 세 대가 있어. 그리고 지프 한 대. 그냥 그렇다고. 잠깐이라도 두고 보는 게 어때? 사진을 손에 넣을 때까지만. 정부가 네게 뭔가 부탁했다면, 나쁜 일이 아니야."

"머리를 좀 써. 장관은 사진을 돌려주지 않을 거야. 이 일이 어떻게 끝날 것 같아? 내가 스리랑카 정부와 마한떠야를 연결해준 걸 타밀 반군이 알게 되면 내 목을 부러뜨릴 거야."

"반군은 너를 해치지 않아. 내가 보증해."

"당신이?"

"나는 널 절대 위험하게 하지 않아."

"그럼 당신이 마한떠야 대령과 직접 거래를 하지 그래?"

엘사는 슈트케이스 지퍼를 닫으며 엉망진창이 된 방을 둘러본다. 너는 덕트테이프로 둘둘 봉한 상자들을 바라본다. 이게 과연 대사관으로 갈까, 소각장으로 갈까.

"나는 말린 같은 도박쟁이가 아니야. 그는 어딘가 숨어 있을지도 몰라. 이스라엘한테 필름을 팔아넘기고 있을지도 모르지."

"그는 죽었어."

"누가 죽였는지 알아?"

"당신은 알아?"

"그가 사진 때문에 죽은 거라면, 우리도 안전하지 않아."

"알았어. 내가 당신 항공권을 예약하지. 캐나다? 노르웨이? 런던?"

"됐어, 내가 직접 예약할 거야. 당신은 여기서 빠져나가는 것만 도와줘."

연인은 잠시 서로 마주 본 채 침묵을 지킨다. 엘사는 가방을 문으로 밀고 간다. 그들에게서 수표를 받은 뒤 그만둔 기억은 있다. 하지만 아직도 그 이유를 모르겠다.

"상자는 당신이 정리할 거지?"

"아침까지는 정리될 거야. 센터는 뭐라고 하지?"

"이 나라를 빠져나갈 때까지는 아무한테도 전화 안 할 거야. 당신한테만 이야기하는 거야. 신뢰할 수도 없는 당신한테."

"그럼 이게 끝인가? 이렇게 그만둘 거야?"

"나는 타밀족을 돕기 위해 이 나라에 왔어. 내가 죽는 건 아무에게도 도움이 되지 않아."

쿠가라자는 엘사에게 다가가서 손을 든다. 그가 얼굴에 흘러내린 머리카락을 쓸어 넘기자, 그녀는 움찔한다.

"같이 가자는 말도 안 하는군."

"그럼 같이 가."

"난 할 일이 하나 더 남았어."

"그래서 내가 같이 가자고 하지 않은 거야."

"당신 계획은 뭔데?"

"오늘 오후 독일인 한 무리가 힐튼 호텔에서 버스를 타고 떠나. 나를 그 버스에 태워줄 수 있어?"

"출입구 두 곳 다 감시하는 사람이 있을 텐데."

"직원용 엘리베이터는 괜찮을 거야."

쿠가라자는 미소 짓고 수화기를 들었다. "장관에게 단서를 찾았다고, 일요일 밤까지 네거티브 필름을 확보할 수 있을 것 같다고 해."

"버스에 태워줄 수 있지?"

"내가 언제 당신을 실망시키는 거 봤어?"

엘사는 숨을 깊이 들이마시고 전화를 낚아챈 뒤 통화했다. 네가 살아 있었던 마지막 날 밤, 그녀는 이 도시에서 온건파는 마지막에 비행기를 타거나 콘크리트 침대에 눕거나 둘 중 하나라고 했다.

24시간의 통금 덕분에 거리는 훤히 뚫려 있고 공기는 쾌적하다. 악취는 사라졌고, 시원스레 통하는 바람이 이따금 연기와 먼지 냄새를 실어 온다. 호텔 맞은편에는 창문에 검게 색을 넣은 흰 델리카 밴이 서 있고, 밴 뒷자리에 란차고다가 잠이 부족한 얼굴로 부루퉁하게 앉아서 눈을 내리깐 채 호텔 입구를 응시하고 있다.

그 옆에 지프 한 대가 와서 서더니 창문이 내려간다. 운전석의 배나온 남자는 검은 선글라스와 수술용 마스크를 쓰고 있다. 그 옆에는 라자 우두감폴라 소령이 워키토키를 들고 있다.

그가 경찰 쪽을 보자, 란차고다는 표정을 긴장하며 상체를 세운다. "입구 양쪽 다 감시해. 여자가 나가면 알려. 절대 놓치면 안 돼. 미행해서 내가 지시하면 체포하도록. 알겠나?"

"알았습니다." 란차고다는 말한다.

소령은 워키토키를 입에 갖다 댄다. "아직 움직임은 없습니다. 계속 감시 중입니다." 워키토키에서 지직거리며 소리가 흘러나온다. 소령은 미간을 찌푸리며 귀를 기울인다. "궁전에는 항상 여유가 있습니다." 계속해서 잡음이 흘러나오고, 소령은 란차고다를 흘끗 본다. "없으면 만들면 됩니다."

그는 마지막 무전에 대답하지 않고 워키토키를 내려놓더니 경찰에게 천천히 말한다. "여자나 네거티브 필름을 내게 가져와. 둘 다 대령하면 수당을 지급하지. 하나만 확보해도 나는 만족해. 근데 아무것도 못 가져오면 그렇지 않을 거야."

"저 혼자 해야 합니까?"

네 번째 달

"무섭나? 걱정 마. 내 친구가 같이 앉아서 손을 잡아줄 테니."

마스크를 쓴 남자가 지프에서 내렸다. 눈과 입은 보이지 않았지만, 웃는 표정이라는 것을 알 수 있었다.

팰리스

라자 우두감폴라 소령은 사무 보직이었다. 너는 그를 전쟁터에서 단 한 번 보았다. 87년 악까라이빳투였다. 처음에 그는 마을 전체를 묻을 수 있도록 큰 무덤을 파라고 지시했고, 군인들을 시켜 시체에 타밀 반군 군복을 입히고 반듯이 눕혔다. 그러더니 너와 레이크 하우스* 기자들에게 사진을 찍으라고 했다. 그는 그 필름을 압수했다.

학살을 두 번 이상 경험한 사진작가는 없었다. 대부분 낭자한 선혈을 견디지 못했고, 위험이 크고 보수는 평균이었기 때문에 다들 꺼렸다. 하지만 너는 이 일에 빠져들었다.

왜냐하면 짧은 생각으로, 콜롬보와 런던, 델리에서 전쟁의 참상이 어느 정도인지 전혀 모르고 있는 것이 문제라고 생각했기 때문이었다. 너는 정치인들이 전쟁에 반대하도록 설득하는 사진을 찍을 수 있을 거라고 생각했다. 네이팜탄을 피해 달아나던 소녀의 사진이 베트남전의 참상을 알렸듯, 스리랑카 내전을 위해 뭔가 해보자는 마음으로.

소령은 모든 종군 기자들에게 수프레모가 어디 숨어 있는지 작은 단서라도 잡으면 무조건 자기한테 알리라고 지시했다. 그는 여섯 자리 전화번호를 알려주면서 프라바카란의 소재를 제보하는 사람에게

---

*　　Lake House, 일간지와 주간 간행물을 비롯한 18종의 정기간행물을 내는 스리랑카에서 가장 오래된 출판사.

356

는 여섯 자리 숫자의 상금을 지급하겠다고 했다. 루피가 아닌 다른 화폐로.

내전 초기, 수프레모를 잡아서 전쟁을 끝낼 수 있을 거라고 믿을 정도로 군이 어리석던 시기였다. 소령에게 있어 기자들은 자기 상관이 영국에서 사들이는 총알보다 더 소모품이었다. 그것도 많은 종군 기자들이 그만둔 이유 중 하나였다.

기억은 기침의 형태로 되살아난다. 머리가 지끈거리면서 몸을 구부리게 되는 심한 기침. 기억은 있지도 않은 신경망 끄트머리를 까맣게 그을리고 방과 복도가 많은 공간으로 너를 데려간다. 벽에는 파일 캐비닛과 유리장이 늘어서 있었다. 우지 기관단총, 브라우닝 권총, 덤덤탄, 붐붐 수류탄, 모두 분노나 두려움 때문에 총을 쏜 적이 한 번도 없는 소령의 개인 박물관 유리장 안에 보관되어 있었다.

너는 덩치 큰 남자의 벗어진 머리를 내려다보며 책상 앞에 서 있었다. 헛기침을 하려 했지만, 생각보다 격한 기침이 튀어나왔다. 라자 우두감폴라, 별칭 킹 라자는 혐오스럽다는 표정으로 너를 쳐다보았다.

"의사 만나봤나?"

"아니요. 그냥 흡연자 기침입니다."

"그렇게 부르나? 호모 기침은 아니고?"

그가 빤히 쳐다보는 동안, 너는 아주 오랫동안 가만히 서 있었다. 앞에 빈 자리가 있었지만, 그가 앉으라고 하지 않았기 때문에 계속 서 있었다. 탁자에는 네 이름이 적힌 파일과 네가 전장에서 찍은 사진들이 놓여 있었다. 흑백, 18×12인치, 무광. 왈웻티뚜레이* 폭격이

---

*   Valvettithurai, '넓은 숲의 항구'라는 뜻을 가진, 스리랑카 북동쪽의 해안 마을. 많은 타밀 반군 수장들의 출생지이기도 하다.

었다. 박격포 공격으로 코코넛 나무 위에 불타는 시체가 널려 있던 장면이 사진철 맨 위에 놓여 있었다. 한 장 한 장이 다 기억났다. 매달 학살이 벌어지던 기간이었다. 지난달 살육에 대한 보복으로 양측이 번갈아 다른 마을을 학살하던 시절. 소령은 타밀 반군이 저지른 학살 사진만 요구했다. 코낄라이,* 켄트 팜, 달러 팜,** 하바라나,*** 아누라다푸라. 국가가 후원하는 학살은 사진 증거가 필요하지 않았다.

"이건 훌륭한 일이야. 이런 것들은 기록으로 남겨야 해. 타밀 반군이 무고한 여성과 어린이, 아기들에게 무슨 짓을 하는지. 안 그러면 놈들은 이런 일이 없었다고 할 테니까."

침묵. 너는 아무 대답도 하지 않았다.

"그건 그렇고, 다른 일은 안됐어."

"네?"

"말린다 앨버트 카발라나." 그는 네 파일을 내려다보았다. "자네와의 계약은 오늘 자로 종료하겠네."

"제 계약은 1991년까지로 되어 있습니다만."

"맞아. 하지만 자네는 형법 1883조를 위반했어."

"저는 법을 잘……"

"군인들과 부적절한 관계를 맺고 있다는 뜻이야. 전시에 이런 행위

*   Kokilai, 북동부 물라티부 주에 속한 타밀족 마을로, 1984년 12월 강제 이주 명령이 떨어지고 민간인 131명이 살해당했다.

**   Kent Farm, Dollar Farm, 1984년 스리랑카 내전에서 타밀 반군이 최초로 싱할라 민간인 학살을 자행한 곳. 북부 타밀 거주지와 이어지는 관문인 마날 아루 근처였기 때문에, 이 지역을 식민화하려는 정책이 이어지면서 싱할라 죄수 이주, 강간 등 타밀인에 대한 정부군의 억압이 지속되던 상황이었다.

***   Habarana, 아누라다푸라에 속한 마을로 북부의 자프나와 동부의 트린코말리, 뽈론나루와로 가는 중요한 길목.

●

358

는 용납할 수 없어. 아니, 언제라도. 전에도 한번 경고했었지."

전쟁터에서는 모든 관계가 부적절하다. 우정은 강요되고 부서지기 쉽다. 공포와 따분함, 외로움은 묘한 동맹 의식을 낳고, 낯선 이의 품에서 위안을 찾게 한다. 너는 잘생긴 남자를 좋아하는 아름다운 청년을 찾아내는 법을 알았다. 군복, 사롱, 민족의상, 뭘 입고 있든 상관없었다. 버스 안에서 미소 짓고 있기도 했고, 자기 아내와 싸우고 있기도 했다. 너는 조용한 청년, 마을 청년, 혼란스러운 외톨이, 고자질할 만한 상대가 없는 사람, 혹은 그렇게 생각되는 이들만 건드렸다.

소령은 일어서더니 천천히 책상 옆을 돌아 네 옆에 와서 섰다. 그는 잠시 너를 바라보았고, 너는 앞만 똑바로 쳐다보았다. 그는 네 뺨을 쓰다듬더니 손가락으로 목까지 훑어내렸다. "너 계집애야?"

"아닙니다."

그의 손가락은 목에 건 체인을 넘어 아래로 내려갔다. 그때 너는 체인을 세 개 넘게 걸고 있었다. 앙크 십자가, 옴 문양, 인식표, 캡슐, 피를 담은 병, 손가락은 목걸이를 지나 배로, 사타구니로 계속해서 내려갔다. 그는 손가락의 등 쪽으로 힘주지 않고, 하지만 아주 가볍지도 않은 손길로 문질렀다. 마치 부드러운 살 뒤에 숨긴 필름이라도 찾는 것 같았다. 못투성이 손길은 부드러웠다. 너는 차려 자세로 서 있었고, 물건은 금욕적으로 말랑했다.

"이게 단순히 그 한 가지 문제가 아니야."

그의 손가락이 쪼그라든 네 사타구니 위에서 머물렀고, 너는 계속 부동자세였다.

"네가 아프다는 소문이 있던데. 널 만지면 나한테도 에이즈가 옮나?"

네 번째 달

그는 손을 빼고 책상 뒤로 걸어가서 벽의 못에 걸린 모자를 집어
들었다.

"가지."

———

의족을 단 젊은 운전병은 너를 쳐다보지 않고 지프만 몰았다. 네 맞
은편에 앉은 소령의 무릎이 네 무릎 사이의 공간에 들어와 있었다.
그가 몸을 앞으로 내밀면 무릎뼈에 불알이 납작 눌릴 자세였다. "착각
하지 마. 자네보다 나은 사진작가는 많아." 그는 말했다. "충성심 강한
친구들. 자기 민족 편에 서는 친구들. 입이 싸지 않은 친구들."

"어디로 가는 겁니까?"

"부하들은 '라자 게다라'라고 부르는 곳. 내 이름을 딴 것 같아. 왕
의 집, 궁전. 재미있는 녀석들. 나도 설계를 돕긴 했어. 우리가 왜 자
네를 해고하는지 말해줄까?"

"계약서상 전 프리랜서 일을 병행할 수 있다고 되어 있습니다."

"허가를 받을 때만 그렇지. 로버트 서드워스한테 반군 대령을 소
개해도 좋다는 허락을 받았나?"

"저는 AP통신 현장 조율 일을 맡았습니다. 로버트 서드워스는 그
쪽 소속이었습니다."

"그 경호원은?"

"밥 서드워스는 피해망상이었습니다."

"KM 서비스에서 나온 용병이라니. 자네는 전쟁터에 무허가 전투
원을 들인 거야."

"도장 찍힌 서류를 갖고 있던데요."

"내가 찍은 게 아니잖아. 자네는 AP통신을 완니 군기지에 데려와도 좋다는 허가를 받은 거지, 적군과 무기상을 손잡게 해주라는 허가를 받은 것이 아니야."

"무기상?"

"나는 서드워스를 한번 만난 적이 있어. 정확히 말하자면 완니에서."

"그렇습니까?"

"그렇냐니? 자네도 거기 있었잖아."

"제가요?"

"우리가 기지를 공격한 뒤에. 대령을 포로로 잡았을 때. 기억 안 나나?"

"저는 그 총격전에서 부상당했습니다. 아무것도 기억이 안 납니다."

"무슨 부상?"

"제가 하지 말아야 하는 일이 뭔지 모르겠습니다."

"아네,* 결백하시다."

그는 몸을 앞으로 내밀었다. 그의 무릎이 네 불알을 스쳤다.

"자네가 어느 편인지 알 수 없다는 게 문제야."

"좋은 기자는 어느 한쪽 편을 들지 않습니다."

"그렇지. 그런데 호모 사진작가는?"

"네?"

"병사 일곱 명에게서 자네한테 추행당했다는 고발이 들어왔어."

통금이 발령되었는지, 필름을 붙인 차창 밖 거리는 텅 비어 있었

---

*   Aney, '어머', '어떻게' 등을 뜻하는 감탄사.

다. 아무것도 증명할 수 없을걸, 너는 생각했다. 고작 일곱 명, 이런 생각도 들었다. 추행은 아니었다, 둘 다 뻔히 알고 있었다. 소령의 사무실에서 방금 벌어졌던 상황이야말로 추행이다. 너는 34년 동안 너를 버티게 해준 주문을 다시 반복한다.

"저는 동성애자가 아닙니다. 여자친구도 있어요."

"헛소리 마. 고발장이 들어왔다. 군대와 동행한다면, 군대의 규칙을 지켜야 해. 위자야 사단의 젊은 상병 하나가 검사에서 HIV 양성 판정을 받았어. 자네 같은 인물을 여기 둘 수는 없어."

"제가 아는 상병은 아무도 없는데요."

"입 다물어. 내가 널 고용했어. 군에 병을 옮길 수는 없어."

"저는 병 안 걸렸습니다."

"그래서 적십자 콘돔을 쓰나? 콜록거리잖아. 피부에 반점도 있고. 안 되겠어."

지프는 해브록 로드에서 우회전해서 녹음이 무성한 진입로로 들어섰다. 인근 주택은 모두 넓었고, 담장이 높았고, 도로에는 쓰레기통이 없었다. 운전사는 지프를 두 번 꺾은 뒤 좁은 샛길로 들어섰다.

"물론 더 골치 아픈 소문도 있지. 증명할 수 없는 소문. 우리는 두 개의 전쟁을 치르고 있어. 퀴어 사진작가 따위 색출하고 있을 여유가 없네."

막다른 골목 끝에 거대한 대문이 있었다. 리모컨으로 문을 여니, 머신건을 든 경비 두 사람이 경례를 붙였다.

"아직 본격적으로 운영 중인 건 아닌데, 곧 그렇게 되겠지."

군인들이 카메라와 지갑을 빼앗았지만, 두렵지는 않았다. 지뢰밭에 들어가서 반군과 한배를 탈 때도 마찬가지였다. 너는 절대 다치지 않는다는 믿음이 있었다. 천사가 아니라, 정말 최악의 일은 그렇게 자주 발생하지 않는다는 확률의 법칙이 너를 든든히 지켜주고 있기 때문이었다.

첫인상은 중급 정도의 전리품을 데려갈 수 있는 대실용 여관방 같았다. 너한테도 남자들을 이런 곳에 몰래 데리고 들어가는 나름의 비법이 있었는데, 한번은 악까라이빳투 근처 불타는 마을에서 빨랫줄에 걸려 있던 부르카를 뒤집어쓴 적도 있었다. 이상한 시선을 받지 않고 리셉션을 통과할 수 있는 유일한 방법이었다.

건물 뒤쪽이 대문을 향하고 있었고, 발판 위에 병사들이 올라서서 집을 녹색으로 칠하고 있었다. 주차된 트럭과 버려진 손수레 옆으로 난 길을 따라가보니 공사를 마무리하지 않은 콘크리트 계단이 나왔다. 건물은 3층이었고, 층마다 방이 일곱 개씩 있었다. 이런 용도의 방에는 흔치 않지만, 방마다 암막 필름을 붙인 커다란 창문이 있었다. 방마다 똑같은 설비가 되어 있었다. 나무 탁자, 들통, 밧줄, 빗자루, PVC 파이프, 철조망, 한쪽 벽에 수도꼭지, 다른 벽에 전기 플러그.

"이 말만 하려고 데려온 거야."

소령은 네 뒤에서 걸어오며 곤봉을 꺼냈다. 그제서야 그의 벨트에 매달린 물건들이 눈에 띄었다.

"네가 본 것들을 목격하고 군에서 전역한 자들 중 많은 수가 배에 바람이 들어서 활동가랍시고 설치지. 저쪽 편으로 넘어가기도 하고. 어리석은 짓이야."

1층의 빈방에는 유령이 보이지 않았지만, 느낄 수 있었다. 영혼이 존재한다는 것을 알기 전이었다. 전쟁터에서 총알 하나가 얼마나 간

네 번째 달

363

단하게 사람 하나를 없애버리는지 보았고, 숨 쉬던 존재가 눈앞에서 고깃덩이로 바뀌는 것을 목격한 뒤라, 너는 영혼 같은 것을 믿을 여유가 없었다. 궁전에 가기 전에는, 악취가 진동하는 공기 중에서 따끔거리는 공포를 체감하고 어둑어둑한 그늘 속에서 들려오는 속삭임을 감지하기 전에는.

계단을 오르자마자 똥오줌 냄새가 혹 끼쳤다. 2층 방도 1층과 똑같았지만, 여기에는 사람이 있었다. 방 하나에 사람 하나, 전부 남자, 전부 피부가 검고 멍투성이였다. 몇몇은 앉아서 무릎을 껴안고 있었고, 어떤 이는 지나가는 사람도 보지 못한 채 유리창을 멍하니 응시하고 있었다.

"저놈의 창문이 예산 절반을 잡아먹었어." 소령은 곤봉으로 자기 무릎 옆을 톡톡 두드리며 말했다. "방음 유리, 한쪽에서만 보이는 거울이야. 디에고 가르시아에서 들여왔어."

마지막 감옥의 청년은 입을 벌리고 눈을 커다랗게 뜬 채 창밖으로 너를 바라보고 있었다. 잠시 후에야 너는 그가 방음 유리 너머에서 고함을 지르고 있다는 것을 깨달았다. 디에고 가르시아는 스리랑카 남쪽에 위치한 편자 모양의 섬으로, 나폴레옹 전쟁 이후 영국이 원주민 2천 명을 몰아내고 점령한 뒤 미국에 임대하고 있었다. 80년대 들어서는 아시아에 주둔한 유럽 동맹국에게 방음 유리 이상의 많은 것들을 수출하는 군기지로 사용되고 있었다.

"내 수하 심문관을 훈련시키는 교관들도 거기서 보내줘. 내 앞으로 예산을 증액하라고 정부를 설득해주기도 했지."

3층도 아래 두 층과 동일했다. 한쪽으로 긴 방, 방음 유리, 최소한의 가구, 견딜 수 없는 악취. 하지만 3층의 방 안에는 한 사람 이상이

●

364

들어가 있었다.

1번 방에는 마스크를 쓴 두 남자가 파이프로 젊은 남자를 때리고 있었다. 2번 방에는 한 남자가 침대에 묶인 채 비명을 지르고 있었다. 3번 방에는 남자 둘이 머리에 봉투를 쓴 채 거꾸로 매달려 있었다. 4번 방에는 수술 마스크와 선글라스를 쓴 남자가 의자에 앉은 남자 위로 몸을 숙이고 있었다.

"저 친구가 마스크야. 이 궁전을 찾는 모든 손님이 처음 거치는 분이지."

5번 방에는 벌거벗은 젊은 여자가 무릎을 꿇은 채 울고 있었고, 웃통을 벗은 남자가 그 주위를 돌고 있었다. 6번, 7번 방에는 젊은 남자들이 탁자에 누운 채 꼼짝도 하지 않았다.

라자 우두감폴라 소령은 네 어깨를 붙잡더니 벽에 밀어붙였다. 그의 어깨 너머로 남자들이 탁자에 널브러져 있던 유리창이 보였다.

"네가 당황스러운 짓을 하기 전에 보내주는 거다."

너는 그의 사타구니에 손을 얹고 부드럽게 주물렀다. 소령의 손아귀에서 힘이 빠졌다. 그는 숨을 들이마시더니 네 손을 떼어내서 벽에 눌렀다.

"하지만 혹시라도 당황스러운 짓을 하면, 일자리를 잃는 것보다 더한 일이 일어날 수 있어."

그는 네 뺨에 키스하더니 입에도 키스했다. 이어 뺨을 두 번 세게 후려쳤다. 그는 자기 눈썹을 긁고 주먹을 쥐더니 배를 한 대 쳤다. 숨이 훅 빠져나가고, 앞이 캄캄해졌다. 다시 주먹이 날아올 것 같아 마음의 준비를 했지만, 끝이었다.

그는 너를 보내주었다.

네 번째 달

365

죽은 사제(1962)와의 대화

너는 골 페이스 코트를 떠나 두 번 다시 찾아가지 못했던 장소로 흘러간다. 캄캄한 밤이 너를 빨아들이기 오래전, 카메라를 가지고 거기 다시 가볼까, 도로 뒤쪽 망고 나무 위에 앉아서 사진을 찍으면 퓰리처상감 아닐까 생각했던 캄캄한 밤들이 수없이 많았다.

다시 돌아오지 않을 거라는 것을 알고 있었기 때문에, 소령은 네 눈을 가리지도 않았다. 비샤나야가 창궐했던 작년 한 해 동안 그 스물한 개 방은 틀림없이 가득 차 있었을 것이다. 무정부주의자 혐의로 끌려온 용의자 몇 명 죽어나간 정도야 65년 인도네시아 정부에 의해 학살된 공산주의자 100만 명만큼 대단한 숫자는 아니니, 아무도 피해자 수를 세지는 않았다. 5천 명이라고 하는 사람, 2만 명이라고 하는 사람, 10만 명이라고 하는 사람도 있고, 그 정도는 아니라고 하는 사람도 있다.

게다가 퓰리처상은 미국인에게만 수여한다. 인도네시아 대학살을 후원한 CIA의 모국, 몰디브 남쪽에 해군기지를 가지고 있는 국가, 이 낙원이라는 땅의 소위 궁전이라는 곳에 심문관 훈련 조교를 보내주는 국가의 국민에게만.

네가 여기 돌아오지 않은 것은, 살아서 궁전을 나온 사람이 아무도 없다는 것을 알았기 때문이다. 거기서 나온 시체가 경찰서와 병영의 콘크리트에 널려 있는 것을 보았기 때문이다. 살해당한 '용의자'는 폭도와 선동가, 범죄자, 테러리스트에 대항하는 전쟁을 치를 때 유용한 프로파간다(선전)였다. 대부분 무고한 사람이라서 문제일 뿐. 이따금 감방에서 기자나 교수의 얼굴이, 알아볼 수 없을 정도로 얻어맞은 얼굴이 눈에 띌 때도 있었다. 그럴 때 너는 추가로 사진을 찍

●

어서 상자 안에 보관하고 네거티브 필름도 비밀의 장소에, 아무도 찾아보지 않을 만한 곳에 숨겼다.

망고 나무 위에 앉아 있으니, 2층에서 깜빡이는 불빛이 보이고, 날카로운 비명과 신음, 전선이 팽팽하게 웅웅거리는 소리가 들린다. 담즙 냄새가 산들바람에 흘러온다. 누군가의 역겨운 토사물 냄새, 억지로 입에 밀어 넣은 시큼한 음식 냄새, 공포가 밴 땀 냄새. 불이 더 켜지고, 비명도 계속 들려온다. 이번에는 뭘까? 콧구멍에 물을 붓나? 사타구니에 전기? 발등에 못?

네가 본 것이 두려웠기 때문에, 너도 저런 고문실에 갇힐까 봐 두려웠기 때문에, 너는 돌아오지 않았다. 모든 최악의 일들이 벌어지고 난 지금조차, 좀처럼 저 정원을 건너 깜빡이는 불빛을 향해 선뜻 흘러갈 수가 없다.

"가까이 가봐." 까악거리는 목소리가 들린다. "원하지 않으면 안 봐도 돼."

지붕 위에 그림자가 보인다. 커다랗고 형체가 분명하지 않으며, 눈은 빨간색이 아니라 아예 없다. 굴뚝도 없는 지붕에서 검은 연기가 모락모락 나온다. 연기는 마치 먹이를 제공하는 덩굴손처럼 검은 그림자에 연결되어 있다. 너는 목소리를 듣고 그쪽으로 흘러간다.

"이건 끔찍하게, 정말 끔찍하게 잘못된 일이야. 나는 한때 사제였지."

"불교? 가톨릭?" 너는 묻는다.

"그게 중요한가? 나는 세상의 어두운 심장을 보았어. 아직 창조주를 만나지는 못했지."

"왜 여기 앉아 계십니까?"

네 번째 달

존재는 차츰 형체를 띤다. 검은 이와 검은 눈, 구부정하게 웅크린 등의 윤곽이 보인다.

"여기 에너지가 있어. 이리 와서 같이 앉지. 숭배할 신도, 두려워할 악마도 없어. 에너지가 전부야."

"여기 사십니까?" '산다'는 동사가 들어맞지 않다는 건 알지만 너는 묻는다. 지붕으로 올라가지는 않았다.

"사제였던 때, 나는 신앙심이 없는 사람들과 토론하곤 했다네. 신에게 악을 멈출 의지가 있느냐 없느냐. 신에게 악을 멈출 능력이 있느냐 없느냐."

"그런 농담은 저도 들어봤습니다."

갑자기 라니 박사가 보고 싶다. 그러고 보니 왜 한동안 나타나지 않을까. 네가 세나와 함께 있다는 걸, 그가 방금 쥐 두 마리를 벌하기 위해 민간인 다섯 명을 죽였다는 걸 알고 있을까? 혼란스러운 영혼과 완성해야 하는 서류, 귀 검사, 빛에 대한 입씨름 때문에 눈코 뜰 사이 없나? 정당한 의도로 출발했지만 결국 길을 잃어버린 실패작으로 분류하고 너를 포기한 걸까?

"우리가 지금 지붕에 앉아 있는 이 건물보다 더 끔찍한 곳이 있을까?" 죽은 사제는 묻는다.

"나이 든 남자들이 방마다 겁에 질린 아이들을 가두고 희롱하는 건물들도 있습니다."

"나는 저 방에 가봤어. 저 비명으로 배를 채웠지."

"비명을 즐긴다고요?"

"에피쿠로스는 신이 무능력한 게 아니라면 악의를 가진 것이 분명하다고 했어. 그에게 악을 막을 의지가 있고 능력이 있다면, 왜 막지 않나? 하지만 위대한 그리스인이 빠뜨린 가능성이 하나 있다네." 그림자는 커다란 몸과 그보다 더 큰 머리가 있는 형태다. 맹수의 머리 혹은 모양이 약간 비뚤어진 아프로 헤어스타일 같다.

"신은 존재하지 않는다?"

"아니."

"신은 다른 데 정신이 팔려 있다?"

"네히!* 신은 능력이 부족한 거야. 악을 막을 의지는 있어. 악을 막을 능력도 있어. 단지 방법이 체계적이지 못한 거야."

"우리 같은 존재와 마찬가지로 시야가 좁다는 말이군요."

"항상 늦잖아. 우선 순위도 정할 줄 몰라."

피를 응고시키고 세포를 휘젓는 듯한 추위가 느껴진다. 무어라 꼬집어 말할 수는 없으나 평생 늘 두려워하던 그런 추위였다.

"자네도 느끼는군, 그렇지? 에너지. 그게 다야. 알파와 오메가. 우주는 그것이 긍정이든 부정이든 상관하지 않아. 앉겠나?"

무트왈에서 불어오는 바람이 용기를 준다. 혹시 저 촉수가 네게 뻗어오면 얼마든지 저 바람을 잡아타고 도망칠 수 있을 것이다. "저는 고문당한 건 아닙니다. 고통받지 않았어요. 살해당했을지는 모르지만, 그것도 확실하지 않습니다. 저 밑에 있는 사람들한테 하듯이, 나를 빨아들일 수는 없을 겁니다."

"확실해?"

윤곽이 변한다. 이제 그는 예복 차림의 사제 형태가 아니다. 사냥개처럼 쭈그리고 앉아 있는 그의 목에 뭔가 걸려 있는 것이 눈에 띈

---

*   Nehi. 힌디어로 '아니'.

다. "나는 저 나무에 앉아 있는 자네를 봤어, 사진작가 양반. 자네도 질서가 없다는 건 알지 않나. 항상 알았을 거야."

갑자기 추위가 뭔가 익숙한 것으로 변한다. 어떤 존재가 아니라, 존재의 부재 쪽에 가깝다고 해야 할까. 지평선까지 뻗어가는 무(無), 너를 언제나 알고 있었던 공동(空洞). 대다가 떠났을 때, 너는 밤마다 온갖 시나리오를 머릿속에 그리며 잠을 청하려 애썼다. 혹시 네가 퀴어라는 걸 눈치챈 걸까, 네가 자신 같았으면 하는 걸까, 너를 보면 그녀가 생각나는 걸까, 네가 더 잘난 자식이기를 바라는 걸까. 가슴이 휑하도록 그 모든 침울한 말과 삐딱했던 눈빛, 무시와 질책을 다시 곱씹었다.

"자네도 느끼지, 안 그래? 이것이 에너지야."

이 공허함과 혐오는 아주 불쾌한 것만은 아니다. 절망은 언제나 따분할 때 긁어 먹는 간식으로 시작했다가 어느새 하루 세끼 먹는 일용할 양식이 된다. "이 혼돈이 누구 탓이라고 생각하세요? 수세기 동안 우리를 엿 먹인 식민지개척자들? 지금 우리를 엿 먹이는 강대국들?"

아래층에서 끔찍한 비명이 울려 퍼지고, 지붕은 검은 그림자를 뱉어낸다. 죽은 사제는 커다란 빨대 같은 것으로 그 그림자를 빨아 마신다.

"누가 우릴 엿 먹였죠?"

"포르투갈은 선교사의 자세* 로 우리를 엿 먹였지. 네덜란드는 뒤

---

*   Missionary position, 1505년 로렌수 드 알메이다의 배가 스리랑카에 상륙한 이후 포르투갈 식민 지배 150년 동안 가톨릭 문화가 활발하게 전파되었다. 1658년 네덜란드가 포르투갈을 쫓아내고 그 자리를 대신했다.

에서 박았고. 영국이 왔을 때 우리는 이미 무릎이 꿇리고 두 팔을 뒤로 한 채 입을 벌리고 있었어."

"영국이 우리를 지배해서 다행이에요." 너는 말한다.

"프랑스한테 학살당하는 것보다 나았지."

"벨기에 노예 생활보다도 나았죠."

"독일한테 독가스로 죽는 것보다 나았고."

"스페인한테 강간당하는 것보다 나았고."

"이따금 이 나라의 혼돈을 생각할 때면, 중국이나 일본한테 우리 땅을 사게 하고, 양키나 소련에게 우리의 사고를 지배하게 하고, 타밀 문제는 인도한테 맡기는 게 낫지 않았을까 싶기도 해. 포르투갈 문제를 네덜란드한테 떠맡겼듯이 말이야."

너는 이제 그림자 아래 앉아 빈 공간을 호흡하고 있었다.

죽은 사제는 맞은편에 앉아 어둠 속으로 속삭인다. "이 섬은 언제나 연결되어 있었어. 역사책이 발명되기 오래전부터 우리는 향신료, 보석, 노예를 로마, 페르시아와 거래했지. 원래 우리는 사람을 사고팔았어. 오늘날을 봐. 부자들은 자식을 런던에 보내고, 가난한 사람들은 마누라를 사우디에 보내지. 유럽 아동성애자들이 우리 해변에서 햇빛을 즐기고, 캐나다 난민은 이 땅의 테러에 자금을 지원하고, 이스라엘 탱크가 우리의 젊은이들을 죽이고, 일본인은 우리의 음식에 독을 뿌리잖아."

그때 문득 너는 어딘가에 가야 한다는 것을, 그곳은 여기가 아니라는 것을 깨닫는다. 여기 더 있다가는 왜 여기 왔는지조차 잊어버린다는 것을.

"영국인은 우리에게 총을 팔고, 미국인은 고문 기술자를 훈련하지. 우리한테 무슨 기회가 있나?"

사제의 몸이 차츰 근육질로 변하더니 이야기를 계속하며 너를 향해 슬금슬금 기어온다. 목소리는 이중, 삼중, 다중으로 변한다. 너는 이 움직임과 으르렁거리는 목소리를 알아차린다. 그림자에서 빠져나가려 하지만, 존재는 퇴로를 막는다.

"영국인들은 연마하지 않은 진주를 남기고 떠났는데, 우리는 40년 동안 이 굴을 똥으로 채웠어."*

사제는 이제 자기 얼굴을 네 얼굴에 갖다 대고 있다. 사제가 남자인지 여자인지 더는 구분할 수 없다. 눈은 천 개의 다른 눈으로 이루어져 있고, 목소리는 천 개의 다른 음성들이다. 청각의 언저리에서 웅웅거리는 저 소리는 그녀도, 그도, 그것도, 그들도 아니다. 불협화음.

"그것이 악취를 풍기는 진실이야, 한껏 들이마셔봐. 이 땅을 망친 것은 우리야."

마하칼리의 팔이 너를 감싸고, 다른 누군가의 팔이 너를 감싸고, 모두의 팔이 너를 감싸고 있다.

"한 번 더 말해봐. 더 크게, 더 천천히."

이빨은 눈처럼 검다. 입이 차츰 더 커지자, 검은 혀와 목구멍에서 밖을 내다보는 눈이 보인다.

"우리가 다 망쳤어. 다른 누구도 아닌 우리가."

---

*   1815년 캔디 왕조가 무너지면서 스리랑카는 독립국의 지위를 잃고 대영제국에 합병된다. 스리랑카는 1948년에야 독립한다.

다섯 번째 달

너는 나를 불러라.
내가 대답하리라.
나는 네가 모르는 큰 비밀을 가르쳐주리라.
— 《예레미야서》, 33장 3절

꿈속에서, 나는 걷네

소용돌이 속으로 빨려 들어가는데, 클립보드를 든 여자가 가로막는다. 주위를 휘감던 공기는 육신으로 변했고 죽음을 애원하는 얼굴들이 너를 둘러싸고 있다. 표정은 오르가슴에서 고통까지 물처럼 흐른다. 정신을 잃기 직전, 누군가의 목소리가 너를 퍼뜩 깨운다.

"이것 봐! 이 영혼은 이제 겨우 다섯 번째 달이다. 지금 데려가면 안 돼! 모르는 척하지 마라."

아이스크림 밴처럼 날카로운 라니 박사의 목소리, 너는 베란다에서 노는 아이처럼 그 소리에 반응한다. 그림자의 손아귀를 펄쩍 떨치고 벗어나니 너는 박사의 품 안에 있다. 불에 뛰어들었다가 프라이팬으로 되돌아온 셈이다.

"일곱 번째 달이 뜰 때까지는 건드리면 안 된다. 그것이 규칙. 당신이 무슨 짓을 하고 있는지 나는 안다. 우리는 겁나지 않아. 아무리 당신이라도 깨뜨릴 수 없는 규칙이 있다."

너는 그 존재에게서 황급히 멀어져 망고 나무 쪽으로 향한다. 라니 박사는 너를 나뭇가지 쪽으로 떠민다. 돌아보니 마하칼리는 다시 그림자로 변했다. 으슥한 뱀들과 검은 덩굴이 그 형체에게 먹이를 주기 위해 건물에서 뻗어 나온다.

"저리 꺼져." 십여 명의 사제가 입을 맞추어 동시에 말하는 듯한 목소리. 킬킬거리는 웃음소리가 울리더니, 이어 침이 우박처럼 쏟아진다.

라니 박사는 재빨리 나무 위로 올라가 너를 끌고 바람에 태운다. 너는 다시 지붕 위를 미끄러지듯 날고 있다.

"언젠가 반드시 힘을 얻어서 당신을 여기서 몰아내겠어!"

박사는 너와 같이 바람을 타고 흘러가며 마지막으로 악을 쓴다. 박사가 타밀 반군 앞에서도 이렇게 대담했을까. 반군은 그녀를 죽이기 전에 미리 경고했을까.

"다섯 번째 달이다, 말린다. 내일이 지나면 내가 해줄 수 있는 일이 없다."

"머리가 왜 이렇게 아플까요?"

"내일이 지나면 넌 '길 잃은 영혼'으로 분류될 것이고, 결국 저 존재에게 삼켜질 거다. 지금 너한테는 머리가 없다. 그 아픔은 그저 어리석음이 달아나려고 몸부림치고 있기 때문이다."

"마하칼리인 줄 몰랐어요."

"왜 몰라. 이곳에는 지옥의 존재들이 득실거린다. 그들은 고문에서 양분을 얻는다. 세나가 저 존재를 위해 일한다는 것도 알지 않나. 왜 저것이 너한테 관심을 가지겠나?"

"세나는 속삭이는 법을 가르쳐준다고 했어요. 자기 편에 서면."

바람이 평소보다 더 높이 너를 밀어 올린다. 지붕과 나무 꼭대기가 차츰 멀어지고, 구역질 대신 황홀감이 번진다. 지구의 천장까지 솟아오르니 도시는 마치 엽서 같다. 공기는 한층 차고 신선하며, 바람이 사방에서 불어온다. 이렇게 높은 곳에서 내려다보니, 콜롬보도 엉망진창으로 보이지 않는다. 도시는 나무와 불빛으로 치장하고 그늘 속에서 잠들어 있다. 베이라 호수조차 그림처럼 은은하다.

"내가 가르쳐줄 수 있다."

"정말요?"

"빛으로 가겠다고 맹세하는 영혼에게만 알려주는 거다. 너 때문에 규칙을 깨뜨리고 있어. 규칙을 어기는 건 정말 싫은데."

"절 구해줘서 고맙습니다."

"감사 인사 받으려고 하는 일은 아니야."

구름 가장자리에 다다랐다. 놀라는 네 모습이 우스꽝스러워 보였는지, 라니 박사는 잠시 야단치던 것을 멈추고 웃음을 보인다.

747 비행기를 타고 구름 위를 날아간 적도 있지만, 이런 풍경은 본 적이 없는 것 같다. 수영장 물 같은 파란색이지만, 물은 증기로 되어 있고 따뜻하고 바닥이 보이지 않는다. 물 밖으로 머리를 내밀 수 있을 정도로 몸이 둥둥 뜬다.

구름이 사방에 바다처럼 펼쳐져 있고, 구름 한가운데마다 저 멀리 아래 세상에서는 보이지 않는, 잔잔하게 물결치는 청록색 수영장이 있다.

"여기는 꿈이 있는 곳이다. 나는 여기 여러 번 왔어. 그와 내 아이들을 만나기 위해서."

"그? 신 말입니까?"

그녀는 웃는다. "무슨 소리를 하는 건가. 내 남편 말이야. 내 아기들의 아버지."

"교수님?"

"그는 설령 의견이 다르다 해도 나를 지지해줬어. 내가 죽은 뒤에는 정치를 완전히 그만뒀다. 우리 딸들을 돌보느라. 그는 멋진 아버지야. 나는 할 수 있는 한 자주 꿈에 찾아가서 그에게 말을 건다."

너는 구름의 푸른색에서 눈을 뗄 수가 없다.

"꿈으로 사람을 찾아갈 수도 있습니까?"

"길을 잃지 않는다면." 박사는 말한다.

"누구든 만날 수 있을까요?"

"자고 있는 사람이 허락한다면."

"그럼 어떻게 하면……."

"내 손을 잡아라. 그 사람을 생각해라. 그리고……."

그녀는 너를 끌어당긴다. 너는 구름으로 이루어진 풀장 속으로 풍덩 뛰어든다.

———

벽에 붙은 포스터와 슬픔의 냄새로 누구 침실인지 알 수 있다. 지금 맡아보니 라벤더 향, 어떻게 이걸 몰랐을까. 재키는 코를 골고 있다. 무릎까지 오는 조이 디비전 티셔츠를 입고, 십자가에 박힌 예수 그리스도처럼 팔을 대자로 뻗고 있다.

"보조를 맞춰서 호흡해." 어둑어둑한 방이라 어디 있는지 알 수는 없어도, 라니 박사의 목소리가 귓가에 들린다. 허파도 없는 이에게 좀 터무니없는 요구 같지만 그래도 너는 그 말에 따른다. 재키의 콧구멍 리듬에 따라 숨을 들이쉬고 내쉰다. 느림보곰, 딸기밭, 바다 밑

산호초의 이미지가 떠오른다. 그러다 퍼뜩 멈춘다.

재키가 침대에서 일어나더니 몬순이 일곱 번 지나는 동안 너와 같이 썼던 화장실로 비틀비틀 향한다. 몽유 상태는 아니지만, 잠이 깬 것도 아니다. 물 내리는 소리가 들리고, 의도인지 실수인지 그녀는 반대편 문으로 나가서 네가 쓰던 침대에 누워 다시 잠든다. 그녀는 베개를 껴안고 이불에 코를 묻고 숨 쉰다. 방은 네가 떠날 때 그대로 휑하고 깔끔하다. 그녀가 규칙적으로 코를 골기 시작하자, 너는 그 옆에 눕는다.

웃음소리가 들리고, 미로 같은 딸기 덤불이 보인다. 딜런이 재키를 쫓아가고 있다. 누와라 엘리야*의 호텔과 정원이다. 너도 카메라를 들고 그들을 따라가다가, 다들 미로 한복판에 한데 쓰러진다. 땅에서 구르는 그들을 향해 연신 카메라를 찰칵거리자, 딜런은 재키를 무시하지 말고 좀 봐주라고 한다. 너는 무시하지 않는다고 대답하다가, 문득 재키한테 말하러 왔으면서 아직 안 했다는 것을 깨닫는다.

"재키, 우리 귀여운 재키. 너한테 필요한 건 전부 어디 숨겨놨느냐 하면……."

"말로 설명하지 마라. 다 잊어버릴 테니." 라니 박사가 귓가에 속삭인다. "간접적으로 전해. 그림으로, 언어가 아닌."

너와 재키는 한 달 동안 한 침대를 썼고, 그러다 그녀는 아침에 네가 곁에 없는 것을 깨달았다. 그러다 그녀는 네게 키스하는 것을 포기했고, 그러다 너도 마주 껴안아주지 않게 되었다. 한 번도 터놓고 말한 적이 없었고 그녀도 묻지 않았으며, 그러다 네 변명도 차츰 뻔

---

*   Nuwara Eliya, 스리랑카 중부의 고산지대. 경치가 아름답고 기온이 온화하며 차가 많이 생산된다. '작은 영국'이라고 불릴 만큼 식민지 시대 건물들이 남아 있다.

해졌다. 너는 빈방으로 옮겼다. 그리고 나니 모두 편해졌다.

재키는 우나와투나* 해변에서 네가 딜런을 마사지해주는 것을 보고 있다. 딜런은 너를 쏘아본다. "가서 재키나 해줘. 또 내 아이스크림에 소금 넣을라."

이건 누구의 꿈일까. 이건 너의 딜런일까, 재키의 꿈에 나오는 딜런일까? 왜 이 해변의 떨거지들은 너를 쳐다보고 있는 거지?

"꿈에 나오는 사람들은 현실과 많이 달라." 라니 박사는 말한다. "특히 다른 사람의 꿈에 나오는 사람들은 더욱 그렇다."

너는 재키에게 마사지를 해주며 귀에 속삭인다.

라니 박사가 덧붙인다. "사진도 좋아. 말은 별로다. 원한다면 노래를 불러도 좋아."

라니 박사의 귀에, 다시 그들의 귀에 속삭이는 사람은 누구일까. 우리의 생각 중 얼마나 많은 부분이 다른 사람의 속삭임일까.

"킹과 퀸. 킹과 퀸을 찾아. 아무도 귀를 기울이지 않는 사람. 너도 어딘지 알아."

다시 침실이다. 냄새와 지저분한 꼴을 보니 누구 방인지 알겠다.

"난 퀴어일 리 없는데. 얼마나 엉망진창인지 봐. 퀴어는 깔끔해."

"그 말 쓰지 마, 꼴라. 멍청해 보여." 둘 다 벌거벗은 채 이불을 덮고 있다. 딜런은 네게 등을 돌린 채 누워 있고, 너는 그의 머리카락에 입을 대고 숨을 쉬며 그의 피부를 쓰다듬는다. "나는 퀴어가 아니고, 너는 호모가 아니고, 우린 뽄나야가 아니야. 미소년을 좋아하는 잘생긴 남자라고."

*   Unawatuna, 스리랑카 남부 서해안 골 지방의 해변 관광지.

"재키한테 말했어?" 그는 묻는다.

"말할 거야."

"이 거지 같은 나라 정말 싫어. 항상 남의 이야기만 하고."

"남의 이야기 말고 무슨 이야기를 하고 싶은데?"

"홍콩."

처음에는 홍콩이었다. 그러다 도쿄가 되었다. 그가 미남을 좋아하는 청년이라는 자아상에 차츰 익숙해지자, 이번에는 샌프란시스코가 되었다.

너는 얄라에 있다. 재키는 텐트에서 다른 여자 두 명과 함께 코를 골고 있고, 너와 딜런은 나무 위 집에 숨어 장난을 치고 있다.

"콜롬보는 북부에서 무슨 일이 일어나고 있는지 관심이 없어. 이유가 뭔지 알아?"

"사람들은 원래 자기 아닌 남들한테 안 좋은 일이 벌어지면 무관심해."

너는 그의 귓불을 씹으며 쉰 목소리로 속삭인다. "재키가 킹과 퀸을 찾도록 도와줘." 너는 벽장 속에 진짜 자신을 감춘 채 살아야 한다 해도 자기 자신을 받아들이면 더 행복할 거라고 그를 설득했다. 대기업에서 환경법 분야로 옮기라고 설득했다. 필름을 압수당하고 급여를 공제당하고 발목을 삔 채 만나르*에서 돌아왔을 때, 그는 스포츠 마사지를 해주면서 말했다. "언젠가 오늘이 그리워질 때가 있을 거야. 이 거지 같은 날을 돌아보면서, 그래도 좋은 시절이었지 하

---

*   Mannar, 북부 만나르 주의 중심도시로 타밀족이 대부분 거주하고 있다. 포르투갈, 네덜란드, 영국의 지배를 받은 지역으로 절반 이상이 기독교인이다. 내전 중 대부분의 기간 동안 타밀 반군의 지배하에 있었다.

다섯 번째 달

고 생각할 날이."

그의 말이 맞을 때는 별로 없지만, 이 말만은 정확했다. 너는 다시 풀장으로 돌아와 있고, 다른 사람들이 수영하고 있다. 라니 박사는 희끗희끗한 머리를 한 남자와 포옹하고 있다.

"꿈이 끝나가고 있다. 할 말은 다 했나?"

너는 아무 말도 하지 않았다는 것을 깨닫고 다시 다이빙한다. 이 번에는 물이 깊어지면서 소용돌이친다. 너는 사진의 강물에 떠내려 가다 사람들이 누워 있는 강둑으로 올라온다. 어떤 이는 잠들어 있 고, 어떤 이 옆에서 고양이가 쿵쿵거린다. 빨간 양탄자로 기어가 보 니 차양이 쳐져 있고 한 여자가 옥좌에 앉아 있다. 괴상한 옷차림을 한 사람들이 간이의자에 앉아 있고, 밴드가 짐 리브스의 음악을 연 주하고 있다.

궁정은 시기리야* 동굴 벽화 스타일의 프레스코화로 뒤덮여 있다. 하지만 여기 그려진 인물은 야외에서 애첩들을 그린 유명한 프레스 코화처럼 상반신을 드러낸 여자가 아니다. 손이 묶인 기자들, 셔츠가 찢어진 활동가들, 코가 부러진 뉴스 진행자들이다. 구금된 유명인사 들, 시체도 찾지 못한 사람들이다. 왕을 위해 네가 찍은 사진들, 필름 은 왕이 빼앗고 돈도 주지 않았다. 퀸 엘사, 에이스 조니, 너를 고용했 던 다른 사람들이 그랬듯, 라자 우두감폴라 소령도 몰랐던 것이 있 다. 네가 니콘 카메라에 사용한 필름은 한 통에 32장짜리가 아니라 36장짜리라는 걸. 즉 통마다 넉 장씩 빼돌려서 네거티브 필름을 잘 라낼 수 있었다는 뜻이다. 그들은 전혀 몰랐다.

---

*　Sigiriya, 중부 마탈레 주에 위치한 고대 성채. 5세기 카시야파 왕이 거대한 화강암 암 반 위에 궁전을 짓고 옆면을 프레스코화로 장식했다. 유네스코 세계문화유산.

옥좌에 앉은 여자는 락쉬미 알메이다 카발라나, 네 암마다. 무릎 위에 보송보송한 동물 같은 것이 있는데, 다시 보니 찻주전자다. 너는 궁전에 모인 다른 사람들을 둘러본다. 하와이안 셔츠 차림의 유럽 관광객 세 명에게 눈길이 멈춘다. 네가 입고 있던 재킷을 내려다보니 어느새 알록달록한 가운으로 변해 있다. 손에는 어릿광대의 지휘봉이 들려 있다.

"꿈에 나오는 사람들은 대부분 너 같은 유령들이야." 라니 박사의 목소리가 마침 들려온다. "꿈의 세계에서 길을 잃은 사람들이 다른 사람들의 잠에 드나들지."

옥좌에 다가가니, 어머니는 갑자기 울음을 터뜨린다. 살아 있을 때 한 번도 보지 못했던 모습이다. 무릎에 놓인 물건은 이제 보송보송하지도 않고, 동물도 아니고, 찻주전자도 아니다. 그것은 편지 꾸러미다.

"저는 어머니가 내버린 줄 알았어요."

"버렸다." 그녀는 수놓인 손수건에 코를 푼다. 장엄한 복장이 그녀에게 어울린다. 늘 집에서 걸치고 침울하게 돌아다니던 가운보다 훨씬 낫다. "뜯어보지도 않았어."

"저한테 필요할 거라고 생각 안 하셨어요?"

"그는 네가 자기를 필요로 한다는 걸 알고 있었어. 그런데도 떠났다. 그리고 신이 그를 데려가셨지. 이제 너도 데려가셨어."

"전 아버지를 만난 적이 없어요. 그건 거짓말이었습니다. 연락이라고는 전화 세 통, 편지 한 통뿐이었어요."

너는 버티 카발라나와 그의 두 번째 아내 달린, 두 딸을 만났다고, 딸들과 계속 편지를 주고받았다고, 미주리에서 추수감사절 식사를

다섯 번째 달
383

같이했다고 어머니에게 거짓말을 했다. 아버지는 엄마가 너무 피곤했다고 하더라, 우리끼리 화기애애하게 칠면조와 크랜베리 소스를 먹었다고 했다. 전부 상처를 주기 위해 지어낸 이야기였다. 비행기를 타고 가는 도중에 아버지가 돌아가셨다, 슬픔에 잠긴 그쪽 가족은 내게 말 한마디 하지 않더라고 하면 어머니는 또 신의 뜻이 어쩌고 한바탕 연설을 늘어놓을 것이 뻔했기 때문이었다.

아버지는 1973년 집을 나간 뒤로 1년에 두 번씩 네게 편지를 쓴 모양이었다. 너는 차 보관통 밑바닥에서 1984년에 쓴 편지를 한 통 찾았다. 이후 어머니는 자기가 부주의했다고 했다. 출근하는 여행사 사무실에서 버리는 것이 보통이었는데.

"내게는 너 하나뿐이었어." 어머니의 무릎에서 편지 꾸러미가 사라지고 없었다. "그 이기적인 새끼를 자꾸 떠올리게 했던 건." 어머니는 절대 욕을 입에 담지 않았지만, 아버지 이야기가 나올 때는 예외였다.

"그게 제 잘못이었나요?"

"떠난 건 그 사람이다. 내가 아니라." 궁정에서 웅성거리는 소리가 일자, 여왕은 목소리를 높였다. "너는 쉬운 아들이 아니었지만, 난 포기하지 않았다. 무책임하게 떠난 주제에 생일 카드 한 장으로 영웅 행세를 하려 들다니."

14세 생일, 15세 생일, 16세 생일날 너는 미주리에서 연락이 오기를 기다리며 전화통 옆에 앉아 있었다. 17세 생일에는 정장을 입은 끝내주는 남자와 키스하느라 바빠서 신경 쓸 틈이 없었다.

"네가 자기 같은 인간으로 변해가는 걸 못 보고 죽다니." 어머니는 소리쳤다. 궁정이 폭발하고, 속삭임이 들려온다.

◗

"사실대로 말해요, 암마. 결혼생활을 계속 유지하려고 날 가진 거였잖아요. 나머지는 다 지어낸 이야기잖아."

"이제 꿈이 끝난다. 수면으로 돌아와." 너는 구름 풀장 가장자리에 와 있고, 라니 박사는 10대 소녀 둘과 머리가 희끗희끗한 남자에게 작별 인사를 하고 있다. 허공에서 노랫소리가 들려온다. 짐 리브스의 목소리, '잇츠 나우 오어 네버(It's Now or Never, 지금 아니면 절대 못한다)'다. 킹과 퀸이 가장 잘 부르는 노래지. 너는 다시 꿈을 시작했던 침실에 와 있다. "언제나 꿈의 세계에 들어갔던 길을 그대로 되밟아서 나오는 것이 예다. 따라오는 사람들에 대한, 꿈을 꾸는 사람들에 대한 존중의 의미야."

재키는 침대에서 곧장 일어난다. 그녀는 '잇츠 나우 오어 네버'를 흥얼거리지만, 엘비스나 짐 리브스 버전이 아니라 프레디 머큐리 버전이다. 재키는 네 침대 밑에서 상자 하나를 끄집어내서 레코드를 살펴보다가 엘비스의 〈히즈 핸드 인 마인(His Hand in Mine)〉과 퀸의 〈핫 스페이스(Hot Space)〉를 고른다. 둘 다 위대한 예술가의 한심한 앨범이다.

반으로 접는 음반 커버를 펼치자, 네가 손으로 휘갈긴 쪽지와 검은 사각형 조각들이 쏟아진다. 모서리가 날카로운 네거티브 필름이 재키의 무릎 위에 비 오듯이 떨어진다. 괴상한 자세를 취하고 있는 유령처럼 뿌연 형체들이 필름 표면에 비친다. 너는 느끼지도 못하는 재키를 꼭 껴안고 마지막으로 귓가에 지시를 내린다. 재키. 전부, 다 미안해. 그걸 천 부쯤 복사해서 콜롬보 시내 모든 곳에 붙여줘.

약카가 원하는 것

라니 박사는 꿈의 세계 가장자리에서 맴돌고 있다. 그녀는 젖은 눈시울을 애써 감추며 머리를 하나로 묶어 틀어 올린다. 너는 다른 사람들의 꿈에 휙휙 들어갔다 나오는 영혼들을 지켜본다. 형태와 크기, 눈 색깔, 모두 제각각이다.

"이제 됐어? 다 속삭였지? 그러면 이제 탄생의 강으로 가자. 아직 네 일곱 번째 달은 지나지 않았어."

"아직 달이 두 개 더 남았어요."

"하나 하고 반이야."

"안 돼요. 아직은. 재키가 위란을 찾아야 합니다. 나를 죽인 사람이 누구인지 찾아야 해요. 그 괴물에게서 친구들을 지켜야 해요."

"할 일은 항상 있지. 대부분 아무런 쓸데없는 일이야."

"재키는 내 말을 들은 것 같아요."

"네가 살해당한 건 확실해?"

"크로우맨이 그랬습니다. 귀 검사할 때도 그렇게 들었고요."

"그래, 하지만 너 자신이 확신하느냐 말이다."

"확실히 안다면, 진작 말씀드렸죠."

"크로우맨은 사기꾼이야. 쁘레따의 말도 항상 옳은 건 아니고."

"그렇겠죠. 제가 사람을 죽였다고 했으니."

"죽였을지도 모른다고 했지. 정확히는 그렇게 말했어."

"마하칼리는 악마 중에서 가장 힘이 센가요? 마하칼리 위에 대장이 있습니까?"

착한 박사는 고개를 젓고, 젓고, 또 저었다. "너를 먹이고 입히고 키운 나라에 대해 아는 게 아무것도 없니?"

현재 어떤 존재이든, 라니 박사는 교실만 없지 근본적으로 선생님이다. 이런 존재는 남에게 설교하려는 유혹에 쉽게 빠진다. "우리가 파괴해야 하는 사탄은 하나가 아니야. 수백 마리 악마와 수천 마리 약카가 길목마다, 도로마다 도사리고 있다."

그녀의 말이 맞다. 여기는 선과 악의 대결이 없다. 다양한 단계의 나쁜 짓들이 사악함의 집약체와 티격태격 드잡이질을 하고 있다고 할까.

"이 나라의 모든 나쁜 부분마다 약카가 하나씩 붙어 있어." 박사는 검은 왕자가 유산을 초래하고 생리통을 일으킨다고 말한다. 모히니는 밤에 외로운 운전사를 유혹하고, 리리 약카는 암세포를 퍼뜨린다. 삼지창을 든 승려는 원칙적으로 유령이지만 분노로 인해 식시귀로 변했다.

"귀신, 식시귀, 쁘레따, 악마, 약카, 악령. 이런 위계인가요?"

"이 혼돈에 위계 같은 건 없어. 쁘레따조차 선한 존재가 아니다."

박사는 쁘레따도 여러 종류라고 한다. 말라 쁘레따는 음식의 맛을 훔치고, 게발라 쁘레따는 똥을 묽게 하며, 대부분의 쁘레따가 귀 모양과 식욕을 잘 읽는다.

듣는 것도 슬슬 지겨워지지만, 그래도 최소한 달의 개수가 점점 줄어들고 있다는 소리는 안 한다.

박사는 중간계에서 배회하는 모든 악령에 대해 장황하게 설명한다. "나는 셀 수도 없이 많은 영혼을 약카에게 잃었어."

"약카는 뭘 원하나요?"

약카는 육신의 쾌락에 집착한다고 한다. 음식이 상하는 것은 약카가 영양분을 빨아먹기 때문이다. 섹스에서 열정이 사라지는 것은 약카가 쾌락을 훔치기 때문이다. 약카가 산 자를 쳐다보고 있으면, 그중 어리석은 자들은 약카를 불러들인다.

"약카는 빛에 들어가거나 인간으로 태어날 수는 없지만, 많은 일을 할 수 있다." 착한 박사는 말한다. "누군가에게 해를 끼치고, 손해를 입히고, 악의를 퍼뜨릴 수 있어. 단 이쪽에서 먼저 불러들이는 경우에 한해서. 달이 일곱 번 지나기 전에도 안 된다. 마하칼리조차 네가 허락하지 않는 한 먼저 너를 건드릴 수 없어."

나가 약카는 아름다운 얼굴과 코브라 머리카락을 지녔으며 1983년을 잊지 못한다고 한다. 코타 약카는 고양이를 타고 다니고 진주를 걸고 큰 도끼로 무장하고 있다. 바히라와 약카는 시타*의 비명소리에서 태어나서 신들이 싸우거나 태양이 피를 흘릴 때만 일어선다.

"하지만 네 말이 맞아. 마하칼리는 그들 중 가장 무시무시하다. 일곱 번의 달이 지나면 나도 너를 마하칼리에게서 보호해줄 수 없어."

"딱 한 번의 달만 있으면 사진을 손에 넣을 수 있어요."

"그 정도로 해. 이제 가자. 이승의 문제에 개입하는 것은 너에게나 그들에게나 도움이 안 된다."

"세나 말로는……."

"세나를 자꾸 들먹일 거면 그냥 가든가. 시간 낭비하기 싫다. 마하칼리가 어떻게 할 수 있는지 너도 봤잖아."

라니 박사의 눈은 대부분 흰색이었지만, 노란색과 녹색 반점이 조금 눈에 띄었다.

---

*　　　Sita, 힌두교 여신. 자기 희생과 헌신, 용기와 순수함으로 대표된다.

"이제 두 번의 일몰이 남았다. 검은 눈을 지닌 존재는 무조건 피해라."

"세나의 눈은 검지 않습니다."

"아직은 그렇지. 태어날 때부터 악마인 존재는 없어."

"그럴 리가요."

약카는 태어나는 것이 아니라 만들어지는 것이고 각자 입에 담지 않는 사연들을 하나씩 갖고 있다고 한다. 인육을 먹는 아저씨 약카는 삐따 폭탄 테러 희생자였다. 야생의 아이 약카는 타밀 반군에게 자기 삼촌들을 죽이도록 훈련받았다. 바다 악령은 대학교 신입생 신고식 도중에 죽었다. 무신론자 식시귀는 인민해방전선에 의해 토막 살해당한 지방의회 의원이었다. 검은 사리를 입은 여자 약카는 다섯 아이를 전쟁에 잃었다.

약카는 도박 솜씨가 형편없어서 카지노에 중독된 대부분의 사람처럼 빚구덩이에 빠져 허우적대다가 부채를 탕감받는 대신 시키는 일을 하게 된다고 한다. "세나도 마하칼리에게 빚을 졌어. 악령들은 유령에게 영혼을 데려오라는 지시를 내리지. 그렇게 복잡하지 않아."

라니 박사는 말을 멈추고 고개를 저었다. 온갖 방법을 다 동원했지만, 아무것도 효과가 없었다. 그녀는 클립보드에서 종이 한 장을 뜯어서 구겼다.

"도와주셔서 감사합니다. 또 신세를 졌네요. 약속해요, 라니 박사님. 일곱 번째 달이 가기 전에 꼭 빛으로 가겠습니다."

"안 오겠지."

"제가 어디로 가면 될까요?"

"탄생의 강으로. 베이라 호수에서 가장 약한 바람을 타. 운하를 따라 쿰북 나무 세 그루가 있는 곳으로 오면 돼."

"약속하겠습니다."

"두 번의 약속은 한 번의 약속보다 못해."

"제가 사랑하던 남자가 그런 식으로 말하곤 했죠."

"그에게 약속을 지켰어?"

"한 번도 안 지켰어요."

"그가 화를 냈어?"

"저는 눈치채지 못했습니다."

"그가 너를 아프게 했니?"

카메라를 들여다보지만, 답은 보이지 않는다. 너는 머리를 긁으며 샌들 한 짝을 내려다본다.

"난 그래도 싼 놈이었어요. 안녕히 가세요, 박사님."

바다에서 한 줄기 바람이 불어오고, 너는 그 발판에 올라탄다.

"제겐 꼭 지켜야 할 약속이 있어요."

박사는 바람을 타고 날아가는 너를 쳐다본다. 서글프고 실망한 표정이지만, 놀란 것 같지는 않다.

후지코닥 매장

네거티브 필름은 비닐 커버에 넣은 상태로 퀸의 〈핫 스페이스〉와 엘비스의 〈히즈 핸드 인 마인〉 앨범에 테이프로 붙어 있었다. 제대로 뚫린 귀가 붙은 사람이라면 소장한 음반 중에서 굳이 꺼내볼 확률이 가장 적은 음반이었다. 물론 시시한 음반 두 개에 테이프로 붙여놓은 필름 조각을 발견한다고 누구나 곧장 그걸 어떻게 해야 하는지 알 수 있을 리가 없다. 그래서 앨범 속지에 쪽지도 붙여놓았다.

조심스럽게 취급하세요.

이 물건을 습득하는 사람은 말린다 알메이다에게 돌려주시기 바랍니다.

주소는 콜롬보 2구, 골 페이스 코트, 4/11호

말린다와 연락이 안 될 경우

후지코닥 매장으로 와주세요.

주소는 띰비리가스야야 로드 39번지

위란에게 맡기면 됩니다.

재키는 음반을 껴안고 딜런의 방으로 달려간다.

"안 돼, 이 멍청아!" 너는 소리쳤지만, 물론 그녀의 귀에는 들리지 않았다.

딜런은 캘빈클라인 바람으로 잠들어 있다. 허리에 군살이 조금 붙었고, 팬티 앞섶이 텐트를 치고 있었다. 네 꿈이라도 꾸고 있는 것이기를.

"아이요, 깨우지 말라고!" 너는 외친다.

재키는 사촌의 어깨를 흔들어 깨운다.

"누구…… 뭐야?"

"위란이 누구야?" 재키는 묻는다.

델리카 밴이 랜서를 상당히 가까운 거리에서 미행하고 있다. 재키는 뚬물라 로터리를 돌면서 밴을 확인한다. 로터리를 세 번 도니 지프도 따라 돈다. 다시 띰비리가스야야 쪽으로 돌아가니 지프도 따라온다. 재키는 다시 유턴을 한다.

"무슨 일이야?" 딜런이 조수석에서 묻는다. 흑단 같은 피부, 각진 턱, 이런 시각에도 머리를 스프레이로 세우고 옷차림도 단정하다.

"정복 경찰이 아니야. 심상치 않은데." 재키는 도로에 시선을 고정하고 혀끝을 살짝 내밀고 있다.

딜런은 뒤를 돌아본다. "그냥 밴이야, 재키. 그냥 지나가라고 해."

재키가 속도를 늦추자 뒤따라오던 차량들이 일제히 경적을 울리지만 밴은 추월하지 않는다. 아무 경고나 신호도 없이, 재키는 롱던 플레이스의 미로로 꺾어 들어간다.

"우리를 추월할 생각이 없는 것 같아."

"그냥 멍청한 밴이야. 잠을 못 자서 그래? 내가 운전할까?"

"좋아." 재키는 페달을 꾹 밟고 미로 같은 도로에서 이리저리 꺾는다. 재키는 세 사람 중 가장 운전 솜씨가 좋았고, 그래서 제일 무모했다. 그녀는 띰비리가스야야의 배꼽으로 들어가서 밤발라삐띠야의 콧구멍으로 나온다. 자동차와 삼륜 자전거들이 신호도 없이 차선을 바꾸고 경적을 울리며 그녀의 경로에서 달아난다.

매연과 고장 난 브레이크등이 도로를 가득 메웠다. 밴은 보이지 않는다. 검문소를 지나칠 때, 딜런은 담배를 입에 물지만 불은 붙이지 않는다. 아직 몇 달 전 내기에서 지지 않았다는 뜻이다.

후지코닥 매장 앞에는 기적적으로 주차할 공간이 있다. 델리카 밴은 보이지 않는다.

매장 안은 다양한 아시아인들이 무리하게 미소 짓는 사진들로 가득하다. 카메라 캐비닛이 있고, 필름들이 전시되어 있다. 후지필름을 상징하는 녹색 흰색 스티커와 포스터가 있고, 코닥의 노랑 빨강 스티커와 포스터는 그보다 크기가 작다. 카운터 뒤에 여자 두 명이 서 있다. 하나는 필름을 접수하고, 하나는 봉투를 나눠준다. 의외로 역할 분담이 잘되어 있으며, 손님들은 어느 쪽에 줄을 서야 하는지 잘 아는 것 같다. 세 사람이 줄을 서 있고, 딜런은 재수없는 특권층답게 곧장 앞으로 나서서 묻는다. "위란은 어디 있습니까?"

여자는 등 뒤의 문을 가리킨다. 조명과 스크린이 가득 설치된 스튜디오를 지나자, 안경을 쓴 키 작은 남자가 밀착 인화지 위에 구부정하게 웅크리고 앉아 있다.

"위란?"

"네?"

"말린다가 우리한테 여기 가보라고 했어요."

소년은 재키의 말에 대답하지만 눈길은 계속 딜런 쪽으로 향한다.

"그는? 사라졌어요?"

"그런 것 같아요."

소년은 고개를 젓고 바닥을 본다.

"해외로? 아니면 체포됐나요?"

딜런은 한숨을 쉬며 말한다.

"죽었다고 들었어요. 하지만 시체를 본 사람은 없습니다."

위란의 표정이 어두워진다. 그는 셔츠 자락으로 안경을 닦는다.

"그럼 그냥 숨어 있을 수도 있잖아요."

"말리와 친구 사이였나요?"

"오랫동안 알고 지냈어요. 이 매장에 필름 현상을 맡겼거든요."

재키는 탁자에 음반을 놓는다. 퀸 앨범 커버는 너덜너덜하고, 로큰롤의 킹은 입에 테이프가 붙어 있다.

"이걸 당신에게 갖다주면 어떻게 해야 할지 알 거라는 지시가 붙어 있어요."

"혼자 왔어요?"

"우리 둘뿐이에요."

"미행한 사람은?"

"없죠."

"확실해요?"

"밴이 한 대 따라왔는데, 따돌렸어요."

"그럼 서둘러요. 아트센터 클럽에 가서 클래런사하고 이야기해보세요. 말리가 한 세트는 그렇게 해달라고 했어요."

"한 세트?"

"나더러 두 세트 인화해달라고 했었어요. 한 세트는 클래런사한테, 한 세트는 다른 사람한테 보내달라고."

"다른 사람?"

너는 뉴 올림피아 극장 10시 상영시간에 위란을 만났다. 로저 무어, 텔리 사발라스, 스테파니 파워스가 출연하는 〈아테네 탈출〉을 관람하며 이성애자 커플이 몸을 섞고 있었고, 남자가 남자를 애무하고 있었다. 위란은 키가 157센티미터밖에 안 됐지만, 주요 부위는 무려 18센티미터였다. 구형 카메라광이었고, 후지코닥 매장 일 외에도 켈라니야의 암실에 아저씨에게서 물려받은 거창한 장비를 소장하고 있었다. 섬세하고 재능이 많았으며, 비누와 텔컴 향을 풍겼고, 정치에 무관심했다. 네가 AP통신 의뢰로 찍은 인민해방전선 사진을 보기 전까지는.

너는 그에게 미리 말해두었다. 혹시 머리를 크게 부풀린 젊은 여자와 젊은 미남이 엘비스와 퀸 음반을 들고 와서 너를 찾으면 네거티브 필름을 집으로 가져가서 빛을 어둡게 하고 콘트라스트를 강하게 해서 8×10 사이즈로 인화하라고.

———

두 번째 세트는 트레이시 카발라나, 아버지의 막내딸에게 보내기 위한 것이었다. 언젠가 모처럼 고국을 찾은 아버지를 따라왔을 때, 트레이시가 내 사진을 지켜주겠다고 약속했던 것이다. 그녀도 이제 투표권이 있는 나이가 됐겠지만, 네가 아버지의 심장을 문자 그대로 망가뜨린 마당에 그 약속을 기억하는지 알 수는 없다.

AP통신 사진작가 몇 사람이 프레스 클럽 바깥에서 폭행당한 사건이 시작이었다. 이어 앤디 맥고완이 필름을 압수당했고, 이어 리처드 드 소이사가 납치 살해당했다. 카지노에서 한바탕 흥청망청하고 정부군과 아슬아슬하게 손을 턴 뒤, 너는 조치를 취했다. 철로변에서 위란과 놀다가 계획을 들려주었고, 클래런사에게도 뒤풀이 때 했던 약속을 기억해달라고 다시 말해두었다. 클래런사 아저씨는 술자리에서 한 약속을 지키는 보기 드문 영혼이었다.

너는 바람을 타고 콜뻬띠 정션*으로 날아갔다. 흰 델리카 밴 지붕을 넘어 은색 랜서 위에 착륙했다. 이 도시에서 바람은 자동차보다 빠르다. 재키는 운전대를 쥐고 있고, 딜런이 그녀에게 묻는다.

"그가 이 이야기를 너한테 했어?"

"클래런사 아저씨와 뒤풀이 자리에서. 혹시 자기가 도피하게 되면 사진을 어떻게 해달라고 우리한테 부탁했잖아. 기억 안 나?"

"난 취했어. 넌 자고 있었잖아."

"그럼 기억은 난다는 거네."

바는 닫혀 있다. 의자는 뒤집혀서 탁자 위에 올라가 있고, 청소부들이 대걸레로 바닥을 밀고 있다. 클래런사는 바에서 담배를 피우며 신문을 읽고 있다. 그는 심장마비를 세 번이나 겪은 땅딸막한 40대 드라마퀸이었다. 병명이 짧지만 심각한 '그 병'에 걸렸다는 소문도 돌았다. 물어본 적은 없었지만, 밤늦게 이야기를 나누다 보면 죽음이라는 화제가 너무 자주 입에 오르는 것이 좀 수상쩍었다.

"안녕, 재키. 딜런." 클래런사는 신문을 접는다. "미안한데 영업 끝났어."

"후지코다 매장의 위란이 여기 가보라고 했어요."

클래런사는 입을 다물더니 신문을 내려놓는다. "그 소식은 듣고 싶지 않았는데. 맙소사. 말리는 어디 있지?"

"시체는 못 봤습니다. 아직 몰라요." 딜런이 말한다.

"그럼 도망쳤을 수도 있겠군."

"아뇨." 재키는 클래런사를 응시하며 고개를 젓는다. 그의 표정이 어두워진다.

---

*   Colpetty Junction, 미국 대사관과 인도 대사관, 수상관저 등이 있는 번화한 상업지구.

◗

유령 둘이 주크박스 근처에서 떠돌고 있다. 스리랑카 베테랑 가수가 라스베이거스에서 들여왔다가 기증한 빈티지 기계다. 극장을 소유한 재단에서 아트센터를 사들이기 위해 주크박스를 팔까 하는 의논이 오간 적도 있었다. 유령들은 주먹으로 버튼을 누르지만 빛만 몇 번 깜빡거리다 만다.

"이런 짓을 하기에는 위험한 시기야." 클래런사는 말한다.

"압니다." 딜런이 말한다.

"나는 세상을 바꾸는 희곡을 쓰고 싶었어. 하지만 그 대신 뮤지컬을 만들었지."

"뮤지컬도 세상을 바꿀 수 있어요." 재키가 말한다.

"입 다물어, 재키." 딜런이 말한다.

"나는 약속을 했어. 지켜야지." 클래런사가 말한다. "위란이라는 친구는 얼마나 빨리 사진을 완성할 수 있나?"

"내일."

"말도 안 돼. 어떻게?"

"자기 집에 장비가 있는 모양이에요. 그렇게 말하더군요."

"하룻밤 사이에 사진을 전부 다 준비할 수 있다고?"

"그가 그랬어요."

"내가 가진 액자는 스무 개뿐이야. 왜 그리 서두르지? 사진은 몇 장인데?"

"50장 정도."

"세상에! 인력이 더 필요하겠군. 자네 사무실에 도울 만한 사람이 있나?"

"제가 물어보겠습니다."

다섯 번째 달

유령들은 유럽계로 보이고 어쩐지 눈에 익은 모습이다. 둘 다 하와이안 셔츠와 해변용 반바지 차림이다. 통통한 쪽은 도움닫기를 한 뒤 주먹으로 주크박스를 내리친다. 진동과 함께 걸쇠가 철컥 내려가는 소리가 들리더니 엘비스의 '잇츠 나우 오어 네버'가 흘러나온다.

딜런은 놀란 표정이고 재키도 겁을 먹은 것 같지만, 클래런사는 어깨만 으쓱한다. "늘 저래. 여긴 아이리스라는 귀신이 살고 있어." 그는 클클 웃는다. "아마 그녀일 거야."

재키는 제왕의 노래를 들으며 네 생각을 하는 것 같다.

"외국으로 도망치지 않은 건 확실한가?" 클래런사가 묻는다.

"누가 압니까." 딜런은 말한다. "말리에 대해서라면 뭐라고 해도 놀랍지 않을 것 같아요."

"알았어요." 재키는 일어서서 가방을 들고 방을 나선다.

———

아트센터 클럽에서 나온 재키는 라이오넬 웬트 갤러리를 지나 거리로 나선다. 차에 타기 전에, 혹시 델리카 밴이 있는지 차도를 둘러보고 군인도 경찰도 아닌 남자가 있는지 인도도 확인한다.

그녀는 랜서에 시동을 걸고 길포드 크레센트를 미끄러져 내려간다. 차는 차츰 속도를 내더니 엉뚱한 길로 접어든다. 골 페이스의 집으로 가지 않는 것 같다. 이 길이 어디로 이어지는지 정확히 알고 있는 너는 탐탁지 않지만 고개를 끄덕인다. 재키는 호텔 레오 바깥에 차를 세우더니 미행하는 사람이 없는지 다시 확인하고, 너도 뒤를 돌아본다. 이어 그녀는 잠든 경비 옆을 지나 엘리베이터를 타고 6층으로 올라간다.

너는 한 층 더 솟구쳐 올랐고, 7층 스위트룸 창문을 들여다본다. 벽면은 휑하고, 상자는 비어 있고, 문이 열려 있다. 쿠가도, 엘사도, 니콘으로 찍어서 위란이 현상한 사진도 보이지 않는다. 골 페이스 코트 아파트의 네 방처럼 누가 뒤진 것 같지는 않지만, 커튼이 떨어져나갔고 탁자는 누군가가 화가 나서 뒤집은 것 같다.

페가수스로 돌아가니, 재키는 블랙잭 테이블에 앉아서 진을 주문하고 공짜 담배를 피운다. 그 모습을 보니 한 모금 생각이 간절하다. 재키에게 속삭여보려 하지만, 이제 둘 다 꿈은 버렸다. 네게 배운 대로, 하지만 서툴게 확률을 계산하고 카드를 세는 모습을 바라보며, 너는 그녀가 무슨 생각을 하고 있는지 추측해본다.

너는 포커 테이블로 흘러간다. 카라치 키드가 이스라엘 손님들과 판돈이 큰 게임을 하고 있다. 젊고 통통한 몸집, 박박 깎은 머리에 야구모자를 쓴 카라치 키드는 칩 인심이 후해서 네가 너무 많이 잃으면 구해주기도 했다. 빚진 액수를 기록해뒀다가 테이블에 앉을 때마다 네게 꼭 알려주었다.

"여기 카메라가 있나?" 그는 천장을 쳐다보고 벽도 확인한다.

"카메라가 여기 왜 있어?" 야엘 메나헴이 말한다. "그 멍청한 모자 안에 숨긴 건 아니겠지?"

야엘 메나헴은 뚱뚱하고 목소리가 크다. 그의 사업 동료 골란 요람은 다부진 체구에 조용하다. 테이블에는 영어를 못하는 척하는 중국인 두 명도 있다. 카지노 보스 로한 창의 친척인데 돈을 잘 쓰는 고객들을 염탐한다는 말도 있다. 마지막 날 밤 너는 그들과 같이 포커를 쳤지만, 이겼는지 졌는지 기억나지 않는다.

"나가지." 카라치 키드가 말한다. "여긴 간장 냄새나."

테이블의 중국인들은 서로 질세라 돈을 거느라 바빠 불쾌한 기색도 없다. 이스라엘인들과 파키스탄인은 음료를 들고 테라스로 나간다. "최신 목록을 봤는데." 골란 요람은 담배에 불을 붙인다.

"그래서?"

"계약금 70퍼센트를 내면, 전부 구해줄 수 있어."

"전부?"

"스커드 미사일을 원하면 구해주겠다고, 친구."

메나헴은 탁자에 재떨이를 놓는 웨이터에게 얼른 눈길을 보낸다. 그는 나직하게 다음 질문을 던진다. "전에 마한떠야 대령과 거래한 적 있나?"

"이 나라에서 총을 쥐어본 사람치고 나랑 거래 안 한 사람이 없어." 카라치 키드가 오렌지 주스를 마시며 말한다. "보증할 수 있어."

"흥미롭군." 메나헴은 말한다. "우리는 영화업계라서. 처음 듣는 이야기야."

"겸손하시군."

"맞아. 원래 난 절대 겸손한 사람이 아니야. 자네 가격도 마음에 안 들어. 계약금은 80퍼센트 줘야겠어."

"난 당신들 닌자 영화 재미있게 봤는데."

"어느 닌자 영화? 〈닌자〉? 〈닌자3: 도미네이션〉?"

"〈차이나 닌자〉였던가?"

"그건 내 영화 아니야." 메나헴은 말한다.

"아니, 〈닌자〉였던 것 같군. 끝내줬어. 액션도 화려하고."

"그 영화는 쓰레기였어. 하지만 돈이 되긴 했지."

"괜찮았어." 요람이 말한다.

카라치 키드가 종이 한 장을 건네자, 요람은 꼼꼼히 읽어보더니 고개를 젓는다. "이 가격은 안 되겠어. 어디서 이런 가격을 주워들은 거야?"

"이게 시가잖아."

"이건 헤즈볼라, 하마스* 가격이야. 이걸로는 고장 난 러시아제밖에 못 구해. 니카라과제 쓰레기밖에 못 가져간다고. 돈을 더 써. 안 그러면 곤란해."

"그리고 내 고객은 보증도 필요해."

"이게 내 보증이다." 메나헴은 가운뎃손가락을 들어 보인다.

"아주 정중하게 물을게. 이 시장에서 거래해본 적 있어?"

"당연하지."

"정부?"

"그럴지도?"

"반군은?"

"아마도."

"인민해방전선은?"

"아니, 거기는 안 해."

"실종된 우리 도박 친구는?"

"누구?"

"누군지 알잖아."

"그 친구는 히피 호모였어. 히피들, 호모들은 원래 죽어. 우리하고

---

*   헤즈볼라는 레바논의 시아파 무장 정파, 하마스는 팔레스타인의 수니파 무장 정
파이다.

상관없어."

"다행이군." 카라치 키드는 말한다.

죽은 자살자들(1986, 1979, 1712)과의 대화

너는 호텔 레오 옥상으로 흘러간다. 밤은 깊었고 카지노는 계속 열려 있다. 시동이 꺼진 차량과 사납게 으르렁거리는 길고양이, 오늘 이야말로 한탕 하는 밤이라고 다짐하며 바에 앉아 있는 도박사들로 밤은 부산하다. 살아 있던 때도 그랬지만 죽은 뒤에도 너는 상투적이다. 자기가 죽은 자리를 맴도는 것이야말로 유령들이 하는 짓 아닌가. 무덤가를 어슬렁거린다거나 자기가 살던 집을 배회하는 것처럼 너무나 뻔하다. 아무 의미도 없다.

재키는 혼자 테이블에 앉아 있고, 황소같이 생긴 웨이터가 오렌지 주스를 가져다준다. 마지막 밤에 네가 맛을 본 그 친구다. 그녀는 너나 지붕 위에 모여 달을 쳐다보는 자살자들을 보지 못하고 자기 혼자라고 생각한다.

새벽 3시, 난간에 매달려 있는 자살자들을 제외하면 호텔 레오의 지붕은 평화롭다. 첫 번째는 화장을 곱게 하고 캔디안 사리*를 입고 팔찌와 체인 장식을 두른 중년의 드랙퀸이다.

"나는 슬퍼서 죽었어. 우리 대부분이 그렇지. 근데 나는 불교 신자이기 때문이기도 했어. 성전환수술보다 환생하는 게 비용이 덜 들 것 같아서."

---

*   Kandyan sari, 인디안 사리를 변형한 스리랑카 여자 전통의상으로 랩 스커트처럼 앞을 여미며 허리에 너풀을 만들어 입는 옷. 허리와 배의 속살이 드러난다.

"왜 빛으로 안 갔어요?"

"나는 평생 이것도 아니고 저것도 아닌 중간계에서 살았으니까." 한때 남자였던 여자가 말한다. "여기가 내가 있을 곳 같아."

드랙퀸은 난간을 따라 모델처럼 사뿐사뿐 걷다가 모서리에 쭈그리고 앉더니 아래를 내려다본다. 바람이 어떻게 변덕을 부리느냐에 따라 주차장 아니면 쓰레기장으로 떨어질 것이다. 옥상에 바글거리는 영혼들은 대체로 여기 사람들이 아니고, 연두색 눈과 끊임없이 중얼거리는 모습을 볼 때 대체로 자살자들이다.

몇몇은 몇 개의 달 전에, 세나와 라니 박사가 아무 쓸모 없는 네 영혼을 놓고 말다툼을 벌일 때 보았던 얼굴이다.

타이를 매고 피부에서 악취를 풍기는 소녀와 부웨네카바후 3세 시절부터 바닷물에서 뭉근히 끓인 듯한 구부정한 형체가 근처에서 토론을 하고 있다. 너는 축축한 공기 속을 흘러가서 엿듣는다. 요즘 네가 가장 능숙한 일이다.

따분하기 그지없고 말만 무성한 여느 모임이 그렇듯, 이 자살자들은 자살에 대해 이야기하고 있다.

"왜 스리랑카는 자살자 수가 세계 제일일까?" 소녀는 두꺼운 안경을 쓰고 있다. "우리가 다른 나라보다 훨씬 더 슬프거나 폭력적이라서 그런가?"

"알 게 뭐야." 구부정한 형체가 말하는 순간, 머리를 양 갈래로 땋아 늘인 여자가 난간에서 높이뛰기를 한다.

"세상이 잔인한 곳이라는 사실을 이해할 딱 그 정도로 교육을 받기 때문에 그런 거야." 여학생은 말한다. "무력하다고 느낄 딱 그 정도의 부패와 불평등도 만연해 있고."

"제초제도 쉽게 구할 수 있지." 곱추가 말한다.

———

너는 주위를 흘러 다니며 계속 엿듣는다. 재활 치료와 심문을 위해 콜롬보로 이송된 타밀 반군 소년병 다섯 명도 만난다. 그들은 교도소 내에서 발견한 검은 독말풀로 다섯 명이 마실 차를 끓였다. 사후세계가 너무나 마음에 든다는('누구 하나 고래고래 지시하는 사람이 없고요') 그들은 유아처럼 키득거리며 난간에서 뛰어내린다.

옥상에 시끌벅적하게 모인 무리로 판단할 때, 스리랑카의 어마어마한 자살률을 의심하기는 어렵다. 젊은이, 늙은이, 중년, 남성, 여성, 그 어디에도 속하지 않는 애매한 사람들; 실연한 사람들, 파산한 농부, 난장판이 된 혁명으로 인한 난민, 강간 피해자, 학점을 망친 학생들, 제법 많은 클로짓 호모. 그들 모두 난간으로 흘러와 뛰어내린다.

클로짓 호모가 말을 걸려는지 이쪽으로 흘러오지만, 너는 아름답지 않은 청년에 관심이 없다. 특히 너도 잘생긴 남자가 아닌 지금은. 구부정한 형체가 이쪽을 쏘아보는 것을 보고, 너는 그쪽으로 다가간다. "포르투갈인들이 내 배에 불을 질러서, 나는 콜롬보항에서 목을 맸어. 내 땅을 잃고 디야완나 오야*에 몸을 던졌지. 돈이 없으면 인생은 살 가치가 없어. 할 수만 있다면 다시 자살할 거야. 그냥 다 집어치울 거야."

"왜 빛으로 가지 않으세요?"

---

*   Diyawanna Oya, 스리랑카의 행정수도 스리자야와르데네푸라코떼에 있는 호수. 호수 위에 국회의사당이 자리잡고 있다.

그는 이 말에 성난 표정을 짓더니 난간 너머로 빈랑을 휙 뱉는다.
너는 빈랑이 허공으로 사라지는 것을 바라본다.

"넌 왜 안 가?"

"전 자살하지 않았습니다."

"확실해?"

"열네 살 때 시도한 적이 있어요. 실패했고 다시는 시도하지 않았
습니다."

"자살도 끈기가 필요해."

"제가 듣기로, 빛은 모든 죄를 사하고 다시 시작하게 해준다는데요."

"너 도우미야? 그럼 꺼지고."

너는 얼굴도 거의 보이지 않고 사연도 이해할 수 없는 낯선 이를
바라보며, 죽은 이후 차마 입 밖에 낼 수 없었던 질문을 던진다.

"죽고 싶은 사람들을 도왔다면, 전 살인자일까요?"

"그들이 죽고 싶었는지 어떻게 알아?"

"제가 그 고통을 봤으니까요. 전 알았어요."

"이 땅 위를 걷는 모든 존재에게 있어 아예 태어나지 않는 것만큼
좋은 건 없어."

"그럼 제가 고통을 조금이나마 덜어줬으니, 빛은 제게 상을 줘야
하는 것 아닐까요?"

구부정한 형체는 너를 보며 웃는다. "위안을 얻고 싶은 거면 번지
수 잘못 찾았어, 멍청아." 이 말을 남기고, 그는 폭소를 터뜨리며 난
간에서 몸을 던진다. 땅에 떨어지는 소리는 들리지 않는다.

재키가 이제 혼자가 아니라는 것은 놀랍지 않다. 하지만 옆에 앉은 사람이 여자라는 것은 의외다. 라디카 페르난도, 그 아나운서다. 술은 어느새 더 독한 진과 럼으로 넘어갔고, 동틀 무렵이 되자 두 사람은 손을 잡고 난간에 걸터앉아 담배를 피우고 있다.

　여섯 층 밑에는 델리카 밴이 서 있고, 수술 마스크를 쓴 남자가 뒷자리의 경찰을 질책하고 있다. 경찰의 후줄근한 복장과 달리, 마스크는 잘 다려서 반듯하게 각을 잡은 바지와 셔츠 차림이다. 간밤에 밴에서 잔 것 같지는 않다.

　"사라졌다니, 그게 무슨 뜻이야?"

　"CNTR의 사무실은 비었습니다. 아무도 없습니다. 다 치웠더군요." 란차고다가 말한다. 눈 주위에 어둑하게 그늘이 져서 마치 황소개구리 같다.

　"하지만 이틀 동안 감시를 붙였잖아. 건물은 다 수색했나?"

　워키토키가 지직거리자, 마스크는 욕설을 내뱉고 귀에 갖다댄다. 소음과 함께 목소리가 흘러나온다. "이 멍청한 새끼들. 엘사 마땅기는 간밤에 토론토행 비행기를 탔어. 독일 관광객과 같이 버스를 타고 빠져나갔다는군."

　"도대체 어떻게?" 란차고다가 말한다. "떠나는 걸 못 봤는데요."

　"그 수수께끼는 개인적인 시간에 알아서 풀어. 지금은 대책이 필요해. 소령님한테 네거티브 필름을 대령해야 한다."

　란차고다는 발코니를 향해 고개를 들고 떠오르는 해를 바라본다. 태양을 배경으로 여자 둘이 담배를 피우고 있다.

◗

"이렇게 하면 어떨까요." 란차고다는 말한다.

마스크는 그의 시선을 따라가더니 고개를 끄덕인다.

"좋은 생각이 필요해. 어떻게 할 생각이야?"

란차고다가 글러브박스를 열자 그 안에 작은 병과 마대자루가 들어 있다.

"소령님이나 장관님이 탐탁하게 생각하실지는 모르겠지만, 전 괜찮습니다."

발코니를 올려다보니, 라디카 페르난도가 몸을 기울여 재키의 머리카락을 만지작거리고 있다. 그녀는 작별 키스를 하더니 일어나서 떠난다. 하지만 작별 키스도, 그 자리를 뜨는 분위기도 '안녕'보다는 '또 봐'에 가깝다.

너는 7층을 응시한다. 지금은 텅 빈, 저 의자에 앉아서 너는 엘사에게 그만두겠다고 말했다. 이어 카지노의 암막 유리창을 응시한다. 너는 마지막으로 카드 게임을 하고 칩을 모조리 현금으로 바꿨다.

포켓 잭스*

너나 재키 둘 다 블랙잭 테이블에 앉아서 구강성교를 받은 적도 해준 적도 없지만, 농담처럼 블랙잭을 BJ** 테이블이라고 불렀다. 블랙잭에서 확률에 따라 게임하고 카드 조합 계산을 잘하면, 시간이 흐르는 동안 차근차근 점수를 챙길 수 있다. 페가수스 카지노는 카드

---

*   Pocket Jacks, 포커에서 J 두 장을 받는 경우. 이길 확률이 상당히 높은 패이지만 플레이하기 까다롭기도 하다.

**   영어로 구강성교를 blow job이라고도 한다.

두 벌을 게임에 사용하기 때문에 작은 두뇌로도 계산하기 편하다.

카지노는 입구의 뷔페를 중심으로 반원 모양으로 배치되어 있어서 마치 운을 빨아먹는 말발굽 모양이다. U자 양쪽 끝에 있는 룰렛 휠이 가장 시끄럽고, 블랙잭과 바카라 테이블은 가장 사람이 붐비고, U자의 휜 지점에 있는 포커 테이블은 조명이 가장 어둑어둑하다.

너는 카드 게임에서 돈을 따는 공식을 알았고, 전쟁터에서 총알을 피하는 방법을 알았고, 헛소리를 감지하는 기술이 있었다. 블랙잭에서는 딜러만 이기면 되는데, 딜러의 행동은 예측 가능하다. 전쟁터에서는 누가 폭탄을 투하하는지, 어디를 밟으면 안 되는지 알고 있어야 한다. 헛소리를 간파하려면, 상대가 네게서 뭘 원하는지 알아내야 한다.

숫자 순서대로 그림 카드를 쥐고 있는데, 딜러가 계속 지고 있었다. 첫 약속은 두 시간 뒤, 두 번째 약속은 세 시간 뒤였다. 너는 딜런의 배드민턴 라켓 위에 네가 남겨놓은 분홍색 쪽지를 생각하고 있었다.

오늘 밤 11시에 레오 바에서 만나.
할 말이 있어. 사랑해, 말.

마지막 북부 출장길에 너는 너 자신에게, 듣고 있던 모든 사람에게, 폭격에서 살아남는다면 떠날 거라고 말했다. 칩을 현금으로 바꾸고, 딜러에게 사랑을 맹세하고, 어디든지 그가 가는 곳으로 따라가겠다고. 약속 두 개보다 무가치한 것이 있다면, 그것은 약속 세 개다.

엘사와 쿠가와 헤어지니 후련했다. 그들은 네거티브 필름을 갖다준다는 약속으로 네게 두둑한 수표를 건넸다. 너는 당연히 약속을 지킬 생각이었다. 곧 완전히 손을 털 것이다. 그러기를 바랐다.

너는 두둑한 수표를 가지고 블랙잭 딜러에게 갔고, 딴 돈을 들고 가장 좋아하는 테이블, 말발굽의 흰 지점으로 슬그머니 옮겼다. 돈 많은 애들, 포주들, 무기밀매상, 경제 저격수*들이 서로의 주머니를 털기 위해 모이는, 판돈이 큰 포커판이었다.

"당신 나한테 빚졌어, 히피 친구." 카라치 키드가 칩 40개를 쌓아 놓고 앉아 있었다. 이 테이블에서 하면 안 되는 일이었지만, 그는 선글라스를 낀 채 보드카를 마시고 있었다. 그는 거절할 거라는 걸 알면서 네게 보드카를 건넸다. "하지만 괜찮아. 오늘은 같이 놀자고."

6인 게임이었다. 파키스탄인 옆에 중국인 두 사람이 있었고—하나는 키가 작고, 하나는 다부진—그 옆에는 술 취한 랑카 아저씨가 몰디브 여자 두 명을 대동하고 있었다. 테이블 말석에는 야엘 메나헴이 앉아 있었다. 칩은 60개, 이 테이블에서 가장 많았다.

테이블에 앉은 무기밀매상 둘은 서로 아는 사이라는 티를 내지 않았다. 덩치 큰 중국인과 작은 중국인은 손패를 받는 틈틈이 자기들끼리만 중국어로 뭐라 농담을 나누고 웃을 뿐 대체로 말이 없었다. 이스라엘인은 가장 말이 많고 가장 기술이 좋았다.

좋지 않은 카드를 들고 계속 전투에 끌려 들어가는 술 취한 랑카 아저씨는 모두에게 돈을 털리고 있는 것 같았다. 그는 에이스 두 장을 들고 올인했지만, 카라치 키드가 스트레이트를 만들었다. 랑카 아저씨는 몰디브 여자들이 따라오기를 바라며 비틀비틀 뷔페로 향했

---

*   Economic Hitman, 저개발국 지도자를 설득하여 각종 개발사업에 자본을 빌려주고 미국에 종속시키는 일을 수행하는 사람들을 뜻한다. 존 퍼킨스의 책 《경제 저격수의 고백》에서 유래한 말.

지만, 여자들은 따라가지 않았다.

"자네가 스트레이트를 노리는 거 알고 있었어." 이스라엘인은 카라치 키드에게 말했다. "낚시질을 할 때는 깐깐해지고, 허풍을 떨 때는 느슨해지더군."

카라치 키드는 그냥 앞만 쳐다보며 껌을 씹었다.

덩치 작은 중국인이 세 번째 카드까지 공개된 상태에서 레이즈를 하고 야엘 메나헴이 가진 칩 절반을 걸면서 따라붙자, 테이블은 소란해졌다. 중국인이 거기서 멈추고 풀하우스를 내놓자, 야엘은 발끈했다.

"이 사람들 누구야? 포커하는 사람들 맞아? 잭하고 3을 들고 레이즈를 하는 사람이 어디 있어?"

야엘은 딜러에게 욕을 하고 자기 칩을 챙겨 떠났다. 덩치 큰 중국인과 작은 중국인은 싸늘한 눈으로 그를 쳐다보며 다시 중국어로 자기들끼리만 아는 농담을 했다.

너와 카라치 키드는 말없이 공격적으로 게임을 하고 있었다. 너는 괜찮은 핸드를 갖고 있었지만, 네가 레이즈를 할 때마다 다른 사람들이 모두 접었다. 첫 번째 약속 시각까지 30분도 안 남았기 때문에, 너는 게임을 끝내기로 했다.

카라치 키드는 보드카 잔을 비우고 자기 칩 전부를 한가운데에 밀어 넣었다. "오늘 밤에 누가 이기는지 한번 해보지. 저 중국놈들은 자지가 작아. 에이스를 갖고 있어도 접을 거야."

중국인들은 자기들끼리 뭐라 중얼거렸다. 이번에는 농담이 아니었다. 그들은 파키스탄인을 노려보았다. 한 놈이 미끼를 물었고, 다른 하나는 포기했다. 모두의 칩이 한가운데에 모인 가운데, 네 차례가 되었다. 만약 이것이 영화 속의 한 장면이었다면, 테이블에 구경꾼이 모이고, 행실이 난잡한 여자들이 판돈이 가장 큰 도박꾼 옆에 찰싹 달라붙고, 경비는 워키토키에 대고 보안상황을 점검하고, 주정뱅이들은 '우', '아' 같은 추임새를 넣으며 비틀거릴 것이다. 하지만 어둑어둑한 불빛 속에서 이 대결을 지켜보는 증인은 오로지 딜러와 그 아래 지옥뿐이었다.

너는 도박을 하거나, 전쟁터에 발을 들이거나, 누구와 몸을 섞고 사랑한다는 말을 할 때 기도를 해본 적이 없었다. 그저 확률을 계산하고, 선택지를 검토하고, 곧바로 뛰어들었다.

발가락 여섯 개로 태어날 확률은 1,000분의 1, 내가 탄 비행기의 조종사가 술에 취해 있을 확률은 117분의 1, 누군가의 말에 따르면 살인을 저지르고도 잡히지 않을 확률은 3분의 1이다.

너는 최악을 예상했다. 폭탄이 어디서 날아올지 추측했다. 미소년에게 콘돔을 쓰게 했다. 확률의 법칙을 향해 네 편을 들어달라고 부탁했다. 이건 눈에 보이지 않는 하느님에게 애원하는 것과는 엄연히 다르다. 안 그런가?

재키는 네가 숫자 계산을 하면 좋아했다. 양아버지의 행실에 대해 어머니에게 털어놓은 직후, 런던에서 두 번이나 수학 시험에 낙제했는데도.

너는 재키가 같이 있는 것처럼 중얼거렸다.

"아, 재키. 하트 2가 있으면 잭을 이길 수 있는데. 아니, 판돈이 이렇게 크니 나는 그냥 접을까 봐."

테이블에는 하트 석 장, 네 손에는 잭 두 장이 있었다. 너는 네 칩을 가운데로 밀어 넣었다.

다섯 번째 달

마지막에서 클럽 9가 나오자, 아무도 환호하지 않았다. 카라치는 킹부터 시작하는 스트레이트를 내놓았고, 작은 중국인은 키들거렸고, 큰 중국인은 하트 에이스를 내놓으며 가운뎃손가락을 날렸다. 그는 '잘했어, 친구'는 절대 아닐 듯한 중국어를 중얼거리더니 너를 보았다.

너는 9 두 장과 하트 잭, 포켓 잭스를 내놓으면서 어깨를 으쓱했다. 아무도 눈치채지 못한 풀하우스라도 뻔하디뻔한 플러시에게 지는 일은 있을 수 없다. 마지막으로 멋진 대사를 날리고 테이블을 떠나고 싶었지만, 너는 대신 디킨스의 소매치기 같은 교활한 미소를 띠었다. 딜러가 테이블 복판의 칩을 이쪽으로 밀어주었고, 너는 칩을 품에 안았다. 덩치 큰 중국인은 머리에 두 손을 얹고 잭 석 장과 9 두 장을 응시했다.

"카라치 씨, 오늘 밤에 드디어 내가 빚을 갚는군요."

———

너는 카라치 키드와 함께 바로 향했고, 그는 자기 이름이 도널드 덕이며 건설회사를 경영한다고 했다. 네가 얼마나 빚졌는지 묻자 그는 청바지 주머니에서 수첩을 꺼냈다. 수첩에는 네 이름 대신 '페가수스 히피'라고 적혀 있다. 너는 그 옆에 적힌 액수를 건네고 거스름돈도 넣어두라고 했다. "술은 내가 사죠!"

너는 웨이터 세 명 모두에게 팁을 보태서 술값을 냈고, 한동안 돈을 계속 잃기만 했을 때 바에서 깨뜨린 술병 값과 빌린 칩을 구역 총괄에게 갚았다. 황소 같은 체구에 황소 같은 얼굴을 지닌 건장한 젊은 바텐더도 눈에 띄어서 빚진 돈 천 달러를 갚았다.

"아래층에서 좀 땄어. 이거 받아."

"괜찮습니다. 전 잊고 있었어요." 그는 약간 혀가 짧은 것 말고는 전형적인 퀴어의 특징이라고 할 만한 것이 없었다.

"난 안 잊었어. 휴식 몇 시야? 하하."

"언제든지 괜찮아요."

"난 지금 약속이 있어. 그거 끝나고 잠깐 볼까?"

"그러죠."

이것도 마지막이다, 너는 자신에게 다짐했다. 끊기 전에 마지막으로 딱 한 번만 빨자. 너는 동전을 바꿔서 공중전화로 두 통 걸었다. 첫 통은 사랑하는 연인에게 걸었다. 나중에 딜런은 네게 연락 온 적이 없다고 경찰에게 거짓말을 했다.

"여보세요." 딜런은 졸린 음성이었다.

"내 쪽지 봤어?"

"방금 배드민턴 마쳤어."

"라켓 위에 올려놨어."

"알았어."

"그래서, 올 거야?"

"어디로?"

"호텔 레오 바. 밤 11시."

"말리, 난 피곤해. 아침 일찍부터 회의가 많았어."

"이건 중요한 일이야. 아주 중대한 소식이 있어."

"맙소사, 말리. 우린 몇 주 동안 이야기도 안 했잖아. 그런데 갑자기 파티를 하자니."

"파티 같은 거 아니야. 네가 보고 싶었어."

"피곤해, 말. 내일 이야기하자."

딸깍.

다시 다이얼을 돌렸지만, 전화는 계속 울리다가 통화 중 신호음으로 넘어갔다. 두 번째 전화를 걸 생각은 원래 없었지만, 손가락은 어느새 다섯 살 때 대다가 외우게 했던 전화번호를 자동으로 돌리고 있었다. 아무리 늦어도 상대가 받으리라는 것을 알고 있었다.

"네?"

"암마, 말린다예요."

"무슨 일이냐?"

"아무 일 없어요. 이야기를 할 때가 된 것 같아서. 요즘 생각이 많아요. 같이 점심 먹을까요?"

"난 아주 바쁘다, 말린."

"그럼 저녁은요?"

"또 싸우자는 거라면, 난 시간이 없어."

"싸우자는 거 아니에요, 암마. 그냥 이야기를 좀 하고 싶어서요. 저녁은요?"

"아니, 점심이 좋겠다. 카말라에게 식사 준비를 하라고 하마."

그녀는 평소처럼 작별 인사도, 끊겠다는 말도 없이, 네가 가슴을 후벼 파는 소리를 하기 전에 얼른 수화기를 내려놓았다.

두툼한 손가락 두 개가 엉덩이를 꼬집는 것이 느껴졌다.

"누구하고 통화했어, 아가씨?"

조니 길홀리는 긴 바지와 재킷 차림이었다. 밥 서드워스는 티셔츠와 반바지를 입고 있었다.

◗

414

"오랜만이군, 친구." 밥이 말했다.

레오에서의 마지막 날 만난 외국인 한 사람이 기억나지 않았던 것도 이유가 있었다. 한 사람이 아니라, 두 사람이었던 것이다.

———

둘 다 네가 일을 그만두겠다고 하니 반갑지 않은 기색이었다. 바는 북적거렸고, 너와 밥은 차례대로 담배를 피우기 위해 6층 테라스로 올라갔다.

너는 종이 냅킨에 돈을 싸서 싸구려 진 병 앞에 놓았다. "다음 건으로 받은 계약금이야. 돌려주는 거야."

"오늘 슬롯머신에서 돈 좀 벌었나 봐?" 조니는 눈썹을 치켜올렸다. "그럼 이제 어떻게 할 계획이야?"

"딜런과 같이 샌프란시스코로 가기로 했어. 이 똥통 같은 나라는 이제 질렸어."

조니는 웃었다.

"잘 생각했어. 베이 지역으로 가. 근데 마누라는 왜 데리고 가?"

"그럼 당신이라도 데리고 가라고, 조니?"

"내 방랑 시절은 끝났어."

"그럼 고향으로 돌아가는 게 어때."

"나는 이 나라를 이 나라 자신으로부터 구출하고 있어."

"반군한테 무기를 팔아서?"

이 말을 하며 밥 서드워스를 돌아보니, 그는 술잔만 내려다보았다.

"네가 큰소리칠 입장이 아닐 텐데. 너는 센터 일을 하잖아. 그쪽

자금은 누가 대지?"

"난 손 뗐어. 내가 일 때려치우는 데는 일가견이 있거든."

"마지막 출장에서 무슨 일 있었어?"

"모두가 내게 현장 조율 업무 비용만 주고 첩보원 노릇을 하라고 하더군."

"거기서 있었던 일은 우리도 기분 더러워." 밥이 말했다.

"우리라니, 누가 우리야?"

밥은 고개를 젓고 담배를 피우러 갔다. 조니는 그나 그의 정치관에 관심이 있어 보이는 사람이 없는지 확인하기 위해 지친 도박쟁이들이 북적거리는 바를 둘러보았다. 바 옆자리에 구역 총괄이 예약 표지판을 내려놓더니 거기 앉아 기다렸다. 조니의 시선이 너를 향하더니, 고개를 끄덕였다.

"밥은 AP통신에서 일해. 나는 영국 대사관에서 일하고. 너는 센터일을 하지. 소령은 시릴의 명령을 따르고. 우리 모두 JR이 건설한 집에서 살고 있어."

"당신은 정부에 무기를 팔고, 정부는 인도인을 상대로 사용하라고 그 무기를 테러리스트에게 팔고 있어. 이제 당신은 반군 내 반대파까지 무장시키려 해. 이 모든 것들이 어떻게 끝날까?"

"거기서 무슨 일이 있었지, 말리?"

"늘 일어나는 똑같은 일이야. 난 당신들이 어떤 인간인지 깨달았어. 이 모든 것이 무엇인지도. 그리고 이제 손을 털겠다는 결정을 내렸어."

밥은 담배를 피우고 돌아왔고, 조니는 화장실에 갔다. 돈은 그대로 탁자 위에 있었다.

"이해해. 이제 신물이 난다는 거지. 떠나야겠으면 가야지. 보고 싶을 거야, 말리."

"그럴 리가 없잖아." 너는 말했다.

"당신 말고 또 누가 우두감폴라 소령과 고빨라스와르미 대령의 인터뷰를 주선해주겠어?"

"우리가 같이 일을 시작한 뒤로 기사 몇 개나 썼지, 밥? 난 하나도 못 봤는데."

"일곱 건이 진행 중이야. 법적으로 문제가 없는지 자문받고 있어."

"마한떠야 인터뷰는 이제 못 얻어줘. 벙커 사진도 이제 안 찍을 거고. 그러다 내가 잡히면 빨간 반다나가 나를 살려줄 수 있을까?"

"네가 폭격에 휘말린 일은 정말 유감이야. 아무도 그럴 계획은 없었어. 그래도 우리가 널 거기서 빼내줬잖아."

"당신들이 탄 헬리콥터를 향해 내가 잘 가라고 손을 흔들었는데 무슨 소리야. 난 버스 타고 돌아왔어."

"버스값은 우리가 냈잖아."

"대단하시네."

"이봐……."

"폭격 건은 됐어. 난 그저 죽은 사람들 사진 찍는 일이 지겨운 거야."

밥은 심호흡을 하고 뭔가 지혜로운 소리를 하려는 것 같았다. 네 영혼을 위안하고 자기 양심을 달랠 수 있는 그럴듯한 말을. 바의 청년이 너를 보며 시계를 가리켰다. 조니는 화장실에서 돌아와 돈을 챙기고 술값도 내지 않았다.

"집어치워, 밥. 이제 가자고." 그는 말했다.

다섯 번째 달

두 사람은 떠났다.

———

　자프나에서의 마지막 일거리였다. 모두가 안전할 거라고 장담했지만, 겪어보니 안전과는 거리가 멀었다. 모든 일이 끝난 뒤, 그들은 너를 버스에 태워 집으로 보냈다. 열세 시간의 여행 동안 생각할 여유는 많았지만, 머릿속에서는 단 하나의 장면만 무한 반복 재생되고 있었다.

　마지막 폭탄이 떨어지고 한 시간 뒤, 공기 중에는 여전히 매캐한 포연이 감돌았다. 비틀비틀 먼지를 헤치고 일어나보니 통곡하는 사람들이 보였다. 하지만 울음소리가 들리지 않았다. 세상 끝에서 나직하게 웅웅거리는 듯한 이명 때문에, 수천 개의 영혼이 한꺼번에 비명을 지르는 듯한 백색소음 때문이었다. 하지만 주변은 온통 통곡의 현장이었다. 달리던 사람들은 못 박힌 듯 우뚝 서서 창공을 응시하며 울부짖고 있었다. 죽은 아이를 안은 여자, 온몸에 파편이 바늘꽂이처럼 박힌 노인, 부러진 야자나무 밑에서 부들부들 떨고 있는 떠돌이 개. 어느 순간 하늘에 계신 존재가 음소거 버튼에서 손을 뗐는지, 일시에 비명이 네 귀를 찔렀다. 응급요원도, 구호단체 요원도, 군인도, 자유를 위한 투사도, 폭도도, 분리주의자도 없었다. 그저 불쌍한 마을 사람들, 그리고 불쌍한 현장 조율사 하나뿐이었다. 죽은 아이를 안고 있던 여자는 너를 보더니 비명을 멈추고 네 눈 사이를 뚫어지게 쳐다보며 네가 목에 건 것을 가리켰다. 딜런의 피가 든 병과 앙크 십자가, 판차유다 체인, 반군의 사이안화물 캡슐. 혹시 포로가 될 때를 대비해서 우두감폴라 소령의 무기고에서 가져온 독이었다. 누구의 포로가 되느냐는 중요하지 않았다. 정부는 얼마든지 너를 반역자로, 반군으로, 첩자로 몰아갈 수 있었다. 그렇게 되면 대답할 수 없는 질문을 받기 전에 빨리 캡슐을 삼켜야 한다. 원래 다른 물건들 뒤쪽으로 눈에 띄지 않게 걸고 있었지만, 캡슐 역시 천지사방이 다 그렇듯 폭격으로 인해 뒤집혀 있었다. 여자는 숨이 막히는지 헐떡거리며 네가 목에 건 약을 가리켰고, 너는 포대처럼 축 늘어진 죽은 아이를 바라보며 여자에게 캡슐 두 개를 건넸다. 그녀가 약을 입술 사이에 털어 넣는 것을 보고 너는 걸음을 옮겼다. 나무에 관통당한 채 부들부들 떠는 남자에게 다가가서 약 두 알을 억지로 입에 넣어주었다. 낑낑거리는 떠돌이 개 옆에 쭈그리고 앉아 부들거리는 몸을 쓰다듬고, 혀 밑에 약 두 알을 넣고, 가만히 턱을 닫아주었다.

———

마지막 날 밤에는 잠을 자지 않을 생각이었다. 재키가 심야 방송을 하고 있으니, 너는 늘 그랬듯 새벽에 데리러 갈 계획이었다. 그런 뒤 동트는 것을 바라보며 커피를 마시다 그대로 기절하고 싶었다. 다만, 오늘은 재키에게 진실만을 이야기할 생각이었다.

너와 바텐더는 6층 테라스로 올라가서 담배를 피웠다. 그가 네 사타구니를 주무르는 동안 너는 모처럼 큰돈을 땄다고 자랑했다. 그는 네 목에 키스하며 단 한 번 크게 이기면 평생의 다른 모든 손실을 만회할 수 있다고 했다. 그는 청바지 속에 Y자 팬티를 입고 있었고, 너는 그 주름 사이에 손가락을 집어넣어 잔뜩 기대하고 있는 살덩어리를 애무했다.

시계를 보니 오후 11시 10분이었다. 딜런이 온다면, 지금쯤 도착했을 것이다. 이제 이 짓도 마지막이니 기분 좋게 끝내는 게 좋겠지. 하지만 그의 혓바닥이 네 몸을 한창 핥고 있는데도 어쩐지 기분이 시들했다. 방탕했던 시절도 끝이라는 징조인지 모른다. 무릎을 꿇고 있는 청년을 일으키고 지퍼를 올리고 골드 리프 한 개비에 다시 불을 붙이는데, 어둑한 그림자에서 누군가의 모습이 나타났다. 네가 잘 아는 걸음걸이였다. 수영선수의 몸매, 댄서처럼 우아하게 미끄러지는 동작.

그는 네가 쪽지로 남긴 분홍색 종이를 들고 있었다. 바텐더가 황급히 테라스를 가로지르는 것을 보고 그의 고개가 그쪽으로 돌아갔다. 미처 모든 것을 끝내고 같이 미국으로 가겠다는 고백을 할 사이도 없었다. 그는 네 쪽으로 오지 않고 바텐더에게 덤벼들었다. 순간 구름 뒤에서 달이 고개를 내밀었고, 너는 그의 표정을 보았다.

여섯 번째 달

우리가 나 자신인 척 가장하는 모습이 결국 나다.
그러니 어떤 모습으로 가장할지 주의해야 한다.

— 커트 보네거트, 《마더 나이트》

천산갑

네 이름이 공기를 타고 흘러와 집요하게 잡아당기는 서슬에 상념이 끊긴다. 바람을 타고 흘러온 나직한 혼잣말, 버려진 연인의 입술에서 흘러나오는 신음이다. 가장 좋은 사진을 상자 안에 보관한 이유는 많았다. 도난당하거나 버려지는 것을 방지하고, 무엇보다도 비판받고 싶지 않아서였다. 하지만 이제 공개해야 한다. 두근두근하기도 하고 한편으로는 두렵다.

"네가 죽었을 리가 없어, 말리. 믿을 수가 없어."

'폐장'이라고 적힌 안내판이 아트센터 출입문에 걸려 있다. 아래층 라이오넬 웬트 갤러리에는 남자 다섯 명이 가로 8인치, 세로 10인치 크기의 사진을 판지로 된 액자에 끼우고 있다. 정확히 말하자면 네 명이다. 다섯 번째 남자는 사진을 쳐다보며 고개를 젓고 네 이름을 부질없이 중얼거리기만 한다. 남자들은 소리 없이 빠르게 작업한다. 위란이 네가 직접 적은 목록을 확인한 뒤 클래런사에게 사진을 넘기면, 클래런사는 사진을 액자 위에 나란히 놓아서 일손을 도우러 온 딜런의 사무실 직원 둘에게 넘긴다. 한 사람은 망치로 못을 박고, 다른 한 사람은 액자를 못에 건다.

딜런은 액자가 놓인 책상에 앉아 네 목록에서 채택되지 않은 사진, 버려진 사진을 훑어보고 있다. 그는 풀 먹인 긴소매 셔츠 차림인데, 간밤에 아버지 집에서 지냈다는 뜻이다. 너는 저 풀 먹인 셔츠를 그의 옷장에서 추방했다.

그는 얄라와 윌빠뚜*에서 그와 같이 있을 때 찍은 야생사진을 보고 있다. '10점 만점'이라고 적힌 봉투, 추악한 장면이 들어 있지 않은 유일한 봉투에 들어 있던 사진이다.

석양의 황새, 새벽녘의 코끼리, 나무 위의 표범, 풀밭의 뱀, 어디나 빠지지 않는 공작 사진. 그리고 해 뜰 무렵 재키가 코를 골고 네가 딜런을 쓰다듬어 깨우고 있을 때 야영지 안에 슬금슬금 들어왔던 천산갑 사진 수십 장. 천산갑은 야행성 동물이고 날파리를 만나면 몸을 공처럼 둥글게 말지만, 이 녀석은 취침시간이 한참 지난 시각에 돌아다니며 재키가 냉장고에 넣지 않은 잭푸르트를 갉아 먹고 있었다.

너는 근접촬영으로 이 신기한 생물의 사진을 찍었다. 주둥이가 오리 모양으로 생긴 호주의 오리너구리조차 이 동물과 비교하면 흔한 종처럼 생각될 정도로 천산갑은 진화 과정의 별종이다. 비늘과 원숭이 같은 꼬리, 곰의 발톱, 개미핥기 같은 주둥이를 지닌 포유류. 어떻게 보면 공룡, 어떻게 보면 고양이. 국가를 상징하는 동물을 하나만 꼽는다면, 천산갑이야말로 우리의 동물이라고 할 만한 독창적인 생물이다. 많은 스리랑카인이 그렇듯 천산갑은 혀가 길고, 가죽이 두

---

*　Wilpattu, 북서부 부띨람과 아누라다푸라 사이에 위치한 스리랑카 최대 국립공원.

☽

껍고, 두뇌가 작다. 개미와 쥐를 비롯해 자기보다 작은 생물이라면 뭐든지 먹는다. 위협적인 대상을 마주치면 겁에 질려 숨고, 빛이 사라지면 활개치며 장난을 친다. 수십만 년 동안 지구상에 존재했지만, 이제 멸종을 향해 가고 있다.

딜런은 인간이 아직 훼손하지 않은 밀림이 피곤한 햇살에 나른하게 젖어 있는 장면들을 넘겨본다. 호수를 배경으로 그와 너, 재키가 같이 찍은 사진을 보면서, 그는 눈물을 꾹 참는다. 웃산고다*의 붉은 언덕에서 셋이 함께 포즈를 취한 인물사진. 이어 너와 그가 냇가에서 웃통을 벗고 누워 있는 사진이 나온다. 너는 눈가에 미소가 가득하고 우스꽝스러운 포즈를 취하고 있다. 딜런은 얼굴을 일그러뜨리고 입술을 말아 올린 채 소리 없이 흐느끼며 손바닥에 얼굴을 묻고 부들부들 떤다. 위란과 클래런사는 그를 보다가 다시 시선을 내리깔고 일에 몰두한다.

얄라에서 딜런은 샌프란시스코 대학에 합격했다고, 미국으로 갈까 생각 중이라고 했다. 한 달에 한 번씩 하는 소리였다. 여기서 도망치고 싶다, 스리랑카는 타밀족 젊은이에게 위험한 나라라는 말을 자주 했지만, 그가 어딘가를 향해서 떠나고 싶다는 말을 한 것은 처음이었다. "샌프란시스코에 가면 우리도 우리 자신으로 살아갈 수 있어. 억지로 강요받는 인생이 아니라."

"누가 너한테 뭘 강요한다고 그래? 나는 나야. 너도 너고. 조국에서 도망칠 필요는 없어."

"여기서 나는 자유롭지 않아. 아무 짓 안 해도 감옥에 갇힐 수 있

---

*   Ussangoda, 남부 탕갈러와 함반도타 사이의 해안 지역으로, 모래 바닷가에서 볼 수 없는 붉은 벽돌 같은 단단한 지형이 해변을 따라 높고 길게 펼쳐져 있다.

어. 아빠와 상관없이. 여기서 계속 산다면, 언젠가 결혼해서 법률회
사에 들어가고 내가 아닌 사람으로 살아가야 해. 내가 여기 있는 건
오직 너 때문이야."

그는 예술과 베이글이 있는 인생에 대해, 거리에서 키스하고 공
공장소에서 춤추는 생활에 대해, 숨을 필요가 없는 인생에 대해 이
야기했다. 나뭇가지 사이로 초롱초롱 비치는 별빛 속에서, 너는 그
말을 거의 믿을 뻔했다. 일주일 뒤 너는 밥 서드워스와 두 달간 자
프나 출장을 가기로 결정했다. 거절할 수 없었던 일이지만, 딜런에
게 있어 샌프란시스코 대학 합격을 포기한 것 역시 정확히 같은 의
미였다.

똑같은 한심한 실랑이였다. 딜런은 이런저런 일이 있다, 들어보면
너도 솔깃할 거다, 같이 가자고 늘 말했고, 그때마다 너는 여기서 넌
다른 누구도 할 수 없는 일을 하고 있지만 거기 가면 아무것도 아니
라는 이유로 거절했다. 그러면 딜런은 혼자라도 가겠다고 했고, 너는
그래, 가라고 했고, 그는 결국 가지 않았다. 이런 대화는 계속 반복되
다가 어느 순간 중단되었다.

온갖 사진들이 머릿속에 흘러넘치고, 딜런의 음성이 메아리친다.
너는 니콘을 나보다 더 사랑하지. 너는 대답한다. 어쩌면 네 말이 맞
을지도 몰라.

————

클래런사와 위란은 판지 사진틀에 씌운 최고의 야생사진을 고리
에 건다. 네가 작성한 목록에 따라, 딜런과 재키 사진, 1988년 몬순

☽

사진은 빠졌다. 너와 딜런은 자카란다 나무 아래 앉아 빗속에서 키스하며 1년 더 같이 이 나라에 있기로 했다. 그는 스리랑카의 야생의 아름다움을 보호하기로, 너는 인간이 만들어낸 그 추악함을 드러내기로. 전쟁의 참상을 폭로하여 그 종식을 앞당기기로. 몬순과 보름달은 모든 존재를 어리석게 만든다. 특히 사랑에 빠진 어리숙한 청년들은 더욱.

딜런은 군병기를 찍은 사진을 한 장 한 장 넘긴다. '킹'이라고 적힌 봉투에 들어 있던 사진들이다. 라자 우두감폴라 소령을 위해 찍은 최고의 사진 대부분은 공개된 적이 없다.

타밀 반군의 수류탄, 로켓 발사기, 히브리어와 아랍어 인장이 찍힌 상자에 가득 찬 라이플과 군화. 겁에 질린 채 전선에서 옹기종기 모여 있는 군복 차림의 소년들. 왈웻티뚜레이에서 장작더미 위에 쌓여 있던 시체들. 인간의 살점이 연기를 내며 불타던 악취가 그릴에 굽는 고기 냄새와 다를 것이 없었기 때문에 이후 돼지고기를 먹을 수 없게 되었던, 집단 화장 현장.

통나무에 묶여 있는 체포된 테러리스트, 타밀족 온건파 정치인이 타고 가던 헬리콥터의 잔해, 독일인, 영국인, 프랑스인, 일본인 관광객 시체를 현장에서 수습하기 전에 찍은, 개트윅발 에어랑카 512편의 우그러진 동체. 위란은 이 모든 이미지를 아름다운 흑백사진으로 현상해주었다.

그리고 킹 라자가 의뢰한 마지막 일거리가 있었다. 1987년 이후 너를 만난 적이 없다고 했던 그의 말은 거짓이었다. 군인들은 아무 거리낌 없이 진실을 왜곡한다. 스스로를 향해 늘 하는 행동이기 때문이다. 그는 석 달 전 너를 궁전으로 불러 인민해방전선 지도자 로하나 위저위라*가 생포된 모습을 사진으로 찍어 남기게 했다. 추한 스리랑카의 체 게바라는 너와 함께 미소 짓고 경비들과 잡담을 나누었다. 턱수염을 깎고 베레모를 쓰지 않으니 마치 음악 선생 같은 분위기였다. 사흘 뒤, 너는 다시 불려가서 심하게 훼손된 그의 시체 사진을 찍어야 했다.

라자 소령이 그 존재를 모르고 있었던, 네거티브 필름 조각을 현상한 사진도 있었다. 재갈을 물고 결박된 시체로 찍힌, 성공회 신부이자 만나르 출신의 인권운동가 제롬 발타자르, 당국은 그가 배를 타고 인도로 건너갔다고 주장했다. 라디오 실론의 언론인 D.B. 필라이, 그는 매주 진행하던 방송 프로그램에서 정확한 사상자 수를 보도했다는 죄로 감금되어 총살당해 해변에 버려졌다. 젊은 타밀족 청년들의 시체가 가득 찬 불타는 자동차, 이건 우두감폴라 소령의 개인 자료로 찍은 사진이었지만 역시 너만 갖고 있었다.

이 모든 사진이 지금 네가 늘 원했던 방식대로 웬트 갤러리에 걸려 있다. 네가 망명한 뒤 전시하는 것이 원래 계획이었다. 무덤 너머에서 전시회를 지휘하다니. 멋지다.

"전시한 뒤 넌 어디로 갈 거야, 꼬마?" 클래런사가 위란에게 묻는다. 그는 위란의 등을 쓰다듬으며 눈을 반짝인다. 위란은 등을 펴며 미소 짓고 코낄라이 학살 생존자의 단체 사진을 창문 옆 못에 건다.

"어디로 가죠, 아저씨?"

"나는 내일 아침 아내와 같이 방콕으로 떠난다. 당신들도 잠적해야 해. 모두!" 그는 도와주러 온 직원 두 사람에게 말한다.

*   Rohana Wijeweera(1943-1989), 1965년 인민해방전선을 창설한 마르크스주의자 정치활동가. 1989년 총격으로 사망했으나 정확한 사망 경위는 밝혀지지 않았다.

☽

"우린 어디로 가죠?"

"집에 틀어박혀 있어. 휴가를 써. 급여는 내가 지급할 테니."

딜런은 체포된 타밀 반군들이 목에 걸고 있던 사이안화물 캡슐 사진을 들어본다. 줄에 달린 캡슐들이 시체안치소의 철판에 놓여 있는 모습은 마치 쌀국수 위에 놓인 팥알 같다. 그때만 해도 어디 쓰겠다는 생각도 없이 한 움큼 쥐고 사파리 재킷 주머니에 넣었던 기억이 난다.

———

CNTR의 의뢰로 찍은 사진이 이제 액자와 함께 벽에 걸렸다. 거의 대부분 걸린 모습을 보니 속이 후련하기도 하고 초조하다. 89년 북부에서 인도가 저지른 야만, 87년 동부에서 타밀족이 저지른 잔학상, 83년 남부에서 싱할라족이 저지른 만행. 아무리 잔혹한 장면일지라도 여기에는 도저히 시선을 돌릴 수 없게 만드는 뭔가가 있다. 노출을 조절하고 프레임을 잘라낸 위란의 솜씨는 네가 이 자리에 있었더라도 불평할 수 없을 정도다. 네 평범한 똑딱이 사진에 미처 의도하지 않았던 깊이를 불어넣은 것은 그의 기술이다.

마지막으로 인화된 필름 한 통, 청년들이 프레임 안에서 물건을 내밀고 있는 사진들을 보고 너는 경악한다. 이건 전시회에 걸려고 찍은 사진들이 아니다. 사적인 사진이다. 위란도 알지만, 아티스트들은 이것이 문제다. 듣고 싶은 말만 듣는 것이다. 딜런이 제일 위에 놓인 사진을 집어 드는 순간, 너는 무슨 일이 벌어질지 직감하고 참사를 막기 위해 도움을 얻을 만한 유령이 없나 주위를 둘러본다. 하지만

여섯 번째 달

극장에서 흘러온 유령들은 젊은이들이 노인한테 보내는 관심만큼이나 네게 관심이 없다. 딜런이 한 장 한 장 넘기는 동안, 너는 충격에 대비한다.

모두 다른 남자들, 어떤 이는 옷을 입었고 어떤 이는 셔츠를 벗었으며 어떤 이는 벌거벗었다. 라이오넬 웬트의 유령이 여기 있다면, 딜런의 어깨 너머로 사진을 들여다보며 잘했다고 고개를 끄덕일 것이다. 너는 이중 몇몇은 이름을 알지만, 나머지는 별명밖에 모른다.

긴 머리, 기름진 얼굴인 코타헤나의 바이런 경은 버스에서 딸을 치다가 네 눈에 띄어서 공중화장실에서 셔츠를 벗고 사진을 찍었다.

위하라마하데위 공원에서 만난 화장한 얼굴의 보이 조지는 나무 밑에서 아마라데와*를 흥얼거리며 쾌락을 즐기다가 사진을 찍었다.

딜런은 청년들의 얼굴에 떠오른 표정이 무엇인지 알아보고 숨을 들이쉰다. 거친 눈빛, 성교 후의 부스스한 나른함. 그가 네게 거의 보여주지 않던 모습들.

철로에서 만난 에이브러햄 링컨은 너를 주먹으로 치고 카메라를 빼앗으려 했다.

호텔 레오의 바텐더, 시간당 돈을 내고 빌리는 4층의 한 방에서 새벽에 찍은 사진이다.

모두 콘돔, 포커 카드, 필름, 붉은 반다나와 함께 유일하게 촬영용 소품으로 가방에 가지고 다니는 작은 악마 마스크를 쓴 채 사진을 찍었지만, 딜런은 모델 중 두 명을 알아본다. 하트 잭에 들어 있는 마지막 사진 두 장은 네가 이름을 아는 단 두 사람이다. 한 장은 딜런

---

*   W. D. Amaradeva(1927~2016), 스리랑카 민족음악의 아버지로 전 국민의 사랑과 존경을 받았던 가수이자 작곡가.

이 스탠리와 함께 제네바에 갔던 주에 골 페이스 코트의 네 침대에 누워 있는 후지코닥 매장의 위란이다. 악마 마스크가 그의 다리 사이에 놓여 있다. 다른 한 장은 욕조에서 셔츠를 벗은 채 중국 문신을 자랑하는 조니 길홀리. 그는 악마 마스크로 눈을 가렸다.

딜런은 위란에게 덤벼들더니 그를 벽으로 밀어붙이고 뺨을 힘껏 친다. 딜런의 손바닥에서 채찍처럼 철썩 소리가 나고, 위란의 안경이 날아간다. 그의 눈에 눈물이 글썽거린다. 네 개의 손가락 자국이 또렷이 뺨에 나타난다.

눈매가 검게 변한 딜런이 그의 목을 움켜쥐자 모두 헉하고 놀란다. 위란의 눈도 겁에 질린다. 그는 두 번 더 뺨을 때리고 위란의 목울대를 누른 채 헐떡거리는 모습을 바라본다. 이어 주먹을 들어 올리다가, 문득 눈에서 검은 그늘이 사라진다. 그는 사진과 위란을 놓고 쏜살같이 방을 나선다. 화가 났을 때조차 그의 동작은 마치 댄서처럼 우아하다.

네가 고래고래 고함을 지르던 순간 대다가 돌아가셨다고 달린 아주머니가 말했을 때 느꼈던 그런 기분이 가슴을 가득 채운다.

클래런사의 시선이 바닥에 떨어진 사진 속의 벌거벗은 웃통으로 향한다. 그는 흩어진 사진들을 주워 모아 갈망과 약간의 질투심이 섞인 눈빛으로 바라본다. 슈퍼마켓에서 만나 사원 담장에 기대 섹스했던 아누라다푸라의 록 허드슨. 물라티부 군 병영에서 네 몸에 들어왔던 말론 브란도 대위. 너는 그가 잠든 사이 그와 그의 얌전한 물건을 몰래 찍었다.

클래런사는 위란을 보며 클로짓 게이만이 할 수 있는 몸짓으로 고개를 천천히, 경멸하듯 저었다. "아름다운 사진이군."

여섯 번째 달

"이건 전시용이 아닙니다. 개인 감상용이에요."

"개인 감상용이라니, 듣기만 해도 질려. 걸자고. 말리도 이해할 거야."

너는 딜런이 괜찮은지 따라가보지 않는다. 살아서도 그랬지만, 죽어서도 마찬가지다. 바깥 자갈을 밟는 발소리, 이어 스탠리의 닛산이 제한속도를 훌쩍 넘어서 달리는 소리가 들려온다.

————

"이건? 이것도 정말 목록에 있나?" 클래런사는 사진 여섯 장을 들어 보인다.

"네, 있습니다. 세 번이나 확인했어요." 위란이 말한다. 뺨이 부어서 목소리가 우물거린다. 하품을 억누르느라 턱이 뻣뻣하다. 갤러리 개장까지 이제 30분 남았고, 마지막 사진을 거는 중이다.

도우미 두 명은 입구에 손으로 쓴 안내판을 걸었다. 그 밑에는 표범이 공작을 죽이는 사진을 대충 복사한 그림이 붙어 있다.

'정글의 법칙. 사진 MA.'

클래런사는 전화 일곱 통을 다 마쳤다. 전시 개막일을 맞으면, 그는 항상 콜롬보 최고의 정보통 일곱 군데에 연락한다. 이렇게 해두면 입소문이 퍼져서 갤러리 정문에 수백 명이 북적거리게 된다.

그는 사진 여섯 장을 건다. 두 장은 거의 흐릿할 정도로 확대한 사진이고, 두 장은 나무 한 그루가 시야를 가리고 있고, 두 장은 아주 선명하다.

☽

확대한 사진은 83년 폭동 당시 현장에 있었던 시릴 장관의 모습이다. 정글 사진은 작은 초가집 안에서 세 남자가 나무 탁자에 둘러앉아 있는, 해상도가 떨어지는 사진이었다. 셋 중 한 사람은 군복 차림, 한 사람은 구겨진 슈트 차림, 한 사람은 피 묻은 셔츠 차림이다. 선명한 사진은 정부가 체포했다는 사실을 부인해온 사망한 언론인들의 사진이다. 마지막 사진을 걸고 나서야 클래런사는 사진 속의 얼굴을 알아보았다.

"말리, 이 멍청한 바보 같으니." 그는 한숨을 쉰다.

너는 클래런사를 가만히 포옹하고 귓가에 '고마워'라고 속삭인다. 갤러리에는 네가 평생 찍은 최고의 사진들이 걸려 있다. 너는 증인이 되었다. 네가 할 수 있는 모든 것을 다 했다. 곧 모든 사람이 사진을 볼 것이다. 모든 사람이 알게 될 것이다.

클래런사는 위란의 왼손을 잡고 오른쪽 엉덩이를 꼬집는다. "자, 넌 어디 잠적해서 2주만 기다려라. 발칵 뒤집어질 테니 누가 자초지종을 묻게 되면 곤란해. 알겠니?"

위란은 클래런사에게 몸을 기대면서 귓가에 가볍게 키스한다. 재능 있는 사진 기술자이자 뻔뻔스러운 잡놈이다.

"나도 방콕에 데려가주세요. 아내는 내버려두고요."

"아가, 내가 40년 동안 고민한 문제란다."

그들은 정문을 통해 밖으로 나가고, 너는 필생의 역작에 둘러싸인 채 갤러리에 앉아 기다린다. 천산갑과 집단학살의 사진들로 장식된 벽을 응시한다. 진실은 인간을 자유롭게 한다지만, 스리랑카에서 진실은 인간을 감옥에 가두기도 한다. 진실이나 감옥, 살인자와 완벽한 피부를 지닌 연인은 더 이상 네게 필요하지 않다. 네게 남은 것은 이제 유령들의 이미지뿐. 아마 그것으로 충분할 것이다.

죽은 개들(1988)과의 대화

전시회가 열리려면 아직 몇 시간의 어둠이 남았지만, 유령 같은 개들이 미리 몰래 훔쳐보려고 입구에 나타났다. 둘 다 잘 얻어먹은 떠돌이 개이고, 네 필생의 역작에는 관심이 없는 것 같다. 빛이 투과하는 것을 보니, 둘 다 죽어서 길을 잃은 모양이다. 너는 입구를 프레임으로 해서 사진을 찍는다.

"안녕하세요, 선생님. 탄생의 강이 어디 있는지 아시나요?" 늑대 귀를 가진 개가 묻는다.

너는 퍼뜩 놀란다. "미안해, 너희가 말할 줄 아는지 몰랐어."

"원숭이가 들을 줄 아는지 몰랐네." 젖이 축 늘어진 개가 말한다. "잘난 척은." 개는 동무에게 말한다.

라니 박사가 했던 말이 기억난다. "가장 약한 바람을 타고 운하를 따라가. 그러면 강이 나올 거야. 쿰북 나무 세 그루를 찾으면 돼."

"고맙습니다." 암컷이 말한다. "이보다 더 애매할 수 있을까?"

"진정해, 빙키." 늑대 개가 말한다.

"그 별명으로 부르지 말라고 했잖아."

"미안해. 난 동물들도 유령이 되는 줄 몰랐어." 네가 말한다.

늑대 개는 고개를 설레설레 젓고, 암컷 개는 너를 노려보더니 날카롭게 세 번 짖고 갤러리를 나선다.

암컷의 작별 인사가 들려온다. "내가 혹시 인간으로 다시 태어나면 탯줄을 삼켜버려야지."

☽

늑대 개는 동의한다는 듯 짖는다. 라이오넬 웬트 갤러리 밖에는 껍질이 벗어지는 이름 없는 나무 한 그루가 서 있고, 그 위에 죽은 표범이 앉아 있다. 몸 반대편이 보이기 때문에, 눈이 하얗기 때문에 죽었다는 것을 알 수 있다. 표범은 너를 똑바로 쳐다보며 고개를 젓는다.

표범의 목소리는 우아하고 걸걸하지만, 입술은 움직이는 것 같지 않다. "나는 환경보호 활동가들이 밀렵꾼을 잡으려고 놓은 덫에 걸렸어. 슬픔에 빠진 활동가는 내 시체를 콜롬보 대학에 가져간 뒤에 자살했지. 난 놀랐어. 그때 처음으로 깨달았어. 영혼이란 걸 가진 인간도 있구나 하고."

죽은 개들은 귀에 거슬리는 소리로 웃어대고, 죽은 표범은 이름 없는 나무에서 슬그머니 내려온다.

죽은 관광객들(1987)과의 대화

계단을 내려온 세 유령은 모두 하와이안 셔츠를 입고 있다. 하나는 빨강, 하나는 노랑, 하나는 파랑. 빨강과 파랑은 언젠가 아트센터 클럽 주크박스에서 본 기억이 난다. 노란 셔츠는 아주 짧은 바지를 입은 중년 여자다. 그들은 배낭을 메고 카메라를 들고 네 사진을 휭하니 둘러본다.

모두 유럽인 같다. 주크박스에서 본 둘은 통통하고 피부가 희며, 파란 셔츠는 피부가 검고 럭비선수 같은 체구다. 그들은 사진을 감상하며 두런거리다가 킹 라자와 조니 에이스의 의뢰로 전선에서 찍은 최고의 선전용 사진들 앞을 지나며 역겹다는 듯 한숨을 토한다.

검문소, 전쟁터, 폭격. 그들은 개트윅발 에어랑카 512편 잔해 앞에 멈춰서 일제히 헉하고 놀랐다. 그리고 재잘거리기 시작한다.

"이거 봐! 저기, 이거 프리다야. 보여?"

"말도 안 돼."

"어, 보라고. 프리다. 너야."

"나한테는 재미없어, 레온."

너는 그들이 열심히 들여다보는 사진으로 흘러가서 그 머리 위에 맴돈다. 비행기 꼬리 부분이 동체에서 분리되어 있고, 활주로 위에 시체가 널브러져 있다. 너는 사진 속의 굳은 얼굴들을 네 앞에 있는 유령들과 대조해본다. 그때만 해도 공습이 있을 때면 킹 라자가 언제나 네게 연락하던 시절이었다. 너는 그날 아침 네곰보에서 글렌 메데이로스를 닮은 갈색 피부의 소년 옆에서 잠에서 깼다. 덕분에 너는 최초로 현장에 도착해서 시체를 치우기 전에 저 사진을 찍을 수 있었다.

"당신 작품이에요?" 노란 셔츠 여자가 묻는다. 독일인 특유의 억양, 편안한 미소를 지니고 있다.

너는 고개를 끄덕이고, 다른 둘은 눈썹을 치켜올린다.

"우리는 오전 7시에 몰디브로 출발할 계획이었어. 그런데 비행기가 연착됐어. 폭탄은 원래 상공에서 터지도록 설계되었는데." 파란 꽃무늬 셔츠 차림의 거인은 '자유, 평등, 박애'의 나라 출신이다.

"그래서 항공사는 외국인부터 탑승시켰지. 에어랑카답게 느릿느릿. 덕분에 순서가 밀린 스리랑카 사람들이 살았어. 그 운 좋은 인간들이 터미널에서 편안하게 면세 술을 마시는 동안." 빨간 셔츠는 유창한 런던 토박이 사투리로 말한다. "제시간에 탑승한 불쌍한 얼간이들은 세 시간 동안 활주로에 폭탄과 같이 앉아 있었던 거지."

그들은 모두 엄숙하게 고개를 끄덕인다.

에어랑카 폭탄 테러 사망자 21명은 주로 외국인이었고, 이 사건은 그나마 남아 있던 스리랑카의 관광산업을 송두리째 박살 냈다. 아무도 자기가 공격을 저질렀다고 나서지 않았다. 모두 정부와 라이벌 타밀 조직의 평화회담을 방해하기 위해 타밀 호랑이 해방군이 저지른 짓이라고 했다. 하지만 반대로 그들 쪽에서 반군을 희생양으로 삼으려는 목적으로 저지른 짓일 수도 있었다. 사건을 수사하는 경찰이 란차고다와 카심 같은 사람밖에 없는 한, 이런 미스터리는 영원히 수수께끼로 남을 것이다.

"나머지는 어디 있어요?"

"누구?"

"나머지 21명."

"대부분은 자기 시체와 함께 고향으로 돌아갔어. 몇몇은 빛으로 꺼졌고. 우리는 남기로 했지." 영국인이 말한다.

"왜요?"

"내가 이 휴가에 돈을 얼마나 썼는지 알아?" 프랑스인이 말한다. "내가 돈을 얼마나 모았는지? 아내는 시체와 함께 고향으로 돌아갔어. 잘 가라고 했지."

"이 섬은 정말 끝내줘요." 독일인은 야생생물 사진을 감상하며 말한다. "정말 돈값을 한다니까. 볼 게 너무 많아!"

"어떻게 돌아다니죠?" 나는 묻는다. "당신들의 시체는 공항 밖으로 나간 적이 없을 텐데."

"공항이 왜 필요해? 시체는 왜? 우리는 몬순을 타, 친구. 꿈을 통해 당신 나라를 여행해."

"스리랑카, 세 마니피크*!"

꿈에서 이 사람들을 본 적이 있다. 네가 미로에서 재키를 쫓아가고 있을 때, 그들은 누와라 엘리야에서 딸기를 먹고 있었다. 네가 딜런의 어깨를 마사지할 때, 그들은 우나와투나 해변에 누워 있었다. 딜런의 몽정 속에서 그들은 가이드 없이 얄라의 정글을 돌아다니고 있었다.

너는 사진 한 장 찍어도 될까 묻고 그들은 기분 좋게 응한다. 그런 뒤 전시장을 돌아다니며 고개를 저으며 중얼거린다.

"여긴 정말 아름다운 나라인데. 왜 이렇게 끔찍한 사진을 찍지?" 독일 프로이라인**이 말한다.

"언제까지 다른 사람의 꿈을 여행할 계획인가요?"

"무슨 소리야. 이제 막 여기 왔는데." 영국인이 말한다.

"게다가 꿈속 공간은 실제보다 훨씬 더 좋아." 독일인이 말한다. "그건 입증된 사실이지."

"그 도우미라는 웃기는 사람들이 90개의 달이 지나면 빛이 다시 돌아올 거라고 했어. 아직 시간이 많아." 영국인이 말한다. 너는 에어 랑카 폭탄 테러가 일어난 후로 천 개의 달은 진작 지났다고 말해줄까 하다가 그만두었다.

그들은 천산갑 사진을 신기한 듯 바라보았지만, 얼굴이 희미한 묘령의 청년 사진들은 그냥 지나친다. 그들은 네 지시대로 기둥 뒤에 배치된 마지막 전시 앞에서 걸음을 멈춘다. "이해가 안 돼. 이건 누구

---

*   C'est magnifique, 프랑스어로 '멋져'.

**   Fräulein, 독일어로 여자, 아가씨.

지?" 프랑스인이 말한다.

클래런사가 어리둥절했던 그 사진들. 이 전시의 백미다. 모두 한창 전투가 벌어지는 와중에 찍은 사진들이고, 날카로운 초점이 어색한 구도를 만회하고 있다. 두 장은 83폭동 와중의 얼굴, 두 장은 구금 상태의 사망자들, 마지막 두 장은 서로 만날 이유가 없는 사람들이 완니의 오두막에 들어갔다가 나가는 장면이다. 렌즈는 폭도를 배경으로 하여 장관의 따분하다는 듯한 표정에 초점을 맞추고 있다. 사제와 언론인의 시체 윤곽을 부드럽게 포착하고 있다. 나무와 창살을 이리저리 뚫고 지나가서 탁자 위에 놓인 서류를 또렷이 부각시키고 있다. 결과물은 보기 좋지 않을지언정, 거짓말을 하지 않는다.

"이건 썩 잘된 작품은 아니군, 친구." 빨간 셔츠 영국인이 말한다.

"음, 별로 흥미로워 보이지 않아." 파란 셔츠의 프랑스인이 말한다.

계단 쪽에서 더 많은 영혼이 흘러오고, 현관 쪽에서도 들어온다.

"사진작가님." 노란 셔츠의 프랑스인이 말한다. "당신은 이 사진 때문에 죽었나요?"

너는 카메라를 내려다본다. 니콘은 깨지고 찌그러져 있고 진흙과 피가 묻어 있다. 너는 카메라를 오른쪽 눈에 갖다 대고 기억하려 애쓴다.

괴물 죽이기

이날 오후, 카날떠 공동묘지는 유난히 고요하다. 장례식도, 뱀도, 부산하게 서성이는 죽은 자들의 흐름도 없다. 악마들은 낮잠을 즐기는 것 같다. 바람조차 조용하다.

"이런 젠장. 어디 있었어요? 내가 당신 이름을 몇 번이나 불러야 합니까?" 세나는 마라 나무 밑동에 쭈그리고 앉아 손톱으로 나뭇가지를 뾰족하게 다듬고 있다.

"그건 화살인가?"

"아뇨. 그냥 필요할 때 찌르려고 만드는 겁니다."

"찌를 거라고?"

"당신이 죽은 지 이제 여섯 개의 달이 지났지요?"

"안 세어봤어."

"뭘 해야 하는지 기억났어요?"

"내 사진은 전시 중이야. 그게 내가 할 일이었어."

"그럼 이제 봉사할 준비가 됐습니까?"

"누구한테?"

"뭔가 쓸모 있는 일을 할 준비가 됐어요?"

"그런 일이 어디에 쓸모 있는데?"

세나는 웃으며 고개를 뒤로 젖힌다. 검게 변한 피부 아래 근육이 불끈거리는 것이 보인다. 흉터는 잉크 빛으로 변했고, 살에 새겨진 무늬도 보기 좋다. 치아에서 광택이 나고 눈은 진홍색과 흑단색이 한데 섞여 반짝인다. 웃음소리가 나무 사이로 메아리치고 고요한 무덤에 반사되어 묘지는 순간 정적을 멈춘다.

"호텔 레오에서 자살자들과 우울하게 어울려도 좋습니다. 그게 싫으면 쓸모 있는 일을 할 수도 있고요."

지구는 언어를 잊은 듯 B⁻와 B 사이의 높이로, 휘파람을 불기 힘든 주파수로 중얼거린다. 중얼거림은 차츰 우르렁거리는 소리로 커지고, 무덤이 늘어선 땅에서 연기가 피어오른다. 얼굴들이 보이고,

)

눈들이 보인다. 몇 개나 있는지 알 수 없다. 스무 개, 아니, 그 스무 배인지도 모른다. 붉은 눈, 까만 눈, 노란 눈, 녹색 눈 들이 몰려온다. 어떤 얼굴에는 세나처럼 번들거리는 흉터가 있고, 모두가 다양한 길이의 창을 들고 있다. 죽은 무정부주의자가 드디어 군사를 일으킨 모양이다.

네가 중간계에서 이리저리 뛰어다니는 동안, 세나 파띠라나는 영혼을 모았다. 그가 규합한 집단은 대부분 죽은 인민해방전선, 타밀 반군, 인민해방전선이나 타밀 반군이라는 혐의를 받았으나 사실 무고한 사람들이다. 너와 같이 수장되었다가 불태워진 모라투와와 자프나 출신의 공대생도 보인다. 그들은 너를 알아보는 것 같지 않다.

피살된 언론인들, 더럽혀진 뷰티 퀸들, 고문당한 혁명가들, 살해당한 가정주부도 있다. 식민 치하의 노예들, 폭탄 테러 희생자들, 주정 뱅이에게 살해당한 거지들, 지붕에서 본 기억이 나는 소년병들도 있다. 누게고다*에 이르러 병사들은 각자 맡은 위치로 흩어진다. 너는 세나 옆을 따라다니라는 임무를 받고 코타헤나의 어느 하숙집으로 흘러가는 그를 따른다.

"어디로 가는 거야?"

노후한 4층 아파트 건물이다. 너는 오줌 냄새가 풍기는 계단으로 들어가서 축축한 합판으로 된 문을 통과한다. 의족 하나가 벽에 기대서 있고, 그 옆 바닥에는 발효시킨 양파 냄새가 풍기는 달**과 밥이 철판 위에 놓여 있다. 다람쥐들이 밥을 갉아 먹으며 바닥을 어지

*   Nugegoda, 콜롬보 교외에 위치한 주택 밀집 지역. 큰길을 중심으로 상업도 발달해 있다. 불교 문화가 번성했던 코떼 왕국의 흔적이 남아 있는 곳.

**   Dahl, 렌틸콩에 양파, 고추, 마늘, 커리와 코코넛 우유를 넣어 끓인 요리. 스리랑카에서는 바릿뿌라고 부른다.

여섯 번째 달

럽히고 있다. 집은 궁전의 독방보다 작다. 매트리스 하나, 작은 텔레비전 하나가 있고, 신문지가 바닥에 널려 있다. 땀과 눈물의 냄새가 배어 있다.

사롱 차림의 운전사가 절단된 다리를 베개 위에 걸치고 멀쩡한 다리는 몸 밑에 접은 채 매트리스에 앉아 있다. 팔에는 붕대를 감고 있고, 머리카락을 민 두피에는 화상 자국이 있다. 그는 플라스틱 병에 담긴 포텔로를 마시고 있다. 음료는 탄산이 빠져 달짝지근한 맛이고, 병은 핏빛 같은 보라색으로 물들어 있다. 텔레비전에서 해골을 목에 걸고 힌두 여신으로 분장한 여배우가 발리우드 춤을 추고 있다. 이 방에서 깨끗한 것이라고는 다리미판에 걸쳐놓은 군복뿐이다. 그 밑에는 안감에 폭약을 장치한 카키색 재킷이 놓여 있다.

"다람쥐 왕자들!" 운전사는 소리친다. "악마가 돌아온 것 같군!"

다람쥐 한 마리만 고개를 들고 나머지는 계속 먹고 있다. 운전사가 주는 오래된 음식과 혼자 주절거리는 목소리에 익숙한 것 같다.

"이번에는 몇 놈이야? 지난번에는 세 놈까지 셌는데."

운전사는 너와 세나가 둥둥 떠 있는 쪽을 정통으로 바라본다. 세나는 매트리스 위로 기어 올라가서 그의 귀에 속삭인다. "우리는 널 위해 왔어. 평화를 찾아주마."

운전사의 얼굴이 일그러지면서 떨기 시작한다. "제발, 날 내버려 둬."

세나는 창틀로 물러나서 네게 속삭인다. "말을 너무 많이 안 하는 게 좋아요. 그래야 겁을 먹어요. 게다가 나는 하루에 네 번밖에 속삭일 수 없어서 낭비하면 안 돼요."

☽

문에서 노크 소리가 들리고 낮은 목소리가 이어진다. "땀비."*

"열려 있어요." 운전사는 소리친다. 그의 시선이 텔레비전에서 창가로, 다람쥐에게로, 다리미 판으로, 폭탄이 달린 재킷으로 향한다.

"여기 있는 거 알아." 운전사는 방 안 이곳저곳 불안하게 시선을 준다. "나가라고."

털이 많고 근육질, 숱 많은 콧수염을 기른 피부가 검은 남자가 방에 들어온다. 그가 다람쥐에게 물러가라고 손짓하자, 다람쥐들은 창문 창살 틈으로 후다닥 빠져나간다. 그는 다리미판 옆에서 의자를 가져온다.

"또 혼자 중얼거리는 거야, 땀비?" 쿠가라자가 말한다.

———

쿠가라자는 사진 세 장을 가지고 있다. 하나는 학살당한 마을, 하나는 말라베 길가에 버려진 시체, 하나는 피살된 지방의회 의원. 모두 네가 찍은 사진이다.

"자넨 아주 훌륭한 일을 하고 있어, 땀비. 시릴 위제라트너의 암살단은 이런 방식으로 수천 명을 죽였지. 자네는 진정한 영웅이야."

"다들 그렇게 말하죠."

"또 목소리가 들리나? 내가 준 약은 먹었어?"

"보이지는 않아요." 운전사는 목발을 움켜쥐고 힘들게 몸을 일으킨다. "하지만 들려요. 지금 여기 있어요. 최소한 두 놈."

---

*   Thambi, 타밀어로 남동생.

여섯 번째 달

너는 천장으로 날아간다. 운전사는 고개를 들더니 네가 내려선 산들바람에 몸을 부르르 떤다.

"팔은 어때?"

"가끔 아프다는 걸 잊어요. 포텔로가 도움이 돼요. 약은 안 들어요."

"너 대신 내가 메시지를 전할 사람이 있나, 땀비? 가족은?"

"제 가족은 다 잿더미가 됐어요."

"원하는 건 없나? 중국 음식? 러시아 여자?"

"여자를 준다고요?"

"이건 규칙 위반이야. 하지만 자네라면, 해주지. 뭐가 필요해?"

운전사는 의족을 다리에 부착하고 재킷을 내려다본다. "난 멈추게 하고 싶어요."

"언제 만나기로 했지?" 쿠가라자는 묻는다.

"오늘 저녁."

"계획을 다시 검토할까?"

———

세나는 네 질문에 대답하지 않는다. 그는 데히웰라 일대에서 가장 깊고 어두운 곳, 동물원과 병원을 지나 집마다 꽃이 핀 마당이 있고 아이들은 텅 빈 도로에서 크리켓을 하는, 녹음이 우거진 막다른 골목으로 너를 막무가내로 이끈다. 그는 위켓키퍼* 겸 심판을 보는 대머리 남자를 살금살금 뒤따른다.

"이 새끼를 내가 아주 오랫동안 열심히 지켜봤어요. 우리가 어떻

* 야구의 포수 포지션.

)

444

게 괴롭히는지 어디 한번 보시죠."

"저 크리켓 아저씨?"

"우리가 다음으로 죽일 괴물입니다."

너는 그 남자가 테니스공을 머리 위로 던지고 아이들이 공을 코코넛 나무 쪽으로 치는 광경을 지켜본다. 그 남자에게서 괴물다운 점이라고는 옆머리를 빗어 넘겨 대머리를 가린 머리 모양과 튀어나온 뱃살뿐이다. 그의 가족은 머리를 허리까지 치렁치렁 기른 아내가 미소 띤 얼굴로 차려주는 밥과 커리를 느긋하게 먹고 있다. 다섯 명의 유령이 집으로 들어가서 각자 방으로 흩어진다. 그들은 조명과 지붕, 탁자 위의 커리를 확인한 뒤 가족들의 대화를 엿듣는다.

남자는 셔츠를 갈아입고 버스정류장으로 걸어간다. 그는 담배 가게 소년에게 농담을 던지고 134번 버스에 올라 콜롬보로 향한다. 늙은 부인에게 자기 자리를 양보하고, 키룰라뽀너*에서 버스에 오른 여학생들에게 몸을 문지르거나 하지 않는다. 세나와 그가 거느린 부대는 버스 지붕을 타고 달린다. 문득 너는 걱정스럽다.

"이 버스는 만원이잖아. 사고가 나면 다 죽어."

세나의 부대는 웃는다.

"진정해요, 어르신. 우리는 이제 차 사고 안 내요. 너무 야단법석이잖아요. 이제 좀 더 프로다워졌어요."

"발랄과 꼳뚜는 어디 있어?"

"마하칼리에게 갔어요."

"그들에게는 일곱 번의 달이 주어지지 않나?"

"도우미도 그런 쓰레기들한테는 손가락 하나 까딱 안 해요."

* Kirulapone, 콜롬보 교외의 지명.

"네가 그 차를 사고 냈을 때 몇 명이나 죽었지?"

"그렇게 많지 않아요. 우린 괴물을 죽이고 있습니다. 무고한 사람이 죽는 건 아무도 원치 않아요. 하지만 많은 사람을 살리기 위해 소수를 희생하는 건 어쩔 수 없어요. 전쟁이라는 게 원래 그렇잖아요."

"네가 말하는 게 꼭 군인들 같구나."

"어르신 말하는 건 꼭 애 같고요."

남자는 해브록 타운에서 하차해서 걸어가면서 담배를 피워 문다. 담장이 높은 집들이 늘어선 긴 골목으로 접어들자, 그가 어디로 가는지 알 것 같다. 그는 불을 붙인 브리스톨 담배를 궁전 입구의 경비에게 건네고 뒷문으로 들어간다. 네가 마지막으로 여기 온 뒤로 두 개의 달이 지났다. 방은 무덤보다 더 고요하다. 이번에는 기계 소리도, 비명 소리도 들리지 않는다. 지붕에 그림자가 보인다. 마하칼리도 아직 여기 있을까. 생각해보면 떠날 이유가 없다.

세나의 부대는 담장 위로 떠올라 창문 안을 들여다본다. 감옥답지 않게 넓은 창문은 열려 있다. 창문을 통해 앙상한 사람들이 대자로 널브러져 있는 것이 보인다. 움직이지 않는 사람도 있고, 부들부들 떠는 사람도 있다. 몇 살인지도 짐작하기 힘들고, 어떤 종족인지 구별하기는 불가능하다. 이렇게 다르다 저렇게 다르다 말들은 많지만, 벌거벗은 싱할라족, 타밀족, 무슬림, 버거의 육체는 구분할 수 없다. 불에 타면 우리 모두 똑같다.

데히웰라에 사는 세 아이의 온화한 아버지는 한 층 밑에서 얼룩진 셔츠로 갈아입는다. 그는 수술 마스크를 쓰고, PVC 파이프를 집어 들고, 한 소년이 밧줄에 매달려 있는 방으로 들어간다. 그는 선글라스를 콧등 위로 밀어 올리고, 파이프를 들어 올리고, 매달린 소년의 발을 힘껏 내리친다. 소년에게는 비명을 지를 목소리조차 남아 있지 않다. 그는 숨을 훅하고 들이쉬더니 움직이지 않는다.

"이자가 가따카야*입니다. 마스크. 이 정권의 가장 유능한 고문 기술자. 수백 명이 그의 손에 죽었어요. 곧 그는 우리 손에 죽을 겁니다."

마스크는 계단을 올라 다시 다른 방에 들어간다. 막 깨어난 소년이 부들부들 떨고 있다. 이제 곧 일어날 일은 보고 싶지 않다. 세나 휘하 부대의 많은 영혼들도 너와 같은 기분인지 벽에서 멀어진다. 세나는 앞장서서 모두를 망고 나무 쪽으로 데려간 뒤 나직하게, 세차게 말한다. "동무들. 여기는 모두에게 고통스러운 곳입니다. 여러분 중 몇몇은 여기서 죽었어요. 몇몇은 여기 친구들이 갇혀 있겠지요. 마하칼리는 지붕에 앉아 이 참상에서 양분을 섭취하고 있습니다."

"세나 동무. 나는 이제 겨우 두 번째 달입니다. 아무도 내게 말해주지 않아요. 이 마하칼리라는 자는 누구죠?" 누더기를 걸친 학생이 외친다. "누굽니까?"

"걸어 다니는 야수." 등에 채찍질 흉터가 가득한, 식민 치하의 노예가 말한다. "천 개의 얼굴을 지닌 악령."

"해골을 지키는 자." 목이 부러진, 고문당한 혁명가가 말한다.

"랑카의 어두운 심장." 머리에 구멍이 난, 피살당한 검문소 경비가 말한다.

"동화 같은 헛소리는 그만둡시다." 세나는 치아에 달빛을 반사하며 말한다. "마하칼리는 중간계의 가장 강력한 존재입니다. 그녀는 고통받는 자들을 위로하고 그 아픔을 빨아들입니다. 마하칼리는 우

---

* Gaathakaya, 사람이나 동물을 죽이는 사람, 도살자.

리의 임무를 돕기로 했어요. 우리는 버려진 랑카의 어머니 이름을 따 이 임무를 미션 쿠웨니라고 부르기로 했습니다."

창으로 담장을 두드리는 소리와 함께 부대 여기저기서 인정한다는 뜻으로 웅얼거리는 소리가 들려온다. 꼭대기 층 물탱크 근처에 있던 그림자가 우르렁거리자, 모두가 조용해진다.

"두려워하지 마세요, 동무들. 내가 가서 우리의 조건을 제시하겠습니다. 원하면 누구든지 같이 가도 좋습니다."

부대 전체가 같이 가지 않을 권리를 행사하자, 세나는 혼자 꼭대기 층으로 날아가서 우르렁거리는 소리와 그림자 쪽으로 흘러간다. 너는 죽은 소년병에게 돌아선다. 이런 질문을 한다고 비웃어도 상관없다.

"땀비, 나는 이제 겨우 여섯 번째 달이라서 그러는데, 이 미션 쿠웨니라는 게 대체 뭐지?"

———

"이건 빠카* 계획이에요. 세나 동무의 계획."

"무슨 소리야." 피살된 언론인이 말한다. "죽은 호랑이 반군이 먼저 제안했어."

"이 계획은 70번의 달 이전부터 있었어요, 아저씨." 소년병이 말한다. "처음 시작은⋯⋯."

소년병은 스리랑카 정부군 군복으로 변장하고 트럭 짐칸에 실려 콜롬보로 온 왈웻티뚜레이 출신의 젊은 호랑이 반군 장교 이야기를

---

*　　　Pakka, 타밀어로 '좋은'.

들려주었다. 얼마 전 와우니아 폭격에서 부모와 두 형제를 잃은 그는 호텔 레오의 페가수스 카지노 지배인 로한 창 밑에서 운전사로 일했고, 창은 자기 직원들에게 라자 우두감폴라 소령의 이런저런 비공식 심부름을 시켰다.

장교의 이름은 쿨라위라싱함 위라쿠마란이었지만, 위조 신분증에는 쿨라라트너 위라쿠마라로 되어 있었다. 단어 끝의 자음을 탈락시키기만 하면 타밀족 이름을 쉽게 싱할라족 이름으로 바꿀 수 있다. 하지만 상관없이 동료들과 보스는 그를 운전사 동생이라고 불렀다. 청년은 튀는 억양 없이 싱할라어를 구사했고 열심히 일했다. 의족 때문에 사람들은 그를 귀여워했고 가끔 튀어나오는 평화주의 설교도 참고 들어주었다. 언더커버 타밀 호랑이는 정부 소유 차량이 가득 주차된 차고에 드나들게 되었다.

"이 나라에 아무리 외채가 많아도, 아무리 전쟁이 확대된다 해도, 홍수가 농사를 망치고 가뭄에 씨앗이 말라 죽는다 해도, GDP가 곤두박질치고 인플레이션이 심화된다 해도, 모든 장관이 호화 자동차 세 대씩 끌고 다닐 예산은 항상 있는 법이지." 피살당한 언론인이 말한다.

위라쿠마라는 호텔 레오의 밴과 우두감폴라 소령의 트럭, 시릴 위제라트너 장관과 그 수행원이 타고 다니는 한 부대의 메르세데스 벤츠 살롱을 운전했다.

버스정류장에서 사상자가 발생한 사고 이후, 그는 2도 화상을 입고 병가를 내서 쉬다가 다음 주 업무에 복귀할 예정이었다. 이제 운전 업무에서는 손을 떼고 자동차 정비 일로 옮길 예정이었다.

세나는 마하칼리의 그림자에서 두런거리는 동료들 쪽으로 다가온다. 그는 모두에게 절한다. "다 됐어." 모두 환호성을 올린다.

———

강렬한 오후의 햇살 속에서도 궁전은 으스스한 분위기다. 검은 커튼이 방음 창문을 가리고, 그림자와 정적이 복도를 가득 채운다. 공중화장실, 인간의 배설물, 화학약품, 점액 냄새가 풍긴다. 하지만 기분 좋게 더운 날씨에도 정말 오싹한 것은 그 침묵이다.

세나는 오늘 임무를 수행할 대원을 선발해서 마라 나무 밑으로 데려가 마지막 지시를 한다. "여기는 내가 죽은 곳입니다. 그들이 날 죽였던 순간, 내가 기억하는 것은 고통뿐입니다. 다음 순간 나는 이 나무 아래 앉아 있었지요. 그렇게 얼마나 많은 달이 흘렀던가, 난 모릅니다. 내가 느꼈던 것은 학교의 괴롭힘, 사회의 괴롭힘, 법 때문에, 내 조국의 괴롭힘으로 인해 받은 고통이었습니다. 언제나 나보다 더 강한 존재가 있다는 것을 앎으로 인한 고통. 언제나 그 존재는 내 편이 아니었어요."

영혼 대원들은 술렁거리고, 바람이 나뭇가지 사이를 불어간다.

"전쟁이 터지면 그들은 폰을 보내서 폰을 죽입니다. 하지만 이번 전쟁에서는 폰이 비숍과 룩, 킹을 죽일 겁니다. 라자 소령은 오늘 시릴 장관을 만납니다. 몇 시간 뒤에 다음 회의가 있을 겁니다. 마스크도 참석할 겁니다. 완벽한 기회입니다. 민간인이 피해를 볼 염려도 없습니다. 경찰뿐입니다."

"드디어!" 네가 외치자 유령들은 너를 돌아본다.

"우리 계획이 마음에 안 드는 분이 있다면 지금 떠나세요. 말리 알메이다 같은, 뜨거운 동정심만 넘쳐나는 분들 때문에 이 전쟁은 영원히 계속될 겁니다."

"영원히 계속되는 것은 없어. 부처의 가르침 중에 옳은 것이 있다면 바로 그거야." 너는 소년병에게 말하지만, 그는 네 말을 듣지 않는다.

"겁쟁이들, 샴페인 사회주의자들은 필요없습니다. 우리에게는 귀에 속삭일 수 있는 타밀 호랑이가 있습니다. 꿈에서 이야기를 건넬 수 있는 인민해방전선의 순교자들이 있습니다. 전기를 흐르게 할 수 있는 공학도들이 있습니다. 운전사 동생은 자살폭탄 조끼를 받았습니다. 내일 거사를 치를 겁니다."

너는 시체로 가득 찬 죽은 호수에 대해, 부자가 가난한 자를 가두는 경찰서에 대해, 명령을 따르는 자들이 거부하는 자들을 고문하는 궁전에 대해 생각한다. 심란한 연인들에 대해, 버려진 친구들에 대해, 부재하는 부모들에 대해 생각한다. 소멸된 조약들에 대해, 걸려 있던 벽이 무엇이었건 전시되었다가 잊힌 사진들에 대해 생각한다. 어머니에 대해, 늙은 남자와 개에 대해, 네가 사랑했던 대상을 위해 했던 일, 혹은 하지 않았던 일에 대해 생각한다. 사악한 대의에 대해, 가치 있는 대의에 대해 생각한다. 폭력이 폭력을 종식시킬 확률은 무(無) 중의 하나, 영이다.

너는 마하칼리가 도사리고 있는 쪽을 피해 궁전 지붕으로 날아간다. 세나는 네가 날아가는 쪽을 보면서 연설을 장황하게 계속한다. 아래층에서 귀에 익은 목소리가 들린다. 너는 이 층에 와본 적이 없다. 라자 소령에게 이끌려 둘러보았을 때도, 죽은 뒤 찾아왔을 때도. 벽은 조금 더 깨끗해 보이고, 바닥에서는 축축한 냄새가 나지 않는다. 복도에 카심 형사와 란차고다 경사, 갈색 선글라스를 쓰고 수술용 파란 마스크를 쓴 마스크가 있다. 카심 형사는 이마에 손바닥을 대고 기도하듯 앞뒤로 흔들거리고 있다. 하지만 정작 그가 하는 행동은 기도와 거리가 멀다. 오히려 그 반대. 그는 욕설을 하고 있다.

"이건 합법적인 활동이 아니지 않습니까!" 카심이 소리친다. "이런 걸 두고 볼 수는 없습니다. 무고한 사람을 해치는 것은 내 종교의 가르침에 어긋나는 일입니다."

"기도하고 싶으면 모스크로 가시지. 여기는 그런 일을 하는 곳이 아니니까." 마스크는 열린 창문을 응시하며 안경을 벗어 닦는다. 크리켓 경기와 가족 점심을 먹기 전에 하룻밤 푹 자고 일어났는지, 그의 눈은 맑고 날카롭다.

카심은 쿵쿵거리며 복도를 걸어가다가 너를 그대로 통과할 뻔했다.

"내버려두세요." 란차고다가 말한다. "보고서를 쓰고 나서 진정되면 알아서 찢어버릴 겁니다. 늘 그래요."

"이 일에 대해 보고서를 쓸 수는 없어." 마스크는 안경을 다시 쓴다.

너는 방을 들여다본다. 침대 하나, 전구 하나, PVC 파이프 몇 자루, 천장에 밧줄이 달려 있다. 부스스하게 부풀린 곱슬머리가 마대 입구에 삐져나온 채 바닥에 다람쥐처럼 몸을 말고 있는 것은 타밀 분리주의자 반군도, 인민해방전선 마르크스주의자도, 타밀 온건파도, 영국 무기밀매상도 아니다. 그것은 네 최고의 친구 재키, 네 인생 또 하나의 사랑이다.

☽

일곱 번째 달

"신의 선물." 교도관이 말한다. "신의 폭력······ 신은 폭력을 사랑하지. 너도 이해하지, 안 그래? ······그렇지 않다면 왜 이 세상에 폭력이 그토록 많을까? 폭력은 우리 안에 있어. 우리에게서 흘러나와. 우리가 숨 쉬는 것보다 더 자연스럽게 할 수 있는 일이지. 윤리적인 명령은 없어. 오로지 이것뿐이야. 내 폭력이 너의 폭력을 정복할 수 있을까?"

—데니스 루헤인, 《살인자들의 섬》

나쁜 친구들

"나는 지금 이 여자를 심문할 시간이 없어." 마스크가 말한다. "진
정제를 더 써야 할 거야."

가까이 다가가 보니 재키는 숨을 쉬고 있다. 가슴이 천천히 올라
갔다가 빠르게 내려간다. 숨결에서 시럽에 섞은 매니큐어 같은 진
정제 냄새가 풍긴다. 너는 벽을 향해, 바깥의 남자들을 향해 고함
친다. '아무나' 신을 향해 울부짖지만, 신이 보내는 것은 침묵과 부
재뿐이다.

"회의를 마친 뒤에 심문할 거야." 마스크가 말한다. "이 여자가 네
거티브 필름이 어디 있는지 안다면, 석방할 수도 있어. 하지만 눈에
띄지 않아야 할 거야."

"왜요?"

"여자가 당신을 본 건 아니겠지?"

"아니요." 란차고다가 말한다. "뒤에서 붙잡았습니다. 선글라스를
쓴 채로."

"이야! 변장술의 대가군! 사실이어야 할 거야. 여자가 우릴 봤다면

보내줄 수 없어."

카심은 떠날 때와 마찬가지로 빠른 걸음으로 돌아온다.

"이 여자는 스탠리 다르멘드란의 조카입니다. 장관이 우릴 가만히 두지 않을 겁니다." 그는 격하게 말한다.

"우린 그 엘사라는 여자를 놓쳤어." 란차고다가 말한다. "네거티브 필름이 필요해. 이 여자는 필름이 어디 있는지 알고."

"여자를 놓친 건 너잖아." 카심이 으르렁거린다. "난 그 일과 아무 상관 없어."

너는 란차고다의 귀에 속삭인다. "여자를 보내줘. 내가 네거티브 필름이 있는 곳을 알려줄게. 제발, 제발, 제발, 보내줘." 그는 아무것도 듣지 못한다.

마스크는 카심에게 다가가서 그의 어깨에 손을 얹는다. 두 사람은 키가 거의 비슷하지만, 마스크가 어쩐지 머리 하나는 더 커 보인다.

"나, 너, 이런 건 없어. 카심 형사. 오로지 '우리'뿐이다. 당신도 지금은 우리 단원이야."

"그러면 나는 위층으로 가서 사직서를 쓰겠습니다."

마스크가 상대의 견갑골을 꽉 움켜쥐자, 카심은 아파서 몸을 움츠린다.

"내가 쓰라는 대로 써. 그리고 아무도 이 층에 들어오지 않도록 여기를 지키는 거야. 알겠나?"

"알았습니다."

"나는 보스 그리고 보스의 보스와 회의가 있어. 란차고다, 당신은 거기 같이 간다. 카심, 여자가 깨어나면 진정제를 더 투여해. 그리고 여기를 지켜."

)

두 사람 다 복도에서 담배를 피워 문다. 란차고다는 파트너를 돌아보고 어깨를 으쓱한다.

카심은 의자에 주저앉아 창문 너머로 머리에 마대를 뒤집어쓴 젊은 여자를 바라본다. 그는 어깨와 땀이 밴 목을 문지른다. 너는 모든 힘을 동원해서 그의 귀에 속삭인다.

"그녀는 죄가 없어. 제발, 제발, 제발, 보내줘. 당신도 이런 일에 동의하지 않잖아, 카심 형사. 원래부터 그랬잖아. 이건 당신의 종교에 반하는 일이야."

그는 멈칫하더니 주위를 둘러보고 두 손에 얼굴을 묻으며 신음한다. 죽은 사람도 깨울 정도로 커다란 소리지만, 재키는 꼼짝도 하지 않는다. 그의 동료는 재미있다는 듯 그를 쳐다보면서 그쪽으로 담배 연기를 내뿜는다.

너는 라니 박사를 부른다. 침묵하고 부재하는 천사들을 부른다. 너를 빛으로 데려가달라고, 그러면 어떤 올라 책이든 앞에 내놓는 대로 무조건 서명하겠다고 외친다. 그 어느 때보다 간절하게 기도한다. 크로우맨의 주술을 향해, 네가 혐오하는 신들을 향해, 전기라는 마법을 향해, 주사위를 굴리는 손을 향해 기도한다. 대답 대신, 우주의 가장자리에서 나직한 웅웅거림이 들리고 이내 거대한 침묵이 뒤따른다.

어떤 대안이 있는지 생각해보지만, 단 하나의 선택지밖에 없다.

세나를 찾아 나선다. 그가 있는 곳은 뻔하다.

영혼들은 마라 나무에서 흩어졌지만, 세나는 나뭇가지 위로 올라
가서 창을 날카롭게 다듬고 있다. 그는 주술, 아니면 타밀어 랩 가사
같은 것을 흥얼거리고 있다. 너는 부를 수 있는 바람을 모조리 소환
해서 그에게 돌진한다.

"당신의 부대에 합류하겠어. 미션 쿠웨니인가 뭔가 하는 일에."

"버스는 떠났어요, 말리 씨. 부대는 전부 자기 위치에서 돌격 준비
중입니다. 암살단은 오늘 죽은 목숨이에요."

"악령이 장관을 보호하고 있지. 그 악령에게 너희 계획을 일러바쳐
야겠군. 마하칼리와 싸울 수 있을 정도로 근육이 울끈불끈한 놈이
라고."

세나는 창을 다듬던 손을 멈추고 너를 노려본다.

"그런 짓 하기만 해봐요."

"내 친구가 궁전에 있어. 귀에 속삭여야 해. 네가 도와줘."

"그런 힘을 내릴 수 있는 건 크로우맨뿐입니다."

"거기로 날 데려가줘."

가장 센 바람이 너를 태워 크로우맨의 동굴에 홀쩍 도착한다. 어
느새 너는 흐느끼고 있다. 기억이 콧물처럼 쏟아져 나오고, 남은 것
은 공포뿐이다. 스리랑카에서 납치당한다는 것은 실종의 첫 단계다.
입을 놀리고 다닐지도 모르는 용의자, 특히 권력층에 연줄이 있는

)

용의자를 석방하는 것보다는 시체를 처리하는 쪽이 차라리 덜 위험하다. 설사 재키가 듣고 싶은 정보를 털어놓는다 해도, 그들은 재키를 보내주지 않을 것이다.

산들바람이 크로우맨의 동굴 천장으로 너를 밀어올린다. 너는 대성당 꼭대기의 가고일 석상처럼 새장 사이로 안을 들여다본다. 앵무새와 참새 꽥꽥거리는 소리가 파리처럼 귓전을 따라다니는 목소리와 뒤섞인다. 너는 크로우맨의 박박 민 머리와 그 앞의 탁자를 내려다본다. 눈에 익은 목각 앙크 십자가가 의자 위에 놓여 있다. 그때 귀에 익은 목소리가 들린다.

"보호가 필요해. 내 아들. 아들은 어느 때보다 더 위험한 지경에 빠져 있소."

"오늘은 집 밖으로 나가지 마십시오." 크로우맨은 말한다. "공기 중에 불길한 것들이 떠돌고 있습니다. 아주 큰 일이 벌어질 겁니다."

"당신이 지난번에도 이런 말을 했지만 사소한 일 하나 벌어지지 않더군."

"그래서 내가 어르신을 보호하지 않았다는 겁니까? 나는 최선을 다했습니다. 하지만 당신 아들의 라후 시간이 아주, 아주 안 좋습니다. 외국으로 보내는 것을 권고드립니다."

"그런 계획은. 있소." 고객은 천 루피 지폐 다발을 건네며 말한다.

"아직도 나쁜 친구들과 어울리는지요?"

"이제는 안 그래." 스탠리는 체인과 부적이 가득 든 주머니를 집어든다. "나쁜 친구들과는 이제 어울리지 않아."

참새 소년은 촛불로 드리워진 구석의 그림자 속에 앉아 종이 위에 형태를 그리고 있다. 팔리어, 산스크리트어, 타밀어가 소년의 손끝에서 잉크로 나타난다. 너는 새장을 지나쳐서 그의 의자 쪽으로 향하며 바람을 일으킨다. 양초의 심지가 깜빡거리고 그림자가 흐트러진다. 크로우맨은 공기 냄새를 킁킁거리더니 이맛살을 찌푸린다.

"재키가 궁전에 있어요. 스탠리에게 말해요. 당장!" 너는 외친다. "빨리 그에게 알려요." 네 목소리가 떠나갈 듯 울리는 것 같다.

참새 소년은 글 쓰던 손을 멈추고 네 방향을 바라본다. 그의 눈이 어두워진다.

"이 방에 불청객이 와 있군." 크로우맨이 바라보는 곳은 스탠리도, 너도 아니다. "가주시게."

너는 크로우맨에게 덤벼들며 으르렁거린다. 샌들 한 짝이 날아가 탁자 위의 돈이 흩어진다. 네가 바람을 일으켜 물건을 움직인 것은 처음이지만, 기뻐할 틈이 없다.

"이런 새빨간 사기꾼을 봤나. 난 당신 심부름을 했어. 빨간 반다나도 제단 위에 놓았다고. 왜 난 아직 속삭일 수 없는 거야?"

"속삭임의 능력은 그럴 자격이 있는 자에게 내린다. 당신은 그렇지 않은 모양이지."

"실례지만. 지금 나한테. 말씀하시는 거요?"

스탠리의 타이가 산들바람에 펄럭인다. 그는 뱀 기름 연고 통을 들고 장님을 쳐다본다.

크로우맨은 나무 접시에서 알록달록한 가루를 덜어 손바닥에 가득 채운다. 벽돌 같은 오렌지색, 태양 같은 노란색, 드래퀸 같은 보라색. 그가 이쪽으로 가루를 훅 불자 커리 향과 독한 제비꽃 향이 풍기는 것으로 보아 강황과 라벤더, 칠리 가루다. 가루는 네 눈을 찌르고 너를 참새 소년 근처로 밀어낸다.

"죄송합니다. 그냥 공기를 청소했습니다. 시작합시다."

너는 있는 힘껏, 아니 그 이상으로 다시 외친다. 한때 네게 있었던 몸과 믿은 적 없었던 영혼을 다하여. "재키가 궁전에 있어. 스탠리에게 당장 말해달라고!"

"내 아들 주위에 어떤 존재가 있는 것이 느껴져." 스탠리는 크로우맨에게 말한다. "때로 내 주위에서도 느껴지고."

"어떤 종류의 존재일까요?" 예복 차림의 장님은 앵무새에게 빵조각을 던진다. 그 뒤에서 참새 소년이 제단마다 등불을 켠 뒤 다시 구석으로 돌아가 네가 읽을 수 없는 글자를 필사하고 있다.

"바람 같기도 하고. 기분 나쁜 한기. 아들 근처에 있으면 항상 한기가 느껴져."

"아드님에게 해를 끼치려는 사람이 있습니까?"

"있소."

"살아 있습니까?"

"더는 살아 있지 않아."

크로우맨은 시력이 없는 눈으로 너를 응시한다. "그 사람이 소지한 물건을 가지고 오셨습니까?"

스탠리는 메모가 적힌 분홍색 쪽지와 부서진 사이안화물 캡슐이 달린 목걸이를 내놓는다.

"속삭이는 법을 가르쳐줘. 안 그러면 당신 제단을 불태워버리겠어!" 너는 칠리를 눈에서 닦아내며 참새 소년 뒤로 흘러간다.

"파괴하려는 자. 오직 자기 자신을 파괴할 뿐이라." 크로우맨은 그 럴듯한 형이상학으로 접대용 손재주를 감추며 한껏 마술사 연기를 한다.

그는 막자사발에 제조한 물질을 원래 술병으로 만들어진 작은 유리병에 담는다. 어머니가 7년 동안 약이 된다며 매일 아침 억지로 먹게 하던 토사물 같은 농도의 콜라 켄다* 죽과 비슷하다.

"이 기름을 아드님이 자는 곳에 바르십시오. 매일 밤 하셔야 합니다."

크로우맨은 네가 있는 곳을 보고 고개를 젓는다.

"여기서 그 존재를 느낍니까?"

"그런 것 같아." 스탠리는 신문지에 병을 싸서 뱀 기름 연고가 들어 있는 주머니에 같이 넣는다.

크로우맨은 분홍색 쪽지와 사이안화물 캡슐을 놋쇠 등 안에 넣는다. 장뇌 한 알에 불을 붙여 그 안에 던지고, 단조로운 음성으로 주문을 읊조린다. 재키가 우울한 제 방 안에서 틀곤 하던 고스 밴드 음악을 연상시키는 소리다. 불꽃에서 연기가 피어나고, 폐가 없는데도 기침이 나온다.

크로우맨은 여전히 책상에서 필사에 푹 빠져 있는 참새 소년을 부르더니 한쪽 끝에 등이 달린 막대를 가리킨다. 소년은 독한 연기를

---

*   Kola kenda, 병풀 등의 엽채류와 코코넛 우유로 만드는 쌀죽. 초록색을 띤다.

뿜는 등을 들고 방 안 여기저기 흔든다. 스탠리가 진한 녹색 빈랑 잎 위에 연녹색 천 루피 지폐를 더 얹는 것이 보인다. 그때 연기가 샌드백처럼 배를 텅 치는 서슬에, 너는 동굴 밖으로 내동댕이쳐진다.

시궁창에 팽개쳐진 채 캑캑거리며 기침을 하고 있으니 킬리노치치와 폭격, 사이안화물 캡슐을 물고 있던 시체 세 구가 떠오른다. 너는 목에 건 것을 내려다본다. 딜런의 피가 든 앙크 십자가, 금 판차유다, 작동하지 않는 니콘 카메라. 그런데 걸고 있던 사이안화물 캡슐이 없다.

"재키가 궁전에 있어! 도와야 해!" 요람 속의 신생아처럼, 너는 다시 한번 아무나 신과 아무도 신을 향해 울부짖는다. 스탠리는 동굴 옆 터널을 통해 코타헤나의 슬럼으로 나오더니 매달 수백 명이 무릎 꿇고 기도하는 제단 앞을 황급히 지난다. 빛바랜 꽃과 악취를 풍기는 과일 더미 사이 썩은 파인애플 위에 걸쳐진 빨간 반다나는 못 본 것 같다.

촛불과 등을 내려다보는 제단 상석에 코팅해서 액자에 넣은 그림 한 점이 걸려 있다. 싸구려 종이에 그린 조악한 드로잉, 눈에 익은 손길이 테두리에 팔리어, 산스크리트어, 타밀어를 점점이 그려 넣었다. 그림자로 만들어진 짐승의 그림이다. 곰의 머리, 거대한 여자의 몸. 머리카락은 뱀이고, 눈은 끝에서 끝까지 온통 검다. 짐승은 이를 드러내고 안개를 트림한다. 너는 그 존재의 내부가 공허하다는 것을 느낄 수 있다.

목에는 해골 목걸이를 걸고 있고, 허리에는 잘린 손가락을 엮은 벨트를 찼다. 맨살을 드러낸 배는 허리에서 겹쳐 축 늘어졌다. 그 안에 갇힌 영혼의 피부에 인간의 얼굴이 새겨져 있다.

일곱 번째 달

이번에도 너는 자기도 모르는 사이 털썩 주저앉아 무릎을 꿇고 있다.

세 번의 속삭임

"속삭이고 싶으면, 간구하라."

목소리는 제단에서 흘러나오지만, 하나의 음성이 아니다. 개미의 군락이 한꺼번에 노래하는 불협화음이다. 짐승이 조악한 그림에서 빠져나오고, 뱀 머리카락과 해골 목걸이도 뒤따른다. 짐승은 뒷다리를 접고 엉덩이를 붙여 앉은 자세로 그림자를 드리우며 너를 굽어본다. 그 몸에는 네가 해독할 수 없는 익숙한 필사가 문신처럼 뒤덮여 있다.

글자 하나하나가 얼굴로 변하고, 얼굴들은 입을 모아 네게 말한다.

"속삭이고 싶으면, 이 제단 앞에 절하라. 일곱 번째 달이 지나면, 네게 남은 모든 것은 내 것이 된다. 빨리 결정하라. 네겐 시간이 없다."

너는 마하칼리의 피부에 새겨진 수많은 얼굴들을 바라본다. 어느 것이 인간인지, 어느 것이 야수인지 구분할 수 없다. 낯익은 얼굴은 두 개뿐이다. 마하칼리의 허벅지 살집에 파묻힌 발랄와 꼴뚜가 물고기 같은 눈으로 너를 응시하고 있다.

"네게 세 번의 속삭임을 허락하겠다. 원하는 대로 쓰라. 그리고 오늘의 임무에 참여하라. 절대 도망치려 해서는 안 된다."

머리들은 재키를 닮은 목소리로 한꺼번에 말한다. 너는 달이 떠오르고 있고 초침이 째깍거린다는 것을 안다. 빛은 답이 없는 질문만을 네게 안겨줄 것이라는 것을 안다. 어떤 생은 다른 생보다 더 가치 있다는 것을, 각각의 생은 색깔이 다른 포커 칩이라는 것을 안다. 네

)

인생은 페가수스 카지노의 10루피짜리 플라스틱 칩이었지만, 재키의 인생은 라스베이거스 카지노의 금도금 사각칩이다.

너는 고개를 조아리고 그림자 속에서 숨 쉰다.

"하겠습니다."

"모든 달을 기꺼이 포기하겠느냐, 사진작가?"

"가져가세요. 빨리 해주십시오."

"빛을 버리겠느냐?"

"뭐든지 버리겠습니다. 젠장. 빨리 해줘요."

뼈가 있던 자리에 체인이 감기고 척추를 따라 철컹철컹 족쇄가 채워지는 것이 느껴진다. 목까지 서서히 죄어드는 느낌이 들더니 다시 사라진다.

"끝났다." 목소리가 말한다.

제단의 스케치를 그린 참새 소년이 터널을 나서는 순간, 스탠리도 관용 BMW에 올라탄다. 운전석에는 딜런이 앉아 있다. 처음 네게 커피를 끓여주며 야생 삼림에 대해 말하던 그 순간처럼 아득히 멀어 보인다.

스탠리는 녹색 병과 연고 통, 재가 들어 있는 병을 무릎 위에 내려놓는다. 너는 그가 아들의 이마에 재를 바르는 모습을 본다. 딜런의 목에 뭔가 걸고 묶는 것을 본다. 그는 딜런에게 출발하라고 이른다.

앞으로 굴러가던 BMW가 갑자기 브레이크를 밟으며 우뚝 멈춘다. 참새 소년이 보닛에 기댄 채 길을 막고 있다. 소년은 그들을 쏘아보며 쪽지를 들어 보인다. "뭐야, 대체." 딜런은 창문을 내린다. 소년은 종종걸음으로 다가와서 딜런 앞으로 몸을 들이밀고 스탠리의 얼굴에 대고 종이를 흔든다.

스탠리는 종이를 받아들어서 펼친다. 산스크리트어 같은 곡선으로 필사한 영어다. 소년이 귀로 들은 다섯 개의 단어를 종이에 긁어 적은 것이었다.

"재키가 궁전에 있다. 그녀를 구해라."

"궁전이 뭐죠?" 딜런은 아버지의 어깨 너머로 쪽지를 읽으며 따분하고 무심한 목소리로 말한다. "클럽인가?"

스탠리의 눈은 미친 듯이 이글거린다. 갈색 피부가 진홍색으로 달아오른다.

"클럽이 아니야. 운전해라. 뗌비리가스야야 로드로."

"도로는 전부 통제됐습니다. 통금이 발령되기 전에 집에 들어가야 해요."

"재키는 어디 있지?"

"간밤에 외출했습니다. 자고 있겠죠."

"그 애를. 네가 직접. 봤느냐. 이 말이다."

"아뇨."

"차 몰아라."

BMW는 교통 통제로 온통 막힌 도로를 향해 달린다. 너는 5 두 장을 쥐고 있고, 테이블에는 검은색 킹 카드가 놓여 있다. 스탠리의 영향력이라면 궁전의 정문을 통과할 수 있을 것이다. 하지만 재키가 갇힌 독방까지 가서 자물쇠를 열 수 있을까?

네가 가장 실망시켰던 친구를 구하기 위해, 너는 이 기회에 모든 것을 걸었다. 마지막 자유의 순간을 만끽한 뒤, 너는 돌아서서 마하칼리를 마주 본다.

)

악령을 두려워하지 말라. 우리가 진정 두려워해야 할 것은 살아 있는 자들이다. 할리우드나 사후세계가 만들어내는 그 어떤 광경도 인간이 저지르는 참상을 이길 수 없다. 야생동물이나 길 잃은 영혼을 마주한다면 반드시 이 점을 기억하라. 그들은 너만큼 위험한 존재가 아니다.

유령은 다른 유령들을 두려워한다. 너를 두려워한다. 무한한 무를 두려워한다. 그들이 허튼짓을 하는 것은 그 때문이다. 하지만 그것이 유일한 이유는 아니다.

그들은 더이상 맛을 느낄 수도, 말할 수도, 섹스할 수도 없기 때문에 일을 저지른다. 그들은 자기 인생을 훔친 자들에 대해, 자기를 대신한 자들에 대해, 이제는 자기 이름을 부르지 않는 자들에 대해 분노한다. 네가 알고 있는 것을, 네가 아닌 모든 네가 알고 있는 것을 알기 때문이다. 결국 너의 이야기를 전할 사람은 아무도 남지 않는다는 것을. 아무도 네 질문에 답하지 않는다는 것을. 아무도 너의 기도를 듣지 않는다는 것을.

어디선가 라니 박사가 고개를 저으며 네 파일을 찢고 있을 것이다. 어디선가 사무실 책상 앞에 앉은 남자들이 어린이들이 있는 오두막을 향하여 공습을 명령하고 있을 것이다. 너는 마하칼리의 등에 업힌 채 지붕에서 지붕으로 건너뛰어 궁전으로 향한다. 짐승의 피부에는 비늘이 덮여 있고, 머리카락의 뱀이 바람을 타고 쉭쉭거린다. 태양이 금빛으로 물드는 시각, 도로에 정체된 차량들마저 아름답다. 스탠리의 관용 BMW가 버스와 트럭 사이를 빠져나가 길을 재촉하는 모습이 보인다. 이제 모든 칩을 걸었으니, 너의 마지막 카드는 무엇이 될 것인가.

마하칼리의 등에는 글자와 얼굴들이 새겨져 있다. 궁전이 가까워지자, 얼굴들이 네게 말하기 시작한다. 모두 동시에, 하지만 이번에는 합창하지 않는다. 대부분의 영혼들은 화석으로 굳어졌고 자기들이 알고 있는 것보다 더 오래 여기 갇혀 있다. 모두 인간이 아니다.

처음에는 미니 마이크를 단 개미들이 시체 위를 기어 다니는 듯한 웅웅거림이다가, 이어 심술궂은 아이들이 플라스틱 상자를 흔들면 그 안에서 조약돌이 달그락거리는 듯한 소리가 들린다. 이어 포르투갈어와 네덜란드어, 싱할라어를 한꺼번에 말하는 것 같은 소리, 이어 서로 다른 속도로 발화하는 언어, 혀가 다른 혀와 서로 꼬이는 소리, 한숨 속에 가려진 비명, 욕설로 변하는 항복 선언이 들린다.

……내 손녀를 보호해주면, 내 영혼을 주겠소.
……부자들만이 이 도시의 열쇠를 갖고 있어. 나 같은 쓰레기한 테는 없어.
……수많은 생을 떠돌며 이 집을 지은 자를 찾아 헤맸으나 결국 찾지 못했소.

목소리는 저마다 대기 속으로 지직거리고, 위스와야*를 향해 고함치고, 사용한 주파수에 고래고래 외친다. 전파는 욕설하고 애원하는 영혼으로 혼잡하다. 혼란스러운 영혼, 질투하는 영혼, 화난 영혼,

* Visvaya, 싱할라어로 우주.

)

468

두려운 영혼, 이간질하는 영혼, 자비를 구하는 영혼.

> ……그가 같이 가자고 해놓고, 나 혼자 뛰게 만들었어요.
> ……안 될 거야. 우린 이미 죽었어.
> ……울면 죽은 자가 떠나지 않는다고 했어. 그래서 나는 눈물 한 방울 흘리지 않았어.

여기저기서 느닷없이 막다른 골목을 만나게 되는 콜롬보 시내의 주택가, 마하칼리는 무성한 녹음 속에 숨겨진 구불구불한 골목에 들어서더니 속도를 늦추어 미로를 따라간다. 발아래 정원은 차츰 넓어지고, 담장은 높아지고, 길에는 인적이 드물어진다.

더는 존재하지 않는 제국의 총독이 살았을 법한 4층 건물 옆에 장관의 벤츠가 서 있는 것이 보인다. 너를 포획한 야수는 주차장을 지나고 정문에 경비가 서 있는 낯익은 건물을 향해 두 블록 더 미끄러져 간다. 마하칼리가 궁전 지붕에 내려앉자, 피부에 새겨진 얼굴들은 고통스럽게 일그러지며 비명을 내지른다. 야수는 너를 돌아보고 미소 짓는다. 끝내주게 차려입은 아름다운 여자 같은 모습이다.

"이제 네 속삭임을 사용하라. 그런 뒤 저쪽 주차장으로 오라. 나중에 우리에게 네가 필요할 것이다. 도망치려 들지 말라. 도망치는 자는 멀리 가지 못하는 법이니."

카심은 두 손에 머리를 묻고 책상에 웅크리고 앉아 있고, 타이핑된 보고서는 타자기 위에 말려 있다. 아래층 방음창을 뚫고 나오는 신음 소리로 미루어볼 때, 오늘도 궁전의 일과가 시작된 것 같다.

탁자 위에는 재키의 갈색 핸드백이 놓여 있다. 평소에도 늘 이렇게 입구가 열린 채 어질러져 있기 때문에 누가 뒤졌다고 장담할 수는 없다. 하지만 뒤진 것은 확실하다.

너는 카심의 어깨 쪽으로 날아가서 보고서를 읽는다. 재클린 와이라와나단, 25세, 콜롬보 3구 골 페이스 코트 거주, 전국 라디오 방송에서 국가 기밀정보 누설, 인민해방전선 테러리스트로 추정되는 말린다 알메이다와 가까운 사이, 약물 소지.

탁자 위에는 두 알 남은 신경안정제 병이 있고, 그 옆에 재키의 코팅된 노란 신분증이 놓여 있다. 카심은 입술을 깨물고 허공을 응시한다. 너는 그의 옆에 웅크리고 귀에 말을 불어넣는다.

"그들은 그녀를 죽이고 이 보고서를 작성한 사람의 잘못으로 몰아갈 거야. 그녀를 죽이고 네게 이 오물을 뒤집어씌울 거야. 지금 그녀를 데리고 정문으로 나가."

카심은 퍼뜩 놀라 벌떡 일어나더니 방을 둘러본다. 라디오가 켜져 있는지 확인하고 정적에 열심히 귀를 기울인다. 혹시 속삭이는 능력을 잃어버릴지도 모른다. 너는 멈추지 않고 계속 말한다.

"그들은 네가 뇌물을 받았다고 할 거야. 부패한 경찰이라고 할 거야. 하지만 너는 그런 짓을 할 사람이 아니야. 스탠리가 지금 오고 있어. 그녀를 구해내면 그가 보상할 거야. 전근도 할 수 있을 거야. 너는 암살단의 이런 짓에 동의하지 않았으니까. 애초에 동의한 적이 없 잖아."

카심은 일어서서 방 안을 서성거린다. 무슨 생각을 하고 있는지 알 수 없다. 타인의 생각에 접근하려면 마하칼리에게 무엇을 팔아야 할까? 구석에는 배낭이 있고, 그 안에 맑은 액체와 붕대가 들어 있 다. 그 밑에는 수술용 마스크 한 상자와 모자, 흰 셔츠, 검은 바지가 놓여 있다. 군대도 아니고 경찰도 아닌 사람들에게 지급되는 표준 물품이다.

카심 형사는 붕대를 접어 액체에 적신다. 매니큐어와 당밀시럽 같 은 냄새가 풍긴다. 그는 붕대를 주머니에 넣다가 마음을 바꾼다. 붕 대를 다시 배낭 안에 던져버리고 재키가 갇힌 방으로 향한다.

———

방에 도착한 그는 헉 하고 놀란다. 정신이 든 재키가 머리에 씌워 진 포대를 벗으려고 안간힘을 쓰고 있지만, 손이 뒤로 묶여 있어서 힘든 모양이다. 그녀는 발버둥을 치고, 앞으로 구르고, 신음하고 있 다. 카심은 자물쇠를 열고 살금살금 방 안으로 들어간다. 재키는 소 리를 듣고 벽 쪽으로 웅크린다.

"누구예요? 여긴 어디죠?"

"후드를 벗지 마시오. 당신이 우리를 보면, 그들은 당신을 내보내 지 않을 거요."

"그들이라니, 그들이 누구죠?"

"네거티브 필름을 갖고 있소?"

"네?"

"말리 알메이다의 네거티브 필름. 애당초 이 사달이 나게 한 그 상자 안의 물건 말이오."

"나한테 없어요." 재키는 모르는 척 거짓말을 한다. "믿어주세요. 나한테 없어요. 엘사 마땅기에게 팔았어요. 그 여자가 갖고 있을 거예요. 제발, 삼촌한테 전화 한 통만 해도 될까요?"

"눈가리개를 벗지 마시오."

"나는 스탠리 다르멘⋯⋯."

"당신이 누구인지 알아."

"물 좀 마시고 싶어요."

카심은 방을 나가서 문을 잠근다. 너는 재키에게 흘러가서 그녀를 끌어안고 다급하게 최대한 빨리 속삭인다.

"넌 체포됐어, 재키. 침착하고, 용기를 내. 넌 반드시 구출될 거야. 스탠리 아저씨가 널 구하러 오고 있어. 카심 형사에게 이걸⋯⋯."

형사는 찻잔과 플라스틱 물병을 가지고 돌아온다. 그는 포대를 벗기기 전에 미리 경고한다.

"물을 마셔. 내 얼굴은 보려 하지 말고. 돕고 싶소. 하지만 당신을 믿을 수는 없어."

형사가 후드를 벗기고 손을 풀어주는 동안, 재키는 가늘게 뜬 눈을 내리깐다. 주위를 둘러보거나 상대의 얼굴을 보려고 하지 않고 순순히 계속 눈을 감고 있다. 그녀는 감각이 없는 손으로 찻잔을 감싸고 물을 흘리지 않으려고 노력한다.

그는 그녀가 물 마시는 것을 지켜본다.

"네거티브 필름을 넘겨주면 지금 내보내줄 수 있어."

)

재키는 물을 다 마시고 땅만 내려다보고 있다. 휘청거리고 정신이 몽롱해서 네가 속삭인 말을 자기 머릿속의 생각처럼 받아들이고 있다. 나중에 정신이 들면 뭐라고 했는지, 누구한테 했는지 전혀 기억나지 않을 것이다.

"당신이 우리 아파트를 수색한 그 사람이라는 걸 알고 있어요. 이일은 당신의 잘못이 아니라는 것도 알아요."

네가 속삭이자, 재키가 그대로 말한다. 네가 하는 말이 그녀의 귀를 통해 입으로 곧장 나온다. 재키는 자기가 왜 이런 말을 하고 있는지 의아하지도 않은 것 같다.

카심은 말이 없다.

"스탠리 아저씨가 당신에게 보상할 거예요. 아저씨가 오늘 밤 당장 전근시켜 줄 수 있어요. 날 풀어주면 당신도 풀려나는 거예요. 약속해요."

카심은 몸을 뒤로 젖히고 팔짱을 낀다. "내 전근에 대해 어떻게 알지?"

"당신이 좋은 형사라는 걸 알아요. 이런 짓을 할 사람이 아니라는 걸. 올바른 일을 할 사람이라는 걸." 더는 호흡하는 존재가 아닌데도 숨이 가쁘다. 8층까지 전속력으로 뛰어 올라가서 꼭대기에서 뛰어내린 기분이다.

"다르멘드란 장관이 그렇게 할 수 있다고?"

"할 수 있어요. 반드시 그렇게 할 거예요. 제발, 형사님. 이대로 있으면 우리 둘 다 희망이 없어요. 우리 둘 다. 도와주세요. 그러면 우리가 형사님을 도울게요."

기진맥진해서 녹초가 된 상태로 너는 구석으로 물러나 지켜본다.

일곱 번째 달

이것으로 속삭임 두 번을 쓴 거라면, 세 번째는 어디다 쓰지?

카심은 그녀가 물을 두 잔 더 마실 때까지 지켜보다가 일으켜 세운다. 그녀는 다리를 후들거리며 형사의 어깨에 기댄 채 복도로 끌려 나간다. 그는 재키를 사무실 의자에 앉히고 타자기에서 작성하던 보고서를 끄집어낸다. 종이를 구겨 주머니에 넣더니 새 종이를 끼운다. 그는 미친 듯이 다시 타이프를 치기 시작한다.

카심 형사는 종이를 다시 끄집어내 잉크로 서명한다. 그는 자리에서 일어나더니 재키에게 수술용 마스크 상자와 제복을 건넨다.

"마스크와 모자를 쓰고 이 제복을 입어. 내가 석방 증명서에 도장을 찍을 테니까. 경비한테 절대 얼굴이 보이지 않도록 해. 빨리!"

그는 사무실로 가서 증명서에 도장을 찍고 봉투에 넣는다. 그가 돌아오자, 재키는 옷을 갈아입고 원래 옷을 가방에 넣은 채 준비를 마치고 있다. 검은 바지는 몸에 잘 맞지만, 흰 셔츠는 작은 어깨에 펑퍼짐하게 늘어진다.

경비초소에 다다를 때쯤에는, 이제 재키도 혼자 반듯하게 설 수 있다. 경비는 카심이 위조한 장관의 증명서를 흘끗 쳐다본다.

"빨리, 빨리 통과해야 해. 약속이 있어. 시릴 장관이 서명한 거야. 직접 확인해볼 텐가?"

경비는 고개를 젓고 증명서를 접더니 시선을 돌린다. 카심은 재키를 데리고 궁전을 빠져나온다.

BMW 한 대가 조용한 길을 달려오더니 끽 멈춘다. 때마침 도착한 스탠리가 먼지구름을 일으키며 차에서 내리자, 재키는 카심 형사의 어깨에서 무너져 그의 품에 쓰러진다. 스탠리는 딜런에게 열쇠를 건네며 경찰을 노려본다.

)

"다친 데는 없나?"

"없습니다."

"얼마나 오래 여기 있었지?"

"몇 시간 정도입니다."

"이 아이의 이름이 어느 명단에라도 올라가 있나?"

"그렇지 않습니다."

"확실해?"

"확실합니다."

"딜런! 우리 집으로 데려가라. 누가 와도 문을 열어주면 안 돼." 스탠리는 카심을 바라본다. "자네도 같이 가게. 내가 돌아갈 때까지 우리 집에 머무르도록."

딜런은 혼란스러운 표정이지만 재키를 도와 뒷자리에 앉힌다. 재키는 차 안에 쓰러져서 흐느끼기 시작한다. 한참 울다가, 한참 침묵하다가, 다시 한참 운다.

"당장 데려가."

"어디로 가시게요?"

스탠리는 목소리를 낮춰 형사에게 묻는다. "사무실에는 누가 있지?"

"장관님과 소령님이 회의 중입니다."

"다른 건물이지? 꼭대기 층?"

"그럴 겁니다."

"이 두 사람과 같이 가게." 스탠리가 말한다. "집까지 안전하게 데려가줘. 그리고 아무에게도 말하지 말도록. 이 일에 관한 건 절대로. 약속할 수 있겠나?"

"그렇게 하겠습니다."

일곱 번째 달

스탠리는 크로우맨에게 주고 남은 지폐를 전부 다 카심의 손에 밀어 넣는다.

"입을 놀렸다가는. 배지를 빼앗아버리겠어."

"아니, 이러실 필요 없습니다. 돈은 필요 없습니다, 이러지 마십시오, 장관님."

"이걸 받고 빨리 출발해."

"장관님, 전근 문제 말인데요."

"뭐?"

"아가씨가 아까 말씀하시길…… 아닙니다. 나중에 다시 말씀드리겠습니다."

"뭐?"

"아닙니다."

스탠리는 두 블록 떨어진 관용 주차장에 관용 벤츠가 세워져 있는 4층 건물을 향해 뚜벅뚜벅 걸어간다.

———

카심 형사가 조수석에 타는 것을 보고 딜런은 아연한 표정을 짓는다.

"이게 무슨 상황이지? 아빠는 어디 가시는 겁니까?"

재키는 소매로 눈을 닦고 고개를 젓는다.

"으스스한 꿈을 꿨어. 그런데 일어나 보니 머리에 포대가 씌워져 있었어." 재키는 말한다. "전시회는 열리고 있어?"

"관심 없어." 딜런이 말한다.

)

"회의가 있소." 카심 형사가 말한다. "빨리 운전하시오. 여기서 본 건 잊어버리고. 나에 대해서도."

딜런은 막다른 골목 끝까지 가서 유턴한 뒤 신호등이 있는 대로를 향해, 비명 소리가 사람들의 이목을 보다 잘 끄는 거리를 향해 돌아나온다. 그는 재키와 형사를 태우고 우리가 꿈과 두려움, 반바지를 공유했던 골 페이스 코트의 아파트에서, 막다른 골목에 숨겨진 감옥에서 멀리 떨어진 아버지의 집을 향해 달려간다. BMW는 모퉁이를 돌아 사라진다. 너는 딜런과 재키, 카심에게 에이스와 하트, 카드 6이 나오기를 기원한다.

"무사해야 해, 친구들." 너는 속삭인다. "모든 룰렛 바퀴가 너희에게 너그럽기를."

그때 나무가 얼어붙고 바람이 멈춘다. 네 귀 사이로 목소리가 스멀스멀 스며들고, 썩어가는 영혼의 악취가 네 코를 막는다. 양치질을 깜빡 잊은 우주의 숨결이 너를 통과한다.

"다 끝났나, 사진작가?"

너는 마하칼리를, 병균에 감염된 혈관처럼 박동하는 피부에 새겨진 얼굴들을 돌아본다. 마하칼리는 등에 타라고 손짓한다. 시민이든 아니든, 불복종은 이제 선택지가 아니다. 너는 고개를 끄덕인다. "그런 것 같습니다."

"그러면 이제부터 네 봉사가 시작된다. 이리 오라. 내게 봉사하라."

너는 짐승의 등뼈에 기어오른다. 스탠리는 마치 자기 페이스를 잃은 마라톤 선수처럼 걸음을 옮기고 있다.

너는 스탠리가 구부러진 길을 지나 높은 담장 안의 사무용 건물로 향하는 모습을 하늘에서 내려다본다.

4층 건물은 별다른 특징 없이 지어졌다. 회색으로 칠해서 하늘을 향해 쌓아 올린 콘크리트 상자다. 암막 필름을 넣지 않은 유리창은 베니션 블라인드로 가려져 있다.

마하칼리가 멈추자, 너는 그 등에서 뛰어내란다. 짐승은 흉한 건물이 드리운 그림자 속으로 녹아든다.

그 그림자 밑동에서 긴털족제비의 얼굴이 보인다. 긴털족제비는 역겹다는 눈빛으로 바라본다. 죽은 동물들이 너를 바라보는 눈빛은 한결같다. "뭘 보는 거야, 못생긴 놈아?"

"나도 알아. 동물도 영혼이 있다는 걸. 너희도 꿈을 꾸고, 쾌락을 위해 행동하고, 행복함과 슬픔도 느끼지. 고통과 비탄, 사랑, 가족, 우정이 무엇인지 이해한다는 걸. 인간이 이걸 인정하지 않는 이유는 그저 그래야 그중 맛있는 놈을 썰어 먹기 편해서야. 넌 맛있는 종류가 아니지만, 지금 그게 요점은 아니지. 정말 너무나 미안해."

긴털족제비는 놀란 표정, 아니면 배고픈 표정, 아니면 짜증스러운 표정이다. 아니, 무슨 표정인지 알 수 없다. 긴털족제비니까.

"사과 집어치워." 족제비는 이 말을 남기고 마하칼리의 육신 속으로 사라진다.

인간이 사후가 아닌 이상 동물과 대화를 나눌 수 없는 이유는 많다. 그랬다가는 동물들이 불평을 그치지 않을 테니까. 그러면 학살하기 더 힘들어지니까. 반체제인사나 반란군, 분리주의자들, 전쟁 사진작가들에 대해서도 똑같은 말을 할 수 있을 것이다. 목소리가 덜 들릴수록, 더 쉽게 잊을 수 있다.

태양은 콜롬보 상공에서 기울어가고, 구름 한 점 보이지 않는다. 곧 너의 마지막 달이 하늘 높이 떠오를 것이다.

———

발랄과 꼰뚜가 마하칼리의 다리에서 너를 쳐다본다.

"우리가 한 짓을 용서해줘." 꼰뚜가 말한다.

"너희가 무슨 짓을 했는데?"

"불경한 짓."

"훌륭한 사과군." 너는 말한다. 마하칼리는 바람에서 미끄러져 내려와서 마라 나무 위에 걸터앉는다.

"우리는 쓰레기 처리반이야." 발랄이 말한다. "우리가 쓰레기를 만든 게 아니야. 우린 그저 치웠어."

"그 안에 들어가 있는 기분은 어때?" 너는 묻는다.

"어디 안?" 꼰뚜가 묻는다.

"너도 곧 알게 될 거야." 발랄이 말한다.

"돈 돌려줄까?" 꼰뚜가 묻는다.

"무슨 돈?" 네가 묻는다.

이곳의 경비 태세는 궁전만큼 삼엄하지 않다. 물론 경비들이 마하칼리와 그가 데리고 다니는 영혼들을 볼 리가 없다. 마하칼리는 펄쩍 뛰어 문을 통과하고 계단을 오른다. 대재앙 앞의 보통 인간이 그렇듯, 너도 무력하게 끌려간다. 권력의 복도를 지나 폭탄이 있는 방향으로 미끄러져 나아가는 마하칼리를 막을 자는 없다.

미션 쿠웨니

야수는 이 건물 구조를 잘 아는 것 같다. 1층으로 걸어 들어가더니 창문으로 빠져나와 건물 벽을 타고 3층으로 올라가서 다시 계단을 타고 4층으로 올라간다. 넓은 방 바깥에 비서가 앉아 있다. 체구가 큰 여성이다. 책상 위에는 몸집이 크고 그녀를 꼭 닮은 얼굴을 한 10대 아이 셋의 사진이 놓여 있다.

로비의 명판에는 '법무부 행정실'이라고 적혀 있다. 1층에는 사리를 입은 여자들이 칸막이로 분할된 업무 공간 안에서 타이핑을 하고, 4층에는 타이를 맨 남자들이 파일을 나르고 있다. 엘리베이터 밖 안내판을 보니 층마다 각각 회계과, 재정과, 기록과, 인사과라고 되어 있다.

스리랑카 전역에 이런 건물들이 있지만, 대부분 수도를 중심으로 분포한다. 보고서상으로는 흑자이지만 사실은 적자를 내는 건물들. 분명 고문 기술자에게 예산을 할당하고, 납치 기술자에게 지급할 퇴직수당을 설계하고, 암살범을 위해 주택 융자를 승인하는 조직일 것이다. 고작 열 살 난 아들에게 왜 이런 말을 했는지 알 수는 없지만, 대다가 했던 말 중에서 몸이 오그라들지 않았던 말이 떠오른다.

"선과 악의 전투가 왜 항상 일방적인지 아니, 말린? 악은 더 잘 조직되어 있고, 무기가 많고, 보수도 세기 때문이다. 우리가 두려워해야 할 것은 괴물이나 약카, 악령이 아니야. 자기들이 정의를 실현한다고 믿고 악을 행하는 자들의 조직적인 집단, 그것이야말로 우리가

치를 떨어야 할 상대다."

대기실에 운전사가 의족으로 몸을 지탱하고 기둥에 기대서 있다. 땀을 흘리고 있고, 숨결이 고르지 않다. 너는 아래층에서 타이핑하는 사람들에 대해, 현관에서 경비를 밀치고 들어오려는 스탠리에 대해 생각한다. 언젠가 살려두어야 하는 사람을 알아서 구별하는 폭탄도 발명될까? 폭탄에 대해 네가 말할 수 있는 좋은 점은 인종차별도 성차별도 하지 않는다는 점, 계급에도 관심이 없다는 점이다.

너는 운전사를 따라 김 서린 유리문이 늘어선 복도를 지나 큰 창문이 있는 넓은 방으로 들어간다. 방 안에서는 인상적이고 무시무시한 광경이 펼쳐지고 있다.

———

법무부 행정실 4층과 5층에서 23명의 목숨을 앗아간 이 사건은 불운과 사악한 주술, 그리고 부분적으로 크로우맨의 힘이 작용했다고 기록된다. 사실 그 사건은 세나의 영혼 부대가 바람을 움직여 운명을 뒤바꾼 결과였다. 물론 너 자신도 마지막 달에 최소한 한 사람의 목숨을 살리는 데 힘을 보탰다고 할 수 있을 것이다.

인간은 스스로 생각한다고, 자유의지를 갖고 있다고 믿는다. 이것 또한 우리가 태어난 뒤 삼키는 가짜 약이다. 생각은 안으로부터, 혹은 밖으로부터 오는 속삭임이다. 바람을 통제할 수 없듯, 생각 역시 마찬가지다. 속삭임은 언제나 우리의 마음에 불어오고, 우리는 생각보다 더 자주 그 속삭임에 굴복한다.

죄책감이나 중력, 전기, 생각이 그렇듯, 호흡하는 존재는 영혼을 볼 수 없다. 수천 개의 보이지 않는 손이 모든 삶의 방향을 정한다. 그리고 그렇게 항로가 바뀐 자들은 그것을 신이라고 부르기도 하고, 혹은 업보, 혹은 뜻밖의 행운, 기타 부정확한 이름들로 부르기도 한다.

세나는 5층의 넓은 방에 스리랑카 정부군이 도저히 따라올 수 없을 정도로 정밀하게 부대를 배치했다. 이 세트의 제작자이자 영화감독인 마하칼리는 구석 창가에 걸터앉아 있다.

산(酸)으로 화상을 입은 여자 귀신이 속삭임으로 머릿속을 혼란스럽게 만든 탓에, 란차고다는 운전사가 방에 들어가기 전에 몸수색하는 것을 깜빡 잊어버렸다.

폭탄 테러 피해자 귀신은 운전사가 입은 조끼 회로에 전류가 잘 흐르는지 점검했다. 제일 먼저 도착한 뷰티 퀸은 비극적으로 목숨을 잃기 전에 미인대회에서 선보이려고 연습했던 춤으로 장관의 악령, 죽은 보디가드의 주의를 빼앗았다.

어머니 귀신은 운전사가 가장 적절한 순간 폭탄을 터뜨릴 수 있도록 자극하는 역할을 맡았다. 세나는 스리랑카 어디에서도 찾아볼 수 없는 세심하고 체계적인 견제와 균형의 시스템을 갖춰놓았다. 확률에 내맡긴 부분은 조금도 없었다. 오늘 무정부주의자 영혼들과 분리주의자 영혼들, 무고한 시민의 영혼들, 아무것도 기억하지 못하는 영혼들이 모여 일거에 암살단 하나를 날릴 것이다. 너는 마하칼리의 어깨에 걸터앉아 이 광경을 바라볼 것이다.

———

"여기서 베이라 호수가 보이는 줄은 몰랐군." 장관은 창밖으로 녹색 물 위에 떠 있는 사원을 바라본다. "꿈결 같아."

"냄새만 안 맡으면 그렇지요." 소령이 말한다. 그 옆 장관의 소파에는 머리가 벗어진 남자가 어색한 미소를 지은 채 팔짱을 끼고 앉아 있다. 특별수사부 최고의 심문관이라는 사람, 마스크를 쓰지 않았지만 너는 그를 알아본다.

장관의 악령은 아무도 읽지 않는 법률서 책장에 기대앉아서 코뻬와 디스코 시대에서 배운 춤을 추는 뷰티 퀸을 바라보고 있다. 그녀는 악령의 눈을 똑바로 보며 등을 나른하게 젖힌다. 어깨가 돌아가고, 손목이 빙빙 회전하고, 젖가슴이 봉긋 솟고, 엉덩이가 유연하게 곡선을 그린다. 크로우맨이 만든 제단에서 와람을 많이 얻었는지, 뷰티 퀸은 자신의 능력을 눈과 춤사위에 쏟아부었다. 온몸이 요염하게 파들거리고, 입술은 키스를 날린다.

"오늘 회의에는 자네도 참석하게, 소령."

"알겠습니다, 장관님."

"묘한 시기야, 소령. 우리는 인도군을 이 땅에 불러들이고 있어. 타밀 테러리스트와 거래를 하고 있어. 동족인 싱할라족을 죽이고 있어. 사상 최악의 시기야."

"더 나빠질 겁니다, 장관님."

"크로우맨에게서 부적 계속 받고 있나?"

소령은 얼굴을 붉히고 소매 밑에 숨긴 오렌지색 팔찌를 꺼내 보인다. 한 번 더 당기니 손목에서 끊어진다.

"아내가 주더군요. 전 이런 야바위 안 믿습니다." 소령은 팔찌를 재떨이에 던져버린다.

장관이 흰 소매를 걷어붙이고 비슷한 팔찌를 내보인다. 소령은 잿더미 속에서 자기가 버린 팔찌를 주섬주섬 건져 주머니 안에 넣는다.

"오만은 금물이야. 우리 같은 일을 하는 사람들은 끌어들일 수 있는 모든 보호를 다 받아야 해. 아, 그 경비들은 어디 있지?"

장관은 오늘 배치된 경비 둘 다 식중독에 걸려 설사가 줄줄 새는 바람에 줄곧 변기에 앉아 있다는 것을 모른다. 비서가 서둘러 들어온다. 갓 해양수산부에서 전근한 젊은 여자인데, 시릴 장관의 정중한 태도로 보아 아직 건드리지는 않은 것 같다.

그녀는 문을 열고 알린다. "장관님, 오후 5시 면담자가 도착했습니다."

키 크고 피부가 검고 초조한 운전사 동생이 불안해 보이는 란차고다를 대동하고 들어선다. 둘 다 본능적으로 엄숙한 표정을 지은 채 시선을 피하고 있다.

"경관, 경비가 돌아올 때까지 밖을 좀 지켜주게. 운전사, 자네는 그쪽에 서고."

경찰은 다시 나가고, 운전사는 꼿꼿하게 선다. 부츠에서는 반짝반짝 광이 나고, 깡마른 몸에 위장복이 헐렁하게 걸쳐져 있다.

죽은 어머니는 운전사 뒤로 슬쩍 돌아가서 눈에 띄지 않도록 커튼 자락에 몸을 숨긴다. 장관의 악령은 운전사를 힐끗 보더니 다시 댄서 쪽으로 눈길을 준다. 그의 주인이 군인들을 질책하는 일은 흔하다. 그는 카타칼리와 일렉트릭 부기를 뒤섞은 1970년도 미스 카타라가마*의 댄스에 더 관심이 있었다.

장관과 소령은 머리카락도 없고 마스크도 쓰지 않은 제3의 인물

---

*   Kataragama, 스리랑카 남부에 위치한 불교, 힌두교 및 토착민족 베다의 성지로 1년에 한 번씩 순례하기를 원하는 장소이기도 하다.

을 돌아본다. 이제 그가 나설 차례다. 심문관은 운전사의 귓전으로 다가가서 내뱉듯이 말한다. "자네는 왜 퇴원했지?"

"좀 나아져서요."

"나아진 것 같지 않은데." 머리 벗어진 남자는 청년의 그을린 두피와 뺨의 화상을 응시한다. "다른 둘은 죽었는데, 어떻게 너만 불길을 피한 거야?"

장관은 소령을 돌아보고, 소령은 어깨만 으쓱한다. 심문관은 운전사의 귀 뒤쪽 살을 잡아당긴다. 가볍게 꼬집은 것뿐인데도 피가 난다.

"기억이 안 납니다, 어르신." 운전사는 말한다. "제발, 아파요."

"이건 다 지방이잖아, 아닌가?" 심문관이 손을 들어 올리자, 방 안의 유령들은 당장이라도 배에 주먹이 날아들 것 같아 움찔한다. 하지만 얻어맞은 것은 운전사뿐이다. "어째서?"

심문관이 무릎을 긁으려고 허리를 굽혀보니, 개미 떼가 줄지어 다리로 기어 올라오고 있다. 그는 욕설을 뱉고 정강이를 털어낸다. 예전에 자기가 고문했던 인민해방전선 유령이 개미를 그의 발로 유인하고 있다는 것은 알 턱이 없다.

장관이 심문을 넘겨받는다. "어쩌다가 밴을 변압기에 들이받게 됐지?"

"기억이 안 납니다."

"술을 마셨나?"

"저는 술을 안 마십니다. 땜빌리*만 마셔요."

"지금이야!" 세나가 외친다.

---

*　　Thambili, 주황색 코코넛으로 주로 속에 있는 물을 먹는다. 킹 코코넛으로도 불린다.

"지금이야!" 어머니 귀신이 운전사의 귀에 속삭인다.

스위치는 운전사의 주머니에 있다. 그의 손은 그 위에서 맴돌지만 누르지는 않는다. 방 안에 선풍기가 세 대나 돌아가고 있는데도, 그는 땀을 비 오듯이 흘리고 있다.

"무슨 일인가?" 장관은 일어서서 다가간다.

"지금이야!" 소파에 주저앉은, 흉터 있는 여자 귀신이 말한다. 방금 마지막 개미 한 마리를 털어낸 심문관은 문득 심장에 얼음 같은 한기가 스치는 것을 느낀다. 그는 미간을 찡그리고 선풍기를 쳐다본다.

"지금이야!" 어머니 귀신이 운전사의 귀에 속삭인다. 금방이라도 울음을 터뜨릴 듯, 운전사의 입술이 파들거린다. 하지만 손은 꿈쩍도 하지 않는다.

너는 방을 둘러본다. 장관의 악령은 책장 옆에서 코를 골고 있고, 더럽혀진 뷰티 퀸은 그 뾰족한 귀 사이의 머리카락을 쓰다듬고 있다. 장관과 소령, 심문관과 운전사가 모두 한 방에 있다. 이렇게 꼼꼼하게 엮은 우연의 일치란 게 또 있을 수 있을까. 랑카 암살단에 대한 라니 박사의 이론, 그녀가 무단으로 사용한 사진이 떠오른다. 라틴아메리카 독재자들이 개발한 모델에 기초해 현대적 암살단을 창설한 최초의 민주주의 국가가 스리랑카라고 주장한 인물. 라니 박사의 책에는 이런 입증되지 않은 수많은 주장이 행간에 숨어서 박사가 규탄하는 대상을 무의식적으로 정당화하고 있었다. '폭력을 공장 수준으로 관리하는 이러한 서열 체계는 야만적인 행위라기보다 미개함에 대응하는 이성적 인간의 행위라고 볼 수 있을 것이다.'

"지금이야!" 마하칼리와 그 배 속의 모든 영혼이 속삭이자, 방 안의 유령들은 일제히 조용해진다.

"어르신, 자꾸 목소리가 들립니다." 운전사가 고백한다.

"지금 하라고!" 세나와 흉터 입은 여자, 더럽혀진 뷰티 퀸이 일제히 외친다. 인민해방전선 귀신은 심문관의 온몸에 가려움을 불어넣는다.

———

이 흉한 건물에 들어선 순간부터 배 속에서 계속 들썩이던 느낌이 이제 부러진 목을 묵직하게 내리누르고 온 감각을 흠씬 적신다. 마지막 하루 동안, 네 연인은 배신당했고 가장 친한 친구는 심연 위에 아찔하게 매달렸다. 이제 나쁜 놈들을 모두 날려버리는 것으로 일곱 번의 달이 모두 끝난다. 그런데 왜 이렇게 눈이 따끔거리고 웅웅거리는 소리가 귓전을 가득 채우는 걸까.

너는 카메라를 들고 방을 둘러보며 살아 있는 사람들의 얼굴을 본다. 경찰, 폭력배, 군인, 정치인. 영혼들은 이 방을 잿더미로 만들 태세를 갖추고 있다. 마하칼리는 창틀에 서서 고소하다는 표정으로 이 광경을 지켜보고 있다.

"멈춰!" 너는 외친다. "당장 멈추라고!"

"뭐 하는 겁니까, 말리 씨?" 세나가 커튼 뒤에서 나온다. 그는 뷰티 퀸이 부르는 노래에 맞춰 코를 골고 있는 장관의 악령에게 얼른 시선을 던진다.

"아래층에는 사람들이 있어. 사무직원들. 세 층을 가득 메우고 있다고. 책상에 아이 셋의 사진을 놓아둔 비서도 있어. 내 친구의 아버지도 아래층에 있어. 비록 오만하고 어리석은 인간이기는 하지만, 그는 암살단 일에 손대지 않았어. 그리고 허황된 믿음에 빠진 이 바보." 너는 운전사를 가리킨다. "오늘 얼마나 많은 사람이 죽을까? 세어봤어?"

세나는 네게 덤벼들더니 벽에 밀어붙인다. "이 전쟁을 이제 막 끝낼 참인데, 당신은 공무원 걱정이나 하고 있어요? 이 괴물들의 권력을 유지시키는 서류에 도장 찍는 사람들이라고요. 같이 가라고 해요."

"무고한 사람은 죽지 않을 거라고 했잖아."

"이 건물에 무고한 사람은 없습니다. 당신 남자친구 아버지도 마찬가지예요. 시스템을 위해 일하는 사람이라면, 이런 운명을 맞아도 쌉니다."

"어르신, 목소리가 계속 들려요." 운전사가 고백하지만 아무도 그의 말을 듣지 않는다.

오후 5시가 되면 책상 위에 무슨 일거리가 있든 퇴근 시간의 교통 혼잡을 피하기 위해 모든 정부청사 사무실은 일시에 텅 빈다. 자살폭탄 테러범이 꼭대기 층에 있는 이 건물 역시 정각 5시에 정확하게 업무를 마칠 것이다.

시간을 끌수록 희생자는 줄어든다. 때로 무엇을 거느냐가 아니라 얼마나 시간을 끄느냐가 중요할 때도 있다.

너와 세나가 가시 돋친 설전을 주고받는 사이, 운전사는 알아들을 수도 없는 말을 혼자 중얼거린다.

주먹이 네 등을 치고 목에 칼이 들어온다.

"헛소리는 이만 됐어, 말리 씨. 마하칼리가 당신한테 속삭임 한 번이 더 남았다는데. 지금 하는 게 좋을 겁니다. 빨리."

"나는 세 번 다 썼어."

"마하칼리가 그중 두 개만 들었대요. 지금 속삭임을 써요."

)

488

"아래층의 비서와 회계사들은? 이게 민간인에게 폭탄을 투척하는 타밀 반군의 테러와 다를 게 뭐지? 인민해방전선 당원들을 학살하는 정부의 만행과 다를 게 뭐야? 이런 짓으로 얻을 게 뭐가 있어?"

세나는 운전사 앞으로 너를 밀고, 방 안의 영혼들은 일제히 읊는다. "지금이야!"

————

너는 운전사의 얼굴에 있는 흉터를 본다. 이것이 마하칼리가 네게 남은 모든 것을 삼키기 전에 마지막으로 하게 되는 일일까? 너는 사진과 언론에 대해, 이 모든 난장판에 대해 생각한다. 과연 그 모든 일이 할 만한 가치가 있었나?

그렇지 않을지도 모른다. 그래도 너는 일곱 번째 달의 열한 번째 시각에 남은 목소리를 다 쓰기로 결심했다. "운전사, 나는 당신과 같이 차를 탔고, 당신이 누구인지 안다. 나는 당신이 있었던 곳에 있었어. 당신도 나를 알아."

운전사는 잠시 눈길을 들더니 고개를 숙여 발치를 내려다본다.

"지금 내 모습이 보이지는 않겠지만, 목소리는 들릴 거야. 이 사람들은 죽어 마땅하다. 하지만 방금 저 바깥에서 네게 차를 끓여준 여자는? 아래층에 있는 사람들은? 그들도 죽어 마땅할까?"

"뭐 하는 거야!" 세나는 대경실색한다. 몇몇 대원들이 창으로 너를 찌르려고 덤빈다. 구석에서 코를 고는 악령 뒤로, 마하칼리가 그림자 속에서 새근거리고 있다. 피부에 새겨진 얼굴들은 어느새 십자가와 화살촉으로 변했다.

"우리는 킹을 죽이기 위해 폰을 보내지. 하지만 나쁜 왕이 물러가면 더 나쁜 왕이 등극하고, 더 많은 폰을 희생해야 해." 너는 방 안의 모든 존재들을 향해 말한다.

운전사는 땀을 흘리고 몸을 떨고 있다. 그는 주위를 맴도는 목소리와 수 킬로그램에 달하는 묵직한 폭탄이 성한 다리에 가하는 무게를 잊으려고 애쓴다. 그는 다람쥐에게 먹이를 주면서 외운, 쿠가라자가 주입한 주문을 왼다.

"적군의 전투원은 모두 공범이다. 모두 죽어 마땅하다."

"그 사람들은 전투원이 아니야, 이 친구야. 당신 같은 청년들이 같이 폭사하는 거야. 그래서 뭐가 변하는데? 아무리 이런 쓰레기를 없애기 위해서라지만, 당신의 생명을 희생할 가치가 있나? 그 여자를? 그 모든 사람을?"

세나는 네 얼굴에 독을 뱉는다. 그는 네 멱살을 쥐고 마하칼리에게 간다. "그게 당신의 마지막 기회였어, 말리 씨. 이제 천 번의 달이 흐르도록 마하칼리와 함께하시지."

———

바로 그때 문간에서 소란이 일어나 세나의 욕설이 묻힌다. 싸구려 합판 문짝이 쿵 열리자, 방 안의 영혼들은 깜짝 놀란다.

"찬탈!" 장관이 나무란다. "노크 안 하나?"

하지만 방에 들어온 것은 시릴 위제라트너의 비서가 아니다. 스탠리 다르멘드란이다.

오후의 햇빛이 문간에 서 있는 그의 윤곽을 비춘다. 넓은 어깨와

)

침착한 걸음걸이는 그의 아들을 연상시킨다. 입을 열기 전까지.

"장관님. 지금 당장. 이야기 좀 합시다."

"우리는 바빠, 다르멘드란……."

"내 누이의 딸이. 궁전에 끌려갔습니다. 해명해주십시오."

장관과 소령은 충격받은 표정을 짓고 마스크를 쏘아본다. 마스크는 고개를 젓고 복도의 란차고다를 쳐다본다.

암살단의 시선과 영혼들은 다른 곳으로 흩어지고, 폭탄을 두른 청년은 땀을 흘리고 부들부들 떨며 덩그러니 남는다.

"빠뜨리는 사람 없이 탐문해야지, 다르멘드란." 장관이 말한다. "연줄이 있다고 빠져나갈 수는 없지 않겠나."

"그래서. 내 조카를. 궁전에 데려갔습니까?"

"그건 유감이야, 다르멘드란. 하지만 지금은 이럴 때가……."

세나의 손에 힘이 들어간다. 너는 그를 밀어젖히고 손목을 물어뜯는다. 칼이 땅에 떨어진다. 너는 그 옛날 한 5분쯤 럭비선수로 뛰었을 때처럼 맨발로 칼을 찬다. 그때와 달리 이번에는 겨냥이 정확하게 목표물로 향한다. 칼이 날아가고 뭉툭한 손잡이가 장관을 지키는 악령의 배를 맞춘다. 그는 신음하며 잠에서 깬다.

영혼들은 헉 놀라고, 세나는 고함을 지르고, 마하칼리는 이글거리는 눈으로 창가에서 떠다닌다. 피부에 새겨진 얼굴들도 일제히 깨어났다. 운전사는 방 안의 모든 사람이 다 들을 수 있도록 목소리를 높였다. "당신의 질문에 대한 대답은…… 나는 모르겠습니다. 나도 오랫동안 생각했지만, 해답은 없어요. 오로지 이것뿐입니다. 오로지 지금뿐입니다."

방 안은 일제히 숨을 죽인다. 장관의 악령은 주인이 앉아 있는 곳으로 펄쩍 뛰어간다. 운전사는 대사를 반복하며 생각을 마무리한다.

"적군의 전투원은 모두 공범이다. 모두 죽어 마땅하다. 어쩌면 보잘것없는 내 인생을 드디어 가치 있는 일에 사용할 수 있게 되었는지도 모르지요. 이것 말고 거기 무슨 의미가 있었나요?"

이 말을 남기고, 운전사는 두 손을 주머니에 넣는다.

천 개의 달

가장 강력한 힘은 눈에 보이지 않는다. 사랑, 전기, 바람. 그리고 폭발로 인한 파동. 우선 공기가 임계점까지 압축된 뒤 바람이 음속보다 빠르게 밖으로 밀고 나가는 과정에서 그 경로의 모든 것을 파괴하는 폭풍파가 발생한다. 폭풍파는 소령의 몸을 세 조각으로 부수고 심문관을 벽에 내동댕이쳤다. 둘 다 즉사했다. 그들의 수많은 희생자에게는 허락되지 않았던 죽음이었다.

이어 충격파가 밀려온다. 충격파는 음속보다 빠르고, 뒤따라오는 폭발음보다 더 많은 에너지를 갖고 있다. 이 파동이 란차고다를 꿰뚫어 출입문에 메다꽂았다.

건물은 기반부터 흔들리고 벽이 갈라진다. 계단에는 겁에 질려 서로 밀치며 건물을 빠져나가려는 공무원들로 가득하다. 주차장에서 폭발음을 들은 운전자들과 경비들은 연기가 솟구치는 5층 창문을 쳐다본다.

충격파로 인해 실내의 가구들은 뾰족한 단검과 묵직한 곤봉으로 해체되어 날아와 수그리고 있는 스탠리의 몸을 강타한다. 운전사의 두개골은 욕실 바닥에 떨어지고, 나머지 육신은 사방의 벽에 튄다.

)

이어 불이 나고 폭풍이 유리창을 깨뜨린다. 천장의 선풍기와 벽의 콘크리트도 날아간다.

아래층에서는 서류를 누른 문진과 쟁반이 수류탄과 박격포로 돌변하고, 건물 기반이 덜커덩거리며, 공기는 연기와 공포의 아우성으로 가득 찼다. 주차장은 제정신을 잃고 우왕좌왕하는 사람들로 미어진다. 사람들은 가방을 움켜쥐고 울부짖으며 건물을 빠져나갔고, 그 뒤로 먼지와 핏자국을 뒤집어쓴 사람들이 따랐고, 이어 부상자들이 다른 사람에게 실려 나온다.

폭풍이 일으킨 바람의 서슬에 영혼들은 흩어져서 복도로 날려갔다. 그들은 제 몸에 묻은 먼지를 털고, 환호성을 올리고, 불길 속에서 춤춘다. 타밀 호랑이의 영혼이 피살당한 인민해방전선 당원과 악수를 나눈다. 그들은 엘리베이터 옆에 쭈그리고 앉아 사무실에서 연기가 뭉게뭉게 흘러나오는 광경을 바라보며 기다린다.

방 안의 불길은 창문 쪽으로 번지지만, 욕실과 주방은 그을린 곳 하나 없이 멀쩡하다. 시릴 위제라트너 장관은 팔꿈치가 부러진 채 욕조 안에서 기침을 하고 있다. 운전사가 뭐라 말하기 시작하는 순간 욕실로 뛰어들었다는 기억밖에 없다. 운전사의 눈빛이 어딘가 이상했다고 스스로 되뇌어보지만, 그도 마음 깊은 곳에서는 인간의 것이 아닌 어떤 힘이 자신을 욕실 쪽으로 밀었다는 것을 알고 있다.

장관의 악령은 욕조에 앉아 주인을 때려 깨운다. 악령이 너를 돌아보고 미소 짓는 순간, 세나가 연기 속에서 모습을 드러낸다.

"네놈이 저 새끼를 깨웠어, 말리." 세나는 네 머리카락을 움켜쥐고 사무실에서 끌고 나간다.

장관은 욕실에서 기어나간다. "저 쓰레기가 아직 숨을 쉬고 있는 건 너 때문이라고."

영혼들은 세나가 나타나자 환성을 지른다. 세나는 주먹을 치켜들고 고개를 끄덕인다. "세 놈은 성공했지만, 한 놈은 놓쳤다." 그는 네 머리를 한층 단단히 붙잡고 소리친다.

벽이었던 폐허 아래 하이힐을 신은 발이 비죽 튀어나와 있는 것이 보인다. 스탠리의 갈기갈기 찢어진 몸이 달라붙어 있는 타이도 보인다.

"세 명보다 더 많이 죽었잖아, 이 개자식아." 너는 마주 쏘아붙인다.

"사진작가는 내 것이다." 연기 속에서 목소리가 들린다. 다리가 둘인 황소 형상의 마하칼리가 나타난다. 그는 너를 가리키고 있다. "도망칠 생각은 마라. 도망치는 자는 멀리 가지 못하는 법이니."

세나는 네 머리를 끌어당겨 야수 쪽으로 다가간다. 그의 손을 뿌리치려 하지만, 호흡하던 시절과 마찬가지로 네 힘은 약하다. 너는 연인이었지 투사는 아니었다.

"미안하다, 말리." 세나가 말한다. "천 번의 달이 지나고 다시 보자. 아예 영원히 보지 말든가. 어느 쪽이 더 긴 세월일지는 모르겠지만."

새 발톱처럼 손톱이 비죽한 마하칼리의 손이 너를 붙잡고 피부에 새겨진 얼굴들 쪽으로 끌어당긴다. 너는 고함을 지르지만, 네 비명은 울부짖음에 파묻혀 들리지 않는다.

불길 속에서, 연기 속에서 그들이 기어 나온다. 라자 우두감폴라 소령, 마스크, 란차고다, 스탠리 다르멘드란. 몸은 피투성이로 갈기갈기 찢겨 있고, 발은 땅에 닿지 않는다.

영혼들이 그들 위로 달려들고 몸싸움이 벌어진다. 그때 장관의 악령이 북적거리는 영혼들을 뚫고 덤벼든다. 마하칼리는 너를 붙잡은 손을 놓친다. 악령은 네게 손 키스를 날린다. "네게 빚을 졌지. 이걸

)

로 갚는다."

경호원 악령은 마하칼리의 뱀 머리를 벽에 밀어붙인다. "내 임무를 지켜줘서 고맙군. 이제 서로 빚은 없는 거다. 도망가, 이 멍청아!"

마하칼리는 악령의 목 쪽으로 손을 뻗는다. 경호원 악령은 야수의 배에 주먹을 내리꽂는다. 얼굴들이 각기 다른 음정으로 비명을 지른다.

"너는 마하칼리가 아니야. 예복을 벗었다고 내가 못 알아볼 줄 알았나? 탈두웨 소마라마*! 그때는 내가 널 놓쳤지. 또 놓칠 줄 알고!" 악령의 주먹이 마하칼리의 얼굴에 작렬한다.

불길에서 솟은 바람이 비상구 계단을 타고 내려가 3층 창문을 통해 나간다. 너는 그 바람을 타고 계단 옆에 쓰러진 장관 옆을 지난다. 3층과 4층에 움직이지 않는 시체들이 보인다. 많지는 않지만, 상당한 수다.

———

바람은 너를 태우고 거리를 지난다. 도로변에 예전에 이야기를 나누었던 유령들, 네가 피했던 유령들이 보인다.

아련히 멀어지는 지붕 위로 흘러가니, 구름 뒤에 일곱 번째 달이 숨어 해가 지기를 기다리고 있다. 너는 옛 교회와 허름한 발코니, 속삭이는 나무들, 반쯤 지은 빌딩들 사이로 복잡하게 얽힌 전선을 피해 날아간다. 마하칼리가 지붕에서 거리로 펄쩍 뛰어나오더니 뒤에

---

*　　Talduwe Somarama(1915-1962), 총리인 S.W.R.D. 반다라나이케를 총격해 사망하게 한 불교 승려.

일곱 번째 달

495

서 찢어지는 괴성을 지른다.

세나는 욕설을 퍼부으며 더 빠른 바람을 타고 바짝 쫓아온다. 너는 마주 흘러오는 유령들과 부딪히며 계속 달린다.

운하가 가까워지자, 무신론자 유령이 네게 경례를 붙이고 뱀 피부의 여자가 폭도들과 어울려 웃고 있다. 죽은 개들이 버스정류장에서 짖고, 자살자 유령들은 지붕에서 뛰어내리고, 드랙퀸은 떨어지다 말고 네게 손을 흔든다. 너는 흙탕물을 향해 계속 날아가면서 가장 잔잔한 바람을 기다린다.

마하칼리가 따라오지 않는다면 좋겠지만, 속삭임이 느껴진다. 나무를 지나칠 때마다 그 뒤에서 괴물의 형상이 불쑥 나타날 것 같다. 너는 가장 잔잔한 바람에 훌쩍 올라 부드럽게 운하를 따라 흐르며 머리 위로 늘어진 나뭇가지 틈에서 창과 송곳니가 나타나지 않나 유심히 살핀다.

하늘에서 구름이 걷히고, 오렌지색 여드름이 난 태양이 모습을 드러낸다. 아직 해가 지지 않아서 다행이다. 일곱 번째 달은 구름 뒤에서 빼꼼히 내다보며 머리를 드러낼 채비를 하고 있다. 그리고 저기, 운하 기슭에 쿰북 나무 한 그루가 보이고, 라니 박사와 히맨, 모세가 전부 예복 차림으로 네게 손을 흔든다. 그들은 두 번째 나무를 가리키더니, 이어 세 번째 나무 옆의 운하와 교차하는 물길을 가리킨다.

세 번째 나무 뒤에서 마하칼리가 나타난다. 눈은 이글거리고 손가락에서 연기를 뿜고 있다. 폭발과 그 피해자를 모두 삼켰으니, 이제 디저트를 먹고 싶은 것 같다.

"물에 뛰어들어!" 히맨은 근육질에 어울리지 않는 새된 목소리로 외친다. "거기까지는 못 따라가."

)

마하칼리는 나무에서 펄쩍 뛰고, 너는 소용돌이치는 물살 속으로 뛰어든다. 날카로운 발톱이 등을 긁고 지나가는 것을 마지막으로 느낀다.

물을 향해 떨어지는 동안, 너를 쳐다보는 많은 눈들이, 한때 너의 것이었던 눈들이 보인다. 이제 눈은 모두 흰색이다. 물은 반투명 전구 같은 흰색이다. 수면에 첨벙 부딪히자, 유리 깨지는 소리가 들린다. 사람들이 네 사진을 보았는지 어쨌는지, 이제 더는 관심이 없다. 재키와 딜런은 아직 숨을 쉬고 있다. 그로 인해 이 엉망진창인 세상이 전부 괜찮다고 말할 수는 없을지언정, 그것도 분명 중요한 일이다. 그리고 그것이 삶에 대해 네가 할 수 있는 가장 친절한 말이라는 건 의심할 바 없다. 삶은 결코 아무것도 아니지 않다.

탄생의 강

강은 오터스 수영클럽의 풀장 정도의 폭이지만 끝에 다이빙대가 없다. 내셔널 지오그래픽에서 보기만 하고 직접 가보지는 못한 오스트레일리아의 사막이나 미국 옥수수 경작지대의 고속도로처럼, 강은 끝없이 뻗어간다. 물길은 코코넛 숲과 논을 가로질러 저 멀리 언덕 너머로 사라진다. 너는 영영 해보지 못한 다른 수많은 일들에 대해 생각한다.

라니 박사가 말한 대로 베이라 호수에서 불어온 가장 잔잔한 바람은 너를 여기로 데리고 와주었다. 이제 악령들도 보이지 않는다. 강은 깊지 않다. 발가락에 강바닥이 느껴진다. 흙이 질척거리고 가끔 돌멩이가 박혀 있다. 이제 해는 졌고, 하늘에는 달이 떴다. 물은 따뜻하고 공기는 서늘하다. 강에는 너 혼자가 아니다. 주위는 온통 물속에서 헤엄치는 영혼, 강변에 붙어 있는 영혼들로 가득하다.

너는 지나치는 영혼마다 그 눈빛과 말투를 유심히 본다. 모두 동시에 말하고 있다. 서로를 바라보고 말하기도 하고 혼잣말을 하기도 한다. 너 역시 네가 아는 줄도 몰랐던 언어로 뭔가 중얼거리고 있다. "너는 네가 생각했던 네가 아니다."

"네가 생각하고 행하고 느끼고 본 그 모든 것이 바로 너다."

헤엄치는 다른 영혼들도 너를 보고, 너를 꿰뚫어보고, 서로를 바라보고, 서로를 꿰뚫어본다. 몇몇은 머리가 더 헝클어졌고, 어떤 이는 여자, 어떤 이는 젠더가 없지만, 얼굴은 모두 너다.

너는 수평선을 향해 헤엄친다. 캔디의 귀족과 말다툼을 하는 타밀족 농장 노동자 옆을 지나고, 아랍인 선원과 이야기를 나누는 네덜란드인 교사 옆을 흘러간다. 비슷한 얼굴들, 똑같은 귀 모양이다.

그렇다면 이건가? 이게 빛인가? 악령이 따라오지 못하는 곳? 너는 물에 몸을 내맡기고 수면 아래로 침잠한다. 숨을 참을 필요도 없고, 숨을 쉴 필요도 없다.

바닥까지 내려가니 거기 있다. 그 모든 달 동안 찾을 수 없던 그것. 네가 마지막으로 한 일, 네가 마지막으로 당한 일, 네가 기억하는 것을 망각했던 그 일이다. 네가 보기를 거부했던 진실, 가장 두려웠던 해답.

너는 깨끗한 물을 호흡하고, 렌즈의 진흙을 닦고, 말린다 알메이다 카발라나로 들이마신 마지막 숨을 기억한다.

)

너의 가격

그 옥상 으슥한 곳에서 그가 나타났을 때, 너는 스탠리 다르멘드란과 그의 아들이 얼마나 많이 닮았는지 새삼 깨달았다. 구부정한 자세, 좌우대칭인 두개골, 검은 피부, 흰 치아, 탄력 있는 걸음, 실룩거리는 엉덩이. 그는 방금 네가 주물렀던 황소를 닮은 바텐더에게 뭐라 짤막하고 날카롭게 말했다. 그리고 이쪽으로 돌아섰다.

그늘에서 남자 둘이 플라스틱 탁자를 들고 나오더니 이어 포마이카 의자 두 개를 가져왔다. 네가 아는 얼굴이었다. 웨이터도, 바 직원도 아니었다. 돈을 따는 손님을 패고 돈을 잃은 손님에게서 수금하기 위해 카지노가 고용한 직원들이었다.

스탠리는 네게 앉으라고 손짓했다. 콜롬보 시내를 바라보느냐, 계단 쪽 으슥한 곳에 대기한 깡패들을 바라보느냐, 선택은 둘 중 하나뿐이었다. 너는 위협을 마주하기로 하고 경치를 등진 채 앉았다. 뒤로 기대앉는 스탠리의 손에 네가 적은 분홍색 쪽지가 쥐어 있는 것이 보였다.

오늘 밤 11시에 레오 바에서 만나.

할 말이 있어. 사랑해, 말.

딜런의 배드민턴 라켓 위에 두고 온 쪽지. 딜런이 먼저 읽고 아빠에게 줬을 가능성도 없지는 않겠지만, 6에서 7대 1의 확률로 아빠가 먼저 발견했을 확률이 더 높을 것이다.

"뭘 좀 마시겠나, 말린다?"

"사실 11시에 딜런과 만나기로 했습니다."

"내가 나올 때 자고 있던데. 올 것 같지 않군."

"딜런이 제 쪽지를 못 봤습니까?"

"네가 엉뚱한 라켓 위에 뒀더군."

"우린 통화도 했습니다."

"그랬지? 맙소사, 말리. 우린 몇 주 동안 이야기도 안 했잖아. 그런데 갑자기 파티를 하자니." 모음을 길게 늘이는 스탠리의 억양은 딜런이 사람들 앞에서 쓰지 않으려고 노력하는 영국 명문 사립학교의 고상한 말투를 닮았다. 아버지와 아들은 걸음걸이도 똑같고, 피부색도 똑같고, 잘난 체하는 목소리도 똑같았다.

"그래, 내 아들한테 무슨 이야기를 하려고?"

"아실 거 없습니다, 스탠리 아저씨."

"좋아. 오래 걸리지 않을 거다. 한 가지 물어보러 왔어."

문득 너는 아래층 바가 조용하다는 것을 의식했다. 은밀한 애무를 하려는 사람이 아니라면 아무도 이 테라스로 넘어오지는 않을 것이다.

"용건을 말씀해주세요, 아저씨."

"쪽지에 할 말이 있다고 썼더구나. 난 네가 할 말에는 관심이 없다. 알고 싶은 건 딱 한 가지야. 네 가격은 얼마냐?"

"가격요?"

"얼마를 받으면 딜런의 인생에서 사라질 테냐?"

"백만 달러 주실 겁니까?" 너는 피식 웃으며 말했다. "내각에 입각하실 때 아저씨가 받은 돈만큼도 좋고요. 둘 중 큰 액수로."

스탠리는 불쾌한 것 같지 않았다.

"현실적인 액수를 말해다오."

"딜런이 절 자기 인생에서 내쫓고 싶다면, 본인이 직접 저한테 말하면 됩니다. 어쨌든 전 자주 여기 없고요."

"어디 다녀왔지?"

"인도 평화유지군 관련 취재 때문에 북부에 있었습니다."

"누구 의뢰로?"

"그건 모르셔도 됩니다, 스탠리 아저씨."

"딜런은 정부군 일이라고 생각하던데, 하지만 네가 그쪽에서 일한 건 오래되지 않았나."

"위저위라 체포 건을 찍어달라고 연락이 왔어요."

"네가 HIV 양성이라서 해고되었다고 들었다."

"그건 사실이 아닙니다."

"검사는 해봤고?"

"확실히 나왔습니다. 에이즈가 아니라고."

너는 스탠리의 말투를 흉내 내서 오래된 농담을 뱉었다.

"딜런은 좋은 아이다. 탁월한 녀석이야. 하지만 다른 데 정신이 팔려 있어. 집중하는 것이 그 녀석에게는 최선이다. 안 그러냐?"

"그래서, 아저씨 회사에 들어가서 부자 도둑놈들 돈 숨겨주는 일이나 하라고요?"

스탠리 아저씨는 담배에 불을 붙이고 네게 담뱃갑을 건넸다. 골드리프와 브리스톨과 같은 공장에서 생산되기는 하지만 제국주의의 맛이 나는 브랜드 벤슨앤드헤지스, 스탠리다웠다. 너는 한 개비 뽑아 불을 붙이고 담배 끝이 필라멘트처럼 타다가 검게 그을리는 모습을 바라보았다. 그는 성냥불이 잘 안 붙는 것을 보면서도 자기 라이터를 내놓지 않았다. 딜런은 어머니가 돌아가신 뒤로 아버지가 하루

두 갑씩 피우던 담배를 끊었다고, 아버지 말을 들으면 너도 끊을 수 있을 거라고 자랑한 적이 있었다.

"끊으신 줄 알았습니다."

"딜런은 널 만나기 전엔 담배를 피우지 않았어. 자기 어머니가 암에 걸린 게 내 잘못이라고 했었지. 우리 사이가 원만하지 않던 때도 있었지만, 요즘은 괜찮다. 나한테는 그 아이뿐이야. 네가 이해를 해줘야겠다."

너는 담배를 피우며 이 대화에서 어떻게 빠져나갈까 궁리했다. 화장실 핑계를 대는 게 좋을지도.

"그 웨이터와 자연의 섭리에 어긋나는 짓을 하고 있었지? 그 짓을 내 아들하고도 했냐?"

스탠리는 몸을 앞으로 내밀고 손을 오목하게 만들어 입에 댄 채 담배를 피우고 있었다.

"그게 왜 자연의 섭리에 어긋납니까?"

"내 아들 이야기라고, 이 돼지 녀석아. 고향에 돌아와서 퀴어 자식한테 에이즈나 옮으라고 케임브리지까지 보내서 공부시킨 게 아니야."

구석의 경호원들도 담배를 피우고 있었다. 스탠리가 목소리를 높이자 그들은 한 걸음 다가왔지만 그의 손이 올라가자 다시 물러섰다.

"이 땅이나 여기 사는 사람들에 대해서는 아무것도 모르는 응석받이 멍청이로 키우셨더군요. 제가 눈을 뜨게 해준 겁니다."

"말린다 카발라나가 설교하는 건 쉽겠지. 타밀족 청년을 그런 정치판에 끌어들이면 어떻게 될지는 너도 잘 알 거다."

"전 절대 딜런을 위험에 빠뜨리지 않습니다."

"그래서 자프나에 같이 가자고 했나?"

"같이 갔다면 제가 잘 돌봤을 겁니다."

"이 쪽지에 '사랑해'라고 썼던데. 이건 자연스럽지 않아."

"결혼은 자연으로부터 생겨난 것이 아닙니다. 식탁의 날붙이도 그렇고요. 종교도 마찬가집니다. 전부 인간이 만들어낸 엉터리예요."

"네가 사랑에 대해 뭘 알지?"

"전 아저씨보다 더 딜런을 염려해요."

"그렇다면. 이 돈을 받아라. 그리고 떠나라."

너는 탁자 위에 놓인 큰 봉투와 그 위의 루피 지폐를 보았다.

"마침 좋은 날 찾아오셨습니다. 오늘 밤에 빚을 완전히 청산했거든요. 거래처하고도 전부 손을 털기로 했습니다. 이제 딜런이 가자는 곳이면 어디든지 갈 준비가 됐습니다. 샌프란시스코, 도쿄, 팀북투. 이 똥통 같은 나라엔 질렸습니다. 외국에 가면 딜런도 안전할 겁니다."

스탠리는 말없이 담배를 피우며 네 얼굴을 바라보았다. 그와 너 사이에 체스판이, 비숍 대 나이트가 놓여 있고 양쪽 다 폰을 퀸으로 승격시킬 궁리를 하는 것 같았다. 하지만 탁자 위에 놓인 것은 거의 빈 벤슨 담뱃갑, 너무 큰 액수의 현금 다발뿐이었다.

"그 애가 박사 학위를 마치게 해주겠느냐?"

"뭐든지 딜런이 원하는 대로요."

"너는 뭘 할 거니?"

"결혼사진이나 성인식 사진 같은 걸 찍으면 됩니다. 보험 일을 다시 하든가. 뭐든지 하죠 뭐."

"도벽은?"

"손 털었습니다."

이번에는 이런 이야기를 하는 것이 거짓말처럼 느껴지지 않았다.

일곱 번째 달

"자연의 섭리에 어긋나는 짓을 바텐더와 계속할 거냐?"

너는 잠시 입을 다물고 생각해본 뒤 숨을 들이마셨다.

"아니요. 전 딜런에게 충실할 겁니다. 다른 누구하고도 안 해요."

스탠리는 마지막 담배를 눌러 끈 뒤 미소 지었다. "그 말을 듣고 싶었다, 녀석아." 그가 다시 손을 들자, 두 경호원이 어둠 속에서 나타났다.

누구인지 정체를 알기 전부터 카지노 주변에서 많이 본 사람들이었다. 1983년 이후 발랄 아진은 콧수염을 깎았고 꼰뚜 니할은 배가 나왔기 때문에, 검은 여왕과 잘생긴 잭의 요청으로 확대한 사진에서 너도 미처 그들을 알아보지 못했다. 식칼을 든 짐승과 불을 지르던 남자가 그들이었다.

내각 유일의 타밀족 장관이 83년 폭동의 폭도 두 사람을 부리고 있다니 얄궂군, 이렇게 생각하는 사이, 그들은 너를 움켜잡고 밀어붙였다. 돈다발이 네 청바지에서 떨어지자 꼰뚜는 돈을 챙겼고, 발랄은 네가 목에 건 것을 잡아당겼다. 목덜미를 파고드는 체인 하나하나가 어떤 감촉인지 너는 알고 있었다. 검은 판차유다 줄은 거칠었고, 앙크 십자가를 매단 은제 체인은 차가웠고, 사이안화물 캡슐이 달린 줄은 피를 냈다. 줄이 피부를 가르는 것을 느끼고 너는 생각했다. 목을 졸라 죽일 생각이라면 반대쪽에서 잡아당겨야 할 텐데.

"내가 네 체인에 전부 성자의 저주를 걸었다. 그때 이 캡슐을 처음 봤어. 테러리스트가 아닌데 이런 걸 왜 걸고 다녀? 언제든 죽을 마음이 없다면 왜 독을 소지하고 다니느냔 말이다."

혹시 생포되면 죽을 생각이었다고, 혹시 다른 누구에게 필요하면 쓸 생각이었다고, 우리 모두 전화 한 통만 걸면 언제든지 무로 돌아갈 수 있다는 것을 명심하기 위해서 걸고 다녔다고, 얼마든지 설명할 수 있었다. 하지만 스탠리는 네 뺨을 때리고 주먹으로 코를 갈기고 네 입에 액체를 짜 넣었다. 뱉어내려고 했지만, 그의 손아귀가 턱을 꽉 최고 있었다. 손가락을 깨물자, 그는 비명을 지르더니 목에 건 니콘 3ST를 잡아당겨 네 얼굴을 내리쳤다. 눈이 터지고 머리가 뒤로 꺾였다. 꼰뚜와 발랄의 얼굴이 언뜻 보였다. 둘 다 놀란 것 같았다.

카메라는 두 번 더 네 얼굴을 갈겼다. 이어 배에 발길질이 들어왔다. 속이 비틀리고 숨이 턱 막혔다.

"나한테는 딜런뿐이다. 나머지는 지옥으로 꺼지든 말든 상관없어. 알겠나?"

숨을 쉴 수가 없었고, 구역질을 하려면 숨을 쉬어야 했다. 끌로 머리를 쪼는 것 같았고, 망치로 가슴을 두드리는 것 같았고, 바늘로 배속을 찌르는 것 같았다. '네'가 누구인지, '너'라고 말하는 사람이 누구인지 더는 궁금하지도 않았다. 둘 다 너였고, 둘 다 네가 아니었다.

"뒤처리는 자네들이 하지?" 스탠리는 냅킨으로 손을 닦았다.

"알았습니다." 발랄이 말했다.

"소령한테는 말하지 말게."

"저희도 이건 예상하지 못했습니다." 꼰뚜가 말했다. "우리는 납치를 하러 온 건데요. 이런 상태로 어떻게 아래층으로 운반하죠?"

"나도 이건 예상하지 못했어." 스탠리는 말했다. "이 자식이 선택의 여지를 안 주잖나."

발랄은 고개를 끄덕였고, 꼰뚜는 고개를 저었다.

"이 쓰레기를 처리하려면 비용이 더 들겠습니다."

"탁자 위의 돈을 갖게."

"미리 언질을 주셨다면 더 편한 곳으로 데려갔을 텐데요."

"난 이만."

뚜벅뚜벅 윤기 나는 구두 소리가, 아들처럼 발을 살짝 끄는 걸음 걸이로 먼지투성이 테라스 위를 뚜벅뚜벅 멀어지는 소리가 들렸다. 앞이 보이지 않았고 몸이 부들부들 떨렸다. 지금껏 살아온 일평생 이 눈앞을 스쳐가지 않을까 생각하며 기다렸지만, 보이는 것은 그저 어스름한 그림자와 뿌연 구름뿐이었다. 들리는 것이라고는 좋은 인 상을 남기도록 최선을 다하라는 아버지의 목소리, 그렇게 입 내밀고 있지 말라는 어머니의 목소리, 자기 아버지와 이야기해보라는 세상 물정 모르는 젊은 남자의 목소리, '알았어' 하고 대꾸하는 서글픈 젊 은 여자의 목소리뿐이었다. 눈을 떠보니, 너는 테라스 위에 붕 떠 있 었다. 모든 층이 동시에 보였다.

죽고 나니 슈퍼맨이 되었는지, 시야가 엑스레이처럼 호텔 레오의 벽을 투시하고 있었다. 5층의 도박사들, 4층의 포주들, 그 아래 상가 에서 차를 마시는 창녀들, 8층에서 사촌지간처럼 입씨름하는 엘사 와 쿠가 보였다. 그리고 6층에서, 동그랗게 만 타이어 하나를 들어 올려 난간 아래로 던지는 깡패 둘이 보였다. 사람에게 뒤집어씌워서 불태워 죽이는 타이어와 같은 모양이었지만, 이 타이어는 공중에서 형체가 풀리더니 시체가 되었다. 시체와 함께 떨어지는 동안, 너는 온갖 핑계와 온갖 이유, 그것을 영영 듣지 못할 사람들을 생각했다.

시체가 건물 외벽에 부딪힐 때마다 검은색을 띤 진홍색, 다홍색을 띤 새까만 얼룩이 남았다. 수천 개의 비명이 네 안을 통과하는 기분 이었다. 그리고 너는 그리 편안하지 않은 무엇을, 그러나 완전히 불 쾌하지도 않은 무엇을 느꼈다. 눈에 보이지 않는 진실한 무엇, 이 어마어마한 낭비에 불과한 공간 속에 존재하는 티끌만 한 의미 비슷한 무엇을.

너는 딜런의 얼굴을 보았고, 그 얼굴이 자기 아버지와 얼마나 다른지 보았다. 비행기를 타고 어딘가 햇빛 찬란한 곳에 착륙하고 있는 그를 보았다. 오염된 우물을 정화하는 그의 모습을 그려보았고, 미소 짓는 그의 얼굴을 꿈꾸었다. 네가 그랬듯 어느 쓸데없는 명분에 평생을 바치는 그를 상상했고, 그 상상은 너를 행복하게 했다. 우리는 모두 자신의 삶을 바칠 쓸데없는 명분을 찾아내야 한다. 그것조차 없다면 왜 굳이 숨을 쉬는가?

돌아보면, 일단 자기 자신의 얼굴을 보고 눈의 색깔을 알아보고 공기를 맛보고 흙의 냄새를 맡고 가장 청정한 지하수와 가장 더러운 우물물을 마셔본 다음에, 우리가 삶에 대해 할 수 있는 가장 친절한 말이 그것이기 때문이다. 삶은 결코 아무것도 아니지 않다.

———

네 시체가 아스팔트에 부딪혔을 때, 아무 소리도 나지 않았다. 아니, 도시의 소음과 지구 끝의 웅웅거림에 묻혀 아무 소리도 들리지 않았다. 너는 너 자신이 '너'와 '나'로 분열되는 것을, 이어 이전에 존재했었고 다시 존재하게 될 수많은 '너'와 무한한 '나'로 분열되는 것을 느꼈다. 너는 끝없는 대기실에서 눈을 떴다. 주위를 둘러보니 꿈이었고, 너는 이번에는 그것이 꿈이라는 것을 알았고, 기꺼이 꿈이 끝나기를 기다렸다. 모든 것은 지나가니까, 특히 꿈에서는.

너는 모든 사람이 묻는 질문에 대한 답과 함께 깨어났다. 그 답은

'그렇다', 그리고 '여기와 비슷하지만 더 심하다'였다. 네가 얻은 깨달음은 그것이 전부였고, 그래서 너는 다시 잠들기로 결심했다.

)

빛

"벌이 가장 먼저 알았다.
그다음은 얼음. 그다음은 나무들.
그리고 세상 모든 어머니가 알았다."

—테스 클레어, 트위터

다섯 개의 잔

물은 눈을 따갑게 하지 않았다. 아니, 돈 많은 남자들과 같이 드나든 남쪽의 호텔에서 내놓던 레몬그라스와 계피 향이 나는 따뜻한 물수건처럼 오히려 눈을 달래주었다. 물은 파란색도 녹색도 녹청색도 아니고, 흰색이다. 레이디버드*에서 나온 책을 읽었는데, 스펙트럼에서 볼 수 있는 모든 색깔을 합하면 이런 흰색이 나온다고 했다. 하지만 미술 수업 시간에 물감을 아무리 섞어봐도 나오는 색은 그냥 검정이었다.

소용돌이치며 흐르는 물이 너를 깊은 바닥으로 끌어들인다. 뱀장어 무리와 각종 물고기 떼, 해초로 뒤덮인 바위를 지난다. 빛의 원천은 온갖 특이한 모양으로 형성된 돌 틈에 숨어 있다. 머리 위에서 빗방울이 수면을 꿰뚫을 때마다 공기 방울이 보글보글 바닥까지 가라앉는다. 더 깊이 잠수하니 소용돌이치는 물과 뾰족한 바위에 가려진 굴 입구가 모습을 드러낸다.

---

*   영국의 어린이책 출판사.

빛

벽과 천장, 바닥은 스크램블드에그 같은 노란색이고, 빛 때문에 시야가 한층 넓어진다. 앞쪽이 유일한 방향이기 때문에, 너는 앞으로 나아간다. 양옆에는 벽, 발치에는 졸졸 흐르는 샘물, 앞쪽은 빛이다. 벽과 천장은 거울로 변하고, 곡면마다 반사한 빛이 다른 곡면에 비친다. 몸을 적당한 각도로 기울여 천천히 걸으면, 거울에 비친 자기 모습도 보인다. 네 눈은 녹색에서 파란색, 갈색으로 계속 변한다. 하지만 귀는 변하지 않는다.

"아슬아슬하게 도착했구나, 말." 라니 박사가 말한다. "너한테는 모든 게 막판 초치기지?" 그녀 앞에 있는 얇은 탁자에는 한 사람을 위해 만찬을 차렸는지 도자기 그릇들이 놓여 있다.

"빛은 그냥 거울인가요? 천국도, 신도, 어머니의 자궁도 아니고?"

"네가 제시간에 올 거라고 기대하지 않았어. 도착해서 기쁘다."

"이제 뭘 하면 되죠?"

"마셔야지."

"목마르지 않은데요."

"앉아라."

너는 탁자에 마련된 자리에 앉는다. 탁자에 놓인 것은 크기와 색깔이 각기 다른 잔뿐이다. 전부 다섯 개. 금빛 액체가 담긴 찻잔, 보라색 액체가 담긴 머그, 호박색 액체가 담긴 샷 글라스, 빨대가 꽂힌 킹 코코넛, 그리고 고투 꼴라로 만든 죽 한 사발이 있다. 감기와 기침, 타박상과 벌레 물린 상처에 두루 잘 듣는다고 하여 랑카의 어머니들이 도리 없는 아이들에게 꾸역꾸역 먹이는 만병통치약이다.

박사는 네게 미소 짓는다. 이제 클립보드도 들고 있지 않고, 한쪽 눈썹도 치켜올리지 않는다. "모든 것을 잊고 싶다면 차를 마시면 된다. 기억하고 싶다면 포텔로를. 세상을 용서하고 싶다면 아라크 술을. 용서받고 싶다면 땜빌리를. 너에게 가장 잘 어울리는 곳으로 가고 싶다면 콜라 켄다 죽을 마셔라."

"전부 다 조금씩 마시는 건 안 되겠죠?"

"짐작하는 바대로다."

"그럼 이것뿐인가요? 제가 커피를 마시고 싶다면?"

"커피는 없다."

"포텔로가 당기는데 용서도 받고 싶다면?"

"장단점을 따지고 싶었다면, 일곱 번째 달까지 시간을 끌지 말았어야지."

"전 평생 시간 끌기 전문가였거든요."

"시시한 농담할 시간도 없어."

"그럼 어떻게 선택할까요?"

"네가 알고 있을 거다."

너는 빛을 반사하는 거울과 흰 예복 차림의 여자를 바라본다. 너는 그녀에게 걸어가서 어머니를 이렇게 껴안은 적이 단 한 번도 없었듯 포옹한다.

"박사님의 아이들은 오래 살았으면 좋겠습니다. 박사님과 남편분도 영원히 한 쌍으로 맺어지기를." 왜 이런 말을 하는지 너도 알 수 없지만, 진심이라는 건 안다.

"고맙구나, 말. 이제 마셔라."

너는 샌들을 벗어서 바닥에 내려놓는다. 앙크 십자가와 판차유다, 찌그러진 캡슐도 벗어서 탁자에 놓는다. 마지막으로 카메라를 내려놓는다.

빛

513

이건 경쟁이 아니었다. 이제는 취할 시간도 없고, 해소할 갈증도 남아 있지 않으며, 달콤한 음식이 당기지도 않는다. 갓 끓인 콜라 켄다는 상한 콜라 켄다와 매한가지라는 오래된 농담이 있었던가. 너는 질척한 녹색 죽으로 손을 뻗어 목구멍으로 쏟아붓는다. 코를 막고, 숨을 참고, 죽이 너를 가야 할 곳으로 보내주기를 기다린다.

질문들

너는 진정한 유일신 앞에서 깨어난다. 누구인지 알아볼 수는 있지만, 그녀의 이름은 잊었다.

너는 깨어나지 않았고, 깨어나지 않았다는 사실을 모른다. 망각의 가장 달콤한 점은 잊었다는 사실조차 느낄 수 없다는 점이다.

너는 어머니의 자궁 속에서 깨어나 빛을 향해 헤엄치지만, 빛에 당도한 순간 실망하여 비명을 지른다.

너는 딜런 옆에서 벌거벗은 채 깨어났고, 그날이 며칠인지 기억하지 못한다.

아니, 너는 위에서 이야기한 무엇도 아니다.

너는 흰 책상 앞에 서 있지만, 육체나 영혼의 무게가 발에 느껴지지 않는다. 탁자 위에는 다이얼식 전화기와 장부 하나가 놓여 있다. 너는 흰 작업복 차림, 목에는 옴 목걸이를 걸고 있으며, 앞에는 사람들이 줄줄이 늘어서서 전부 고함을 지르고 있지만 네 귀에는 들리지 않는다.

귀를 닫고 눈을 깜빡이자, 예기치 못했던 바람처럼 소리가 휙 하고 날아온다. 모두 다 네게 질문을 던지고 있다. 네가 답을 알지 못하는 질문들이다.

"나는 여기 있으면 안 됩니다. 어떻게 하면 나갈 수 있나요?"

"우리 아이들을 찾아야 해요. 어디 있지요?"

"당신 잘못이란 게 아닙니다만, 실수란 게 있잖습니까, 예? 절 다시 보내주실 수 있을까요?"

다시 눈을 깜빡이자 소리는 꺼진다. 주위를 둘러보니 잘 아는 공간이다. 소리치는 영혼과 그들을 돕지 못하는 흰옷 입은 바보들이 영원까지 가득 채우고 있다. 지금 보니 그 바보들 중 하나가 너인 것 같다.

전화가 울린다. 귀에 익은 음성이지만 이름을 알 수 없다. "장부를 펼쳐라. 답을 원한다면, 장부를 펼쳐라." 딸깍.

표지에 보리수 잎이 그려진 장부가 앞에 놓여 있다. 너는 장부를 펼친다. 줄이 그어진 종이에 너의 필체로 조그맣게 단어 세 개만이 달랑 적혀 있다. 천년 지혜의 정수, 우주가 최초로 회계감사를 하던 시절의 통찰을 담은 구절이다.

구절은 다음과 같다. '한 번에 하나씩.'

너는 줄을 지어 기다리는 사람들의 얼굴을 쳐다본다. 늙은 사람, 10대, 사리 차림, 병원복을 입은 사람, 눈 밑에 그늘이 드리운 사람, 입술 사이에서 통곡이 흘러나오는 사람. 그때 아는 얼굴이 눈에 들어온다. 그를 보며 눈을 깜빡이니, 다른 사람들의 외침은 소거되고 그의 음성만 들린다.

"나는 매달 뽀야가 되면 여기 와." 죽은 무신론자가 말한다. "혹시 새로운 내용이 있나 확인하려고."

"이름은?"

빛

515

그는 잘린 머리를 카운터에 놓더니 구슬 같은 눈동자가 너를 쳐다보고 매부리코가 너를 향해 냉소하도록 방향을 조절한다.

"귀찮은 절차는 건너뛰세."

"뭘 도와드릴까요?"

"우리 애들은 이제 10대야. 그런데 요즘 버릇이 너무 나빠졌어. 더는 그 녀석들을 기분 좋게 지켜볼 수가 없어."

"그럼 이제 빛으로 들어가실까요?"

"저 너머에는 뭐가 있나? 뽀야마다 와서 그걸 묻는데, 이 얼간이들은 한 놈도 대답을 못 해."

그는 첫 달이 뜨기 전에 처음 너와 대화한 유령이었다. 한결 늙어보인다.

"각자 다르다고 합니다."

"그 말은 들어봤어."

"하지만 기본적으로, 이건 일종의 카지노입니다." 너는 말한다. "거기 가면 마실 것이나 카드를 뽑게 된다는 점에서……."

"처녀도 뽑나? 처녀에 대해서라면 내 나름대로 이론이 있는데, 자네한테 말했던가?"

"그러니까 다음에 어디로 갈지 본인이 선택한다는 이야깁니다."

"그런데 자네는 여길 선택했군."

"그쪽에서 절 선택한 거죠."

"헛소리 같은데."

"그렇다면 유감이고요."

"자네 책에 그렇게 말하라고 되어 있나?"

"네."

"그럼 인민해방전선 당원의 총에 맞은 데 대해 보상을 받게 되나?"

너는 노인과 네 앞의 장부를 쳐다보다가 다음 페이지를 넘기지 않기로 했다. "가시면 돌림판을 돌리게 됩니다. 일종의 게임이거든요. 스리랑카식 룰렛이죠. 어르신을 죽인 인민해방전선 당원은 죽었습니다. 달이 천 번 지는 동안 내내 그들을 욕하실 수도 있고요. 돌림판을 돌릴 수도 있습니다. 어느 쪽을 택하시겠습니까?"

무신론자는 기적을 논리로 설명하려는 회의론자처럼 미간을 찌푸리며 머리를 긁는다. "꺼져." 그는 이렇게 말하고 멀어진다.

———

그렇게 서툴게 시작해서 첫 달이 뜰 때까지, 너는 여덟 명의 영혼을 빛으로, 열세 명을 귀 검사로 보냈다. 모세와 히맨은 나란히 관리자로서 지켜보며 고개를 끄덕이지만, 끼어들어 지시하거나 칭찬하는 일은 거의 없다. 네게 오는 이는 모두 죽었고 다쳤다. 그들은 불타는 집 앞에서 쭈그리고 앉아 비명을 지르던 분쟁 지역의 여자와 아이들을 연상시킨다. 대체로 너는 장부에 기록된 대로 따르지만, 이따금 대본에서 벗어날 때도 있다.

예를 들어, 그 기술자 헬멧을 쓴 여자는 83년 포그롬 당시 수백 명의 타밀족 노동자를 보호했던 자신이 왜 인민해방전선 폭탄 테러로 죽어야 했는지 물었다. 왜, 단단한 모자를 평생 썼던 자신이 두부 손상으로 죽어야 했나. 장부를 펼치니, 거기에는 이렇게 적혀 있었다.

카르마는 평생을 두고 균형을 잡는다.

빛

517

부당한 대접을 받은 자가 빛에 다다르면,
그들은 어딘가 더 좋은 곳으로 가게 된다.

'어딘가 더 좋은 곳'은 장부가 자주 내놓는 완곡한 표현이다. 모세의 말에 따르면 종교적인 경향이 있는 영혼과 신학적인 설전이 벌어지는 것을 피하기 위해서라고 하는데, 사후에는 이런 영혼이 놀랄 정도로 적다. 너는 헬멧을 쓴 기술자에게 원한다면 얼마든지 불평할 수도 있고, 빛으로 들어갈 수도 있다고, 하지만 어느 쪽이든 결과는 같을 거라고 했다. "그게 원리입니다. 당신에게 일어난 비극을 다 잊어버리고 나서 오랜 뒤에 어마어마한 보상을 받게 되는 겁니다. 그 반대도 가능하고요. 그냥 인내심을 가지고 기다리기만 하면 됩니다."

그녀는 너와 악수하고 미소 짓는다. "헬멧을 계속 써야 할까요?"

"저는 일곱 번 달이 뜰 때까지 카메라를 계속 목에 걸고 다녔어요. 무겁기만 하더군요."

"머리에 뭐가 떨어지면 어떡하죠?"

"머리에는 항상 뭐가 떨어지기 마련이죠."

"저는 캔디의 공사 현장에서 일했어요." 그녀는 말한다. "말씀 안 하셔도 잘 알죠."

"중력을 탓하셨나요, 내리막길을 탓하셨나요?"

"상관없다면 그냥 계속 쓰고 있을래요." 그녀는 말한다.

———

라니 박사는 네 실적을 칭찬한다. 그녀는 네가 살던 아파트 건너편, 골 페이스 그린 가장자리로 히맨과 모세를 부른다. 너는 해돋이와 시원한 산들바람으로 자축한다. 이 위쪽 세상도 저 아래 세상과 마찬가지. 너는 칭찬에 어깨만 으쓱한다.

"그냥 운이 좋았습니다. 제가 굳이 영혼을 모집하고 있는 건 아니에요. 저는 콜라 켄다를 마시지 않았습니다."

"그렇지 않아." 착한 박사가 말한다.

"여기로 오게 된 게, 혹시 장난치는 건 아니죠?"

"어딘가에 가게 되는 것이 장난일까?" 모세가 말한다.

"어딘가로 보내진 그런 것이 아니야." 히맨이 말한다. "너는 지금 있어. 그리고 곧 그렇지 않을 거다."

"네가 순조롭게 발전하고 있어서 우린 기쁘다." 라니 박사가 말한다.

"다시 돌아가서 다른 음료를 마실까요?" 너는 묻는다.

"네가 원한다면. 카지노에 들어가서 똑같은 패를 달라고 하는 것과 같겠지."

운전사가 의족을 짚고 네 카운터에 온다. 머리는 몸에서 분리되어 있고, 팔다리도 몸통에서 떨어져나갔다. 그는 네가 누구인지 모른다. 어떻게 알겠나? 그가 올라 잎을 제출하자, 너는 그를 42층으로 보낸다. 그는 한층 정신적인 충격을 받은 모습으로 돌아온다. 장부에 적힌 대로, 너는 그를 노란 문으로 보낸다.

그가 고개를 저으며 복도 끝까지 걸어가자, 검은 쓰레기봉투를 쓴 익숙한 형체가 고개를 끄덕이고 씩 웃는다. 세나 옆에는 망토를 쓴 식시귀들이 서 있다. 운전사가 다가가자 그들은 잃어버렸던 형제처럼 그를 환영한다. 사실상 그렇다. 너는 보안팀에 연락하지만, 히맨이 도착할 때쯤 세나와 식시귀들은 운전사를 자기편으로 끌어들여서

빛

이미 사라지고 없다. 문제 삼으려면 얼마든지 네 문제가 될 수 있는 일이다. 그래서 너는 문제 삼지 않는다.

———

골 페이스 코트의 죽은 연인들이 손을 잡고 와서 너를 보고 미소 짓는다. 소년은 너를 알아본다.

"넌 우리 집에 살았지, 안 그래?"

"아주 오래전에."

그는 연인을 돌아보고 너를 향해 고개를 끄덕인다. "기억하지, 돌리. 그 피부 검은 남자하고 붙어먹던 사람이잖아."

여자는 오늘 분홍색 시폰을 입고 있고, 울었던 것 같다.

"우린 심하게 싸웠어." 그녀는 말한다. "이제 헤어질 때가 된 것 같아. 50년이나 지났으니, 신혼은 다 끝났지."

"안됐군." 너는 말한다.

"우산 밑에서 커플들을 지켜보는 것도 지쳤어. 하는 짓이라고는 주물럭거리면서 서로 거짓말하는 것뿐이야." 그녀는 말한다.

"자, 그럼 우린 자살했으니 벌을 받아야 하나?" 남자가 묻는다.

너는 장부를 펴고 거기 적힌 내용을 읽는다.

우주는 네가 육신으로 무엇을 했는지 관심이 없다.

너는 이 구절을 그들에게 말해준다.

"정말?"

○

"육신은 부족하지 않거든." 나는 말한다.

"그럼, 우리도 빛으로 들어갈 수 있나?" 그들이 묻는다.

"당신들이 그걸 선택한다면."

"하지만 골 페이스 꼭대기에서 바라보는 석양보다 나은 풍경이 있을까?" 그가 묻는다.

너는 나이아가라 폭포, 파리, 도쿄, 샌프란시스코, 기타 네가 딜런을 데려가지 않았던 다른 모든 장소를 떠올린다. 답은 알 수 없지만, 아는 척한다. 너는 고개를 젓고 그들이 미소 짓는 것을 바라본다.

———

딜런은 아버지가 죽은 뒤 홍콩으로 떠날 준비를 한다. 그는 안경을 쓴 백인 남자와 장례식에 참석했는데, 그걸 보니 궁금할 가치가 없는 일들이 궁금해졌다. 하지만 묘하게도 자부심을 아주 닮은 감정이 느껴진다. 이 아름다운 청년이 자기 모습 그대로 사는 걸 돕기 위해 네가 이 세상에 존재했던 거라면, 그것도 전적인 낭비는 아니었으리라.

러키 알메이다는 어머니 모임에 가입해서 실종된 자식을 둔 어머니들을 돕는다. 이따금 너는 꿈에 찾아가서 괜찮다고, 당신 탓이 아니라고, 모든 것이 미안하다고 말씀드린다.

재키는 아나운서 라디카 페르난도와 같이 살면서 끝내주는 섹스를 즐기고 있고 한 번도 네 이름을 부르지 않는다.

랑카는 해체된다. 전쟁은 계속되고, 사람들은 현재 상황이 지난 상황만큼 나쁘지 않다는 말로 위안하지만, 많은 측면에서 볼 때 상황은 더 나쁘다.

정부는 23명의 사망자를 낸 폭발사건이 발생한 곳이 정부청사라는 사실을 부정한다. 부상을 입고 목숨을 건진 장관은 건물이 아시아 국제 수산 소유이고 거기서 수산물 수출을 논의하던 중이었다고 발표했다. 그는 담당 의사와 쾌유를 빌어준 사람들, 점성술사들에게 감사한다고 했다.

수프레모에게 발각된 마한떠야 파당은 잔혹하게 숙청된다. 배신한 두 개 소대는 와카라이* 근처 동굴에 묶인 채 폭행당한 뒤 밀물에 수장되었다. 타밀 반군은 고빨라스와르미 대령과 어울렸던 인물들을 추적하기 시작한다. 콜롬보에 거점을 둔 조직 CNTR의 호텔 레오 사무실에도 폭탄이 터지지만, 거기엔 이미 아무도 없다.

———

너는 라니 박사에게 환생하고 싶지만 아직은 아니라고 말한다. 너는 이전 생과 다음 생 사이에서 조금의 휴식을 누리고 있다. 무덤은 없으나 평안한 휴식이다. 어머니가 돌아가실 때까지 이대로 머물고 싶다. 라니 박사는 좋은 생각이라고 대답한다.

너는 일과를 점점 즐기고 심지어 기대하게 되었다. 어린아이나 연인을 두고 온 사람들을 도와야 하는 슬픈 날에도, 너는 모든 삶에 특별한 의미가 있어 보이지 않을지언정 모든 죽음에는 의미가 있다는 것을 차츰 깨닫고 있다.

*   Vakarai, 스리랑카 서부 바티칼로아 주의 마을. 1985년 이후 스리랑카 정부와 인도 평화유지군, 타밀 반군이 번갈아 점령하며 전투가 자주 벌어졌다.

더 이상 아버지도 부르지 않게 되었다. 그가 근처에 있지 않다는 것을, 영영 그럴 일은 없다는 것을 알게 되었기 때문이다. 네 목소리를 듣고 찾아온다 해도 그는 너를 알아보지 못할 것이다. 너는 그의 인생에서 조연조차 아닌, 그저 엑스트라에 불과한 존재였기 때문이다. 다음에 봐요, 대다. 우리는 인사조차 나눈 적이 없군요.

마침내 나타난 그는 부스스하고 혼란스러운 모습이다. 하지만 그에 대해 분노는 느껴지지 않는다. 서글플 뿐이다. 그는 자신이 알지도 못했던 아이를 지킨 남자였다. 존재하지 않는 국가를 위해 싸운 남자였다.

그는 자신의 장례식 때 입은 옷차림 그대로이고, 눈은 녹색과 노란색, 먼지투성이 얼굴은 슬픈 표정이다. 스탠리 다르멘드란은 너를 보더니 망연자실한 것 같다. 이내 그는 네 눈을 보며 고개를 숙인다.

"정말 미안하구나. 내가 그렇게 한 것은……."

"그 일은 됐습니다." 네가 말한다.

"딜런이 무사해서 신에게 얼마나 감사한지."

"그건 맞습니다. 누구에게든 감사하세요."

"딜런과 이야기를 할 수 있을까?"

"그건 아저씨의 옛 친구 크로우맨과 거래하셔야 합니다. 개인적으로는 권해드리지 않습니다. 차라리 36층에 있는 꿈 산책 코스에 등록해드릴게요. 결과는 사람에 따라 편차가 있습니다만."

"딜런은 외국인 친구를 새로 만났어. 둘이 성교를 하고 있다."

"소식 감사합니다."

"샌프란시스코에 가면 어떻게 되지? 거기는 에이즈가 득실거리는데."

빛

"스탠리 아저씨. 저 아래 세상의 일에 대해서 아저씨가 할 수 있는 건 없습니다. 빨리 받아들일수록 좋을 거예요."

"그럼 뭐지?"

"무슨 뜻이죠?"

"이제 난 뭐냐고."

"이제 제가 아저씨를 용서해드리는 곳에 오신 거지요."

"하지만 여기가 어딘지 모르겠다."

"그렇다면. 스탠리 아저씨." 너는 그를 흉내 내어 툭툭 끊어 말한다. "아주 적절한 장소에. 계신. 겁니다."

라이오넬은 어디로 가나?

그럼 네 사진은 어떻게 되었을까? 세상을 뒤흔들었나? 콜롬보라는 거품을 깨뜨렸나?

사진은 폭탄 테러 이후 몇 주 동안 그 벽에 그대로 걸려 있었지만, 네가 라이오넬 웬트 갤러리에 직접 가보지는 못했다. 세나나 마하칼리를 마주칠 위험이 높은 곳에는 발을 들이지 않았기 때문이다. 라니 박사는 이제 흰옷을 입고 있는 한 악령이 너를 건드릴 수 없으니 안심하라고 했지만, 그래도 마음이 놓이지 않는다.

마침내 용기를 내어 혼자 가보았을 때, 갤러리는 비어 있었다. 놀랄 일은 아니다. 네 사진은 영혼을 많이 불러들였지만, 인간은 거의 발길을 하지 않았다. 몬순 시즌이라 습기가 많아서 그렇든가, 죽은 사람들을 찍은 흑백사진을 쳐다보고 있는 것보다 다른 좋은 일이 많기 때문에 그럴 것이다. 식시귀와 쁘레따, 폴터가이스트가 다가와서 말을 걸지만, 사진에 대해서는 이제 할 말이 없다.

여섯 번째 날, 쿠가라자가 와서 1983년 폭동과 인도 평화유지군 학살 사진, 죽은 타밀족 마을 사람들 사진 열 장을 떼어간다. 관광객 유령들은 해 질 녘 찍은 천산갑 사진에 넋이 빠져 있다가 그를 보고 깜짝 놀란다.

"이봐! 저자가 당신 사진을 훔치고 있잖아!" 영국 유령이 경비에게 외친다. 갈색 제복을 입은 늙은 남자 경비는 '정글의 법칙, 사진 MA' 라고 써 붙인 안내문 옆 출구로 향하는 쿠가라자에게 느긋하게 다가간다.

"나는 이 사진 주인이오." 쿠가라자는 경비를 밀치고 나간다. 갈색 제복의 늙은이는 어깨를 으쓱하고 앉아 있던 의자로 돌아가 하품을 한다.

사진 속의 망자들이 너를 찾아와서 보기 싫게 찍었다고 항의라도 할까 봐 걱정이다. 하지만 여기 망자 대부분은 이 갤러리에서 아주 멀리 떨어진 곳에서 죽었다. 네가 만약 그들이라면, 기꺼이 내 발로 우주의 배 속에 들어가서 축복 같은 망각을 마시고 이번 복권에 대해서는 싸그리 잊어버리고 말 것이다.

———

며칠 뒤, 딜런과 안경 쓴 백인 남자를 차에 남겨두고 라디카와 재키가 들어온다. 딜런이 네 사진이나 너의 죽음에 대한 일과 이제 관계를 끊고 싶다고 말하자, 라디카는 걱정스러운 척한다.

"잠시 휴가를 쓰는 게 어때? 랑카에 계속 있고 싶은지 생각도 좀 해보고. 혹시 의논할 상대가 필요하면……."

"넌 뉴스나 읽어." 딜런은 이렇게 말하고 차를 몰아 멀어진다.

너는 따라가려고 하지만, 크로우맨의 저주가 너를 튕겨낸다. 공기는 너를 밀어내고, 바람은 너를 거부한다.

라디카는 재키와 전시회를 둘러보면서 액자 속의 만행을 향해 고개를 설레설레 젓는다. "이 멍청이는 대체 무슨 생각을 한 걸까?"

"말리는 사진이야말로 전쟁을 끝낼 수 있는 최선의 방법이라고 생각했어."

"넌 납치당했다고 신고할 거야?"

"누구한테?"

"그 경찰들 신고해야지."

"난 경찰을 본 기억이 없어. 탈출하도록 도와준 경찰 말고는."

"이번 주말에 어디로 떠나는 건 어때? 여기 온 건 잘한 일이 아닌 것 같아."

"말리는 콜롬보라는 거품에게 진정한 스리랑카를 보여주고 싶었던 거야."

라디카는 빈 갤러리를 둘러본다. 그녀는 떠들썩한 유령들을 보지 못하고, 그 사이 공간만 본다.

"콜롬보는 조금도 관심이 없는 것 같네."

재키는 문 옆에 놓인 의자에 앉으며 라디카에게 먼저 가라고 한다. 그날 오후 손님이 몇몇 띄엄띄엄 찾아온다. 한 무리의 학생들, 예술가 집단, 교수들, 밴을 타고 온 언론인들. 그중 많은 사람이 충격받고 경탄한다. 네 사진을 사진으로 찍어가는 모습을 보니, 자부심과 분노가 반쯤 섞인 감정이 솟구친다. 저녁이 되자 입소문이 퍼졌는지

○

손님들이 줄지어 들어온다. 영화판에서 본 사람 몇, 음악판에서 본 사람 몇, 텔레비전 드라마에서 본 사람들 몇이 눈에 띈다. 아주 유명한 사람, 덜 유명한 사람. 별다른 감동을 못 느끼는 사람.

조니 길홀리가 밥 서드워스와 같이 들어선다. 그들은 고개만 젓고 거의 말이 없다. 조니는 정부군 소령과 반군 대령, 서드워스가 만나는 사진을 벽에서 뗀다. 사적인 사진이라는 네 지시를 무시하고 딜런이 떠난 뒤 클래런사가 붙인 누드 사진도 몇 장 가져간다. 바이런, 허드슨, 보이 조지. 이번 도둑질도 경비의 낮잠을 방해하지 않는다.

언론계에서 널 알던 사람들이 각자 일화를 나누기 시작한다. 〈옵서버〉의 제야라즈*는 네가 바보였다고 하고, 〈타임스〉의 아따스**는 천재였다고 한다. 너에게 바쳐질 추도사는 이 정도가 전부일 것이다.

조니는 문간에 있는 재키에게 다가가 귀에 속삭인다. 너는 가까이 흘러가서 엿듣는다. "여기서 당장 나가요, 아가씨. 곧 그들이 이 갤러리에 불을 지를 거요."

"알았어요." 재키는 대꾸만 하고 움직이지 않는다. 장관의 조카와 사귀던 여자와 데이트 중이라 겁이 없어졌는지도 모른다. 아마도, 확률 계산을 하지 않아서 신경을 안 쓸 가능성이 가장 높을 것이다. 관람 인파가 몰려들기 시작하고 사람들이 이 MA라는 작가가 누구냐고 서로 수군거리는 동안에도, 그녀는 저녁 내내 거기 앉아 있다. 그때 메가폰도 들지 않은 시릴 위제라트너 장관의 육성이 미술관에 날

---

*   DBS Jeyaraj(1954-), 스리랑카 출신의 캐나다 프리랜서 기자. 1987년 인도 평화유지군과 타밀 해방군 사이에 전쟁이 발발했을 때 자프나에 있었으며, 이때 수집한 정보를 모아 〈아일랜드〉에 마한떠야 인터뷰를 포함한 기사를 실었다.

**   Iqbal Athas(1944-), 스리랑카의 기자. 〈선데이타임스〉의 국방 전문 칼럼니스트로, 스리랑카 공군의 무기 구입 스캔들을 폭로했다. 1994년 국제언론자유상을 수상했다.

카롭게 울려 퍼진다.

장관은 다리 한쪽에 붕대를 감고 한쪽 팔에 부목을 대고 있다. 카심 형사가 장관의 휠체어를 밀고 있다. 형사는 폭탄 테러 사건 이후 줄곧 초과근무를 했는지 추레해 보인다. 형사는 구석에 앉은 재키와 눈을 마주친다. 재키는 '미안하지만 당신한테 약속한 건 다 잊었어요. 스탠리 아저씨도 죽었어요'라고 말하는 듯한 눈빛으로 그를 바라본다. 그녀가 말하고 싶은 것은 '살려줘서 고마워요'이지만, 손짓으로 이런 뜻을 전달할 방법이 없다. 그때 카심은 시선을 피하고 장관을 앞으로 밀고 간다.

장관은 허약한 몸을 부들거리며 소리친다. "신사 숙녀 여러분, 최근 안보 상황이 위험하다는 제보가 있어 오늘 오후 9시를 기해 통행금지 조치를 발령합니다. 각자 최대한 빨리 귀가하기를 권고하는 바입니다."

웅성거리는 소리, 사람들의 외침, 서로 빠져나가려는 인파가 입구에 몰린다. 콜롬보 7구의 거품은 마치 콜롬보 10구의 시장통처럼 혼잡하게 서로 밀치고 밀리며 터지기 시작한다. 아무도 휠체어 옆에서 걷고 있는 장관의 악령을 보지 못한다. 악령은 너를 보더니 윙크하고 고개를 끄덕인다.

군인도 아니고 경찰도 아닌 남자들이 입구에 배치되고, 장관은 카심이 미는 휠체어에 앉아 전시회를 둘러본다. 그가 어느 사진 앞에 멈춰서 손가락으로 가리키자, 카심은 명령에 따라 그 액자를 떼어낸다. 너는 죽은 언론인들의 사진과 납치당한 운동가들, 폭행당한 사제들, 폭발한 비행기와 마을 사람들의 시체, 미쳐 날뛰는 폭도의 사진들이 벽에서 지워지는 광경을 바라본다.

○

장관이 무릎에 액자를 가득 안고 떠나자, 영혼들도 흩어진다. 너에 대한 존중에서인지, 따분해서인지 알 수 없다. 공백이 벽을 가득 메우고 그 앞에 너 혼자 남는다. 관광객 영혼이 위층 아트센터의 주크박스를 두드리는 소리가 들리고, 이어 네 대다가 좋아했던 노래, 네가 지긋지긋하게 싫어했던 노래가 흘러나온다. 위대한 철학자 케네스 레이 로저스의 노래 '도박사(The Gambler)'다.

이제 다섯 개 봉투 중 하나에 들어 있던 사진들만이 벽에 남아 있다. 석양과 해돋이 풍경, 차를 재배하는 언덕과 수정 같은 해안, 천산갑과 앵무새, 새끼와 같이 있는 코끼리, 딸기밭을 뛰어가는 아름다운 청년과 멋진 여자. '10점 만점'이라고 적혀 있던 봉투, 네 사진으로 인해 이렇게 기뻤던 적이 없었을 정도로 기쁘다.

비록 흑백이지만 이 사진들은 로열 플러시의 모든 색깔처럼 백열하는 빛을 뿜어낸다. 바보와 야만인이 득실거릴지언정, 이 섬은 아름다운 땅이다. 너보다 더 오래 살아남게 될 것이 사진뿐이라면, 이런 에이스 한 장쯤은 간직해도 좋을 것이다.

죽은 표범과의 대화

"알 가치가 있는 유일한 신은 전기(電氣)야." 죽은 표범이 카운터 앞에 뒷발로 서서 앞발을 장부에 얹은 채 말한다. "무릎 꿇을 가치가 있는 진정한 마술이지."

"전기에 대해 뭘 아는데?" 공기가 방귀에 오염되기라도 했는지, 표범 뒤로 줄을 선 영혼들이 뒤로 휘청 물러선다. "그리고 그…… 입술을 안 움직이고 어떻게 말하지?"

이 카운터에서 여러 달을 보내면서 많은 손님을 만났지만, 동물 왕국의 시민은 처음이다. 장부를 가리키자, 표범은 왼쪽으로 비켜서 며 앞발을 옮긴다. 너는 장부를 펼치고 일곱 어절을 읽는다.

동물에게도 영혼이 있다.
모든 생물에게는 영혼이 있다.

표범의 눈이 너를 빤히 관찰하자, 너는 놀란다. 지금까지 본 다른 죽은 짐승들처럼 녹색이나 노란색이 아니다. 사피엔스처럼 갈색이나 파란색도 아니다. 흰색이다. "얄라 3지구에 전기가 들어왔을 때, 난 정말 깊은 인상을 받았어. 밤마다 바깥에 숨어서 넋을 잃고 형광등 을 바라보았지. 야만적인 원숭이가 이런 걸 다 만들 수 있다면, 나는 과연 어떤 일을 할 수 있을까?"
"뭘 도와줄까?"
"호모 사피엔스로 환생하고 싶어. 그걸 도와줘."
"그건 내가 하는 일이 아니야."
"창조의 도구가 필요해. 인간의 육신에는 유용한 게 많잖아."
"그건 돕기 힘들 것 같아."
"그럼 창조주를 만나게 해줘. 내가 탄원할 수 있도록."
"나는 창조주의 존재를 믿지 않아."
"무슨 소리야. 도살장의 돼지들도 전부 다 창조주의 존재를 믿어."
"나는 누가 뭘 지켜본다는 걸 안 믿어."
표범은 코웃음을 치고 앞발을 핥는다.
"창조주가 왜 널 지켜봐야 해? 창조만 하면 된 거 아냐?"

○

고양잇과 짐승 앞에서 말문이 막히는 일은 드물다. 이 정글의 고양이는 지금껏 이 카운터를 우울하게 했던 대부분의 호모 사피엔스보다 더 큰 영혼을 가진 것 같다.

"모든 피조물은 자기가 우주의 중심이라고 생각하는 것 같아."

"난 그렇지 않아. 우리는 우주의 중심이 아니니까. 우리 각자가 소우주야." 표범은 말한다. "개미 군집 안에는 우주가 있어. 하지만 군집이 그 중심은 아니야."

"극히 작은 것을 거대한 말로 묘사하는구나." 네가 이렇게 말하자, 표범은 고양이처럼 얼굴을 붉힌다.

"나는 곤충을 보면서 오랜 시간을 보냈어."

"인간보다 곤충이 이 행성을 더 많이 좌지우지한다고들 하잖아."

장부를 넘겨보니 이런 말이 적혀 있다.

빠져나가고 싶은 대화에 끌려들지 말라.

"곤충에게는 천재성이 있어. 그건 분명해. 육지와 수중에는 인간보다 훨씬 지능이 뛰어난 곤충이 수천 종이나 있어."

"음, 내가 바빠서 말이야."

"하지만 그 곤충들도 아직 전구를 발명하지는 못했잖아."

대화를 끊기 힘들다. 장부를 넘겨보지만, 쓸 만한 말은 없다.

"전구를 발명하고 싶어?"

"나는 인간의 도시를 둘러보면서 어떻게 사는지 관찰했어. 역겹기도 하고 대단하기도 하더라."

"표범이라는 존재가 뭐가 어때서 그래? 여기서 너는 정글의 왕이

빛

531

잖아."

"그것도 정글이 사라지기 전의 이야기지."

"내가 알던 청년 같은 말투네."

"죽이지 않고 살아보려고도 해봤어. 한 달 가더군. 어쩌겠어? 난 야수인데. 인간만이 제대로 된 공감을 할 줄 아는 것 같아. 인간만이 잔인한 행위를 하지 않고 살아갈 수 있는 것 같아."

"초식동물은 대체로 착하지 않나?"

"토끼에게는 선택의 여지가 없잖아. 인간은 있거든. 난 그걸 맛보고 싶어."

"맛볼 건 별로 없을 거야."

"모두가 그저 잡아먹히지 않으려고 노력하는 것뿐이야. 나는 그 먹이사슬에서 벗어나고 싶어."

"넌 혹시…… 귀 검사는 받았니?"

"그럼."

"인간보다 야만적인 동물은 없어."

"그 점은 나도 의심하지 않아. 하지만 대부분의 악은 내면으로부터 정화할 수 있어."

"네가 인간이 된다면, 표범이던 시절을 기억하지 못할 거야."

"세상이 어떻게 돌아가는지 전혀 모르는데, 넌 이 일을 어떻게 얻었어? 아무것도 잊히지 않아. 그저 어디 뒀는지 기억이 안 날 뿐이야."

"너와 내가 위치를 바꾸는 것도 좋을 것 같아." 너는 말한다.

"내가 하는 말이 정확히 그거라고."

"대부분의 인간은 자기 자신에게 실망해. 소원을 빌 때는 조심……."

○

"알아, 알아. 나도 들어봤어. 하지만 전선과 스위치만으로 빛을 창조하다니. 한번 해보고 싶어."

"네가 선택할 수 있는지 모르겠는데."

"아, 그것만은 확신해. 우리 모두 선택할 수 있어. 날 인간으로 태어나게 해주지 못한다면, 여왕벌의 지능과 흰긴수염고래의 영혼, 야만적인 원숭이처럼 엄지손가락과 다른 네 손가락이 서로 마주 보고 있는 표범으로 태어나게 해줘. 전구를 돌릴 때는 손가락 모양이 중요하니까."

혼란스러운 기분으로 너는 장부를 펼치고 거기 지시된 내용을 읽는다.

———

딜런에 대해, 너를 애무했던 소년들에 대해 생각하지 않은 채 여러 달(Moon)이 흐른다. 애초의 명분을 알아볼 수 없는 갈등으로 변해버린 스리랑카의 전쟁 상황도 이제 어떻게 되어가는지 모른다. 운전사를 데려간 세나가 부대를 이끌고 북쪽으로 가서 인도 수상을 암살하려 했다는 소식이 마지막으로 들려왔다. 그러던 어느 날, 가장 좋아하는 공동묘지의 가장 좋아하는 마라 나무 위에 앉아 있는데, 네 이름이 찌그러진 나뭇잎처럼 바람결에 흘러온다.

"말린다 알메이다, 그는 내 최고의 친구였어요."

산들바람을 잡아타자, 바람은 너를 허공에 훌쩍 던진다. 놀랄 일은 아니지만, 너는 골 페이스 코트의 그 유명한 테라스에 와 있다.

반바지를 입고 머리를 짧게 자른 재키가 선 없는 전화에 대고 통

빛

화하고 있다. "그를 만나보셨나요?"

수화기 너머의 목소리는 미국 억양이고 어리둥절한 것 같다. "죄송합니다. 무슨 용건이시죠?"

"트레이시 카발라나 아닌가요?"

"제 번호는 어떻게 아셨어요?"

"작년에 스리랑카에서 사진 꾸러미를 받으셨지요?"

"제 아버지가 스리랑카인이에요. 오래전에 돌아가셨어요. 난 이복 오빠를 몰라요. 어머니는 그의 이름을 입에 담은 적이 없어서요. 꾸러미는 열어보지도 않았어요."

"그럼 사진을 제가 살게요. 전부."

"어디 있는지 모르겠어요. 버렸을 것 같기도 해요."

"말리는 당신에 대해 좋게 말했어요, 트레이시." 재키는 포커 선수처럼 거짓말을 하지만, 그렇다고 그녀가 한 말이 거짓이 되는 건 아니다.

"미안합니다. 지금은 통화할 수 없어요. 끊겠습니다."

달칵.

재키는 욕을 하고 빈백에 드러눕는다. 라디카 페르난도는 그녀의 짧은 머리를 손가락으로 매만지며 고개를 젓는다.

"갖고 있대?"

"이 애는 이제 열다섯 살이야. 말리는 대체 무슨 생각을 한 거지?"

"언젠가 그는 네가 멍청하게도 자길 좋아한다고 말한 적이 있었어." 라디카가 말한다. 아나운서 특유의 억양은 전혀 드러나지 않는다.

"언제?"

"너희 아파트에 놀러 갔던 밤. 우리가 처음 키스한 날. 나더러 너한

○

534

테 좋은 타밀족 청년을 소개해달라고 했어."

"그런데 그 반대로 했군." 재키는 손가락으로 두피를 긁었다.

라디카는 액자 두 개를 집어 재키의 무릎에 놓았다.

"이것도 포장할까?"

"왜?"

"몇 번이나 말했어, 재키? 이사 들어오라는 거야, 말라는 거야?"

"내가 하나 갖고 있으면 안 될까?"

"안 돼."

"왜?"

"네가 그 사람 말고 나를 봐주기를 원하니까."

둘 다 라이오넬 웬트 전시회에서 가져온 액자였다. 하나는 쿠웨니 여왕이 저주를 남기고 뛰어내려 자결했다는 전설이 있는 쿠루네갈라 근처의 거대한 바위를 굽어보는 통나무집에서 너와 재키가 찍은 사진. 다른 하나는 무너진 건물 꼭대기 층에서 찍은 네 구의 시체 사진이다. 여자와 그녀의 아기, 안경을 쓴 늙은 남자, 들개 한 마리. 모두 파편을 뒤집어썼지만, 그것 때문에 죽지는 않았다.

재키는 고개를 끄덕이고 라디카에게 사진을 넘겨준다. 라디카는 액자를 상자에 챙겨서 가져간다. 재키는 한숨을 쉬고 눈을 감지만 네 작별 인사를 듣지 못한다.

———

표범을 탄생의 강으로 데려가니, 라니 박사는 거기 없었다. 가장 약한 바람을 타고 갔는데, 쿰북 나무 세 그루를 찾을 수 없었다. 강은 텅 빈 채 잔잔하다. 물속에는 아무도 없다.

표범은 으르렁거리며 물가의 나무를 발톱으로 긁는다. "느림보곰
도 너보다 더 똑똑하더라."

"난 널 돕고 있어. 모욕은 삼가줘."

"나는 널 돕는 게 나라고 믿어."

"맘대로 생각해."

"나는 우다왈라워*에서 다음 부처의 탄생을 예언하는 코끼리 한
마리를 만났어."

"그게 언제지?"

"달이 20만 번 뜬 뒤."

"대단한 예언이네."

"자기 모습을 거울에 비추는 사람을 바라보는 거울 속 그림자 생
물도 만났어."

"그거 재미있겠다."

"쥐 사냥을 거부해서 새끼를 굶기는 평화주의자 독수리도 만났어."

"내가 만난 냉혈한 살인마는 대부분 살인을 싫어한다고 했어. 그
것도 대체로 헛소리야."

"당신들 종족도 지켜봤어. 맹수로서, 영혼으로서, 둘 다. 난 인간들
이 창조할 수 있으면서 왜 파괴하는지 이해가 안 돼. 너무 낭비잖아."

"아, 저기 있군. 하나, 둘, 셋…… 쿰북 나무. 세 번째 나무 앞에 뛰
어들면, 강물이 너를 데려갈 거야."

"어디로?"

---

*   Udawalawe. 사바라가무와 주와 우바 주의 경계에 위치한 국립공원. 왈라웨 강에
       저수지를 건설하면서 서식지를 잃은 야생동물을 이주시킨 곳이다.

"네가 가야 하는 곳으로."

"나는 인간이 되어야 해."

"음료를 잘 고르면 인간이 될지도 몰라."

표범은 강가로 살짝 다가가서 앞발을 물에 담근다.

"정말 차갑군. 너도 같이 가지?"

"나는 다시 태어나고 싶지 않아."

"왜?"

"표범으로 태어나면 어떡해."

"그건 이해하지만, 정말 영원히 카운터 뒤에서 지내고 싶어?"

"나쁘지 않아. 특이한 존재도 많이 만나고."

"같이 가자."

"너 혹시 라니 박사가 변장한 거 아니지?"

"누구?"

너는 표범에게 라니 박사에 대해, 세나와 스탠리와 딜런에 대해, 침대 밑 상자에 대해 이야기한다. 표범은 나뭇가지 아래 앉아 달이 중천에 뜰 때까지 귀를 기울인다.

표범은 팔다리를 죽 뻗는다. 부러진 목에 깨진 니콘을 아직 걸고 있다면 찍었을 만한 장면이다. 하지만 카메라가 없으므로, 너는 갖고 있다고 상상하면서 눈만 깜빡인다.

표범은 고개를 끄덕이고 꼬리를 흔들더니 물속에 뛰어든다. 하늘 높이 뜬 달 밑에서, 너는 문득 이제 할 이야기도, 이야기할 상대도 남지 않았다는 것을 깨닫는다. 그리고 그것은 그저 단순한 사실일 뿐, 실망스럽지도, 기쁘지도 않다.

그래서 너도 뛰어든다.

빛

뛰어드는 순간, 세 가지를 깨닫는다.

빛의 밝음은 네 눈을 한층 크게 뜨도록 해줄 것이다. 너는 똑같은 음료를 선택할 것이고 이번에는 다른 곳으로 가게 될 것이다. 그리고 거기 도착하면, 너는 이 모든 것을 잊게 될 것이다.

○

먼 곳에서 도달한 목소리

내전으로 번진 갈등

이 책을 읽은 독자 여러분은 이제 싱할라족과 타밀족이라는 말에 익숙해졌을 것이다. 이들은 누구이고 이 잔혹한 전쟁은 어떻게 시작되었는지도 궁금해졌을 것이다. 소설의 배경을 이해하기 위해 스리랑카 현대사를 조금은 들여다보아야 한다. 불교 신자인 싱할라족과 힌두계인 타밀족의 갈등은 역사적으로 뿌리가 깊다. 주로 중앙 고원에 거주했던 싱할라족은 다수민족으로서 스리랑카를 지배했고, 타밀족은 소수민족이지만 고대부터 스리랑카 북부와 동부에 거주해 왔다. 16세기 포르투갈이 실론 섬에 진출하면서 스리랑카도 유럽 제국주의 열강의 손에 들어가게 된다. 네덜란드의 지배를 거쳐 18세기 영국 식민지 시대가 시작되면서 영국과 보다 긴밀했던 타밀족 일부가 고등교육과 관리직에 진출하는 등의 기회를 얻었고, 이에 다수민족인 싱할라족의 불만이 쌓인다. 영국이 물러간 후, 싱할라족에 의한 통치가 강화되며 싱할라어만 국어로 인정하는 '싱할라 온리' 법이 통과되자, 이에 반발하는 타밀족과 좌파 급진주의자들이 부당하다고 반발하기 시작했다.

1960년대부터 1980년대 초까지 타밀족의 항의와 싱할라족 정부의 진압이 교차하며 갈등이 깊어졌다. 1972년에는 타밀족의 대학 입학을 제한하는 법이 제정되었으며, 1977년과 1981년에는 싱할라족에 의한 타밀족 학살 사건이 일어난다. 두 민족 간의 불신과 적대감이 극대화된 상황에서 스리랑카 정부는 비밀 조직을 동원해 반체제 인물들에 대한 살인, 납치, 고문 등 인권 침해 행위를 자행했다. 1983년 타밀 분리주의자들이 조직한 반군이 스리랑카 북동부에 타밀족 독립국가를 세우자고 주장하면서 스리랑카 정부와 극단적인 대립을 시작했다. 이것이 바로 2009년 반군 지도자 프라바카란이 사망할 때까지 25년 동안 이어진 스리랑카 내전이다.

싱할라족은 스리랑카 중앙부와 남부, 타밀족은 북부와 동부에 주로 거주한다.
내전은 타밀족 거주지인 북동부를 중심으로 벌어졌다.

《말리의 일곱 개의 달》의 작가 셰한 카루나틸라카는 스리랑카 제 1차 내전 시기인 1983년부터 1990년까지 실제 발생한 주요 사건들 속에 카메라를 든 주인공 '말리 알메이다'를 던져 넣는다. 산발적으로 터지는 테러가 어떻게 발전할지, 전투가 어디서 얼마나 격렬하게 벌어지고 있는지, 앞으로 25년간 이 나라가 얼마나 잔혹하고 비극적인 전쟁에 휘말리게 될지 내다볼 수 없던 소용돌이의 한가운데로.

소설의 또 하나의 배경은 콜롬보의 '중간계'이다. 제국주의 시대부터 머무는 유령, 자살자, 관광객, 폭동과 테러에 억울하게 목숨을 잃은 이름 없는 유령이 배회하는 곳. 분홍색 사리 차림의 타밀족 변호사 유령은 자신이 살해당하는 순간 사진을 찍은 말리를 만나자 복수하려 든다. 그는 담배를 사러 가는 길에 버스정류장을 지나가다가 횃불을 든 싱할라족 폭도를 만나 불에 타 죽었다.

그가 목숨을 잃은 사건이 바로 내전의 신호탄으로 기록된 1983년 폭동이다.

1983년 폭동

1983년 7월 23일 밤, 타밀족 무장단체인 '타밀 엘람 호랑이 해방군(LTTE)'이 스리랑카 북부의 자프나 근처에서 정부군을 급습, 13명의 군인이 사망하였다. 소요를 염려한 정부는 더 큰 문제로 이어질 수 있다는 프레마다사 총리의 우려에도 불구하고 장례식 장소를 자프나 현지가 아닌 콜롬보의 보렐라 카날쪄 공동묘지로 정한다. 이 결정으로 인해 장례식에 참석한 많은 인파가 폭도로 돌변하며, 타밀족 건물과 시민들을 무차별적으로 공격하고 살해하기 시작했다. 포그롬(Pogrom)이라고 불리는, 소수민족에 대한 박해는 콜롬보에서 캔디로, 다른 주요 도시로 번졌다. 타밀인권센터 집계에 따르면 '검은 7월'이라고 불리는 이 폭동에서 무려 5,638명이 사망하고 15만 명이 집을 잃었다.

생전에 말리는 '하필 안 좋은 곳에 있는 재주'가 있었다. 카메라를 들고 우연히 1983년 폭동 현장을 지나던 그날 이후, 정부군과 반군, 외신에 이르기까지 취재가 필요한 모든 편에서 사진을 찍는 것이 그의 직업이 되었다. 타밀 반군은 정부군의 무법성을 알려야 했기 때문에, 정부군은 반군의 잔학 행위를 선전해야 했기 때문에 그를 고용했다. 정부군은 코낄라이 학살을 자행했고, 인민해방전선을 분쇄한다는 명목으로 살해한 학생들을 수리야칸다에 암매장했다. 반군은 코낄라이, 켄트 팜과 달러 팜, 아누라다푸라에서 무고한 싱할라 민간인을 학살했다. 말리는 그렇게 억울하게 목숨을 잃은 민간인들의 사진을 찍는다.

켄트 팜과 달러 팜 학살

두 농장(켄트 팜과 달러 팜) 사이에 위치한 '마날 아루'는 스리랑카에서 중요한 요충지였다. 이 지역은 물라티부와 트린코말리, 아누라다푸라 등 세 행정구역의 경계에 있었고, 특히 타밀족이 주로 거주하는 북부와 동부로 가는 유일한 관문이었다. 스리랑카 정부는 이 지역에 싱할라족을 이주시키겠다며 켄트 팜과 달러 팜에 싱할라 교도소 수감자와 가족을 수용했다. 그 과정에서 그 지역에 살던 타밀족들이 떠나라는 협박을 받았고, 교도소 직원과 수감자들에 의해 강간과 같은 중범죄도 발생했다. 1984년 11월 30일 밤, 타밀 반군은 두 농장에 군인을 보내 사람들을 닥치는 대로 죽였다. 민간인 사망자는 65명. 켄트 팜과 달러 팜 학살은 스리랑카 내전 초기 타밀 반군이 싱할라 민간인에 대해 저지른 최초의 학살 사례로 알려져 있다.

수십 년간 계속된 소수민족 박해와 저항이라는 이름으로 자행된 테러. 선악의 딱지를 어느 한쪽에 붙이는 것은 불가능하다. 이 책의 주인공 말리 알메이다는 누군가에게 살해당했지만 생전의 기억은 파편처럼 조각나 있다. 자신이 왜 죽었는지도 모른다. 그동안 찍은 사진들이 죽음과 함께 묻혀버리지 않도록 어떻게든 공개할 방법을 찾아야 한다는 강한 책임감을 느끼지만, 정작 그 사진이 어떤 의미를 갖는지조차 희미하다. 한편 지상에서는 1983년 폭동의 진상을 담은 말리의 사진을 정부와 타밀족 모두가 쫓는다. 진실을 밝히고자 하는 타밀족 인권운동가와 정부의 개입 사실을 은폐하려는 유력 정치인의 틈바구니에서, 말리의 영혼 또한 사진을 담은 상자를 쫓아 흘러간다. 빛으로 들어가 다음 생으로 넘어가기까지 그에게 주어진 시간은 일주일. 달이 일곱 번 질 때까지 그는 생전에 남긴 문제를 해결해야 한다.

리처드 드 소이사의 잊힌 죽음

억울한 죽음의 증인이 되겠다는 각오로 분쟁지역에서 사진을 찍다가 살해당하는 주인공 '말리 알메이다'의 모델이 된 이는 스리랑 카의 저널리스트이자 작가, 배우, 인권운동가였던 리처드 드 소이사다. 소이사 역시 싱할라인 아버지와 타밀인 어머니에게서 태어났다. 그는 스리랑카의 노동조합을 다룬 영화 〈유간타야(Yuganthaya)〉에서 자본가 아버지에게 맞서는 사회주의자 말린 카발라나 역을 맡아 유명해졌다.

1990년 2월 18일 새벽, 무장한 괴한들이 어머니와 함께 사는 집에 난입하여 소이사를 납치했다. 어머니는 서둘러 웰리카다 경찰서에 신고했으나, 소이사는 다음 날 콜롬보 남쪽 모라투와 해변에서 머리에 총을 맞은 시체로 발견되었다. 자신이 목격한 납치범 두 명이 경찰의 고위 간부라는 것을 알게 된 소이사의 어머니는 이들을 고발하고 죗값을 치르게 하려고 갖은 노력을 기울인다. 마침내 용의자에 대한 재판이 시작되지만, 어머니는 재판 결과를 보지 못하고 2004년 세상을 떠났고, 2005년 증거불충분으로 무죄 판결이 내려진다. 풀려난 둘 중 한 명의 이름은 '란차고다'였다.

비극적인 주제를 다루는 소설이지만 《말리의 일곱 개의 달》이 그 주제를 다루는 방식은 무겁지 않다. 이 책은 자신을 살해한 범인을 추적하는 탐정소설이자 허락되지 않았던 사랑의 궤적을 담은 퀴어소설이고, 산 사람들의 도시에 유령들이 득실거리는 판타지 블랙 코미디이다. 암살당하고 복수를 계획하는 마르크스주의자 귀신 세나파띠라나는 돈 있는 사람들에게 굽실거리던 생전의 말버릇조차 고치지 못했고, 암살단을 고발한 인권운동가 라니 스리다란 박사는 중간계 관리직으로 눈코 뜰 사이가 없다. 억울한 유령들은 틈만 나면 '몸개그'를 즐긴다.

자신의 죽음조차 농담거리로 삼던 주인공이 돌팔이 심령술사의 도움을 받아 사랑하는 사람들을 쫓아다니는 광경을 읽다 보면, 이 소설이 피가 강물처럼 흐른 스리랑카 내전을 다루고 있다는 것을 잊게 된다. 말리는 애당초 복수에 관심이 없다. 이승에 두고 온 사람들이 잘 지내는지 확인하고, 마지막 작별인사를 남기고, 자신이 찍은 사진이 묻히지 않도록 지켜보고 싶을 뿐이다. 역사에 대한 깊은 분노와 아픔에서 출발한 이야기이지만, 희생된 사람들을 기억하고 넋을 위로하며 인간 존재의 가장 근원적인 문제를 끝까지 잊지 않는 결말이 뭉클한 감동을 남긴다.

악마의 춤, 죽은 자들과의 잡담, 그리고……

《말리의 일곱 개의 달》은 여러 번 개정을 거치며 다른 제목으로 출간된 이력이 있다. 최초의 제목은 《악마의 춤(Devil Dance)》이었고, 2015년 영어로 집필된 스리랑카 작품을 대상으로 시상하는 그라티앤 문학상 후보로 올랐다. 2020년 펭귄 인디아에서 《죽은 자들과의 잡담(Chats with the Dead)》이라는 제목으로 출간되었지만, 스리랑카 현대사에 익숙한 독자가 드문 데다 신화와 동양적인 세계관이 서구권 독자에게 난해하다는 이유로 국제적으로 출간하겠다고 나서는 출판사를 오랫동안 찾을 수 없었다. 2022년, 영국 독립출판사인 소트오브북스에서 스리랑카 현대사와 신화를 잘 모르는 독자도 쉽게 읽을 수 있도록 대대적인 수정 작업을 거쳐 출간한 《말리의 일곱 개의 달》은 심사위원 만장일치로 부커상을 수상한다.

《말리의 일곱 개의 달》을 번역할 기회를 주신 인플루엔셜 출판사에 감사드린다. 아시아 반대쪽에서 전해진 목소리를 조금이라도 더 크게, 생생하게 전하고자 노력했다. 한국어판 작업을 위해 스리랑카의 캔디에서 함께 애써주신 박미선 선생님께도 깊은 감사의 마음을 전한다.

2023년 8월
유소영

말리의 일곱 개의 달

초판 1쇄 2023년 8월 31일

지은이 | 셰한 카루나틸라카
옮긴이 | 유소영

발행인 | 문태진
본부장 | 서금선
책임편집 | 이준환   편집 3팀 | 허문선

기획편집팀 | 한성수 임은선 임선아 최지인 이보람 송현경 이은지 유진영 장서원 원지연
마케팅팀 | 김동준 이재성 박병국 문무현 김윤희 김은지 이지현 조용환
디자인팀 | 김현철 손성규   저작권팀 | 정선주
경영지원팀 | 노강희 윤현성 정현준 조샘 조희연 김기현
강연팀 | 장진항 조은빛 강유정 신유리 김수연

펴낸곳 | ㈜인플루엔셜
출판신고 | 2012년 5월 18일 제300-2012-1043호
주소 | (06619) 서울특별시 서초구 서초대로 398 BnK디지털타워 11층
전화 | 02)720-1034(기획편집) 02)720-1024(마케팅) 02)720-1042(강연섭외)
팩스 | 02)720-1043   전자우편 | books@influential.co.kr
홈페이지 | www.influential.co.kr

한국어판 출판권 ⓒ ㈜인플루엔셜, 2023

ISBN 979-11-6834-128-9 (03840)